密语

李晓平——著

時代文藝出版社

图书在版编目（CIP）数据

密语 / 李晓平著. -- 长春 : 时代文艺出版社, 2023.1
ISBN 978-7-5387-7007-0

Ⅰ. ①密… Ⅱ. ①李… Ⅲ. ①长篇小说－中国－当代 Ⅳ. ①I247.5

中国版本图书馆CIP数据核字(2022)第099348号

密语
MIYU
李晓平　著

出 品 人：陈　琛
责任编辑：李荣妥
装帧设计：孙　利
排版制作：隋淑凤

出版发行：时代文艺出版社
地　　址：长春市福祉大路5788号　龙腾国际大厦A座15层　(130118)
电　　话：0431-81629751（总编办）　0431-81629758（发行部）
官方微博：weibo.com/tlapress
开　　本：710mm × 1000mm　1/16
字　　数：418千字
印　　张：28.5
印　　刷：三河市万龙印装有限公司
版　　次：2023年1月第1版
印　　次：2023年1月第1次印刷
定　　价：58.00元

一点点靠近更高处的自己，是一件多么了不起的事情！

——题记

目　录

>>> 奇葩楚河的扑朔迷离

无论站在谁的角度看，楚河都是一个让人琢磨不透的人，在他的身上发生了许多扑朔迷离的事。

发生在楚河身上第一件扑朔迷离的事，就是他总是觉得身后有人跟踪他，就像一条影子。

这条影子，到底是什么时候长到身后的？是在上大学的时候？还是在高二受打击的时候？

人类对于虚假总是很宽容的，只有真的东西才要去较真儿。自从发现了身后的这条影子以后，楚河走路的时候，常常会猛然停下脚步，猛然回头去看，有好几次，他差一点儿真的看到那个人了，但等他定睛细看时，那个人还是消失了，消失得总是比影子还快。

楚河很小的时候，奶奶就发现他有一个特异功能，那就是他好像比别人多长了一只眼睛，用楚河自己的话，叫“第三只眼”。每次奶奶打完麻将后，楚河都能准确地判断出奶奶是输是赢；每次奶奶有东西找不到了，通过奶奶的三言两语，楚河很快就能帮忙找到；在楚河面前，奶奶总感觉自己的想法都能被楚河猜透。但自打发现了这条影子以后，楚河便对自己的“第三只眼”产生怀疑了。是啊！长着“第三只眼”的人，为什么偏偏抓不到身后的影子？

有一次，楚河因为中暑，突然昏倒在一条偏僻无人的林荫路上。等他醒来的时候，发现自己躺在一家医院里。大夫告诉他，是一个男人发现了他，并把他送到医院的。大夫还说，男人替他交完医疗费之后，就匆匆离开了，大夫追着问他的名字，他都不肯说。

楚河因此认定：这个男人一定就是自己身后的影子。这件事以后，影子在楚河的心里就变得祥和了，祥和到他常常会忘记身后的影子。

有好几次，楚河觉得应该把影子的事告诉杨测和马晓晓的，就像有好几次想把匿名录像带的事告诉他们俩一样，但话到嘴边，他再一次把话咽回去了。

杨测和马晓晓是楚河儿时的伙伴，也是与楚河走得最近的人。尤其是杨测，已经做了太多令楚河感动的事情，但楚河还是觉得，离自己完完全全地向他敞开心怀，测哥还差那么一点点的距离；马晓晓就差得更多了！因为马晓晓非常在乎楚河的钱！这么多年来，马晓晓到底背着大人们向自己借过多少次钱了？连楚河都记不清了。虽然她所借的钱，大部分都还给了楚河，但楚河却因此质疑：如果有一天自己突然没有钱了，马晓晓会怎么对待自己？

这个世界上生活着太多太多的人，多到楚河走路的时候，如果不抬头看路，常常会撞到几个甚至十几个人。楚河多想在这些人里，找到一个——哪怕仅仅一个——“张嘴就可以说话”的朋友啊！令楚河悲哀的是，寻找了这么多年，他始终没能找到一个这样的朋友。

——幸好，他还有杨测和马晓晓。

三个人这次野炊的地点，在城郊的一片松树林里，这里既没有名山名水，也没有舞榭楼台。如果非要找一处现代化的建筑，也只有那块矗立在大坝边上的巨幅广告牌了。马晓晓之所以相中了这里，仅仅因为这里清静无人，可以肆无忌惮地大声喧闹。

“大河，你在想什么？”杨测关切地看了楚河一眼。

楚河手里端着酒杯，但他并不喝酒，高脚杯的杯沿儿，就那么紧挨着他的嘴唇，他也只是这么任杯沿儿挨着嘴唇。正如他虽然一直向远处望着，却什么都没有看到一样。

“喂！喂！大河，求你了！不要愣神好不好？你好不容易从省城回来一趟，咱们三个人聚在一起多不容易？”马晓晓突然伸手，在楚河那双细长的满是虚无的眼睛前方摇了摇。

楚河看了马晓晓一眼，突然想：我出事的那一年，马晓晓好像并没有向我借过钱吧？但她也没有到过我的身边。——那时的她，真的像她所解释的那样，整天都忙得不可开交吗？

马晓晓突然直视着楚河说：“楚河，你在想什么？”

楚河一愣，没有说话。

马晓晓便鄙夷地一撇嘴：“真正贴心的朋友，无论在什么时候问他，他张嘴就会说出答案。”

楚河的脸腾的一下红了，眼神定了定，才红着脸慢腾腾地说：“我在想……关于活着的事！”

楚河并没有撒谎，因为在质疑马晓晓之前，他的确一直在想这件事。

“具体说说！关于活着，你又有什么高谈妙论了？”测哥微笑着说。

楚河慢腾腾地放下酒杯，慢腾腾地举起一只手说：“我发现人无论咋活着，最终都是悲剧，哪怕美出花样来，最终也不过是‘生、老、病、死’。”说到“死”字时，那有些浮肿的白手就仅剩一根小拇指在竖着了。

“哈哈！我以为是什么深奥的哲学呢！原来又是你的灰色理论！”马晓晓不屑地摇了摇头。

杨测却晃了晃杯中酒，脸上的神情也显得高深莫测了起来：“每个人的内心都藏着一座神秘的城堡，如果你的心里只装着悲剧，你的城堡自然也鬼影幢幢！”

杨测说话的时候，周遭五彩的祥光把他那俊逸的面庞映照得棱角分明，两道黑黑的剑眉下，是那双楚河怎么看也看不够的乌黑明澈的笑眼。楚河尤其喜欢的，是杨测眉宇间那抹开阔饱满的白，每次看到那抹白，楚河阴郁的心境就会豁然开朗。

“大河，我本以为你被警校特招后，身份变了，心态也会跟着变的，可你怎么还这么悲观？”见楚河依然愣怔地盯着自己，杨测又加了一句。

也许是杨测那总是含笑的眼睛具有超强的说服力，楚河突然觉得自己错了，便立即纠正说：“测哥说得对呀！不凭别的，就凭我楚河这辈子能遇到测哥，我的人生也应该是一场喜剧呀！”

楚河咧了咧嘴唇，干裂的唇角终于溢出一丝笑意，但同时，一粒血珠儿也慢慢地从裂口处溢了出来。

“我发现所有的哲学，都是狗屁！这个世界上哪有什么管用的哲学？大家只能摸着石头过自己的河。”马晓晓无所谓地晃了晃头。

楚河的脸蓦地红了，心里说：楚河啊楚河，你咋总没个记性呢？为什么每次在她面前说话，你都要表现出很高深的样子？可为什么每次想表现时，你反倒更显得浅薄？

羞愧，使楚河都不知道怎么置放自己的脸了，心情也糟糕到了极点。为了把自己这张倒霉的脸藏起来，楚河慢慢地垂下头去，把目光投在那本自己总贴身携带的名叫《密语》的诗集上，他下意识地翻了一下书，假装被书里的诗句吸引住了。等他突然意识到自己又在“假装”时，就更加羞愧了，恨不得找一个耗子洞钻进去。

怪不得马晓晓总是瞧不起你呢！因为你本身就长了一个让人嘲笑的脑袋！楚河一边恶狠狠地骂自己，一边用苍白的手指使劲地在书上的两句诗上划来划去，脸上的肌肉也神经质地抽动了起来。

杨测立即把那本几乎被翻烂了的诗集从楚河的手里“解救”出来，他瞄了一眼已经被楚河画出黑晕的那两句诗，大声念道：“‘记得当年年纪小，我爱唱歌你爱笑。’这本诗集里到底写的什么？是关于孩子的爱情吗？”

楚河没等杨测说完，就把诗集从杨测的手里夺了回去。

马晓晓神情怪异地看了楚河一眼：“大河，你干吗总把这本破诗集带在身上？它真有那么好吗？”

杨测也说：“我记得这本诗集，还是你出事的时候……在咱们学校小树林的长椅上捡来的吧？这一晃都多少年了？你怎么始终都把它带在身边？”

楚河手指颤动地翻了翻那本旧诗集，脸上的肌肉依然神经质地颤动着：“我每次读里面的诗，都有一种怪怪的感觉，就好像另一个我正在和我交谈似的，看来，我这一辈子，都别想丢掉它了。”

“当你把一个东西紧紧攥在手里的时候，你就只攥到了这个东西；可当你把手张开，把东西丢掉之时，你便拥有了全世界！”杨测先是攥起了一只拳头，又猛然张开。

楚河的脸就涨得更红了，脸上的肌肉也抽动得更加厉害了：“测哥，我知道你说这话是为了我好！可我真的不配！和你说句实话，每次你和晓晓来关心我的时候，我都感到羞愧！你们都活得那么成功了，怎么还能耐下性子，来关怀我这个失败者呢？”

“行啦行啦！大河，我们既然能坐在一起，就是朋友，哪有什么配与不配之说啊？如果按你这么说，那我和测哥还都配不上你呢！你现在可是省公安专科学校特招的技术人才呀。不对不对，你更令人自豪的身份是警校教师。当教师就够高尚的了，而且你还是警校的，这是多么令人自豪的职业！”马晓晓故作崇拜地看着楚河。

马晓晓脸上那明显做作的崇拜，到了楚河眼里却变成讥讽了，——是的，那就是讥讽！因了这个发现，楚河就更沮丧了！

楚河突然散了架一般倒了下去，就像一个失败者彻底拜倒在对手的剑下。

她不就是一个蠢货吗？你明知她就是一个蠢货，干吗还那么在意她对你的评价？望着松林上方碧蓝的天空，一个声音突然幽怨地响起。

“晓晓，楚河比你大四个多月呢！你不能总这么大河大河地叫他了！我们都是成年人了！可不能总是没大没小的！”杨测微笑着责备马晓晓。

马晓晓抱歉地一笑：“不是叫顺嘴儿了吗？况且大河也愿意我这么叫他！是不是？大河！”

楚河依然那么痴痴地看着天空，用一种无所谓的语气说：“这人啊！全都是命！你们遇到了我楚河，活该你们倒霉！测哥若不是因为我出事而照顾我，影响了学习，他可能去那所警察专科学校上学吗？好在测哥一入学就当上了学生会主席，一毕业就留在了瑶城刑侦支队，仅仅工作了两年，就破格当上了刑警中队长……如果测哥不这么成功，我会更内疚的！”

杨测赶紧拍了拍楚河：“行啦，行啦，大河，你别再说这种话了！你若再说，测哥都得去钻耗子洞了！我高考没考好，那是因为我学习不好，和你真的没有一点儿关系。”杨测也破罐子破摔似的躺了下去。

“你们这两个大男人到底怎么回事啊？全都这么四仰八叉，我可是黄花大闺女欸！”马晓晓的声音就像从松树尖上掉下来的。

两个朋友躺在地上互看了一眼，这才懒懒地爬了起来，规规矩矩地坐好了。

男生规矩了，女生却没有了规矩，歪在那里玩起了手机。

楚河刚要站起身活动一下筋骨，突然马晓晓尖叫了一声：“测哥呀！这是什么时候的视频呀？点击量都过千了！”

马晓晓的尖叫，把两个男生的目光，全都吸引到那个穿着红衣服的小手机上。马晓晓拔下耳机，音乐就响起来了，真难为了那么小的手机，声音却相当大。楚河仅仅瞟了一眼，目光就定在屏幕上了。

视频播放完了，楚河一把夺过马晓晓的小手机，再次点击了播放，这次他看的，是下方的字幕：他是破获“瑶城第一悬案”的主办民警，他是“瑶儿河连环杀手”的第一克星，他就是瑶城市公安局刑侦支队一大队第一中队的中队长杨测。

“‘瑶城第一悬案’‘瑶儿河连环杀手’，那可都是大案呀！测哥，原来这两起案子都是你破的呀！”楚河细长的眼睛里，闪烁的全都是对杨测的崇拜。

“你又说错了不是？案子哪有一个人破的？破案可是集体智慧的结晶！”杨测夺过已被楚河攥得湿漉漉的小手机，“行啦！要真想看，我传你微信里吧！”

那个小视频其实很短，才一分多钟。里面的主人公也很少，只有杨测一个人，但那却是楚河所看过的最令他震撼的小视频。视频中的杨测实在太帅气、太威武了。楚河最喜欢看的，是杨测驾驶车辆向窗外射击时的镜头，那潇洒的身姿，那威武的气派，实在太帅了，即使最火的男影星，也无法和杨测比。

“测哥，这真的是真的吗？这里面的人真的是你吗？”尽管看了五六遍了，可楚河还是有些不相信地看了看杨测。

“都是我本人，真的没用替身，你看这发型不是我是谁呀？”杨测笑着说。

马晓晓奇怪地瞟了杨测一眼：“刑侦支队为啥专门给你制作了一个视频？”

“是领导要求宣传的！破案以后，我不是立了一个二等功嘛！”杨测谦逊地说。

听杨测如此说，楚河那充满崇拜的目光，就再一次黏在杨测的脸上了，嘴里含糊地嘟哝：“测哥这么优秀，我楚河却这么蠢笨，我真的不配当你们的朋友！”

“大河，如果你还继续说这种话，我可要怀疑你凡尔赛了！大河！测哥的确优秀，但他的优秀是相对于外人说的。在我们三个之间，测哥永远都是咱俩最亲的测哥。”

马晓晓往楚河身边凑了凑说：“咱这么分析：咱们三人为啥能从小玩到大呀？不就是因为咱们三个人的妈妈是闺密吗？闺密之所以能成为闺密，一个最起码的条件，就是能力相当，也就是说，咱们三人连遗传基因都是一个水平的。虽然测哥比我和大河长一岁，但智商都差不多。”

马晓晓突然歪头冲杨测俏皮地一笑：“如果非要比个高低，测哥也应该是咱们三个中最笨的吧？因为在咱们三人的妈妈中，测哥的妈妈虹姨是最笨的！用我妈妈的话讲，她是‘美得要死，笨得要命’！连虹姨自己都承认她笨呢！”

杨测立即点头如捣蒜：“别看大河整天病歪歪的，其实他的脑袋瓜子才是最好使的！知道我们高中的同学都叫他啥吗？河神！要是大河没那事，那年考大学，他一定会像老师们预言的那样，拿到理科状元的，我说的是全省理科状元！不过，现在看起来全都没什么关系了！大河最后凭计算机方面的才华，不是照样得到社会上的认可了？大河，听说你被我的母校特招为教师了，你不知道测哥有多高兴！”

楚河的脸就又红了，嘴里嘟囔着：“这咋又夸上我了？”

杨测扑哧一声笑了：“不是夸！是‘三个黄鹂鸣翠柳’！”一番话，第一次把楚河逗笑了。

楚河久违的笑脸，勾起了马晓晓的回忆，她突然柔情万种地看着楚河说：“大河，对不起！小时候，我因为年少无知，真的没少背着大人欺负你，可最让我觉得歉疚的，是你每次挨欺负，都闷声不语，哪怕大人问起来，你也总是把过错揽到自己身上。”

楚河傻傻地看着马晓晓：“我啥时候挨过你的欺负呀？”

马晓晓突然哈哈笑了：“说你长了个受气的脑袋，你还真是的！都被我欺负成那样了，你竟然都不觉得。不过现在回忆起来，我那时欺负你也是有道理的！因为我们之间太不公平了，无论什么好东西，大人们都先可着你挑，只有你挑剩下了，才能轮到我和测哥。再有你也太娇气了吧？我记得有一天，在你们家的老宅子里，我领你到房后的瑶儿河边捉了一次鱼，没想到一回来你就发烧了，接下来你们家就呼啦啦地开进来好几台大轿车，直到把你送进医院打上了吊瓶才算消停！你知道吗？因为那天的事，我被我妈妈骂了小半年！测哥也没少因为你而挨他妈妈的打吧？”

“可不是，小时候，只要我和大河在一起玩，无论发生了啥事，都是我的错，反正不是挨骂就是挨打！”杨测故意哭丧着脸，可他的眼睛还是笑着。

马晓晓越说越来劲儿：“我妈妈最佩服的，是大河的妈妈夏阿姨！我听说夏阿姨不仅天生丽质，还聪慧异常，琴棋书画无所不通，只可惜无缘见到……”马晓晓比比画画说着，突见楚河的脸色幕布一般唰地落下来了。

马晓晓这才意识到自己说错了话。为转移话题，她立即指着一只飞鸟儿叫起来：“哎！你们看，那边飞过去的……那个红的……是一只什么鸟儿？”

果然，一只红彤彤的鸟儿唰的一声从柳树林里斜掠过去了，快得就像一颗子弹。

楚河突然周身一抖，就像被子弹击中了似的，脸色也顿时变得惨白。为掩饰自己的情绪，他赶紧低下了头，一只苍白的手先是颤抖地抚摸铺在地上的竹席，接着就神经质地抠起竹席上的丝线来。

“大河，对不起！真的对不起！”马晓晓立即向楚河道歉。

“没事的，大河早就没事了！是不是，大河？”杨测故作轻松地说。

可无论两个朋友怎么安慰他，楚河的周身还是抑制不住地颤抖了起来，就像马晓晓看过的一个磨面机。

——是的，楚河的父母到底发生了什么，是发生在楚河身上第二件扑朔迷离的事。

楚河是个命硬的人，用马晓晓的母亲马阿姨的话说，是“年上七杀命不强，上克父来下克娘”。楚河还没有出生，他的爸爸楚天卿就不明不白地失踪了；楚河出生后不久，妈妈夏堇也因为产后抑郁症而投河自尽。父母留给楚河的，除了一封说不清道不明的遗书外，剩下的就是照片里两个陌生的影像了。尽管他的父母全都长得那么美，一个如修竹临风，一个貌美如花，但再美的影像，也不过是平面照片而已，不仅色泽暗淡无光，神情也都显得假假的，根本就激不起楚河内心的情愫。倒是作为当地富豪两代单传的宝贝孙子，不仅爷爷奶奶视楚河为掌上明珠，家里那巨额的财富，也不可能让楚河活得艰苦。

也许是为了转移楚河的痛苦吧，马晓晓突然夸张地吸了一口长气，微微眯着眼睛说：“你们闻闻，这是什么香味？是不是薰衣草的香味？”

杨测当然明白马晓晓的良苦用心，也学着马晓晓的样子嗅了嗅，微笑着说：“可不是，这就是薰衣草的味道。刚才咱们从那边过来时，我看到大坝那面不知道啥时候，也全都种上了薰衣草！一大片一大片的，真壮观，要是溯本求源，咱们瑶城发展到今天，还真得感谢大河的爷爷呢！”杨测说着，便向立在大坝上那边的一块巨大的广告牌瞟了一眼。如今在瑶城的各个角落，随处可见这种巨幅广告牌，上面千篇一律地写着：把美丽和健康奉献给全人类——千紫实业集团股份有限公司。

“什么‘应该感谢大河的爷爷’呀，准确地说，是‘应该感谢站在爷爷背后的那个神秘的女人’吧？我听说那个女人，还在你们家老宅子的基础上，扩建了一个庄园，名字就叫千紫庄园！”马晓晓正要继续往下说，杨测突然用目光制止了她。马晓晓这才幡然醒悟，立即换了一个话题：“对了大河！你知道薰衣草的花语是什么吗？”

“薰衣草还有花语？这我倒没听说过。”杨测也看了楚河一眼。

“薰衣草的花语是：等待爱情！关于这个，还有一个美丽的爱情传说呢！据说在古代的普罗旺斯，有个美丽的女孩儿……”马晓晓刚刚开了个头，又止语了，因为对于两个朋友这番煞费苦心的表演式的交谈，楚河竟然一点儿反应都没有。

杨测便苦笑了，心里说：这也真是怪了！那只红鸟儿咋就偏偏在这个节骨眼儿上飞过来了？而冒失的马晓晓咋就那么眼尖，偏偏一抬眼就看到了呢？

——红鸟儿是怎么回事，这是发生在楚河身上的第三件扑朔迷离的事。

事情发生在高中二年级的下半年，一只红彤彤的大鸟儿突然落到了高中宿舍的窗台上，楚河当时正对着窗台看书写字，无意间一抬头，他就看到了那只红鸟。也不知是那只红鸟儿吸引了楚河，还是楚河吸引了红鸟，反正隔着明亮的玻璃窗，一人一鸟的眼睛就这么突然对上了，只听大脑咔的一声响，楚河就“不知周之梦为蝴蝶与？蝴蝶之梦为周与”了。

是的，就是从那个时刻开始，楚河这个风华正茂、一直被老师预言能夺取全省理科状元的高二学子，突然之间就像受打击了，情绪不振，时常发呆。

也正是因为楚河的异常，大家才陆陆续续地知晓了楚河家里的一些秘密，比如早在几个月前，楚河就和爷爷奶奶“断绝了祖孙关系”，年迈的奶奶无论怎么哀求他回去，甚至动用了校长和班主任来劝他，都没能让他回头。

这件事情，如果发生在别人家庭，当然只是一件小事。但这件事发生在楚河的家中，就不同凡响了，因为楚河的爷爷楚汉，那可是瑶城首屈一指的传奇人物。作为曾经威震一方的瑶城市公安局局长，他在事业的鼎盛时期，不知什么原因，突然就辞职不干了，然后就跑到了国外。八年以后，当他再回到瑶城时，不仅带回了一个神秘的女子，资产据说也多得都无法用数字估量了。回国后，楚河爷爷很快在瑶城建起了一家上市公司——也就是广告牌上的千紫公司，公司的副董事长，就是那个名叫尤千紫的神秘女子！

发现楚河异常的第二天，楚河的爷爷楚汉就从国外飞回来了，还带回了一位金发蓝眼、能说一口流利普通话的外国心理专家。那天，楚汉一行人一共驾驶了三辆高级且加长的轿车，浩浩荡荡开到了楚河就读的重点高中。当时学生们正上间操，所以这个特殊的车队，立即引来无数惊奇的目光。

瑶城市公安局原局长、现在的瑶城大富豪楚汉驾到，一同前来的，还有一位金发碧眼的外国友人，校领导当然万分重视。楚河刚刚出状况的那些天，不仅校领导始终陪同着楚河的爷爷奶奶，连市里的一些“达官贵人”也频频光临学校，对着发呆的楚河指手画脚了起来。可即使这样，楚河依然对爷爷奶奶不理不睬，那时的他，除了手里始终攥着一本诗集之外，唯一信任的人，就只有杨测。人多的时候，无论杨测走到哪里，他都紧紧地抓住杨测的衣角不松手；人少的时候，他要么看诗集，要么看杨测，反正无论看啥，都显得傻呆呆的，眼睛好半天也不眨一下。

当那位金发蓝眼的心理学专家对楚河进行了一个多小时的单独诊疗后，做出了一个令所有人都没想到的决定：他劝楚河的爷爷奶奶立即回避，让杨测陪着楚河。

听了专家的话，杨测连犹豫都没有犹豫一下，立即挺起了胸脯，冲着两位老人和心理学专家承诺说：“你们就放心地把大河交给我吧，我杨测不仅保证照顾好大河的生活起居！也自信能让他振作起来！”

杨测几乎把所有的精力都投在了楚河身上。一位老师怕杨测耽误学习，曾对杨测说："不要崇洋媚外，过于相信那个外国专家的话，应该相信国内的医学，立即把楚河送到医院去。"但杨测立即否定了这个建议："不行！解铃还须系铃人！楚河是在学校变得异常的，我相信他只要继续留在学校，就能恢复正常。"

杨测如此自信，关心他的老师们都在暗地里替他捏了一把汗。杨测的母亲虹姐，更是焦急万分。

作为楚河母亲的闺密、楚河奶奶的铁杆麻友、瑶城市广播电视局副局长，虹姐这个身份特殊的人，当然不能自己去劝儿子离开楚河，可她又实在无法眼睁睁地看着儿子步入歧途。于是，她找到了杨测最崇拜的一位老师，求他劝杨测悬崖勒马。

那位老师立即找到了杨测，苦口婆心地说："你们年轻人啊！真是初生牛犊不怕虎，你咋能这么不自量力，把这么大的担子全都揽在自己的身上了？你也没看看楚河是谁呀？楚河可是楚汉唯一的一个亲孙子呀！你该承担多大的责任啊？当然，如果楚河好了！你好我好大家好，都皆大欢喜、万事大吉了！可你想没想过，楚河患的是抑郁症！万一他楚河永远都不好，那你这一辈子可就交代了！不仅你自己的学业会遭受影响，你也会因为楚河错过最佳治疗时间而遭到楚家人的埋怨的。"

杨测礼貌地冲老师鞠了个躬，眼泪汪汪地说："谢谢老师的提醒！我知道您来劝我完全是为了我好！但在这件事上，您就不用再劝我了！也请您转告我的妈妈，求她不要再参与我的任何事情了！我那天答应楚汉爷爷，绝不是一时冲动！我早就豁出去了！在这个人世间，每个人都有属于自己特别珍爱的人，而对于我来说，我生命中最珍爱的人就是楚河，我珍爱他就像珍爱我自己的生命！如果楚河好不了，那我的学业再好、我的未来再好，也没有什么意义了！既然一切都没有意义了，那我不如就赌一次！"

楚河恢复正常之后，那位老师特意把杨测的话复述给楚河听，还未等老师把话说完呢，楚河就已经泪流满面了。

杨测始终不离不弃地照顾着楚河，也正是因为这种没日没夜的陪伴，杨测才知道了楚河和那只红鸟儿之间的秘密。

——在夜深人静之时，楚河不止一次在梦里说起胡话来，并且他的胡话始终都是一句问话：“那只大红鸟儿呢？”

抱着试试看的态度，杨测特意从鸟市买回了一只硕大的红鸟儿。他把红鸟儿用金色的笼子装了，趁着楚河睡觉的时候，就把红鸟儿偷偷地挂到了那个只属于他们两个人的宿舍里。

早晨醒来，楚河睁开眼睛，猛然看到了那只红鸟儿，那双始终呆滞的、黯淡无光的眼睛便明显地亮了一下。楚河看红鸟儿的时候，杨测也在偷偷地看楚河，他立即捕捉到了楚河眼睛里的明亮，尽管楚河那漆黑的眼珠好半天都没有动一动！

也就是从那一时刻开始，楚河每天的独自发呆，便变成与红鸟儿特别的对视了。在那个静寂的高中宿舍里，楚河和那只红鸟儿，经常这么你看着我，我看着你，长时间沉默地对望着。也不知这种人鸟对视到底持续了多长时间，有一天早晨，当楚河再一次与红鸟儿大眼瞪小眼地相对时，突然听到咔的一声轻响，楚河那始终混混沌沌的大脑就打开了一扇门，眼珠儿也自然转动起来了，于是，他就看到了窗外的花儿。

“花儿……是什么时候开的？”

杨测一愣，好半天都没有反应过来。

楚河低头看了看身上的衬衫，显得有些不好意思地说：“夏天都到了，花儿怎能不开呢？”

说完这句话，楚河就笑了。

令楚河觉得奇怪的是，杨测听了他的话，突然泪流满面！

楚河就这么重新振作起来了，在杨测的精心护理和陪伴下，楚河甚至还和杨测一起参加了高考，并且真的考上了大学——尽管那只是省城里的一所并不出名的理科大学。因为无私地帮助楚河渡过了难关，杨测不仅得到了楚家人的感谢，也赢得了学校上下的一致赞誉。

>>>“蠢货”马哓哓的危言耸听

“蠢货”是杨测送给马哓哓的专属名词。他不止一次当着楚河的面骂马哓哓是蠢货，而且骂的时候，声音还足够大，大到如果马哓哓想听，就一定能够听得到。

马哓哓原本不叫马哓哓，而是叫齐晓晓。齐晓晓这个名字还是杨测的妈妈虹姐给她起的呢。马哓哓出生时，楚河的妈妈夏堇已经去世了，三个总是形影不离的闺密，就只剩下了虹姐与马哓哓的妈妈马玉涵两个人。马哓哓落户口的时候，因为马阿姨还在坐月子，而马哓哓的父亲齐一彬在马哓哓出生前便失踪了，所以落户口的差事就落到了虹姐的身上。因为马哓哓是在拂晓出生的，虹姐就顺手在表格上写上了齐晓晓这个名字。

马哓哓上初中后，也不知是粗心，还是故意，常常把“晓”的“日”写成“口”。那天学校来了一位长得十分漂亮的实习老师，当那个实习老师看到齐哓哓这个名字后，先是歪着头想了想，又打开词典查了查，一双明亮的眼睛便定在马哓哓的身上了。当她看到马哓哓那超大的裤裆时，便似乎什么都明白了。

那天，马哓哓穿了一条裤裆超大的哈伦裤。马哓哓从小到大，一直喜欢穿奇装异服，她也因为这个经常挨老师的批，可她每次挨批后，只会老实那么几天，等老师忘了这件事，她就又穿着更加奇特的衣服来上学了！反正当时她的母亲正开时装店，所以马哓哓总是穿着内带标签的时装风里来雨里去。一开始楚河也弄不明白她为什么总是那么懒，懒得连标签都不摘下去。直到后来测哥偷偷地向他揭晓了谜底，他才知道，原来马晓晓穿过的衣服，后来又都被人买走了，并且买的时候，价格还贵得惊人。

在一起的时间长了，同学们早就接受了马晓晓的这种“抽风式”穿衣风格。但实习老师不知道啊，所以她才对马晓晓感到惊奇：“太有创意了！齐哓哓，你连名字都叫得这么勇敢！”见班里的同学都不解地看着自己，实习教师便把齐哓哓这三个字大大地写在了黑板上，想了想，又在哓字上标了拼音“xiāo”。

尽管实习老师已经把名字写在了黑板上，可马晓晓和大家一样，并没有弄明白实习老师为什么夸她勇敢。当时在全班，就杨测一个人弄明白了，因为他立即翻开了那本老词典。实习老师夸马晓晓勇敢，也没有讽刺马晓晓的意思，而是真心地夸赞她，是啊！如果不勇敢，哪个人敢叫如此不吉利的名字呢？

令杨测没想到的是，听了实习老师的话，马晓晓脸上竟然笑开了花儿，她不仅没去纠正实习老师的话，还在一个崭新的作业本上，一笔一画地写下了“马哓哓”三个字，写完了，她便把作业本朝坐在后桌的杨测和楚河举了举。从她脸上那郑重的表情，二人立即知道了她的意思：从此，马哓哓这个名字将代替齐晓晓了。

“齐晓晓的脑袋让驴踢了咋的？连词典都不查就改名，她真是一个蠢货！”杨测转头就对楚河说，声音大到马晓晓完全能够听得到。

见楚河也蠢货一般地看着他，杨测就再次打开词典，让他看“哓哓”的解释。“一个人的名字多重要啊？相当于自己的命！因为名字天天都得被人叫，所以它就像一种祷告呢！”说这句话的时候，杨测的声音依然足够大，或者当时班级真的太乱了，马晓晓才没有听见？

“齐晓晓，你还是别改名了！继续叫齐晓晓吧！”下课后，楚河趁杨测出去的空当儿，立即打开了那本词典，把它小心翼翼地伸到了马晓晓的眼皮底下，因为他实在不忍心马晓晓真的变成蠢货。

“大河啊！好大河！就算我求你了！别总是这么婆婆妈妈的行不行？

一个名字有什么了不起？不过一个代号而已！犯得上那么较真儿吗？我能叫马哓哓够好的了！毕竟没叫马屁吧？从今往后，我就叫马哓哓，听见没？”马哓哓看都没看那翻开的词典，啪的一声就把词典给他扔回来了。

从小学到初中，三个儿时伙伴一直都在一个班级读书，直到上高中的时候，因为马哓哓突发奇想，突然要去当什么音乐大师，才与杨测和楚河分开了。但即使没有分开的时候，马哓哓也总是这么大大咧咧地对待楚河，要么呼三喝四，要么不理不睬。

这次野餐，三个人本来计划吃完饭后，再去KTV号那么几嗓子的，可因为杨测突然接到了单位的电话，匆匆离开了，聚会只能中止。杨测临走前，对马哓哓千叮咛万嘱咐，让她一定把楚河安全送回酒店，可在马哓哓送楚河的途中，楚河的牛脾气又犯了，非逼着马哓哓送他到杨测的单位不可。

“求你了！哓哓，你就把我送到测哥那里去吧！我真的太想看看测哥他们是怎么办案的！”楚河低三下四地说。

“我最厌烦的地方就是公安局，我说过多少遍了！”马哓哓不高兴地说。

“你把我送到那里就行，要不，你把我从车上放下来，我打车去！”

楚河执拗地说。

“你呀！真是个疯子！”马哓哓叹了一口气，只好改变了路线。

测哥单位的办公楼，坐落在瑶城东南角，那是一幢新建的二十层大楼，上面不仅挂满了彩旗，楼面装饰得也格外豪华大气。因为地处正在拆迁的居民区，所以这座矗立在废墟之上的大楼就给人一种怪异的突兀感。

与很多公检法的大楼一样，瑶城公安局大楼也有一种威风凛凛的气势，尽管楼的上方飘着祥和的彩旗，但那种气势就像乔装打扮的美女杀手，无论多么温柔，也掩盖不了眼里的腾腾杀气。

马哓哓的越野车此时不仅速度快得肆无忌惮，向楼前冲刺时的姿态更显得蛮横无理，随着嘎的一声刹车响，越野车才昂昂然地停了下来。

马晓晓都已经下车了，楚河还战战兢兢地坐在车里四下观望呢！可令他奇怪的是，宽敞的台阶下方，还真就没有一个警察走上前来，阻止和训斥马晓晓。楚河暗暗地擦了一下手心里的汗，从车里出来。

从车里一下来，马晓晓就昂昂然拾级而上了，一双洁白的运动鞋踩在高高的台阶上，发出嗒嗒的声响。

楚河呢，正好和马晓晓形成了对比，只见他先是仰起头向大门那边仰望了一眼，才慢腾腾地向台阶上走去，当然也是弯着腰，刚蹬上十几个台阶，就呼哧呼哧地喘起了粗气。

马晓晓每上几个台阶，就会回头关照地看楚河一眼，见楚河抬头看了自己一眼，马晓晓突然轻蔑地冲楚河翘了下嘴角。楚河以为她又要奚落自己了，没想到说出的话却是这样的："我说这里干吗把门槛弄得这么高？哼！就凭这种理念，也不可能'俯首甘为孺子牛'！"

楚河没有接她的话茬儿，继续闷着头向上攀行。马晓晓几步追了上来，突然又恨恨地踏了下台阶说："我恨死这帮犊子了！"

"犊子"是东北方言，可马晓晓并不是东北女孩儿，也许看东北小品看入魔了吧？说话的时候，常常冒出几句东北话。

"我说晓晓，你干吗这么恨警察？警察到底怎么得罪你了？"楚河奇怪地看了她一眼，两只细细的眼睛充满了迷惑。

"我被警察抓过，你信不？"

楚河想都没想，立即摇了摇头。

"就在上个月，我因为涉嫌盗窃，被警察关了整整一夜。后来测哥帮我交了三万元的保证金，我才能取保候审。你信吗？"

楚河还是连连摇头。

"你还有啥不信的？那天我为什么又向你借了三万元？不就是为了还测哥吗？"

楚河惊愕得连话都说不出来了。

"带头抓我的，是一个名叫云落的女警察，她当时是那个派出所的副所长。"

“云落？”楚河突然笑了，“晓晓，你又在拿我开心了！云落哪是人的名字呀？也没听说百姓家里还有云呢。”

马晓晓突然扳过楚河的头，认真地看着他的眼睛：“你看着我的眼睛，我真的没有开玩笑，我刚才说的都是真的！我因为盗窃一家理发店老板的玉佩，被一个叫云落的女所长抓了个现行。”

“你的意思……你真的盗窃了人家的玉佩？”楚河都结巴了。

“你相信吗？”马晓晓依然直直地看着楚河的眼睛。

楚河突然神情庄重地伸出右手，发誓般说：“无论落魄到什么地步，你马晓晓都不会去盗窃的！别说是一个小小的玉佩了！即使价值连城的珠宝，你马晓晓也不会动心的！你马晓晓是谁呀？你可是远近闻名的大提琴家呀！”

“可是，云落派出所的那几个民警真的当场在我的兜子里翻出了失主的玉佩呀！”

“我……我还是不信！”

“如果这件事不是我亲身经历的，我当然也不会相信！”

“你的意思是有人故意往你的兜子里放了玉佩？”

“如果没有人放，玉佩会自己跑到我的兜子里去吗？根据当时的情况分析，有条件往我兜子里放玉佩的，只有云落，因为玉佩丢失时，她就坐在我理发的单间里。也就是说，那天在理发店里发生的所谓盗窃玉佩的案件，就是那个叫云落的副所长自导自演的一场猫抓耗子的闹剧。”

“云落？你是说那个叫云落的女警察偷偷地往你的兜子里放了失主的玉佩？然后又抓了你？她为什么要这么做呀？”

“当然是为了出色地完成‘打盗抢、保平安’的工作任务啊！”

“她、她不是人民的警察吗？人民警察不是为老百姓服务的吗？可她这么做，不是在祸害老百姓吗？”楚河都结巴了。

“如果不是亲身经历，我当然也不会相信，这世上怎么会有这样恶毒的警察！”

楚河惊恐地看着马晓晓，眼睛始终都是圆圆的：“如果那个叫云落的警察，真的做了这种事情，那她这个警察，就的确是太恶毒了！”

“我们对人性最大的误会，就是以为只要是人，就都会有点人性和良心。”马晓晓恨恨地说。

小时候，楚河曾经问过爷爷：“爷爷爷爷，当警察，戴大盖帽，是多么威风啊！可你为啥不当警察了？”

爷爷思索片刻，才语重心长地说：“警察当然是光荣的职业！爷爷是因为有不得已的苦衷，不想使这身制服蒙污，才放弃当警察的。”

楚河皱着眉头想了好久，还是没有弄明白爷爷的话。

见楚河疑惑，爷爷便微笑着摸了摸他的头说：“有些事，现在说了你也不会明白，还是等你长大以后，爷爷再详细和你说吧！”

可当楚河终于长大成人之时，孙子却再也无法和爷爷心平气和地亲密对话了——除了那一次令楚河一辈子都无法忘却的山间争吵。

尽管楚河一直没弄清楚爷爷辞职的原因，但楚河对警察这一职业的景仰，却始终没有改变过。也正因为这种景仰，当他听了马晓晓所遭遇的事情后，才感到如此震惊，也平生第一次对警察这一职业产生了质疑。

“大河！对不起！实在对不起！你神经这么脆弱，我真不应该把这种烦心事讲给你听！”

就像没有听到马晓晓的话似的，楚河依然失魂落魄地站在那里。

“大河！你……咋的啦？”马晓晓突然小心地碰了碰他。

“人活在世间，虽然每个人都有离不开的人，但最后每个人都得离开不是？”楚河虽然心里想的全都是关于警察的问题，可说出来的话，却和警察一点儿都不沾边儿。

见马晓晓满脸都是疑惑，楚河就更卖力地说起来了：“我的意思是说，人无论有多少朋友，但最后也只能自己一个人去死！既然每个人最后都得自己一个人去死，那大家还往一起凑什么？”楚河关于警察的话，越说越远。

“死其实很容易的，活着才不容易，大家往一起凑，就是为了好好活呀！”

“可什么样的活，才叫好好活呢？本来我觉得最好的活，就是咱们三个一起在郊外野餐。可盼呀盼呀！好不容易盼到咱们三个人真在一起野餐了，可为啥每次野餐都以失望告终呢？”

马晓晓打断了楚河的话：“大河，你就是太能钻牛角尖！人只要能喘气儿，就不要较真儿，‘在薄情的世界里深情地活着’是我活着的时候的座右铭！”

“你的意思……你死的时候也有座右铭？”

“我的傻子欤！人若死了，就啥都没有了，即使真有座右铭，也屁用没有了！”马晓晓说罢，就噌噌噌地向上蹿去，转眼蹬到了最上面的台阶。瞧她的背影，楚河知道她是不愿意继续和自己废话了。

直到马晓晓消失在大门里，楚河才渐渐恢复了常态，快步追了上去。

推开大门，展现在眼前的是一个很宽敞的大厅，大厅上面是一个四四方方的天井，天井四周围着白色的栏杆，栏杆的两边就是三楼办公室的走廊，站在大厅里还能看到几扇办公室的门。

楚河仰头向棚顶看了一眼，发现上面排列着六扇明亮的天窗。但天窗并不通天，虽然天窗里同样泻下了明晃晃的光，但那种光真的不是日光，仅仅是酷似日光的灯光而已。也许是新楼吧，还来不及装进各种设备，偌大的大厅，便显得空荡荡的。除了门边有一套小桌小凳，剩下的就只有堆在墙边的装修材料了。

大厅的左右两侧各有一个走廊，通往左右两边的办公室，左侧第一个房间，面向大厅开了一扇窗，一看就知是门卫处。透过窗口向里看，发现里面除了明亮的灯光，并没有一个人。

门卫处的门，对着一扇通向电梯和楼梯的门，马晓晓一进大厅，就快步向电梯那边走去。楚河边向里面走，边往门卫处扫了一眼。他发现门卫处的桌子上，摆着一个并不太大的显示器，一看就是监控显示屏。此时显示屏里也是一女一男，女的一身休闲装走在前边，梳着马尾辫儿，身材窈窕，脊背挺得笔直；跟在后面的男人则穿一件皱巴巴的鸡屎色的夹克衫，不仅驼背，还显得鬼鬼祟祟的，一边走，一边贼眉鼠眼地向后面望。

突然听到大脑里嗡的一声响，后面的那个男人就猛地站直了。回转身的同时，眼睛也顿然瞪大……直到此时，楚河才意识到，显示屏里面的两个人，正是马晓晓和楚河自己。

这个意外发现，就像一记响亮的耳光，啪的一声打在了楚河的脸上，一下子就把楚河打蒙了——那个猥琐佝偻的男人真的是你楚河吗？以前的楚河多么注重仪表！多么潇洒俊逸！因为长相漂亮，以前的楚河不是经常被人夸赞吗？可到底从什么时候开始的，你楚河再也听不到那些赞扬声了？

——难怪连两小无猜的马晓晓都要对你保持警惕！

楚河低头看了一眼身上的棕色夹克上衣，这件衣服还是楚河回瑶城的前一天，在商场新买回来的呢！楚河暗暗拽了拽衣襟，发现上面根本就没有褶皱，可为啥到了监控镜头里，它就变得皱皱巴巴的了？

随着一阵急促的脚步声，两个男子从走廊深处快步走了出来，前面的那个四十多岁年纪，面容黝黑，身材健硕；后面的那个二十四五岁，身体微瘦，但挺拔秀颀。两个人都步履匆忙地向前走着，走到楚河身边时，前边的男子还目光犀利地扫了他一眼，但并未停下脚步。虽然两人都身穿便衣，但在公安局里楚河却能从气质上推断出这两个男人都是警察，并且前边的是领导，后面的是下属。

就在两个警察从自己身边擦肩而过之时，楚河又向监控显示屏里瞟了一眼，他发现显示屏里的自己虽然也挺直了脊背，但与疾步走过的两个警察相比，还是存在明显的差异。那两个警察别说身姿和步伐了，连背影都像警察。可自己呢！尽管身高和他们不相上下，却找不出一丁点儿警察的影子。

同样的便衣，同样的个头，同样的年纪，并且同样是警察，可你为什么显得这么差呢？到底差在哪里了？楚河又傻傻地杵在那里了。

精神长相！一个声音突然划过楚河的脑际。

楚河的脑海里又闪出了杨测在小视频里的身影，如果用词形容他的精神长相，应该用什么词汇好呢？

楚河郁闷的心突然像开了一扇窗似的亮了，扑哧一下笑出声来。也许楚河的笑声过于怪异了吧，前面的那个领导突然回头剜了楚河一眼，礼貌地问："您找谁？"

楚河刚刚直起来的身子立马就堆下了，吞吞吐吐地说："我找……杨哥！"

跟在后面的那个警察立即止住了脚步，目光灼灼地盯着楚河看。楚河发现，与领导相比这个警察的眼神更像一把尖刀，不仅寒光四射，还锋利无比。

马晓晓已经按开了电梯的门，见楚河突然被两个警察拦住了，马晓晓便用手挡住了即将合上的电梯门，声音凌厉地冲楚河喊道："大河，快一点儿行不行？测哥办公室在七楼呢！"

"你们进来登记了吗？"后边的那个警察快步地走了回来，脸色沉得都能滴下水来，他边走边向门卫室看了一眼，嘴里喊着，"老张！老张！"

"马上啊！等一会儿！"一个苍老的声音从走廊深处传了过来，但却只闻其声，不见其人！

"大河，你还磨蹭啥呢？"马晓晓的声调又拔高了三度，声音里充满了火药味。

就像受到了挑衅似的，年轻警察的脸上迸发出一股激愤，目光凌厉地瞪了马晓晓一眼，刚要张口训斥，可话还没等说出来呢，眼珠儿却突然定住了，继而整个身体也猛然凝固，成了一个惊愕的雕像。

他的这种惊愕来得实在太快了，当然消失得也快，还未等那惊愕完全释放出来呢，一种惊喜就礼花一般绽开了："您……不是马老师吗？实在抱歉！我刚才没有看到您！我是冷天龙啊！您不记得我了吗？"

马晓晓闻听此话，便不再发飙，虽然她目光茫然地瞟了他一眼，但怒气却依然在脸上挂着。

这个自称冷天龙的警察，在笑的时候，白皙的瓜子脸不仅绽开了粉红色的花儿，刀子似的眼神里也飘满了透明的柔情——人这一张脸啊！

尽管巴掌那么大小，怎么如此风云变幻呢？变得甚至比风云还快！

见马晓晓还站在那里发愣，冷天龙几步走到马晓晓身边，热情洋溢地说："您对我真的一点儿印象都没有了吗？离上次您在大剧院演出这还没到一个月呢！"冷天龙还想继续说下去，一眼瞥见领导正充满疑问地盯着自己呢，笑容才收敛了些，"您上次演奏的《殇》，实在太抓人心了！我回去后又在网上搜了一下！没想到您在网上更出名！有那么多的粉丝。对了，我还在网上给您留言了呢！我行不更名，坐不改姓！网名也叫冷天龙。"他就那么一边说着，一边不自然地搓了搓手。

"那天到台上给我送花的……就是您吧？谢谢您的花！"马晓晓尽管嘴里道着谢，脸上盛气凌人的神情却丝毫未减。

"对！对！对！那天给您送花儿的，就是我！"见马晓晓终于想起了自己，冷天龙显得快乐极了。

站在那边的领导，愈加不耐烦了，他长着一张四四方方的黑脸，两道浓浓的剑眉，此时那两道剑眉都快拧成一个黑疙瘩了："天龙！你还啰唆啥呢？赶紧把老张喊回来，详细问问他们俩咋回事，然后抓紧过来！"领导说罢转身就走。

"庄队！她是马老师……就是……拉大提琴的那个马晓晓老师！"冷天龙既不想冒犯马晓晓，又怕冲撞了领导，一时间显得两头为难，手足无措。

冷天龙的这句看似普通的话，突然触到了那位领导的心。直到看清了马晓晓的脸，那张绷得紧紧的四方脸，才眼见得松缓了："您就是……马晓晓老师？久闻大名！久闻大名！我叫庄重，很高兴认识您！"领导说这番话时，尽管那张黑黑的四方脸并没有露出一点儿笑容，但他却大踏步地走回来了，走出了一派军人的风姿。

"庄队是我们刑侦支队副支队长！"冷天龙介绍着说。

见马晓晓表情古怪地看着他们，庄重紧绷绷的四方脸突然令人意外地挤出了一丝笑容。不过他的笑容很勉强，就像挂在黑瓷碗上的霜花。"是这样的，马老师！因为压了太多的案子，我们的民警全都在超负荷地加班工作。为缓解大家的心理压力，我就让冷天龙每天都给大家播放几段舒缓的音乐，可天龙这小子偏偏只崇拜您一个人，总是反复播放您的大提琴曲。还别说，您的曲子真的非常好听，不仅舒缓了神经，还让我们感受到了音乐的无穷魅力。”庄重说罢，就爽朗地哈哈大笑了。

楚河惊异地看着这三个人，心里说：难怪马晓晓总是那么嚣张跋扈呢，原来她是被这些粉丝惯坏了！不仅网上的粉丝惯着她，连威严无比的刑侦支队的副支队长也这么崇拜她……

这时，一个身穿警服却没有佩戴警衔的老人，从走廊那边急匆匆地走过来，手里拿着一个很大的管钳子。见了庄重他们，他远远地就笑着说：“卫生间的自来水管子有点漏水，趁这工夫没事，我去修了修。”

楚河心里突然一动，因为这位老张的声音像极了自己的爷爷。

“咋的啦？”老张这才眼神直直地看了一下楚河，仿佛这四个人当中，只有他是个坏人似的。

在老张那探照灯似的注视下，楚河再次低下头去，一时之间手脚都变得多余了。马晓晓立即解围说：“他叫楚河，和你们刑警一中队的中队长杨测是同学。”也许楚河怯懦的神情提醒她什么了，马晓晓又加了一句，“他现在是警校老师，刚被警校特招去的。”

庄重审视地看了看楚河，字斟句酌地说：“楚河这个名字……我倒是听人说起过！你是不是千紫集团楚汉老总的……那个据说性格非常古怪的宝贝大孙子呀？我听说你连你们家的万贯家财都不稀罕，非要自立门户？楚老总是我们公安局的老前辈！我们局里的人都非常尊重他！”听了庄重的话，楚河的脸腾地红了，从心里往外觉得给爷爷丢了面子，恨不得钻进地缝里去。

“真不巧，杨测正在执行一项特殊的任务，恐怕今天……你们是白跑了！如果你们有什么急事，我可以代为转达。”庄重抱歉地冲马晓晓和楚河笑了笑。

冷天龙看了看手表，便用请示的眼神看着庄重，小声说道：“现在离六点……还有四十分钟的时间，也就是说，四十分钟以后，杨队就有时间了。”冷天龙也许太想和马晓晓多待一会儿了，才冒冒失失地提出了这个建议。

庄重一眼就看透了冷天龙的心，只见他微微地皱了一下眉头，一边打开手机看了下时间：“离六点……就剩下四十分钟了吗？时间怎么过得这么快？”说着说着，他的脸上便现出了一丝愁容。

见马晓晓和楚河都在望着自己，庄重才勉强笑了笑说：“不是我故意让你们白跑路，而是我们的工作实在特殊，常常身不由己。如果二位不着急，你们也可以等杨测一会儿，不管杨测能不能完成任务，到了六点，他都有时间了！”

见庄重如此说，冷天龙立即兴奋起来，讨好地看着马晓晓说：“杨队现在就在一楼审讯室呢。我们正好也要到那里去，你们不如和我们一起，到一楼的民警值班室等他！”

冷天龙的话还没说完，庄重就瞪了他一眼，责备他说：“咋能让美女音乐家去那种地方？你不如把他们领到杨测办公室去，顺便让其他民警们也认识认识咱们的音乐家。”

“我们不如就去值班室等测哥吧！测哥那么忙，就别让他跑来跑去的了！”楚河边说边冲着庄重和冷天龙捣蒜般地点头。

听了楚河的话，庄重犹豫了一下，又征求地看了马晓晓一眼。见决定权全在马晓晓这里呢，楚河立刻又把目光射向了马晓晓。

马晓晓便强忍着满心的不情愿，无奈地说：“去值班室也行！只是不知道……我们这么贸然去，会不会给你们添麻烦……”

庄重便笑了，无所谓地摆了摆手说：“那里就是一个值班室，又不是看守所，哪有那么多的禁忌？”说着就迈开军人般的步履，先行开路了。

>>> 水火女神的黑白较量

为了跟上庄重的步伐，马晓晓只得迈开大步，紧跟着庄重。瞧她的眼神，似乎对庄重很感兴趣。果然，走了一段路后，马晓晓就敬重地看着庄重问："庄队长！您的步伐好矫健啊！您以前一定当过兵吧？"

"马老师的眼睛果然厉害！我是军转干部，前年才转到地方上来。"庄重愉快地说。

"那您在部队，也一定是首长吧？"马晓晓的脸上，甚至溢出了明朗的笑容。

还未等庄重说话，跟在后面的冷天龙就炫耀说："我们庄支队在部队是团长！到我们刑侦支队当副支队长，他是大材小用了。"

"话可不能那么说！无论什么级别，都是为人民服务的。"庄重回答道。

楚河看了看庄重的背影，欣慰地舒了一口长气，那个云落果然是个例外。

一行人顺着二楼长长的走廊，一直走到了尽头。走廊里铺着浅灰色的大理石，明亮的石面，反射出白色墙壁的倒影，使这个宽宽的走廊有了一种立体纵深感。走廊两边办公室的门全都紧闭着，越往走廊深处走灯光越暗，四个人脚步全都踩在了自己的倒影上，听着那神秘的唰唰声，一丝诡异感在楚河的心里飘荡了起来。

走廊的尽头有一扇白色的大宽门，快到门边时，冷天龙突然快走几步，在指纹开门器上按了一下，那门就嗒的一声响。门里是通往一楼的楼梯，阴冷阴冷的，感应灯虽然亮了，可里面依然阴气十足。虽然旁边也有电梯，但庄重却带领大家顺着楼梯走到了一楼。感应灯越往下走越迟钝，大家谁都不再说话，只听到纷杂的脚步声踢踢踏踏地响，直到看到一个安着密密的不锈钢栅栏的大门，才停下来。

快到门边时，冷天龙再次小跑几步，先是在指纹器上按了一下，又掏出一张白色的卡片，在读卡界面上扫了一下，这才推开了那扇笨重的栅栏门。

在一扇什么牌子都没挂的门边，庄重停下脚步，回头对马晓晓和楚河笑了笑说："很抱歉！你们只能先在民警值班室等一会儿了。天龙，你去看看杨队审得怎么样了。如果还在审，就不要惊动他。有什么结果立即向我报告！"

冷天龙答应一声，就顺着走廊快步向前走去。

庄重打开了门，展现在几个人面前的，是一个光线昏暗、物品凌乱的大屋子。几张桌子几把椅子摆放在屋子中间，桌子上堆放着吃过的方便面、火腿肠之类的垃圾残骸。与中间的混乱相比，立在墙边的玻璃橱柜，倒是显得中规中矩，里面也中规中矩地摆放着防弹衣、防刺背心、防暴盾牌、警棍、手铐等警用装备。

几个人直到走进屋，才看到屋子里还坐着一个人，看背影，那是一位女民警，穿一件警服衬衫，此时的她正对着一台小巧的手提电脑忙着什么，电脑屏幕上的光为她的背影镶了一层特别的光边，使她的背影有了一种雕塑般的质感。几个人都进屋半天了，她都没有反应，仿佛她真就是一尊雕塑。

庄重重重地敲了敲民警旁边的桌子，民警还是没有回头，只是没有好气儿地摆了摆手说："我不是说了嘛！今天晚上我以绝食抗议！"说话的时候，民警的眼睛依然盯着电脑，另一只手也始终没有离开键盘。直到庄重重重地咳嗽了一声，她才回头看了一下，当她发现站在身边的人是庄重时，吃惊不小，呼地站起来，立正挺胸说："庄队！我以为是他们呢！"

庄重皱了皱眉头:“你想用绝食抗议什么?”

民警一笑:“说着玩儿呢!”

庄重扫了一眼电脑屏幕，等他看到屏幕上的内容，口气才变得柔和了:“怎么?还在琢磨那个程序呢?这下遇到难题了吧?你这种肯于钻研的精神虽然值得表扬，可再怎么勤奋，也别忘了开灯啊!这么下去会把眼睛弄坏的!”

民警看了窗外一眼，这才惊讶地说:“这么快就黑了吗?刚才屋子里还亮堂着呢!”

隔着庄重，楚河向电脑屏幕瞟了一眼，心里一动。显现在电脑屏幕上的，虽然都是英文字母，但楚河一眼就看懂了里面的内容，那是关于Wi–Fi射频指纹定位①方面的技术软件。楚河为了驾驭这个软件，曾经花费了大量的时间，专门进行过研究。如今在这个阴暗的房间，突然又见到了这样的程序，一种亲切感便油然而生。楚河心里一激动，嘴上也没了把门的了:“你们刑警破案，也都用上了这样高端的技术了?真没想到!这么小的地方，也有这种专业人才呀!”

楚河这几句话立即引起了那位民警的注意，本来她想去门边开灯的，听了楚河的话，立即止住脚步，好奇地瞟了楚河一眼，嘴里却谦虚地说:“我哪是什么人才啊!我是不自量力、胆大包天，才自找了这么一个要命的活儿!”

民警说着，又冲庄重感叹了一声说:“庄队，实在抱歉!这个门槛儿……我好像跨不过去了!这都多少天了?可我现在连门把手在哪儿都不知道呢!”说着颓废地叹了口气，刚要退出程序，楚河突然挡住了她的手。

---

① 无线信号的信号强度在空间传播过程中会随着传播距离的增加而减弱，接收端设备与信号源距离越近，信号源的信号强度就越强；接收端离发送方越远，接收到的信号强度就越弱。根据终端设备接收到的信号强度和已知的无线信号模型，Wi-Fi指纹定位可以估算出接收方和发送方之间的距离，根据估算接收方与多个发送方之间的距离，就可以计算出接收方的位置。

直到两手相碰，楚河只觉得一股特别的电流，倏地一下从手上传了过来，瞬间就传遍了全身。

“别灰心！别灰心嘛！如果都那么容易，那这项技术，也就不能称之为领先世界的高科技尖端技术了！”庄重一边说着，一边走到门边打开了灯，明亮的灯光立即照亮了整个屋子，也照亮了这位民警的脸。

楚河直到这时才惊讶地发现，这位与自己近在咫尺的女警察，竟然面容十分姣好。楚河仔细看了看她的脸，一眼就看到了她腮边的一道浅浅的疤痕，楚河的心便异样地一动——这位女警察长得实在太特别了！尽管楚河也说不清她到底哪里特别，但楚河就是觉得她特别，就好像自己曾经在哪里见过她似的。因了这个特别的发现，楚河的心突然狂跳了起来。

手是无声的语言，似乎也触动了女警的哪根神经。只见她颇为好奇地瞥了楚河一眼，嘴角就俏皮地翘起来了，像是在笑，仔细看又不是笑。她就那么似笑非笑地斜睨着楚河说：“听你的语气，好像你也懂这种软件似的！可不是我小瞧你啊！这可是一个高尖端的难题。目前在咱们瑶城——不对，即使在全国，也没有几个人真正解开过！”她的嗓音虽然清丽婉转，但里面含的却全是刺儿。

庄重也看了看楚河说：“楚老师如果……也懂这种软件，不如在电脑上试试。”

一种特别的征服欲，使楚河二话没说，扑通一声就坐在了女警坐过的椅子上。此时的他，不仅忘了自己到这里做啥来了，甚至也忘了自己身在何处了！他就像一个狂热的斗士，全部的身心都沉浸在那种征服的欲望里了，而这个小小的键盘，就是他征服世界的武器。

随着一阵轻轻的啪啪声，屏幕上的那些英文字符，突然像是听到了什么号令似的，很快就排成了整齐的方队，在一个个颜色各异的格子里，唰唰唰唰地向屏幕上方退去，速度之快就像乘坐了直升机。此时此刻，屋子里的人全都屏住了呼吸，静静地看着楚河在电脑前操作，仅仅十几秒过后，楚河的脸就神经质地抽搐起来了。就像回应他的抽搐似的，一个美轮美奂的彩色程序，转眼就定格在电脑屏幕上。

女警立即兴奋地睁大了眼睛，红润的嘴唇儿张成了〇的形状：“啊！高精度射频指纹定位算法？真不敢相信！原来……你这么厉害！我是不是在做梦啊？”女警边叫边拍了拍自己的脑门。

庄重因为根本看不懂电脑里的内容，眼里闪烁的全都是疑惑。女警见状，立即指着电脑，语速飞快地解释起来：“这是一种基于公共信标集的高精度射频指纹定位算法，通过采用高斯混合模型，更加准确地表征复杂训练指纹的信号特征……”

女警越说越快，庄重也越听越糊涂。见女警说起来就没个完了，庄重立即挥了一下手，打断了她的话：“好、好、好，不用介绍得这么详细啦，听了你这惊喜的尖叫声，我就啥都明白了！”

庄重说罢，又有些不相信地问女警：“他真的打开了……你的那扇门？”

“可不是嘛！我现在随时都可以轻轻松松地进门了！”女警说着，就忘情地把楚河从椅子上拽开，自己坐在电脑边，又噼里啪啦地敲起键盘来，屏幕上的英文字符在她的指挥下，也开始有规律地向上移动了，只是那个方队退得不像刚才那么快。女警就这么敲着敲着，屏幕上的方队不知为啥，又停滞不动了，女警只好求救般地回头看了看楚河。

楚河立即俯下身子，在键盘上敲打了两下，那个方队就又齐刷刷地后退了，与方队一同后退的，还有一个个奇形怪状、颜色各异的计算公式、表格曲线和诡秘符号。

见两个人的注意力全都在那个根本看不懂的程序里呢，庄重便笑着对女警说：“行啦，行啦！再怎么着急学艺，也不在这点时间。这位楚老师是警校的老师、杨队的同学，我看哪天不如专程把楚老师请过来，给你们几个上一堂课。您说这样行不行？楚老师！”

听庄重如此尊称自己，楚河的脸立即涨得通红，连连摆手说：“您千万别这么称呼我！大家都是高手……”楚河本来是想谦虚一下的，可话一出口，才觉得不对劲儿，就立即纠正，“大家都是学生，将来大家共同学习，共同学习！”

楚河突然心虚地瞟了马晓晓一眼。本来，楚河还想继续谦虚几句的，直到这时他才发现马晓晓的脸色十分难看。自从进屋以后，马晓晓始终都没有说一句话，因为楚河一直沉浸在酣畅淋漓的征服里，才一直没有发现马晓晓的变化。

此时此刻，马晓晓简直要烧成一团火了！不仅杏核般的眼睛里燃着火，连满月一般的面颊也熊熊燃烧起来了，烧得比月亮还红。见一直陶醉忘我的楚河终于肯看自己一眼了，马晓晓立即轻蔑地哼了哼，讥讽地说：“真没想到，楚大专家说起这些漂亮的官话儿，也是一套一套的！”一番话，把春风得意的楚河，一下子送回了数九寒冬。

马晓晓这番讽刺加打击的话，也让庄重感到不好意思起来。庄重以为马晓晓是受了冷落，才如此不高兴的，便立即把身旁的椅子搬过来，让马晓晓坐，同时责备女警说：“你看看你，光顾着拜师学艺了，都忘了招待咱们的客人了！”

听庄重如此说，女警才从电脑屏幕上抬起了眼睛，神情异样地瞟了一眼站在庄重身后的马晓晓。当女警的丹凤眼终于与马晓晓的杏核眼交相辉映时，女警脸上笑容瞬间就凝固了。

女警先是沉吟了一下，因见马晓晓始终直绷绷地站在那儿，一双火眼金睛般的杏核眼，闪烁的全是挑衅，女警便也瞬间武装了起来。只见她的鼻翼微微一抖，接着就昂昂然地站起身来，慢慢地向马晓晓走去了。那种气势，像极了角斗场上的勇士，盛气凌人地走向正用犀利犄角对着自己的疯牛。

两个颜值相当、年龄相仿的女子，突然之间就这么横眉冷眼地对峙起来了，旁观的两个男人顿时一脸迷茫，谁都说不出一句话了。

与马晓晓的一团烈火形成鲜明对比的，是女警那古潭一般的沉静。楚河趁机端详了女警一眼，才知道她为什么显得那么特别了！也不知是灯光的作用，还是那件水蓝色警服衬衣映衬的，楚河发现她不仅丹凤般的眼眸清澈如水，修长纤细的身材柔美如水，那张白皙的瓜子脸也像清澈见底的湖水一样，更何况她如水潋滟的脸上，还有一道水纹似的绰约动人的疤痕呢？

女警这突如其来的冷峻，让见多识广的庄重，也丈二和尚摸不着头脑了：“云落！你和马老师……早就认识吗？”

“岂止认识，我们还是老相识呢！”女警平静似水地说完了这句话，又平静似水地微微笑了笑，楚河发现她笑起来更像水。

这下，轮到楚河吃惊了，惊得就像晴天突然听到了霹雳！

——云落？原来她就是云落？这怎么可能？

楚河求救一般看了看马哓哓，又看了看女警，本就缺氧的大脑，转眼被抽成了真空。

在楚河的心目中，云落早已定格成一位身材短矬、膀大腰圆、皮肤粗糙、一脸横肉的悍妇了。可眼前的这位云落实在太特别了，不仅像水一样纯净柔美，也像水一样清澈透明。自从听说她就是云落后，楚河甚至睁开了自己的“第三只眼”，仔细看了看她的眼睛，心里不禁一阵犯疑：像她这么目光清澈、纯净圣洁的女子，怎么可能去钓鱼执法？怎么可能为了栽赃陷害，把玉佩故意放到人家的兜子里？

见二位奇女子互相横眉立目、剑拔弩张，庄重便哈哈一笑，左右逢源地说：“原来你们早就打过交道啊！也是，咱们瑶城就这么巴掌大小，而你们又都是出类拔萃的人才，怎能不认识呢？不过马老师，您虽然认识云落，但您可能并不真正了解她。云落可是我们公安系统不可多得的特殊人才呀！我们刑侦支队也是费了好大的劲儿，才把她从派出所里挖过来。”

“就她这样的还是特殊人才呢？真是流氓不可怕，就怕流氓有文化！”马哓哓根本不理会庄重的感受，张口就来。

“流氓？”庄重惊异地看了马哓哓一眼，以为自己的耳朵出了毛病，“马老师，我不知道您与云落之间，究竟发生什么误会了，但您用这种词儿来形容我们的云落，就有些不贴切了吧？云落和流氓，那可是边儿都不沾啊！”

马哓哓喘了一口粗气，刚要继续发飙，突见云落向前一步，低声在马哓哓的耳畔说了一句什么，马哓哓那张开的嘴，就僵在脸上了。马哓哓目光复杂地看了看云落，又看了看庄重，最后甚至求救似的看了看楚河，脸色就越来越白。

从小到大，马哓哓给楚河的印象，除了强势，再就是霸道。面对侵犯，她永远都是一只凶猛的雕鸮，别说与她交锋了，仅仅看到她那双瞪得溜圆的杏核眼，对手们都会落荒而逃的。小时候每当受了委屈，楚河都会在第一时间向马哓哓求援，马哓哓也从来都没让楚河失望过，无论楚河什么时候向她求援，她都会像雕鸮那样张开巨大的羽翼，呼啦啦地飞过来，为他“啄去一切害人虫”。可今天，马哓哓竟然一反常态，平生第一次向楚河示弱求援了！面对马哓哓如此哀怜的眼神，楚河那始终冬眠着的雄性保护欲，也渐渐复苏了。

就像当年马哓哓保护他时一个样子，楚河也支棱起隐形的翅膀，慢慢地向前走了两步，质疑的目光利剑一般射向了云落。是的，他想要质问的话，实在太多了！

我敢用生命担保，马哓哓即使穷死了，她也绝对不会去盗窃别人的玉佩的！

可如果马哓哓没有盗窃玉佩，那又是谁把玉佩放到了马哓哓的兜子里？

……

一时之间，这些诘问之语全都涌到了楚河的嗓子眼儿，楚河正琢磨着怎么组织语言，才能把自己的想法说得更简洁、更有力量呢。没想到云落突然飞快地瞟了他一眼，一下子就把楚河看蒙了。也不知是云落那晶莹如水的丹凤眼过于清澈了，还是她那暗潮涌动的眼神充满了诱惑，楚河只觉得轰然一声骤响，大脑里面便一片空白。不仅诘问之语全都消失不见了，混混沌沌的大脑里，甚至还不合时宜地飘起了一缕歌声。

难以忘记初次见你

一双迷人的眼睛，

在我脑海里，你的身影

挥散不去……

这是哪首歌曲？谁唱的？什么时候听过？楚河一点儿记忆都没有了，但他偏偏异常清晰地记住了这几句歌词。随着歌声的唱响，他的眼神也渐渐迷离，嘴角不自觉地微微翘起。

——后来，马哓哓曾无数次地描述过这个细节，说在她最屈辱最无助的时候，楚河不仅没有站出来为她伸张正义，反倒还向她的敌人绽开了献媚的谄笑……楚河当然不承认自己会如此薄情，但如果当时恰巧有那么一个监控摄像头，而摄像头又恰巧摄下了楚河的神情，楚河一定会哑然无语的！因为当时他的脸上，的确洋溢了一脸发自内心的笑容——也就是马哓哓口里的谄笑。

也就在这个节骨眼儿上，云落向马哓哓发难了！

只见云落高傲地抬起了头，居高临下地冲马哓哓微微一笑，就不疾不缓地说话了："马老师！作为一位有素质的公众人物，您可不能随便乱说话呀！在我们公安局的地界上，当着我们领导的面儿，您竟然骂我们警察是流氓！您是不是太不把我们警察当回事了？难道您忘了我们警察是做什么的了？今天，除非您能说出理由，否则，您必须得向我道歉！"

云落这绵里藏针、不卑不亢的反击，一下子把楚河从癫狂的状态中震醒了！他不禁再次惊异地看了看云落，正巧，处于酣战状态中的云落也秋水横波地看了楚河一眼，四目相对，楚河那刚刚有些透亮的大脑，就再次轰然骤响，堕回到癫狂状态里了。

接下来，凶猛无比的马哓哓会怎么做呢？按照楚河的想法，她当然会立即冲上去的，猛地张开她雕鸮式的双翅就俯冲下去，让柔弱似水的云落只能有招架之功，不能有还手之力……迷幻中的楚河，大脑里飞转的，全都是云落受伤后的可怜模样，浑身也无规则地乱颤起来。——不行！一定不能让美丽的云落受到任何伤害！我一定要想办法阻止马哓哓……

事后，楚河也曾无数次地扪心自问过，可无论怎么思辨，他都对自己当时的想法百思不得其解。不管怎么说，她马哓哓都是楚河青梅竹马的伙伴。可当亲密的伙伴正在遭受伤害之时，就站在她一旁的自己，为什么一点点怜香惜玉的感觉都没有？更别说去拔刀相助了！

而对于素不相识的云落呢，楚河明明对她怀有无比的怨尤，不仅觉得她唯利是图，还狡猾奸诈，道德败坏得甚至突破了做人的底线。可为什么楚河仅仅用他那所谓的“第三只眼”看了一眼她那清亮亮的眼眸，所有的想法就全变了呢？不仅积蓄在心的怨尤烟消云散了，甚至在敌对双方一决胜负的关键时刻，竟然还要向多年的伙伴反戈一击？

就在楚河如此不可理喻地怜香惜玉之时，突见马哓哓向前迈了一小步，头微微地前倾了一下，接着就声音嘶哑地说话了——尽管马哓哓说那句话的时候，口齿相当含混，但屋子里的人却全都听清了。

——马哓哓说的那句话只有三个字：“对不起！”

一场恶战刚刚拉开帷幕，挑起恶战的主帅就莫名其妙地认了㞞，这不仅让遭了雷击似的楚河更加发蒙，连见多识广的庄重，一时之间也如堕云中了。楚河的大脑，此时已经不是缺氧的问题了，他甚至产生了幻觉，仿佛走在梦境里，飘在云朵中。

威风扫地的马哓哓，再没有了那种雕鹗般的凶猛，此时的她，不仅翅膀耷拉下来了，感觉器官似乎也受了伤。虽然楚河心怀愧疚地看了她好几眼，可马哓哓却一直没有抬头看他一眼。她就这么面带着前所未有的沮丧，灰溜溜地向门外走去了，一下子与急匆匆进门的杨测撞了个满怀。

“刚才天龙说有重要客人来找我，还让我猜呢！原来是你们俩啊！”杨测惊异地看了看马哓哓的脸色，同时飞快地向屋子里扫了一眼，当他看到云落也脊背直直地站在灯下时，聪明的他一下子就什么都明白了！杨测正不知说什么好呢，幸好冷天龙突然出现在门边，一亮身就欢天喜地向庄重大声报告：“庄队！好消息！那人撂了！”

“什么？撂了？”庄重不相信地看了看杨测，又看了看手表，满脸都是疑惑地说，“这不是马上就到时间了吗？他真的撂了？”

“嗯，撂了！”杨测暗暗拉了拉执意往外走的马晓晓。

“这下好了……这下案子就可以结了！马老师，您听到了吧？您的同学又一次立大功了！”

始终脊背挺直地站在那里的云落，也许神经还停留在战斗状态中吧，见庄重如此欣喜，她竟然不识时务地说：“庄队，花店女老板的案子现在就下结论，还为时过早吧？”

庄重一愣：“云落，你咋这么说？”

云落依然不咸不淡地：“我觉得有好几个疑点，还没有解开！”

云落这不合时宜的话，让庄重听了果然很不高兴：“证据已经很充分了，如今口供也拿下了！你怎么还这么说？”

“如果证据真的像您说的那么充分，即使零口供，不是也能结案吗？”云落突然一昂头，一副豁出去了的模样，“反正我觉得靠连续审问审出来的口供，即使他真的什么都承认了，也不靠谱。我刚才所说的绝食抗议，其实并不是玩笑话……”

“对待杀人犯，云落警官倒是颇有怜悯之心啊！”马晓晓突然讥讽地插嘴说。

“您又说错了！我们警察审案子，讲求的就两个字：证据！不管他是盗窃嫌疑犯，还是杀人嫌疑犯！我们只凭证据说话！”云落猛地昂起了头，满脸都是神圣不可侵犯的凛然之色，包括那缕水纹似的疤痕。

庄重立即息事宁人地冲云落摆手：“行啦，云落，和案子有关的事这种场合还是不要说了吧！”

冷天龙直到这时，才发现了马晓晓和云落的异常。也许是云落的盛气凌人，触碰到冷天龙这个铁杆粉丝的痛点了吧？冷天龙突然瞪了云落一眼，虽然脸上依然挂着笑容：“云大侠，你今天咋的了？吃了枪药啦？你还不知道站在你面前的这个人是谁吧？她可是咱们瑶城的杰奎琳·杜普雷啊！前些天咱们听的曲子，都是她的作品！你可别有眼不识泰山！”

听了冷天龙的话，云落突然平静似水地微微一笑，清凌凌地说：“原来泰山就这么高呀？”在她说这番话时，楚河突然在她柔美如水的微笑里，看到了一丝阴森森的杀气。

“云落，你啥意思呀？怎么能这么说话？”冷天龙的笑容僵在了脸上。

“马老师，您的崇拜者问我啥意思，您说我该怎么向他解释呢？”云落虽然嘴里问着马哓哓，却冲大家莞尔一笑，笑出了高山流泉般的神韵，与木桩子似的马哓哓再次形成了鲜明对比。

更令楚河没想到的是，云落的这番话，又像一个神秘魔咒似的，再一次把马哓哓叫住了。见所有人都看着自己，马哓哓的脸又抽搐了一下。还没等大家弄清怎么一回事呢，马哓哓突然一掌推开杨测，便逃也似的向门外跑去了，瞬间就消失在大家的视野里。

“哓哓老师，您别走啊！”冷天龙脱口而出，立即追了出去。杨测回头看了楚河一眼，也追了出去。

楚河呆愣愣地站在原处足足有十几秒，直到几个警察走进来，楚河才意识到自己应该离开了。他见庄重被几位警察围着，便趁乱走出了屋子，刚要按原路返回，云落悄无声息地跟了出来，用手指暗暗触碰了一下楚河的后腰。

楚河猛然回眸，全世界便再次虚化，只剩清晰了如水的云落。

云落似乎一眼看透了楚河的心思，便扑哧笑了：“楚老师，如果没有门卡，您在这里可是插翅难逃啊！来，咱们这边走！”

楚河发现，云落走路的时候更像水，就像一股清澈透明的山泉，顺着山谷潺潺地流淌下来，流出了风韵万千的水墨丹青。

楚河一边沉默地跟云落走着，一边贪婪地欣赏着云落的背影：一个人，如果美到连背影都绰约如水了，还有什么理由不尽情舒展腰肢呢？

正这么走着呢，身后的一扇门突然打开了，从里面走出几个人来。楚河仅仅回头看了一眼，一道寒光就刺了他的眼——那是一副手铐发出的寒光，那副手铐，就戴在走在中间的那个人的手腕上。

前边的警察一出门，就反身掐住了戴手铐之人的胳膊，后面的警察出门后，也立即抓住了他的另一只胳膊。这三个人走出来后，又紧跟着走出好几位警察，人人神情凝重，个个步履匆匆。

那个越走越近的男人，年纪约在二十六七岁，身穿一套皱巴巴的蓝色工作服。他的头发乱蓬蓬的，眼睛半闭半睁，面庞浮肿苍白，神情沮丧憔悴。他的个头虽然很高，但此时却虾米一般蜷曲着。更准确地说，此时的他，简直就是一具活死尸，仿佛被一种神器抽走了身体里的魂魄，如果不是左右两个警察始终都在架着他，他随时都有堆下去的可能。

云落也许早就适应了这样的场景，直到一行人脚步杂乱地走到自己身边了，她才不得不微侧身体靠在墙上，同时示意楚河也靠边站。楚河已经靠边站了，不仅脊背紧紧贴在了墙上，后脑勺也顶到了墙上。他就那么屏着呼吸眼看着一行人从自己身边乱哄哄地过去，心都提到了嗓子眼儿。

就在那个戴手铐的男人与自己擦肩而过的一瞬间，楚河发现他先是眼神麻木地瞟了自己一眼，随即，暗淡的眼神突地一下就亮了，虾米一般的身体也猛然支棱了起来。戴手铐男人的反常，吓了楚河一跳，也吓了那两个警察一跳。正在大家集体发愣之时，一个怪异的声音传出来，悉数飘进了楚河的耳畔："楚河，快救我，我冤枉！我没杀人！"

"走！快点儿走！"走在前面的那个长相凶凶的老警察一边训斥着，一边用锐利的眼睛剜了楚河一眼，直到他看了看站在旁边的云落，脸色才稍稍缓和了一些。

"您……认识他？"云落审视地回看楚河。

"我从来都没见过他，何谈认识。"楚河正这么说着呢，突见那个戴手铐的男人又拼死挣扎地回头看了楚河一眼——那近乎从地狱里飘过来的眼神，轰的一声就唤醒了楚河那一直昏睡着的"第三只眼"。

走廊的尽头有一扇门，随着几声门响，戴手铐的男人就被这些警察押着出门去了。与他们一同消失的，还有那一片杂乱的喧嚣声。望着空空的走廊，楚河又有了那种做梦的感觉，觉得刚才突发的一切，全都不是真实的，全都是梦。

“这下想起来了？”云落的神情，就像深梦里的莲池。

楚河沉默地点了点头，一股非常特别的滋味也涌上了心头——那到底是什么滋味呀？惊异？刺激？悲凉？难过？……可这些词又全都不对。总之，就是百味杂陈。

>>>“苏格拉邸”的狗屁哲学

这个戴手铐的男人，是楚河的初中同学王运良。之所以猛然想起，是因为上初中的时候，王运良也曾用这种眼神儿哀怜地看过楚河。

这个世界有很多奇怪的事情，无法用常理解释。比如楚河和王运良的关系，就常常令楚河觉得莫名其妙——就像前世欠了王运良什么似的，楚河明明对王运良一点儿好感都没有，可在王运良遭遇危难的窘迫之时，楚河总会“及时雨”般出现在他的面前，并义无反顾地帮他消灾解难。

最让楚河难以忘记的，是上初中时的一次春游。淘气的王运良突然从一棵高高的大树上掉了下来，树下，正好有一块边角锋利的大石头。

突闻一声惊呼，正站在树下纳凉的楚河，那天也不知咋的了，突然就变得机灵起来，只见他飞起一脚，刚刚踢开了那块石头，王运良就扑通一声落下来了，一下子就把楚河压趴下了。

那次“舍己救人”，楚河虽然受到了学校的表扬，但他也付出了惨重且昂贵的代价。他整整卧床三个多月啊，差一点儿没落下残疾。可事情发生后，王运良不仅没来看望过楚河，也从没向楚河说过一声谢谢。

和王运良的最后一次见面，是在前年暑假回瑶城的火车上。王运良因为逃票被乘警拽到了两节车厢的连接处，因为拿不出补票的钱，两个乘警正想让王运良在下一站下车呢！楚河恰巧就在这个时候走了过来。尽管楚河一眼就认出了王运良，但他真的烦死了王运良，就赶紧低下头快步走过，可王运良却哇哇大叫起来："楚河啊！楚河！快来救我！我是王运良啊！"

与今天相比，那时的王运良，不仅声音宽阔洪亮，喊叫起来还底气十足，如果不是车厢罩着，那赖叽叽的叫声肯定会响彻云霄的。闻听喊声，楚河只觉得全车厢的人全都转过头来看自己了，想不管他都没有办法了。尽管一万个不情愿，楚河还是违心地帮王运良补了二百三十三元的车票钱。如今两年都过去了，可王运良别说还他车票钱了，甚至连个电话都没给他打过。

可再怎么烦人的同学，毕竟也是同学啊！哪怕楚河对王运良真的充满厌恶，但对于那段岁月，楚河还是难以忘怀的。如今，出来进去总是油头粉面的王运良，突然变成了一具蓬头垢面的行尸走肉，楚河怎么能不心痛，又怎么能不震惊呢？

"您和嫌疑人……是在哪里认识的？"云落小声问楚河。

"他是我的初中同学，叫王运良。这个同学平时非常烦人，我非常厌恶他！可他再怎么坏，也想不到会落到今天这步田地！"

见云落若有所思地看着他，楚河便越说越来劲儿："我敢断定……王运良真有可能是冤枉的。"

也许是突遇王运良刺激了楚河的神经，此时的楚河，细长的眼睛里闪烁的全都是兴奋。

可云落却是一副不想和他谈下去了的样子。只见她从裤兜里掏出了一个门卡，玩似的在手里转动了两下，便向走廊尽头的那扇门走去。

"云落警官，您刚才说的花店女老板的案子是跟王运良有关吧？您不是说这起案子还有很多疑点并没有解开吗？"楚河跟了过去，不甘心地对云落的背影说。

云落举起门卡正要开门，听了楚河的话，她的手便停在了半空，头也没回地说："我们领导刚才批评我……批评得对！我的确不应该在你们这些外人面前谈论案子。"

"如果……云落警官能告诉我一些案件的细节，我想我可能会帮您另辟蹊径的！比如，我们可以利用高科技的手段，寻找新的破案证据……对了，您可能不知道我的职业吧？我在警校教计算机编程，您要是不信，我可以给您看我的警官证。"

"您如果有这种想法，可以直接找我们领导去谈。"说罢，云落就手脚麻利地打开了门。

直到走出门，楚河才发现，这扇门也是整幢大楼的东侧门。与正门相比，这道侧门则显得亲民多了，不仅没有高高的台阶，门前不远处，还种植着许多花草树木。花木林的对面，是一个封闭的停车场，楚河刚刚从门里走出时，发现两辆警车正好从停车场那边驶了出去，楚河望着越来越远的红蓝色的警灯，不禁暗暗猜想：王运良应该坐在哪一辆警车里呢？

缤纷的花树中，隐藏着一条弯弯曲曲的石甬路，闪烁的彩灯时而把它染成一条红丝带，时而又把它变成一只绿虬龙。云落从侧门出来后，便把楚河引到了这条变幻多姿的彩路上。一路上，她一直保持着那种特别唯美的冰封状态，直到拐到楼角处了，才微微地向前方抬了抬下巴说："前边就是正门，那个……他们一定都在正门前等您呢！"

远远望去，那有着高高台阶的威武门脸儿，被五彩的灯光渲染得就像月宫瑶台似的，洋溢着一派祥和富裕的景象。但此时，台阶上却一个人都没有，只有那一抹抹五彩的光在寂寞地交相辉映。台阶下面的灯火阑珊处，马晓晓的那辆橘黄色的越野车，依然雄赳赳气昂昂地停靠在高高的台阶下方。直到再往前走了一段路，楚河才发现，马晓晓、杨测和冷天龙，全都在车前的阴影里站着呢，冷天龙正比比画画地对马晓晓说着什么。

楚河突然停住了脚步："云落警官，有一件事……我非常好奇！"

云落微微一笑："您所好奇的……是不是我到底在马晓晓耳边说了什

么？其实我只说了一句话：‘您还在取保候审，想进看守所，随时满足！’”

云落说罢，冲楚河一拱手，就向灯光璀璨的楼东侧大踏步地走去。

楚河烦闷地胡噜胡噜乱蓬蓬的头，才失魂落魄地向前走去，可当他走到马哓哓和冷天龙的身边时，这两个人都像没看到他似的，连眼皮都没有对他撩上一撩。

直到这时，楚河才发现杨测的手里还攥着一张违法停车告知单。

冷天龙从杨测手里抢过罚单，叠了叠便揣进了自己的裤兜，这才冲马哓哓摆了摆手说：“行啦！哓哓老师，罚单的事，您就不用再烦恼了！一切都由我处理吧！”

“怎么个意思？要替哓哓交罚款吗？”杨测冲冷天龙笑了笑。

面对冷天龙如此的殷勤，马哓哓仅仅横了横脸上的肌肉丝，没说一句客气的话，更没说一声谢谢，只是冲楚河瞪了瞪眼睛：“看看吧！这都是拜您这个大专家所赐呢！为了帮您了却伟大心愿，我的车在公安局的大门口，都被人家贴罚单了！”

因马哓哓的话里全都是抱怨，楚河就责备起她来：“哓哓，也不怪交警罚你！你这车停得也的确太任性了！咱们做人啊，真的不能太任性，往后无论做什么事情，都应该讲点规则……”正这么信口开河呢，突然看到杨测冲他飞来一个“紧急叫停”的眼色，楚河才意识到完了！

马哓哓果然发起飙来了，只见她那双雕鸮似的杏核眼，先是猛地瞪大了一圈儿，接着就有火焰从里面往出冒了，熊熊烈火转眼就像火箭喷发的火舌，呼啦啦地全都射向了楚河，顿时烧得楚河体无完肤。

“都这种时候了，你还能说出这样阴阳怪气的话，你到底是什么人啊？现在我遇到事了，你不说为我平事吧，还处处给我下绊子，你还有没有点做人的原则啦？”

“行啦行啦！哓哓，注意点场合啊！咱们同学有什么事情，咱私下里说好不好，不至于非在公安局的大门口吵吵嚷嚷吧！”正如每次楚河受气时一样，杨测立即用身体挡住了马哓哓射出的火龙，边说边把马哓哓往车上推。

“测哥，你回来得晚，根本没看到楚河刚才的表现！实在太恶心人了！真的是太恶心人了！”马晓晓越说越生气，说到后来，声音里都含有哭腔了。

“晓晓，你咋能这么说大河呢？你可别小题大做了！”杨测终于把马晓晓连推带抱地哄上了车。

“在我最屈辱最无助的时候，你知道楚河他做了什么事吗？他竟然……竟然满脸谄笑地向我的仇敌献起殷勤来了！咱们三个是啥关系呀？马上就到三十年了！可他倒好，和人家见面还没到三十分钟呢，就被人家彻底俘虏了！”尽管车门已经被杨测关上了，可“火焰”还是从驾驶室的各个缝隙里往出钻。

“晓晓老师，您这么生气，还能开车吗？对了，你晚饭还没吃吧？再不我们一起吃个饭吧！”冷天龙担心地望着马晓晓说。

“没事，晓晓就是这么个火爆脾气，心里的火儿发出去了，也就什么事都没有了！大河，还不快点上车，还不快点向晓晓道歉！”杨测又受气包似的，跑到了副驾驶这边，一边打开车门，一边冲楚河叫道。

楚河立即一路小跑地赶了过去，可还没等他走到车门边呢，只听砰的一声爆响，车门就让马晓晓关上了，差一点儿夹住杨测的手。

“晓晓，你这是干什么？”还没等杨测把话说完呢，只听轰的一声，那辆大马力的越野车就冲了出去，迅猛得就像一只发了疯的老虎。

“晓晓……”楚河拼尽全力高喊了一声，但他的喊声与那射出的越野车相比，还是显得太慢了，声音还没传出十米呢，越野车已经蹿出去几十米了，真是难为了那个庞然大物，几乎一转眼，就被黑茫茫的夜色吞没了。

站在光影黯淡的公安局大楼前，楚河又一次堕入那种虚无状态中了。

见楚河的脸上又出现了呆呆的傻气，杨测立即拍了一下楚河的肩膀，刚要安慰他几句，手机就响了。杨测看了看显示屏，便无奈地冲楚河笑了笑，小声说：“领导的电话。”说着，便到旁边接电话了。

等杨测接完了电话，楚河混沌的大脑也渐渐通透了。见杨测担忧地看了看自己，楚河立即冲他说："测哥，你如果忙，就去忙吧！我啥事都没有。"

听楚河如此说，杨测才宽慰地笑了笑说："大河，你要是真的没事，那测哥今天晚上就不陪你了！一会儿就让天龙送你回酒店吧！庄队找我有急事，估计我这一个晚上都别想休息了。"杨测说着，掏出了车钥匙递给了冷天龙。

冷天龙看了楚河一眼，微微皱了一下眉头。虽然台阶下的灯光十分黯淡，但楚河还是看到了他脸上的不情愿。尽管如此，冷天龙还是接过了杨测的车钥匙，向一辆轿车走去了。

"大河，哓哓的事你也不用多想，你就好好休息！等我这边忙完了，我就去找你，我还有一件非常重要的事，要你去做呢！"杨测一直把楚河送到了自己的轿车边，并看着轿车驶离了小广场。

自从楚河坐到了车上，冷天龙一直都没有说话，始终阴着一张黑脸，好像楚河欠了他多少钱似的。驶过一个闪着绿灯的路口时，一个白裙长发女子，突然迎着红灯跑了过去，身体轻盈得如同鬼魅，吓得冷天龙立即踩了刹车。直到惊魂过后，他才愤愤地骂了一句："真可恶，不要命了？"

楚河终于找到了话题："遵守交通规则，可不单是为了别人的方便与安全，更是为了自己！所以，刚才我才和哓哓说了那些话。"

冷天龙侧头看了楚河一眼，问："我不在屋的时候，哓哓老师和云落之间，到底发生啥事了？"

楚河吞吞吐吐地说："她们之间的矛盾……是宿怨，可……我不知道应该站在谁的角度说！"

冷天龙不满地剜了楚河一眼："有啥就说啥呗！还分什么角度啊？"

楚河小心翼翼地看了看冷天龙："因为我不知道具体的……案情，才不知道应该咋说……"

"这咋又扯到案子上去了？还一口一个因为所以的。该啥事你就说啥事得了！"因为交谈不畅，冷天龙显得非常恼火。

“真实的案情……是这样的：上个月，马哓哓在一家什么店里被云落警官抓到派出所去了，说是马哓哓偷了那个店老板的玉佩。我了解马哓哓的人品，她绝不会去偷别人的什么玉佩的，可是云落警官还真就在马哓哓的兜子里翻出了那个玉佩……”

冷天龙也像楚河一般，慢慢地支棱起了瘫靠在座位上的身体：“噢？有这种事？”

“马哓哓还说，当时屋子里并没有几个人，只有云落警官坐在她的兜子不远的地方……所以哓哓就怀疑是云落警官把玉佩偷偷放进她兜子里了。”

“既然哓哓老师根本没往兜子里放，那她完全可以要求警方当场验指纹啊！”冷天龙说。

“因为玉佩丢失前，那个理发店的老板曾让马哓哓帮着验一验她的玉佩是不是真货，所以那上面已经留下了马哓哓的指纹。”

“要是这么说……那个老板也很可疑呀！”

“可是马哓哓说，在玉佩丢失前，那个老板一直都在给马哓哓理发，根本就没有离开过马哓哓的视线。”

“那个老板没离开过哓哓的视线，这也就是说，哓哓也没有离开那个老板的视线呀！这不更简单了吗？那个老板也可以帮哓哓老师洗清罪名的啊！”

“糟糕的是，做完头发之后，那个老板恰巧被别人叫出去过……也就是说，马哓哓有五六分钟的‘作案’时间和机会。”

冷天龙鼻子突然嗞了一声，便喘起粗气来了。吓得楚河顿时噤声不语了。

冷天龙瞪了楚河一眼：“结果呢？你咋又不说了？咱们俩这又不是审讯，就是唠闲嗑儿。”

“结果是……马哓哓窝窝囊囊地交了三万元的保证金，取保候审了。”

冷天龙的脸色渐渐变得冷峻了起来，锐利如刀的眼神，渐渐地变成了两支直射向前方的寒剑。

楚河仔细看了看冷天龙的脸色，可怎么看也看不透他到底是站在哪一方的——是相信他的偶像马哓哓呢？还是相信他的同事云落呢？

“这件事……我一定会弄清楚的！”直到轿车停到了苏格拉邸酒店的大楼前，冷天龙才这么说了一句。

“您的意思……您要重新审理这起案子？”楚河见冷天龙并不像着急让自己下车，便坐在车上没动。

“审理倒谈不上，我也没有那个权限。但我必须得去派出所打听一下，实在不行再去现场重新调查一下。我一定要查个水落石出！”

楚河这才明白了冷天龙的心思，忙说：“那可太好了！只有查清了案情的来龙去脉，才能既帮助马哓哓洗清罪名，也不会冤枉了云落警官。仅看云落警官那像水一样清澈的丹凤眼，她就不是那种人。”

“啥？像水一样清澈的丹凤眼？你是啥眼神啊？云落的那双眼睛，就是一双典型的狐狸眼！要说眼睛好看，谁都比不了哓哓老师！”

楚河便苦笑了：“这么多年，我可没发现她眼睛好看。她小时候老凶了，我们周围年纪差不多的男孩子，没有不怕她的。”

冷天龙突然来了兴趣：“你是说……你和哓哓老师从小到大，一直都在一起了？那你告诉我，她现在是不是单身呀？像她这么既漂亮又有才华的，一定有许多追求者吧？”

楚河瞟了冷天龙一眼，发现冷天龙也正在看他，二目相对，冷天龙的脸就红了。恰好有一抹紫光闪过来，令冷天龙的脸顿时红得发紫。

楚河突然想起了王运良的案子，就“心怀叵测”地对冷天龙说：“我房间里有一包好茶，如果冷警官不忙，不如到我房间里喝杯茶吧，我也好和您详细聊聊马哓哓的囧事。对了，您要是没吃饭，我也可以叫酒店给咱们送两份晚餐来，这家酒店不仅晚餐好吃，还有上好的葡萄酒！”

“我在单位已经吃过饭了，要不，咱们就一起喝点茶吧！”冷天龙果然来了兴趣，立即麻利地下了车，接着两个人便踏着迷幻的霓虹炫彩，深一脚浅一脚地走进了苏格拉邸酒店。

走进酒店大厅，随处可见颇具哲学意味的主题装饰，无论嵌在木质浮雕里的名人头像，还是镶在艺术书橱里的哲学名言，都会引发人们对思想者的尊敬和向往，连天花板上的灯饰都采用书籍的造型，耀眼的金色让人眼前一亮。

“你爷爷家里那么多的好房子……你干啥还住在酒店里呀？”走在酒店软绵绵的走廊地毯上，冷天龙突然问他。

“我喜欢清静。”楚河一边简短地说，一边打开了二楼的一扇门。

冷天龙突然止住脚步，盯着楚河的眼睛问：“这么说……大家所传的，全都是真的？我从小到大，还从没看到过和钱有仇的人呢！钱是多好的东西啊！”

冷天龙说着，突然在楚河的眼前扇动了两下手掌，吓得楚河连连眨眼睛。冷天龙就笑了：“看你这反应……你不也就是个普通人嘛！既然你不是圣人，那你咋和钱过不去呢？”

楚河避开冷天龙的眼睛，微微一笑说：“钱……的确是个好东西。”说罢取出门卡，打开了门。

房间里，各种天然材质的家具、轻便的休闲椅、云状吊灯以及用色活泼大胆的地毯，都具有一种复古主义的美学风格，唯有贴在墙上的那幅《苏格拉底之死》的名画，显得不伦不类。

冷天龙一进门，就大惊小怪地叫道：“你过的日子……并不怎么奢华呀！不瞒你说，就你住的这种规格的酒店，我这个月光族都不稀罕住呢！我说你到底是不是……楚汉老总的亲孙子呀？”

楚河没有回答他的话，一进屋，他就忙起来了，先烧水，后涮杯子。

冷天龙一屁股坐在了休闲椅上，跷起二郎腿，这才东张西望了起来。看完了四周，又看了看棚顶的吊灯，见楚河终于端着一个托盘从洗手间走了出来，才拍了拍镂空的椅子扶手说：“也是，越是有钱的人，日子过得越简朴。那些装阔的人，之所以要装阔，可能就是因为不阔吧？”

楚河把托盘上的两个空杯子放在小茶桌上，然后打开茶叶筒，捏了一小捏茶叶，分别放到两个杯子里。见冷天龙一直饶有兴趣地看着他，便苦笑着说：“人活世上，阔的确能解决很多问题。但无论多阔的人，如果他的心穷，那他也就真的穷。不是有那句话嘛！穷得只剩下钱了！”

冷天龙笑着点了点头：“你这话挺有意思。”

冷天龙一边悠悠地说，一边拿过茶叶筒，闻了闻里面的茶叶，便笑了，想说什么，却欲言又止。

楚河看透了冷天龙的心思，也笑了笑说：“冷警官可别小瞧我这茶叶，它可是上好的风月绿茶，千金难买，万金难求的。这种茶最鲜明的标识，就是茶叶会随着水的浸润，一根一根地竖立起来，就像微风轻轻吹过静静的竹林。”

冷天龙质疑地看着楚河：“风月绿茶？这么有名吗？我怎么没听说过？”

楚河突然一笑：“呵呵，对不起，和您开了个玩笑！其实这就是普通的绿茶！”

冷天龙又盯着楚河看了一会儿，突然严肃地说：“我有一个特别的发现，我发现说话这个东西，就像个屁。有的时候，你明明想说三角形，可你说着说着，就说成了正方形；或者你明明说出了正方形，可听的人偏偏认为你在说三角形……”

楚河心里一动，立即激动起来，以为遇到了知音：“您说得太好了！所以我才说嘛！人与人交往，什么都不用问，您只看眼睛，只看眼睛就足够了！”

冷天龙又笑起来了：“我的大哲学家啊！你还是太单纯！我现在可是连眼睛都不信了。”

“那您信什么？心？”楚河认真地看着他。

“什么是心？心在哪儿？其实呀！这个世界上根本就什么都没有，也别提什么是与非、好与坏、福与祸了。这个世界说白了，就是一场梦！”冷天龙突然阴阳怪气地说。

就像一个人走着走着，突然掉进了深不见底的古潭，楚河的心也沉进了万劫不复的深渊。他悲凉地盯着冷天龙，好一会儿才说出话来：“要是按您这么说，那我们的交谈还有啥意义了？连活着都没有意义了！”

楚河越说声音越小，说到最后，只听得到气息。

楚河的突然反常，把冷天龙吓了一跳，但随即，他就朗声大笑起来了：“哈哈哈！我刚才明明想说个三角形，可说着说着，咋就变成一个多边形了？楚老师，你这个人可是实在太有意思了！咱们就只是闲聊，你可别认真啊！”

冷天龙的笑声，一下子震醒了楚河，呆愣了片刻，他也忍不住笑了：“可不是嘛！正如您刚才说的！说话就是个屁。因为您的一个屁，就把我整得要死要活的，要是这么说起来，那我的宝贵生命真就连个屁都不值了！哈哈哈……真是‘八风吹不动，一屁过江来’！”

楚河突然笑得浑身乱颤，一张白皙的瓜子脸，转眼就变成了一枚红瓜子了。

冷天龙一开始也跟着楚河一起笑，可笑着笑着，他就不笑了，收住笑容看着楚河，严肃地说：“这下我可信了！大家的那些传言都是真的！就你这种奇葩的人，还真就能做出这些奇葩的事！唉！这个世界还真是不讲理，越是不在乎钱的人，就越让你有钱！”

楚河也收住笑容：“您在说我吗？谁说我不在乎钱？”

“那我就听不懂了！你既然在乎钱，那你为啥还要整那个景儿，和你那个有钱的爷爷奶奶断绝关系呀？难道他们的钱真的那么不好花吗？”

楚河不说话了，一张棱角分明的嘴突然抿得紧紧的，仿佛拿个撬棍都撬不开了。

快速壶里的水早就烧开了，可楚河不仅嘴闭得紧紧的，仿佛连身体也上了锁。冷天龙只好自己动手取过了快速壶，往两个人的茶杯里注上了水。

像刚才楚河所说的那样，透明水杯里的茶叶，随着水的浸润，果然一根一根地竖立起来了，茶叶的颜色也越来越绿，是那种非常养眼的翠绿色，像翡翠，像嫩草。

水真是生命之源，楚河仅仅喝了一小口热茶，一股暖流便湿润了干涸的心田，蒙昧的心也渐渐通透了。他这才想起自己把冷天龙叫进酒店的目的，便清了清嗓子，往冷天龙那边凑了凑身子，小声说："你们正审的那个人，我恰巧在走廊里遇见了，真没想到，他竟然是我的初中同学王运良。"

这下，轮到冷天龙发愣了："你是说……你和王运良是初中同学？"

冷天龙思索着敲了敲椅子扶手："如果你和王运良是同学，那杨队和他不也应该是同学吗？可我怎么从来没听杨队说起过这种关系呢？杨队这个人，他咋这么滑呢？"

"滑？你这话可说错了！测哥可是这个世界上，最靠谱、最实在、最让人信赖的人！"

见楚河又较起真儿来了，冷天龙便故意气他似的说："他就是滑！老奸巨猾！你知道他为啥那么快就坐火箭似的当上中队长了吗？告诉你实底吧！那不是他厉害，而是他妈妈厉害！你当然应该知道，他妈妈就是瑶城比较有名的虹姐……"

"冷警官，如果您再这么诋毁测哥，那就请您离开吧！您对测哥没好感，就意味着对我也没好感，既然没好感，您还坐在我这里喝什么茶？"楚河立即直起了身子，眼神直直地瞪着冷天龙。

冷天龙又哈哈大笑了，一边笑，一边在休闲椅上拧了拧身子，好让自己坐得更舒服些："楚老师，你可太逗了！不愧是楚老总的宝贝孙子，就是和别人不一样！还别说！我越来越喜欢你了！"

见楚河依然直立在那里，冷天龙便站起身，主人似的把楚河按在了椅子上："我这个人，说话就是喜欢直来直去。杨队是我的中队长不假，但我还真就不服他！这刚哪儿到哪儿呀？最后到底谁领导谁，还是个未知数呢！"

楚河想了想，也笑了："是啊！刚才我明明想说个三角形，可说着说着，咋就岔到正方形上去了？虽然您说测哥的坏话我不高兴，但您坦荡的性格我却喜欢！作为警察，就应该敢于和自己的上司公平竞争！"

楚河说着，又向冷天龙那边凑了凑身子，声音也放低了："如果您真想和测哥竞争，我倒可以给你一个与他一决雌雄的机会！"

冷天龙疑惑地看了看楚河："你给我机会？"

楚河严肃地："是的，有一个机会，就摆在您的面前，如果您能把握，那您一定会青云直上！这个机会就是……王运良也许是冤枉的！"

"你凭什么这么肯定？"

"就凭王运良的眼神儿！"

冷天龙刚刚喝了一口水，听了楚河的话，他突然笑喷了："哈哈！就凭眼神儿？就像'云落警官那像水一样清澈的丹凤眼'？楚老师，你这个人实在太天真了！"

楚河依然不笑："反正机会我已经提供给您了！您若是不把握，我也没有办法了。"

冷天龙终于也不笑了："说你傻气吧？你又似乎颇有智慧。说您憨厚吧？你又特能较真儿！"

"我测哥因为审讯王运良，不是马上就要立大功了吗？如果您能把案子翻过来，那我测哥不就自然成了您的手下败将了吗？"楚河认真地说。

"你不是说……你是杨队的铁杆朋友吗？那你为啥还要和我说这些话？"冷天龙突然收住了笑容。

"朋友归朋友，案子归案子，这是两码事！况且，刚才的这些话，我也同样会对测哥说的！"

"别说你的测哥不相信你的话，任何一位刑警都不会相信你的话！因为你所说的话，就是狗戴嚼子——胡勒！"冷天龙笑呵呵地说罢，突然收住了笑容，"你真的是警校老师？"

"我当然是警校老师了！这种事谁敢撒谎？"楚河脖子上的青筋都暴出来了，顺手掏出警官证，放到茶桌上，"这起案子，我也上网浏览了些信息。死的是一个女老板。我猜测，王运良那种人品，他的确有可能和这个女老板有过一腿，但也就是有那么一腿而已，就凭王运良那自私自利、好吃懒做的性格，他怎么可能去冒险杀人呢？杀人也是需要胆量的。"

冷天龙拿起楚河的警官证看了看，这才哈哈一笑说："行啦！行啦！

虽然我们所说的每句话都是屁话，可如果有人愿意听，那我就给你放两个屁，又能咋样？”

冷天龙说着，便把椅子向楚河身边拉了拉：“和你简单说吧！这起案子证据确凿。虽然你也是警察，但你不是具体办案人，我不能违反规定，跟你透露细节。我们在犯罪现场——也就是那个花店，发现了很多王运良留在现场的证据。”

“我还是那句话，王运良有可能和那个花店女老板认识，他也有可能到过杀人现场……但他真的没有杀人！肯定是冤枉的！”楚河的眼神儿又变得直瞪瞪的了。

“我这么一个堂堂的刑警，也是闲出屁来了！才和你这种奇葩之人掰扯这种屁事！”

冷天龙端起杯中茶，一口喝了，就夹着小包向外走去，刚走几步，突然又止住脚步，认真地看着楚河说：“说一句不该说的话，无论你多么清高，多么不在乎钱，多么淡泊名利，你也不该为了标榜你自己，和你的爷爷奶奶断绝祖孙关系！你到底是啥人啊？连‘滴水之恩当涌泉相报’这个道理都不懂吗？更何况他们还一把屎一把尿地把你从小养到大！你这个人怎么一点儿感恩的心都没有？真是不可理喻！”冷天龙一边说，一边摇着头离开了。

随着酒店的门砰的一声关上，楚河的大脑也嗡的一声响，接着，便又陷入万劫不复的虚无状态中了。

如果说指责的话语如刀，那冷天龙的这把刀子，简直就像抹了剧毒。初时只是微微的痛，可等拔下刀来，才发现那种毒素已经浸入了五脏六腑，既疼痛难忍，又无药可医。

这个世上最容易做的一件事，就是责备别人吧？容易到张口就来。责备别人的时候，这个人的自我感觉也一定是最好的吧？胸腔里燃烧着“义愤填膺”的火焰，脸颊上也闪烁着“伸张正义”的神情。仿佛你就是至高无上的神，可以对任何人颐指气使。

记得冷天龙这么说过：“我现在可是连眼睛都不信了。”令楚河弄不明白的是：为什么连眼睛都不敢相信的冷天龙，偏偏就相信了他的耳朵？

幸好楚河又想起了冷天龙的另外一句话：“我有一个特别的发现，我发现说话这个东西，就像个屁……”

楚河便安慰自己：“连他自己都承认他的话是屁了，你干吗还和一个屁纠缠不休呢？”

——可事实上，不管楚河怎么宽慰自己还真就被冷天龙的这个“屁”给击中了。

>>> 楚家阔少的绝对隐私

楚河是在抑郁前与爷爷奶奶“断绝”祖孙关系的——那是一种沉默的断绝，没有预兆，没有吵闹，更没有仪式。

“他为什么非要到学校去住呢？学校的条件再好，也比不上家里呀！”在牛哥送楚河去学校之前，楚河突然听到奶奶这么问牛哥。

“我住在学校，既方便和同学们一起复习，向老师问题也方便。对了，奶奶，等牛哥把我送到学校后，你们就别让他再跟着我了，学校里啥东西都有卖的，我肯定一步都不离开学校的。”楚河直接就回答了奶奶。

——这也是楚河和爷爷奶奶断绝关系前，最后一次和奶奶说话。

直到楚河住到学校以后，奶奶才发现了楚河的变化，因为牛哥每次来学校接楚河，楚河都会推三阻四地不回家，那个专门用于给楚河储蓄零花钱的存折，也不知道在什么时候，被楚河偷偷地放回了奶奶的抽屉里。

周一到周五楚河不回家，奶奶还能够接受；可周六周日还不回家，奶奶就受不了了。经过打听，得知楚河每个大周末都会忙得马不停蹄。他既要在学校洗衣房帮工，又要到学校小食堂打扫卫生……这无声的行动无疑就是一种宣告：宣告楚河要彻底地脱离爷爷奶奶的监护，自己赚钱养活自己了。

为了能让宝贝孙子回家，楚河的奶奶几乎把人世间所能用到的方式方法，全都试用了一遍，可最终的结果：楚河还是一次都没有回家去。

爷爷奶奶黔驴技穷后，校长大人甚至也亲自出马了，只见他带领着“各路神仙”，浩浩荡荡就开进了楚河的宿舍，扬言如果楚河再不回家，他们用绳索绑也要把楚河绑回去。两“军”相持的结果，是楚河突然趁人不备，飞也似的跑到了八楼的楼顶上，如果不是杨测在紧急关头飞身一跃，死命地抓住了楚河的一条大腿，楚河一定毫不犹豫地在众目睽睽之下，从楼顶飞下去——也正是这次以死抗争，楚汉老总家的家丑才外扬于天下，成了瑶城妇孺皆知的一大新闻。

“大河，别再自己死撑了！把一切都告诉测哥吧！”有一天，杨测突然在楚河的耳畔小声说。

“我当然非常希望……能像倒豆子似的，把所有的话全都向测哥倒出来呀！要真能那样，我楚河也不会这么痛苦？”楚河说着就眼圈一红，慢慢低下了头去。

是的，杨测哪怕想破了脑袋也无法猜到，楚河的所有变化，全都来自于那个神秘的匿名包裹。

楚河是在高二下半学期，接到那个匿名包裹的。那个包裹对于楚河来说，就是一场灭顶之灾。当不明就里的楚河一层一层地打开那个长方形的小包裹时，处在顺境里的他一点儿也没有意识到：一直被同学尊称为“河神”的自己，一旦打开这个神秘包裹，就会从繁花似锦的天堂，堕入万劫不复的地狱。

那是一个上午，班主任老师突然来到班级，把楚河叫到了办公室。楚河刚刚踏进办公室，班主任老师就神情激奋地拍着楚河的肩膀大说特说起来。老师说了好半天，他才渐渐明白，老师这是在给他“战前鼓劲”呢！

一直说到快上课了，班主任老师才放他离开。从老师办公室走出后，楚河一边匆匆前行，一边偷偷地擦了擦自己的脸。可还没等他走出几步呢，班主任老师又叫了楚河一声，吓得楚河心里一紧，直到看到老师手里的包裹，他才放下心来。

老师一边从近视眼镜下面认真地看着那个包裹，一边说：“这个包裹……上面只写了收件人的姓名，怎么没落款？还都是打印的？”

老师说罢，又掂了掂包裹的重量，因为不放心，还轻轻地敲了包裹两下，发出了噔噔两声闷响。细心的老师，甚至把包裹放到耳朵边听了半天，才把包裹交给楚河说：“这个包裹很轻，里面并不像装有什么危险品。从邮戳上看，包裹是从首都寄来的。楚河，为了安全起见，我建议这个包裹你拿回家后，让你家大人帮你打开。”

楚河冲老师说了声谢谢，立即接过了那个包裹。也不知是不是老师那最后一句话，反倒激起了楚河的斗志，楚河把包裹拿到手中的一瞬间，便暗暗决定：这个包裹他一定自己独自打开。楚河回到教室，就把包裹放到了书包里，直到晚上放学回家，他才在自己的卧室里，一个人偷偷地打开了它。

剪开外包装纸，露出了一个黑色的塑料袋。扯下塑料袋，里面是一个精致的小纸箱。打开小纸箱才发现，原来里面只有一盘老式的录像带，楚河仅仅看了一眼贴在录像带外面的纸片，脑袋里就轰然一声怪响。只见上面用四号仿宋印出这样一句话：真正的凶手，从来都是杀人不用刀的。

谁是凶手？他要杀死谁？因了这个好奇，楚河费了好大的周折，最后终于看到了录像带里面的内容。

也许凡是有声有色的东西，都会带点邪气吧？录像带里的影像，因为年代久远，不仅图像模糊，声音也断断续续的，什么话都听不清楚。但里面的影像却是活动着的——尤其那还是自己从未见过面的生身母亲的影像。

本来楚河对于自己的生身母亲，激不起半点真情实感，可自从看了那段模糊的影像，楚河那平静如水的心湖就被搅乱了，更何况录像带里面的母亲，还在饱受践踏和欺凌？楚河不仅清晰地看到了母亲脸上那惊恐无助的神情，更让他感到窒息和痉挛的，是他的那个惊恐无助的母亲，当时还身怀六甲……

影像里，怀孕的母亲一直都在惊惧地向后退着，正因为后退，录像机才清晰地摄录到母亲脸上的表情。而逼着她倒退的那个背影，虽然影像非常模糊，但楚河仅仅看了一眼，心里就咯噔一声巨响，接着，他的幸福之城便开始坍塌了。尽管楚河第一眼就认出了那个背影，可他却怎么也不敢相信，更不能相信：那近乎恐怖狰狞的背影，就是自己最亲最爱也最最信赖的慈祥的奶奶！

是的，他不相信，不相信，不相信！

母亲的身后到底是什么，因为光线过暗，实在看不清。但从那隐约可见的山水判断，那应该是挂在墙上的一幅山水画吧？后来经过到客厅实地踏查，楚河才发现眼睛的误差该有多么的大！因为所谓的山水画，其实就是客厅里的那扇落地窗，由于落地窗正对着奇峰突兀的后山和一股从山上流下来的泉流，才使那里有了山水画的效果。

接下来的镜头，楚河别说再往下看了，即使描述出来，他都觉得揪心。见妈妈实在无处可躲了，那个背影就开始对妈妈拳打脚踢起来，尤其让楚河不能容忍的，是那个背影还恶狠狠地对着妈妈那明显隆起的肚子又踢又踹了好几脚……虽然录像带里的声音始终嘶嘶哑哑、断断续续的，但在那个背影恶狠狠地踹妈妈肚子的时候，楚河还是清晰地听到了妈妈尖厉恐惧的惨叫声……

都说母子连心，更何况，当时和母亲一起饱受欺凌的，还有躲在肚子里的自己呢？人即使冷血，冷血到可以不懂得关心母亲，但他总会关心自己吧！更何况，在楚河的心底，始终还流淌着一条名叫“恋母”的河呢？

自从看了那段影像后，楚河的母亲就一点儿一点儿地，在楚河的心里复活了，每回看一次，她的形象就又鲜活了一点儿，等再继续看下去，母亲不仅真的重生了，还与楚河一起“过起了日子”，无论楚河走到哪里，她都如影相随，不管是白昼，还是梦中。

记得那是楚河最后一次看录像，算起来那应该是他第九次观看那段影像了吧。当时正是深夜，万籁俱寂，连那只看不见的、总是躲在窗下诡秘怪叫的小虫儿，也没有了声息。偌大的老宅子里，只有楚河一个人惊惧地坐在电脑前，万般无奈地对着电脑里的影像黯然神伤……

恍然之中，楚河看到始终躲在屏幕里的妈妈，突然慢慢地从屏幕里走出来了，那令人惊惧的情景，像极了《午夜凶铃》里的那个从电视里慢慢爬出的贞子。唯一不同的是：妈妈的脸上没有贞子那如瀑的长发，只有凄惨无助的表情。但妈妈的嘴里却一直都在压抑地低吼着，吼出了一种来自地狱里的喊声：“大河……快来救妈妈！大河，快来救妈妈……”

妈妈这突如其来的“出现”，吓得楚河大惊失色、魂飞魄散。当时的他，脸上的表情也一定像妈妈那样惊惧无助吧？

录像带事件发生后，楚河不止一次地用他所谓的“第三只眼”来观察奶奶。可每一次与奶奶对视后，楚河都会更加坚信自己的眼睛，是的，奶奶是真心爱他的，真的胜过了爱她自己。

在家里的书柜里，楚河曾发现过两个宝贝。一个是用铅笔写就的一张没有名字的歌曲残稿，之所以叫残稿，是因为仅剩下了半页纸，上面也仅剩下了两句歌词：“记得当年年纪小，我爱唱歌你爱笑。”楚河那时正好在特长班学习简谱，发现了那张残稿就拼唱了一下，没想到顿时就被那神奇的曲调迷住了，从那以后，一到没事的时候，就拿出来哼哼几嗓子，那段残缺的歌曲也因此被他铭刻在了心里。

另一个就是卷成纸筒状的一张水墨画。记得小时候，楚河因为没事可做，打开了那个画卷儿之时，旁边有一个人突然对他说：“这是你妈妈画的画。”可遗憾的是，那时的楚河实在太小了，小到了不仅对“妈妈”这个词还没有什么概念，连说这句话的人到底是谁也没有留下记忆。后来，当楚河突然在乎起了妈妈，也突然在乎起了妈妈的歌儿和妈妈的画时，他立即爬上了那个通天的大书柜寻找。可找遍了书柜的所有格子，楚河不仅没有找到那个歌曲的残稿，那个画卷儿也不见了。

“大孙子，你在翻什么呢？”

“奶奶，我在找一卷画，我记得就放在这个老书柜里了，对了，和这卷画放在一起的，还有半张简谱的歌谱。”

“我怎么没发现过你所说的东西？大孙子，你是不是又做梦了？你所说的画啊歌啊，一定又是你梦出来的。”

“这回绝对不是做梦！尤其是那首歌，我都会唱呢！不信我唱给你听！‘记得当年年纪小，我爱唱歌你爱笑。’对，就是这个调儿。”

“还别说，你唱得还真是好听！可怎么这么短啊？就这么两句词吗？”

“那张歌谱上就写了这么两句。”

“可奶奶真的没有看见过你所说的这两样东西呀！这个书柜，奶奶隔一段日子都要过来打扫一次的！”

“我听人说，我妈妈非常爱画画……所以我怀疑那卷画，还有那首歌，一定都是我妈妈的作品。”

“要说你妈妈会画画，我倒信，我亲眼见过你妈妈画过咱们园子的花儿。可她会不会写歌，我就不确定了，我连她会不会唱歌，都不知道呢！”

“我听人说，我妈妈在死之前，还留下过一封遗书，也不知道那封遗书……现在还能不能找到？”

“都多少年的事啦，上哪儿去找那些东西去？好啦！大孙子，死的人活不了，丢的人找不到，我劝你就别再翻腾那些老东西了！奶奶一想起过去的事……这心啊就憋得慌……”

这是楚河第一次和奶奶面对面地谈母亲，也是最后一次。后来，当楚河在学校小树林的一条长椅上，突然“捡”到了那本诗集后，他便对自己的记忆产生了怀疑，因为在这本诗集里，楚河不仅看到了歌曲残稿里的两句诗，还看到了更多的诗句。

记得当年年纪小
我爱唱歌你爱笑
自从那年去午睡
醒来歌歇笑亦杳
人生若是如初梦
谁寄苍茫在一朝
无边罪错怨懵懂
天怜清澈可怀抱
即托热爱夕阳里
且复歌来且复笑

从那以后，楚河再也没敢拿奶奶的生命冒险过，因为他在质疑奶奶的同时，也始终都在质疑那个录像带的真实性。如果没有什么猫腻，那个邮录像带的人，为什么要匿名给自己邮寄录像带？还心怀叵测地在录像带的外面，贴了那么一张具有指向性的标签。

为了找出这个隐藏在幕后的匿名者，他甚至偷偷地列了一份黑名单，把当初能够接触到母亲的或者其他有相应条件的所有人，全都列在了名单上，密密麻麻地足足写满了一张 A4 纸——包括他最信任的测哥，也被歪歪扭扭地写在了黑名单的最下面。

为了在黑名单里，找出那个匿名邮寄者，楚河甚至还搬回老宅子里住了一段时间。楚河告诉奶奶：因为学业繁重，最近这段时间自己的睡眠总是不好，而他以前在老宅子里睡觉，总能睡得很香，所以为了提高学习成绩，他必须要搬回老宅子去住。奶奶不仅立即同意了楚河的要求，还把老宅子装饰一新。为了照顾好楚河的饮食起居，她还和牛哥一起，陪楚河一起搬回了老宅子。

楚河在老宅子里，一住就是一个多月。那段日子，他就像一只猎犬，在老宅子里整天东嗅西闻的，客厅、卧室、厨房、书房，总能看到他东张西望的眼睛。当黑名单上的名字全都被楚河画上了黑道道后，楚河只好把质疑的目光投到了奶奶的三位麻友身上。

奶奶的三个麻友，一个是杨测的母亲虹姐，一个是马晓晓的母亲马玉涵马阿姨，再一个就是牛哥了。

楚河的妈妈夏堇，与虹姐和马阿姨，是铁杆的闺密。三个闺密一起毕业于瑶城师范学校，毕业后，夏堇和虹姐都接受分配，进瑶儿河小学当了老师。马玉涵的姨父当时是瑶城凤凰纺织厂的厂长，马玉涵便凭着这层关系，破格进厂当了工人。那时的凤凰纺织厂，效益好得可是不得了，连普通工人的工资都要超过教师两倍以上。虹姐因为眼红，便暗暗央求马玉涵向她的姨父“引见”了自己，还别说，仅仅见了两次面，虹姐就如愿以偿，成了厂里的广播员。后来凤凰纺织厂也走到了倒闭的边缘。虹姐在纺织厂已经倒闭之后，突然被瑶城电视台借调，成了瑶城妇孺皆知的电视播音员。也就是从那个时候起，虹姐这个名字就渐渐深入人心，成为瑶城广播电视台的一张靓丽名片。无论多大年纪的人，只要在电视上看到她的影子，就都称她为虹姐。后来虹姐被提拔为广播电视局的副局长，再后来任宣传部副部长。直到现在，瑶城人也总能在电视上看到她陪同领导检查的靓丽身影。

与始终顺风顺水的虹姐恰恰相反，马阿姨这么多年的日子，却一直过得很坎坷。工厂刚刚有些亏损的迹象时，她的姨父就跳楼身亡了。姨父死后，马玉涵的人生境遇也从天堂堕入了地狱。先是下岗，后来丈夫齐一彬突然在一天早晨不辞而别，一句话都没给马阿姨留下，反而给她留下了一大堆的欠款。为了躲债，怀着孕的马阿姨东躲西藏，幸好楚河的奶奶在危难关头出手相助，才帮助她渡过了难关。

这么多年了，马玉涵马阿姨到底从事过多少种职业，马晓晓还真帮她妈妈算过一次，用马晓晓的话说：“我妈妈那可是杂家，啥样的工作都能干，下岗二十年，一共换了十二种工作！”马阿姨做得时间最长也最成功的，是那个柳叶时装店。也许马晓晓实在太漂亮了，总是穿着马阿姨店里的时装飘然过市，招惹得街上的男女老幼全都驻足相望，才让马阿姨的时装店声名鹊起。

有一次，虹姐不知在哪里喝醉了酒，突然跑到楚河的卧室，天马行空地与楚河闲聊起来。楚河无意中夸了马阿姨几句女强人，虹姐便神秘兮兮地告诉他说:“你马阿姨的时装店，其实根本就不是她自己的时装店，而是一个比你马阿姨大二十多岁、有家有室的老领导的店。”言外之意不言自明。果然不久，那个老领导因为车祸突然死亡，老领导以前的情人在第二天就带人打上门来，马阿姨也只好匆匆出兑了店铺，改弦易辙了。

牛哥是虹姐的亲侄子，也就是杨测的亲表哥。小时候自从看了《少林寺》后，便痴迷于武术，整天拿着个棍子挥拳弄棒，初中没毕业就跑了出去，据说真的跑到了少林寺，学了几年武术。再后来又做了什么，沉默寡言的牛哥自己不说，别人也就不知道。但瞧他眼里的“江湖”、身上的疤痕，楚河估计这么多年，牛哥在外面一定没少吃苦头。楚河上高中以后，牛哥便凭借着虹姐的关系，渐渐融入了奶奶的朋友圈。名义上他是千紫公司的职工，实质上的他就是楚河的私人保镖。出于对杨测的尊重，楚河才从没点明牛哥的身份。

在那个老宅子里，楚河唯一敢于敞开心扉去坦诚交谈的“外人”，只有金爷爷一个人。

金爷爷是楚河爷爷的老战友，当年他是在南方当兵入伍的，转业后就留在了北方。他一生未婚，孤苦伶仃，这么多年来一直住在楚河的家中，是楚河家里最忠诚的园丁和锅炉工。他无欲无求，也没有任何不良嗜好，除了喜欢养狗和侍弄花卉，没有一个外界的朋友。虽然后来，一位同样姓金的孤儿名叫金锁的，被爷爷楚汉领回了家，并在爷爷的怂恿下，认金爷爷当了干爹，但金爷爷对金锁总是不冷不热的，瞧他对金锁的态度，都不如对楚河亲近呢！

楚河永远忘不了第一次与金爷爷“密谈”的情景，也就是从那一次“密谈”开始，楚河对这位整天一声不吭、总是弯着腰默默劳作的倔老头子才刮目相看了。

“金爷爷，您为啥始终都不成家呢？”

“金爷爷也想成家呀！也想有你这样的好孙子！但金爷爷不中啊！……金爷爷那方面不中！”

楚河顿时愣住了。从小到大，楚河还从没见过这么勇敢的人呢！

按正常思维，楚河预感接下来一定会听到关于残缺的传奇故事的，所以聪明的楚河，还没等金爷爷开口呢，就主动把话题引了出来：

“金爷爷，我听说您早年当过兵，您是不是当兵打仗的时候受了什么重伤了？”

“金爷爷当兵，当的就是平塌塌的兵，根本就没打过什么仗！金爷爷那方面就是天生不中！”

“那不对吧？我听说当兵入伍，体检这关很难过的！我爷爷总爱唱一首名叫《真是乐死人》的歌，唱的就是体检难。”

“我们当兵的时候，体检确实难，但再怎么难，他们检查的也是部件全不全，还真没检查过部件好使不好使。”

金爷爷说着，便像个孩子似的笑了，露出了两个黑洞洞的牙窟窿。

也不知道为什么，自从金爷爷说了这番话后，楚河就更加尊重金爷爷了。楚河后来还知道：金爷爷和楚河说的这番话，除了楚河以外，他还没向任何人透露过呢，包括自己的爷爷。一直到现在，这个秘密也只有楚河一个人知道。

金爷爷平生最大的心愿，就是去一次海深岛。原来金爷爷在当兵的时候，也有过一次恋爱的经历，准确地说是一位叫顺子的女孩儿一直都在追求他，可金爷爷因为自己那不为人知的缺陷，始终都躲着那个女孩儿，直到女孩儿后来随着父母去了海深岛，两个人这“剃头挑子一头热”的恋爱才得以结束。金爷爷说，顺子在临走前，曾托人给他捎过话，说她会一直在海深岛等着他，“十年不来就等十年，一辈子不来就等一辈子”。楚河得知了金爷爷的这个心愿后，便暗暗发誓：将来一定陪金爷爷去一次海深岛，一定帮他找到顺子。

录像带事件发生后，楚河和金爷爷又有了几次“密谈”，每次和金爷爷交谈，楚河都不用担心自己说错话。在楚河的“第三只眼”里，金爷爷永远都是他最值得信任的铁杆朋友。

“金爷爷，您见过我的爸爸妈妈吧？”

“当然见过，我是看着你爸爸长大的。你爸爸妈妈结婚时用的花，全都是我栽种的！”

“我爸爸妈妈……过去的那些事，您还都记得吗？”

“有些事还记得，你想问啥？”

“我爸爸妈妈到底咋出的事呀？”

“我只记得先是你爸爸无缘无故就走丢了，他走的那天，开着一辆白色的小轿车，当时还是我帮他打开的大门呢。可哪承想他出了大门后，就再也没有回来。你爷爷为了找他，把全瑶城的警察全都发动了，后来不仅没找到你爸爸，连那辆车的一块皮儿也没找到。”

“那我妈妈呢？”

“你爸爸失踪以后，你妈妈就病了，总是把自己关在屋子里，整天都不说一句话。本来以为，生了孩子以后，她会变得好些的，可哪承想生下你还没到半个月呢，她就狠心地扔下了你，寻死了。听说是从瑶儿桥上跳下去的，死以后连个尸首都没找到，只在桥上发现了她的外衣和挎包，对了，我听说挎包里还有一封遗书。”

“我爷爷虽然不当局长了，但他在公安局也有那么多的朋友啊！我妈妈的尸体即使当时找不到，以后也应该能找得到啊！”

“那年不是发大水嘛！水涨得差点儿漫过了瑶儿桥面，当时不少人都被水冲走了，后来你爷爷好像真被公安局的人叫去过，说是认尸体，到底认没认出来，我就说不准了。对了，大河，你咋突然问起这些事了？这在你们老楚家，那可是犯忌的！”

“我都长这么大了，有些事情我也应该弄明白了。”

“唉！人活着，我是看明白了。你越是想弄明白，你就越糊涂，就拿咱们烧火的煤来说吧！你看着它是煤，它真的就是煤吗？再给你打个比方，就比如你妈的名字吧！我明明记得你妈姓夏，可虹姐和马玉涵那几个人，人前人后总喊她蓝月亮，你说她到底是姓夏呀，还是姓蓝呀？”

“这个我倒是清楚。我妈妈的名字叫夏堇，夏堇是一种花的名字，那种花还有另一个名字，就叫蓝月亮。”

“哎哟喂！我种花种了这么多年，还头一次听说还有叫蓝月亮的花！”

“对了，金爷爷，您见没见过我的姥爷和姥姥？”

“你姥爷和姥姥？没见过。我听说你的妈妈也是个苦命的孩子，你的姥姥死得早，你的姥爷是个小学老师，身体一直不好，你妈妈结婚不久，你姥爷就去世了，死得比你妈妈都早呢。你奶奶当初也是因为她的家庭，才说啥都不同意你爸爸的婚事的。”

“您的意思……我奶奶反对我爸爸妈妈结婚？”

“一开始的确是反对来着，你爸爸是个孝子，见你奶奶始终不同意，他也打了退堂鼓。后来你妈妈怀孕了，你奶奶就同意了，还给他们办了一场非常隆重的婚礼。在他们结婚的时候，大家都说什么母凭子贵呢。”

“金爷爷，你知道录像机吗？就是那种老式的录像机？”

“录像机？我记得你爷爷好像有一个，你爷爷出门的时候，我记得他经常带。对了，你爸爸在家的时候，没事也愿意用它录点什么花呀草呀的。”

“我爸爸妈妈出事以后，他们用过的东西都放在哪里了？”

“你们家的东西，全都是你奶奶保管着。可是好孩子，你听我一句劝，这件事你最好别去问你奶奶，你奶奶心脏不好，大夫说这种病最怕受刺激。有些事你要是实在想知道，不如直接去问你的爷爷！”

金爷爷的话，提醒了楚河，经过前思后想，楚河终于决定：他要把一切向爷爷全盘托出。因为在这个看似坚若磐石的家里，也只有爷爷能够承受一些事情。

于是，便有了爷爷与孙子唯一的那次私密谈话。

楚河和爷爷的那次私密交谈，仅仅用了一分多钟，可为了这次交谈，楚河足足等了爷爷一周的时间。从来都没给爷爷打过电话、有事只让奶奶转达的楚河，那天晚上，平生第一次在公用电话亭，给远在南方的爷爷打了一个长途电话。在电话里，楚河开门见山就对爷爷说：“我有一件非常私密的事，想和您见面谈一谈。”

爷爷奇怪地问：“什么事呀？电话里不能说吗？”

楚河顿了顿，声音便压得更低：“如果电话里能说，就不叫私密的事了！”

记得爷爷当时就骂了一句：“这爷俩儿咋全都这样？”

因为杂事缠身，爷爷直到一周后才回到家里。就在爷爷回来的那天晚上，爷孙俩经过一番短暂的对视后，便沉默地避开了身边所有人，一前一后走出了老宅子。他们踏过了晃晃悠悠的木制小浮桥，又穿过了一片古木参天的花木林，直到爬上栽满杏树的小山坡，交谈才算正式开始。

谈话前，楚河已经把那盒录像带装到书包里了，可因为脾气暴烈的爷爷，突然就对楚河破口大骂了起来。——突如其来的一切，顿时让楚河乱了方寸。

“说吧！什么事？”记得说第一句话的时候，爷爷还在笑着。

楚河单刀直入：“我妈妈到底是怎么死的？”

爷爷顿时愣住了：“你妈妈不是因为产后抑郁症……你怎么突然问起这个来了？”

“爷爷！我之所以这么郑重地找您谈话，就是希望您能告诉我实情。”

爷爷便发怒了，典型张飞似的发怒：“你妈妈就是死于产后抑郁症！——这就是实情！”

“可是……有人通过特殊渠道告诉我，我妈妈的死，好像和我奶奶有关……”

还没等楚河说完，爷爷就已经咆哮起来了，声音大得如同晴天霹雳：“你不相信别人，你还不相信你奶奶？我不管你究竟听到了什么狗屁传言，但我希望你能睁开你的狗眼睛，好好看一看你所怀疑的人是谁！她可是一把屎一把尿把你养大，连老命都愿意送给你的亲奶奶呀！”

爷爷就这么咆哮着，脖子涨得像要爆炸的样子。一边咆哮，他还一边挥动着偌大的拳头，幸亏楚河已经往前跑了，不然爷爷的铁拳哪怕仅仅刮在楚河的身上，也会让他伤筋动骨的。

“你这个狗娘养的，怎么能听风就是雨呢？还敢来质问我？这种话哪怕全世界的人都轮个遍，也轮不上你来问！你奶奶患有严重的心脏病，你不是不知道，这话要是让你奶奶听到，你会要了她的老命的！滚！赶紧滚，滚得越远越好！”

爷爷的一顿臭骂，一下子把十七岁的楚河，骂进了进退两难的山谷深涧。一方面，亲爱的奶奶因身患严重心脏病，怕受刺激，自己真的不能再去质疑；另一方面，生身母亲含冤受难，死得不明不白，又不能听之任之……痛苦到了极点，楚河最后只能选择逃避，沉默地逃避——“滚得越远越好”。

现在回想一下，如果楚河的爷爷性格不那么暴烈，能耐下心来，和楚河一起化解他内心的焦灼和痛苦，那只大红鸟也许就不会乘人之危，突然飞到了楚河的窗前，几乎在一瞬间，就把楚河带入了迷茫和颓废的状态。

>>> 火灾现场的美丽意外

苏格拉邸酒店静极了，静得只能听到窗外刮风似的喧嚣声。

自从冷天龙走了以后，楚河一直保持着一个姿势坐在休闲椅上。与他的身姿一样持久地僵硬着的，还有他痛苦绝望的表情。直到他的手机铃声——那首古老的民歌《斯卡布罗集市》唱响。

电话是杨测打来的，也不知道是那首歌儿唤醒了迷失的楚河，还是测哥的确就是楚河的真爱，楚河一看见“测哥”二字，眼圈就红了，电话还未及接通，眼泪已经扑簌簌地流淌了下来。

“大河，你的微信和短信，全都是摆设吗？”测哥劈头就说。

“你……发微信了？”

“行啦行啦！废话少说！把水烧上，把茶沏上！测哥一会儿就到！”电话里，杨测一改往日的沉稳，不仅声音出奇地大，语气也相当含糊。

放下手机，楚河就忙起来了，先是烧上水，接着又把水杯刷了一遍又一遍，准备工作刚刚做完，门就被重重地敲响了。楚河以为敲门的一定另有其人。因为杨测每次前来，都是轻轻地敲门的，声音柔得就像茶杯里飘出的袅袅茶香。

楚河在开门之前，先从猫眼里向外看了看，他发现不仅杨测满面红光地站在门外，他的身后，还站着另一个人。楚河打开门，杨测立即冲他笑了，笑出满脸璀璨的桃花。站在他身后的年轻人，身穿一件不怎么合身的警服，没佩戴警衔，楚河便认定他是一名辅警。

“我说我没喝多，可你偏偏不信我！非和我一起上楼来！现在好啦！你怎么上来的，就得怎么下去！”杨测笑着推了一下那个辅警。这轻佻的动作，一点儿都不像测哥平时的做派。

杨测说罢就向房间走来，可刚刚踉跄了两步，人就撞在了门框上，那个辅警急忙过来扶他，杨测却猛地甩开了他的手，硬是歪歪斜斜地走进了房间，然后就一屁股坐在了没有一丝褶皱的床上。

“这回你该放心了吧！我都坐下了！你下楼吧！”杨测再次冲那个辅警笑了笑。

那个辅警还不离开，小心翼翼地问杨测：“杨队，我是在外面等您呢？还是什么时候再来接您？”

“走吧！”杨测扬了扬手，就一头靠在床头，闭上了眼睛。

见辅警没有弄明白杨测的意思，楚河便说：“我测哥的意思是让你走！那你就回家吧！”

“那怎么行？”杨测突然睁开眼睛，虽然眼里依然含着笑意，说出的话却凶巴巴，“你这个孩子，怎么一点儿眼色都没有？是我喝多了，还是你喝多了？”

“好……好！那我在外面等您！”辅警快速地说完这句话，便逃也似的离开了。

“测哥……你……不是说晚上加班吗？怎么又去喝酒了？”楚河见杨测靠在床上别别扭扭的，连忙拽过一个枕头，垫在了杨测身后。

“我的傻弟弟！案子都透亮了，嫌疑人也关进去了，我还加哪门子班呀？”杨测猛地一打饱嗝，一股酒气便直向楚河喷来，熏得楚河眼冒金星。

杨测边说边解开了系得紧紧的上衣扣儿，露出了强健的胸肌。见楚河一脸傻气地站在那儿看着自己，杨测便又笑了：“大河啊，我的大河，你咋也和那个孩子似的，听不懂我的话了呢？测哥根本没喝多，测哥的酒量你还不知道吗？测哥刚才的样子，就是做给那个孩子看的！”

“测哥……犯得上为他表演吗？”楚河不安地看了看外面的夜色，“我的意思……不如就让那个孩子回去得了，他这么在外面等着你，咱俩喝茶也喝不消停啊！”

“你就别管这些闲事了！来！过来坐下！听测哥和你说！测哥今天要和你商量的，可是一件关于你人生的大事！”杨测边说边坐直身体，神情凝重地看着楚河。见杨测说得如此郑重，楚河立即规规矩矩地坐在了休闲椅上。

杨测神情凝重地说：“自从你和你的爷爷奶奶断绝关系后，测哥虽然一直不知道原因，但测哥却非常理解你！你一定是听到了什么传言，或遇到什么解不开的谜团了！是啊！一个人在没有出生之前，爸爸就不明不白地失踪，妈妈生下他不久不明不白地投河自尽，这件事无论放到谁的身上，都是要弄清楚的！现在，有一个上好的机会摆在了你的面前，你如果能把握住这个机会，不仅能解开心底的谜团，前景也会一片光明！”

楚河大气都不敢喘，屏住呼吸倾听杨测说话。

楚河的态度，让杨测感到很满意，脸上的神情也显得更凝重了：“大河，公务员考试不是马上开始了吗？咱们瑶城公安局，今年要招一个计算机管理专业的公务员。”

“你的意思……让我来瑶城当警察？”楚河满脸惊异。

“大河不愧是测哥的好兄弟，一下子就知道测哥的意思了！大河，测哥可是这个世界上最了解你的人了！虽然你的人离开家乡了，可你的心却被死死地系在这里了。无论你走到哪里，无论你做什么工作，都是徒劳的。如果你的心结解不开，你即使走到了天涯海角，哪怕坐到了金銮殿上，你的心依然是被紧紧地捆绑着的！那句格言怎么说的来着？‘为了忘却烦恼，我骑上了一匹快马，可烦恼却和我一起坐到了马背上！’”

楚河的手下意识地抓住了自己的前胸，仿佛要透过衣服抓住自己被捆绑的心。

“按理，你现在已经是警校老师了，如果咱们找一找关系，把工作调回来也不是什么难事，可测哥为什么建议你报考公务员呢？原因不就是你的个性太强吗？一、你是‘万事不求人’的，无论求谁你都会难受；二、你又是对考试不打怵的，无论多难的考试，对你来说都不在话下，所以报考公务员，才是目前最适合你楚河的路！”

“这……我还从来没有想过！”

“不是没有想过，你早就想了，只是你自己还没有意识到。”

“我……早就想了？”

“你真的早就这么想了！不然，你这个两耳不闻窗外事、只迷恋计算机程序的奇葩，为什么跑到我们公安局去看热闹了？这哪是你大河的做派呀？而如果你考上了咱们公安的公务员，就一切都变得简单了，你只需要大大方方地在咱们刑警的这个大熔炉里修炼修炼，凭你这么聪明的人，一定能练就一双火眼金睛的！到时候你再动用一下咱们高科技的侦查设备，你说你还有什么谜团不能解开呢？”

楚河久久地看着杨测的眼睛，就像对着镜子看自己的心。

“我听说公务员报名通道已经开启了！大河，去！你现在就去把电脑打开！”

楚河马上打开了放在桌上的手提电脑。电脑上很快显示出公务员的报考界面。杨测说的没差，“省公安机关考试录用人民警察职位表”已经公布了。楚河快速查阅了一下，发现瑶城公安局所招收的职位，简直就是给楚河量身定做的，无论专业，还是其他条件要求，楚河样样符合。

“大河，你现在真的啥都不差了，差的只有你的信心！这段时间，你只要强化一下体能训练，就一定能过关的！好啦！别再犹豫了！现在就报名，就在测哥面前报！”

“可这报名截止日期，还有一周的时间呢！”楚河犹豫不决地看着杨测。

“管它多长时间呢，既然已经决定了，报名不就完了吗？就像那年参加高考时一样，测哥让你报考哪个学校，你就毫不犹豫地报考哪个学校！多痛快啊！”

“测哥……我……”

“别我我的了！啥都别再想了！立即报名，现在就报！”杨测困得眼睛都睁不开了，可他依然强撑着，也许因为强睁着，他的眼睛才越来越红。

楚河果然听话地进入了报名窗口，填写起各种资料，小小的房间便只剩下了键盘的嗒嗒声。也许真有天意，这次报名，楚河从来没这么顺利过，不仅网速好，填写得也顺畅，一小会儿的工夫，所有材料就都填写完了。

随着鼠标的一声轻响，楚河长长地舒了一口气：“测哥，我……报完了！”

“这么快？来……给测哥看看！”杨测的眼睛已经闭上了，闻听此话立即睁开了眼睛。

楚河赶紧把手提电脑捧到杨测眼前，让他看了一眼电脑屏幕。

杨测认真地看了看电脑，便笑了，感慨道：“大河啊！我知道你和别人不一样，一点儿都不在乎功名利禄，只要够吃够喝就知足。但人活在俗世间，有些事情你还真就绕不过去。瑶城这个地方，和一线大城市还不一样，这里还是非常讲究铁饭碗的！而公务员是啥呀？公务员就是咱们瑶城最结实的铁饭碗。”

见杨测说得嘴都干了，楚河立即把水杯端到杨测的嘴边，杨测果然渴极了，就着楚河的手，一口气就把杯中水全都喝干了。

楚河一边倒水，一边埋怨说：“测哥呀，你不是总说做人要有节制吗？可你今天咋也喝了这么多？”

“今天实在特殊！因为今天测哥高兴啊！”杨测说。

“高兴？测哥是因为破案的事高兴吗？”

“当然了，因为这起案子，测哥马上又要立个人二等功了！个人二等功啊！等你到基层公安工作后，就会知道它的分量有多重了！”杨测边说，边在床上调整了一下坐姿，“你知道刚才……是谁请的测哥吗？是我们刑侦支队三大队的全体班子成员！这个案子就是他们辖区的，因为测哥在最后关头帮了他们一把，所以他们才特意答谢测哥！”

“可是……”

杨测正在兴头上，根本就不给楚河插话的机会：“你知道测哥在这起案子中，发挥了什么样的作用吗？起死回生的作用！”

“起死回生？测哥，你正好说反了吧？”

可杨测根本就不让他插话：“你知道今天晚上他们还把谁请来了吗？他们把我们刑侦支队的刘政委都请来了。我们刘政委也没少喝酒，在酒桌边他还偷偷地向我透露：刑侦支队要破格提拔一批年轻人，其中的一个人就是我！”杨测边说边比画着，手臂一划，就把床头柜上的茶杯碰掉了，幸好地毯厚，水杯没碎。

楚河捡起水杯，刚要去洗刷，杨测拽住了他：“大河，我咋觉得你不怎么高兴呢？以前测哥遇到喜事，你总显得比测哥高兴呢！”

楚河犹豫了一下：“测哥……你刚才说的那个案子，可能是个冤案。”

“什么？冤案？你可得了吧！你连案情都不知道，凭什么说它是冤案？”

“因为……我遇到王运良了！我看到了王运良的眼睛……”

“王运良？”

“您忘了吗？王运良是咱们的初中同学啊！”

“在我们刑警的眼睛里，如果他是一个犯罪嫌疑人，那他就只是一个犯罪嫌疑人！别说他是同学了，哪怕他是我亲爹，他都只是一个犯罪嫌疑人！”

“可是……王运良真的是冤枉的！我敢肯定！”

“行啦，大河，尽管你现在的身份已经是警察了，但你毕竟不是具体办案人！所以关于案子的事，目前你还不宜和我探讨！你要是真的喜欢研究案子，那你就一定给我顺利考上！等我们真的在一起工作了，你即使不想和我研究案子，我都不会答应呢！”

楚河不好再说什么了，只好去刷茶杯，等他再把茶杯端来，发现杨测已经靠在床头睡着了。

见杨测越睡越香，呼噜越打越响，楚河便悄悄拨通了前台的电话，小声对酒店服务员说：“服务员吗？我想麻烦您一件事情，在酒店门前，停着一辆车……”正说着，电话突然断了。楚河这才发现，杨测不知什么时候已经坐直了，还直接按断了酒店的床头电话。

“测哥，都这么晚了，你……不如睡在这里得了！”楚河说。

“今天晚上我必须回警队！”杨测呼地从床上下来，然后就大踏步地向外面走去。令楚河奇怪的是，此时的杨测不仅脚步显得利索了，走起路来还脚下生风。楚河因为不放心，一直跟在他的身后，并且一直试图扶着他，但他却始终没能伸上手，因为杨测走得太快了，他只能一路小跑地跟在杨测的身后。

直到上车时，杨测才回头冲楚河说了一句：“现在流行一句话：担心是一种诅咒！放心吧！测哥喝酒，从来不会耽误正事的！”说罢一关车门，那辆车就箭一样蹿出去了。

刚才明明还在沉睡的杨测，突然风一样地离开了，这对于思维总是慢半拍的楚河，又是一个不小的刺激。尽管他眼睁睁地看着杨测一路生风地走出酒店，乘车而去，可他就是不肯相信自己的“看到”。

苏格拉邸门前的台阶上，不仅倒映出霓虹灯的炫彩，也倒映出楚河真真实实的身影。楚河便又蒙了，不明白自己为什么突然就站在门庭的冷风里了！——难道，测哥根本就没有来过？刚才的一切又都只是我楚河的梦？

楚河傻呆呆地向车消失处看了一眼，在黑暗的背景中，只余一团火光。当迟钝的意识终于把“火光”这个概念传输到大脑显示屏时，楚河的心里便猛然一惊——火光？难道，前边着火了？

不好！着火了！得去救火！楚河想都没想，就向火光处跑去了，一边跑，还一边仓皇地向两边看。街道旁边的路灯下，静默着两行古老的银杏树，一个身着荷叶长裙的女子，顺着人行道款款走来，因为楚河跑得急，两个人擦肩而过时，楚河差一点儿撞到她。女子的身后跟着一条穿着花衣服的小狗狗，楚河从女子身边跑过时，那个小狗狗也和它的女主人一样，回头瞪了楚河一眼。奔跑中的楚河，百忙之中也回头瞪了一眼那个小狗狗，奇怪这一人一狗怎么对身后的火灾事故无动于衷。继而楚河又发现，几乎所有行走的人们，全都是一副事不关已高高挂起的姿态，见楚河不要命似的从身边狂跑过去，他们反倒停下了脚步，神情惊异地朝楚河看过来，仿佛楚河的奔跑，胜过了前方的火灾事故。

“这都是什么人啊？怎么全都这么冷漠？”奔跑之中，楚河还小声地谴责了他们一句。

也许因为这突发的“由静到动”，来得过猛了吧，楚河在奔跑途中，始终有一种大脑缺氧的悬空感。他越跑腿越软，越跑脚步越沉。当他终于跑出了密林区，终于看到前方开阔地带那一片“火光”时，突然两腿一软，扑通一声就跌坐在了人行道上。见他摔倒，正在附近行走的两个女人，立即向楚河这里飞跑过来，脚步快得如同刚才的楚河。

“你怎么了？”

“用不用叫救护车？”

……

人越聚越多，楚河的大脑也越来越乱。就这么足足痴呆了半分多钟，楚河才渐渐明白到底发生了什么。

见所有的人都像看怪物似的看着自己，楚河立即冲他们摆了摆手说：“我就是摔倒了！摔倒了有什么看头？”说罢这句话，他就狼狈地从地上爬起来，仓皇钻出了人群，恨不得找个耗子洞藏起来。

“这是什么人啊？咱们是来帮他的……可他反倒冲咱们发火！”

“现在的年轻人啊……连起码的礼貌都不懂！”

……

楚河清晰地听到人们的责骂声。

楚河头也没回，一直向前跑去，直到跑到了一幢楼下的阴影里，才慢慢停下脚步。哪有什么“火光”！

“你可真笨啊！就你这种眼神儿，还敢标榜自己具有‘第三只眼’吗？火灾事故怎么能这样安静祥和呢？火灾事故应该有爆炸声，有惊叫声，还应该有气味，并且冒着滚滚的黑烟吧？”楚河突然这么大声说道，因为他深信，他的话即使别人听不到，身后的那条影子一定听得到。

你总是习惯这么自言自语，是不是因为……你想把你要说的话，说给你的影子听啊？楚河突然有了这个惊人的发现。

气终于喘匀了，楚河的大脑也渐渐清明了。因为一眼看到矗立在不远处的那个叮咚烈士雕像，楚河才明白，自己所站的地方，原来就是瑶城的一所老技工学校的院内。只是不知道从什么时候开始，这所占地足足有三万平方米的偌大校园，已经被改建成文化广场了，而且还被改建得如此繁花似锦，绚丽多姿。不仅树上、墙上都挂上了彩灯，就连原来的操场两边，都用彩灯搭建了两条拱形的灯火长廊，远远望去，就像两条流光溢彩的巨龙，头对着头伏在地面上，也正因为那些彩灯实在太璀璨、太绚烂了，加之树木的渲染，星光的点缀，才让楚河把这里当成了火灾现场。

离叮咚烈士雕像不远，有一幢五层的高楼，高楼的侧面，安着一个巨幅的电视屏幕，此时里面正在播放新闻。楚河暗暗估量了一下楼的位置，得知这幢楼的前身，就是老技工学校原来的教学楼。教学楼附近的这尊叮咚烈士雕像，是瑶城标志性的建筑，凡是知道瑶城的人，没有不知道这尊雕像的。比如打听路，你只要说到叮咚雕像，人们自然知道，你要去的地方要么是技工学校，要么是瑶儿桥。

记得上小学时，每到清明节，老师就会带领同学们到叮咚雕像这里开展祭奠活动，每次活动，也都会请相关人士给大家讲雕像背后的故事。只可惜小时候的楚河，每当听人讲故事，总是犯困，所以只记得这位叮咚烈士是一位警察，为了保护群众，舍身扑到了炸弹上。而立雕像的位置，就是当年叮咚烈士牺牲的地方。如今，经过几代人的保护，这尊雕塑已经和瑶城融为一体，成为英雄瑶城的历史性建筑。经过半个多世纪的沧桑，这尊巨型雕塑不仅没有被风雨侵蚀，那英勇向前的身影反倒越来越勇猛鲜活，面容也越来越熠熠生辉。

楚河当初就读的初中，就在老技工学校隔壁，两所学校的大门前面，就是瑶城最大的母亲河——瑶儿河，瑶儿桥横贯其上，与叮咚烈士雕像遥遥相对。上初中的时候，因为贪图这里的清静，楚河曾无数次地溜进这所技工学校，偷偷地坐在树荫下读书，读书读累了，楚河也常常痴痴地抬起头来，　边倾听着瑶儿河水的哗哗声，一边久久地仰望着叮咚烈士那夸父逐日般的身影。楚河也不知道为什么，每次看到叮咚烈士那英勇向前的身影，他总会不自觉地联想到夸父。因为看得多、看得久了，夸父逐日般的叮咚烈士，便和波光荡漾的瑶儿河一起，无数次地走进了楚河的梦。

踩着瑶儿河的涛声，楚河一路信马由缰，不知不觉中，便走到了叮咚烈士的雕像前。

落寞的雕像旁，一个人影都看不到，只有舍生忘死的叮咚烈士，独自一人保持着那种“伸展双臂、扑向炸弹”的雄姿。楚河慢慢地仰起头，久久凝视着这位令所有瑶城人都觉得骄傲的革命烈士，脑海里也不由自主地浮想联翩起来。由这位曾在瑶城土地上生活过的英烈，他再次联想起神话传说里的那个神力无比的巨人夸父，内心也萌生出一种从未有过的无奈和悲凉。在他看来，这位从远古走来的夸父，无论脚步多么铿锵有力，他也不过是一位具有失败意味的神祇。表面上看，夸父逐日是由于饮不足才“道渴而死”，而深层次的原因则来自于他的“不自量”。

由失败的夸父，楚河又联想到了自己，不禁又感慨万千了：“叮咚烈士！您一直都是我楚河心灵里的夸父！您虽然有那么大的神力，敢于和太阳赛跑，但您最后不还是失败了吗？与您相比，我这种饮食动物，就更没戏啦！既然所有的努力都是徒劳的，我干吗还要继续折腾呢？”

“在英勇的叮咚烈士前悲观抱怨，你什么意思嘛？快不要在这里污染圣地了！”随着一个清凌凌的声音，云落突然从雕像后面转了出来，美得就像一条飞流直下的梦里飞瀑。

楚河傻呆呆地瞪着云落，瞪了好久好久，也不敢相信眼前的一切，都是真的。

“眼睛干吗瞪得那么圆？我又不是你心里的夸父！”云落微笑着说。

“你……你怎么会在这里？”

“我为什么就不能在这里？”

楚河的脸红了：“我的意思是……都这么晚了，而你的工作又那么忙。”

“每当遇到解不开的难事，我总会在夜深人静的时候，来这里静坐一会儿的。”

“夜深人静？来这里静坐？你一个女孩子……真的一点儿都不害怕？”楚河惊得再次睁圆了眼睛。

“有如此英勇的老祖宗当保护神，我有什么好害怕的？”云落面带崇敬，突然仰头看了一眼烈士雕像。

“……老祖宗？”

“是的，我的亲爷爷，就是这位叮咚烈士。如果楚老师是土生土长的瑶城人，你也一定听说过叮咚烈士的故事吧？”云落微笑地说。

“你的意思……你就是叮咚烈士的亲孙女？”

“是的，爷爷不仅是我生命的偶像，更是我人生的路标！”

楚河晃了晃头：“这也……太戏剧化了吧？”

“你当然会惊讶！是啊！全瑶城就一个叮咚烈士，而英勇无畏的叮咚烈士，也就只有我这么一个亲孙女。”云落说着，再次充满深情地仰望了一下叮咚烈士的脸，不远处的一抹温柔的光，正好照亮了她脸上的自豪和欣慰。

楚河心里一动，一股从未有过的高尚感也油然而生：“虽然以前总听说，英雄的精神会代代相传。但是今天听你这么一说，我还是感到……有点像做梦似的，不像真的！作为英烈的孙女，那感觉一定非常特殊吧？”

“当然了！正因为是烈士的后代，所以很多事情，我都无法像普通人那样自由和任性。那句话怎么说来着？——自带光芒！就拿职业来说吧，我就不能选择，仿佛生而为人，我就是为了当警察而来的。高中毕业时，很多人都为了将来做什么而纠结，我却连想都不用想，第一时间就报考了警官大学。不仅是我，还有我的父亲、我的姑姑，包括将来我的儿子……”

楚河奇怪地看着云落：“怎么会这样呢？”

“因为真正的传承都是融进骨子、与生活息息相关的！‘咱们可是叮咚烈士的子女呀，无论说什么话，做什么事，都不能丢了咱们老祖宗的脸！’我从小到大，耳朵里听到的，全都是这种话语；眼睛里看到的，也全都是这类事情，正所谓耳濡目染，我们才慢慢地都变成这个样子了！”

“你知道吗？那天在理发店里发生的所谓盗窃玉佩的案件，就是那个叫云落的副所长自导自演的一场猫抓耗子的闹剧。”

楚河迷乱的大脑里，突然蹦出了马哓哓那激情燃烧的脸。

楚河默默地摇了摇头，心里说：一定是马哓哓哪里出错了！就凭云落是叮咚烈士的亲孙女，我也不应该再怀疑她了！

云落突然收起脸上的笑容：“你不相信我？”

楚河突然发誓一般地举起右手：“我不仅相信你！我还深深地相信将来的你一定会比你的爷爷更优秀、更成功！”

可说完这句话，楚河突然担心地看了一眼云落，说：“但是，我只希望你成为英模，千万不要成为英烈！”

云落笑了，又很快收住了笑容：“这话说起来容易，可做起来却是太难了。如果现实生活，真的能简单到面前只有一枚即将爆炸的炸弹，那我也就用不着这么痛苦、这么纠结了。就像我的爷爷那样，纵身一扑，把生命献给自己热爱的事业就完事了。可现实生活可不像你想象的那样，总是充满了迷幻的色彩，让你根本分辨不清哪个是炸弹，哪个是花朵。”

云落的话，突然触到了楚河的痛处，他不禁再次惊异地看了云落一眼。他一张清逸的瓜子脸上，也像云落似的，上演起扑朔迷离的魔幻电影来。

见自己的话让楚河如此痛苦，云落立即抱歉地笑了，叹息了一声说：“唉！虽然刚才我那么讥讽你！其实更多的时候，我也是很无助的。小的时候，因为爷爷的缘故，我总觉得自己与众不同，浑身上下充满了英雄主义气概。可直到碰了几次壁以后，我才知道：人在广袤无垠的大自然里，实在太卑微、太微不足道了。你想啊，一个连自己的生死都无法把握的弱小生物，还敢谈什么把握命运、影响乾坤？”

楚河哀叹了一声：“话虽然可以这么说，但有些事情，你还真就逃不开，放不下，无法做到真正放手。”

“对了，刚才听你说得那么悲观……到底因为什么事呀？我听说你与你爷爷奶奶断绝关系了？你有那么富有的爷爷，这是多少人企求不来的，你为什么要这么做呢？”云落审视着楚河的眼睛。

楚河立即避开了她的眼睛：“对不起……我……真的不知道应该怎么和你说。”

“自从我第一次看到你的眼睛……我就认定我们会成为心灵朋友的！”云落突然放低了声音。

一股温泉似的暖流突然在心里洇润开来，涌流得楚河的眼圈渐渐地泛红了。为了掩饰自己的情绪，楚河什么话都没有说，只是慢慢回过头去，凝望了一眼隐藏在彩光里的瑶儿河。

“当年，我的妈妈就是从瑶儿桥上跳下去的。作为一个母亲，她究竟遇到了什么样的事情，才能做到如此决绝？甚至连自己还未满月的亲生儿子都不顾，就撒手人寰了？这所谓的产后抑郁症的背后……到底掩藏了什么不为人知的秘密？”

“你……是不是因为这个才低迷的？”云落的声音更小了。

楚河一惊：“你到底是谁？为什么对我的事情这么清楚？”

“我是叮咚烈士的后代，瑶城公安的一名优秀的刑警！凭我这种特殊的身份，要想了解一个在瑶城土生土长的人，不是易如反掌吗？不瞒你说，自从你离开我们单位后，我一直都在研究你呢！当然，我现在所能看到的，还都是表象，除非有一天，你能向我敞开心扉。”

“为什么要研究我？”楚河警觉地看着她。

云落脸突然一红：“还别说，你这个问题还真把我问住了。从小到大，我这也是第一次撇开案件，如此认真地研究一个与案件无关的陌生人呢！”

楚河突然忘情地问：“结果……你还满意吗？”

云落微笑地点了点头：“目前可以认定，你算是一个值得信任的人！”

楚河突然苦笑了：“刚才你说……你每当遇到解不开的事，就会来这里静坐——那你今天来这里，不会是专门因我而来的吧？”

“不要自作多情好不好？我也是遇到了一个让我进退两难的事，实在解不开，才到爷爷这里寻找答案的。还别说，我遇到的这件事，如果楚老师想帮我，还真能帮得上。”

“无论什么事，我都愿意帮你！”楚河信誓旦旦。

云落突然摇了摇头：“还是算了吧！你平时不是住在省城吗？离得那么远，你怎么能帮得上我？”

“如果真是很大的事，比如生命攸关的，那我宁可不回省城，也要帮你。不瞒你说，我刚刚报考了咱们瑶城公安的公务员。”

“噢？你的意思……你要放弃警校老师的工作，回咱们这里上班？你到底是怎么想的？人往高处走，水往低处流，你怎么还顺流直下？”

“工作的事属于我的私事，现在我只想关心你的事。你放心，我研究过保密法，甚至可以和你签订保密协议的！”楚河突然郑重地举起右手。

云落笑了：“我知道深浅，不用弄得那么正式的！你平时总是住在苏格拉邸酒店吗？那么这样，这两天你就先忙你的事，等我这边需要你帮忙了，我就去酒店找你！”云落快乐地说罢，突然扬了扬手。楚河发现她的手心里，不知什么时候多出了一个小小的遥控器。云落按了一下遥控器，停在那边楼下的一辆黑色小轿车，便咔地闪烁了一下。

“用不用留一下我的电话号码？”楚河冲她的背影喊道。

“不仅你的电话，连你的身份证，我都能倒背如流呢！要是不信，我可以背给你听！”云落快乐小溪一般，一跳一跳地向小轿车那边走去，走了几步，她突然回头看了楚河一眼，一双如水的眼睛，突然变成了一把寒剑。

“你怎么了？”楚河愣愣地看着她。

“有人跟踪你！”云落低声说。

楚河无所谓地笑了：“这都几年了，我的身后……一直有一条影子，怎么甩都甩不掉！”

云落又在楚河的身后巡视了一会儿，这才不相信地看了楚河一眼说：“你的意思……这个家伙已经跟踪你好几年了？真是执着啊！我们当警察的，也没有这么执着的呢？”

楚河叹了口气：“你如果不相信，我也没办法。”

云落信心十足：“你放心！我一定会帮你抓住这条影子的！”

云落说罢就快步走上了自己的轿车，楚河望着她如水的背影，心里渐渐涌上了一股力量，因为他知道，从此以后，他再不用一个人孤军奋战了！

››› 损友楚河的无事生非

第二天一早，楚河就匆匆地去了省城，草草地处理了一些应急的事情后，连夜就乘高铁返回了瑶城。回来以后，他除了被杨测强行用车拉着去见了一次马哓哓外，剩下的时间，他一直都在苏格拉邸酒店等云落了。

见到楚河，马哓哓显得很大度，仿佛什么事情都没有发生过似的，在那个“风萧萧大提琴辅导班”的二层小楼对面，她还安排两位发小吃了一顿西餐。在那装修得十分祥和的西餐馆里，楚河却一点儿祥和的滋味都没有尝到，他仅仅看了马哓哓一眼，就知道一切都已经无法挽回了。

当楚河得知云落就是叮咚烈士的亲孙女后，他便再次审视了一下那起盗窃玉佩案，也平生第一次对马哓哓的人品产生了怀疑。由“玉佩案”，楚河又想到了那个“匿名包裹案”，按时间推算，马哓哓为了考大提琴证书，当时不正在首都转悠吗？由此，楚河又想到了一个细节：马阿姨在经营柳叶时装店时，她还开了一家名叫马哈哈的录像厅，直到今天，楚河也能想起镶在店门上的那个笑面人的怪模样。要是这么看，马哓哓果真具有充足的“作案”条件呢！

为了把事情弄个水落石出，楚河决定快刀斩乱麻，动用自己的“第三只眼”，当面试一试马哓哓的反应。

趁着马哓哓正百无聊赖地用刀叉玩牛排的懒散之际，楚河慢慢抬起头，突然看着马哓哓的杏核眼问：“哓哓，你妈妈在年轻的时候……是不是非常喜欢录像机啊？”

如果马晓晓果真是“作案人”，在这一瞬间，她无论多么善于伪装，也一定会有特别反应的。别说马晓晓了，连警界神探测哥都立即反应了：“大河，你怎么突然想起问这个了？”

——可曾被测哥骂为蠢货的马晓晓又是什么反应呢？

如果马晓晓真的在演戏，那她的演技也太高了吧？因为她的反应，就是毫无反应。自从楚河问出那句话以后，她一直都保持着百无聊赖的懒散样，好半天都没有动那么一动，就像她真的没有听到楚河的问话似的。

测哥用刀叉敲了一下她面前的盘子，马晓晓才迟钝地看了测哥一眼。

“大河问你话呢！”

“什么呀？”马晓晓这才懒洋洋地瞟了楚河一眼。

楚河只好重复：“我是问，你妈妈在年轻的时候……是不是非常喜欢录像机？”

马晓晓本来挺认真的，以为楚河要问什么大问题。可她听了这话，再次瘫软下去了。先是打了一个哈欠，然后才索然无味、眼泪巴嚓地说：“我妈妈那种老古董，怎么可能喜欢那种玩意？她八成连怎么使用录像机都不会呢！”

“不会吧？马阿姨不一直都很新潮的吗？”杨测替楚河问了。

“她新潮？那你可看错了！如果新潮，她可能连个微信都不知道咋玩儿吗？”

楚河用他的“第三只眼”看了看马晓晓的眼神，觉得她的懒散模样的确不是装出来的。可楚河还是不甘心：“马阿姨不是……开过录像厅吗？按理，开录像厅的人应该都会使用录像机的！”

马晓晓再次打了一个哈欠：“知道那句话吗？今天工作不努力，明天努力找工作！她要是总能亲力亲为，还犯得上事事都雇人吗？她要是真那么精明，也不会被我那个死爹骗了个底朝天，最后还得替他揩屁股还恶债，让我从小就吃了那么多苦。”

“你从小……真的吃过苦？我咋一点儿都没有看出来？测哥，你看出来了吗？”楚河问杨测。

杨测立即笑着摇头：“我也看不出来！”

“你们知道‘高门楼挂灯笼，外面红里面空’这句话，究竟是用来形容谁的吗？就是用来形容我妈妈的！她可是死要面子活受罪！”马晓晓无所谓地晃了晃头。

一场惊心动魄的“测试”，就这么悄无声息地结束了。

虽然质疑打消了，但楚河和马晓晓的“同居长干里，两小无嫌猜”的童稚之爱却再找不回来了。等两个“光腚娃娃”再次回到杨测的车上时，楚河瞟了一下“风萧萧大提琴辅导班”呆板的招牌和下面同样呆板的马晓晓时，便生发了一种“壮士一去兮不复返”的悲凉。

杨测似乎立即感知了楚河的心，为转移话题，他一边倒车一边说：“考公务员，你当然一点儿问题都没有的，但没事的时候，我建议你最好还是复习一下。”

“行！”楚河立即回答。

“再有为了体能测试，你也要加紧锻炼了。”

“行！”楚河依然面无表情。

杨测奇怪地看了楚河一眼，微笑着说：“你今天这是怎么了？咋这么听话？就好像太阳从西边出来了似的！”

“只要是测哥说的话，那就都是对的！”楚河依然面无表情。

杨测突然字斟句酌了起来：“接下来，你就得在瑶城停留很长一段时间了，这段时间你是怎么安排的？不会总住在酒店里吧？”

“我已经在网上联系了一个出租房，正准备去看房呢。”

“出租房？犯得上吗？”

楚河没有说话。

杨测看了楚河一眼，欲言又止。

楚河低声说：“测哥，谢谢你没把我回瑶城的事，告诉我的爷爷奶奶！”

杨测便苦笑：“唉！我的傻弟弟呀！世上哪有不透风的墙呢？即使我

不透露，你的爷爷奶奶早晚也都会知道的！我甚至都怀疑，他们现在已经知道了！只是碍于你的死心眼儿，没来打扰你罢了。”

“为什么这么说？”

“你那天在我们公安局，是不是破解了一个关于计算机方面的什么程序？就是云落久攻不破的那个程序！我们公安局局长都知道这件事了。他原来是你爷爷的老部下，和你爷爷是铁哥们，他可能不把这个消息透露给你的爷爷吗？”

“唉！那就走一步看一步吧！”楚河忧心忡忡地说。

杨测的车，驶入了一段古香古色的老街，叫槐树街。街道两旁长着许多粗壮的老山槐，槐树的叶子，就像一只只小手似的，托着一朵朵洁白的小雪花儿。老槐树那边，是一家又一家的小店铺，小时候，楚河、杨测和马哓哓经常到老街闲要，这条街最典型的建筑是老爷庙，每到初一或十五，这里就会香烟缭绕，刺鼻的香气十里之外都能闻到。

“看到那个花店了吗？”杨测突然向街道旁的一个小小店铺瞟了一眼。

楚河顺着杨测的目光望过去，只见苍茫的暮色里，一个显得非常诡异的、黑白红相间的店铺映入眼帘。因见杨测的神色怪异，楚河不由得又看了一眼那个门面，发现黑白两色门窗上方，除了用深红写了两个大大的“花秘”外，再没了其他的招牌或标示。此时的花店，门窗紧闭，显得十分萧条冷落，笼着一种神秘莫测的诡谲气息。

“这里就是王运良的杀人现场。”杨测似笑非笑。

楚河身体一紧，不由得再次回头张望，可惜轿车早就驶过去了，楚河只看到了一抹夕阳的余晖浸进一棵老槐树的枝丫里，透过枝丫，可以看到一片连脊的房檐。

楚河立即说：“测哥，你就在路口停下吧！”

杨测奇怪地看了看楚河：“什么意思？”

“好奇心嘛！况且，这里离酒店又不远了，我也正好消消食儿，遛遛弯儿。”

杨测真的把车停在了路旁，笑着说：“好奇害死猫，我劝你……还是小心些！”

“放心吧！”楚河潇洒地冲杨测拱了拱手。

直到看着杨测的车拐出了老街，楚河才又回过头去，看了一眼夕阳下那几棵落寞的老槐树和树下边那低矮的店铺。在路口的一盏路灯上，有一个非常老旧的电子眼，因为蒙着尘灰，已经看不出原来的颜色。老街的道路由地砖铺成，经过半个世纪的洗礼，这些地砖还显得那么密实和精巧。那起起伏伏、光滑细腻的韵律质感，让人有一种飘忽忽的感觉，仿佛穿越回了二十世纪。

顺着街道，楚河慢慢地走到了花秘的窗前，遮着夕阳的光亮，楚河向窗子里看了一眼，也不知道夕阳迷幻的光芒，与窗里的花卉之间产生了什么光合反应，楚河只觉得里面的花儿草儿都像长了眼睛似的，并且那不同颜色、不同形状的瞳仁里，还都闪着诡谲的贼光，令人仅仅看了一眼，就吓出了一身冷汗。

因为发生了案件，里面大部分物件都错了位，堆得乱七八糟的，虽然摆在窗边的那些花儿草儿依然还得叫花儿草儿，但早已失去了花草特有的水灵和鲜活，枯萎零乱。

正这么神经紧张地隔窗张望之时，楚河突然感觉身后有些异常，立即回头去看，发现街上的行人，全都像窗子里的花儿草儿似的，个个神情诡异，步履慌乱。有的虽然跑远了，眼睛却依然斜睨着，好像楚河也是一个杀人犯似的。

行人们的慌乱，提醒楚河应该尽快离开，但他到底有些不甘心，爹着个小胆儿踱到了门边，轻轻地拽了一下门，就好像那门如果没锁，自己真的要走进去似的。幸好那门锁得紧紧的，楚河才长长舒了一口气。

因为花秘店铺处于连脊房的中间，除了门窗，便没有了别的入口。楚河顺着老街向前走了一段路，才发现另外一个小胡同，顺着胡同绕了很远，才绕到了花秘的背后，但那却是另外一家店铺。因为店门大开，楚河没看店铺的门面就走了进去。瞧里面摆放的商品，才知道是一家卖五金用品的商店。楚河一进去，坐在商店门边的男子就抬头看了他一眼，幸好他和楚河一样，也像是个不愿意多言多语的人。

因为在男人的眼睛里看到了一抹慈善，楚河的胆子就变大了，沿着柜台，就一直向里面走去，仿佛把这里当成了他自己的家。

转过柜台，后面掩着一扇门，那门也是开着的，露出了半截床铺和床铺对面一台老式电视机，但床铺那面的墙壁上并没有窗子，只贴着一张财神爷的画。

楚河没有顾忌跟在身后的男人到底会怎么想，一不做二不休，探头就向小后屋那边看了一眼，发现电视机的这边还有一扇小门，通向里面一间光线更加昏暗的小屋子，楚河猜想那里应该是个洗浴间。

“你是不是想上厕所啊？”身后的男人终于说话了。

“是啊是啊！”楚河一边说着，一边快步向那扇门走去。

“抱歉，停水了，厕所不能用！”男人歉意地说。

但楚河已经把头探进小屋子里去了，发现里面果然是个洗浴室，但四面墙壁上，全都没有窗户。

楚河这才转身从里面出来，一边厚着脸皮冲那个满脸慈善的男人抱歉地一拱手：“噢！对不起！内急！”

“顺着这条街往前走，过了一家幼儿园，那边就有一个公共厕所！”男人态度殷勤地冲楚河说道。

“谢谢了！”楚河感激地回看他一眼，然后向那个厕所走去，真的不远，过了幼儿园就看见了。楚河虽然并不内急，但他还是走进厕所方便了一下。

从厕所里出来，他又顺着街道，围着那个花秘转了好几圈，但始终无法接近花秘的真正后院。在一个低矮的住房旁边，因为周围看不见一个行人，楚河突然抓着房檐突出的一个部位，原地一跃就爬上了房顶。楚河好久没到健身房健身了，没想到腾飞之时，他还能做到身轻如燕。楚河先是躬着身在瓦片上行走，直到走出街道上行人们的视线，才直起了身子，在一块块铺着红的或灰的房脊上跳来跳去。凭着记忆，他终于找到了那个名叫花秘的花店的屋顶……

云落来苏格拉邸找楚河，已经是第四天的下午了。

“你真的还住在这里呀？”一进房间，云落就用如水的眼眸飞快地环视了一下房间，一边微笑着说。

“我怕你找不着我……才始终没敢动。”楚河高兴得手足无措。

“你可真够实心眼儿的，如果找不到你，我可以给你打电话呀！”云落胳臂下夹着一个鼓鼓的档案袋，一副很着急的样子。可突然之间，她又似乎不那么着急了，一边吊儿郎当地在房间里闲晃，一边瞄着那张《苏格拉底之死》的名画。

“把这种画贴在床头，是什么意思呀？”云落奇怪地说。

“没什么意思，那天在书店碰巧看到了，就买回来顺手贴上了。”

“苏格拉底的可贵之处，就是想让每一个与自己对话的人，通过认识自己，来获得幸福。‘在死亡的门前，我们要思量的不是生命的空虚，而是它的重要性。’说得多好啊！”云落看了一下手表，突然无所谓地坐在了休闲椅上。

楚河无言地望了云落一眼，也在对面的休闲椅上坐下了。他发现几天不见，云落似乎哪里有了一些变化，观察了一会，才知道她的头发变得更短了。

“伤疤对于很多人来说，是伤痛是噩梦，但对于你们警察来说，有可能就是勋章吧？你脸上的疤痕……是怎么落下的？”

云落突然下意识地摸了摸脸上的疤痕：“哪个人没有受过伤呢？只不过有的把疤痕留在了脸上，有的则把疤痕刻在了心里。”

“现在整容技术这么先进，你也可以把它做下去呀！”

“我为什么要做下去呢？”云落突然反问。

楚河的脸便再次红了。其实，楚河的话刚一出口，他就已经后悔了，因为云落的疤痕，不仅没有影响到她的美，反而为她如水的美丽增添了一丝特色，就像雕像维纳斯的断臂，既然如此，我为啥还多此一举劝她做下去呢？

“你这个人……今天怎么这么没正事？怎么不给我沏杯茶呀？我渴坏了！”云落莞尔一笑，就像透明的水纹轻轻地漾了一下。

楚河这才手忙脚乱地去烧水沏茶了，为了招待云落，楚河特意在省城买回了一包他认为最好的绿茶，可他怎么连这茬儿都给忘了？

“其实，我真的非常忙，根本不应该在您这里喝茶的！可不知道为什么，看了这张画后，我好像突然彻悟了什么似的！可仔细再想想，又说不出到底悟出了什么。”云落清水般明澈的眼睛熠熠生辉。

“这就是所谓的‘此中有真意，欲辨已忘言’吧？我也经常有这种怅然若失的感觉。”楚河感慨万分。

云落突然岔开了话题：“楚老师，您猜我们刑侦支队……现在正干什么呢？”

“干……干什么？”楚河愣了一下，有些跟不上云落的思路。

“他们现在正大张旗鼓地召开庆功表彰大会呢！我估计现在这个时间，你的测哥也一定正‘雄姿英发，羽扇纶巾’地接受电视台的采访呢！”

“你们支队开庆功会，那你为啥不参加呀？”楚河奇怪地问。

“我请假了！”云落低下了头。

水开了，茶水也沏好了，楚河把两杯茶以非常唯美的距离摆在茶桌上。但云落却看都没看，端起茶杯就迫不及待地抿了一小口，因为太热，她吹了两下，只好又放下了。

楚河这才发现，当微笑的波纹散开后，云落的脸色如深潭似的充满了忧伤：“是的，你说得对，那个案子就是个错案。”云落突然不着边际地说。

“哪个案子？你是说王运良的那个……花秘的案子？”楚河小心翼翼地问。

“是的，也就是让你的测哥威名大振的案子！”云落讥讽地说。

“为啥一口一个‘你的测哥’？他不也应该是‘你的测哥’吗？”楚

河绕口令似的说。自从遇到云落后，楚河的口齿变得伶俐多了。

“他可不是‘我的测哥’，我只敢叫他杨队。他现在已经被提拔为我们重案大队的副大队长了。”

“你的意思……‘我的测哥’因为王运良的案子，不仅立了功，还被提拔重用，现在已经成了你的顶头上司了？”楚河问。

“的确如此！”云落的情绪显得越来越低落，“现在几乎全支队的人，都沉浸在成功的喜悦里呢！可我偏偏一点儿都高兴不起来，老想着要给大家添堵，恨不得立刻把这起案子翻过来——我这个人是不是很差劲儿呀？是不是严重缺乏集体主义荣誉感？”

“作为警察，你不盲从，不被胜利冲昏头脑，始终用心灵的眼睛审视案件的每一个细节，我觉得你不仅冷静睿智，也符合一名警察最基本的要求！特别在你们重案大队，你们所办理的每一起案件，都是生命攸关的大案！你说这个世界上，还有什么比人的生命还重要的？”

见云落似乎听进去了，楚河就越说越来劲儿：“所以呀！你不仅不会给大家添堵，反倒正在拯救大家呢！你想啊，如果这起案子真是错案，那么错的东西早晚都会被人纠正过来吧？要是这起错案被外界的人纠正了，那你们支队可就被动了！不仅我测哥得受处分，连你们支队领导也得受牵连。”从小到大，楚河从没像今天这样酣畅淋漓地表达过呢！

云落感激地看了楚河一眼：“这么说，楚老师是愿意帮助我啦？其实这些天，我并没有给大家添堵，因为我什么话都没敢说。包括对这起案件的重新侦查，我也都是独自一个人利用业余时间，偷偷摸摸地在做着。可有些调查我一个人能够做到，有些调查按照法律规定，必须得两个人以上。现在我们单位又是这种情况，我又不能找他们当中的任何一个人帮忙……”

“你说吧！让我做什么？”楚河一脸严肃。

云落先是拿出一支笔，然后才打开档案袋，抽出了一份材料：“那天你提到了保密法，反倒提醒了我，咱们先小人后君子啊！你明白我的意思了吧？”

楚河："明白明白，我马上给你签字！"楚河看都没看内容，翻开最后一页，就签上了自己的名字。

云落责备地瞪着他："你怎么不看看里面的内容？"

楚河郑重地说："我相信你！所以就别费那个时间了！"

云落打脸一红，这才又拿出一份资料："这是我偷偷地从卷宗里复印出来的，当然，我没敢全部复印，只复印了一些与案情有关的。楚老师有时间帮我看看，你看看我所怀疑的到底有没有道理。但咱们事先得说明，这份档案属于机密文件，如果你让其他人知道了档案的内容，我云落可就要受处分了！你看完得立即烧掉！"

楚河立即神情郑重地把资料塞进了被子底下。

云落又从档案袋里拿出了一个小小的U盘和一张印有指纹的复印纸："这是我好不容易才在现场的一块玻璃上提取到的一枚指纹。那块玻璃原来就是碎的，上面不仅贴着透明胶，还沾满了油渍和灰尘，所以我们的侦查员才始终没有发现。以往这类事，只要把指纹输入电脑，如果比中了电脑就会自动报警。因为这枚指纹有些残缺，纹线也模糊，而电脑上的指纹系统只能简单地列出类似指纹，所以这枚指纹只能靠肉眼比对和鉴定。我在U盘里存了一些从指纹库里下载的匹配程度较高的指纹资料，虽然我已经反复比对了很多次了，可我依然不敢下结论。楚老师是这方面的专家，所以我想求你帮我再确认一下。"

"好，我一会就比对！"楚河一边答应着，一边扫了一眼复印纸上的指纹，发现那半枚指纹的确条件极差，不仅纹线模糊，还有多处断线，像这类特殊的指纹，只能采取特殊的方法。

云落又看了看手表，便站起了身，百忙中端起了水杯一饮而尽，才边走边说："那就拜托了！"

楚河突然拦住了她："如果云落警官有时间，不如领我去案发现场看一看。"

"案发现场自从结案后，就已经解除警戒了，今天上午我还去那里转了一圈，我发现门都锁上了，我都没能进去。关于现场的情况，其实卷宗里已经罗列得差不多了，楚老师只需要看看卷宗，对这起案子也能够了解个大概了。”云落向门边走去。

楚河突然说：“有一句话，我不知道是不是应当说。”

云落一愣：“你说！”

“其实，其实我总觉得……我有‘第三只眼’。”

“你说什么？”

楚河的脸突然红了：“你可别笑话我神叨叨的！我的意思是：我总觉得我的第六感官……和别人的不太一样。在以往的一些经历中，有好多被我用‘第三只眼’看到的事情，后来真的都应验了！”

“是吗？你的‘第三只眼’……真有这么神？无独有偶，冷天龙那天说……他也有特异功能，他说他长着两只神奇的耳朵……你们咋全都这样啊？”

“请你相信我！我说的每一句话都是真的！我……我还从来没和第二个人说过呢。”楚河越说越觉得羞愧。

云落审视地看了楚河一眼，见楚河羞愧得不敢与她对视了，便立即移开了她的视线。

“刚才的话，就当我没说，行不行？”楚河突然哀求地说。

“我相信你！”云落冲楚河一笑，笑出一池风情。

楚河长长舒了一口气：“其实那个花店，我已经到现场看过了，唯一能避开那些电子眼，进入屋子里的通道，其实只有一个，那就是花秘花店的后窗。”

“后窗？这么说你也跑到房顶去了？”云落惊异地问。

“是的，趁着没人注意，我是到房顶上看了一下，在那个五金商店的房子后面，有一个空隙，能爬到花秘花店的后窗的，而那里，也是唯一一处监控照不到的地方。虽然表面上看，那个后窗已经被封死了，但如果想进去……八成也有可能。只遗憾我不能进到屋里，要不然，我可能还会发现一些别人发现不了的蛛丝马迹的。”

云落靠在门上，示意地看了看放在茶杯后面的那个空档案袋，冲楚河说：“麻烦你把那个空档案袋递给我！我一会可能会用到它！”

楚河立即走过去，把空档案袋递给了云落。

云落微笑着接过档案袋：“这样吧！我先回单位，琢磨一下咋样才能把那里的钥匙弄到手。楚老师等我的电话吧。如果顺利，那我们今天晚上就到花秘花店，用你的‘第三只眼’再探一探。”

“好，我二十四小时恭候你的佳音！”

走出门，云落又突然回头，看了一眼楚河的头发，小声说：“对了，既然你有‘第三只眼’，那你不如先到另外一个地方，替我完成一项更加特殊的任务。”

“什么任务？长官！”楚河立即立正挺胸。

“你瞧！我新剪的头发，很是不错吧？”云落说着晃了晃齐耳的短发。

楚河趁机欣赏了一下清亮亮的云落，就像欣赏一池铺满阳光的荷塘。的确，剪过头发的云落，临水照花般，实在太美了。当他意识到如此卓尔不群的云落，此时此刻，正在与自己含情对视之时，就有些心猿意马了起来。

楚河别样的眼神提醒了云落，她立即避开了楚河热辣辣的目光，快速说道：“我的意思是……一会儿我会发个地址给你，那里是一个理发店。你抽时间去那个地方理一下头发！”

云落的慌乱，令楚河意识到自己的失态，他发窘地揉了揉自己的头发说：“我还以为是啥特殊任务呢，原来是去理发呀？为什么突然想起让我去理发了？难道你是……想让我当卧底，去化装侦查？”

“不要问为什么！你只要去理发就行。”

“我……还是不太明白。比如我真的去了……那我应该理一个什么样的发型呢？也就是说，你想让我扮演谁呢？”

“你就是理一个头发，又不是让你去演什么电视剧——你只要去理发就行。”

“我这头发……是该理了，但附近就有理发店呀！我犯不上……”

“我的意思是……你必须到我指定的那个地方去理发。”

楚河再次摸了摸头发：“可我还是想问一下……为什么。”

云落皱了一下眉头：“等我觉得应该告诉你答案的时候，我自然就告诉你了！但现在，你不仅要把所有的为什么全都忘到脑后去，也要忘了你所谓的‘第三只眼’，也就是说，你不能表现出一点点困惑或质疑的神情！包括和我认识这件事……你也最好全都忘了！你就是纯粹地去理发！明白了吧？”

楚河连连点头：“这回……我是有一点儿明白了！”

云落这才笑了：“你如果想成为一名合格的警察，首先应该学会的，是怎样无条件地服从长官的命令！”

楚河也笑了：“行！我保准再不问为什么了，尽管我太想知道为什么了！”

楚河一直目送着云落消失在走廊尽头，才回到房间，小心关好了门后，他突然靠在门上咯咯咯地笑了起来，笑的声音响极了。是的，他太喜欢这种被云落“奴役”的感觉了！“快乐就好！哪怕仅仅为了天天都能尝到这种酣畅淋漓的快乐，我也一定要考上公务员！”楚河突然大声地说。

门边的穿衣镜，正好映出了楚河快乐的笑脸，楚河凝视着自己的笑脸，突然有一种久违了的感动：自己到底有多久，没有这样开心地笑过了？楚河就这么满面笑容地走到床前，看起了那本卷宗。

从卷宗所罗列的证据及证词来看，这的确是一桩证据充足、无懈可击的刑事案件。正如冷天龙所介绍的那样，在犯罪现场所发现的所有物证，全都在无声地证明：王运良就是那个用特殊的网线勒死花店女老板的“唯一”犯罪嫌疑人。

死者名字叫柳辰，是花秘花店的女老板。在柳辰的花店里，刑警们不仅在地面上发现了王运良的脚印，还在床上提取到王运良的阴毛，甚至还在垃圾桶里找到了一个装有王运良精液的避孕套，而用于勒死柳辰的网线，属于那种实心线芯、纯铜制成的屏蔽双绞线，而这种网线在整个瑶城，也只有王运良所在的网通公司一家独有。对王运良更加不利的是，王运良不仅删除了他和柳辰聊天时的所有记录，还死不承认自己与柳辰相识，甚至死不承认自己在案发时段到过花秘花店——也就是案发现场。尽管在他经过的好几个路口的监控里，都非常清晰地捕捉到了王运良风流倜傥的身影。

云落特意复印了几页之前被王运良删除后又被警方还原的微信聊天信息。聊天信息里说的，全都是情意绵绵的情话，但拂去虚无缥缈的情意，剩下的可全都是如钢似铁的证据了。

柳辰：想把我唱给你听，趁现在貌美如花。

王运良：我当然特想听！可今天晚上不方便啊。

柳辰：我等得花儿都谢了！

王运良：我只担心花儿绽放时，桃儿该哭了！

柳辰：桃儿怎么能和花儿相比？花是鲜花，桃是烂桃！

王运良：是啊！酒醒只在花前坐，酒醉还来花下眠。半醒半醉日复日，花落花开年复年。

柳辰：明天中午十二点，你不来花儿不开！

王运良：好的！明天中午十二点，到花秘摘花，不见不散！

看了王运良的聊天信息，楚河的脸都红到了脖子根儿。以前他只听说王运良是个风流不羁的采花大盗，还真没想到他竟然风流到了诗情画意的地步了，还引用了唐伯虎的诗。看起来为了拈花惹草，王运良真是做足了功课，难怪花儿桃儿都为他争风吃醋。

也许恋爱中的人，智商全都低到了零？王运良他怎么能傻到如此地步了呢？且不说留在花店里的脚印、阴毛、避孕套，他根本就无法抵赖，就凭花秘附近路口的那些摄像头，他也难脱法网啊！可他怎么就瞪着眼睛死不承认自己到过花秘呢？据法医尸检报告书里所显示的信息，柳辰死亡的时间就在案发日的中午，也就是微信里所约定的十二点左右。所以微信聊天的信息记录也成了一种无声的铁证……楚河越看讯问笔录越觉得来气，他实在想不明白，王运良当时接受讯问时，他到底是怎么想的？如此弱智的人咋能是自己的初中同学呢？他这么毫无道理一味抵赖，不仅不会让他逃脱罪责，反倒更会加剧警方对他的怀疑。

充足的证据，让楚河的大脑越来越迷幻了，坐在那个静谧得连脚步声都听不到的苏格拉邸酒店，他那飘忽不定的思绪突然飘到了暮色里的花秘花店。在那个神秘的花店周围，楚河拼命地瞪圆了他的“第三只眼”，从上到下、从前到后，又把那个被几个店铺围得“水泄不通”的花秘花店透视了一遍……可他怎么想也想象不出，除了王运良之外，还有哪个人能巧妙避开前街后巷的所有电子眼，堂而皇之地溜进花店去勒死柳辰？除非他能爬到房顶，从那个破烂不堪的小后窗里面钻进去。

除了案情，云落也复印了几张讯问笔录的零散页。从笔录上可以看出，王运良之前的讯问，果真都是处于抗拒状态的。要么死不承认，要么东拉西扯，要么一声不吭。只有在讯问人一栏标有杨测名字的第七次讯问里，案情才出现了一百八十度大转弯：王运良不仅承认了他在案发日十二点左右到花秘花店与柳辰约会的事实，还交代了“作案”的全过程——因为幽会时，他与柳辰突然发生了争执，便临时起意，怒而杀人了……

“你是用什么杀的人？”

“用刀子。”

“王运良！你怎么还撒谎？你说你用刀子杀人，可为什么尸体没有伤口？再有缠在尸体脖子上的网线又是怎么回事？”

“对了，我……我是用网线勒死她的。”

“你既然勒死了她，前几次警察讯问你时，你为什么还死不承认？”

“我害怕。”

“杀人都不怕，你还怕什么？”

“我怕我媳妇知道这件事，和我离婚。”

楚河虽然无法看到笔录的全部内容，但仅从那几张零散笔录，楚河就领略到了杨测在讯问方面的超人天赋。如果总结他的审讯技巧，那还真的能总结出一大堆的独门绝技呢！比如欲擒故纵、步步为营、巧用归谬、温水煮蛙、请君入瓮……那可真是纵横捭阖，招招见血啊！

当楚河躲在卫生间一个人偷偷地在马桶里烧毁卷宗复印件的时候，他一直试图还原出杨测审讯王运良时的场面。同时他也在想，在那个戒备森严的讯问室里，这两个昔日的初中同学，是否回忆起同窗共读时那美好的岁月与纯净的时光？

烧完了卷宗，楚河便打开了电脑，开始研究起那枚特殊的指纹来了。经过用科学手段反复比对，楚河很快认定：复印纸上的指纹，与U盘里排名第一位的指纹高度吻合，这就说明楚河和云落的想法是一致的。但随即，楚河又推翻了自己的想法，因为他惊异地发现，这枚指纹也与排在第二位的指纹高度吻合，而从指纹下面所标注的信息发现，这两枚指纹竟然是分属于两个人的。

从概率学的角度，在两枚指纹中只要有十二三个特征点吻合，即可认定为同一指纹，而这种概率在一千万亿亿人中才可能出现一次。就像不存在两片相同的雪花一样，世界上也根本不存在两个指纹相同的人。

——而此时出现的情况，那可真是奇葩了，竟然已经超出了科学统计数据的概率了！

楚河正在万分困惑的时候，他的手机突然响了。来电显示的是一个陌生的号码。一看到那个陌生的号码，楚河就预感到电话是云落打来的。果然，比《斯卡布罗集市》还要悦耳动听一百倍的，是云落清凌凌的声音：“楚老师，是你吗？”

云落的话，把脑袋里全都是弯曲纹路的楚河，一下子从迷雾蒙蒙的迷津拉到了清朗开阔之地。楚河看了一下窗外，才发现外面已经一片漆黑了。

“楚老师，你怎么不说话？”云落奇怪地问。

“那个……比对的结果出来了！真是太奇怪了！比对的结果，甚至都超出了一千万亿亿人的概率！”

“结果到底是什么？”云落的声音却平静如水。

“同一枚指纹，竟然与两个人的指纹高度匹配！那两枚指纹就是你在U盘里排在第一位和第二位的！——你说，咋能出现这种奇葩的结果呢？这实在太奇怪了吧？”

“咱们俩比对的结果是相同的。”云落依然平静地说。

“你说什么？”

“你走到窗边来，你往外面看！”云落突然说。

楚河闻听，立即走到了窗前。苏格拉邸的门前，正对着那条宽广的临河路，临河路的那边，就是瑶城的母亲河——瑶儿河。在一盏有着薰衣草紫色外形的路灯下，一辆警车正闪烁着红蓝相间的警灯，在宽宽的临河路上慢慢行驶着。

“告诉我，你看到了什么。”从云落清凌凌的声音里，楚河听出她的心情也显得很好。

“我……看到一辆非常吉祥的警车，警灯一闪一闪的！你就坐在警车里吗？”

“是的，今天是我执勤，今天夜里，我将为你的安全保驾护航！如果你有需要，请及时给报警服务台打电话！”云落连声音都充满了英姿飒爽。

“你们……刑警也有巡逻的任务吗？”楚河不解地问。

“夜间巡逻无论哪个警种都要参与！我们刑警当然也不例外！我给你打电话，就是要告诉你！今天晚上的特殊行动取消，只能看明天上午是否有时间了！”

两个人说话的时候，警车就已经慢慢驶出了窗户所能看见的区域。楚河甚至都把脸贴在窗户玻璃上了，也无法再看见那辆警灯闪烁的警车了。

“你在保护别人的安全时，自己也要小心啊！”楚河突然动情地说，一句话还未说完，他的眼圈就红了。——是啊！警察这个职业真的很伟大，很高尚的！一想到自己将来也会像云落似的，坐在警车里沿街巡逻，楚河突然涌出了一种从未有过的荣誉感。

“放心吧！我明天上午联系你！”云落清凌凌地说。

楚河撂下手机，便呆呆地坐在了床上，眼泪到底没能止住，扑簌簌地落了下来。哭着哭着，云落那清凌凌的声音，便再次回响在耳畔：

“和平年代，我们常常会忽略那些默默的牺牲和平凡的承担。”

“——哪有什么岁月静好？不过是有人替你负重前行！”

>>> 阿桃发屋的蓦然邂逅

按照云落传过来的地址信息，楚河走进了一条古树参天的静谧小街，古树的两侧，是一家挨着一家的商铺，古老的银杏，一棵比一棵苍老，新开业的商铺，却一家比一家显得年轻。

楚河找了好半天，才找到了那家名叫“阿桃美发”的理发店。还未进门，楚河首先被那特别时尚的门面所吸引：与周围敞开式的门面不同的是，这家美发店以收敛而神秘的几何方块组合姿态，与古老的街景相映成趣。“阿桃美发”四个美术字就像鸟儿围着一个小窗口，窗口里镶有美女的半身照片，仿佛一位佳人正透过窗口微笑地向外望着。楚河仅仅瞟了那个头像一眼，心里便异样地一动：虽然那个美女整体看显得很陌生，但美女的眼神倒像在哪儿见过似的，有一种似曾相识之感。

入口设置在右侧，圆弧曲径廊道连接着室内外，穿过廊道来到前台，展现在眼前的是唯美舒适的等候区，伫立在屋子中央的通体洁白的美女雕像和悬挂在天花板上的球状灯饰，给小屋增添一种飞扬灵动的艺术气息。

“您需要什么服务？”楚河刚一进门，一位身着白色绣花短衣、红色超短裙的三十岁左右的“女子”就一扭一扭地迎了过来，随着身体的扭动，挂在胸前的一块白里透绿的玉佩若隐若现。

楚河一愣，一个词便猛地飞上了脑际：人妖。

继而又想，在瑶城这个地方，不应该有人妖吧？楚河不禁用他的“第三只眼”，再次看了看这个“貌美如花”的“女子”，可越细看，就越认定刚才的想法——是的，“她”就是一个女貌男身的双性人。

“您……来这里，究竟想要做什么？”女子似乎被楚河犀利的目光惹恼了，“她”的眼神儿不仅渗出了一缕阴冷的杀气，声音里也夹杂了明显的不愉快。

“你们这里不是理发馆吗？我当然是理发。”楚河立即移开了自己的目光。

“请问，您有指定的理发师吗？”“女子”瞬间恢复了正常。

楚河向外面指了指说：“外面门面上……也就是照片里的那个人，就是这里的理发师吧？”

“是啊！她是我们的经理阿桃女士，不过她的理发费会稍微贵一些。”“女子”甚至微微地笑了，这么一笑，那种男性特征就更明显了。

“你们这里是怎么收费的？”因为“女子”所穿的职业套裙非常修身，楚河老是忍不住想确认一下这个“女子”到底做没做过变性手术，但他终于强制地遏制住了这种具有侵犯性质的好奇心。

“一般理发师单剪三十元，洗剪吹四十元起，烫染一百六十元起。阿桃经理单剪五十元，洗剪吹六十元起……”

“那我就请阿桃经理吧！”潜意识里，楚河总觉得眼前的这个“女子”，是一个颇具危险性的人物，便想立即摆脱“她”。

“好吧！您稍等！”“女子”似乎也长着“第三只眼”，说完这句话，就转身离开了。

楚河面对着雕像坐了下来，直到看到了雕像下方的一行小字，楚河才知道这尊通体洁白的美女雕像，原来就是洛神像，只见洛神站立在云水座上，神态娴雅超脱，让人自然联想到“翩若惊鸿，婉若游龙”的诗句。楚河正在感叹这尊雕像那柔美流畅，浑然天成的艺术之美呢，一缕幽香慢慢沁了过来。楚河回头一看，眼前顿时一亮。只见照片里的阿桃，突然娉娉袅袅地从洛神的身后翩然而出，宛若洛神的姐妹，也许是因为“活着的”缘故吧，乍一看去，阿桃美女甚至比洛神还显得妖娆动人、艳光四射。

楚河看阿桃的同时，阿桃也在看楚河，楚河的心就跳得更欢了！楚河实在是太熟悉她的眼神了，是的，一定在哪里见过的！可是，到底在哪里见过？

楚河一开始是背着灯光坐着的，等楚河回头看她时，柔和的灯光立即照亮了楚河的脸。见了楚河，这位名叫阿桃的女子突然愣了一下，但楚河随即就在她惊异的眼神里，看到了一丝警觉。是的，楚河一眼就看明白了——这位“老相识”已经先于楚河认出了他。

在自己还没有想起对方是谁的时候，对方就已经认出自己来了！这对于总是自认为“开了天眼”的楚河来说，真是一件具有讽刺意味的事！楚河再次仔细地看了一下她的脸，一边搜肠刮肚地回想，一边微笑着问：“阿桃经理，我们……是不是在哪里见过呀？”

阿桃礼貌地笑了笑：“一定是我们比较有眼缘吧？欢迎您光临我们阿桃美发店！”

阿桃那试图躲闪的眼神儿，反倒成了一把神奇的钥匙，一下子就触开了楚河的记忆之门——是的，楚河不用再想就已经弄清楚了，这位名叫阿桃的女子，面部进行过大面积的整容，所以楚河才没有马上认出她来。幸好无论现代化的整容技术多么先进，人的眼珠儿却大多不会被更换的，更何况这位名叫阿桃的女子，还有着令楚河想忘都忘不了的非常特别的眼神呢！

是的，她就是楚河的初中同学，当然也是杨测和马晓晓的初中同学——陶巧。

不过现在的整容技术，还真的达到了出神入化、登峰造极的标准。如果不是儿时的同学活生生地出现在面前，楚河怎么也不会相信，原来那么庸俗普通的丑小鸭，真的变成令人惊艳的白天鹅了！

在楚河的记忆里，陶巧长得虽然不算丑陋，但和美却一点儿都沾不上边儿。更何况她家又是农村的，上初中时，一直都在学校住宿，瞧她平时的吃穿用度，就知她的家里非常贫穷。楚河记得陶巧所穿的衣服不是过小，就是过大，再不就是皱皱巴巴的。楚河记得尤其深刻的，是她脚上总穿一双过大的男皮鞋，因为不跟脚儿，走路的时候，总发出特别的踏踏声，所以才引起了楚河特别的注意。

正是因为这些，陶巧才非常自卑吧。初中的时候，她走路总傍边儿，轻易不说一句话，没事的时候，总是一个人悄无声息地靠在墙角处，偷偷斜觑着班级里的那些活跃分子。在这些活跃分子里，马晓晓是尤其活跃的人，活跃到你想不看她都不中的地步。她不仅因为貌美如花深得老师的喜欢，还多才多艺，学习成绩也名列前茅，所以从初一到初三，她总是一枝独秀鹤立鸡群，始终霸占着舞台的C位。更何况马晓晓又一直那么高调和张扬，几乎每天都会换一件挂着标签的时装，花蝴蝶一般在校内外飞来飞去，常常招惹一群又一群的苍蝇跟在她的身后嗡嗡直叫。

楚河之所以一看到陶巧，就自然想起了马晓晓，是因为在一次下课的时候，当马晓晓又站在课桌中间神采飞扬地倾情表演，引得一片掌声、尖叫声和欢呼声之时，楚河无意中一回头，突然就看见了陶巧的眼神，当时的陶巧，依然像以往一样，静悄悄地斜靠在墙角，静得就像没有她这个人似的。但她的眼神却太显眼太特别了，虽然她当时只是斜睨着马晓晓，而且还有一片阴影笼罩着她，但楚河却在她斜睨的眼神里明晃晃地看到了一把寒气逼人的刀……也就是从那天开始，楚河才真正明白了啥叫“羡慕嫉妒恨”。

“先生，请到这边来！”

直到阿桃柔声地说了第二遍，楚河才听清她的话。楚河立即迷迷瞪瞪地站起身来，跟在阿桃那风情万种的柔软身姿的后面，忐忑不安地向里面走去。拥挤的理发间里，充溢着理发时特有的味道，就像楚河五味杂陈的心。

理发间的两面墙上，全都安着明亮的镜子，对镜摆着两排座位。楚河留心看了看那几个理发师，却没再看到那个“人妖”。楚河便想：一定是自己的目光泄露了什么，才让“她”产生戒心了。

虽然大部分座位都空着，但阿桃并没有把楚河让到其中的一个座位上，只见她柔软的腰肢一直向里面扭着，直到把楚河引领到一个精装修的小单间，才让他坐下。

小单间里仅有两个座位，但旁边的座位也空着，看来理发店的生意并不红火。楚河刚刚坐下，眼睛就不够用似的向四面观望起来，直到阿桃微笑地叫了他一声，他才发现阿桃的手里，不知啥时候多了一个围布。她就那么一边冲楚河招牌似的笑着，一边手脚麻利地把围布围在了楚河的身上。

陶巧，我是你的初中同学楚河啊！你真的想不起我了吗？

楚河抬起眼睛，望了望镜子里的阿桃，刚要把这句话说出来。可当他的眼神与阿桃的眼神再次在镜中相遇的时候，楚河立即就把堵到嗓子眼的话咽回去了——虽然阿桃的脸上，一直都挂着那招牌似的微笑，但她的眼神却是冰冷的，是那种拒人于千里之外的冰冷。

“您需要剪什么风格的发型？”阿桃故作俏皮地歪了歪头。

“您看我……应该理什么样的发型？”楚河无精打采地说。

阿桃把楚河的头扶正，煞有介事对着镜子仔细端详了楚河半天，接着，镜里的阿桃就粲然地笑了，这回可是真笑：“您长得实在太帅了，非常像那个叫……叫啥的男明星了？您瞧我这记性，就是现在正在热播的电视连续剧《天眼开了》的男主角！他长得实在太像您了！特别是这典型的瓜子脸型。”

这部电视剧，楚河还真的看了两集。听了阿桃的话，楚河果然站在旁观者的角度，认真地看了看镜子里的自己。还别说，自己和那位男明星长得真的很像——这实在是一个令人振奋的发现，楚河顿时心花怒放。

“我没说差吧？我刚才看您第一眼的时候，就觉得好像在哪儿见过您！原来是在电视剧里见过您呀！”阿桃笑着说。

夸赞的语言到底是什么呀？哪怕它是假话，可听在耳朵里，依然能像暖到心田里去似的，令人飘然若仙。

明亮的镜子里，阿桃就像摆弄自己的宝贝似的，摆弄着楚河的头发，一边嘴里赞叹着：“您不仅人长得帅，发质也这么好！您的头发都可以拍广告了！好吧，就凭您有一头这么好的头发，阿桃我今天也要亮一亮拿手绝活，给您理一个最好的发型！”

楚河的头被她柔软的小手摆弄得舒服极了。对着镜子，楚河不禁又多看了自己几眼，也不知这家理发店的灯光是根据什么原理设计的，镜中的自己怎么就那么帅了呢？——楚河到底多久没这么孤芳自赏地欣赏过自己了？记得小时候，每当看到奶奶的眼神，楚河的心里总会升起一股像现在一样的滋味。可自从自己患病以后，这种滋味就再也尝不到了，如今再次品尝，楚河竟然有一种隔世之感。

“先生，您能透露一下您的职业吗？”阿桃突然问。

见楚河警觉地看了自己一眼，阿桃又笑了：“我想根据您的职业，帮您设计一种更加合适您的发型。”

“我现在……无业！”楚河面无表情地说。

“您可真会开玩笑！我猜您呀！不是董事长，也应该是个总经理了吧？好啦，既然您不愿意说，我也不难为您了！我就按照总经理的样子，帮您设计一款既时尚大方又有气质的发型吧！”

楚河冲她一笑：“那您就随便吧！”

“那阿桃可就要大显身手了！”阿桃轻轻一弯腰，就把一个带滑轮的工具车拉到了自己的身边，她从上面拿起一把小剪子，便开始理发了。

手里忙着，她的嘴里依然不闲着：“我觉得您比较适合高贵典雅类的发型，上部稍稍蓬松，脸颊两侧稍稍剪薄一点，这样不但符合您的身高、肤色、职业和发质，而且贴近您高贵的气质。剪完头后，我建议您再配一身笔挺的格子外套，那您可就比电视剧里的那个男明星更帅气了。”

楚河越听越舒服，有那么一阵子，都觉得自己已经飘起来了，甚至忘了来理发店到底是做啥来了。直到他无意之中瞥到了那块和“人妖”差不多一样的挂在阿桃前胸上的玉佩，楚河的灵魂才回到了自己的皮囊里。

凭着超人的记忆，楚河又回忆了一下挂在“人妖”前胸的玉佩，便立即认定，两个人的玉佩无论颜色还是形状，包括刻在上面的女神脸上的神情都是相同的——什么关系的人，才成双成对地佩戴相同的玉佩？

“您在想什么呢？”镜子里的阿桃突然警觉地看了楚河一眼。

楚河虚无的目光，立即落到了镜子旁边的那个龙飞凤舞的草书字画上，便说：“我在看那上面的字呢！”

“那是草书，多数人看不懂呢！”阿桃一笑。

楚河这才仔细地看了看那幅字画，乍一看，果然看不清楚，但联系了一下能够看得懂的字，楚河终于弄清了那句话的内容：

“二十一世纪最可怕的，是比你优秀的人还在学习！”

楚河念出那句话后，又加了一句：“这的确是一件非常可怕的事。”

阿桃便笑了，笑出了赞同的神情。

“请问阿桃经理，您是瑶城本地人吗？”楚河明知故问。

“我虽然在瑶城出生，但很小的时候就随母亲去浙江了！大专毕业后才又回到瑶城的。”

“阿桃……这个名字，并不是您的本名吧？”

“我的本名叫陶阿桃，有趣吧？就像逃啊逃似的。我的乳名更有趣儿，叫夭夭，逃之夭夭。唉！当初妈妈为什么要给我起这么难听的名字呢？这么多年来，我一直都在漂泊，是不是和这个破名字有关啊！”

阿桃说这些谎话的时候，不仅脸都没有红一下，甚至还表现出一丝忧伤。楚河不懂整容技术的实质是什么，难道一个人整容以后，她的那张脸就真的不再是自己的脸了吗？

楚河对着镜子，质疑地看了看阿桃的眼睛，心里想：在我这么一个小人物面前，她却如此煞费苦心地说谎，到底有什么目的呢？更加奇怪的是，她和那个“人妖”，到底又是一种什么关系？想了想，心里不禁又感叹道，不正常的地方，当然就有不正常的人！也许恰恰因为有了不正常的人，才让这个地方有了不正常的气氛。

“您要是不信，可以看看我的身份证！”也许楚河的质疑过于直露了吧？阿桃竟然不嫌费事地走出小单间，取来了一个红色的小挎包，从里面掏出了一个身份证。因为楚河的手被围布包裹着，她就直接把身份证送到了楚河的眼前。

楚河果然认真地看了看，上面印刷体的名字的确就叫陶阿桃。在看名字的同时，楚河也瞥了一眼下面的身份证号码，可他刚刚把那串号码看到眼睛里，阿桃的手就抽回去了，幸好楚河看了一眼就记住了号码。从身份证号码可以推断，这个名叫陶阿桃的女子，的确就是楚河的初中同学陶巧，因为陶巧的生日就是五月初五。

“我怎么这么倒霉呀！偏偏在五月初五过生日。”

“五月初五过生日有什么倒霉的？端午节，不是正好吃鸡蛋？”

“所以我才倒霉呢！好容易盼到了过生日了，能吃两个鸡蛋了！可在我吃鸡蛋的时候，别人也都在吃鸡蛋，你说我这个生日过得还有意思吗？”

好像就是在端午节放假前吧，楚河和陶巧曾有过一次这样的对话，这也是上初中时，楚河与陶巧唯一的一次交谈。

陶巧啊陶巧，无论你怎么“逃阿逃”，你也逃不过我的“第三只眼”！可是，你究竟为什么要撒谎呢？楚河差一点儿把这句话说出声来。

后来，围绕阿桃为什么撒谎，楚河曾专门和云落进行过探讨。令楚河万万没有想到的是，云落张口就说：“阿桃并没有撒谎，她和你说的那些话全都是真的！”

“哪怕她说的真的不是谎话，但她这个人本身，已经变成了一个谎言了。”

两个人说这番话的时候，是在去王运良杀人现场——也就是花秘花店的路上。因为云落是驾驶警车来酒店的，楚河考虑到警车前去现场可能不方便，便提议步行前往。

此时此刻，这两个年轻人正走在那条古老静谧的槐树街上，瞧他们那优哉游哉的样子，仿佛情侣在落英缤纷的小径上散步。为了配得上这种氛围，楚河还按照阿桃的提议，在白T恤和蓝色牛仔裤的外面，真的配了一件蓝底白格的外套。当他斜挎着一个单肩休闲的旅游包，从酒店的一面镜子前路过时，连他自己都被他自己迷住了。

因为老街上飘着非常刺鼻的香火气，楚河便意识到这一天可能是农历十五。但楚河却懒得探究此事，更懒得向老爷庙那边张望，因为他全身心的注意力，全都在云落身上呢！

“云落警官！我一到理发店，就立即知道答案了！原来你就是想借我的‘第三只眼’，好好观察一下陶阿桃啊！”也许是新衣服给楚河带来了自信，楚河说这番话的时候，脸上闪烁的，全都是青春的光芒。

“并不像你说的……这么简单吧。兴许，我更想帮你们……制造一些风花雪月的故事来呢？”云落斜睨了一眼楚河的新装，神情怪怪的，笑了笑。

当时是正午，凉爽的老槐树下看不到一个人影，包括身后的那条影子，似乎也被正午的阳光晒没了。见周围没人，楚河便站住了脚，演戏似的向云落突然来了个立正敬礼，嘴里低声说道：“向首长报告：我已经基本摸清了她的来龙去脉！”

“说吧，你都摸清什么了？”云落果然像个首长似的，背手昂头。

“陶阿桃是我的初中同学，我不管她的身份证上写着什么名字，反正上学的时候，她的名字就叫陶巧。因为面部做过大面积的整容，所以昔日的陶巧完全变成了一个陌生的人！虽然她直到现在还跟我装呢，死不承认和我同学这件事，但我已经找到能够证明她身份的证据了！陶巧的生日是五月初五，而陶阿桃的身份证上的号码，也正好是五月初五。”

云落如水的眼睛突然定住了：“她为什么要死不承认和你同学这件事呢？她究竟想掩饰什么？”

“也许她是想与丑陋的过去做彻底决裂吧？”

“丑陋的过去？”

“上初中的时候，她虽然不能说丑得吓人吧，但也实在是貌不惊人。后来通过痛苦的整容手术，她好容易把自己整成一个大美人了，所以，她最不想见的，一定就是过去熟悉她的人！”

“你认为……现在的她，真的很美吗？”云落如水的眸子碧光微澜。

楚河赶紧说：“在别人眼睛里，她可能是个大美人，但在我的眼睛里，她还是过去的那个丑小鸭。人的面容可以整容，但内在气质却是很难改变的。”

云落没有理会楚河的羞窘，她只是慢慢地向前走着，如水的面容波澜不惊。一片金色的落叶被微风卷到了她的脚下，云落弯腰捡起，一边把玩着，一边继续慢慢前行。

“你在想什么呢？”楚河忍不住问她。

“我在想你的这两位女同学，真是都够厉害的了！都达到世界一级演员的标准了！我审了她们那么长的时间，竟然连这点儿起码关系都没审出来。你替我想一想，她们为什么要共同掩饰这种关系呢？”云落突然抬起清亮亮的眼睛。

“你……在说啥呢？”楚河云里雾里的。

“如果一切真是像你所说的那样，那王运良会不会也一直没有认出她来呢？”云落又没头没脑地说。

“你的意思……陶阿桃和王运良的案子也有关系？”

“我查过王运良之前的电话单，阿桃在案发前，和王运良频繁地通过电话，并且我还查出，这个阿桃和柳辰，原来不仅认识，彼此的关系还很密切。可奇怪的是，案发以后，一直到王运良被抓前，阿桃突然和王运良断了联系，你说，这不可疑吗？”

“原来，你让我去她那里理发，是怀疑她和案子有关啊！”

“不仅是她，凡是和王运良有过密切接触的人，都在我的调查范围之内。当然也包括你……楚河老师！”云落暗波涌动地看了楚河一眼，突然一笑说，“知道那天我为啥让你递我档案袋吗？”

“你不是说……要装什么东西吗？”

“如果真要装什么东西，我自己就取了，怎么能劳驾你呢！不瞒你说，我已经在上面提取了你的指纹，很遗憾，比对也没有成功！”云落微笑的面颊碧波荡漾。

“我怎么一点儿都没想到？我是不是太傻了？像我这样的，还配去考刑警吗？”楚河突然笑了。云落此举，楚河一点儿都没有生气，反倒觉得很刺激。

“你不仅应该去考刑警，兴许还能成为刑警里的奇葩呢！你想啊，哪个人敢说自己长着‘第三只眼’啊！”云落的脸上，又浮现出那种似笑非笑的表情。

“‘第三只眼’这件事，你可别总挂在嘴上，万一哪天说秃噜嘴，那我的这个绝世秘密，可再称不上秘密了！”楚河笑呵呵地说，突然又收住笑容，“你们刑警真的很不容易，稍稍有一点儿关系的人都要调查，这么调查起来，工作量可实在太大了。”

“是啊！等水落石出之时，无论多复杂的案情，就都显得简单了。相反，在没有找到真相之前，所有简单的关系，我们都会复杂地对待。刑警侦破案件，需要的就是这种‘做无用功’的精神。事实证明，有一些看似很无用的关系，常常会在关键时刻发挥出特别有用的功效。”

楚河摇了摇头说：“你怀疑我，我反倒能够理解；但你怀疑陶阿桃，就没有什么依据了。”楚河指了指路口的监控探头，“你看，周围这么多的摄像头，你们警察一定挨个都调取了吧，可你们发现阿桃的影子了吗？除非她会轻功，能飞上那么高的房顶，然后从那个小窗户里钻进去。”

云落抬眼看了看楚河，那双清亮亮的眼波暗潮奔涌。

楚河越说越来劲儿：“即使阿桃真的会轻功，或者利用什么工具真的避开了电子眼，进入了案发现场，就凭她的力气，想勒死一个和她年纪相仿的女子，好像也不太可能吧？更何况那个叫柳辰的死者，长得还又高又壮，陶阿桃也不是她的对手啊！”

“两个儿时的同学刚刚见面，况且据说人家……还没认你这个同学吧，你咋就如此卖力地为人家辩护起来了？哎哟，还别说，你的这个发型剪得真的很酷，和你的这套格子外衣也很搭配。”云落似笑非笑地看着楚河，两汪清泉微波荡漾。

楚河的脸又红了，立即认真地做宣誓状：“我测哥说过，在刑警的眼睛里，如果对面的这个人是一个犯罪嫌疑人，那他就只是一个犯罪嫌疑人！别说他是什么同学了，哪怕他是亲爹，他都只是一个犯罪嫌疑人！虽然我现在还不是一个刑警，但我既然报考了刑警公务员，我也准备六亲不认了。”

“我只是和你开个玩笑！其实，我让你去接触她，不仅仅为了王运良这一起案子，还为了你亲爱的同学马晓晓啊！你不是一直都在替马晓晓的那起案子鸣不平吗？”

“你说什么？你的意思是……马晓晓的那起盗窃玉佩案，就是在阿桃那里发生的？”楚河突然一拍脑袋，“哎哟！我这个猪脑袋！我早应该想到这一点的！”

楚河突然站住了，眼睛直直地看着云落：“如果，马晓晓的盗窃案，真是在阿桃那里发生的，也就是说，马晓晓盗窃的那个玉佩，就是阿桃的，那一切疑点，可就全都能解开了！”

“什么意思？”尽管花秘花店已经近在咫尺了，可两个人谁都不肯前行一步了。

“因为陶阿桃在上初中的时候，非常嫉恨马晓晓，恨到了骨子里。所以，哪怕是为了报复，她也完全有理由亲手制造这起盗窃案。”

“证据呢？如果你能拿出证据来，我云落不仅马上给马晓晓平反，还会主动接受组织上的纪律处分！”云落信誓旦旦地说。

“是啊！证据呢？证据怎么找？”楚河再次摸了摸头。

“如果一切真的像你说的那样，陶阿桃从小就怨恨马晓晓，那在我审理她们案子的时候，马晓晓为什么不把这层关系说出来？反而心甘情愿地把脖子伸到陶阿桃的案板之上，任她宰割？”

“马晓晓有可能直到现在还不知道陶阿桃是谁呢！你想啊，陶阿桃自从整容以后，已经完全变了一个人！连我这种长着‘第三只眼’的人，都是费了九牛二虎之力才认出她来！她马晓晓那样的蠢货，怎么可能认出她来呢？”

“你说……马晓晓是蠢货？”云落惊异地看了看楚河的眼睛。

楚河便笑了：“这是我测哥对她的专属评价，一开始我还不太赞同测哥的观点！可是自从认识了云落警官以后，我才发现她马晓晓真的很蠢！她马晓晓就是一个蠢货。”

“你这么抬高我而贬低她，用的又是什么心理战术啊？你就这么希望我挨处分？”

“我这个人，比马晓晓还蠢呢！我能有什么心理战术？我只是在帮你分析案情。按理，昔日的同学出名以后，普通的同学都会以他为荣的，没有关系的都要套个关系出来呢，但陶阿桃为什么偏偏假装不认识马晓晓？如果不是因为宿怨，陶阿桃有必要掩饰这种关系吗？”

“哈哈，原来同样的女同学，也分远近亲疏啊！我记得就在刚才，有一个人还在口口声声地为陶阿桃辩护呢！怎么这个马晓晓一出现，这个人就立刻解甲倒戈了？”

“你今天怎么老是讥讽我呢？这和同学真的一点儿关系都没有的！我现在动用的，真的就是六亲不认的刑警思维！我认为，马晓晓的那起盗窃案，真的有可能就是一桩贼喊抓贼的案件！”楚河不仅脸涨得通红，脖子也变粗了。

“话当然谁都可以这么说，但光说话有什么用？你能把嘴巴粘在卷宗上吗？如果你真想帮她把案子翻过来，那就少废话！把证据找出来咱们再说！”云落说罢，便大踏步地向花秘花店走去了。

“你是听谁说阿桃佩戴的玉佩，叫洛神玉的？”楚河对着云落的背影问。

“阿桃自己说的。”

“那天阿桃佩戴的玉佩，是不是白里透绿的，上面有个飞翔的女神？”

“非常正确！”

“吾令丰隆乘云兮，求宓妃之所在！”

“什么？”

“我是说，原来她和他，全都是洛神的崇拜者啊！”楚河自言自语。

“我怎么越听越糊涂？”云落回头瞪楚河的样子，像极了那首“风乍起，吹皱一池春水”的诗。

这个花秘花店，站在窗户外面往里看，还勉强算个花店，可等你真正走进屋子里，花店的感觉就全都没有了。屋子里除了摆在窗台边的那几盆早就没了颜色的花之外，这个屋子，就是一个乱七八糟的普通居室，除了两个柜子，还有隐在柜子后面的一张床，剩下的都是零碎物件。屋子尽头有两扇小门，一扇通向厨房，一扇通向洗手间。

也许是被“杀人现场”这种意念影响的吧，楚河自从走进这个阴冷的屋子，就不敢再乱说一句话，心也像被什么东西坠住了似的，始终紧张兮兮的。老式的地板块上，还留有几个用粉笔画的脚印痕迹，看那脚印的方向，王运良的确是从正门走进来的。有一缕含着尘灰的阳光碎片正好照到脚印上。

楚河一回头，突然看到王运良鬼魂一般，踩着他的大脚印无声地走进来，一双几乎看不到瞳孔的眼睛里，全都是哀伤。恍惚中，楚河仿佛又听到了那来自地狱的哀鸣：“楚河……救我……我冤枉！”

“柳辰就是在这张床上，被人勒死的，当时，她头冲着这儿，脚冲着那儿。”云落一边比画一边说。

让楚河的意象里，又凭空多了一具僵卧在床的女尸，脖子上依然缠着那根只有王运良的网通公司才有的网线。楚河仅仅向床上的女尸看了一眼，心就因痉挛而缩成一小团了。怕云落看到自己的恐惧，楚河逃也似的走进了后厨房。背对着门，他站在厨房运了好半天的气儿，心才慢慢回归平稳，身上的冷汗也渐渐消了。

那个油渍斑斑的小后窗，就在厨房那个蒙着尘灰的操作台上方，瞧上面的灰尘，就像是被钉死了似的。楚河试探着拽了拽小后窗那满是油渍的拉手，没想到一拽就开了，一股清风随即扑面而来。尽管清风里还夹带着窗框上的灰土和从老爷庙那里飘过来的香火气味，但楚河还是充满感恩地深深吸了一口长气，混沌沌的大脑也渐渐有些清亮了。

楚河向外面看了看，向上看，就是那家五金商店铺着灰瓦的后房檐；向下看，则是一条窄得不能再窄的死胡同，里面不仅堆满了垃圾，楚河还看到一只僵硬的死猫。

闻听云落也走了进来，楚河头都没回，便指着那个小窗子说："这里是能够避开电子眼的唯一通道。但是要想从对面房顶上跨到窗户里，又不至于惊扰屋子里的人，不会一点儿轻功好像不行吧？"

"非得直接跳过来吗？先站在胡同里，然后再慢慢爬到窗户里，也不是不可以吧？重要的是，那个人一定非常了解这扇小窗的情况，或者事先做好手脚，比如先把钉窗户的钉子拔掉。"云落无所谓地向那扇窗瞟了一眼，显得心不在焉的。

"这么高的房顶，要想爬上去也不是容易的事。"楚河想了想，又加了一句，"特别像阿桃那样的……"

"行啦，别再继续为你的同学辩护了！我已经提取了她的指纹，经过比对也没有成功。"云落一边说，一边指了指窗框上的一个特殊印记，"我那天让你比对的指纹，就是在这个位置上提取的。"

楚河立即兴奋起来了，兴奋得竟然忘了站在外厅里的王运良和那具僵卧在床的女尸："这么说，咱们俩早就想到一块来了！这真是英雄所见略同啊！对了，那枚指纹……到底是怎么回事？这世上不会真的存在两个指纹相同的人吧？"

云落叹了一口气说："现在能入指纹库的，大多都是有案底的人。可有的犯罪嫌疑人为了逃避刑罚，经常冒用别人的姓名蒙骗预审民警，而我们的民警还真有上当受骗的！哼！更令人气愤的是，受骗一次还不甘心，还要受骗第二次！”

“你是说……那个人竟然在你们警察的眼皮底下，两次冒用过别人的名字？这个人也……太厉害了吧？”

“幸好我在全国各地，都有警校的同学。按照对比的结果，我动用了好多同学，还真把那两个指纹匹配的人，全都找到了。这两个人一个是蒙田的，一个是云北的。可经过验证他们的指纹，发现窗框上这枚指纹，和他们的指纹边儿都不沾。”

“这么说……我们又白忙活了？”楚河的眼睛又变长了。

“也不算白忙，只要指纹还在，只要握着那个指纹的人不死，就总有比对成功的那一天。”云落微微咬了下嘴唇，两汪眼眸波澜不惊。

“云落警官，有一句话，我一直想问你……”

“我说，你别一口一个云落警官的，叫我云落不好吗？”

云落的话，顿时缩短了二人的距离。“行，云落警官，我记住了！”楚河说罢，甚至笑了，在恐怖阴森的杀人现场，竟然也笑得出来，这可是楚河万万想不到的事情。

楚河笑着摸了摸脖子，像个小学生似的红着脸说：“和你说真话，我认定王运良不是杀人犯，凭的就是我的‘第三只眼’，一点儿法律根据都没有。可你和我不一样啊！你是刑警中的精英啊！你应该凭理性断案才是啊？所以，我一直感到奇怪的，你到底是凭什么怀疑王运良是冤枉的呢？”

“凭气味！”

“气味？”

云落笑了：“你可能不知道吧？在我们刑警支队，我有一个专属的外号，这个外号还是庄队亲自给我起的呢！叫狗鼻子。”

楚河感兴趣地：“狗鼻子？这么说，你也有特异功能啊？”

云落一笑：“开玩笑呢！我又不是警犬，哪有那么灵敏的狗鼻子？”

楚河期待着云落说下去，可她又不说话了。

楚河耐着性子等了一会儿，可云落只是慢慢地在室内逛着，好久都不说一句话。

“对不起！我……刚才问的话，是不是涉密了？”楚河小心翼翼地说。

“自从我把卷宗交给你那一刻起，你就已经涉密了！卷宗你都看过了吧？说说吧，你现在怎么看这起案子？”

“卷宗我不仅看了，而且还看了好几遍。可越是看卷宗，我的底气越不足。我发现卷宗里所列举的证据，个个都是铁证！现在又看了现场，我就更加想不明白了！但即使这样，我还是坚持我原来的观点。当我回忆起王运良的眼神时，我依然觉得他是冤枉的！你说，我这到底是啥心理呀？”

“就像用你的矛刺你的盾？”

“可不是嘛！实在是太矛盾了！现在看起来，如果想把王运良的案子真正翻过来，你首先必须要把真正的嫌疑人找出来！可如今，仅有的一条线索也断了，茫茫人海，我们究竟到哪里才能找到那个人呢？”

云落突然冷笑了一下：“真的没有一点点的漏洞？可在我的眼睛里，这起案子却是漏洞百出呢！咱先说杀人动机，就非常牵强。刑事案件绝大多数杀人动机，都离不开三个字：仇、财、情，而这三点王运良全都不占。一对情侣仅仅拌了两句嘴，就要置人于死地？并且还不是误伤，还是蓄谋杀人，我咋想咋觉得不可理喻。再有犯罪情节也不合情理，你想啊，假如你和一个女人事先约好了，前去幽会，你会带着网线吗？你是不是应该打扮一下呀？就像你今天似的……”云落边说边瞟了楚河的蓝格子外衣一眼，楚河的脸便再一次涨红了。

“最让我觉得可疑的，还有证据！”云落接着说。

“那么多的证据……还不够充分吗？”

“之所以觉得可疑，就是因为证据过于充分了！而且所有的证据全都清晰地指向了王运良，就好像被谁事先设计好了似的。特别是那个避孕套，法医不仅在避孕套里面检出了王运良的精液，也在外面检测出了柳辰的分泌物……也就是说，现场提取到的证据，全都是无懈可击的铁证！”

楚河的脸涨得更红了，他偷偷看了云落一眼，发现她在说这些话的时候，神情相当坦然，就像在说二二得四一样自然。

“凭你对王运良的了解，他这个人并不太弱智吧？”云落问楚河。

“他不仅不弱智，有的时候还特别能耍小聪明，总喜欢占人家的小便宜！”楚河立即回答。

“可他这么一个并不弱智的人，为什么在作案以后，连清理现场、带走证据这类最起码的事都做不到？现在电视剧里经常演那些侦破及反侦破的片子，连小孩子都知道做了坏事以后应该抹去指纹和脚印，可他不仅把几个大脚印子明晃晃地全都留在现场了，甚至连网线和避孕套都忘了带走……你不觉得这个人都弱智到了滑稽的地步了吗？”

楚河越听越入迷，越听越佩服，听到最后，只有干巴巴地点头的份儿了。

“你想想看，一个人在什么情况下，才想不起来去销毁现场的证据？”

“当然是和案件没有关系的人啦！就像路边的行人，看一眼，就吓跑了！”

“那么你再想一想，如果王运良真的与案子无关，那他就一定是被人家设计了。那么这个设计者又会是谁？他又是怎么获得王运良的阴毛和避孕套的？换句话说，究竟什么样的人，才有获得这些证据的条件？”

“那……只应该是……和王运良关系密切的女人吧？”

云落低着头看了看地板上的粉笔印：“当然，别的证据可以事先设计，但这几枚大脚印……却是千真万确的！所以我猜想，设计者一定事先获得了王运良要来花秘花店的信息，才有条不紊地织好了这张大网，然后坐等着王运良钻进来。而王运良这个蠢货，不仅钻进来了，还配合得天衣无缝！”

楚河突然张大了嘴巴：“照你这么分析，那个阿桃……还真值得怀疑！”

云落突然一摆手："行啦行啦！光怀疑有什么用？找不到证据，全都是空想、空话！"

云落正说着，她的手机突然响了，真没想到，云落的手机铃声，竟然是楚河非常喜欢的古筝名曲《云水禅心》，此时在这么一个令人恐怖的地方，突然听到这样唯美的曲子，楚河突然有一种身处阴阳两界之间的荒诞感。

郊外狗场的怡红快绿

云落接听电话时，楚河的眼睛一直傻呆呆地看着云落，云落感知了楚河的傻气，慢慢背过身去："什么？赛狗场？就是上次咱们侦查过的那个地方吗？好的！我知道了！我保证按时到！"

楚河不仅看傻了，还听傻了："赛狗场？咱们瑶城还有这种地方吗？"

"瑶城有一伙人，专门以赛狗的形式进行非法赌博活动，我们关注他们已经很久了。刚才的电话是冷天龙打来的，说是今天下午就进行收网行动！我现在就得去现场！"云落一边说，一边脚步快捷地向外面走去，走了几步，见楚河还没动，便责备地瞪了他一眼，"你想住在这里咋的？"

楚河可怜巴巴地看着云落说："你……能不能带上我呀！我真的好想看看你们是怎么行动的。你放心，你只需把我带到那里就行，我肯定不给你添乱。"

云落也笑了："我带你去倒是可以，万一人手不够，你还可以帮一下忙！但丑话咱得说到前头，等到了那个地方，你的安全可就得由你自己负责了！并且到时候我还不一定能把你送回来，如果嫌疑人过多，我还要负责押送的。”

“你就把心放到肚子里吧！我一个警校老师，哪需要别人保护呢？我还想着要保护你呢！”楚河快乐的神情就像个孩子。

云落在锁门的时候，突然看着楚河莞尔一笑：“其实，你真的犯不上这么恭维我的！你的测哥就是这次行动的总指挥，你要是想参加行动，和他说一声不就完了？”

楚河听了立即把头摇成了拨浪鼓儿：“和他说？他一定会这么说：‘大河啊！别总是这么性急行不行？安下心来好好复习！等你考上了刑警，什么行动不能参加呢？’”楚河学着杨测的口吻。

“要是这样，我就更不能带你去了！那天我无意中向他问起了你，没想到他立即反问了我更多的问题，我才知道你在他心里原来这么重要。要是我不经允许，就把你这个重量级的人物带到那种场合，你的测哥不得吃了我呀？”顺着那条古老的银杏路，云落一边流水似的前行，一边浪花似的说。

“你放心吧！我尽量不让他看见我。假使他真的看见我了，那我就说是我自己去的，一定不会连累云落你的！”楚河急得脖子又粗了，神情更像一个孩子了。

等两个人终于坐到了警车上，楚河的孩子气就更明显了：“还是在基层工作有意思，有挑战性。就凭这种挑战性，我也一定要好好复习，争取一次就考上！如果我真的考上了！那我就天天都能看到你，天天都能保护你啦！”楚河一边说，一边手舞足蹈。

“哼！到时候，说不定是谁保护谁呢！”云落的微笑碧波荡漾。

警车一路狂奔，很快就驶出了瑶城市区。随着警车越来越快，楚河的青春之火也燃得越来越旺。两个人就不约而同地唱起歌来了，而且唱的还是同一支歌——到底是谁先开的头，事后别说楚河说不清了，连云落这个始终沉静如水的奇女子，竟然也叫不准了。反正两个人那么一张嘴，飞驰的警车里，就响起了这一男一女那撕心裂肺的号叫声。

记得当年年纪小

我爱唱歌你爱笑

——刚刚唱了两句，两个人突然又止住了。

楚河惊讶地瞪圆了长长的眼睛，云落如水的表情也瞬间凝固。

“你怎么……也会唱这首歌？”俩人几乎同时开口。

“原来……是你！”两个人再次异口同声。

楚河下意识地晃了晃头，觉得自己的大脑已经空了。他傻傻地看了云落一眼，如果云落没有坐在自己身边，或者如果云落的脸上没有闪着同样惊异的神情，楚河一定又会觉得自己在做梦了！

——那是一次“奇美的邂逅”，虽然那次邂逅已经过去了很多年，但楚河却一直记忆犹新，经常无缘无故地想起。记得那年，楚河刚刚六岁，因为每到冬天，楚河都会咳嗽一段时间，奶奶便领着楚河来到了一个名叫玫瑰峰的地方，因为奶奶听人家说，玫瑰峰里隐藏着一个能治百病的温泉，要是能在玫瑰泉里泡上几天，什么慢性病都能自然痊愈。那是楚河第一次也是最后一次和奶奶一起出门，那段日子对于楚河来说，美好得就像一场梦境，尤其令他觉得不真实的，是他在梦里还遇到了一个无论长相还是言谈，全都显得奇美无比的卡通公主似的小女孩儿。

记得那是一个雨过天晴的下午，楚河趁奶奶午睡的时候，一个人偷偷地跑到了宾馆前的一个小花园里荡秋千，楚河非常喜欢那里的秋千，每次荡起秋千来都会没完没了。奶奶怕楚河把脑袋荡晕了，每次都强行把他从秋千上拉下来。这天因为没有了奶奶的约束，楚河便把秋千荡出了花儿，荡到最过瘾的时候，连他自己都忘了自己是谁了。就那么荡啊，荡啊，楚河就不知不觉地唱起歌来，他当时唱的，就是刚才和云落一同唱的那首无名歌。

就在楚河声嘶力竭、陶醉忘我地引吭高歌之时，一个小女孩儿突然滑着一个小滑板，从花径深处飞了出来。也不知是楚河的歌声太怪异了，还是那首歌勾起了小女孩儿什么心事，只见小女孩儿一边飞快地向前滑，一边回头好奇地向楚河看，也就在一眨眼之间，只听咔的一声响，小女孩儿就连同她的滑板一起，撞到一棵大树上了。

也许那时的楚河实在是太小了，小到还不知道如何尊重别人。见小女孩儿如此狼狈地撞到了一棵大树上，楚河突然哈哈大笑起来。小女孩儿从地上爬起来以后，第一件事就是去检查自己的小滑板，因为楚河笑得太张狂了，她便慢慢地直起了身子，用一种明显与年龄不符的眼神，冷峻地瞟了楚河一眼，一下子就把楚河看蒙了。

还未等楚河明白怎么一回事呢，小女孩儿已经像大人似的，语音凝重地朗诵起诗歌来了：

春雨滑如油，
下得满街流。
跌倒大学士，
笑煞一头牛。

楚河愈发觉得惊异了，不禁傻傻地问："这是……你编的？"

女孩儿脸上轻蔑的神情就更加明显了："你连……这么著名的打油诗都没听说过？"

女孩儿正要继续说下去呢，楚河突然看到她的脸颊肿起来了，一股鲜血正黏黏地顺着腮边的一缕乱发流下来。楚河立即变了脸色，惊慌地叫了声："淌血了！你的脸……"

女孩儿闻听，赶紧摸了一下自己的脸，这才发现自己受伤了，也许直到这时她才觉得疼了吧？当她看到自己一手的鲜血，顿时惊慌失措，始终都像个小大人似的她，瞬间变回了孩子的模样，张开大嘴哇的一声就哭了，然后就夹着她的小滑板，一边哇哇地哭着，一边顺着小花径沿原路跑回去了，转眼就消失在一片微微颤颤的花海里。

楚河愣愣坐在秋千上，好半天才缓过神儿来。小女孩儿从出现到离开，全都让楚河觉得惊奇，尤其她离开时的样子，更是令他惊奇。也直到那时，他才后悔自己不应该哈哈大笑。楚河立即从秋千上跳下来，顺着花径就向女孩儿消失的方向追去，可偏偏就在这个时候，奶奶出现在了宾馆的门前："大河，该去泡温泉了！"奶奶就这么一连声地叫着楚河。

从那以后，楚河再也没有见过那个小女孩儿，但她那卡通公主般的模样却深深地印在楚河的脑海里。事后，楚河曾几次到小花园里寻找，也曾偷偷地跑到宾馆前台打听过，尽管前台服务员一直都对楚河笑盈盈的，但她却始终都没能给楚河一个满意的答案。

"人生还真是奇妙啊！原来你就是那个卡通小美女啊！"此时此刻，坐在飞驰的车里，楚河激动得差一点儿流下泪来。

"卡通小美女？可我小时候，大家都叫我丑小鸭呢！"云落也百感交集。

楚河的眼睛落到了云落的腮下："对了，你腮上的疤痕，就是那次撞树留下的吧？"

云落摸了一下脸上的疤痕，轻轻一笑："可不是！你别看现在瞧着浅，当时却伤得非常重，缝了好几针呢！"

楚河突然想起什么，立即收住了笑容："据我了解，那首不知名的歌……好像并没有公开发表过！你是怎么学会这首歌的？"

云落说："是我上幼儿园时，我的老师教给我的，我的老师说，这首歌是她同学编写的。既然不是公开发表过的歌儿，那你又是跟谁学的？"

楚河感叹了一声说："我和这首歌的渊源，那可是深了去了！小时候，奶奶为了开发我的智力，特意送我上了一个特长班，我也因此学会了识简谱。有一天，我在我们家的一个老书柜里，突然发现了半张手写的歌谱草稿，上面写的就是这首歌。我按照所学的，试着哼唱了一遍，没想到这首歌的曲调一下子就把我给吸引了，唱上了就再也忘不了！接着，又出现了一件更加奇妙的事情！"

楚河说着，便从休闲包里拿出了那本名叫《密语》的诗集，翻到印有那两句诗的段落让云落看。

楚河说："这本诗集，是我在学校门前的长椅上捡到的！我能捡到这本诗集，绝非偶然。因为我每天都要在固定的时间里，到那张长椅上读书，我猜想一定有人发现了这个规律，才故意把这本诗集放到椅子上。”

“你还别说，这件事……还真的有点意思！”

云落把车停在路边，这才接过诗集翻看了起来，一边看一边说：“你先是……在你的家里发现了这首歌的草稿，后来又在学校捡到了这本诗集。这么说来，这个名叫白叶的作者……应该认识你的家人，你没在网上查一查这个诗人的资料吗？”

楚河摇了摇头：“我不仅上网查过，甚至还给这家出版社打过一次电话，但全都没有结果，到此为止，我连这个诗人是男是女都不知道呢！”

“白叶，应该是个女诗人吧？”云落先是看了一下手表，然后才拿出手机，翘起小手指在网上查询了起来，正如楚河所说的，关于白叶，网上真的没有一点儿有用的信息。

楚河突然想起了什么：“对了，当年教你唱歌的那个幼儿园阿姨，你还能找到吗？”

云落一边开动了车，一边微皱着眉头说：“虽然……我已经忘了她的名字了，但如果想找，应该能找得到吧？”

那个所谓的赛狗场就设在一片方圆十多亩的草地上，一道铁丝网圈起了周长数百米的跑道，跑道围成的圆圈内，一座机械吊塔长长的吊臂顶端悬着两只灰兔。

赛狗场附近的公路一侧，停了不少车辆，跑道内也聚集了百十号人，其中有不少人牵着狗。楚河跟着云落，很快走进了围观的人群里。

在人群里，一个不怎么起眼儿的男人，突然冲云落使了个眼色，云落立即不露声色地回看了他一眼。楚河这才知道这个男人原来是个便衣，一种轻蔑的感觉便涌了上来。像他这样蔫了巴叽的人，也能当刑警啊？楚河一边这么想着，一边再次回头，想仔细看看那个男人到底长什么鬼样儿。没想到也就这么一回头的工夫，那个人就不见了踪影，仿佛刚才冲云落使眼色的，根本就是一个幻影。

因见云落又向人群里面走了几步，楚河也向人群里面挤去，无意中一抬头，碰巧又看到了两个便衣正在用目光无声地交谈。楚河仔细看了他们两个一眼，尽管他们依然是貌不惊人的便衣，但此时的楚河，却再也不敢小觑他们了。代之而来的，反倒是一种特别奇怪的敬重——是啊，存在就是理由！再怎么貌不惊人，人家现在也都是刑警，而你是什么呀？你现在连狗屁都不是呢！

因了这种心理的变化，楚河便再不敢造次了，不仅收敛了脸上的狂妄，始终蠢蠢欲动的气球心也慢慢缩回了正常。用他的“第三只眼”，楚河又在熙熙攘攘的人群中，看到了几个正在用眼神飞快交谈的便衣，他们或俩人一伙，或三人一组，不仅全都貌不惊人，穿着也都很随便，如果楚河没有“第三只眼”，肯定会把他们与其他人混为一谈的。

当楚河的眼神透过人缝儿，突然和测哥那锐利的目光撞在一起之时，楚河的心突然一紧，正巧身后有一棵大柳树，他就条件反射一般躲到柳树的后面去。此时的测哥，一改往日微笑浅浅、仪表堂堂的风范，显得风尘仆仆的，混在人群里，不仅没有了往日的超凡脱俗，甚至还显得土里土气的，但那种踏实感却让人觉得亲切。

这时，一条花狗和一条白狗被送进了起跑箱，竞赛就要开始了。众人围上去争先下注，少则一百元，多则数百元。

“开始！”随着一声令下，那个用电子装置操纵的吊臂，便悬着两只兔子沿着跑道快速滑转起来，一个女人打开起跑箱，两条狗便腾跃而出，飞快地追逐起那两只兔子来。此时此刻，赛场上气氛紧张极了，不仅看热闹的人都伸长了脖子，没有参加比赛的大狗们更是急得连蹦带跳的，吠叫个不停。顺着跑道，那两条狗越跑越快，当它们跑到对面之时，除了那两道腾起的白烟，楚河竟然看不到狗的身影了。

就在整个赛场的人们，眼睛全都紧张地盯着赛场上的两条狗之时，抓捕行动已经静悄悄地开始了。

楚河至今也猜不出测哥的那个“开始行动”的指令，到底是怎么发出去的，反正突然之间，隐藏在人群里的便衣就全都紧急行动起来了！因为楚河的眼睛里只有云落，所以他只是见识了云落一个人的飒爽英姿。

只见云落突然飞身而起，一转眼就潜到正靠着起跑箱向远处张望的那个女人的身后，还没等楚河看清怎么回事呢！那个正在发愣的女人的胳膊，就被云落扭到身后去了。随着另外几个人在同一时间被不同的便衣按倒在地，人群才哗的一声乱了。一时间，狗在狂吠叫，人在奔跑，只有楚河一个人像个傻子似的站在那棵大柳树的下面，呆立不动。

等楚河终于清醒过来时，战斗已经结束了。一听说警察抓人了，人们全都潮水一般围拢了过来。自认为长了“第三只眼”的楚河，一时之间，竟然怎么都找不到他如水的云落了。

直到这时，杨测才真正地凸显出他那指挥者的高大身影，只见他站在一个制高点上，那双平时总是含笑的眼睛，此时正探照灯似的扫视着四面八方，在他目光的指挥下，便衣刑警们全都有条不紊、按部就班地行动着，不时有便衣跑到他的身边，小声地向他询问着什么。

“看热闹的人，就不要在这里围观了！都抓紧散了吧！小心被狗咬了！”随着几声响亮的呼喊，楚河看见冷天龙手拿着一个小喇叭，正站在人群里向周围的群众喊话。

被抓住的大约有六七个人，有的已经被押上了停在公路一侧的普通轿车里，有的正被便衣控制着，往警车隐藏的方向疾行。楚河找不到云落，便顺着来路向停警车的小树林奔去，直到拐上了公路，才看到云落和那位被抓的女子，正像亲密的姐妹一般手拉手“悠闲自在”地向前走着。本来楚河想跟着她们一起到警车那边去的，因见云落一直都没有回头寻找他，楚河便停下了脚步。正在犹豫着呢，一回头，突然看见两个空着手的便衣也向云落那边追去，瞧那架势，好像要去搭坐云落的警车，怕云落左右为难，正巧身边停着一辆农用车，他就掩身到了农用车的后边。

果然像楚河所猜想的那样，云落把那个女子推进警车后面的座位上，那两个便衣也紧随其后上了警车。车门刚刚关上，云落就把警车开出了小树林。警车拐上公路时，楚河发现云落突然摇下了前车窗，向赛狗场这边飞快地看了一眼，那眼神，像极了喷泉里的飞瀑。楚河以为云落在寻找自己，心里便一热，刚要向她招手，却发现她飞瀑似的眼神，竟然从自己耳旁唰地越过去了，看向了楚河的身后。楚河顺着她的目光，好奇地回头看了一眼，心便猛地沉下去了，一缕非常特别的滋味也慢慢涌上了心头。

那个被云落惊鸿一瞥的，是一个非常帅气的手拿照相机的男子，刚才走进赛狗场时，楚河就已经注意到他了。当时的他正高举着一个长镜头的照相机，专注地对赛场拍摄着。因为他的文艺范儿实在太明显了，所以楚河仅仅看了他一眼，就深深地把他记在了脑子里。

那个男子不仅身材挺拔秀颀，身上那多兜儿的红马夹在洁白的T恤衬托下，也显得相当扎眼。比红马夹更扎眼的，还有他又黑又亮的长头发。此时，那头柔顺的长发被他梳成了一个小辫子，很随意地搭在肩上，愈发显得面容白皙，清秀俊逸。此时那个男子，正一边低着头鼓捣着他手里的照相机，一边慢慢地向前走着。

云落回头冲车里人说了一句什么，就嘎的一声把警车停到路边，接着，她就飞快地从警车上跳下来了。与此同时，坐在后座的一个便衣也从车上走下来，随即上了驾驶室，转眼就把那辆警车开走了。

云落向那个男子走了过去，都快撞到那个男子身上了，男子的眼睛还盯着他的照相机呢。直到云落叫了他一声，他才有些迟钝地抬头看了云落一眼。当他那双清澈明亮的眼睛，看到了近在咫尺的云落，眼睛顿时睁得很大。

隔着零散的人群，楚河看见云落比比画画地对他说了几句什么，那个男子便笑了，笑出了一口洁白的牙齿和一脸明晃晃的亢奋："啊！……太荣幸了！刚才您抓人的时候，那动作……实在太酷了！可惜当时只顾着发愣了，没能抓拍下来！"虽然隔了那么远，楚河还是断断续续地听到了他的赞叹。

云落又和他说了一句什么，男人听了立即点头，也向云落比比画画地说了一大通，因为语速过快，楚河一句都没有听清楚。男人一边说，一边把照相机挂在了脖子上，接着他就大踏步地顺着公路向前走去了，云落为了不被落下，也立即甩开了大步，和他并肩而行。

从他们见面，一直到离开，楚河一直傻呆呆地站在那辆农用三轮车的后面，尽管隔着车，可云落如果想寻找楚河，她依然是可以找得到的，因为楚河毕竟高出农用车半个头。可令楚河万分忧伤的是，自始至终，云落眼神里的飞瀑，也没有向楚河这边飘洒过一点点，哪怕是一粒转瞬即逝的飞沫。

云落这天穿的是一件浅绿色的运动服，远远望去，愈发显得清纯似水，顾盼神飞。当她往那个红衣男子身边一站，一个充满诗意的意象就定格在了天地之间。

记得刚刚走进赛场时，楚河还把自己当成天之骄子呢！不仅心中燃烧着青春之火，俊美的面庞更是气宇轩昂！因为意外地得知自己与云落在童年时就已因歌结缘，他更是激动不已，甚至把云落腮上的疤痕都当成了自己与云落缘分的见证。可仅仅多了一个红马夹，就全世界都乱了套了。此时的楚河不仅再也唱不出歌了，曾经像火那么燃烧的激情，也突然被一场瓢泼大雨浇得嘎嘎透，别说再发不出一丝火星了，甚至连一丝烟气都冒不出来了。

当绿衣的云落和红衣的男子，就这么红花绿叶儿一般在蓝天白云之下、彩花碧草之间越走越远时，楚河的心也被这朵带刺的玫瑰扎出了血。他也不知道自己的手到底是什么时候放到那个沾满柴油的厢板上的，此时，他已经把那个车厢板抓得嘎嘎直响了。

“你在看什么呢？楚老师……”冷天龙不知道什么时候站到他身后。

那对怡红快绿，已经飘到了一辆超大轮胎的红色摩托车旁边，红衣男子在摩托车边弯了一下腰，手里就多出了一个暗绿色的头盔。在楚河直勾勾的注视中，这个男子竟然把头盔亲手戴到了云落头上，接着，这“接天莲叶”和“映日荷花”，就“公然”跨到了摩托车上，并在一阵炫耀的轰鸣声里，飞快地奔驰而去……

“这个车大厢碍到你啥事了？你看你都要把它抓变形了！”冷天龙再也看不下去了，突然拽下了楚河的手，同时掏出一叠纸巾，给楚河擦拭起手上的油污来。

楚河就那么乖乖地任冷天龙擦着自己的手，一双细长的眼睛也始终傻呆呆地看着冷天龙。

冷天龙突然就笑起来，同时拍了拍楚河的肩膀说：“楚老师，你可真是太痴情了！现在哪还有像你这样实心眼儿的人啦？”

见楚河依然不错眼珠地盯着自己，冷天龙突然恐惧起来，他赶紧摇晃了楚河两下说：“你……你不是又犯病了吧？我说楚老师，测哥现在都要忙死了！你就别再给他添乱了好不好！”

也许恰恰是“测哥”这两个字，刺激到了痴呆中的楚河吧？楚河眨了两下眼睛，才意识到自己正与冷天龙面对面站在一起呢！他有些奇怪地问冷天龙：“你……不去抓人，到我这里干什么？”

“我能干什么？测哥不放心你，让我过来看看你！”

“那……测哥呢？”楚河边说边回头看，才发现偌大的赛狗场上，已经没剩下几个人了。公路上，刚才挤挤插插地排成一条长龙的车辆，也都不知在什么时候被人开走了。

这时，几个人抬着一些器械向农用车这边走来，冷天龙便把楚河从农用车边拉了过来，边走边说：“测哥早就坐车离开了！测哥不仅是这次行动的总指挥，家里还有那么多的案子等着他呢！昨天晚上他因为审讯，一夜都没睡……楚老师，你现在感觉怎么样？”

“我……我没怎么样啊！我怎么样啦？”楚河一脸无辜地问。

“你刚才都要把我吓死了！脸煞白煞白的，全身都打哆嗦，那汗流得……我还以为你犯了啥病了呢！”冷天龙舒了一口长气。

听了冷天龙的话，楚河脸上的肌肉立即神经质地抽动了两下，怕冷天龙看到自己脸上的神情，他马上低下了头。

两个人走到路边的一辆蒙着灰尘的黑色轿车边，冷天龙先是帮楚河打开了副驾驶的门，楚河上车后，又帮他关好了门，这才坐到驾驶室里。楚河向公路前后扫了一眼，便充满感激地说：“这里……原来这么偏僻呀！连一辆出租车都找不到！真是太谢谢您了！”

“你不用谢我，还是去谢你的测哥去吧！是他让我好好照顾你的！”冷天龙说着启动了车。

说着话，轿车就在公路上行驶起来，转眼越开越快，望着唰唰唰向后退去的树林，楚河突然想起了什么，却又不知道想起了什么。

——那似乎是一个记忆，一个关于飙车的记忆，此时这个记忆就像一团沉甸甸的浓雾团，就在大脑附近的一个地方翻转着，楚河如果想要看清那个雾团，其实也很容易，稍稍往那个地方探一下头，就一定会看到的。但楚河却生怕自己会真的去看它，因为楚河深深地知道，那个浓雾团里面，除了悲伤，除了绝望，还含着一把刀，如果自己非要看过去，那把刀一定会刺死自己的。

可是越怕去看，楚河越是忍不住要去看，正这么挣扎着呢，突见冷天龙按动了一个开关，随着一段乐声响起，轿车里便弥漫着一首比楚河的悲伤更加悲伤的乐曲。

“关上！快关上！不要听了！求你了！”楚河的一只手，突然痉挛地抓住了自己的前胸，脸色也惨白如纸。

冷天龙立即关了音响。

“慢些开！求您了！”楚河用哀求的目光看着冷天龙。

冷天龙赶紧放慢了车速。

那辆蒙着尘灰的轿车，在那条寂静的乡间公路上，就这么慢腾腾地向前行驶着，行驶了好一会儿，楚河的脸上才有了一丝血色，神经也渐渐恢复了正常。他有些羞愧地抬起头，抱歉地看了冷天龙一眼，低声说了一句：“对不起……谢谢！”

“你怎么……偏偏爱上狗鼻子了？这可不是一个好事情！”冷天龙万般无奈地摇了摇头。

“我……我爱上谁了？”楚河傻傻地说。

“那还用问吗？就你那眼神儿……傻子都能看得出来！”

“狗鼻子……是谁？”

“我当然在说云落啊！云落是我们支队公认的狗鼻子。”

“你别扯了！我……我……咋能爱上她呢？”

“哈哈……这么说，你自己还没意识到呢？”冷天龙笑起来。

楚河试探地向那个浓雾团探了一下头，立即怕疼似的躲开了，此时的他恨不得闭塞住全身心，宁可做一个混沌人。

“你最好别爱上她！她那个工作狂，一只狗鼻子整天东嗅西嗅的，谁爱上她谁都会倒霉的！因为她的脑袋里除了案子，除了工作，啥都装不进去！”冷天龙收住了笑容，又加了一句，“真的！”

“怎么会呢？她不是已经狂热地爱上了那个……照相的男人了吗？那个场面你也看到了吧？”楚河有气无力地说。

“原来你在吃醋啊！哈哈！那你这口酸醋可算是白吃了！云落怎么可能爱上他那种人呢？云落的心可是老高了！比天都高！”

“不像你说的那样吧？他们两个那种……亲昵的样子……”

“我们刑警为了破案，什么戏不演？我的楚老师，忘了那天我咋和你说的了？千万不要去相信你的眼睛！”

“你是说……她在演戏？”

“谁知道她那刁钻古怪的鬼心思里面，到底藏着啥东西？反正我是弄不懂她。”冷天龙说。

“这么说……她在调查……哪起案子，你并不知道？”楚河试探地问。

“她可能告诉我吗？她那个人，别看大大咧咧的，鬼心眼儿可多呢！”

楚河的心窗就像突然被谁撬开了似的，一股清凌凌的微风猛地涌进了闷不透气的胸膛，转眼就把所有的阴霾驱散了。

“趁着你还没陷得太深，我劝你赶紧换个人去爱吧！如果实在没有人去爱，那你干脆换一种思维方式，把你自己趁早解放出来！”冷天龙满怀关心地说。

冷天龙的好心实在太多余了，因为楚河的心已经开阔起来了，不仅树啊草啊全都活过来了，连充满汽油味儿的车厢，也有了春天的味道。为了表达感激之情，楚河突然柔情地对冷天龙说了一句“谢谢”。

“行啦！行啦！你和我客气啥？我终于明白测哥为啥那么喜欢你了！现在像你这么真实、不佩戴一点儿面具的人，实在太少了！人活在世上，如果既想交朋友又不让自己受伤，还真得交你这样的朋友！”冷天龙用一种明显装出来的快乐腔调说。

“你……真的一点儿都没有瞧不起我？”楚河直呆呆地看了他一眼。

“我的楚大才子呀！我咋敢瞧不起你呢？你放心！只要你能瞧得起我，我一定和你交朋友！”瞧冷天龙说这话的表情，很像真的。

楚河突然想起了一件事情，便说：“对了，有一件事情，必须得求你帮忙……不对不对，这件事也是你应该做的！”

“什么事？”

“当然是大事！和马哓哓名誉有关的大事！”楚河郑重其事地说。

冷天龙瞟了瞟后视镜，脸上的笑容突然凝固了：“这是谁呀……连刑警的车都敢跟踪！”冷天龙突然小声骂了一句。

冷天龙骂完了，突然怪异地回头看了看楚河：“我说楚大公子，后面这个尾巴……应该不是冲着我来的吧？对了，你是瑶城大富豪的嫡孙子啊！是不是有人想要绑架你呀？”

“你放心吧！这个尾巴都跟了我好几年了！要想绑架我，他早就绑了，还能等到今天？”楚河突然无所谓地说。

“好几年了？这是钢尾巴还是铁尾巴啊？可真够耐心的！”冷天龙说着，突然猛地一转方向盘，就向一条林荫小道斜飞了过去。

楚河回头看了一眼，见那辆车驶到岔路口时，先是放慢了车速，但那个司机似乎很快意识到了什么似的，并没有把车拐下来，反而加快了速度，顺着公路继续向前直行了。

“还很狡猾呢！”冷天龙骂了一句，只好掉转了车头，向公路上疾驶而去，等到他们的车驶回公路时，那辆车早已不见了踪影。

“这条尾巴我都与他斗了这么久，斗得我连斗志都没有了，人啊！不怕百战失利，就怕灰心丧气……他愿意跟着，就让他跟着吧！”楚河沮丧地说。

>>> 三套预案的第四结局

在苏格拉邸酒店附近，有一个名叫勾魂面的小面馆，也许怕自己的魂魄真的被小面馆勾走了吧？勾魂面馆里冷冷清清的，那一个个被花墙隔起来的小小单间，全都是空桌空凳，只有楚河和冷天龙这两个顾客坐在最里面的单间里。

当楚河把在阿桃理发店的所有发现，向冷天龙介绍了一遍后，冷天龙的脸上突然闪出一缕坏笑："马哓哓在背后可是经常骂你呢！你还这么帮她？"

"骂就骂呗！我对马哓哓这个案子感兴趣，并不是为了她，我就是想维护法律的公平正义。冷警官，你没笑话我说大话吧？"

冷天龙收住了笑容："我哪敢笑话你？我是为你感到高兴！"

楚河孩子似的笑了："其实……我已经看出你的意思了！我听云落说，你有'第三只耳朵'，不瞒你说，我也有'第三只眼睛'！"

冷天龙讥讽地一笑："别神叨叨的了！还'第三只眼睛'！你不如戴一副眼镜，说自己长了四只眼呢！"

楚河的脸红了："我的第六感真的比别人强。"

"什么第六感，全都是蒙人的！"

"你的意思……你的'第三只耳朵'……也是蒙人的？"

冷天龙又不愿意听了："你能和我比吗？我的耳朵可是天生的，不信你看着！"冷天龙说着，突然摆动了两下大大的耳朵，"我的耳朵天生就会动，你会动吗？"

楚河惊诧地看着冷天龙的耳朵，自己也试着动了动自己的耳朵，果然不会动。

冷天龙就轻蔑地笑了：“不会动吧？这叫啥呀？这就叫不怕不识货，就怕货比货。所以你再不要跟我讲什么特异功能，我根本就不会信！其实我最信的，是你的超然物外。自从那天听说你连自己家的万贯家财都不贪图的时候，我就信你了！这个世界上，只有金钱才是最能考验人心的！没听那句话吗？说得天花乱坠，想的只有金钱！”

冷天龙为楚河的杯子续上水：“那天，我又让晓晓回忆了一下，说句良心话，那天的事情，有一大部分，是她自找的。”

楚河惊异地：“自找的？”

“那天，马晓晓到理发店，也是指定了阿桃给她做的头发。开始的时候，两个人聊得还很投缘，晓晓说，阿桃不仅谈吐不凡，还善解人意，如果没有后来的事情，她们都能成为朋友的。”

楚河立即点头：“那个阿桃在夸奖人的时候，真的能夸到人的心坎里去的。”

“这么说……她也夸过你呗？”

“可不是，夸得我都不知道自己姓啥了！”楚河笑着说。

“也许晓晓也是被阿桃夸得忘乎所以了吧，才愚蠢地同意了阿桃的那个不合情理的要求。”

“什么不合理要求？”

“因为看到了挂在阿桃脖子上的玉佩，晓晓就夸口说自己也懂玉，阿桃就让晓晓把她的玉佩拿下来了，让晓晓帮她鉴定一下。”

“阿桃为什么不自己往下拿呢？”

“阿桃正给晓晓染头发，两只手戴着手套。”

“所以……玉佩上面才留下了晓晓的指纹？”

“事实上，只是晓晓自认为上面留下了她的指纹，所以需要较真儿的时候，她才没敢坚持让警方去验指纹。”

“你的意思是说派出所当时并没有验指纹啊？”

“你不了解基层派出所的条件，他们根本无法当场验指纹，更何况玉的上面也很难留下清晰的指纹，即使验了，也不一定验得出来。派出所的工作任务非常繁重，比这个大很多的案子都忙不过来，能调解的案子，他们就不会深究的。但马晓晓的案子，派出所倒非常重视，因为马晓晓是个名人啊！可令他们没有想到的是，马晓晓在派出所熬了一夜后，自己就低头认尿了，这起案子也不了了之了。”

“你的意思是说，如果马晓晓坚决不妥协，那这起案子，当时就有可能翻过来？”

“是啊！马晓晓就是因为担心指纹留在玉佩上面了，怕当堂对质自己会越抹越黑，才自认倒霉了。”

楚河眼睛盯着对面花墙上的纹路：“估计在让晓晓鉴定玉佩的时候，阿桃就已经谋划上了。马晓晓真是个蠢货，只要稍稍动一动脑筋，就能猜出阿桃的不良居心的！”

“你才是蠢货呢！其实晓晓早就怀疑这一点了，她之所以没说出来，也有她的理由。因为那个阿桃自从把玉佩摘下来后，一直都没有离开过晓晓的视线，也就是说，阿桃根本就没有作案的机会。”

“当时玉佩放在哪里了？”

“晓晓看完玉佩后，就把它顺手放在镜子下面的工作台上了，自从晓晓看完玉佩后，那块玉佩就一直都在两个人的眼皮底下了！云落就是在这个时候来到理发店的。那天云落并不是来剪头的，而是要求店主填什么安全调查表。云落把表格交给阿桃时，阿桃也刚好为晓晓做完了头发。因为要洗手，阿桃便离开了大约五六分钟的时间。阿桃离开后，单间里就只剩下云落和晓晓两个人了。”

“你是说阿桃离开后，这个玉佩还在工作台上放着吗？”

“是的，这一点她们两个人都能够证明。而糟糕就糟糕在，恰恰在阿桃离开后的这个节骨眼儿上，晓晓闭了一会儿眼睛，养了一会儿神。晓晓说她自从看了云落第一眼，就打心眼里厌烦她了，再不想看第二眼，干脆就闭目养神了。”

“哓哓的确有这个毛病。每当看见比自己长得好看的，她都心生厌烦。”

“你是说……云落比哓哓长得好看？你啥眼光啊？云落咋能和哓哓比呢？她们俩根本就没有可比性！”冷天龙的嘴都咧到腮上去了。

“行啦行啦！这又不是在选美！咱们还是说案子吧！照你这么说玉佩就是在这个时候被人塞进兜子里的？”

“所以哓哓才认定玉佩就是这个时候被人放进她兜子的。”

“不对呀！假使哓哓当时因为闭目养神，没看见有人进来，可云落可以看到啊？”楚河的眼睛越来越长了。

“后来我特意去问了云落，云落也承认阿桃出去洗手的时候，并没有第三个人进过单间。云落说她当时一直都在看墙上的字画，因为侦查员的习惯，她也注意到了工作台上有一块玉佩。可等阿桃洗完手回来，云落就拿着表格与阿桃一起离开了单间，在她离开的时候，玉佩依然在工作台上放着呢。”

“那可就神了！”

“可当哓哓收拾了东西去交款时，因为心粗，她并没有往工作台上看，那个玉佩当时还在不在，她根本就说不清。哓哓交完款后，因为穿衣服，她曾把自己的小兜放在了大厅里的一把椅子上，有那么几秒钟，她的兜子也不在她自己的视线里。如果阿桃栽赃，这倒也是一个机会。可云落却说，在哓哓穿衣服的时候，阿桃一直都和云落核对表格来着，也就是说，即使这是个机会，阿桃也没有作案的可能，云落因此才怀疑马哓哓偷了那块玉佩。”冷天龙说。

“那阿桃又是在什么时候发现自己的玉佩不见了的呢？”

“就在阿桃送哓哓往出走的时候，一位女理发师发现阿桃的脖子空了，便顺口问了阿桃一句，阿桃这才想起玉佩的事，立即回小单间去找，接着理发店里的人就都听到阿桃的玉丢了。因为听说玉佩值三万多元，云落就立即封锁了理发店，并通知派出所的民警前来查案了。”

“我明白了！”楚河突然一拍桌子，吓了冷天龙一大跳。

“你明白什么了？”

“就在哓哓穿衣服、阿桃和云落核对表格的时候，另外有一个人悄悄地把玉佩放进了马哓哓的兜子里。”

“我也这么想过，可云落却说不可能。她说如果这个人想栽赃，必须得先到单间去把玉佩拿到手，而她若想走进单间，必须得从云落和阿桃的身边经过。况且外厅里还有一个摄像头，正对着单间的门口。民警们也调取了摄像头里的信息，他们说自从马哓哓从里面出来后，没有发现任何人进过单间。”冷天龙摇了摇头。

“如果那个人放进哓哓兜子里的，并不是阿桃丢失的那块玉佩，而是和一模一样的孪生玉佩呢？”

“要是那样，这件事就成立了！”冷天龙奇怪地看了看楚河。

“要是那样，阿桃走到单间去找玉佩时，并不是真的去找玉佩，而是去藏玉佩的。阿桃一定是把玉佩藏好了以后，才突然喊了起来，于是，一场贼喊抓贼的大戏也就开场了。”

“你是不是看小说看得太多了？咱们说的可是现实生活中的真事，真事哪有这么巧的？所有的预谋，都是需要条件的。而现实却是：一、马哓哓去这家理发店理发，事先并没有预约，也就是说，阿桃根本不知道哓哓要来理发；二、自从哓哓把玉佩放到工作台上以后，阿桃始终都在哓哓和云落的视线之中，她不仅自己无法作案，也没有机会把这件事托付给别人去做；三、即使理发店里真的有一个能读懂阿桃心语的人，那她也得先有一块和阿桃一样的玉佩吧？这个世界连叶子都没有两个完全相同的呢，更别说玉佩了！”

“这话还真让你说着了！在阿桃理发店，还真就有一个既能读懂阿桃的心语，又和阿桃佩戴着同样玉佩的人。”

“你……简直在编故事！”

“我去阿桃理发店理发的时候，还真就有幸见到了这个人，当时他就戴着和阿桃一模一样的玉佩。他表面上长得比美女还要像美女，但用我的‘第三只眼’看他，我一下子就看出他是一个男的，无论骨骼还是肌肉，全都是男相。这么说吧，他简直就像一个泰国的人妖。”

“在咱瑶城竟然也有人妖？”

“如果不是亲眼所见，我当然也不信。但我确确实实地看见他了，他也好像感知了我的‘看见’，一直躲着我，直到我离开，也没有看见他。如果心里没鬼，他为什么要躲着我呢？”

冷天龙迷惑地摇了摇头：“即便真有这个人，那他也没有和阿桃串通的机会呀？”

“默契呀！你想一想，人与人在什么关系下，才能佩戴孪生的玉佩？当然是心心相印、融洽默契的人了！我估计事先阿桃一定和他聊起过马晓晓，所以当他看到马晓晓来理发以后，便临时起意，自导自演了这场栽赃大戏，为他心爱的阿桃报仇雪恨。”楚河肯定地说。

“可我咋听咋觉得你所说的一切，全都是你编造出来的故事呢？”冷天龙的眼睛也变长了。

“我可以对天发誓！我楚河所说的每一句话，都是真的！”楚河郑重地举起了右手。

冷天龙突然掏出二十元钱，啪地放在桌子上，冲着服务员喊道：“服务员！算账！”

“你……干什么去？”楚河奇怪地看着冷天龙。

“去看人妖啊！”冷天龙压着嗓子说，“在泰国，见一次人妖，得花不少钱呢！而咱们去看人妖，不但不花钱，还能帮晓晓平反昭雪，多好的事呀！”

“再怎么想看，也得把面吃完啊！浪费粮食可是最大的犯罪！”楚河岿然不动。

“不会浪费的，面还没有上，咱们不吃，他们会把面卖给别人的！因为我们晚上得加班，只有这点空闲时间了。”冷天龙看了看表说。

在前往阿桃理发店的路上，冷天龙围绕“人妖”是否在现场的不确定性，一共制定了三套完美预警方案，可当楚河按照冷天龙的要求，分秒不差地走向理发店之时，一个特别的相遇顿时令他乱了方寸——面对推门而出的那个男子，楚河顿时乱了方寸。

按计划，冷天龙和楚河这次到阿桃理发店，要以两个陌生人的人设，一先一后走进去。怕楚河先去会惊走“人妖”，冷天龙便先于楚河十分钟走进了理发店。用冷天龙的话说，他这位经验丰富的神探必须在十分钟之内，不露痕迹地把现场侦查好，把控好，万事俱备后，楚河这缕东风才能出现。

自认为把一切都安排妥帖了，冷天龙才拿着一个矿泉水的瓶子，晃晃荡荡地走进了理发店。楚河发现：冷天龙在行走时，无论神情还是步履，都显得非常的自然随意，俨然一个要去理发的顾客，一点儿侦查员的影子都看不到。冷天龙进去后，楚河一直都在理发店路对面的银杏树下面闲逛着，虽然他也想学着冷天龙的样子，让自己显得很悠闲，可那双细长的眼睛因为兴奋，显得又圆又亮，那两只插进裤兜里的手，也始终攥着湿漉漉的拳头。

十分钟后，出征的战士终于启程了！楚河从树后面闪身而出，便直奔路对面的理发店而去。可就在他刚刚走到马路中间时，一个戴着墨镜、身穿连帽运动衣的男子突然从理发店推门而出。楚河因为躲车，一开始并没怎么注意他。可那个男子看到楚河后，竟然下意识地做了一个遮脸的动作。尽管这个动作的确成功地遮住了他的那张脸，但却因此吸引了楚河的“第三只眼”——因为他那飞快抬起的柔柔的手臂，使他太像一个女子了。

当时正好又有一辆车疾驶过来，楚河假借躲车，立即飞快地跑过了马路，因为速度太快一时收不住脚步，他就“正巧”跑到了男子的前面。尽管男子早已及时地抬起了手臂，遮挡住了他那有些发白的面庞，但楚河还是从他那无法遮挡的下巴上，一眼就认出了他——无论他多么善于掩饰，他就是楚河“第三只眼”里的“人妖”。

突发的相遇，让楚河乱了方寸，下意识地，楚河冲男子“哎”了一声，直到声音出口，楚河才想起冷天龙对他的嘱咐：无论发现什么异样的情况，你都不能打草惊蛇。可仅仅这一声“哎”，就已经惊到男子了，只见他一掌推开了挡在面前的楚河，拔腿就猛跑了起来。

“你跑啥呀？我向你打听路呢……”楚河冲他的背影大喊，并立即追赶起来。

男子反倒越跑越快了，游鱼一般的身影在一棵古树边来了一个急转弯，就不见了。楚河追到了古树边，这才发现在古树的斜前方，有一个狭窄的小胡同，那个男子就是从胡同里跑走的。发现很多人都惊诧地看他，楚河这才意识到自己的追赶毫无意义——是啊，你连警察都不是，凭什么要抓人家呢？即使你真的抓住了他，又该怎么去询问他呢？这么想着，楚河便停下了脚步。

在胡同口，楚河傻傻地站了好半天，才想起冷天龙还在理发店等着他呢。他立即向理发店里走去，可走了几步又停下了——“人妖”已经跑了，自己再去那种地方现身，除了进一步打草惊蛇，更没有意义了。这么想着，他便掏出了手机，给冷天龙发了一条“‘人妖’已化装潜逃”的短信。

一场好戏还未等开演，就这么草草收兵了。

冷天龙出来以后，楚河才知道，恰恰是冷天龙这个“神探”，既打了草，又惊了蛇。

冷天龙走进理发店后，首先用他那探照灯般的眼睛挨个审视了一下理发师的长相，凭着侦查员的直觉，他一眼就认定了三号发型师有可能就是那个“人妖”，尽管当时“她”的脖子上并没有戴着玉佩，但冷天龙还是直接点了“她”的号。这位理发师还真敢起名，名字就叫小夭。

因为小夭正在给另一位顾客料理头发，冷天龙便在助理的款待下，一边喝茶，一边坐等小夭。也就在冷天龙回头取杂志的这个空当，小夭就从他的视线里消失了。那个被小夭料理头发的顾客，虽然头发已经理完了，但围布还没有摘下来。

“你的理发师呢？”冷天龙问那位顾客。

“她……去取什么东西了吧？”那位顾客说。

冷天龙又等了一会儿，依然没见小夭回来，心里便预感到不好，正要起身寻找，楚河的短信就发过来了。

“我……到底是哪里露了破绽了？”在把楚河送往苏格拉邸的路上，冷天龙第三次问自己。

“我又不是警察，他为什么那么怕我呢？”楚河也第三次问自己。

“每个进去理发的人，就应该选定自己中意的理发师啊！这完全符合常理呀！况且选完他后，我真的什么话都没说，什么事都没做，不应该露出什么破绽呀？”冷天龙这一次是看着楚河问的。

“或许你并没有露出什么破绽，而是他早就熟悉你的这张脸了！”楚河回答说。

冷天龙拍了拍自己的脸，突然得意扬扬地笑了：“这么说，我在瑶城也是名人啊！”

“你经常执勤，长得又这么招风，应该是名人吧！”楚河也笑了。

当车停在了苏格拉邸酒店门前时，冷天龙突然收住笑容，浓眉渐渐拧成一个疙瘩：“你是说……当你‘哎’了一声后，他就猛地推开你跑掉了？即使那块玉真的是他放到马晓晓的兜子里的，也不至于这么没命地逃跑吧？跑了和尚，还能跑了庙吗？他不会因为这点小事，连工作都不要了吧？”

“谁知道呢？”楚河一边说，一边从车上下来。

冷天龙刚要启车离开，突然想起了什么，便对楚河说：“那个……咱们去看‘人妖’的事，如果没什么必要，你就不要告诉其他人了！”

“你的意思……很怕丢人吗？”楚河突然理解地一笑。

“别把话说得那么难听好不好？有些事，看破但别点破，你连这点为人处世的道理都不懂吗？”冷天龙又发起脾气来了，话还没说完呢，就气哼哼地一踩油门，把车开走了。

云落是在第三天的下午，突然摸进楚河的出租屋的。

云落一走进出租屋，就清瀑飞溅般四处乱看。见写字台上堆了一摞又一摞的公务员考试资料，她便坐在了写字台边，胡乱翻阅起来。

“你是怎么找到这里的？”楚河边沏茶边问。

“你怎么总问这种没智商的问题呢？我是谁家的小谁……难道你忘了吗？”云落难得地开起了玩笑，但楚河还是在她那如水的笑容里，看出了一丝疲惫。

“我这个问题的确没经过脑子，你就当它是一声招呼吧！其实我最想问你什么，你应该比我清楚吧？”楚河把两杯绿茶摆在茶几上，嘟嘟囔囔地说。

“你不会狭隘到真的跟我生气了吧？”飞溅的清瀑突然汇成了两股清幽幽的泉，流向了楚河。

楚河一愣，脸腾地红了。

云落咯咯咯地笑起来，又在室内晃了起来：“我要是告诉你那天我发现了什么，你就一定不会跟我生气了！”

“你的意思是说你在那个摄影师的身上发现了破案的线索？”一股惊喜从楚河心底里涌了出来。

云落的两湾秋水顾盼神飞：“在决定重新调查花秘案子以后，我把案发前后花秘路口的监控录像又重新看了一遍，无意中发现了那个摄影师的身影，因为他的身影闪得太快，当时调查案子的民警谁都没有注意到。我正琢磨着怎么才能找到他呢，你猜怎么样？蓦然回首，那人就站在那儿了！”

楚河脱口而出：“你的意思是说那个摄影师有重大嫌疑？”

两股清泉飞溅而来：“你就这么希望他是一个杀人犯？”

楚河吓得立即躲开了云落的眼睛。

云落突然怪怪地笑了，又在屋子里晃起来：“抱歉，结果让你失望了！经过我们缜密的调查，这个摄影师不仅具有充分的不在场证明，还和花秘一点儿关系都没有。”

“他没有嫌疑，那你干吗坐上了他的摩托车？”楚河的语气酸酸的。

“找线索呀！”云落突然举起双手，做出了一个摄影的姿势，“他虽然没有作案嫌疑，但他手中的家伙有可能把犯罪线索记录下来呀！”

楚河一拍脑袋：“可不是嘛！我怎么没想到？”

见云落的波光潋滟里，又掺进了疑问的涟漪，楚河就老老实实地说：“对不起，我的确很小心眼儿！”

楚河突然在云落的那白亮亮的湖泊里，发现了几丝红色的涟漪，心里便一疼，看来，她一定又熬夜了。

云落动了动胳膊，楚河才发现她的腋下又夹了一个档案袋。云落夹着它，继续得意扬扬地在屋子里闲晃：“这个摄影师平时不仅用照相机和摄像机抓拍，他还有一个小型的无人航拍机，那个无人机在天空中拍摄的时候，一般的人都不会注意到它。也是巧了！为了在一个什么‘老街摄影’大赛上获大奖，那个摄影师在那几天，竟然疯了似的对槐树街一顿狂拍，那家伙！整整拍摄了好几百张照片、好几十条视频啊！为了从这么多的影像资料里找到有用的线索，这几天可真是把我给累坏了！你可能听说了吧？大概十天前，一位名叫安小念的女大学生从南方独自一人来到了瑶城，说是要到千紫集团来应聘的，可人到了瑶城的第二天，就失联了，一直到现在，也是活不见人，死不见尸。安小念的家属在她失联的第二天，就报了案。后来又把寻人启事传到了网上，可一晃将近二十天了，这个安小念依然一点儿消息都没有。也许是因为这个她长得很美吧，网友们就非常关心这件事，有的网友因此还指责咱们瑶城的警方，说咱们警方是一群废物，狗屁不是。”

楚河说：“这件事我也听说了，那个女大学生在离家前，不是还给她的父母录制了一个小视频吗？也许那个女大学生事先有预感吧？那段视频她录得可是挺悲戚的。”楚河边说，边从手机里找到了那个视频，“你瞧，就是这个视频，点击量就快到一百万了。”

云落说：“幸好安小念是在面试之前失联的，如果她是在面试之后失踪，那你爷爷他们的公司也一定会解释不清的。因为这件事在全国都造成了不良影响，上边便要求咱们瑶城警方立案侦查，务必尽快找到安小念。现在刑警们可是都在不要命地忙呢，我也忙得马不停蹄，只能利用晚上的时间干点私活儿……”

楚河却等不及了，一把就从她的腋下抽出了那个档案袋。

“哎！这个你可不能瞎翻，这里面装的都是涉密材料！”云落赶紧夺回了档案袋。

“你忘了我签过保密协议了吗？”楚河不甘心地说。

“那也不行，一码归一码。”云落想了想，才躲开楚河的视线，小心翼翼地打开了档案袋，在里面挑拣了三张照片交给了楚河，“这些你倒是可以看看！这几张照片都是用无人机拍下来的。虽然关于人的影像很模糊，仅仅能看到一个背影，但你可不能小瞧这些模糊的背影，有了它，才有了我继续把花秘案子查下去的信心！”

这三张照片，全都是槐树街的风景照。但与其他的风景照不同的是，每一张风景照里，都有一个模糊的身影。前两张的背影因为拍摄的距离远，人影显得非常小，但依稀可以看清这个人是站在一个低矮的房屋背后的。楚河仔细看了一下那个房屋的位置，发现那里就是自己在花秘调查时，爬上房顶的位置——如此说来，自己和照片里的这个背影，思维方式蛮接近的。

楚河又拿起第三张照片看了一眼。与前两张风景照稍微有些不同的是，这张风景照里虽然也有一个背影，但那个背影因为是蹲在一片灰色的房脊上的，离无人机近了些，就显得相对大了一些。楚河仅仅看了一眼那个背影，大脑里就嗡的一声响，“第三只眼”也猛然开了。楚河兴奋地看了一眼云落，嘴唇抖了抖。

“你发现什么了？”云落和嘴边的茶杯，一起凝固成了一尊冰雕。

楚河怕出错，再度仔细地看了看那个背影，虽然因为图像模糊，连男子衣服的颜色都看不清楚，但从整体上看，这个人穿的就是一件连帽的运动衣，并且那个帽子也是戴在头上的。更加巧合的是，无人航拍机拍摄的角度，和楚河那天看到小天时的角度几乎一样。

“说话呀！”云落依然那么冰雕似的望着他。

楚河慢慢地吸了一口气，才强迫自己声音平静地说：“这个人名叫小天！”

“小天？小天是谁？”云落的双眸闪耀着奇异的光亮。

“桃之夭夭，灼灼其华。之子于归，宜其室家。”楚河卖起关子来了。

“干什么呢？故意气我吗？”云落砰的一声放下了茶杯。

“原来，他是为了阿桃，才起名叫小夭的！”楚河神情凝重地说。

“你的意思是说这个背影就是你说过的‘人妖’？”

楚河没有说话，依然不错眼珠地盯着照片。

“来，楚大师，你也喝口茶，反正我也不着急走了，你就详细地和我说说，你是怎么知道他就是小夭的？”云落把楚河的水杯往他这边推了推。

楚河喝了一口茶，才把和冷天龙两人的“魔窟探险”经历，添枝加叶、绘声绘色地给云落讲了一遍。可令他不解的是，这边讲的人滔滔不绝，神采飞扬；那边听的人却始终娴静品茗，心如止水。

见所有的情况都讲清楚了，可云落依然古井无波，面无表情，楚河便有一种索然无趣的感觉。他不甘心，像要抓住什么似的重申了一句：“你可别小瞧一个背影，背影也是有表情的！”

只听啪的一声，云落又把手里的杯子蹾到茶桌上。云落夹起了那个永不离身的档案袋，对楚河一甩头发：“走！”

“干……干什么去？”楚河又糊涂起来了。

“向他们摊牌啊！”

“摊牌？向谁摊牌？”

“当然是你的测哥——我的顶头上司了！”云落拉着长声说。

“可是……万一小夭并不是真正的杀人犯……也就是说，他是因为别的事情……才恰巧爬上了房顶？”

“为了万一，也得一万！如果坐在这里瞎猜，你就是猜上一万天，也不会有万一！”云落绕口令似的说着，头都不回地向外走去。

“你的意思要去抓小夭吗？”

“不汇报，怎么能抓捕？不抓捕，怎么能验指纹？”

“你们警察抓人还用得着我跟着你们去吗？”楚河的屁股还黏在椅子上。

“抓人当然轮不上你，可向你的测哥汇报案情，你必须得到场吧？”云落突然回头，向楚河抛洒了一股凌厉的飞泉。

“我反倒更希望去抓人！”楚河依然坐着不动。

“怎么？一提起你的测哥，你就害怕了吗？的确，这起案子如果翻过来，第一个堵心的人，就是你的测哥！”云落的飞泉里，突然闪烁了一缕清亮亮的讥讽。

楚河赶紧站起了身：“谁说我害怕了？去就去！”

直到坐到了云落的警车上，楚河才想起问云落：“那个失踪的女大学生直到现在也没有消息吗？”

云落点了点头：“有消息了。昨天接到一位挖药材的市民报案，说他在城郊的一片小树林里挖药材时，无意中刨出了一包被碎尸的尸体。经过 DNA 检测，确定这具被碎尸的尸体就是安小念。目前除了这具尸体，真的什么线索都没有，接下来咱们刑警的任务就更加艰巨了。所以如果从人道主义的角度评价咱们俩今天的摊牌，答案只有三个字——‘不人道’。可箭在弦上，咱们又不能不发。”

楚河迷惑地：“你所说的‘不人道’，是针对测哥吗？”

云落：“可不是嘛！你的测哥已经两天两宿没有回家休息了，如果在这个节骨眼儿上，再把这件闹心的案子向他汇报，可真够他受的了！”

“那你说怎么办？”楚河的眼睛又长了。

“那能怎么办？如果不立即向他汇报，就一定会错失战机。而抓捕这样的工作，我们又不能私自去做。更何况这个小夭又那么狡猾，反侦查能力又那么强，如果再往后拖，那我们的工作只会越来越难做。唉！只能把你的测哥豁出去了！”云落叹了口气。

楚河看了一眼云落那两汪静湖里的红色涟漪，突然感慨地说：“其实，正在废寝忘食的，不仅仅是我测哥一个人吧？你这些天不也一直都在挑灯夜战吗？”

“可不是，我现在最想做的，就是躺下来睡上一大觉，哪怕睡死过去都值！”云落边说边打了一个哈欠。

一辆小轿车迎面驶来，车里的司机无缘无故地斜睨了自己一眼，像极了王运良小人得志时轻佻的眼神。楚河的心里便一紧，不禁默默地问自己：“我这么做，对吗？”

是啊！如果案子真的翻过来，测哥一定会非常灼心的。不仅测哥会灼心，公安局所有参与过此案的人，也都会有不同程度的烦恼。现在大家本来都在超负荷忙碌，如果在这个非常时期，再去重翻一起旧案，别说追究责任、国家赔偿这些既没面子又惊扰四邻的烦心事了，仅仅复核调查那巨大的工作量，也够一个个血肉之躯承受的了！在这些人里面，唯一能笑出声来的，也许只有王运良一个人吧？楚河想了想王运良得意时的样子，心里突然一阵痉挛……

下意识地，楚河碰了碰云落那正把着方向盘的手，小声而疾速地说：“停下来吧！”

云落奇怪地瞪了他一眼，静如明湖的双眸，突然泛起了惊涛骇浪：“你啥意思？”

“脚上的泡，其实都是自己走的。那个王运良他真的只是一个朝三暮四、忘恩负义的小人！他能有今天也是活该！”楚河快速地说。

一个滔天巨浪猛地拍岸而来：“你如果不彻底摒弃这种优柔寡断，我劝你干脆悬崖勒马，别考警察了！你以为我们这么做，真的只是为了王运良这么一个区区的小人吗？”

惊涛拍岸，卷起千堆雪……

楚河敬畏地看了一眼云落，心里突然莫名地一动。接着，柔弱似水的云落就渐渐虚幻了，取而代之的，是一个伟岸高大的身影。只见他正用一种前仆后继的身姿，站立在楚河的面前——是的，那是一个英雄的身影，也就是云落的爷爷——叮咚烈士的身影。

楚河最想知道的是，当叮咚烈士扑向即将爆炸的炸弹之时，他的心里又是怎么想的？如果论人的素质和价值，那几个曾经被他保护过的人物，真的都比叮咚烈士还要“有素质”或“有价值”吗？要是这么比较起来，那叮咚烈士的这种牺牲是不是也没有了意义？也是一种无谓的牺牲呢？

——可是，他真的仅仅是在保护那几个平庸的小人物吗？

“不吝惜自己，把自己交出去！这是世界上最骄傲也是最值得敬重的品德！”一个声音突然划亮了楚河生命的天空。

是啊！叮咚烈士之所以是骄傲的、伟大的，就是因为他的舍生忘死，不计得失，不求回报。当他扑向炸弹的那一瞬间，我们虽然不知道他是如何欢乐地燃烧着他的心，但我们却看到了一个更加伟大的事实：那就是他用耀眼的生命照亮了全人类的生命！

被滔天巨浪洗礼的过程，看似短短的一瞬，楚河却仿佛经历了一个世纪，蒙昧的心泉也渐渐地澄明了。就这么眼睛里含着泪水，楚河百感交集地凝望了一眼正在专心驾驶警车的云落，虽然最终，他还是一句话都没有说出来，但他的心里却陡增了一种重生的力量，就像一只七彩斑斓的凤凰，猛然自烈火中飞出，仰天一声长啸，接着就扇动起金灿灿的双翅，鹰隼般直冲九天。

“想好了吗？到底还去不去呀？”云落的这句话，就像飘在白云里的一缕风。

“必须去！测哥肯定不会生气的！因为他也是从来都不吝惜自己，只想让自己的人生变得更加有意义的人！”楚河突然豪迈地说。

云落突然微笑了，不仅嘴角翘起来了，连那抹俏皮的疤痕也笑逐颜开了。尽管她没有回头，但那微笑的涟漪却早就在小小的驾驶室里氤氲开来，瑰丽而朦胧，娇柔而美妙。

从这以后，两个人再没说过一句话，但那段心路楚河却铭记在心了，也许这一生都再难忘记。

跟在云落的后面，楚河再一次踏上了瑶城公安局那高高的台阶，然而同样的台阶，楚河这次攀登起来，却只是“五岭逶迤腾细浪，乌蒙磅礴走泥丸”。回想起自己那天跟在马哓哓的身后，艰难地在台阶上迈步时的情景，楚河突然感慨万分。

仅仅过了几天，公安局大厅就有了不少变化，一进门，映入眼帘的是滚动着红色大字的电子屏幕，原来堆放在墙边的装修材料也被几个巨大的花树盆景所取代。

唯一没有变化的，是面向大厅的门卫处，偌大的窗口也和上次一样敞亮。楚河随着云落走进大厅时，一眼看见那个叫老张的门卫，正身板挺直地端坐在窗口后写着什么，见云落和楚河一前一后地走过来，他仅仅冲云落微微笑了一下，便又低下头忙他的了，对于跟在后面的楚河，他竟连瞟都没有瞟一眼。

就像上次马哓哓进来时一个样子，云落一进门，也直奔电梯那边走去。楚河走到门卫处门前时，特意向那个并不太大的监控显示屏瞟了一眼，他发现正在显示屏里面的，依然是一女一男，只不过女子的身影更加窈窕清丽，男子的身影更加挺拔秀颀。当楚河意识到屏幕里的那个身影已经有了庄重和冷天龙的气势之时，他立即站住了，一股特别的惊喜突然涌上了心头。

“走啊！傻呆呆地站在那里看什么呢？”站在电梯门前，云落也像马哓哓那天那样催促他。

就像一朵礼花猛然在天空中炸开，那始终休眠在楚河生命河床之下的青春的花苞，也在瞬间绽放了！楚河只觉得自己的前胸鼓胀胀的，一时之间都不知道怎么释放自己澎湃的激情了。

心里盛开了花朵，脸上自然也应该露出笑颜吧。而此时的楚河，竟然没让自己的笑容溢出一缕来。只见他面容沉静地向云落走去，走得身轻如燕，翩若惊鸿。虽然此时的他，看不到监控显示屏里自己的身姿，但他却依稀看到了一个蕴含着无限力量的青春背影，正朝气蓬勃向着他的女神走去。

记得当年年纪小
我爱唱歌你爱笑

尽管此时，楚河已经在心里引吭高歌了，就像每次感到高兴的时候，楚河总会这么无知无觉地唱起这两句歌词一样。但这一次，楚河并没有把歌唱出来，就像他已经如此快乐了，脸上依然没有露出笑容一样——就凭这一点，是不是就能够断定他楚河已经彻底痊愈了。

如果楚河真的痊愈了，那么站在面前的这个名叫云落的女警，无疑就是那个既能帮他疗伤，又能点燃他青春之火的阿佛洛狄忒——那个生于海水、主管爱与美的女神。

两个人刚从电梯里走出来，就看到杨测站在门前向这边张望。一看到测哥憔悴的面容，楚河的心就沉下来了。怎么几天不见，那总是显得温文尔雅、气宇轩昂的测哥，就变得如此疲惫不堪了？

“接到你们的电话，我就在心里猜测，你们两个咋凑到一块来见我了？到底是什么好消息呀？你们俩先别说，让我好好猜一猜！”尽管测哥看上去全身心都透着疲惫，但他见了楚河，还是显得非常快乐，就像缕缕幽香从花心里沁出来。

测哥那血丝纵横的笑眼，突然黏在楚河的脸上了：“大河，你小子……怎么仅仅几天不见，就像换了一个人似的？”

“换了一个人？换成什么样的人啦？”楚河明知故问。

“该用什么词形容你好呢？朝气蓬勃？活力四射？热情奔放？春日朝阳？哈哈，大河，你又让测哥看到了你刚上高中时的模样了！”

杨测突然微笑着打了楚河一掌。

“上高中时的模样？”云落突然小声问了一句。

“楚河刚上高中的时候，状态老好了！大家都私底下称他为河神，是我们高中凤毛麟角的拔尖人才。当时学校都计划保送他上青北大学呢！”

杨测忘情地对云落说着，这才想起了什么似的，回头问楚河：“你们两个一起来找我……不会是……”

“你可别瞎猜！我们找你，只是工作上的事情。”楚河赶紧说。

“工作上的事情？”杨测的眉头微微皱了皱，但他转眼又笑了，“是不是公务员考试的事情？我正要告诉你呢！你可要给我考一个好成绩就 OK 了！”

楚河回头看了云落一眼，云落也恰好用她如水的眼眸看楚河，四目相对，两个人都无声地叹息了一下——是啊！如果没有王运良的这起案子，此情此景，应该就是人间最美九月天吧？

因为测哥说他的办公室太脏太乱，不适合招待有洁癖的楚河，他就直接把二人领到了七楼最里侧的小会议室。三个人刚刚坐下，云落就支支吾吾地说起了王运良的那起案子。

在云落汇报的时候，也不知她怎么了，无论说话的语气，还是如水的神情，都让人有一种底气不足的感觉，有好几处重要的细节都被她落下了，幸好楚河及时地进行了补充。两个人这么你一言我一语，断断续续地表述之时，杨测始终都未插一言，脸上也一直保持着那种木雕似的疲惫和萎靡。有那么一瞬，楚河甚至在测哥的脸上，看到了王运良那行尸走肉的神情。

该说的终于都说完了，杨测才站起身，小声说了句“稍等”，就走到隔壁的洗手间了，随后就听到洗手间里传来了哗哗的水声。

等测哥再度出现在门前时，楚河发现测哥显得精神多了。他刚刚洗过了脸，虽然鬓角和头发梢上，还沾着水渍，但乱蓬蓬的头发已经被梳理过了，敞到胸部的衬衣扣子也系上了。

测哥一进屋，楚河和云落便不约而同地站起了身，杨测冲他们微微地笑了笑，这才面容沉静地说：“走吧！我们一起去向庄队汇报！”

测哥说完，便转身向前走了。楚河和云落并肩跟在测哥的后面，一路上，楚河时而觉得自己和云落像两个护旗手，时而又觉得自己和云落像两个押送人。

>>> 变性小夭的完美绳杀

小夭是在楚河参加公务员面试那天，在外地的一家美容院里落网的，直到他落网后，美容院里的人才知道：这个新来的温柔女子，不仅是一个变性人，还是身背两起命案的杀人犯。他曾于三年前，用同样的作案手法，勒死了一名与他年纪相仿的男子，因为躲避抓捕，他才四处逃亡。

说起阿桃和小夭的故事，还得从头说起。

小夭真名叫张铁强，四岁的时候母亲早逝。做瓦工的父亲，无论到哪里做工，都得带着他，直到找到了后娘。《小白菜》有句唱词：“跟着爹爹还好过呀，只怕爹爹娶后娘。”张铁强比小白菜更可怜的是，张铁强的后娘，还领来了两个淘得没边的弟弟，他们经常背着父母欺负张铁强，所以张铁强的日子，已经不仅仅是“弟弟吃面我喝汤，端起碗来泪汪汪”了。好在张铁强的父亲还算负责，一直供他读完了大专。张铁强就是在职业技术学院与阿桃相识的。

张铁强虽然名叫铁强，可他的脊梁别说“铁”了，连“木头”的硬度都没有。无论走路，还是做事，他的身段总是柔柔的，就像没长骨头似的。而他偏偏非常喜欢自己的这种柔，哪怕说话时，也总会伸出兰花指，所以不仅他的弟弟欺负他，职校的同学们也总是拿他当乐子。一些捣蛋的男生，经常当着全体同学的面，对他又摸又抱，而张铁强不仅不生气，还很受用，所以，大家经常能看到张铁强坐在男生的膝盖上柔柔媚笑的场景。这么一来二去的，张铁强在班级的威信便直线下降，全班除了阿桃还把他当个人看，其他人都很看不起他。

阿桃对张铁强好，也许是缘于同病相怜吧？阿桃的生父在边疆打工，迟迟拿不回钱来，母亲恋上了一个网友，就和生父离了婚，带着阿桃来到了南方。阿桃的后爸也有两个女儿，按常理，在这种家庭里受气的，大都是后爸带来的孩子。但阿桃的家里却恰恰相反，正所谓强龙压不过地头蛇吧。后爸的两个女儿，仗着本地人的身份和娇美的模样，经常在背后欺负丑陋的阿桃。阿桃一开始还向妈妈告上几状，可后来才发现，告状的结果，不仅解决不了受气的问题，连带着妈妈也跟着受气。于是，为了躲避两个恶煞，阿桃干脆住到了学校，即使节假日，她也不回家。

那天是八月十五，晚上的月亮非常圆。老师把留在学校的学生召集到一起，在学校小食堂门前组织了一次中秋赏月活动，还允许大家喝了些酒。张铁强暗恋上了一个男生，便借着酒胆儿，频频向这个男生发送橄榄枝。没想到抛出的橄榄枝没把这个男生击中，却把旁边的另一位男生给撩拨“起性”了。那个男生外号叫黑伯爵，长得又黑又胖，为人也非常霸道。见张铁强风情万种，他就趁着大家赏月的时候，把张铁强拽到了学校的后山坡下，对他百般“蹂躏”。因为下手过重，张铁强受了重伤，疼得昏了过去。黑伯爵以为张铁强死了，落荒而逃。

阿桃明明看着张铁强被黑伯爵拽走了，却迟迟没见两个人回来。怕张铁强出什么事情，阿桃便趁着大家喧闹的时候，跑到学校后面的小山坡下查看，远远地就听到了张铁强的呻吟声。她本想回去叫老师和同学们，却被张铁强制止了，还求她不要告诉任何人。阿桃没办法，只好一个人把张铁强送到了医院，还为张铁强垫付了医药费。从那以后，张铁强就视阿桃为闺密，无论人前还是人后，对阿桃总是忠心耿耿，两个人从此心心相印，形影不离。

大专毕业后，阿桃和张铁强一起应聘到当地的一家理发店。打工期间，张铁强总是舍不得花钱，因为他最大的心愿，就是攒够整容变性的钱，好让自己变成一个真正漂亮的女人。因为阿桃面容丑陋，张铁强就劝阿桃去整容，还为她找了一位很好的整容师。在张铁强的怂恿下，阿桃真的从母亲那里骗出了一笔钱，瞒着母亲去整了容，原来的丑小鸭很快变成了白天鹅，但她也因此与母亲闹翻。出院以后，阿桃在家里实在待不下去了，恰巧听说她的生父在边疆发了笔小财，回瑶城了，阿桃就立即离了母亲回到瑶城，在生父的资助下，开了这家阿桃美发店。

令阿桃万万没有想到的是，三年以后，张铁强突然以“崭新”的容貌出现在她的面前，刚刚见面时，阿桃都没认出他来，直到张铁强冲她媚媚地叫了一声“阿桃”。

原来，在阿桃离开南方后，张铁强又与黑伯爵遭遇了。黑伯爵因为倒卖珍稀动物发了一笔小财，见到了张铁强，他便像苍蝇见了血似的，很快就“旧情泛滥”。仗着自己有了一些臭钱，他经常前来骚扰张铁强。

黑伯爵的突然出现，无疑把张铁强拉入了无底深渊，对于黑伯爵，他躲也躲不开，逃又无处逃，受尽了凌辱。可黑伯爵并不真心对张铁强好，张铁强求他资助自己一些钱，想去做整容变性手术，黑伯爵虽然嘴上答应，却迟迟舍不得拿出钱来。他还以此为筹码，变本加厉地折磨张铁强。张铁强实在受不了黑伯爵没日没夜的“摧残”了，便对黑伯爵起了杀心。

如果网友们好奇，可以在网上搜索《变性女巧设杀人案，黑伯爵一绳归黄泉》，就能知晓这起案件的始末。这个案子发生于三年前南方某城郊区，张铁强趁着黑伯爵酒后沉睡之时，把黑伯爵勒死在城郊的一间小出租屋里，从黑伯爵被害到尸体被发现，中间整整隔了三个月零十天。在这段时间里，张铁强不仅取出黑伯爵存在卡里的钱，堂而皇之地进行了变性和整容手术，还凭借女子的身份成功潜逃，直到三年后落网。

因为张铁强在警方所掌握的信息里，一直都是以男性的身份存在着，他杀人后，又常常使用假身份证，尽管警方在网上悬赏通缉了他两年之久，张铁强却始终逍遥法外。张铁强落网后，一些别有用心的人甚至把张铁强勒死黑伯爵及柳辰的两起命案，吹捧成史上最完美的绳杀案，变性杀人恶魔“小夭”的名字，也因此在网上迅速传播开来，成了家喻户晓的特殊“网红”，有人还把“逃之夭夭”的故事编成了网络小说连载，据说点击量还挺高。

张铁强投奔阿桃来到瑶城后，阿桃并不知道张铁强杀了人。也许是同病相怜吧，阿桃一直都小心谨慎地帮助张铁强隐瞒身份，才使这位性格温柔、貌美如花的“小夭”得以平安久长地留在了瑶城。直到两年以后，阿桃才在与职校同学的聊天中，得知了张铁强“杀死黑伯爵并在人间蒸发”的消息，那位同学还给阿桃发来了一条两年前的悬赏通告，印在悬赏通缉令上张铁强的照片，就是从学校毕业照里面剪裁下来的，当时与张铁强紧挨着站在一起的，就是阿桃。

怕惹祸上身，阿桃本来想劝说小夭离开美发店的。但转念一想，如果小夭得知阿桃也知晓了秘密，会不会也要对自己产生杀心呢？如果那样自己岂不是更加危险？更何况当时已经发生了“马晓晓盗窃玉佩”案，在这起案件中，聪明的小夭利用一对孪生玉佩，几乎在一瞬间，就不着痕迹地嫁祸了马晓晓，让阿桃轻而易举地就报了昔日的旧仇，但阿桃也因为“共同作案”，与小夭成了“拴在一条绳上的蚂蚱”。如果小夭被抓了，自己也脱不了干系。阿桃思来想去，便决定按兵不动，静观事态的发展。

追溯小夭成功嫁祸马晓晓的那起偷盗玉佩案，还得从两张大提琴演奏会的门票说起。那两张门票还是一位顾客送给小夭的，小夭便邀请阿桃一起前去听大提琴。阿桃当时并不知道拉大提琴的人就是马晓晓，便跟着小夭快乐前往了。可万万没有想到的是，这次大提琴演奏会，不仅没让阿桃品尝到一丝音乐的乐趣，还勾起了她对马晓晓刻骨的仇恨，没等音乐会结束，阿桃就悲愤地离开了。小夭也因此知道了阿桃与马晓晓在初中时的辛酸往事。

令两个人谁都没想到的是，音乐会后第三天，马晓晓就娉娉袅袅、大摇大摆地来到了阿桃美发店，并钦点了阿桃给她做头发。这真是仇人相见，分外眼红。一见到马晓晓，阿桃的呼吸都变粗了。见粗心的马晓晓始终没有认出自己来，阿桃便强忍怒火，强装笑脸给马晓晓做了头发。尽管阿桃那天的盛情表演十分到位，但与她心灵相通的小天却感知了阿桃的恨意。两个人擦肩而过时，小天便用眼神告诉阿桃：自己要有所行动了，让阿桃随机应变。

令两个闺密十分开心的是，粗心大意的马晓晓不仅很快钻进了小天设好的迷局，事情发生后，还打碎牙齿往肚子里咽，轻易就“认了尿”。这次嫁祸之计旗开得胜，不仅抚慰了阿桃支离破碎的心，也增进了阿桃与小天之间的情谊，两个闺密因此一荣俱荣，一损俱损，交往愈加密切了。如果不是第二个闺密——花秘花店的老板柳辰的贸然出现，并在无意之中撞破了这层神秘的关系网，阿桃与小天的这种亲密的“逃之夭夭”，会一直延续下去的。

闺密之所以能够称之为闺密，就是因为能够分享彼此的“小秘密”。阿桃与王运良是因为一次偶然的“邂逅”而迅速交往起来的，尽管王运良直到被关进看守所，依然不知晓，与自己相好了近两年的这位面容俊美的南方佳丽，就是自己丑陋的初中同学陶巧。

那是一个有花有月也有温度的美妙夜晚，当阿桃在花香里送走了王运良后，因为心里的幸福之潮始终奔涌着，涌得阿桃实在无法安眠，便从美发店走出，独自一人在花前月下闲逛了起来。正巧闲饥难忍的柳辰也来花径里散步，两个闺密一相遇，话就自然多了起来。聊着聊着，王运良这个“白马王子”，就从阿桃的心窝窝里跳了出来，成了阿桃手掌心里值得炫耀的宝贝。

阿桃脸上绽放着笑容，如数家珍地把王运良的点点滴滴，全都讲给了柳辰。柳辰虽然嘴里应付着，可眼神里却透出一万分的不相信。为了证明王运良确实是极品的白马王子，第二天晚上，阿桃就找来了王运良，让王运良安排自己和柳辰吃了一顿夜宵。

那次夜宵，实在太美妙太销魂了！王运良在那次夜宵的表现，也让阿桃壮脸！他不仅出手阔绰，言语不凡，还风度翩翩，彬彬有礼。那次夜宵，这二女一男都喝多了酒，一直喝到月上中天，才腾云驾雾一般各回各的家了。然而，幸福的阿桃万万没有想到，恰恰是这顿夜宵，让风流成性的王运良有了再次劈腿的机会，从这顿夜宵开始，这一对男女就勾搭成奸，仅仅几夜的工夫，“花儿就变成了鲜花，桃儿也变成了烂桃”。

始终蒙在鼓里的阿桃，虽然模模糊糊地感知了王运良与柳辰之间微妙的变化，但她也一直在怀疑，始终都没有抓到真凭实据。

直到那个特别的夜晚，她看到了那段令她气得七窍生烟的微信聊天记录。

柳辰：想把我唱给你听，趁现在貌美如花。

王运良：我当然特想听！可今天晚上不方便啊。

柳辰：我等得花儿都谢了！

王运良：我只担心花儿绽放时，桃儿该哭了！

王运良与柳辰的这段致命的微信聊天，就产生于王运良来会阿桃的半路上。

柳辰因为约会王运良没成功，便怀疑王运良去找阿桃了。醋意大发的柳辰立即跑到了阿桃美发店，表面上她是来美发店做头发的，实际就是想深入“敌后”，察看一下阿桃的“敌情”。然而她刚一进门，就被店里的三号理发师小夭给截住了。因为小夭经常到花秘取鲜花，和柳辰非常熟悉，见花秘老板光临美发店，并且一进门就直奔阿桃小卧室，小夭便对柳辰展开了“热情攻势”。

那天的小夭，可真是阿桃如钢似铁的闺密，为了阻拦柳辰，使出了浑身的解数，在“她”的巧言蛊惑下，柳辰那一头乌黑油亮的青丝长发，转眼被小夭修理成了一头蓬松飘逸的雾鬓云鬟。直到人模狗样的王运良心满意足地离开了，小夭才放了柳辰。

柳辰没花一分钱，就被小夭修理得容光焕发、光彩照人，从心里感到高兴，窃喜自己占了天大的便宜。那因约会不成而造成的不快，也云消雾散了。得了便宜的柳辰如果乖乖地回到花店里去，那么一切祸事也就都不会降临了。可仗着阿桃闺密的身份，柳辰还是闯进了阿桃小卧室，硬是从床上叫起了已经躺下的阿桃。当然，她硬闯阿桃卧室，也是带着借口的，因为她突然有了一个惊人的发现，也正是因为这个发现，柳辰才丢掉了宝贵的生命。

也该着柳辰和王运良倒霉，平时总是很细心的王运良，在与阿桃鬼混以后上厕所的时候，竟然粗心大意地把手机落在了阿桃的床上。王运良刚刚走进厕所，阿桃就点开了王运良的微信，于是，那段王运良还没来得及删除的聊天记录，便图文并茂地进入了阿桃的眼帘。

如此诗情画意的聊天记录入了阿桃的眼，无异于晴天霹雳！阿桃仅仅看了一眼，肺就气炸了。按照以往的脾气，王运良从厕所里出来后，阿桃会立即大发雷霆的。可经历了艰难困苦的阿桃早就学乖了，为了与闺密决一死战，阿桃便把所有的愤怒全都转化成了笑脸。王运良从厕所里出来后，阿桃一直强作笑颜应承着王运良，直到把王运良送出门以后，才直挺挺地躺在床上生闷气。

阿桃正在床上运气呢！不知深浅的柳辰竟然高耸着雾鬓云鬟闯进来了。即使这样，阿桃依然没有表现出一丝愤怒的神色。在那个闷不透气的小卧室里，衣衫不整、披头散发的阿桃，　眼就瞥见了自己与柳辰的差距——站在灯影下的柳辰实在太漂亮了，阿桃要想真正制服柳辰，只能智取。

见了柳辰，阿桃立即一脸惊喜地从床上爬起来，嗔笑着瞪着柳辰问：“你这个鬼，这么晚了还不让人家睡觉，是不是有啥心里话要告诉我呀？”

柳辰神秘兮兮地向门外看了一眼，小心地关上了门，才小声地询问阿桃：“你们这里的小天……是不是男人啊？”

阿桃立即警觉：“你为什么这么问？”

柳辰晃着刚刚成型的美丽头颅，没心没肺地说：“刚才小天给我做头发的时候，我突然注意到了‘她’的手，我咋看咋觉得‘她’的手很像一个男人的手……后来，我又仔细看了看‘她’的脸，你猜咋样？无论‘她’表现得多美多柔，我却可以肯定地告诉你：‘她’就是一个男的！”

“你是说……小天是男人装的？不能，绝对不能！这几年，我们几乎天天都在一起，如果‘她’是男的，我不是早就发现了？”阿桃连连摇头。

“你是啥眼神啊？就你这样的睁眼瞎……行啦！不和你说了，回去睡觉了！”柳辰目光轻蔑地瞟了阿桃一眼后，便扭扭搭搭、风情万种地推门而去了。

柳辰那轻蔑的目光，就像一把无形的尖刀，在阿桃那千疮百孔的心上，再次捅了一下，痛得她连痛的感觉都消失了。“是啊！你就是一个睁眼瞎！那个偷你男人的大盗贼已经猖狂到如此地步了，可你依然束手无策，只能任她羞辱。”

紧接着，一声凌厉的叱咤突然响在耳畔：“老虎不发威，你当我是病猫啊？”

也许恨到了极致，才会物极必反吧？回想起柳辰那神秘兮兮的问话，阿桃突然心生一计：何不以此为石，试探一下小天的反应呢？如果小天对柳辰起了戒心，一定会绝地反击的！无论小天怎么反击，倒霉的都是柳辰。

阿桃连忙把小天叫到了自己的卧室，小心地关上门后，就把柳辰刚才的问话，添枝加叶地向小天学了一遍。为了彻底击怒小天，她还假装天真地对小天说了一句意味深长的话：“柳辰还特别嘱咐我，让我最好辞掉你，她说你长得特别像一个网上通缉犯。”

当阿桃述说柳辰前边的问话时，小天虽然始终微皱着眉头，但他并没有什么明显的反应。直到阿桃说出最后这句话，阿桃才在小天的黑眼珠里，捕捉到了一缕杀气——阿桃不禁暗暗自问：这个杀人不眨眼的张铁强，真的要对柳辰杀人灭口了吗？

预知到了这一点，阿桃的心还颤抖了那么两下，但一回想起柳辰那得意扬扬、不可一世的神情，颤抖的心便瞬间冰冷如铁了。

站在阿桃的小卧室里，小天低头沉思了一会儿，突然问阿桃：“这个柳辰和王运良到底有没有那种关系？”

小夭的话，立即问到了阿桃的痛点上，阿桃张口就说："柳辰这个不要脸的，早就和王运良勾搭上了！真没想到，王运良这个没良心的，原来这么口不对心，竟然背着我干出了这样忘恩负义的事情！实在是气死我了！"接着，阿桃便流着泪，把自己看到的微信聊天内容，告诉了小夭。没想到小夭听完了阿桃的话，立即拍了一下巴掌！

尽管小夭都有如此表现了，狡猾的阿桃依然假装什么都没有看出来似的，继续坐在那里抹眼泪。

接着，小夭就行动起来。他在垃圾桶里找到了王运良用过的避孕套。可即使这样，阿桃依然装着什么都没看见似的，继续捂着脸坐在床上哀伤地哭泣。

小夭离开前，见阿桃终于从哭泣中抬起头来看了他一眼，小夭便立即用一种特别眼神，对阿桃"说"了这么一句话：只要你守口如瓶，什么事情都和你无关。

阿桃虽然在第一时间立即接收到了小夭的"眼语"，可妒火中烧、报仇心切的她，早已经豁出去了。为了让小夭放心大胆地实施自己的计划，阿桃也用眼神回给了小夭一条信息：你放心！我死也不会把这件事说出去的！

于是，第二天，在花秘花店，便发生了那起不仅让柳辰和王运良倒了血霉，也让杨溯等刑警受了严重处分的柳辰被杀案。

小夭落网后，楚河以为王运良一定会对自己表达感谢的，楚河甚至想好了几句要对王运良说的话，劝诫他在接下来的人生之路上一定好好走路，谨慎做人。

令楚河万万没有想到的是，案子被翻过来后，最难应对的，竟然就是这个没有良心的王运良。

王运良洗清罪名以后，立即从原来的杀人嫌疑人，变成了上访专业户。公安机关明明给予了他相应的法律赔偿，并且杨溯在无数次的"组织调查"和"诫勉谈话"以后，还是受到了非常严厉的记过处分，工作职务也由原来的副大队长，降格成了普通刑警。可王运良还是不罢休，不是今天去省城，就是明天跑首都，不仅要求公安部门给予他更加巨额的赔款，还无理要求公安局领导，一定要扒掉杨测的警服，重新给自己安排工作。用王运良的话说，他的身心健康已经被杨测等人严重摧残了，无法再从事重体力劳动，即使公安机关无法给他安排工作，杨测也要负责他后半生的生活……

听到这些消息后，楚河实在忍无可忍了，在一个月黑风高的晚上，他突然出现在王运良的面前，还未等王运良反应过来，楚河就已经冲上去了，狠狠暴打了王运良一顿。一边打，楚河还一边警告王运良说："你要再敢难为杨测或继续上访，我不会放过你！"

没想到王运良自从被楚河暴打了一顿后，真的消停了。尽管楚河考上公务员以后，他曾扬言要去公安局揭发举报楚河，楚河在公示期间，也始终耐心地等着他去公安局告自己，可王运良却不知道什么原因，突然像良心发现了似的，始终没有付诸实施。

暴打王运良，是楚河平生第一次与他人发生肢体冲突，从那以后，这种肢体冲突就在楚河的身上频频上演了，因为不久之后，楚河就从一名警校的教师，摇身一变成了能打善战的威武刑警了。

为了庆祝楚河荣归故里，在一个周末的晚上，杨测特意在一家"漂在"瑶儿河柳畔的渔船状的画舫酒家里，为楚河安排了一次别开生面的庆功宴。在这次极具浪漫情调的庆功宴上，杨测不仅邀请了庄重、冷天龙前来作陪，还把马晓晓和云落这一对令人惊艳的宿敌也请到了一起。

且不说前来赴约的男士有多潇洒，女士有多漂亮了，仅看这画舫四周的秀美风景，就已经让人先醉了。杨测不愧是最懂楚河也最爱楚河的测哥，他咋就那么会找地方呢？这家装修别致的水上酒馆，实在是太可楚河的心了，隔着花窗向外观望，瑶儿河的美景更是美不胜收，无与伦比。

楚河和杨测到画舫的时候，庄重和冷天龙这两位客人竟然捷足先登了，庄重一改往日大军官的范儿，不仅穿了一套白色的休闲装，手里还摇着一把聚骨香扇，通身都透着儒雅之气。见几个年轻人走上画舫，庄重便啪地收了香扇，微微地看着大家一笑说：“考考你们吧。谁要是答对了，我就把这西湖檀香扇奖给他。你们可别小瞧我这把扇子，它可是宝扇啊！上面有我国著名警营书法家亲笔题的诗。”

几个年轻人听了，立即收敛了脸上的笑容，静听庄重出题。

庄重打开香扇，又立即合上了：“我国古代有一位大诗人，非常喜欢西湖，一生一共写下了四十三首与西湖有关的诗词，因而被誉为咏西湖风景最多的诗人，请问这个诗人是谁？”

杨测回头看了看楚河和冷天龙，见二人也面面相觑，便微微一笑说：“庄队，您这题出得可有点难啊！因为赞美西湖的诗人实在太多了，比如苏轼、白居易、杨万里，他们全都歌咏过西湖。”

庄重笑着说：“题要是简单，也配不上这把香扇啊！再给你们一点提示吧！这位诗人曾经填过一首关于在船上饮酒的词，写的简直就是咱们眼前的美景。并且更巧的是，这首诗就写在这把香扇上。”

冷天龙抢先回答：“要是这么说，那我就猜苏轼！因为他的那首‘欲把西湖比西子，淡妆浓抹总相宜’的诗，诗名就有‘饮湖’二字。”

庄重摇了摇头：“不对！”

杨测说：“那我猜白居易！因为他的那首《杭州回舫》里面，既含有西湖，又含有酒。更何况，名字里还含有‘舫’字呢！”

庄重依然摇头：“还是不对。”

杨测回头看着楚河说：“这种问题，还是由大河回答吧！如果连大河也答不出，那我们就谁都答不出了。”

冷天龙不服气地说：“我知道！写在这把扇子上的诗，一定就是这一首：‘山外青山楼外楼，西湖歌舞几时休。暖风熏得游人醉，直把杭州作汴州。’可惜我忘了诗人的名字。”

庄重没好气地瞪了他一眼说：“忘了名字算什么知道？这首诗的作者叫林升，即使你把林升的名字说出来了，也没有答对。”

庄重说完，大家便全都看向了楚河。楚河的脸便慢慢涨红了，沉吟好一会儿，才不自信地说：“您说的这位诗人，应该是欧阳修吧？他的那首《采桑子》，写的应该就是此情此景。”

庄重神色庄重地看了楚河一眼：“噢？那你背诵一遍，大家听听……”

楚河不自信地背诵起来：“画船载酒西湖好，急管繁弦，玉盏催传。稳泛平波任醉眠。行云却在行舟下，空水澄鲜，俯仰流连。疑是水中别有天。”

楚河背完后，见庄重好半天都没有说话，便慢慢低下头去，以为自己也答错了。没想到庄重突然恋恋不舍地看了看手中的扇子说：“我还真是看轻你们了！尽管有些舍不得，但一诺千金！这把扇子归你了！”

楚河不相信似的看着庄重说：“我……真的答对了？”

“你要是不喜欢，这把扇子你也可以不要！”庄重似笑非笑。

楚河一把就夺过扇子，迫不及待地打开，把大家全都逗笑了。

那把香扇上所写的，果然是楚河背诵的诗。

“笑什么呢？”随着一声清凌凌的流水声，云落突然出现在画舫上。她破天荒地穿了一条白裙子，愈发显得柔美如水，顾盼神飞。

杨测把庄重出题考大家，又舍不得兑现奖励的事，夸张地讲给云落听，说得大家又一阵大笑。几个人便这么一边说笑着，一边被杨测带进了画舫里。直到大家全都坐好了，马哓哓才风风火火地走进画舫，震得画舫好一阵子乱颤。这天晚上，她穿了一条大红的百褶裙，愈发像一团烈火。

马哓哓这边刚一落座，云落就走到马哓哓的面前，神情郑重地向马哓哓鞠了一躬，嘴里真诚地说：“对不起，马老师！我云落在此郑重向您道歉，因为我的判断失误、粗心断案，对您造成了无比的伤害。虽然我因此受到了纪律处分，但我还得向您说一声对不起。”

马哓哓立即站起身，也向云落深深地鞠了一躬，真诚地说：“云落妹妹！说对不起的人应该是我，因为我的狂妄自大、自私自利，才连累您受了处分，我在这里也真诚地向您表示歉意。”

马哓哓话一出口，画舫上的人全都你看看我，我看看你，显得云里雾里的。不仅杨测以为自己的耳朵出了毛病，楚河甚至惊讶地睁开了他的“第三只眼”。

马晓晓低下头，吸了一口长气，等她再度抬起头时，乌黑明澈的杏核眼里，竟然充满了晶莹的泪水：“既然云落提到了这起案件，那我今天就向你们透露一个秘密吧！其实在这起所谓的冤案里，我一点儿都不冤，我所经受的一切，全都是我咎由自取，是罪有应得的！当初要不是因为我年少无知、狂妄自大，在无意之中深深地伤害了陶巧，陶巧也不会在久别相逢的那一天，对我做出那种事来的。”

听马晓晓如此说，大家也都渐渐地收住了脸上的笑容，接着，在微微摇晃、飘着鱼香的画舫中，在花好月圆、如诗如画的瑶儿河边，马晓晓便语音低沉地向大家讲述了一段鲜为人知的往事。

那件事发生在初二暑假前的最后一天。因为学校要在暑假期间组织一次文娱演出活动，作为班干部的马晓晓，当然一马当先，既是表演者，又是组织者。演出需要服装，集体荣誉感总是超强的马晓晓，便把柳叶时装店的几件时装拿到了学校，因为有一件服装没有派上用场，马晓晓便把这件服装放到了她的书桌里，领着几个参加演出的学生，到会议室去彩排了。

马晓晓的同桌直到放学的时候，才看到了书桌里的服装，可当时的她并不知道马晓晓去彩排了，还以为粗心大意的马晓晓，又一次把东西落到了学校。虽然这位同桌找不到马晓晓的家，但她却知道柳叶时装店的位置，于是，在回家之前，她就好心好意地把服装送到了柳叶时装店，直接交到了马晓晓的母亲——马阿姨的手中。那时还没有手机，打电话也很费劲儿，同桌怕马晓晓找不到服装而着急，便对马阿姨千嘱咐万叮咛，让她晚上回家一定告诉马晓晓。

马晓晓的粗心大意，也许就遗传于她的母亲吧。那天晚上，忙碌了一整天的马阿姨回到家后，第一个想法就是倒在床上大睡特睡，此时的她，不仅早就把服装的事情忘到脑后了，连始终胆怯地躲在自己的小屋里、因为丢了衣服而忐忑不安的马晓晓都没有看一眼。

也许人在夜里的思维总比白天显得夸张吧。那个不眠之夜，马晓晓的心情实在是糟糕透了，因为她深深知道妈妈的辛苦，所以一直都在为服装丢失的事情而感到对不起妈妈。在害怕和内疚的同时，马晓晓也一直都在怨恨一个人——这个人就是那个因鞋不跟脚总是发出踏踏声、平时总是鬼一样悄无声息的陶巧，马晓晓无论从哪个角度分析，都认定是这个陶巧偷走了自己的衣服。

马晓晓直到彩排结束后，才想起放在班级教室的服装，便立即跑到教室去拿。还未走进教室呢，远远地就看到陶巧背着一个偌大的书包从教室鬼鬼祟祟地走出来，虽然两个人彼此都看到了对方，可陶巧为了避免和马晓晓迎面走到一起，竟然不嫌路远地绕了一个大弯，一路踏踏踏地从班级前边的小花坛那边绕过去了。尤其令马晓晓觉得可疑的，还有闪烁在陶巧眼睛里的怯生生的诡异。

马晓晓走进教室后，才发现教室里面已经空无一人了，直到走到座位边，马晓晓才发现自己那半封闭的书桌里已经空空如也了，脑袋嗡的一声响。与此同时，马晓晓的大脑屏幕上，再次映现出陶巧那鬼鬼祟祟的神情。人的感官实在太怪了，只要映现了，就成了不能颠覆的事实，马晓晓当时的这种心态，用一个成语总结，就是“疑人偷斧”！

为了捉拿盗贼，马晓晓立即以百米冲刺的速度向外面追去，陶巧家住偏远农村，平时总是住在学校的宿舍里的，马晓晓便到女生宿舍里寻找陶巧。同宿舍的同学便问马晓晓怎么了，马晓晓顺口就说出了自己的猜疑。听了她的话，宿舍里还没来得及回家的同学，便全都紧急地行动起来了，她们一窝蜂似的跟着马晓晓走出宿舍，在全校范围内寻找起“偷了衣服”的陶巧来，直到听说陶巧已经被她妈妈“紧急接应”回农村去了，大家才都骂咧咧地散开。

当时在瑶城，论服装最贵的地方，当属马阿姨经营的柳叶时装店了。马晓晓所丢失的那件服装，在当时的价格，就已经达到了五百元。所以这件时装的丢失，对于马晓晓那个年纪的女孩儿来说，就像“天都塌下来了”似的。

为了在妈妈知晓之前就找回时装，马晓晓第二天一大早，就离开了瑶城，风风火火地跑到离瑶城近二百华里的偏远农村去了。在那两间破旧得都要趴在地上的小土房里，马晓晓把正要出去挖猪菜的陶巧堵到了院门口。经过一番声嘶力竭的对质之后，尽管陶巧当着她妈妈的面，手指苍天发了重誓，说自己如果偷了马晓晓的时装，一定天打五雷轰！但马晓晓还是铁了心地认定衣服就是她陶巧偷走的！

陶巧的冤案虽然在几天以后，就因为马阿姨的“突然想起”而在马晓晓心里洗掉了“罪名”，但这种“洗刷”的范围实在太小了，小到了仅限于马晓晓一个人，马阿姨一直到现在也还不知道此事。

为了保住面子，马晓晓在学校开学之后，不仅没有垂下高贵的头颅，对陶巧说一声“对不起”，也没把这件事告诉任何一个人，幸亏开学以后，也没有一个同学当着大家的面提及此事。并且从那以后，每次遇见陶巧，马晓晓都会做出一副高高在上、不计得失的模样，仿佛她马晓晓就是一个宽容大度、不计前嫌的侠女。

马晓晓之所以如此高调，就是缘于她的心虚。她最害怕的，就是陶巧会再次提及此事。如果陶巧问起来，同桌势必会把答案告之天下，那她马晓晓不就成了栽赃陷害、血口喷人的糊涂虫了吗？

马晓晓的这种态度，对于陶巧来说，无疑是双重的伤害。表面上看，虽然马晓晓已经“大人大量”，不再追究此事了，但陶巧的“小偷”的名声已经被广泛地传播开来了，这 点，仅凭同宿舍同学那蔑视鄙夷的目光、避之唯恐不及的身影，她就心知肚明了。可只要马晓晓不开口说话，陶巧即使浑身长满了嘴，也没有办法去向每一个人澄清自己的“冤情”。正因为愤恨难平，才有了接下来的“脚踩小人”的事件。

一天，陶巧同宿舍的同学，突然神秘地找到了马晓晓，悄悄地告诉她说，在陶巧所垫的鞋垫下面，她一直踩着一个白色的小纸人儿，而在那个小纸人的上面，清晰地写着马晓晓的名字。

“她……怎么能这么做呢？不会吧？”马晓晓深知自己理亏，并不想追究这件事。

“有一次她脱鞋的时候，不小心就把那个小纸人带出来了，我亲眼看到的，上面明晃晃地写着你的名字！你知道吗？她这么做，有多阴损？这等于是在咒你死呢！”那个同学又说。

“名字只是一个代号而已，她即使把小纸人撕烂了，又能起到什么作用呢？行啦！咱们都是光明磊落的人，哪有时间和她这种狭隘的小人一般见识呢？”马晓晓大度地说。

见马晓晓如此“宽宏大量”，那个同学便抱打不平似的，把这件事反映到班主任老师那里去了。班主任老师立即领着几个女学生干部夜查女生宿舍，果真从陶巧的鞋子里搜出了那个小纸人。尽管那个小纸人在陶巧那双破旧的甚至有些臭烘烘的鞋垫底下，已经被踩得支离破碎，被汗水浸得面目全非了，但明察秋毫的班主任老师还是在那个小纸人的上面，模糊看到了马晓晓的名字。

“你这个学生……心里面怎么能这么阴暗呢？这都什么年代了？你咋还搞封建迷信活动？行啦陶巧，赶紧回家吧！去把你的爸爸妈妈找来！如果你的爸爸妈妈不来，你也不用再来了！”

第二天，陶巧就背着行李凄凄惨惨地离开了学校，在回家的路上，陶巧眼泪一直都没有干过。此时的她，所害怕的不仅仅是会不会挨打的问题了，她更害怕的是怎么和妈妈说，况且远在边疆的爸爸，绝不可能为了她的这件“小事”回家来的。

可令她万万没有想到的是，到家以后，妈妈反倒显得很高兴似的，嘴里反复说：“正想找人捎信儿给你呢，你咋就回家来了呢？”

原来，妈妈在网上认识了一位家住南方的网友，两个人很快坠入了爱河，网友不仅答应娶陶巧妈妈为妻，还答应日后供陶巧上他们当地的职业技术学校。当然，这件事的前提是妈妈必须和爸爸离婚。

怕女儿不同意自己离婚，陶巧的妈妈正琢磨着怎么才能说服女儿呢，突然看见女儿背着行李回家来了。陶巧的妈妈立即迎了出来，直到妈妈说了一大堆的话，陶巧才知道了原委。“我想和你爸爸离婚，你能支持我，并跟我去南方吗？”

陶巧立即点头如捣蒜：“我支持你！妈妈，你说的我全都同意！”

是的，为了能够彻底离开那个既令她屈辱又让她愤怒的苦难之地，陶巧真的是连她的亲爸爸都豁出去了！

在陶巧的大力支持下，陶巧的妈妈不仅通过电话和挂号信件，与她的爸爸达成了离婚协议，还真的如陶巧所愿，携她飞到了南方。虽然冷酷的现实转眼就击毁了妈妈所编织的美梦，但陶巧的妈妈却只能打碎牙齿往肚子里咽了。特别当她听说陶巧的生父不仅携巨款从边疆飞回来了，还带回了一位和陶巧年纪相仿的美佳人时，陶巧的妈妈更是肠子都悔青了。

妈妈最烦闷的时候，也是陶巧拿着从妈妈那里骗出的钱去做整容手术的时候，尽管整容后的陶巧果然变得漂亮了，但在妈妈的眼睛里，漂亮的陶巧反倒不如原来可亲可爱了。于是，陶巧的妈妈便把自己所有的怨恨，全都发泄在了这个令母亲都倍觉陌生的陶巧身上。吵架后的第二天，陶巧就给母亲留了一封长信，然后便“逃之夭夭”了。

››› 身后黑影的气冲牛斗

随着马晓晓的一声叹息，小小的画舫餐馆，显得更静了，静到了只能听到船外潺潺的流水声。

马晓晓环视了大家一眼，接着又说：“世上最难偿还的债，也许就是良心债了！陶巧离开学校以后，我的心里就有了欠债的感觉，当时我还以为随着时间的流逝，我很快就能把这件事忘了呢！哪承想年纪越大，经历得越多，这种欠债的感觉就越强烈。为了卸下压在心上的石头，我还专程去了一次陶巧的家，可她家的老房子已经拆除了，村子里的人也没有知道她们母女下落的。找不到陶巧，我就无法向她道歉；无法道歉，心上的石头只能这么沉重地压着。可令我万万没想到的是，十年之后，阿桃却用这种特殊的方式，帮我挪去了这块沉重的石头。”

庄重敬重地说：“马老师，听您刚才所说的话，我打心眼里佩服您！我觉得一个人无论从事什么职业，终端体现的都是人品。您之所以能演奏出那么优美的大提琴曲，也和您的心灵纯净有直接关系！”

庄重环视了大家一眼，继续说：“咱们大家扪心自问，谁不是从年少无知的时候走过来的？谁又敢说自己没有犯过这样或那样的错误呢？但真正能像马老师这样敢于直面自己的过错，能够痛改前非的人，却是少之又少。”

马晓晓见大家都中规中矩地坐在那里，立即充满歉意地说：“唉！庄队，我这么一个蠢人，哪还配得上您这么赞扬呀？就拿今天来说吧！本来今天是个令人高兴的日子，测哥为了庆祝大河……呃……楚河哥哥的大喜事，还特意找了这么一个好地方，想让大家开开心心地欢聚一次。可我却偏偏在这个时候，讲起了自己龌龊的往事给大家添堵。楚河哥，你是不是非常厌烦我呀？”

楚河赶紧说：“晓晓，我如果连你这么优秀的朋友都厌烦，那我才是不可救药了！刚才我突然想起阿桃理发店里的一幅字画：‘二十一世纪最可怕的，是比你优秀的人还在学习！’当时我就想：连晓晓这么优秀的人都知道反躬自省，我再不努力，那我与晓晓的差距可就越来越大了！再有晓晓，你随随便便叫我大河的时候，我反倒觉得你很亲，现在你突然这么礼貌了，我倒像和你远了似的！”一句话，把大家都逗笑了。

马晓晓也破涕为笑了：“其实这么叫你我也觉得别扭！还不是测哥总是骂我！”

杨测立刻老老实实地说：“晓晓！你再这么说，测哥就得钻到桌子底下去了！测哥喜欢骂你，恰恰证明了测哥的浅薄无知。是啊！测哥如果不愚蠢，不急功近利，怎么会在王运良这起案子上栽跟头？幸好云落和大河及时发现了新的线索，我才没有在错误的道路上越走越远！云落，大河，这么说起来，你们俩也是测哥的救赎者呢！哓哓说得对，人可不能欠债，尤其是良心债！所以今天在此，测哥也得向你们俩表示一下谢意！”

杨测说罢，便要站起身，坐在他左右的楚河和冷天龙，便一起按住了他。楚河虽然什么话都没有说出来，但眼睛已经红了。

冷天龙直着脖子就嚷嚷起来了：“今天到底是干啥来了？我们是聚会来了，还是参加民主生活会来了？这么好的风景，咱们是不是应该喝点了？服务员！服务员！鱼还没炖好吗？”

“马上就上来了！马上！”外面立即响起了一个女子清脆的声音。沉静的小餐馆立即被这清亮亮的声音点燃了。

楚河问庄重：“对了，庄队，那天我看网上传，说那个叫安什么的失联女大学生的案子已经破了？说是被她的闺密杀害的！到底怎么回事？那个凶手抓到了吗？”

庄重微笑说：“抓到了！这可是一件万人瞩目的无头碎尸案啊！在这场案件的侦破中，杨测立下了汗马功劳！对了，侦破纪实已经在《公安报》上发表了。”

庄重说着，便拿起手机翻阅起来，很快找出一则消息，让楚河看。

展现在楚河面前的，是一篇图文并茂的侦破纪实，标题是《瑶城警方破获一起震惊世人的杀人碎尸案》。

楚河接过庄重的手机看了起来：“啊？她真的是被她的……大学同学也就是闺密杀害的？”

楚河边看，边敬佩地看了杨测一眼，心里想：测哥果然是一个胸怀全局、不计个人得失的人！他并没有因为王运良的案件而影响日常办案。

杨测说：“案子之所以能够破获，还得感谢你爷爷的公司提供了强有力的帮助呢！若不是他们公司向我们提供了非常详尽的求职资料，我们怎么能在那么短的时间里，就筛查出了凶手的信息？”

云落也介绍说：“凶手也是一个柔柔弱弱的女子，长得白白净净的，还戴着一副眼镜，没想到长相这么姣好，心却如此狠毒，真是灭绝了人性，丧失了做人的良知，仅仅因为死者是她强有力的竞争对手，她怕自己争不过，就把安小念骗到了她的出租屋，先是下药迷昏了她，然后就杀害了她。为了埋尸方便，她还肢解了尸体，并把尸体埋在了荒郊野外……”

杨测感慨地看了云落一眼，不禁想起了审讯那位女嫌疑犯时，两个人所说的话。

杨测：“你和安小念不是闺密吗？仅仅因为一个职位，你就对自己的闺密下了狠手？你怎么能下得去手呢？”

女嫌疑犯突然激动起来，歇斯底里地说：“什么仅仅是一个职位啊？我忍她已经太久了！我早就忍无可忍了！其实职位的事只是压倒骆驼的最后一根稻草！”

杨测：“噢？你能具体说说吗？”

女嫌疑犯：“我和安小念从小一起长大，我也真是纳了闷了，她就像我命中的魔头，总不放过我，我无论做什么，她都要跟我比，霸道得都无法无天了，简直是天老大她老二。听说我学古琴，她也报了古琴班；我拿了跆拳道的绿蓝带，她明明已经不学跆拳道了，听到这个消息后就又去继续学习了，直到拿到了蓝红带才罢休；这次听说我要到千紫集团公司来应聘，她也欠儿欠儿地报名了，报名不怕你报名，为啥偏偏要和我争同一个职位？她明明知道这个职位只招收一个人……哼！我算是看明白了，这个世界里，有我没她，有她没我！”

杨测：“这个世界并不像你所说的那么小吧？哪怕真的只剩下了你要应聘的这一个职位，那你害怕什么？你就和她比呀？既然你这么胆大，连人都敢杀，你又为啥不敢和她在赛场上一决雌雄呢？”

女嫌疑犯：“我这么做，其实就是想看看她安小念到底有多厉害！没想到她竟然那么不堪一击，你不知道弄死她时我有多容易，比弄死一只鸡还要容易呢！哼，我要是早知道……她原来就是这么一堆臭肉而已，我就真的犯不上去弄她了，可现在……说啥都晚了。”

楚河看杨测在沉思，便问他：“测哥，你在想什么呢？”

杨测说："我在想闺密这个词。作为刑警，参加工作以后，我也算目睹过许多惨案了，可当我看了那些尸块，还是被吓得脊背发凉、汗毛直竖。到底啥叫闺密啊？就这种关系还能叫闺密吗？写这篇侦破纪实的记者，是不是有些用词不当啊？"

马晓晓一笑："闺密这个词，原来倒是很神圣的，可自从有了互联网，这个词已经被妖魔化了，所以不探讨也罢。"

云落说："我倒是从没觉得闺密是什么褒义词，也许这个世界上最不牢靠的关系，就是闺密之间的关系了吧？反正我云落这一辈子都不会去交什么闺密的，我只坦坦荡荡地交朋友。"

马晓晓冲云落一笑，意味深长地说："这人啊，怎么全都喜欢唯我独尊？动不动就拿全世界说事，就好像这个世界真的像一个人眼睛里所看到的那么小似的。"

马晓晓的一番话，一下子把云落的脸说红了。

随着一阵鱼香味飘来，服务员终于端着一大锅的铁锅炖鱼出现在门前。

庄重从兜子里拿出两个古香古色的酒瓶，面带神秘地对大家说："这两瓶瑶城老酒，可是我珍藏了十多年的宝贝了，不到特殊的时候，我可是舍不得拿出来的！既然今天如此花好月圆，我们不如来个一醉方休！"说着，便亲手为大家斟起酒来，等他斟到云落面前时，犹豫了一下，便笑呵呵地看着云落说："云落，你今晚就别喝了！再怎么想尽兴，咱们也得留一个清醒的人，送大家回家吧？"

云落便故意噘了嘴说："我早就猜到您会偏心的！行啦！正所谓三人同行，小的受苦！我就喝白开水吧！"一句话，又把大家逗笑了。

第二天是休息日，所以那天晚上的酒宴一直进行到后半夜，几位男士都喝得尽兴，但最尽兴的人，却是马晓晓，因为她平生第一次喝醉了。醉酒后的马晓晓，一双明澈的杏核眼和她的裙子一样红，白皙的脸颊更是灿若桃花，原本整整齐齐的发丝也零零散散飘落开来。看到她这种可爱的模样，别说冷天龙的眼睛直了，楚河和杨测也都没忍住多看了她几眼。

云落就像事先掐算好了似的，来的时候，特意开了一辆加长的面包车。酒宴一结束，她就把每一个“醉鬼”全都照顾到了车上，挨个送回了家。当车上只剩下楚河一个人的时候，云落看了一下手表，时针已经指向深夜两点了。

夜里的瑶城实在太清太美太静了，月光也从来都没有像今夜这么皎洁过。楚河一上车，就踉踉跄跄地坐到最后面的一个位置上，刚刚坐下的时候，他的意识还有些清醒呢，可随着面包车慢慢地摇晃起来，他也慢慢地沉入了梦乡。

其实，睡梦里的楚河，依然还在船上徜徉着呢！但梦里与他浪漫对饮的，却不是这些亲爱的朋友，而是一位身穿白色长裙、长得像月宫仙女一样美的女子。尽管那个女子一直都在含情脉脉地看着楚河，但楚河一点儿都不觉得羞涩，反而非常受用女子这深情的目光，因为幸福和陶醉，楚河觉得自己整个人都飘起来了，那可真是无忧无虑的飘啊！飘荡在黄灿灿的圆月之下，飘荡在清亮亮的静美河畔。女子的眼神像月光一样明媚清丽，正如她的额头也像月亮一样饱满皎洁——可这一切到底是从什么时候降临的，怎么降临的，楚河却一点儿都不记得了，楚河只记住了与女子相互注视之时，那异常美妙的飘的感觉，就像马哓哓那优美的大提琴曲。

“你叫什么名字来着？”楚河随随便便地就张口询问了。楚河还非常奇怪自己的“随便”，那可真是什么话都可以说，什么话也都可以不说，一点儿束缚都没有。

“我叫夏堇啊！但她们几个都叫我蓝月亮！”女子月光一般微笑着，连她呢喃的声音也像月光一样轻柔。

“夏堇？蓝月亮？”楚河突然有一种被触动了的感觉，但到底被什么触动了，他又怎么也想不起来了。楚河抬起头，深情地看了一眼女子那满月般的额头，弯月似的眼睛。在他的潜意识里，这个女子应该是他生命里最亲最近的人，可令楚河非常奇怪的是，既然女子都如此与自己亲近了，可自己为什么总也见不到她呢？

女子突然向楚河俯身下来——那些桌椅、饮具都跑哪里去了？——轻轻地在楚河的额头上吻了一下，一缕蝴蝶草的幽香便沁入心脾。楚河这才发现，原来自己就在女子的怀抱里呢！而躺在女子怀抱里的自己，不知道什么时候已经变成了婴孩。

可当他再次睁开眼睛的时候，突然发现女子已经向后面退去了，面带绝望和恐惧，一步一步向后面退去！退成了和那盒老式录像带里一样的影像。楚河心里轰然一惊，也就在这个时刻，所有的光彩便都黯淡了，所有的影像也都模糊了，就像月亮突然被乌云遮盖了她圆圆的脸。

直到这时，楚河才发现，他也置身于那盒老式录像带黯淡的光影里了，甚至清晰地看到了自己四周布满了细碎的杂白光点和老式录像转动时那古老的沙沙声。楚河这才模糊地想起了什么，立即惊惧地朝女子看去，果然女子也正在惊惧地看着他，四目相对之时，楚河突然听到一声哀怨的呐喊："大河……快救妈妈！"

望着退得越来越远的女子，楚河挣扎地伸出了双手，声嘶力竭地大喊了一声："妈妈……"

突如其来的一声喊，一下子就把楚河自己给喊醒了。伸出的手臂，也撞到了前面的椅背上。楚河惊恐地睁开眼睛看了看周围，才发现自己原来坐在一辆陌生的车上。他呆呆地看了看这个陌生的车厢，直到看到坐在驾驶室里正在专心驾车的云落的背影，他悬着的一颗心，才慢慢地归了位。

"梦见你妈妈了？"云落平静地问了一声，头都没回。

就像没有听到云落的话似的，楚河依然傻傻地看着眼前这偌大的车厢，一时竟想不起自己到底是怎么走上这辆车的。清亮亮的月光从半透明的车窗沁进来，给这辆普通的七个座位的面包车，披上了一层光影黯淡的银纱。楚河摸了摸自己的脸，才发现脸上全都是冷汗。

"我听说，你放着好好的警校老师不当，回基层当警察的真正目的，一点儿都不高尚，就是想利用刑警先进的侦破设备，侦查你们自己家的案情——这是真的吗？”云落依然没有回头。

“我们家只有事情，哪有什么案情？”楚河口齿含混地说。

“还没出生呢，父亲就失踪了，刚出生不久，母亲也撒手而去！设身处地地替你想一想，楚河，你的身世也真够苦的啊！”云落突然哀叹了一声。

“苦难其实都是被旁观者放大的，我小时候过的日子，一点儿都不苦。不仅不苦，还相当幸福呢！如果没有接到那盘匿名的录像带，也许直到现在，我还是爷爷奶奶最幸福最知足的大孙子呢！”楚河直到这时，才算真正清醒了。

“什么？匿名的录像带？”

“是的，上高二的时候，我突然接到了一个匿名的包裹，里面装的就是一盘老式录像带。事实上，我就是因为看了那盘录像带，才遭受了严重的打击，开始抑郁的。”楚河苦笑了。

“录像带的事，测哥怎么看？”

“测哥哪里知道这些事呢？因为匿名录像带的事，我还从来没对任何人说过呢！你是第一个。”楚河的声音越来越轻。

“我的妈呀！”云落突然叫了一声。

楚河呆愣愣地看着她：“你怎么了？”

云落便苦笑了：“这下，我的麻烦可大了！别以为有人把秘密告诉你……是什么好事情，那得需要负责任的！说说吧！这盒录像带里面，到底藏了什么样的秘密？”

“我看到了……我最亲近的人，正在试图谋杀我另一个最亲近的人！”

“谋杀？可你刚才不是说，你们家里只有事情，没有案情吗？”

“就是事情，不是案情。”楚河执拗地说。

“里面到底录了什么？”

“里面录的是……我的奶奶，正在往死里毒打我的妈妈……更准确地说，是在往死里毒打躲在妈妈肚子里的我！”

云落好半天没有说话。

“你……是不是以为我在编瞎话呢？”楚河问。

“别自夸啦！你哪儿是会编瞎话的人呀！我在想……是谁在什么情况下，录制了这段录像，又出于什么目的，把录像带邮给了你！再有，你妈妈当年投河自尽，警方没有介入吗？最后是怎么定论的？到底是自杀还是他杀？”

“我听说当时根本就没有找到尸体，只在桥上发现了她的外衣和挎包，挎包里装着一封遗书。所以大家才断定，我妈妈就是从瑶儿桥上跳河自尽的。”

“那封遗书你看见过吗？”

“小时候看见过一次，只模模糊糊记得是一张皱皱巴巴的纸，上面全是眼泪……但那时候我真的太小了，根本不知道妈妈对于我到底意味着什么！可等我长大了，再去寻找那份遗书的时候，我却说啥都找不见了。”

“哎哟！这么复杂？可是你是怎么断定，你妈妈肚子里的孩子，就是你呢？”

“录像带影像上有时间标记，上面显示的时间是1994年3月12日。而我的生日正好在同年9月，所以如果影像里的女子就是我的妈妈，那妈妈肚子里的孩了就一定是我。”

“可是现在的你，不是很健康吗？如果你奶奶真的想害死你，那么在后来不是有太多的机会吗？”

“可事实上我的奶奶不仅舍不得害我，反而，为了能让我活，她甚至都能献出她的命！”楚河有气无力地说。

“你的意思那盒录像带可能是假的？有人故意制作的？”

“可它偏偏就是真的！因为那是一盘老式的录像带，根本就无法造假的。但那盒录像带虽然很老了，外面的标签却是新贴上去的，标签上还写了一行字，非常明确地告诉我：我的母亲就是被录像带里的那个人害死的。”

“这盒录像带在哪里？”

“在我的住处，一会儿我就可以拿给你。”楚河说。

“不是常听你吹嘘，你有‘第三只眼’吗？”云落突然讥讽地透过后视镜，瞟了楚河一眼。

“这就是所谓旁观者清，当局者迷吧？”

云落瞟了瞟后视镜，笑容突然凝固：“真是胆大包天！”她骂了一句。

云落骂的，是一辆偷偷地跟在后面的车——也就是那条影子。

“来吧！哥们今天就陪你玩玩！”在清静无人水边的公路上，云落猛然掉转车头，这辆偌大的面包车就来了一个紧急的大转弯，接着就箭一般地向着那辆车射了过去。

只听嘎的一声尖叫，那辆黑色的轿车也来了个急刹车，疾速向后退去，但云落的面包车转眼就蹿到它的后面去了，几番惊险的较量后，面包车终于将那辆黑轿车逼停到了水边的草地上。

砰的一声车门响，等楚河反应过来时，云落已经像闸门里的激流一般，向那辆车边喷射过去了。为了防止那个人从另一个车门逃跑，楚河也连忙下了车，几步就跨到了另一边的车门旁。

与外面的两个人相比，坐在驾驶室里的司机却不慌不忙，稳若磐石。他一袭黑衣，不仅戴着黑色的小布帽儿，脸上也戴着黑色的口罩。由于驾驶室里的光线很暗，楚河根本看不清他的眼睛。

“你为什么跟踪我们？你可真是胆大包天，不知道我们是做什么的吗？”云落猛地拽开车门，咄咄逼人地瞪着那个司机。

黑衣人没有说话，也没有动。

“噢！原来是你！那天，在公安局门前带走王运良的黑衣人！”云落的语调突然变了，由强硬变柔和。

黑衣人依然没有说话，没有动。

“带走王运良的黑衣人？”隔着面包车，楚河也想看看云落的眼睛，但他只模糊看到了云落眼眸里的一丝微眇的光波。

云落语速快快地说：“在你痛打王运良的第二天，王运良就把自己包得像一根大白葱似的，到咱们公安局的大楼前叫嚣了，口口声声说要举报刚刚考上公务员的你。我和测哥在七楼上都听到了王运良赖叽叽的声音，我们就赶紧往出跑，可我们刚刚跑到楼门口，就见一个黑衣人冒了出来，几乎一眨眼的工夫就把王运良给带走了。从那以后，王运良就再没露过头——那个人就是您吧？”云落的声音里又多了一丝尊重。

可黑衣人还是不说，也不动。

云落突然一个俯冲，想把黑衣司机的口罩摘下去，但她的手转眼就被黑衣人控制住了，两个人便无声地较起手劲儿来。

楚河怕云落吃亏，几步就绕到了驾驶座这边来，但他也只能干看着，根本就伸不上手。很快，黑衣人就占了上风，但他并没有把云落怎么着，只是轻轻一甩，就把云落推到了一丈开外。云落累得气喘吁吁，黑衣人却像个石磙子似的，不仅毫无声息，还纹丝不动。

通过刚才的交手，云落深知自己不是他的对手。但她的嘴却一点儿都不服输：“连脸都不敢露出来的人，即使武艺再高强，也是苟且之人！”

黑衣人突然微微转头，飞快地看了楚河一眼，当楚河的目光与黑衣人目光猛地撞到一起时，楚河立刻认出他来。

“牛哥！是你？”

时间突然凝固了，连月光都变成了固体。

“牛哥？”云落惊讶地看着黑衣人。

“他是我爷爷公司的，也是测哥的表哥。”楚河有气无力地说。

“既然都是熟人，您干吗要鬼鬼祟祟地跟踪楚河？”云落的声音柔软多了。

“云落，你就别再问了！牛哥根本不是在跟踪我，而是在保护我！”楚河的声音有些颤抖。

牛哥始终不说话。

看着静默无声的牛哥，楚河的眼睛渐渐地湿润：“牛哥，这一晃……也有四五年了吧？……这么多年您为了保护我……到底过的是啥日子啊？我楚河……有何德何能，值得你为我这么做？”楚河越说越动情，眼泪也噼里啪啦地落了下来。

“不要自作多情好不好？你以为我这么做，真的是为了你呀？太不自量力了吧？”牛哥终于说话了，尽管说得阴阳怪气的。

“那……那你为了什么？”

“这还用问吗？这么简单的事，用膝盖想都能想明白！”

“我明白了！是不是楚河他爷爷花钱雇用了你，让你专门保护他的？不过，这份工作倒很特别的呀！您能告诉我们您每天能赚多少钱吗？”云落也阴阳怪气地问。

“我的年薪当然很多，但我为啥要告诉你呢？”牛哥突然扯下了脸上的口罩。

“既然你赚的是光明正大的钱，那你完全也可以大大方方地出来保护他呀！犯不上这么偷偷摸摸的吧？”云落打破砂锅问到底。

“偷偷地保护，也是其中的一个条件。因为人家的爷爷要的，是让人家的孙子自由健康地成长……”

“原来是这样啊！照你这么说，那我们今天发现了你，你不就是违规了吗？那你会不会被扣奖金啊？用不用我们帮你隐瞒一下？”云落突然微笑了，似乎对牛哥颇有好感。

“用不着！”牛哥却一点儿都不领云落的情，“如果不是马上要换工作了，我怎么会让你们发现我呢？”

“要换工作了？什么意思？”

“董事长听说楚河放弃了省城的工作，报考了瑶城的警察，就和我说，假如大河真的回来当警察了，我就可以回公司上班了。是啊！如果一个基层警察也需要别人来保护，那这个基层警察不就是一个笑话了吗？”牛哥讥讽地笑了笑。

楚河就像没有听到两个人的话似的，依然停留在自己的情绪里呢！眼泪也依然止不住地往下流：“我的爷爷……他怎么能这么做呢？”他就那么一边流着泪，一边嘟嘟囔囔地说。

“你说什么？你再说一遍！”牛哥突然就发起怒来了，猛地抓住了楚河的衣襟，毫无预兆。

“我……我的意思……我爷爷……他为啥要这么做呀？”

牛哥再也抑制不住心底的怒火了！只见他突然从驾驶室里飞跃而出，挥起手臂，就叭叭叭连扇了楚河三记响亮的耳光，紧接着又一脚，一下子就把楚河踢倒在瑶水滩上了。

“你这个败家子！人渣！我都忍你好久了！如果你连你爷爷的良苦用心都弄不明白，那你可真就是一坨狗屎了！根本就不配你爷爷为你这么做！败家子！人渣！”牛哥突然怒火冲天骂开了，底气十足的声音震得瑶儿河都激荡起来了。

没想到被打之后，楚河反倒有了一种酣畅淋漓的痛快感，眼泪也流得更畅快了。借着酒劲儿，他突然放纵似的在泥淖里号啕大哭了起来，一边号哭，一边在沼泽状的河滩上肆意翻腾。

见楚河哭起来就没完了，牛哥再次咆哮地冲向楚河：“这个无情无义的败家子，你爷爷奶奶为了你，花了多少钱？费了多少心思？他们不仅隔几天就要我向他们汇报你的情况，听说你考上了瑶城市的警察，你爷爷甚至高兴得流了眼泪……可你呢？这么多年你到底为他们做过什么了？你是从石头缝子里蹦出来的吗？我都奇怪你这个警察是咋考上的！”牛哥突然飞起一脚，差点儿又把楚河踢到河里去。

云落扑了过来，试图要保护楚河，可楚河却一把推开了云洛，心甘情愿地让牛哥拳打脚踢：“牛哥，你打吧！狠狠地打！我就是一个欠打的人渣！狗屎！败类！”

“少跟我扯这套犊子！还有脸在这里哭呢？憋回去！马上给我憋回去！”牛哥又一声怒喝。

楚河果然憋回去了，就像被人掐死了一样，一点儿声音都没有了。

牛哥突然又凑了上来：“我问你！你知不知道你爷爷奶奶多大岁数了？你好好用你的脚指头算一算，他们两位老人还有几年活头？你要是还有一点儿人的良心，就别在这里整五整六的了！起来！现在就跟我回家去！”牛哥突然又拎起了瘫在那里的楚河，转身就朝自己的那辆车走去。

楚河狠命地从牛哥的手里挣脱了出去，气喘吁吁地说：“我会回去的！但不是现在！”

“那你说你到底什么时候回去？”牛哥逼视着楚河。

楚河突然无助地回头看了一眼云落，仿佛云落就是自己的主宰似的。

楚河这一眼，让牛哥转移了视线，他也回头看了一眼云落，然后才说：“好！那我等你！但我的耐心是有限度的！”听牛哥的口吻，好像云落真的是楚河的监护人似的。

听了牛哥的话，云落果然监护人一般看了一眼楚河，一种别样的感觉随即涌上了全身。

早在第一次看见楚河时，云落就已经有了这种奇怪的感觉了。那个感觉与母性有关，仿佛是一种缘自先天的责任感和保护欲，就像云落天生就是楚河的监护人似的。

其实，在未见楚河之前，云落一听到楚河的声音，那种感觉就已经有了——云落永远都不会忘记那个夕阳西下的黄昏：在那个光线昏暗、物品杂乱的民警值班室，在云落“无知无觉”的大脑中，楚河毫无预兆地、突然就轻轻地说起话来了，因为突兀，也因为近在耳畔，楚河的轻声便有了耳语一般的亲切和神秘。

“……真没想到！你们这么小的地方，也有这种专业人才呀！”

话语一出，云落的心就异样地动了一下，那始终平缓流淌的血液，也骤然加快了循环。本来，云落站起身，是想去开灯的，可自从耳边响起了这个仿佛天籁的声音，云落便忘了去开灯，当然，也忘了全世界。她当时唯一能够做的，就是本能地回眸……于是，在那片迷幻的光影里，云落就看到楚河那异常白皙且异常神奇的“圣洁”面庞了。

记得当年年纪小
我爱唱歌你爱笑

是的，那种感觉就像童年的她正在花间滑行之时，突然听到了来自花丛那边的另一个孩子的歌声……

在整个瑶城市公安局——不对，应该在全世界——云落还从来没有看见过如此神奇、如此俊逸的面庞呢！最令云落惊异的，是楚河的额头，怎么就那么饱满那么明亮呢？就像一轮明月高悬在碧蓝色的天空……总之，云落一见到楚河，心灵的词语库里就只剩下“圣洁”二字了。更何况，那种圣洁，在她还是童年的时候，就已经深深地种在她的心里了，怕她忘却，上苍还刻意在她的腮边，印上了一枚美丽的疤痕。

——这就是一颗少女的心：敏感，奇妙，也没有道理。

特殊的身世，使云落从娘胎里，就自带了一种济困扶危的锋芒。对于黎民百姓，对于弱势群体，云落总会毫不犹豫地站出来，替他们打抱不平，替他们伸张正义。就像雨点一落下来，人们自然会撑起伞一样。但云落对于楚河的保护欲，还是迥异于其他人的。因为每当楚河无助地看着云落之时，云落那保护欲的内核，还藏着一丝微妙自私的怜爱——就像一位母亲面对仰望着自己的独生儿子。

“明天，我就要去省城去参加统一培训了。”当云落把楚河送到他的出租屋前，楚河走下车，恋恋不舍地回看着云落之时，他说了这样的话。

“是啊！所有警察在从警以后，都得参加培训。你做过警校老师，连这 点都不知道吗？”云落依然坐在车上没有动。

“其实，我刚刚被警校特招，还没有正经去给学生上课呢！对了，我听说那种培训可是全封闭的。”

“当然是全封闭的，不练到你脱胎换骨，你将来怎么能胜任警察特殊的工作？”

“我的意思……”

云落如水的眼睛突然闪出了凌厉的神色：“怎么？培训还没有开始，你就要打退堂鼓吗？”

“我不是那个意思，我的意思……”

“你到底啥意思？快说呀！你看看这都几点了？”云落朝楚河亮了亮

手腕上的表。

楚河的脸突然红了：“我的意思……我们得一个多月不能见面了！”

“你怎么变得婆婆妈妈的了？一个月不见面算什么？培训结束后，不就天天都能见面了？祝你培训马到成功！”话音未落，云落就把车开走了，只听到嗖的一声，还没等楚河清醒过来，那么大的一辆车就转眼不见了踪影。

那个深夜，在那个出租屋的门前，楚河就那么失魂落魄地站在路边，眼看着那辆加长的面包车几乎在转眼之间，就子弹一般射出去了，快得就像一阵风、一个梦。

从楚河住处拿走那盘老式的录像带以后，云落连夜就研究起里面的影像来，接下来，由这些影像所引起的和楚河母亲死因有关的所有案情，便占据了云落的全部身心，以致连工作都受到了影响，仿佛帮楚河理清他们楚家上代人的恩怨，是她云落的天职似的。为了尽快让自己从那一团迷离的案情中解脱出来，云落还制定了一套快速破案的方案，可无论这套方案制定得如何完美，云落都无法付诸实施，因为完成方案的第一步，就是深入到案件发生地也就是千紫庄园，进行现场踏查，可如果主人公楚河不回来，去现场踏查就只能是一句空话。

这一个多月的时间，云落几乎是在一种等待中熬过来的。

与云落相比，楚河的日子过得却是相当忙碌和充实，虽然培训仅仅一个多月，可那段日子对于楚河来说，就像云落所说的一般无异：有一种脱胎换骨、凤凰涅槃的重生感。

“摸爬滚打锻精兵，千锤百炼造英雄。”

“掉皮，掉肉，不掉队！流血，流汗，不流泪……”

那段日子，楚河和队员们几乎每天都要高喊几遍这样的口号，除了口号声、歌声，还有啪啪啪的武器拆卸声和砰砰砰的打枪声。培训结束后，公安厅培训机构还把队员们在训练之时的影像资料制作成专题片分发了下去。直到现在，楚河依然收藏着那张小小的光碟，一到没事的时候，就会拿出来孤芳自赏，因为楚河在光碟里的身影，实在是太威武、太矫健了！且不说他飞檐走壁之时的身影多么轻盈，也不说他擒拿格斗的功夫多么盖世，仅仅那快速拔枪、瞄准、射击、走位、换弹夹的一套动作，就让人看得目瞪口呆，楚河常常看着看着，自己都被自己给迷住了。

比这个光碟影响更大的，是楚河一次在地铁上抓人的短视频。

那个短视频是一个并不认识的乘客在地铁站无意之中抓拍的。那是楚河培训刚结束时发生的事情。那是一个中午，楚河在乘坐地铁时，发现一个男人从自己的座位上站起身，像是很随意地向一位女乘客靠近。楚河之所以预感到一定有什么事情要发生，并身不由己地跟了过去，全都归功于楚河的“第三只眼”，因为楚河无意间一回头，突然看到了一缕诡异的光芒，在男人的眼睛里一闪就飞逝了。

果然，就在地铁已经停下，车门刚刚打开的一瞬间，那个戴着鸭舌帽、面色白皙的男子，突然趁着大家都在下车的混乱之时，迅速将那位女乘客脖子上的项链扯断，然后就以迅雷不及掩耳之势飞快地跑出了地铁。

“我的项链，抢劫了！”女子立即凄厉地呼叫！

其实，还未等女子喊出来，楚河就已经追出去了，接着，在那个人潮拥挤的地铁站台上，就上演了一幕精彩绝伦的警察抓捕的大戏。只见楚河先是一个飞身踹腿，将那人踢倒之后，又来了一个侧身锁喉，人们还没看清怎么回事呢，楚河就已经身手迅捷地将坏蛋的双手反剪了，并给他戴上了手铐。接着，楚河就冲着围观的人大喊：“我是警察！请帮我招呼一下那边的铁警！”

其实，不用人招呼，那个铁警已经向楚河这边跑来了。

当时，有一位等车的乘客，正好在录制地铁里的视频，楚河刚刚追出来的时候，他镜头一转，就在第一时间抓拍到了楚河的影像。更何况那人逃跑的方向，恰恰又是这个乘客所在的区域，于是，这位乘客不仅近距离地拍下了楚河抓捕时脸上那果敢刚毅、冷峻凌厉的神韵，还捕捉到了那人被抓后，那白皙俊逸面庞上阴郁无奈、略带伤感的表情……这位乘客正愁自己的短视频浏览量不高呢，如今突然获得了如此猛料，他如获至宝，稍加制作后，就以《最帅警察抓最美小偷》为题，把视频发到了网上，令他万万没想到的是，他的这条视频刚一出炉就被井喷式转发了，一天不到，就在千百万个手机里爆了棚。

>>> 网络天空的波谲云诡

那段短视频，杨测是站在火车站出口等着接楚河时，无意中在朋友圈里浏览到的，乍一看到的时候，他甚至都没有认出楚河来，仅仅因为和警察有关，他才耐着性子看了下来，且重点看的是下面的留言。

“哇！警察的这个踹腿锁喉的动作太酷了！”

“这个小偷长得更有特点，简直像漫画王子耶！”

直到站台里有人尖叫了一声：“最帅警察！你不是视频里的那个最帅警察吗？”杨测才把那段视频与楚河联系在了一起。

杨测看到楚河的时候，楚河正披着一身阳光，拽一个拉杆箱，背着一个双挎书包从车站出口里走出来，此时此刻，他不仅脸上充满了阳光，周身的每一个细胞，都散发着阳刚之气。

杨测迎上去，兴奋地打了楚河一拳：“这还是……那个一蹶不振的大河吗？”

楚河一愣：“测哥，你怎么来了？”

“我怎么不能来呀？云落怎么回事？她也应该来呀？”

楚河一笑：“她……根本就不知道我回来。”

杨测接过了楚河手里的拉杆箱，乐呵呵地说：“你回瑶城这么大的事，都没有告诉她吗？这么说……你们两个并没有谈恋爱呀？”

楚河的脸红了：“谁说我们谈恋爱了？即使我有那个心，人家也不一定有那个意呢！测哥，你怎么突然想起问这个了？”

杨测一笑：“如果你们谈恋爱，此时来接你的，自然少不了她了！”

两个人正唠得热火朝天，刚才喊叫的那个小女孩儿突然挤到了楚河的身边，横在了杨测与楚河之间：“就是你！就是你没错的了！”

楚河仓皇捂脸：“你是不是认错人了？”

小女孩儿一边看手机，一边看楚河：“肯定没有认错，这尖尖的下巴，这犀利的眼神儿，就是你，就是你了，最帅警察！咱们一起照个相吧！”

“对不起！对不起！”

楚河一边逃也似的向前走，一边说着。

女孩子声音很快引来了一群围观者，接着就响起了另一个小男孩儿的惊呼：“哎哟喂……果真是最帅警察呀！妈呀！最帅警察……来咱们瑶城了！”

“请问最帅警察，那个小偷后来咋样了？看在他长得那么美的份儿上，那件事不如算了吧！”

“一个长得那么美的人，不到万不得已，怎么会去偷东西呢？他一定遇到了什么无奈的囧事！你和你们领导说说，再给他一次机会吧！”

那天，在那个火车站的小广场上，如果不是杨测立即拉着楚河冲出了人群，并以最快的速度把他塞进了轿车里，楚河真的不知道自己应该怎样从那越来越多的人堆里逃出来。

直到杨测的轿车驶离了人群，楚河才心有余悸地长舒了一口气。

杨测一边驾车，一边冲沮丧的楚河苦笑：“真没想到，你小子现在竟然也成了名人了，我刚才等你时，也浏览了一下那个网页，那个《最帅警察抓最美小偷》的视频，都被刷屏了！下面的留言写得更是奇葩，也不知道现在的人到底都怎么了。”

楚河叹了一口气说：“你没听到刚才他们怎么说的吗？因为小偷长得

美，连处罚都可以不要了，简直是笑话。”

杨测微微一笑：“记得有一句经典台词：人能从洁白里拷打出罪恶，也能从罪恶里拷打出洁白。”

楚河说：“幸好我平时基本不上网看这些东西，所以他们愿意怎么说就让他们说去好了！他们把我捧上了天，我楚河也没多块肉，他们把我踩到地底下，我楚河也还是我楚河。”

杨测欣慰地笑了：“你能这么想，我真的很高兴。有一句话：‘得志便猖狂。’这种时候也是最考验人心的时候。看起来，咱们的大河无论取得多大的成就，都不会膨胀的。”

楚河说：“哪有什么成就啊？警察抓人，对于咱们刑警来说，不是小得不能再小的事情吗？那天的事，我其实就是赶巧遇上了，又赶巧让别人抓拍下来了，谁知道这个人咋就给我传到网上去了？没想到 这么短时间，就变得这么糟糕了，我又不能一一去解释。”

杨测理解地点头：“现在的人也不知道咋的了，全都疯了似的，我看到网上还有很多人发起了声援，正为那个‘最美小偷’鼓与呼呢！”

楚河无所谓地一甩手：“测哥，咱就别再说这些事了，你还没告诉我，你是怎么知道我要乘坐这趟车回来的呀？事先我并没有和你打招呼呀？再有你这么忙，怎么还有时间来车站接我呢？”

“我确实忙，忙得都不知道北了，虽然估摸着你快回来了，但我并不知道你今天就回来。其实测哥这次来车站接你，并不是测哥的私人行为，而是公差。”

“公差？”

“我是受庄队的指派，特意来接你去单位的！”

楚河一头雾水：“受庄队的指派？去单位？你可真能开玩笑！我回来之前，没和任何人打招呼，庄队怎么会知道我回来？”

“我哪有时间和你开玩笑？也没有那个心情啊！我来接你，真的是庄队的意思。”

楚河自言自语：“我还是不信，庄队怎么会知道我这个小民警什么时候回家呢？”

杨测笑了笑说：“你忘了大家都是干什么的了？这种小儿科的问题你怎么也能问得出来？而且还一问就是好几遍。”

楚河看了一眼后面的皮箱，为难地说：“可是我咋也得把这些东西放到家里，洗洗脸，换一件衣服吧？”

杨测理解地说：“按道理，你培训这么长时间了，刚刚回来，的确应该让你在家里多喘几口气儿，再来上班的，可现在真的是遇到紧急情况了。咱们刑警的工作就是这样，什么时候有任务，你就得什么时候上，没有条件可讲，因为案情就是命令，这个等将来工作时间长了，你自然就会习惯了。”

“难道是发生什么大案子了？”

杨测像是回答，又像是自问：“应该是个大案子吧？”

楚河丈二和尚摸不到头脑：“到底出啥事了？”

“冷天龙被人突然袭击了，用钝器砸中了后脑，差一点儿牺牲了，到现在他还在医院抢救呢！昏迷不醒。”杨测的声音越来越低。

“什么？冷天龙被人袭击了？到底怎么回事啊？”

“这件事就发生在前天晚上，但当时具体发生了什么事情，谁都不知道，不然干啥这么着急地让你上班呢？”

“原来是这样啊！冷天龙他现在有没有生命危险啊？”楚河担心地问。

“现在还不好说，正在抢救呢！冷天龙伤在后脑处，听主治医生说，伤口离大动脉就差这么一点点，应该是被什么钝器重击的，那个袭击者要是稍稍再打歪那么一点点，冷天龙就真的壮烈牺牲了。唉！咱们刑警的工作真的很危险，简直是在刀尖上行走。”

“袭击他的人为什么要袭击他？一点儿线索都没有吗？”

“线索倒是留下一些，冷天龙出事之时，他的执法记录仪一直开着，执法记录仪里录下了一个女子独自前行的背影和冷天龙被袭击时颠簸震颤的画面，袭击他的人可能是从背后突然上来的，所以执法记录仪没有拍到那个人。幸好冷天龙昏倒后，有一辆车从那里经过，及时把他送到了医院，要不然，就凭他流了那么多的血，神医也救不活了。”

楚河迷惑地自问：“这个冷天龙干啥要录下一个女人的背影呢？我猜他一定是在查什么案子吧？要不然他怎么会轻易动用执法记录仪？”

“我们也都是这么猜的。冷天龙在被袭击之前，一定是发现了什么可疑的线索，所以才偷偷地跟踪了这个女子，但他到底因为什么要独自冒险跟踪，就只有冷天龙自己知道了。”

“那个女子的身份查清了吗？”楚河问。

“身份倒是查清了，叫半夏，是个开网店的，好像在网上卖什么老绣，但开网店是最近才做的。之前，她曾参与过一个传销组织，因为情节并不太恶劣，警方便一直都没有处理她。本来有一位侦查员在一个楼区发现了她的踪影，也像冷天龙一样，跟踪了她一段路，想看看她的老巢在哪里，可最后还是让她成功潜逃了。她消失的那个地方监控探头密集，可大家查来查去，硬是没有发现一丁点儿有用的线索，就好像这个女人真的会什么隐身术似的。现在，通缉半夏的信息我们已经挂到网上了！也正是为了尽快抓到半夏，庄队才让你这位网络高手立即到单位的。”杨测一边驾车一边说。

楚河不解地问：“冷天龙被袭击到底和这个女人有没有关系，不是还没有确定吗？这种情况怎么可以随便地上网通缉呢？”

杨测说：“虽然冷天龙到底被谁袭击还没有确定，但半夏因为传销涉嫌犯罪却是事实，所以上网通缉她一点儿问题都没有。在冷天龙无法开口说话之前，只有抓到了半夏，有一些事情才能弄明白。现在能够用上的，也只有这个笨办法了。”

楚河揉了揉头发：“我的脑子有些乱！”

杨测理解地一笑：“你还什么都不知道，一头雾水，脑子不乱才怪呢。你打开扶手箱，那里面有一份办案材料，你可以先看一下。”

楚河打开驾驶和副驾驶中间那个储物箱，发现里面果然有一份材料，便打开看了起来。

杨测却一把抢回了那份材料："先别忙着看，再说了，在车上看这些东西，对眼睛也不好，你还是说说这次培训吧，收获怎么样？"

楚河感慨万分："收获太大了！真的有一种脱胎换骨的感觉。"

"我听说你在比武中，不仅获得了三公里武装越野第一名，在突击攻坚科目中，还作为突击头狼，开出了第一枪，不到一秒就击中了摇摆靶，为你们团队夺取第一争取了宝贵的时间。"

楚河奇怪地看着杨测："你怎么知道得这么详细？"

杨测面无表情："我同学就在你们那里当教官。"

"你同学？"

"你们的刘教官就是我的同学！对了，昨天他还给我转来了一个你们参加训练时的小视频。"

楚河这才恍然大悟："我还奇怪他对我为啥总是那么关照呢。"

杨测瞟了楚河一眼："你别用这种眼光看我，我的确给他打过两次电话，但我并没有让他关照你，反而是让他对你比对其他人更严厉一些。"

楚河无奈地一笑："我所说的关照其实也是这个意思。他对我哪是比其他人更严厉啊！那可是相当严厉啊！现在回忆起他的眼神儿，我依然觉得脊背发凉呢！"

杨测满意地笑了："这就对了嘛！不愧是我的好同学。"

楚河苦着脸说："那么狠还叫好同学？"

杨测哈哈大笑了："那当然了，作为警察，尤其是刑警，最漫长的迂回道路，常常是达到目的的最短途径。"

楚河跟在杨测的后面，刚刚走到电梯口，一位刑警正好从电梯里急匆匆地走出来，看到杨测就说："庄队让大家到他的屋子开会呢，你们直接去吧！"那位刑警百忙中冲楚河点了点头，楚河也觉得他似曾相识，却想不起在哪儿见过了。

两个人便直接走到了庄重的办公室，站在半开的门边，杨测一边敲门，一边向屋里探了探头。里面便有人叫道："进来吧，不用敲门了，庄队没在屋，他让咱们稍等他一会儿！"

两个人刚一进屋，一位刑警就像车站上那个女孩子一般，突然张大了嘴巴：“这不是网上正疯传的那个网红警察吗？真的是你吗？就是……就是……”

他的话还没说完，楚河的脸早就红成了鸡肝。

杨测嗔怪地瞪了那位刑警一眼：“就是他嘛！行啦行啦，刚才在车站，他都已经被粉丝们围攻过了，咱们刑警不会也像那些人一样吧？现在的网民可真逗，咋全都像疯了似的？”

那位刑警依然不相信地望着楚河：“真的是他？我看到那个地铁标志了，就是咱们省的，我正想给省厅的同学发微信，打听一下呢！”

杨测笑着对大家说：“我给大家介绍一下吧，他叫楚河，是今年刚考上的公务员，刚刚从省里参加培训回来，因为在计算机方面有特长，还没等他到家呢，庄队就让我把他接来了。”

刑警们纷纷站起身与楚河握手，一边毫不掩饰地议论纷纷：

“原来你就是楚河呀！”

“楚河不就是千紫集团楚老总的大孙子吗？昨天还有人问我呢，说这件事是不是真的。”

“你刚才说什么？千紫集团楚老总的孙子，那不是富三代吗？富三代咋也跑来当警察了？”

——这就是刑警们，除了案子，什么话都不愿意埋在心里。

坐在一棵盆景边的云落，呼地站起来，气哼哼地说：“你们到底怎么回事？还要不要点咱们刑警的面子啦？什么网红啊，什么富三代啊，多浅薄呀！至于这么大惊小怪的吗？你们不要忘了，咱们的战友还躺在医院里呢！”

看到了云落，楚河就像看到了救星，他立即拉着杨测，坐在了云落的身边。可当着人的面，他一时又不知和云落说什么好了，只是默默地看了云落一眼。一个多月未见，云落显得消瘦了许多。

一个话题总算结束了，但另一个话题马上又接上了！

“这个冷天龙也真是的，查案不怕你查，你带着一个人查啊，怎么自已就查起来了？多冒失啊！”

“一定是突发情况，在下班途中突然遇到了这个女子，便不顾危险跟上去了。”

“他冷天龙你们还不了解吗？为了早些立功，立大功，什么事都干得出来，他一定是发现了什么线索，怕泄露了消息别人跟他抢功，才这么单打独斗的。”

云落又听不下去了，跳出来替冷天龙抱打不平：“我说二牛子，你怎么能忍心这么诋毁冷天龙？你不要忘了，冷天龙现在可是生死未卜，能不能抢救过来还是未知数呢！”

一群人的议论，转眼变成了两个人的“单打独斗”。

“我这么说他并不代表我不关心他，论个人关系，我与冷天龙的感情应该比你深多了吧！我记得你和冷天龙，那可是三句话没说完，一定会掐起来的吧！”

“我们那叫掐架吗？我们那叫辩论好不好？你连词汇都弄不懂呢，还在这里说三道四，难怪大家都管你叫二牛子，你不仅长得像牛，也长了一坨牛脑子。”

“你别拿二牛子说事啊！二牛子再不好听，也比狗鼻子好听！”

“狗鼻子再不好听，也是特长的代名词，我反倒以此为荣呢！”

“你们两个还有完没完？”杨测向两个人摆了摆手说，“还是我给大家说一句公道话吧，冷天龙立功心切这倒是真的，在公开场合，他不止一次说过吧，他说他连做梦都想立功呢！我相信通过这件事，这个心愿他一定会实现的，个人二等功倒不一定能立上，但立个三等功是差不多了。只是不知道这小子到底能不能从鬼门关里闯过来，亲手接过那个金灿灿的奖章。”杨测说着说着，眼睛就红了。

杨测的话，让大家都沉默了，有一位刑警为了透气，甚至走过去打开了窗户。

“怎么这么闷啊！都喘不上气来了。大家还是说些能让人透透气儿的话吧？”那位刑警叫道。

一位刑警突然冲楚河亮了亮手机：“我说楚河，你这段抓小偷的视频到底谁给你录的？录得可够专业的，都赶上影星了。”

楚河忐忑不安地看了看大家，一脸的无辜：“你们想透气儿，拿啥透不好呢？咋又把这件事提起来了？那段视频我自己看了都脸红，你们就不要再看了，就当没有这回事好不好？”

一位刑警不解地看着楚河说：“我说楚大刑警，你别这么矫情好不好？刚刚参加刑警工作，就摊上了这样的好事，多荣耀啊！别人求都求不来呢。”

楚河真诚地解释说：“警察抓捕，对于咱们刑警来说，不是小得不能再小的事吗？要说荣耀，人家冷天龙才是真正的荣耀呢！和冷天龙相比我不是差得太多了？现在除了尴尬，我真的不知道说什么才好了！再说如果视频让大家都能知道我是警察，以后我还怎么去办案？！”楚河说完，见大家依然看着自己，便急得站起了身，“我说的真的都是真心话。”

杨测把楚河按到座位上：“行啦，谁也没怀疑你说了假话。”

云落不屑地说：“解释得越多，就越证明你很在乎。其实，你真的不用这么在乎的，你放心，不出三天你就会被大家遗忘的！就像一阵风，无论刮得多猛，总有刮过去的时候，等风刮过去了，一切就都烟消云散了。”

一位刑警立即附和：“云落说得对，现在的事，就是一阵风儿压倒另一阵风儿。”

二牛子把手机举起来，一边让大家看，一边说：“这话云落还真就说到点子上了！现在的网络，还真就像刮风似的，而且刮的是梅抽风！你们瞧，现在风刮得更猛的，反倒是这个半夏了，真没想到，仅仅一夜的工夫，这个通缉犯反倒变成网红了。”

大家闻听，纷纷看自己的手机。

一位刑警叫道：“可不是嘛！半夏的通缉令这不是已经被炒疯了吗？铺天盖地呀！这不全都是半夏的照片嘛，你们看，有人还把半夏以前的老照片给出来了。这些网友，可真是太厉害了。”

另一位刑警立即附和："真的呀！仅通缉令就有八百万的浏览量了，这风头不是应该已经盖过《最帅警察抓最美小偷》了吗？我真是奇了怪了，不就是一张通缉令吗？怎么会发生这种事？"

"有很多网友还替半夏鸣不平呢！说我们警察小题大做，不做正经事，专能欺负老实人。现在的网友都是咋想的？怎么连通缉令都会火？都说风水轮流转，可网上的东西，真是转得比风水还要快呢。"

"你们瞧，还有人把半夏以前发的'微头条'都翻出来了！就是这个网名叫生如夏花的……还别说，这个半夏还挺有文化的呀！这些词儿让她给转的：'发光并非太阳的专利，你也能够发光。'还有：'只要能收获甜蜜，荆棘丛中也会有蜜蜂忙碌的身影。'"

杨测也说："这要是不知道的，还以为半夏就是一个正能量满满的人呢！这网络啊，可真是信不得。"

楚河傻傻地望着大家说："对于这个半夏的调查，不是还没有出结果吗？也许她本来就是一个充满正能量的人吧？"

杨测笑道："你们听听，连刑警都有替她鸣不平的了！大河，这下你就不用犯愁了。不管半夏到底是什么样的人，她的风头真的已经盖过你了！"

一位刑警看着杨测："网络到底怎么回事？测哥，你能不能分析一下这里面的深层次原因？为什么一张通缉令也会火？"

没等杨测接茬儿呢，二牛子已经哲学家似的演说起来了："要分析深层次的原因，还不是因为半夏长得美？说白了就是'五官决定三观'！这和'最帅警察'走红也是一个道理的。你们想啊！不管楚河抓小偷的故事有多精彩，要是他踹腿锁喉的动作做得不够帅，或者楚河和那个盗贼的长相全都一般，那他们也一定不会迅速走红的。说白了，全都是外貌协会惹的祸。"

一位刑警突然尖叫："竟然有人称半夏为'史上最美女逃犯'！我说云落，我记得这张照片还是你传到网上去的吧？半夏本人真的有这么美吗？你是不是给她美颜了？"

云落没好气地说：“开什么玩笑？你是存心想让我挨处分怎么的？”

杨测笑着说：“这种玩笑的确开不得，刑警为犯罪嫌疑人美颜，那可不是受个处分这么简单了！那应该是犯罪了吧？包庇罪！”

走廊里响起了脚步声，屋子里顿时变得静了。

庄重走了进来，瞪着大家说：“议论啥呢？这么来劲儿？隔老远都听得见！”

大家全都不说话了。

楚河站起身，向庄重打了一个敬礼：“庄队！我来报到了！”

庄重这才看见了楚河，立刻笑了笑：“楚河到了？大家是不是全都认识了？”

杨测说：“我已经给大家介绍了。”

庄重便坐了下来：“那好吧，咱们现在开会。”

那天的会议，一直开到晚上下班才结束，楚河和杨测在食堂用了晚餐后，就又回到了杨测的办公室，开始了楚河的第一次加班。从这天开始，加班便成了楚河工作的常态。后来他才知道，在刑警队，加班并不是某个刑警的专利，而是所有刑警必须无条件遵循的“潜规则”，哪怕犯罪嫌疑人为了“心疼”刑警，真的选择了在八小时工作时间作案，加班也是刑警们必须要做的。

两个人一回到杨测的办公室，杨测就打开了电脑，帮楚河恶补他落下的功课。杨测打开了一个视频，里面除了一个女人的背影，看不出什么其他的信息。

杨测点击着视频说：“这就是冷天龙被袭击前，他执法记录仪录下来的影像资料，我们就是根据这个背影确定她是半夏的。”

楚河奇怪地问：“这不就是一个背影吗？”

“这当然只是一个背影，但你没发现她走路很有特点吗？”杨测点击了画面，并把画面拉大，“你仔细看她的臀部。”

楚河歪着头，反复看了两次女子丰满的臀部，便忍不住笑了：“她的臀部在走路时，的确很有特点，就好像想要吹牛似的。”

“是啊！她有些翘臀，冷天龙受伤以后，我们就针对这种翘臀的步态，以这段路为中心，对附近路段的所有监控全部摸排了一遍，没想到还真有收获。”杨测说着，又点击了一个新的视频，“你看这个，这就是在一幢住宅楼前发现的，是不是同样有些翘臀？”

楚河又笑了：“可不是嘛！”

“你再往下看，走到这个监控点的时候，她抬了一下头。”杨测点击了快进键。电脑屏幕上，便出现了半夏的正面影像，虽然她只是飞快地抬头看了一眼。

杨测把半夏的头部影像放大：“这段影像，应该是我们目前所能搜寻到的关于半夏的最清晰的影像资料了。”

楚河笑了：“咱们的工作真的是太注重细节了！”

杨测微笑地说：“等一会儿，交警队事故处理科的张科长会来，他会给咱们讲一起诡异的交通事故。”

就像配合杨测似的，门突然被敲响了，一位刑警先是向屋里看了一眼，接着才对杨测说：“你的老同学可是真给力，到底把目击者请来了！”

杨测立即站起身：“太好了！他们在哪里？”杨测说完，又小声对楚河说，“这位目击者，实在太难请了！比三顾茅庐难多了！”说着就迎了出去。

还没等杨测走到门边，交警张科长已经进来了，后面跟着一个五六十岁的秃顶微胖的男人。

杨测热情地和交警张科长握了握手：“不愧是老同学啊！太够哥们意思了，还亲自来了！”

张科长笑着说：“测哥亲自打电话了，我哪敢不亲自来呀！”边说边回头指着秃顶男人，“这位是吴柳师傅，也就是那起交通事故的目击者和报案人。”

杨测惊喜地看着秃顶男人：“这不是吴叔叔吗？吴叔叔，你不认识我了吧？”

那个叫吴柳的男人也露出了笑容：“你是……测儿？”

杨测笑了："我就是测儿呀！吴叔叔，咱们可是好久没见了。"

吴柳也笑着说："这日子真不禁混啊！测儿都长这么高了！这要是走在街上，我根本就认不出你来！怎么，你都当警察了？真是后生可畏，后生可畏呀！"

几个人就这么寒暄着，被杨测让到了座位上。

吴柳问杨测："你妈妈还好吧？这两年她好像也不怎么在电视上露面了。"

杨测说："她都快退休了，哪能经常露面呢？"

张科长笑着说："既然你们认识，那就不用我介绍了。"

杨测说："可不认识嘛！很小的时候就认识了！吴叔叔原来在瑶城制药厂工作，我家上楼前，也一直都在瑶城制药厂附近的小平房里居住。小时候因为淘气，我和几个小伙伴经常翻过制药厂的大墙，到制药厂里面调皮捣蛋，也经常被吴叔叔抓到，我俩因此才成了忘年交。"

吴柳感慨万分："自打你们家搬到楼上以后，我就再没有见过你。唉！时间可真的不禁混，你吴叔叔我现在也已经退休了。"

杨测边回忆边说："吴叔叔是在保卫处退的吗？"

吴柳说："可不是，我在保卫处，一干就是三十多年，一直干到退休。"

杨测对交警张科长笑着说："吴叔叔在瑶城制药厂，年年都能评上安全模范！小的时候，我每次到厂里玩，都能在他们工厂里的宣传板报上看到吴叔叔戴着大红花的照片。"

见楚河坐在那里，又是满头雾水的样子，杨测便笑了，对楚河说："大河，你真的还没认出吴叔叔吗？"

楚河这才把注意力从张科长转到了吴柳身上，便笑了："这不是药厂的吴叔叔吗？"

杨测笑着说："如果你连吴叔叔都不记得，就别再吹牛你有'第三只眼'了！小时候我不是领着你去过药厂一次吗？"

楚河立即和吴柳握了握手："吴叔叔好！"

吴柳热情地说："你是大河吧？楚老总的宝贝孙子？哎哟哟！也长成大小伙子了！你怎么也在这儿？"

楚河说："我也当刑警了。"

吴柳奇怪地说："你不是一直都在省城吗？连你也回来当刑警了？你爷爷可真是好命啊！你这一回来，孝顺你爷爷奶奶就方便多了。对了，你爷爷的身体还好吧？我记得你爷爷当公安局局长时，曾到药厂查过案子，我还有幸见过他一面，从那以后就再没见到过他。"

"吴叔叔，我刚才听他们说你是目击者？你目击到啥了？"楚河岔开了话头。

吴柳叹了口气："唉！这不是倒霉嘛！目击了一起交通事故，从那天开始，就没法过消停日子了，隔几天就会被警察叫来讯问一次。"

交警张科长笑着说："吴师傅言重了，哪里是什么讯问啊！只是了解一下情况。前几天，在咱们瑶城城郊发生了一起交通事故，吴柳师傅正好碰见了，属于目击者和报案人，所以我就把他请来了！你们不知道吴师傅有多忙，今天要不是去他家门口堵，不一定又跑到哪里去了。"

吴柳马上摆手说："我一个退休的老朽，能跑到哪里去？不过是报了一个旅游团，没事的时候到各地旅旅游。"

楚河问杨测："这起交通事故和咱们的工作有什么关系吗？"

杨测说："是这么回事。昨天，我听咱们的一位交警哥们说，冷天龙在出事之前，对一起交通事故非常感兴趣，为了调查这起交通事故，他跑了交警队好几次，不是问这个，就是问那个，把交警们都弄烦了。也不知道冷天龙这小子到底因为什么，偏偏对一起交通事故这么上心？我想深入了解一下，就给张科长打了电话，哪承想张科长还把吴叔叔给请来了。"

张科长说："出了这么大的事，我敢不请吴师傅吗？冷天龙对这起事故可不是一般的关心，那是相当关心。对于这件事，交警们还私下议论过呢，他们说那个叫伍秋月的可能是冷天龙的恋人，不少人看过他们两个在花前月下约会呢！"

楚河立即摇头："冷天龙有自己的心仪对象，不会和别的女人谈恋爱的！"

张科长扫了杨测一眼，笑了："也是，这些都是大家伙闲着没事的时候，瞎崩坑，至于两个人到底什么关系，只有冷天龙自己知道，咱们也不要瞎猜了。"

杨测不满地瞪着张科长说："你们有些交警，不是我当着你的面损他们呀！总喜欢聊这些八卦的东西。冷天龙是我非常好的朋友，现在他还躺在医院里呢！所以刚才听你这样聊他，我真的很不高兴的。"

楚河为两个客人端来了两杯纯净水。

吴柳说："我刚才听张科长说，咱们的一位刑警被人砸伤了？到底是谁这么胆大包天啊？连刑警都敢侵犯！这种事不及时给掐住了那还得了吗？那社会不就乱套了？本来我今天真的很忙，可自打听张科长说，这位刑警被砸伤很可能与那起交通事故有关，我才把所有的乱事都放下了。"

杨测感激地说："吴叔叔，怪不得您能年年被评为安全模范，思想境界就是和别人不一样。"

吴柳真诚地说："这事换作别人，也一定会这么做的，不就是介绍一下自己所看到的事情吗？万一我的介绍对你们有什么帮助呢？你们到底想问什么，尽管问，凡是我知道的，我一定全盘告知。"

杨测掏出手机，一边冲吴柳摆了摆手："吴叔叔，您稍等一会儿，我先给庄队打个电话，他也一定非常想听，我看看他有没有时间一起听听。"

说着话的工夫，电话也打通了，杨测便对电话说："庄队，那起交通事故的目击者来了，您现在有时间吗？噢，您办公室有客人啊？那好，那我就等您的电话吧！"

杨测挂断电话，就对吴柳说："吴叔叔，咱们还是等一会儿我们庄队吧，这样您就不用多费一次口舌了。"

"还是测儿想得周到，这起事故我光是对交警就已经说了好多遍了，要是再说下去，连大脑都会发木的。”吴柳说罢，就一口气喝干了杯中的纯净水。

>>> 安全劳模的危险故事

见吴柳的水杯空了，楚河又接了一杯水，放到了他的面前，笑着说：“刚才测哥说他每次去药厂，都是从制药厂的大墙上翻过去的，我怎么没有印象呢？我记得你们制药厂的大墙老高老高了，上面好像还拉着电网，我小时候非常胆小，也不可能翻得过去呀？”

杨测说：“你不记得那是因为你根本就没有翻过那堵墙。我小时候淘得没边儿，别说他们制药厂的墙，比那更高的墙我都能翻过去。我带你去药厂的时候，我和吴叔叔已经成了忘年交了，那次咱们是从大门走进去的。大河，你忘了吗？制药厂的后院还栽了许多果树，那次吴叔叔还带着咱们去摘了许多大红杏呢！”

楚河一拍脑袋：“这些我都记得，但我记忆最深刻的是吴叔叔坐在杏树下面，给咱们讲的那个鬼故事。听了吴叔叔讲的鬼故事后，我可是一连好几天都没有睡好觉呢。”

吴柳赶紧摇手：“这你可说差了，我从来没给别人讲过什么鬼故事，更何况你们当时还都那么小，我哪怕是为了你们青少年的身心健康，也不会讲鬼故事给你们听的。”

楚河较真儿地说：“吴叔叔您真的讲过的，也许年头太多了，您忘了吧？可我直到现在还清晰地记得您讲的那个鬼故事的所有情节呢！”

吴柳不相信地看着楚河：“那你说说到底是哪个故事。左右这工夫没有什么事情，看看我还能不能回忆起来。”

楚河正了正身子，清了清嗓子说：“我记得那片杏树的前面，有一幢楼房，您说那是你们的工人宿舍，您当时讲的故事就发生在那幢楼里。那是您刚刚参加工作时发生的事情，您和小马当时就住在那幢楼的三楼上……”

吴柳一拍脑袋说：“你说的是这件事啊！我想起来了，是有这么一回事。”

张科长感兴趣地：“发生啥事了？”

吴柳说：“有一天晚上，不冷也不热，我和小马躺在床上，全都觉得很舒服。刚刚睡着，我突然觉得对面的床铺突然动了一下，原本我睡觉就轻，又是刚躺下不久，正处于似睡非睡的阶段，就断定是小马下了床。我就问了小马一句：‘你干吗去呀？’小马没回答，只穿个裤头往外走。我以为他可能是去厕所，没在意。翻个身刚要睡，听见楼下的大门一响，便觉得有些不对劲儿，小马穿个裤头，不到厕所去，怎么跑出大楼了？这么晚了，他又会到哪儿去呢？我赶紧披上衣服，追出去。果然，小马正往楼外走呢，我就喊他：‘你干什么去？’小马连头也不回，也不回答。我立即追上去，一拉他手，刚要问，这才看到小马的表情，吓得到嘴边的话咽回去了，忙把他的手也放开，倒不是小马面部表情多么吓人，而是他的目光非常呆滞。”

张科长问：“这个小马是不是在梦游啊？”

“你说对了，小马这状况，明显是在梦游。我听人说过，如果一个人梦游中被叫醒，对那个人很不好，可我若是不叫，又怕他出事，我就只好跟着他。好在小马走得不快，步速一直很慢。我心里便想：晚上这样光穿个裤头在厂子里到处逛，毕竟不太好，想上去给他拿件衣服吧，又担心自己不在他会出事，我望了望小马，又望了望楼上，没想到这么一望，就出事了。”

张科长惊得直起了腰板：“出什么事了？”

吴柳说：“我发现小马竟然不见了。我们楼下是一个小广场，广场旁边电线杆子上挂着一盏灯，锃亮锃亮的，除非小马能在这么短的时间内跑出几百米，不然面前的情况一览无余，绝不会连个人影都没有的。而我的背后呢，就是楼道口，楼道口一米多宽，并且全楼只有这一处上楼的通道，所以小马也不可能回到楼上去的。我又急又害怕，好在没有太慌，便想回去找人，就赶紧跑回了楼。”

吴柳突然顿住了。

张科长焦急地：“后来怎么样了？”

吴柳又喝了一口水：“我跑回了三楼，刚要去别的宿舍叫人，可从我的房间经过时，我一下子就停下了，因为……因为我突然看见，那个我以为不见了的小马，竟然就躺在对面的床上，而且睡得正香。”

楚河说：“那天吴叔叔在讲那个故事的时候，我记得那片杏树林里，不仅一个人都没有，连一点儿声音也没有，一阵轻风吹来，就发出那种诡异的声响，老吓人了！更何况吴叔叔在讲那个故事的时候，用的还是低沉空旷的声音，吓得我那天晚上都不敢独自一个人睡觉了，只好跑到我奶奶的屋子里睡了一夜……你们说，这不是鬼故事又是什么？”

杨测笑了：“从科学的角度看，吴叔叔所讲的这个故事的确是个鬼故事。”

吴柳连连摇头：“我所讲的这个故事，真的是我亲身经历的。那幢楼现在还有呢，不信哪天我领你们去看。只可惜那个小马早就去世了！死的时候才二十六岁。”

楚河犹疑地看了吴柳一眼：“如果真的是您亲身经历的，那到底应该怎么解释呀？”

杨测笑了：“只能有一种解释，那就是当时梦游的并不是小马，而是您自己。”

吴柳涨红了脸：“不会的，我身体非常好，从来不梦游。要不刚才我咋说自己倒霉呢？总能遇到这些解释不清的怪异事情。”

楚河感兴趣地看着吴柳：“您的意思您后来又遇到过更加怪异的？”

吴柳说：“我这个人说话，从来不扒瞎，真的是有啥说啥。我也不知道自己到底招了啥邪了，总会遇到一些解释不清的事。”

楚河兴奋地：“吴叔叔，您又遇到啥事了？快给我们说说，我非常喜欢听这些诡异的故事。”

杨测苦笑着瞪了楚河一眼：“你怎么总像一个长不大的孩子似的？”

“我遇到的这种事实在太多了，一时之间，我都不知道说哪个才好了！”吴柳犹疑地看了杨测一眼，说，“我就讲讲那件事吧，因为那件事你们当刑警的一定全都知道，和一起案子有关。”

杨测有些不相信自己的耳朵：“和一起案子有关？哪起案子啊？”

走廊里，突然响起脚步声，吴柳看了看半开的门，犹豫了，摇了摇头说：“我还是不要说了吧！”

楚河立即过去关上了门，小声说：“吴叔叔，门关上了，这回您就大胆地讲吧！”

吴柳看了杨测一眼，再次犹豫了：“我还是不讲了吧？这件事一旦讲出来影响一定不会太好的。”

张科长笑了：“这有啥影响不好的？大家不过是在等时间，唠几句闲嗑儿。再说，您老现在已经退休了，您还担心什么呀？”

楚河也说：“可不是，吴叔叔您就随便说说。”

吴柳说：“你们要是真的想听的话，你们得向我保证，一定得保密，不能把我讲的故事说给任何人听！”

张科长笑了：“这么严重？吴师傅您放心，咱们就像刚才似的，大家就是随便唠几句闲嗑儿，哪说哪了，说完了也就全都忘了！”

吴柳依然严肃地：“这样最好，这件事……只限于你们三个人知道，千万不能再往出传了，要不然影响真的很不好，尤其是对你们刑警，我压根就不应该和你们说的。”

杨测笑了：“吴师傅，您可真能吊大家的胃口，到底是啥事啊？怎么弄得这么神神秘秘的？您不会是让我们发誓保密吧？”

吴柳严肃地说：“我就是这个意思，你们必须得发誓保密，如果你们不能发誓保密，那我就真的不讲了。”

张科长、楚河一起举起右手："我们一定保密！"

杨测却纹丝不动："不就是一个故事吗？有必要弄得这么正式吗？"

吴柳说："太有必要了！我弄得越正式，日后就越不会惹出什么'正式的'麻烦，你们没经历过一些事，真的不懂。要是我所讲的话被一些别有用心的人听到了，那个人一定会说我妖言惑众，在你们年轻人中间搞什么封建迷信活动的。你也知道，我在药厂保卫科这么多年，一直以思想进步、作风正派著称的，我可不能因为一个故事，就晚节不保，影响了自己的名誉。"

杨测失望地："弄了半天，您要讲的还是和封建迷信有关啊！要真是这样的故事，不听也罢。"

吴柳宽慰地松了一口气："这样最好了，这样我就什么都不用讲了。'群居守口，独处守心'，我以前经常拿这句话教育我的儿子。事实上，这件事发生以后，我就嘱咐过我的大儿子，千万不要把这件事讲给别人听，可我今天怎么了？这嘴差一点儿就没有把门儿的了！甚至还要讲给你们当刑警的听，我这不是吃饱了撑的吗？真是越老越糊涂了！幸好测儿提醒了我！行啦行啦，我还是喝口水吧！"

楚河立即央求："吴叔叔，话都说到这份儿上了，您怎么能真的说不讲就不讲了呢？"楚河说着，甚至抓住杨测摇晃了起来，"测哥啊测哥，你发一个誓又能怎么样呢？我真的非常想听一听他的故事，你没听吴叔叔刚才说吗？这个故事还和一起案子有关呢。"

杨测就笑了，无奈地看着吴柳说："吴叔叔，我算弄明白了！您就是语言专家，哪怕再没意思的故事，经您刚才这么一渲染，就都变得有意思了！连我这个不喜欢听故事的人，也有些想听了。"

张科长也说："况且这工夫咱们又都在等庄队，就这么大眼儿瞪小眼儿地等，也没啥意思呀，您还不如就把那个什么故事讲出来呢！这样时间过得也快。"

杨测说："是啊！您也看到了，如果仅仅因为我的打岔，您就真的不讲下去了，大河一定会吃了我的！您可能不知道，我们的大河就是一个实心眼儿的人，您今天要是不讲出来，他哪怕跟到您的家，也一定会让您讲出来的。”

吴柳严肃地看着杨测：“如果非要我讲，那你真得给我发誓保证，并且听完了也就听完了，再不要问三问四，也千万不要和第四个人说。”

杨测拿出自己的警官证：“我用警官证保证还不行吗？您所讲的故事，我肯定不和其他人说。”

“那好吧，那我就讲给你们听。”吴柳喝了一口水，调整了一下坐姿。

偏偏这个节骨眼儿上，门被推开了，只见云落站在门前，目光凌厉地看着大家说：“大晚上不回家，关在屋子里搞什么阴谋诡计呢？”

楚河快步走过去，一边往外推云落，一边说：“云落，求你了，我们正在说一些我们男人之间的事呢，你还是等一会再来吧！”楚河边说边把云落强行推出了屋，并立即关上了门，还锁上了。

楚河满脸期待地说：“吴叔叔，这回您讲吧！唉！没想到听一个故事竟然这么难。”

吴柳叹了一口气：“不瞒你们说，那个故事我还没等讲呢，心就发紧，活了这么大岁数了，我也不知道为啥，越活胆子越小。我还发现，人活在世，有很多事情你根本就解释不清，就比如说我吧，有几个时间段和几个地点，总像是和我犯相似的，当我掌握了这个规律后，每到这个时间段和这些地方，我都会万分小心的，能避开的尽量会避开。而事实上，我就偏偏避不开！”

楚河较真儿地问：“哪个时间段啊？哪个地点？”

吴柳说：“让我最倒霉的时间段就是晚上十点多钟，地点就是通往我郊区房子的那一小段路。对了，大河，那里离你爷爷的千紫庄园不太远。当我发现了这个规律后，每到这个时间段，我能不出门尽量不出门；每次经过那段路，我也总是万分小心。那件怪异的事就发生在那个时间段，也是那段路上。对了，一会儿我要给你们讲的那起交通事故也发生在同一段路上，只是两个地点相隔了五百米左右。我这个人非常喜欢种菜，正巧城郊有一小块清静的地方要出卖，我头脑一热，就买了下来，为了种菜方便，我还请了一个小工程队，在那里盖了一幢小房子，准备退休以后真正过一过田园生活。那件事发生的时候，正是我的房子刚刚盖完，还在装修的时候。因为那时我白天还要上班，所以我总是在下班吃完饭以后，才能到城郊去看一看，有一段日子我还住在了那里。为了来回方便，我特意在出租车公司租了一辆出租车，这样既解决了个人的交通问题，顺便还能拉拉活儿，赚一些零花钱。有一天晚上，我刚刚走到瑶城零公里处，就发现路边站着一个女孩儿，我正奇怪这么晚了，这个女孩儿怎么一个人站在路边呢？这时候就看见女孩儿向我的出租车招了招手，意思是要打车……”

大家正听得来劲，杨测的手机响了。

杨测打开电话接听：“庄队呀，好的，那我们马上去您办公室。”

楚河哀叹：“唉！我以前还从来没遇到过这种事呢！原来听一个故事都这么难。”

杨测苦笑着说：“如果要评选史上最佳讲故事高手和最佳听故事高手，今天可都凑全了。吴叔叔，您讲的故事的确很吊人的胃口，但无论多精彩的故事，也只能先停下来了。庄队让咱们立刻到他的办公室去呢！”杨测说着，就起身打开门，让吴柳先行。

楚河边走边哀求地看着吴柳：“吴叔叔，等谈完了正事，您无论多忙，也一定把故事给我们讲完啊，行不行？”

吴柳敷衍地说：“行，行！”

楚河却较真儿地说：“我测哥刚才说得对，如果您反悔了，我哪怕跟到您的家也一定要让您讲完的。”

吴柳马上说：“我知道，知道！”

庄重的办公室里，不仅坐着庄重，还有云落和专案组的其他几位刑警。见杨测一行人走进来，庄重立即站起身，抱歉地看着张科长和吴柳说：“抱歉，刚才来了一位客人，让大家久等了，大家随便坐吧！”

张科长介绍说：“庄队，这位就是目击者吴柳师傅。”

庄重起身和吴柳握手：“吴师傅，谢谢您能够前来协助我们工作。”

杨测说："我和吴柳叔叔很早以前就认识，楚河也认识他，吴柳叔叔原来在瑶城制药厂保卫处工作，是制药厂的老模范了，现在他已经退休了。"

庄重笑着说："既然大家都是熟人，那聊起来就更方便了，大家都坐下吧。"

吴柳谦逊地说："不用客气，不过就是动动嘴儿的事。要是我所看见的真的能对你们破案有什么帮助，我哪怕磨破了嘴皮子也是值得的。再说了，配合公安工作，也是咱们每一个守法公民应尽的职责呀！你们当刑警的，为了保卫瑶城人民群众的生命财产安全，既流汗又流血，付出了那么多的辛苦和努力，咱平民百姓只不过是把自己所看见的说给大家听，这不是太小的一件事情吗？"

庄重看了吴柳一眼，欣慰地说："您能这么想，我就更感动了，快坐吧！张科长，这起事故当时就是您经手处理的吧？在座的都是冷天龙这个案子的专案组成员，你们就和大家具体说说吧，冷天龙到底为啥这么关心一起交通事故？"

张科长看了杨测一眼，才说："我也不知道冷天龙为啥对这起案子非常关心，那天他来找我时，我还真的问他了，可他什么都不肯说，只是说顺便了解一下。我当然知道他的工作性质，也就没再问下去，他向我索要什么，我能提供给他的，就全都提供给他了。"

杨测一笑："张科长，其实刚才我也不该那么和您说话的，您可不要因此有什么顾虑，凡是您知道的，最好全都跟我们说出来。对了，当时天龙都向您问什么了？"

张科长也一笑："他先是向我了解了这起交通事故的大概情况，因为听说吴师傅是目击者和报案人，他还特意央求我把吴师傅请到交警队。可因为那天吴师傅在外地，便没有约成。吴师傅，我记得我把您的电话号码告诉冷天龙了，让他自己去找您，也不知道冷天龙后来找没找到您！"

吴柳说："是有一位刑警给我打过电话，原来他就是那个受伤的刑警啊。可当时我正跟着一个旅游团在安岭旅游，我们俩就没能见上面。但这起事故的大概情况，我在电话里就已经和他说清楚了。我还把那个广播电台的频道告诉他了，我听说那档节目，要是懂网络的，好像还能在网上查到，还能听重播。”

庄重奇怪地说：“广播电台？这到底是一起什么样的交通事故？怎么又牵扯到广播电台了？”

张科长从兜子里拿出一本零散的卷宗，交给庄重说：“准确地说，这应该并不算是一起交通事故，因为案件还在调查，所以还得等调查的结果出来后，我们才能够把它移交给辖区派出所或相关部门。这起案件发生在七天前的城郊道路上，就像刚才吴师傅所说的一样，案件的情节的确非常诡异，当时天已经黑了，还下着雨。因为事故发生的时候，吴师傅的车恰巧从那里经过，他也恰巧目击了这起交通事故发生时的全过程，我们还是请吴师傅先介绍一下吧。”

庄重一边翻看零散的卷宗，一边冲吴柳点了点头说：“吴师傅，那就麻烦您先给大家介绍一下？”

吴柳的脸色又阴郁下来：“唉！现在别说复述那起怪异的事故了，我只要回想一下那天所见到的情景，都出冷汗呢！”

吴柳意味深长地看了看杨测和楚河，才接着说：“我所讲的这起交通事故，就发生在晚上十点多钟，就发生在城郊通往十紫庄园的那段路上，那天晚上还下着大雨，那可真是电闪雷鸣啊！那天晚上，我和往日一样，住在郊区的房子里，因为房子还没有收拾利索，我老伴就还住在城里。大约九点半左右，本来我都睡下了，突然接到我老伴打来的电话，说我的一位老哥顶雨来到了我家，好像有什么急事要找我。这位老哥是我多年以前的老朋友，已经好几年没有联系了，这次他突然在这么晚的雨天来找我，一定是遇到了什么燃眉之急。我接了电话连忙爬起来，开着车就顶雨往家里赶，当时正是十点钟，我能记得这么清楚，是因为《十点夜话》节目正好开播了。平时驾车，我最喜欢听的就是交通文艺台的《十点夜话》节目，这是一档互动节目，就是由听众打进电话，诉说自己的一些特别经历，其中有一些全都是瞎白话的，但听着却也十分精彩，很有意思。所以只要我晚上开车，这档节目我就非听不可，哪怕当时天降大雨。

“这时，一个电话打进来了，主持人接了电话，就听到一个女孩儿用稚嫩而冰冷的声音说：‘我所讲的故事相当诡异，保准你们连听都没有听说过，但我要特别声明的是：我所讲的故事保准是真实的，而且是正在发生的。’按理，我也是一个有经历的人，这么多年了，什么事没见过？什么样的故事没听过？可说句实话，当我听到那个女孩儿所讲的故事时，我还是被惊到了，因为自己当时所处的场景，简直和女孩儿渲染的氛围没什么分别，尤其那个女孩儿的诡异声音，更让我毛骨悚然。也许外面的雨夜让人感到害怕？还是我独自一个人在郊外驾车，才产生了那种恐惧感？反正当时我一听到她的声音，就觉得接下来要发生什么不好的事情。

“其实，不仅我有这种感觉，连主持人听了女孩儿的声音，也显得很害怕地说：‘这位朋友，听您的声音您的岁数好像并不太大呀！您这么小的年纪，能接触到什么样的诡异故事呢？’女孩儿好像并没有听到主持人的声音，依然用那种稚嫩而冰冷的声音自说自话：‘抱歉，我所讲的故事，一定会吓到大家的，所以请胆小的听众还是关掉您的收音机吧。’听了女孩儿的话，我就宽慰自己说：也许这个女孩儿就是为了制造气氛，才故弄玄虚吧？哪承想，接下来那个女孩儿，说了一句更加害人的话，让我顿时脊背发凉。女孩儿说：‘你们听说过死人驾车的故事吗？’

“女主持人当然不相信地说：‘死人驾车？这怎么可能呢？’女孩儿就说：‘这是一个电闪雷鸣、下着瓢泼大雨的夜晚，此时此刻，一辆红色的轿车正在瑶城西城郊的公路上疾驰。开车的是个十七岁的女孩子，你们注意，她刚刚十七岁，但她已经死了！不对，她正在死！’当我听她说到了瑶城西城郊，我顿时就蒙了，心想，要是女孩儿所说的话，都是真的，那她所说的不正是我所行驶的这条路吗？女主持人听她这么说，立即安慰她说：‘一个人刚刚十七岁，多好的年纪呀！正是花儿刚刚开放的最好年华，为啥要死啊？’可女孩儿就像没听到主持人说的话似的，依然自说自话。因为她当时说了一大堆，我无法记得太全，只记住了大概的意思。

“女孩儿说：‘实话告诉大家吧。这个女孩儿名叫伍秋月，因为无意中迷上了灰鲨游戏，便深陷其中，再也走不出来了。这个游戏虽然很残忍、很可怕，但真的很刺激。参与这个游戏的人，必须要按规定完成五十个任务，而最后一个任务，就是自残和自杀。经历了七七四十九天，伍秋月已经顺利完成了前四十九个任务，现在就只剩下最后一项最令人刺激的，也是最考验人心的任务了。’

“女主持人听了就问女孩儿：‘您的意思……这个叫伍秋月的女孩儿，现在就要在一辆轿车里……自残和自杀？’女孩儿说：‘按照游戏规则，她必须要这么做。好了，庄严的时刻已经到了，现在，伍秋月已经拿出了她的小刀，开始毫不犹豫、非常有力地割向自己的手腕了，啊……’

“女主持人就着急了，立即劝解她不要这么做。女主持人还吓唬她说：‘打电话的这位小妹妹，您到底是谁？您和伍秋月到底是什么关系？这位小妹妹，您能告诉我您是在哪里打的这个电话啊？不是我吓唬您啊！如果您所说的全都是真的，那您必须得及时制止伍秋月！如果伍秋月真的死了，您也脱不了干系的！到时候警察一定会找到您的！您要负法律责任的！’可这个时候，女孩儿的声音已经变得很虚弱，她就用那种虚弱的声音说了实话：‘不瞒你们说……我……我就是伍秋月，我现在已经睁不开眼睛了，死亡……真的好美……’那女孩儿说到这里，收音机里就响起了咔的一声，好像什么东西掉下去了，直播的电话里除了车声、哗哗的雨声，便再也没有了女孩儿的声音。

“女孩子不说话了，我反倒放心了，心里想：不过是一档娱乐互动节目，普通的生活里，哪能真的发生这种事情呢？这时，主持人也说了一些结束语，也像我这样宽慰着大家，然后她就去接听别人的电话了。直到这时，我那悬着的心才真正地放下来了，心想这女孩儿倒真的是一个讲诡异故事的行家高手，当时我还笑话自己真是幼稚呢，连娱乐节目里的这种互动的鬼话怎么也相信了呢？

“这时，雨虽然变小了，可依然哗哗地下着，因为心情放松，我记得当时我还看了一下仪表盘上显示的时间，正是十点十七分，可就在这个时候，意外突然发生了。从后视镜里，我突然看到后面有一辆红色轿车急速地向我的车尾部撞来。我的大脑顿时一片空白，下意识地转动了一下方向盘，刚刚躲开了那辆车，就听哗啦一声巨响，我就看见那辆车直奔路旁的水沟里驶去了，转眼就陷在了路边的水沟里。

“哪个人遇到这种事，都不会不管不顾的。虽然我吓得够呛，可我还是把车停了下来，拿了车上的一个手电，雨具都忘了拿，就下了车，直奔那辆陷在沟里的轿车走去。我意识到这辆轿车就是收音机里所说的红色轿车，当时我的大脑轰的一声响！我预感坐在车里的一定是一个十六七岁女孩子……如果是那样，那么打电话的那个女孩子所说的故事，就完全是真的了。由于那辆车陷进了水沟里，并没怎么变形，但我打开车门，还是费了很大的力气。接下来所看到的事情，我真的不愿意再讲下去了，因为坐在驾驶室里的已经死去的女孩子，的确只有十六七岁，而且她垂着的左手正在滴血，坐垫和脚垫已经被她的鲜血给浸湿了，染红了。更蹊跷的是，她的座位下边不仅放着一个手机，还有一把刀子。因为这时，我突然想起了女孩儿在电话里所说的那个灰鲨游戏，就特意拉过女孩子的左臂看了看，我发现她的手臂上不仅刻着清晰的灰鲨图案，手腕上还有一道深深的刀痕，也许是因为我的拉扯吧？我发现血依然一滴一滴地从刀痕里往出流淌着。

“当时的我，被这突如其来的事故吓坏了，加上这一通折腾，身子也被浇湿了，我只觉得周身发抖。我立即跑回到自己的车上，先是打了一个报警电话，然后就坐在车里点了支烟，等着交警来出现场。当时我的大脑里乱极了，就好像不受自己支配了似的，因为所有的事情实在太离奇了！这到底是怎么一回事？为啥自己所看到的一切与刚才收音机里那个女孩子说的诡异故事高度吻合？难道真的是一种巧合？有一段时间，我甚至怀疑这一切都不是真的，只不过是我做了一场梦而已。”

吴柳说到这里，突然长叹了一口气，办公室里静静的，所有的人全都看着吴柳，所有的人都不知道说些什么。

庄重用手指敲了敲卷宗，质疑地看了吴柳一眼说："这起事故是够蹊跷的，就像您所说的一样，根本就不像是真的。"

吴柳立即举起右手，发誓似的说："我可以郑重地告诉大家，我吴柳一直都是一个唯物主义者，从来不相信什么封建迷信。可这天晚上所发生的事，实在太怪异了，又让我百思不得其解。都说无巧不成书，因为巧合只有书中才有，可我经历的这件事又应该怎么解释？如果不是自己亲身经历的，我肯定一万个不相信，这个世上真会有这样的巧合。雨天、郊外、红色的轿车、被割出口子的手腕，全都一模一样。你们说，太平的年代，怎么会发生这种离奇古怪的事情呢？我是不是很倒霉？这种事情，为啥偏偏让我给遇到了呢？"

见吴柳不说话了，大家都把目光看向了庄重。

庄重翻了翻卷宗，问张科长："你们的调查现在进行到哪一步了？"

张科长说："应该取的证，我们都已经取到了，我们还与《十点夜话》节目组取得了联系，他们不仅证实这件事是真实的，还把当时播放节目时的录音给我们传过来了，并且这档节目的录音在网上也能够查到。再有，死亡女孩子的身份信息，我们也查明了，她的名字的确就叫伍秋月，通过查询留在车里的手机，也能够证明，那个手机就是伍秋月的，我们还在驾驶室里发现了一把刀，刀上也留有伍秋月的指纹。她最后拨打的电话也正是这家交通文艺台的电话，打电话的时间也吻合。"

庄重看了吴柳一眼说："事故现场的周边，有没有监控设施啊？"

张科长说："周边能调取的监控设施，凡是能调取的，我们也全都调取了，偏偏在事故现场这一段路上没有发现任何监控摄像头，因为事故现场的旁边，根本就没有人家，道北是小树林，道南则是大片的庄稼地。只有在离事故现场大约三华里的地方，我们才在一家工厂的大门边，发现了一个监控摄像头。在那个监控里，我们还真的发现了吴师傅和伍秋月的车一先一后开过去的影像，吴师傅的轿车开过去的时间是晚上十点十五分十三秒，伍秋月那辆车开过去的时间，比吴师傅晚了约有一分钟，只可惜因为雨太大，根本看不清车里的情况，只能模糊看到两辆车的外形，连车牌号都看不清。”

庄重一边思索一边说：“如果这么说，这的确不是一起普通的交通事故，难道这个女孩儿真的是自杀？”

张科长说：“初步判定应该是自杀，如果是自杀，这类案子就不归我们交警队管辖了。可因为伍秋月家属的证词还没有取全，所以目前这起案子我们还无法移交。今天早晨，我们就已经派人去家属那里取证了。”

庄重一边用手指敲打着桌面，一边看着大家问：“冷天龙从这起事故里到底发现了什么线索？”

在座的全都面面相觑，谁都不说话。

庄重想了想，就对大家摆了摆手说：“真相到底是怎样的，大家若是坐在这里猜，哪怕猜到明天早上，也肯定是猜不出来的，好了，天已经很晚了，今天就到这里吧！张科长，吴师傅还得麻烦您给送回家去。”

张科长立即站起身，一边看了看手表，一边笑着说：“您放心吧！包在我身上了。刚才吴师傅还说，他平时最忌讳的时间段，就是晚上十点钟，这不，马上又到晚上十点了，不过今天吴师傅就请放宽心，我保证会把您安安全全地送回家去的。”

>>> 独行神探的血色谜团

当天晚上，楚河没有回家，就睡在了单位的值班室里。第二天一大早，楚河的思绪还在沉沉的梦里搅动着呢，杨测就摇醒了他，急切地对他说："冷天龙醒了，庄队让咱们立即去医院呢！"

一缕惊喜就像飞天的礼花，一下子就在楚河混沌的心空绽放了。两个人立即赶到了医院，发现庄重和云落也都刚刚走进医院的走廊，云落的胳肢窝里，永远夹着一个档案袋。

一行人还未走到病房门前，一位护士就拦住了他们，还未等她说什么，守在门旁的两个便衣就迎了过来，其中一位便衣就是那天楚河在楼梯口遇到的。见护士拦着大家，他就向护士介绍说："他们都是我们刑警支队的同事，这位是我们的副支队长庄队。"

护士却不管来的人官大官小，依然绷着脸说："刚才医生的嘱咐，你们不是也听到了吗？医生说病人刚刚苏醒，还不宜说话太多，也不宜见客。"

那位便衣刚要争辩，庄重立即制止了他："大壮，天龙现在的身体状况怎么样？"

被叫作大壮的便衣说："医生说，天龙的身体素质非常好，格拉斯哥昏迷评分都超过了十分，只要人醒过来了，恢复起来就更快了。"

庄重似乎并没有听明白，便自言自语："不会有什么后遗症吧？"

大壮立即回答："应该不会吧！"

庄重转身向医生办公室走去。

楚河见庄重离开了，才较真儿地问大壮："我刚才听你说什么'格拉斯哥昏迷评分'，啥叫'格拉斯哥昏迷评分'呀？"

大壮茫然地摇了摇头："我也不知道。"

楚河便顺口说道："你不知道干啥还向领导汇报呢？"

大壮立即用怪异的目光瞪了楚河一眼："你是谁呀？怎么这么多事？"

杨测当时正低头查阅手机，听了两个人的对话立即走过来说："大壮，你不认识他了吗？这位是楚河，新考上咱们刑警队的。"

大壮面无表情地说："我怎么不认识他？昨天不是你把他从车站接回来的吗？"

杨测便笑了，顺手把手机交给了楚河，楚河接过手机，发现屏幕上所显示的，正是关于“格拉斯哥昏迷评分”的知识点。

杨测笑着说：“现在你要是真的想学习，任何人都不用请教的，只要查手机就好了。”

楚河没有说话，只是认真地看起手机来，只见上面这样写着：

> 格拉斯哥昏迷评分量表(GCS， Glasgow Coma Scale)是医学上评估病人昏迷程度的方法，是由英国格拉斯哥大学的两位神经外科教授在1974年发明的测评昏迷的方法。用格拉斯哥昏迷评分法(GCS)来判断病人的意识情况，比较客观……

云落冷冰冰地看了楚河一眼，楚河抬起头，正巧遇到了云落的目光，楚河便讨好地向云落笑了。云落却突然把头别了过去，没理楚河。

楚河这才想起昨天晚上的事情，马上朝云落解释说：“昨天晚上我拦着你不让你进屋，是因为大家正在谈论……呃……女生不宜的话。”

云落依然一脸冰封：“屁话！什么女生不宜呀？在咱们刑警队，哪儿还分什么男生和女生了？我说楚河，你转换角色转得倒是很快啊！转眼就不把自己当新兵了。”

楚河就笑了：“事实上，我不是早就已经开始办案了吗？所以早就不是什么新兵了。对了，咱们这次来医院，不就是为了看望冷天龙吗？看病人你还夹着档案袋做什么？”

云落的冰河毫无变化：“当然是做笔录了。”

楚河一愣：“做笔录？给谁做笔录？”

云落不耐烦地说：“还说自己不是新兵呢！哪个老兵能说出你这样的废话？”

云落走开了，又一次把楚河撂在了原处。

杨测解释说：“我们这次来看望天龙，是有双重任务的，你忘了我们现在的身份了吗？”

楚河这才恍然大悟：“对呀，我们现在全都是冷天龙遇袭案的专案组成员，我明白她为啥拿着档案袋了。”

“刚开始工作，啥都得从头学，不用着急的。”

两个人正说着话，就看见庄重和医生一起走了过来。

医生边走边说：“正像那天我向你预测的一样，这位冷警官凭着他超强的身体素质，一定会挺过来的，你瞧，照我说的来了吧？”

庄重看了一眼站在旁边的护士，对医生说：“谢谢王医生！那我们现在能进去见他吗？”

医生马上说：“进去可以，但还是不宜说太多的话。”

庄重立即回头吩咐大家说：“一会儿咱们进去后，感情的话就谁都不要说了，抓紧让他回忆一下当时发生的事情，记住，一定做好笔录。”

大家纷纷点头，这才随着庄重有序地走进了病房。

冷天龙头上缠着绷带，躺在病床上，见庄重一行人进来了，他立即想起身，庄重赶紧快走了几步，把他按住了。

庄重欣慰地说：“我的大功臣，你可不能乱动，现在对于你来说，养好伤就是你的工作任务。”

冷天龙担忧地看着庄重说：“我受伤的事我爸爸知道吗？现在是农忙季节，最好不要告诉他，以免耽误了农活。”

庄重嗔怪地瞪了他一眼说：“自己都啥样了？差一点儿就见了阎王了，我怎么敢不告诉他老人家呢？幸好他老人家一直很坚强，也很乐观，他说你平时壮得像牛犊子似的，一定能很快醒过来的。对了，你父亲好像精通中医医术，会看人的脸色，他一看到你的脸色，就说自己不担心了，他坚信你一定能挺过来的。”

冷天龙说：“他不担心才怪呢！他那么说，是在安慰您，怕您着急。”

庄重感慨地说：“真是一个坚强的好父亲。我怕他在这里，吃不好，休息不好，再急出什么病来，就派人把他送回乡下去了。我们还特意找到了村委会的领导，他们答应一定好好照顾你的父亲。”

冷天龙的脸上现出了自豪的神色：“我父亲真的不用别人照顾的，我相信无论多大的事他都能扛得住的。”

庄重说：“刚才听说你苏醒了，杨测立即给他老人家打了电话，他老人家听了，别提多高兴了，现在正在往城里赶呢！”庄重说完这句话，就冲杨测使了一个眼色，杨测立即走到了冷天龙的床边，同时快速地打开了执法记录仪。杨测拍了一下冷天龙的手臂，微笑着说：“天龙，别的话咱们就先都别说了，你还是说说你受伤的那天，到底发生什么事了？”

云落也找了一个角落坐下，打开了笔录，准备记录。

冷在龙迷茫地看了看大家：“那天的事我有些想不起来了！”冷天龙说完这句话，突然摸了摸受伤的头部，又重复了一句，“我真的想不起来了。”

杨测就像哀求似的说：“天龙，你尽量想想，想到哪儿就说到哪儿，别着急。”

冷天龙依然固执地说：“那天的事我真的大脑一片空白，什么事都想不起来了。”

杨测看了庄重一眼，才说：“想不起来也要想啊，天龙，这对找到那个袭击你的人，真的非常重要！现在你的事已经在瑶城传开了，影响非常不好，哪怕不是为了报个人之仇，只是为了提高咱们刑警的公信力，咱们也必须尽快找到他，把他绳之以法啊！咱们刑警流汗又流血，已经非常不容易了，如果再让袭击咱们的恶人始终逍遥法外，那不就更窝囊了吗？”

冷天龙抱歉地看了看庄重：“对不起，庄队，我这次受伤伤得很丢人，我给咱们刑警丢脸了。”

庄重奇怪地问：“你怎么这么说呢？”

冷天龙羞愧地说：“我刚才回忆了一下当时的情景，我只觉得后面突然被什么东西撞了一下，接着就什么都不知道了。我不仅没能看到袭击我的人，而且直到现在也无法判断到底是什么人在背后突然袭击了我。就像刚才测哥所说的那样，作为一名刑警，我竟然被人如此轻易地袭击了，这不是很丢人、很没面子的事吗？对了，是谁救的我？”

庄重说：“是一位开大货车的司机看到你昏倒在路上了，就立即打了报警电话，还把你及时送到了附近的医院，如果没有他，你这次真的有可能去见阎王了。”

冷天龙说：“这么说，这位司机还是我的救命恩人呢！我出院后一定立即去感谢他！”

庄重说：“这些事你就先不要多想了，咱们刑警支队已经派人去他的家里表达谢意了，你还是回忆一下袭击你的人是什么样的吧！”

冷天龙说：“我真的没有说谎，我被袭击后，马上就什么都不知道了。”

庄重说：“你再想一想，你被袭击前，到底查了什么案子？可能触动了哪个人的利益，他才会斗胆攻击一位刑警。我们在你的执法记录仪里看到了半夏的一段影像，你在受伤前，是不是正在跟踪她呀？”

冷天龙一惊：“半夏？您是怎么知道她是半夏的？如果执法记录仪里真的录下了一些影像，那你们看到的也应该只是她的背影啊？”

庄重说：“你可别小瞧背影，背影也是有表情的。杨测他们就是通过你录下的半夏的背影资料，查出了这个女人就是半夏的。可是这个半夏实在太狡猾，就好像在人间蒸发了一样，不仅人找不到，连相关的消息都没有。恰好半夏因为涉嫌传销活动，是传销活动的组织者，应该追究刑事责任，咱们就以此为借口，在网上发布了对半夏的通缉令。”

冷天龙听了，立即显得焦急起来：“你们怎么能这么做呢？这不是打草惊蛇了吗？”

庄重说：“你可不能因为这个怪我们，你一直昏迷不醒，大家不是着急嘛？恨不得立即找到袭击你的凶手，好为你报仇雪恨啊！我们又找不到别的线索，只能死盯着半夏了！可这个半夏好像突然在人间蒸发了似的，连个影儿都没有了。”

冷天龙突然低下了头，不说话了。

庄重和杨测交换了一下目光后，庄重便对其他人说：“你们先都出去吧！我和他单独聊聊。”

杨测、楚河、云落便立即走出了病房，轻轻地关上了门。

云落刚一出病房门，就小声地说：“这个冷天龙，一定是成心的，你瞧瞧他，唠他父亲的话时，他说的每一句话都那么有逻辑，可一说起正事，他就三缄其口了，就像个干巴牙膏似的，挤都挤不出来。”

楚河却担心地说：“冷天龙会不会因为受伤，真的失忆了？”

云落哼了一声：“什么失忆了！我看他的思维比以往任何时候都清晰呢！”

楚河摇了摇头：“有一种失忆，叫阶段性失忆，他是不是患上这种病了？”

云落说：“什么阶段性失忆呀？患有失忆症的人，怎么会有那样狡黠的眼神？他的心里不一定装有多少秘密呢！他不肯说出来，明摆着怕别人和他抢功。唉！不说就不说吧！有能耐他就继续当他的独行侠。”

杨测听了二人的对话，突然笑了说：“他有些话不肯说，一定有不说的道理，也许他是怕庄队骂他无厘头吧？庄队不是总在强调证据吗？他不说，可能就是因为证据不足吧？”

正如杨测所说的，冷天龙之所以不敢轻易开口，就是怕庄重又骂他“无厘头”。当屋子里只剩下庄重和冷天龙之时，庄重立即关切地问他：“你现在觉得怎么样？用不用先休息一下？”

冷天龙马上摇了摇头说：“您放心吧，庄队，我一点儿事都没有的。”

庄重拽过一把凳子，坐到了他的床边说：“既然这样，那咱们就说正事。你在晚上下班后，不立即回家，一个人偷偷地玩起了跟踪，那个半夏到底有什么嫌疑？你跟踪她到底想查什么？”

冷天龙说：“一切都还处于怀疑阶段，我能不能先不向您汇报？”

庄重笑了：“怎么？你还想要单打独斗？”

冷天龙说：“您不是经常说，没有证据的猜测狗屁都不是，而我对半夏的怀疑，还都处于猜测阶段，所以最好还是别说了。”

庄重说：“什么叫没有证据的猜测？现在的性质早已经变了！你脑袋后面的伤口就是铁的证据！这个半夏，已经涉嫌袭警罪了，为了尽快查出凶手，上级已经同意让咱们成立专案组了，你如果身体允许，必须得如实向组织汇报了。”

冷天龙闭严了嘴，一声不吭了。

庄重说：“对了，有一件事，如果你不受伤，你们刑警大队也应该找你谈了，我不如就替你们大队长先向你宣布了吧！杨测被免职后，一中队中队长的位置不是一直空着吗？你们刑警大队经过班子会议研究，决定由你接替这一职务。”

冷天龙眼睛一亮：“真的吗？”

庄重说：“这回当了领导，你就不能再像以前那样，总想着个人立功，单打独斗了，你一定要学会动用集体智慧，发挥大家的积极性，带动大家一起破案。”

冷天龙突然想起了什么：“如果我当一中队中队长，我测哥能不能回到我们一中队工作呀？”

庄重说：“这个嘛，都可以商量的。”

冷天龙着急了：“别人我倒无所谓，我只想要我测哥！除非他被重新提拔重用了，要不然我们一中队一定不放他走。”

庄重说：“我听你们大队长说，现在你们各中队都铆足了劲儿比着干呢，如果你的案子，反倒让其他中队的人破获了，那对于你们中队来说，才叫丢面子呢。”

冷天龙急得要起来：“再不，我就别继续住院了吧？我现在除了头有些疼，别的地方全都没问题的。”

庄重立即按住了他：“什么没问题？头疼就是问题。你还是好好养伤吧，再怎么着急，也不差这一时半会儿吧？对了，你还没告诉我，你为什么要跟踪半夏呢？”

冷天龙说：“我怀疑这个半夏有可能涉嫌贩毒，但我真的没找到证据，所以才不想说的。真没想到，我测哥他们仅仅通过她的背影，就确定了她就是半夏！我测哥真的很厉害的。”

庄重说：“是啊，与你测哥相比，你无论经验还是能力水平，都有一定的距离，好在你们往后在一起办案的机会很多，你一定要利用好这宝贵的时机，多向他学学。”

冷天龙立即点头：“谢谢您，庄队，在咱们刑警支队，您是对我最好，也是最了解我的人，就凭每次成立专案组，您都会叫上我，我就已经感激不尽了。唉！我真的太热爱刑警这项工作了。”

庄重突然动情地说：“我怎么不了解你呢？如果咱们的刑警全都像你这样不计个人得失，全身心地投身工作，再疑难的案子也都会破获的。对了，那天和你父亲聊天才知道，原来你刚刚出生，你的妈妈就因为大出血而去世了，你身世这么苦，怎么从来没和大家说过？你不仅不说，还整天乐呵呵的，大家谁都没看出来你原来还是个没有妈的可怜孩子呢！”庄重说着说着，眼睛就湿润了。

冷天龙反倒安慰似的说：“我虽然没有妈，但我一点儿都不可怜，因为我爸爸一直待我很好，怕我受气，他甚至这么多年一直都没有再婚。我从小到大，真的没吃过什么苦，除了没有妈妈，别的孩子有的，我也全都有。我爸爸常说，我妈妈为了生我，把命都丢了，我和妈妈其实就是一命换一命，也就是说我的命并不是我一个人的命，也包括我妈妈的命，所以哪怕为了我妈妈，我也得乐呵呵地活呀！”

冷天龙话未说完，庄重已经热泪盈眶。

冷天龙突然看了看门：“庄队，您还是把测哥他们叫进来吧！我好把我所知道的，全都告诉他们。”

庄重站起身：“行，我马上叫他们进来。你昏迷以后，你测哥他们几乎天天过来看你，可你总是昏睡不醒，他们也只能看着你干着急。”

冷天龙羞愧地说：“我知道他们对我好，可我总是心里知道，一见到他们，就不想好好说话。”

庄重笑了：“你要是能好好说话，那你就不姓冷了。”

庄重的手机响起短信提示音，庄重看了一眼短信，才说：“我有一个会，得马上走了，一会儿杨测他们进来后，你就把所知道的全都向他们说明了吧！然后你就别再想案子的事了，静下心来好好养伤，别着急出院，你记住：身体是革命的本钱，只有把身体养得棒棒的，工作起来才会有效率。”庄重说着，就帮冷天龙盖了盖被子，这才向外面走去。

见庄重从病房里走出来，杨测、楚河、云落立即迎上去。

杨测一看到庄重，便笑了：“瞧庄队的表情就知道，冷天龙的心理疏导工作，您已经做好了！”

庄重也笑着说：“杨测你这个鬼头，怎么什么事都瞒不过你？既然你的洞察力这么强，那我就测试一下，你猜一猜，我刚才到底凭的什么，才做通了他的工作？”

杨测想都没想：“要我猜呀！现在只有两把钥匙能撬开冷天龙的嘴，一是提拔，二是立功。”

庄重突然眼圈红红地说：“以前，连我都不太了解天龙，直到通过这次谈话，我才知道他是怎么想的。冷天龙真的是好样的！等有时间我再详细和你们说。对了，杨测，你们刑警大队已经决定提拔冷天龙为一中队中队长了。听说当了中队长后，天龙第一个想到了你，非要调你回一中队不可。往后你作为兄长，可要多多支持冷天龙的工作呀！”

杨测说：“那是必须的！其实，冷天龙不仅当刑警的时间比我早，工作能力和热情也都比我高，刑警大队早就应该提拔他了。”

庄重说：“提拔与否，最后还得看自己，有为才有位嘛。行啦，闲话少说，你们还是抓紧进去吧！对了，他刚刚苏醒，还很虚弱，你们还是不要让他多说话，只把紧要的弄个大概就行了。”

等杨测、楚河和云落再次走进病房时，冷天龙的态度已经变了。尽管他的头上还缠着绷带，但他已经坐了起来。

杨测责备地瞪着他说：“你小子怎么坐起来了？快躺下！”说着就强行扶着冷天龙躺在了床上。

冷天龙急不可耐地说：“测哥，你到底用了什么招儿，把半夏的身份查出来了？”

杨测说：“这件事说来话长，天龙，咱们还是聊聊你遇袭时发生的事吧！庄队不让你多说话的。”

云落把角落里的一把椅子拽过来，坐到冷天龙身边，拿起笔录准备记录。

冷天龙这才看到楚河，高兴地说："楚老师，你培训结束了？"

楚河说："刚才我就进来了，可你的眼睛始终都不朝我看。"

杨测说："他现在已经是正式刑警了，你怎么还这么称呼他？往后不如和我一起，就叫他大河吧！"

冷天龙急不可耐地问楚河："你分到哪个中队了？"

楚河说："我还没有正式分配呢！"

冷天龙急切地说："要是没有分配，不如就到我们一中队来吧，这样咱们俩就都能和测哥一起办案，一起学习了。"

杨测便笑了："刚刚上任，就想招兵买马了？"

冷天龙毫不掩饰自己的表情："人类的一切较量，归根结底是人才的较量。人才质量的高低，就是战争胜负的重要因素！"

云落一笑："行啊！冷大队长，这人当了官，说话都不一样了！"

冷天龙不好意思地说："这句话哪是我说的，这是刘邦说的。只是不知道楚老师……噢，大河，人家是不是愿意到咱们中队来。"

楚河说："我当然愿意和你和测哥一起工作了。"

杨测说："你受伤后，咱们刑警支队专门成立了一个专案组，就负责调查你的案子。大河也够幸运的，刚刚参加工作，就破格进了专案组。"杨测说着，回头看了看楚河，"你要是能来一中队，当然最好不过了，那样咱们三个人就能朝夕相处，共同研究案子了。"

云落却不高兴了："你们不要拉帮结伙好不好？气谁呢？楚河是咱刑警队特招的计算机专业人才，领导在安排他的时候一定会有特殊考虑的。"

冷天龙说："啥叫特殊考虑啊？云落，不是我当面损你啊，你的狗鼻子肯定比别人厉害，但你的悟性真的差远了。"

云落不服地说："楚河当初报考的就是网络安全与执法岗位，如果按照专业对口原则，他应该被分配到我们技术科吧？怎么能到你们一中队呢？那不是大材小用了吗？"

冷天龙说：“我曾经也天真地以为报哪儿就会去哪儿干，事实上，最后全都会打乱的。大河，不是我吓唬你呀！现在咱们这边正在实行入警就去特警锻炼的机制，说白了就是新警进来无一例外要分到特警，整个地级市所有公安部门新警，包括下面县市、分局的，现在全都是这样的模式。”

杨测马上拍了拍他：“你慢点说行不行？又没有人跟你抢。”

冷天龙这才压低了嗓子：“具体安排大体是这样的：先去特警锻炼一年半，训练半年，执勤一年。一年半以后，刚好下一届新警训练完了，再来接替你们，直到这时你才可以从特警出来。等经过了一年半不见人影的训练后，你再回到原单位的时候，领导已经不记得你当初报考的是什么岗位了，也没有领导会在乎你当初到底报考了什么岗位。所以趁着领导还都知道你的时候，你最好自己主动提出来，要求进入一中队，等我伤好了，我也会积极帮你争取，点名要你过去，这样你才不会走弯路。”

云落还要说什么，杨测向她使了一个眼色，云落才不说话了。

杨测把话拉回来：“行啦，冷中队的意思大河已经知道了，等咱们专案组工作结束的时候，我再教他怎么说。天龙，刚才你也没少说话了，还是简单地介绍一下你被袭击时的经过，与此没有关系的话以后咱们有的是时间聊的。”

冷天龙说：“其实，那天跟踪半夏纯属偶然。我是恰巧碰到她了，就跟踪了她一段路。”

杨测说：“我说天龙……呃……冷队长，你说话怎么还埋一头盖一脚的？在街上遇见的人多了，你为啥偏偏要跟踪半夏呢？”

冷天龙笑了：“你瞧我八成是撒谎撒习惯了吧？是这么回事，前一阶段，我在调查一个涉嫌贩毒的女子时，发现这个女子不仅与这个叫半夏的女人见过一次面，还通过一次电话，但我并没有找到她们在一起从事贩毒的证据。那天下班时，我正巧遇到半夏了，就顺腿儿跟了一段路，想看看她到底在搞什么阴谋诡计。哪想到螳螂捕蝉，黄雀在后，反倒被别人袭击了。我被打倒以后，眼前一黑就真的什么都不知道了。”

杨测说：“对了，还有一件事。前不久，在瑶城城郊，发生了一起很诡异的交通事故，死者是一个名叫伍秋月的十七岁的女孩儿，我听说你特意跑到交警队去调查了，你为啥对这起事故那么感兴趣？”

冷天龙一愣：“你们连这个都查出来了？”

杨测说：“凡是和你有关的，我们全都得查，如果不这么查，我们该怎么抓到袭击你的人？大家谁能眼睁睁地看着你白白牺牲呢？幸亏现在你苏醒了。”

冷天龙说：“你们放心，我死不了的，有人都给我算过了，说我不仅福大命大，将来还会成为咱们瑶城公安战功赫赫的著名人士的。可事实上，我直到现在还没什么成就，你们说这种情况我怎么会死呢？”

杨测看了看冷天龙的脸色：“行啦，冷队长，你也累了，就别说没用的了，你还是乖乖回答我的话，抓紧说案子吧！”

冷天龙说：“我心里装的无头案那可是多了去了，可再多的案子，也得一桩一桩去查不是？咋能一口吃个胖子？你们放心！等我上班以后，只要你们不喊累，我保准让你们天天都有案子查。”

杨测一笑：“你的这些猫腻，我怎么会不知道？不说别的，光线人这一块，你在咱们刑警队也是最多的吧？可我现在只想听听你为啥偏偏对一起交通事故很感兴趣。”

冷天龙说：“我对那起交通事故感兴趣，就是因为那个伍秋月。我刚才和你们说的那个涉嫌贩毒的女子，说的也就是伍秋月。这个伍秋月我很早就认识她，虽然年纪不大，胆子却极大，通过查询她银行流水信息，我发现有几笔款项数额都大得离奇。本来我以为，揪住伍秋月这个线索深查下去，一定能捞出她背后的那条大鱼呢！哪承想我连那条大鱼的影子还没有抓住呢，这个伍秋月就自杀了。”

杨测说：“你对这起自杀式的交通事故到底是怎么看的？有什么发现吗？”

冷天龙摇了摇头：“这件事你们最好去问交警队的人，我去交警队问的时候，那起事故刚刚发生，交警队的人忙得像一锅粥似的，谁也说不出个子午卯酉来，我估计这几天应该有些眉目了吧？但我从直觉上看，一点儿都不相信那个伍秋月会自杀，她那样的人怎么可能自杀呢？本来我想约一下那个目击者，想和他见面聊一聊，但始终都没有见到。”冷天龙说着，再次向门那边看了一眼。

杨测突然想起什么，一笑说：“你是不是想问马晓晓什么时候来看你呀？她已经来过两次了，听说你苏醒后，我本来想打电话告诉她的，又怕你见了她过于激动，所以就没给她打电话。”杨测边说边拿出了手机，“你要是想让她来，我现在就给她打电话。”

冷天龙疲惫地摆了摆手：“不要，你不要给她打电话。”

杨测奇怪地问：“为啥呀？”

冷天龙摇了摇头：“不为啥。我说的是真的，你不要给她打电话。”

杨测说：“那好吧，那我就不掺和你们俩之间的事了，等你恢复差不多了，你自己给她打电话吧！如果你再想不出别的什么了，那你就好好休息吧！想吃什么或干什么，或有什么需要跑腿的，随时和我说！”

冷天龙点了点头：“知道了，你们抓紧走吧！我父亲都来半天了，我们爷俩想单独唠一会嗑儿。”

杨测一愣：“什么？你父亲来半天了？你怎么知道的？”

冷天龙有气无力地说：“我刚才听到他的脚步声了，他的脚步声特殊。”

云落几步走到门边，果然发现了等在病房外的冷天龙的父亲。

云落抱歉地说：“大伯，您什么时候来的？来了怎么不进来呀？”

冷天龙父亲拘谨地说：“我刚到，没事的，你们还是先唠正事吧，唠正事。”

云落热情地把冷天龙的父亲让进病房，对杨测和楚河说：“测哥，我们还是先撤吧，等有时间再来看天龙。”

楚河感慨地说：“不愧是父子，就是心有灵犀。冷队，我真羡慕你！”

冷天龙开玩笑地说：“我还羡慕你有个好爷爷呢！走吧！你们都抓紧

走吧！多想想案子的事，没啥事就别来看我啦！”

杨测笑着瞪了他一眼：“行啦，不用你撵了，我们这就走。”

杨测说着冲冷天龙的父亲礼貌地行了一下鞠躬礼：“冷叔叔，那我们走了，如果您有啥事，或者需要车什么的，随时给我打电话。”

冷天龙父亲慈爱地说：“好孩子，知道了。”

杨测这才拉着楚河向外面走去。

直到走出门，楚河才想起什么，又折回来，冲冷天龙的父亲规规矩矩地行了一个礼：“冷叔叔好！”

冷天龙的父亲爱怜地看了看楚河：“多好的小伙子，个个懂礼貌。唉！天龙这孩子，是让我惯坏了，说话总是没大没小的，你们可得多担待他呀！”

杨测说：“放心吧！冷叔叔，我们之间没有任何说道的。”

>>> 神话叔叔的危言耸听

三个人从医院出来后，就全都坐上了杨测的车。可坐在车上，三个人谁都不说一句话，车里的气氛显得怪怪的。

杨测到底没忍住，看了楚河一眼说：“大河，想什么呢？”

楚河感叹了一声：“自从冷天龙受伤以后，我觉得他好像完全变了一个人，或者以前我并不了解冷天龙？”

云落没好气地说：“真是少见多怪，这个世上，哪个人不在变化？忘了那句话哲学名句了？人不能两次踏进同一条河流。”

云落这一番话，让楚河顿时不知道再说什么了，只是傻傻地张了张嘴。

杨测笑了，看了看前方的路说："云落，你要去到哪里？直接回家吗？"

云落无奈地一笑："回家？我哪有那个好命呀？你们没听庄队吩咐我做什么了吗？他让我尽快查出和灰鲨游戏有关的一切资料呢！一切！"

楚河看了看时间："这都马上要到中午了，再忙，也得回家吃口饭吧？"

云落说："我好像自打参加工作以来，就没有在家里吃过午饭。我这要是真的跑回家里去了，一定会弄得全家大乱的。还是去小食堂对付一口吧！"云落说着，突然警觉地看了看杨测的侧脸儿，"你们两个要去哪里？我咋感觉你们两个要背着我去搞什么秘密行动呢？"

杨测笑了："行了吧！云落，我俩能有什么秘密行动？"

云落说："测哥，你可别小瞧我的洞察力，虽然不敢说比你高吧，但也低不到哪儿去。我可警告你们啊！有啥好的信息最好相互招呼一声，老话说得好，三个臭皮匠，顶一个诸葛亮呢。"

杨测说："我们俩如果真的有什么秘密行动，不告诉别人，也得告诉云落呀！放着这么个高手不用，我们傻呀？楚河自打从省城回来，一直马不停蹄地忙，直到现在还没有回家呢！再忙也得让他回去换换衣服，喘一口气吧？"

云落突然想起了什么，瞪了楚河一眼说："我说楚河，你无论多忙，也应该考虑考虑回家看看你的爷爷奶奶了！"

杨测连连点头："云落你能这么说，我举双手赞成，如果你真的能把楚河劝回家去，那你可是功德无量了！"

楚河连忙摆手说："现在还没到时候！袭击冷天龙的凶手连个影子都没有摸到呢，还是等忙过这一段日子，再说吧！"

云落本来还想继续说一些什么的，可杨测的轿车已经停在了公安局的大楼前了，云落只好回头看了楚河一眼，下车去了。

杨测嘱咐云落说："云落，我建议你无论咋忙，中午也小憩一会儿，这一点真的很重要。”

“放心吧测哥！”云落啪地关上车门，就像冰河上传来一声裂响。

杨测的轿车箭一般地驶离了公安局小广场，在街道上飞驰……

楚河看着外面的街道，不解地说：“测哥，我们这是去哪里呀？我的出租屋可是在另一个方向啊！”

杨测神情冷峻地专注驾车，好半天才回答：“我们应该去哪里你真的不知道吗？这一点你可比云落差远了。”

“那能去哪里呢？”楚河又回到了早晨被杨测突然叫醒时的混沌里了。

“如果猜不到，就不要问了！”杨测的神情依然冷峻。

“测哥，咱们是不是要去找吴叔叔呀？”

杨测这才微微一笑：“如果不让吴叔叔把那个故事讲完，你能放过我吗？张科长和吴叔叔已经在饭店等咱们多时了。”

一缕惊喜再一次如礼花般绽放了：“难怪云落说咱们要去搞秘密行动呢！测哥，你真是最懂我、最爱我、对我最好的测哥。”

“如果没有秘密行动，只是去吃午饭的话，我怎么能落下你心爱的云落呢？不过，大河，有一句话我可得说在头里，好奇害死猫，你考虑啥事，还是先考虑一下坏的方面。”

杨测想了想，又摇了摇头说：“唉！也不知道你这种喜欢较真儿的性格，对于一位刑警来说，到底是优点还是缺点。”

楚河举起右手：“我想听吴叔叔讲故事，真的并不是单纯地要去听故事，我总觉得吴叔叔所讲的故事后面，一定还有故事。”

杨测审视地看了楚河一眼：“这又是你所谓的‘第三只眼’吗？”

楚河脸红了：“测哥，我求你了！往后再别拿我的‘第三只眼’说事了！”

杨测笑了，说：“这件事，即使我不说了，冷天龙这个大喇叭，也会替你宣扬的。冷天龙不止一次地吹嘘说：你有‘第三只眼’，他有‘第三只耳’，说将来你们两个一起合作，一定会屡破奇案的。呵呵，还真别说，他的耳朵的确很好使，他父亲来的时候，咱们谁都没有听到，只有他听到了。”

楚河说：“通过这一段时间的学习培训，我发现咱们这支队伍里真的是精英荟萃，能人实在太多了，再有咱们所从事的工作，需要钻研的知识也非常广博，不下点笨功夫，真的容易一事无成的。”

杨测宽慰地笑了：“你能这么想，就再好不过了。对了，对吴叔叔所说的那起交通事故，你是怎么看的？”

楚河说：“说句实话，我自打听了他所说的那起事故，就一直觉得云里雾里的，就像一个在山里迷路的外地人，除了在原地打转转，什么想法都捋不出来。测哥，你有什么看法？”

杨测眼睛看着前方的路：“我也没啥具体的看法，没有调查研究就没有发言权，而对于这起事故，咱们只是听了吴叔叔的一面之词，需要到现场了解的实在太多了。现在最重要的前提是：咱们是否需要投入大量的时间和精力去了解这起事故。我刚才那么问你，就是想听听你的第一直觉是什么。”

“我的直觉告诉我这起事故肯定有哪个地方不对劲儿！可我又说不出到底哪里不对劲儿，刚才听冷天龙那么一说，我就更加坚信这种想法了，所以我才想继续听吴叔叔聊聊呢。”

“人的第一直觉真的很重要，我也非常看重你的直觉。你还记得那天，咱们从马晓晓大提琴班回来的路上，你不是非要到花秘花店去看看吗？你知道我为什么当时就同意了？我就是因为相信你大河的第一直觉，才让你去看的。事实证明：你的第一直觉的确是很准的，真是大河一出手，就知有没有。大河，你放心，这回你也成了正式的刑警了，往后只要是你特别关心的案子，测哥肯定会全力支持你的。”

楚河感动地说：“测哥，这么多年了，我只有拖你的后腿，什么事都帮不上你！这不，还没等我当上刑警呢，就已经给你设障碍，下绊子了……你说，我楚河是不是你杨测命里的魔头啊？”

杨测责备地瞪了楚河一眼：“这叫什么话？你正好说反了吧？你在测

哥还没走到悬崖边儿的时候，及时拉住了我，要是这么说，你应该是我杨测的吉星才对呢！行啦，没用的话就不要再说了，咱们到了。”

杨测的车驶进了一个农家小院，这个农家小院最明显的标志，是小平房的外面挂了好多串红红的辣椒、黄黄的玉米。

两个人还没等进屋，一股炖小笨鸡儿的香味就已经飘出来了，掀开门帘，楚河看见张科长和吴柳正坐在一个四四方方的小桌边喝茶。见了杨测和楚河，两个人全都热情地站起来。

杨测冲二人一拱手：“抱歉，让你们这两个大忙人等我们，真的不好意思。”

张科长说：“老同学这么说不就远了吗？咱们俩什么关系？”说着冲外面喊，“上菜吧！”

刚一坐下，吴柳就向杨测诉苦：“本来我和我老伴报了一个直飞东缅的旅游团，明天上午的飞机，这之前需要准备的事情实在太多了，可张科长到底把我从家里强行拽出来了，就像要绑架谁似的。”

杨测笑着说：“您即使要怨，也得怨您所讲的故事太精彩，您今天若是不把那个故事讲完，我们这个大河很可能追到东缅去的。”

杨测的一番话把在座的全都逗笑了。

吴柳笑着说：“从这件事也可以看出，测儿和张科长的关系真的不一般啊！”

杨测说：“我和张科长在警校的时候，就认识了，只是他高我两届，是我的学长。”

吴柳恍然大悟：“原来是这种关系呀，我说呢！”

服务员把饭菜一齐端上来了。

张科长笑着说：“因为有规定，尤其是中午，更不能喝酒，咱们只能边吃边聊了！”

吴柳却不高兴地说：“你们有规定，我没有吧？我平时在家里，也要喝几盅的。”

张科长立即拍了拍自己的脑门：“你瞧瞧我，考虑问题的确不周到。

您说吧，想喝什么牌子的酒？服务员！”

服务员走了进来。

吴柳说：“我不要瓶装的，你们这里有没有瑶城散白干？”

服务员说：“有。”

吴柳说：“你给我接一杯就行，一杯，然后给我烫了。”

服务员答应着出去了，很快端来一个装热水的小盆子，里面放着一杯白酒。

吴柳把酒放到鼻子下闻了闻，满意地笑了。

吴柳喝了一口酒，才看了看大家说：“既然你们谁都不陪我喝，我就只能自斟自饮了！好！这酒很好。”

张科长就笑看着吴柳说：“既然酒好，吴师傅就边喝边聊，抓紧把那个故事给我们讲完吧！”

吴柳这才像是突然想起这件事似的，愣愣地看着张科长：“我那工夫讲到哪里了？”

楚河抢着说：“讲到你开车上路，遇到了一个打车的女孩子。”

吴柳说：“对，我刚刚走到瑶城零公里处，就发现路边站着一个女孩儿，因为女孩儿站立的地方离路灯很远，女孩儿的相貌我也没看清，大约二十二三岁的样子，戴着眼镜，瞧那身打扮非常像个大学生。上车以后，女孩儿只说了一句‘去千紫庄园’，便不再说话了。我心里想：这个女孩儿肯定是千紫集团新招聘的大学生。”

见楚河疑惑地看着自己，吴柳就向楚河解释说：“那段时间，你爷爷他们千紫集团正在全国范围内招收高学历的大学生，听说待遇非常高，我们药厂新招聘来的一些大学生，都不安稳了，也想跳槽到千紫庄园去工作。只是不知道那个女孩子为什么这么晚了还要到公司去。那个女孩子上车后，就坐在后座上，始终微低着头，一声不吭。我这个人不喜欢寂寞，每次拉活，都愿意和客人聊一些什么。我就问了她几句话，可那个女孩子也不知道怎么回事，就像聋子似的，一句话都不回答，实在没礼貌，我也就不再搭理她了。

“西城郊那条路，你们应该都知道吧，显得很荒凉，离千紫庄园不远处，有片林子，是人工栽种的，并不很茂密。出租车走到这片林地旁边时，女孩儿突然说：‘就停这儿吧。’我觉得很诧异，这里前不着村，后不着店的，离千紫庄园还好几公里呢，怎么在这里停呢？可女大学生依然是原来的腔调：‘就停这儿吧。’我也只好把车停下了，女孩子给了我十元钱，就下车进了林子。我当时就想：一个女孩子半夜钻小树林，一定不是什么好货！

“第二天晚上，我从家里出来，刚拐出胡同口，那个女孩子就又出现了，还是去千紫庄园，可最后还是在小树林那下的车。就这么一连过了五天，我不管在哪里拉脚，总会在不同的地方遇到这个打我车的女孩子，总是晚上十点多钟，也总是在同一个地方下，我实在觉得好奇，问了她好几次，可这个女孩子始终沉默，除了上车说地点，下车叫停车，别的话一句不说。”

吴柳喝干了杯中酒，突然不再讲下去了，而是看了看张科长。

张科长笑着说：“您的意思还想喝一杯？”

吴柳说：“这酒真是好酒！”

张科长说：“那您就喝个尽兴吧！服务员，再上一杯酒！”

不一会儿的时间，服务员就又端上了一杯烫好的酒。

楚河焦急地催促：“吴叔叔，接着呢？您快些讲啊！”

吴柳说：“我喝酒，其实就是想借个酒胆儿。因为接下来，别说让我讲了，让我想一想我都觉得发怵呢。因为觉得蹊跷，我就把这件事讲给了我的老婆孩子。我老婆胆小，叫我以后再也别拉她了。可我的大儿子吴永乐听了这件事，却相当兴奋，让我第二天再去城郊小院时，顺便拉上他，我就同意了。当天晚上，果然那个女孩子又来打车了。见车上多了一个人，她还愣了一下，但什么话都没有说，依然上了车。在路上，永乐也像我那天一样，想和她搭讪，可她依然什么话都不回答。到了那片小树林，女孩子下车后，永乐也偷偷地下了车，跟过去了。怕他出什么事情，我在车里也坐不住了，偷偷地跟了过去。可我还没走几步呢，就看见永乐独自一人站在一棵大树旁，正在四处踅摸着。永乐说：‘女孩子走到了那棵树旁边后，就不见了。’因为天已经黑了，我们爷俩不敢久留，就在那棵树上做了记号，就赶回去了。

“第二天一早，永乐就叫上了他的一个朋友，我们三个人再次来到了小树林。永乐的朋友也是药厂的职工，小的时候喜欢跟着父亲打猎，禁猎以后，也经常独自一个人到郊外挖药材，所以胆子特大。我们在小树林里仔仔细细搜寻了一遍后，永乐的朋友突然发现这棵树下有一块地方，土色与别处显得不一样，就断定这下面可能埋了什么。他们两个就把那个地方挖开了。没想到却挖出了一堆尸块。发现尸体后，我们第一时间就报了警，接着，你们警方就介入了，后来的情况就不用我和你们介绍了吧？”

吴柳说到这里，突然看了一眼始终闷着头吃饭的杨测，不再往下说了。

好半天，杨测才抬起头看了吴柳一眼，像是问他，又像是自言自语：“您说的是那起案子？”

吴柳问：“那你说的又是哪起案子？”

楚河急得就差跳起来了：“你们两个在打哑谜吗？”

吴柳又喝了一口酒才说：“有一天晚上，我闲着没事，就看了一眼咱们的《瑶城晚报》，你们猜怎么着？我竟然在报纸上看到了那个打车女孩儿的照片。我不相信自己的眼睛，立即去看报纸里的内容，才知道那是你们刑警队的破案介绍，标题我还记得呢——《瑶城警方破获一起震惊世人的杀人碎尸案》。而那张照片，就是那个被害的女大学生生前的相片。你们说世上咋还有这样怪异的事情呢？”

杨测抬起眼睛，飞快地看了吴柳一眼，又闷头吃饭去了。当然，他吃得很慢，差不多是一个饭粒一个饭粒地往嘴里送。

吴柳放下酒杯，感叹了一声说：“这就是我亲身经历的那件怪异的事情。从那以后，那个女大学生就再也没有打过我的车，可直到现在，我每次从那里经过，心里都会打怵，总会想起那个一连六天在同一个时间来打我的车的女孩儿。你们都是懂科学的人，谁能给我解释解释，这里面到底存在什么样的科学道理？”

张科长插言说：“你所说的这个女大学生，名字是不是叫安小念啊？”

吴柳说：“名字叫啥我倒是不知道，应该姓安吧？报纸上叫她安某。”

楚河惊讶地瞪大了眼睛：“什么？安小念？吴叔叔，原来您所讲的就是那个失踪的女大学生安小念被杀案啊？那起案子就是测哥带人破获的。”

张科长说：“那起案子多轰动啊！说是被她的闺密杀害了。”

“可当时报案的人并没有说过这个细节呀！”杨测质疑地看了吴柳一眼。

“我刚才不是说了嘛！那个报案的人，就是随我们一起去小树林的永乐的朋友，大名我忘了，小名叫秃子。当时还是我让他报的案呢，并嘱咐他千万不要把我们爷俩所经历的事情说出去。我让他报案，就是因为他是药厂的职工，平时经常到郊外挖药材，这样如果警察问起来，也容易说得明白。”

杨测点了点头说：“他的确是这么说的，说他是在挖药材的时候无意中挖到了尸体。”

“这件事可真的是太蹊跷了。我记得当时寻找这个安小念的时候，还重金悬赏过呢，那个挖药材的叫秃子的，因为这个是不是得了很多的赏金？”张科长突然插嘴。

吴柳说：“哪有很多？我听说最后只得了五万元吧？也是多亏了这些奖金，秃子才没有把我们爷俩的奇异经历给说出去。说白了，他就是怕我们分他的钱呢！也难为他了，为了这些奖金，他那段日子，可是被折腾坏了，不仅让警察叫到了刑警队，录了好多次笔录，自己也被刑警查到了祖宗三代，这种滋味这次我算是尝到了。”

张科长笑看着吴柳说：“吴师傅说这话是在变相埋怨我们呢！”

吴柳连连摇手：“我哪敢啊！不过，无论谁遇到这种事，都是很倒霉的，没遇到的人肯定不知道这种滋味的。”

楚河傻傻地说："吴叔叔，您宁可不得奖金，也不把您经历的事说出去，您可是真够有心眼儿的！"

"我的妈呀！这种事谁敢往出说呀？别说五万啊！即使五十万也不敢说呀！那不是没事找抽吗？现在时过境迁了，而我又遇到了你们这两个喜欢听故事的忘年交，才斗胆把这个故事又翻腾出来了。这回你们明白我为啥让你们发誓了吧？我现在就想图个清静，真的怕招惹是非。"

楚河理解地点了点头："您当时能这么想，实在太明智了！您经历的事，要是被人传到网上，可就真的麻烦了。现在的网暴，真的很吓人呢！"

杨测看着楚河笑道："你算是感同身受了！你的那个帖子依然很火。"杨测拿出手机，翻找着，"你们看！点击率还噌噌地往上涨呢。连你这富三代的身份都给扒出来了？你们听听……"

楚河哭丧着脸，夺下了杨测的手机："测哥，别念，我不想听，也不想看。我已经想好了，流丸止于瓯臾，谣言止于智者。"

杨测意味深长地冲楚河一笑，终于什么话都没有说。

吴柳说："人活在世，很多事情解释不清！但吐沫星子真的会淹死人的！当时我们不说，还有另外的考虑。万一你们刑警破不了这个案子，再赖上我们爷俩，那不更糟糕了？平白无故地担一个杀人碎尸案的罪名，那不是没事找抽呢！"

张科长也理解地点了点头："有一句老话：'见事莫说，问事不知，闲事莫管，无事早归。'吴师傅这么想也对，人活在世，真的'多一事不如少一事'。"

杨测较真儿地说："吴叔叔，您这么说话我可就不愿意听了，我们刑警破案那可是讲证据的，即使案子最后侦破不了，我们也不会平白无故地冤枉好人的。"杨测说着，又责备地瞪了张科长一眼，"你今天怎么也跟着吴叔叔说起这种消极的话来了？要是所有的人全都像吴叔叔这样见事莫说，袖手旁观，咱们往后还咋破案了？"

吴柳不高兴了："测儿，我知道你是一个好刑警，周身都闪着正能量，可说句不好听的话，你们刑警办的冤案还少吗？噢，我的意思……当然不是说测儿你，我指的是其他地方的一些刑警。”吴柳说着突然懊丧地一拍脑袋，“行啦，反正这种话不管咋说出来，都是难听的。”

杨测羞愧地看了楚河一眼，对吴柳说：“这话还真的让您老说中了，我杨测也不是没有办过错案，幸好被及时纠正了。”

楚河看了看四周，又看了看吴柳：“吴叔叔，您要是不坐在这里，我要是没有亲耳听你在讲，我真的无法相信您所讲的鬼故事会是真的！”楚河说着掐了掐自己的胳膊，“难道我真的是在做梦吗？”

杨测欲言又止。

吴柳笑了：“你咋又提起‘鬼故事’这个词儿了？我亲身经历的故事怎么能叫鬼故事呢？”吴柳说着又看了杨测一眼，“瞧测儿的表情，你可是一点儿都不相信吴叔叔所讲的故事是真的吧？”吴柳又看了看大家，“你们看看，这不正应了我所预料的了吗？好了好了，幸好我事先让你们发过誓了，咱们现在就哪说哪了，谁都别再提它了。”

楚河说：“吴叔叔，这也真是怪了，为啥这些稀奇古怪的事全都让您一个人给遇到了？包括伍秋月的那起怪异的交通事故，您怎么总是这么倒霉？”

吴柳再次喝干了杯中酒：“孩子啊！不是今天吴叔叔喝了点酒，净说酒话，其实人的命啊，每个人都是有定数的，老天爷早就给你安排好了的！伍秋月遇到这种事，也都是她命中注定的。包括我自己的运数，也都是我命中自带的。这么和你们说吧，我能这么倒霉，就是因为我通灵。”

楚河不解地问：“通灵？通灵有啥不好啊？知道得多，省得走弯路。”

吴柳说：“你恰恰说差了，通灵才麻烦呢！很多事情都有因果，可通灵的人就只知道果，根本修改不了因，这有用吗？顶多给自己添堵。若是不小心泄露了天机，还会被惩罚的。再有通灵的人，还容易招惹那些鬼道众生来附身，到时候走火入魔，精神错乱，就更是生不如死了！”

张科长说：“吴师傅的意思每个人无论经历什么，都是命运安排好了的？要是都那么想，谁还去奋斗了？”

吴柳说：“这话还真让你说着了，一切都是命，半点不由人。我像你这么大的时候，也不相信这些，觉得这些都是无稽之谈。可自打研究了命理学之后，我对这句话才算有了新的理解。”

杨测微笑着看着吴柳说：“我倒想仔细听听您对伍秋月的命理是怎么分析的？”

“伍秋月这个命理，要是聊起什么‘天干地支’‘五行八卦’的术语，你们肯定不愿意听，也听不明白。那我就给你们说直白点吧！这个伍秋月，她父母当初给她起的这个名字，就已经预示了她的最终结局。”吴柳似乎真的喝多了，一边说一边比画。

杨测微笑着说：“噢？这么神？”

吴柳问：“你们看没看过《聊斋志异》？”

楚河说：“我倒是翻过，但是没有看完。”

“这《聊斋志异》里就讲过一个和伍秋月这个女孩子几乎差不多的故事，而且这个故事的名字就叫《伍秋月》。”

张科长不相信地：“这么巧？”

杨测立即拿出手机，查找了起来：“可不是，的确有一篇，名字就叫《伍秋月》。”

吴柳夺过杨测的手机，让大家看：“你们瞧瞧，不是我吴柳喝多了瞎白话吧？就是这个《伍秋月》。”

楚河也夺过杨测的手机看起来：“里面到底讲的是什么呀？”

吴柳越说声音越大：“里面讲的是另一个伍秋月的故事，年纪和咱们说的伍秋月差不多，长得也是美如天仙。故事里的人，除了伍秋月，还有一个叫王鼎的。这个王鼎，也像我一样倒霉，天天晚上都在梦里和一个女孩儿交合。一开始以为是偶然的，可连着梦了三四夜，他就不敢不当真了。有一次正在梦中和女孩儿亲热呢，半道突然惊醒了，急忙睁眼一看，原来真有一个美如天仙的女孩儿，就躺在他的怀抱中。”

吴柳说到这里，突然笑了，看着大家说：“刚才我用倒霉这个词形容王鼎，好像不准吧？他与我相比，可是占了天大的便宜。”

张科长笑了：“说来说去，不就是梦里娶媳妇的事吗？《聊斋志异》其实就是一本鬼神小说，小说里的故事那还能信？”

吴柳又比画起来了：“张科长你这么说话，还真就说差了，其实小说比历史还可信呢！你没听那句话吗？历史除了人名是真的，全都是假的，小说除了人名是假的，全都是真的。可在《伍秋月》里，不仅故事是真的，人名是真的，连地点都是真的呢。”

楚河说：“我觉得任何优秀的文艺作品，都是真实生活与思维突破的完美结合，《聊斋志异》之所以成为经典，也一定源自真实的素材。只不过蒲松龄在谋篇布局时，可能动用了一些手段吧！有一副对联，还专门赞颂过这本书呢！‘写鬼写妖高人一等，刺贪刺虐入木三分。’”

吴柳像是遇到知音了，再次手舞足蹈起来：“大河呀！这么说，你平时也喜欢看书啊？可测儿似乎并不这么想。”

杨测微笑着说：“吴叔叔为什么这么在乎我的看法呢？大家不过是在扯闲话嘛！”

吴柳突然打了一下自己的嘴巴：“你瞧瞧我这张嘴，怎么又没有把门儿的了！你们可别小瞧闲聊，祸从口出，病从口入啊！正所谓天机不可泄露。我这张嘴呀，真的能让我折寿好几年的。行啦行啦，既然测儿不相信，我也就不再白话了，明天还要出远门，我得马上走了！”

楚河拉住站起身的吴柳：“吴叔叔，您别着急呀！关于伍秋月我还有话要问呢！”

吴柳说：“这个故事测儿不是在网上都查到了吗？你们还是自己去看吧，我也讲累了，真的不讲了。”

“我说的不是书里的伍秋月，我说的是那个自杀的伍秋月。”楚河依然拽着吴柳不放手。

张科长看了杨测一眼说：“是啊，吴师傅，测哥也应该还有很多话要问您吧？测哥，有啥话你抓紧问，吴师傅真的是个大忙人啊，别说我再次把他给你请来了，平时若是想抓到他的影儿，都是很难呢。”

吴柳又不愿意听了："这话你不是又说差了？我除了喜欢跟团儿旅旅游外，剩下的时间基本都在我的城郊小菜园里种菜的，有什么难找的？但是今天我真的什么都不想说了！不是还有那句话嘛，有饭送给饥人，有话送给相信的人。"

杨测就笑了："既然吴叔叔什么话都不愿意说了，我看咱们也回去吧！"杨测边说，便拍了拍楚河，"马上就到下午上班的时间了，你不会第一天上班就想迟到吧？"

楚河这才无奈地站起了身。

››› 迷雾重重的灰鲨游戏

在回单位的路上，杨测的脸上又恢复了那种严峻的表情，一路上，他一直专注地驾驶着车辆，一句话都不说。

"测哥，你对吴叔叔所讲的故事真的一句话都不相信吗？"楚河到底还是没忍住，把这句自认为非常幼稚的话问了出来。

"你呢？你相信吗？"

"我原来觉得伍秋月的那起自杀案，一定有什么问题。刚才吴叔叔又提到了那起杀人碎尸案，我又对那起碎尸案产生怀疑了！难道连那起案件也存在着什么问题吗？"楚河边说，边看杨测的脸色。

"你认为那起碎尸案的嫌疑人有冤屈吗？"

"虽然我并不了解细情，但我认真地看过那篇纪实报道，我觉得无论证据，还是口供，全都合理合法，好像看不出里面有什么冤情。"

"既然这样，你还质疑它做什么？"杨测依然面容严峻。

“可吴叔叔所讲的故事，实在太怪异了吧？”

“无论他讲的故事多怪异，不过是旁枝末节，你认为影响那起案件的结果吗？”

“虽然不影响结果，可是……”

“可是什么？”

楚河再次小心翼翼地看了杨测一眼：“测哥，你还记得几年前，一位著名的主持人，曾主持过一期说法节目，他在节目中讲了一个靠托梦最后给自己报仇申冤了的案件。”

“你说的是发生在长白山的那起杀人案吧？”

“就是那起案件。大概的意思是说，有一个人失踪了，尸体始终无法找到，后来这个人的姐姐突然做了个梦，警察便根据这个梦找到了尸体，侦破了这起案子。要是这么说，这个世上还真的存在着灵异的事件呢！”

杨测质疑地看了楚河一眼：“你认为它是真的吗？”

楚河迷茫地看着杨测：“那可是著名的说法节目啊！怎么能不是真的呢？”

“你是长白山的办案人吗？”

“不是。”

“那你是那位主持人吗？”

“也不是。”

“那你凭什么就断言它是真的？大河啊，你如果不改变这种听风就是雨的思维模式，那你可真就不适合当刑警了。”杨测冷峻地瞪了楚河一眼。

“既然不是真的，那吴叔叔为什么要那么讲呢？”楚河越说越没有底气。

杨测严峻的脸上，这才微微露出些笑意：“你刚刚问到点子上了！”

“你的意思是说吴叔叔有可能在撒谎？可他为啥要跟咱们刑警撒谎呢？这和在太岁头上动土有啥区别呢？”

“这才是你应该思索的问题。”杨测肯定地点了点头，“你刚才所说的那期节目，因为正面讲述了灵异事件，颠覆了无神论思想，当时就引发了很多争议。当然，无论最后争议到什么程度，那也只是两种宣传思维在较量，和我们刑警思维没有一点儿关系。大河，你现在已经是个刑警了，往后在想问题时，一定要树立科学的刑警思维理念，千万不要轻易被别人带跑了，那样真的容易被别人带进沟里去的。”

楚河深深地吸了一口气：“我知道了。”

两个人走进办公室，还没等坐稳，通知开会的电话就打过来了。杨测和楚河走进会议室，发现大家都在会议室的里间坐着，里面不仅挡着窗帘，室内灯光也被调得暗暗的，只有大屏幕闪着光。云落坐在电脑前正摆弄着什么，庄重见人到齐了，就冲云落点了点头，云落便走到了大屏幕旁边，点了一下遥控笔，屏幕上便显示出一幅灰鲨游戏标志性图案。

云落指着大屏幕介绍说：“灰鲨游戏，是网上最新流传起来的一款死亡游戏，凡是参与游戏的人，每天都会接到任务，直到完成第五十个任务——自杀，并上传视频证据，才算真正赢得了游戏。请大家看屏幕上的统计数字，这些数据，都是从省公安厅网络安全保卫总队的网站上获得的，截至目前，全省已有五十二名青少年不同程度地参与其中，最严重者被诊断患有精神疾病，目前正在医院接受治疗。”

一位刑警禁不住感叹：“现在的这些孩子们啊！怎么这么蠢啊？真是匪夷所思。”

云落接着说：“在成年人或者心理健康人士看来，这款游戏当然是匪夷所思的，但对于价值观尚未建立完整又心理脆弱的青少年来说，因为灰鲨游戏宣传和包装上的神秘感、内容的黑暗性等原因，很容易对他们起到煽动作用。这些青少年之所以沉迷其中，和学习压力与家庭因素有关。大部分游戏参与者，开始多是出于猎奇、叛逆、厌世、恶作剧等心理，借此游戏张扬个性，博取他人关注，后来逐渐就身陷其中不能自拔了。”

杨测问：“云落，你查没查一下，在咱瑶城目前有没有这种游戏有关的案例？”

云落说：“我也担心会有类似的案件发生，因此特意走访了城区的几个派出所和一些相关单位。真是不查不知道，一查吓一跳，通过走访调查，我一共筛查出以下几起自杀案例，和之前吴柳师傅所讲过的伍秋月交通事故案，有着极其相似的地方。通过这几起案例可以确定：这种致命的灰鲨游戏，似乎真的已经入侵到咱们瑶城来了。大家看，这些照片就是瑶城自杀学生生前留下的遗书照片。这是去年年底，瑶城三中的一名十四岁少女的死亡照片，她当时是从咱们瑶城最高的宾馆大楼上跳下来摔死的，这件事当时传得沸沸扬扬的，大家有的可能听说了。最后经过调查，确定她是自杀。这就是她离世前，在 Instagram 也就是‘照片墙’上发布的一张鲨鱼的图片。还有，这一起，照片上所显示的，是今年年初，瑶城一中的一名十五岁女生留下的一封遗书，她当时留下遗书后，就投瑶儿河自尽了。事后经过调查，也确定系自杀。现在屏幕上的，就是这个女生在网络上发布的在自己手臂上用刀刻画的图案，你们瞧，刻得虽然不太像，但也是一条灰鲨鱼。”

屏幕上又播放了录像资料。录像里，一个十几岁的小女孩儿在照镜子，只见她两只忧郁的眼睛一直直勾勾地盯着镜子里的自己。

云落继续介绍：“这是今年三月的一起自杀案例。自杀的女孩儿来自农村，刚刚十三岁，因为父母平时在乡下种地，只有她奶奶一个人在城里陪她读书。她死后，不仅在她的卧室里发现了遗书，民警们还找到这个录像资料。其实，照镜子就是灰鲨游戏五十个任务中的一个，直到对镜子里的那张面孔产生陌生感，这个任务就算完成。除了长时间照镜子，任务中还有‘连续不间断看恐怖片’‘凌晨四点二十分起床’‘服用药物调理’等其他任务，这个十三岁的女孩儿就这么一点点地被控制和麻醉，后来就用尖刀在手臂上刻画了灰鲨图案，偷喝了藏在家里的耗子药而身亡。大家请看，这就是小女孩左手臂上的伤痕照。”

庄重感慨地说：“这三例自杀案例，死的可全都是十三四岁的女孩子啊！”

云落说：“是啊！非常令人心痛。这种游戏如果不及时制止，后果会不堪设想。为了避免游戏参与者中途退出，游戏群主会在发放任务前，要求游戏参与者提供个人信息，包括身份证、父母电话等，有些甚至还要求提供个人裸照。参与者一旦中途退出，自己及全家就会被人肉，甚至被追杀，裸照将会流传到网络上，所以参与了这款游戏，一旦开始就没有了退路。大家现在所看到的，就是冷天龙非常关心的，也就是目击者吴柳所讲述的那起伍秋月交通事故案的现场图片。如果对照灰鲨游戏的规则，这似乎也是一起受灰鲨游戏荼毒的自杀案件。好了，庄队，关于灰鲨游戏，我就先向大家汇报到这里。”

杨测走过去，和云落一起拉开了窗帘，屋子里顿时亮了。

庄重看着大家说：“刚才云落向大家介绍了灰鲨游戏的一些情况，通过对这款游戏的了解，我们可以看出：这款以自杀为目的的游戏，如果不及时采取措施加以控制，后果将是非常可怕的。但是大家想过没有？比灰鲨游戏更可怕的是什么？谁说一说？”

刑警们全都低头不语。

庄重看着杨测：“你说一说。”

杨测清了清嗓子说：“我觉得，比这款自杀游戏更可怕的，是一些别有用心的人，会把灰鲨游戏当招牌，从事一些其他的犯罪活动，并以此掩盖他们的犯罪行为。”

庄重肯定地点了点头：“杨测的这句话算是一下子就说到根儿上去了。对了，刚才云落在介绍那几起发生在瑶城的自杀案例时，大家是否注意到了一个细节？那就是她反复用了‘似乎’这个词。云落，你就说一说吧！你为啥屡次使用‘似乎’这个词？在我的印象里，你无论表述什么想法，都很少使用这类模糊用语的，可今天你是怎么了？”

云落忽地站起：“通过调查了解这几起自杀案例，再结合灰鲨游戏的特点，我一直觉得：如果仅仅凭借几张图片、几块伤疤、几段录像，就把这几起自杀案例全都归结为灰鲨游戏的结果，还是有些招牌式的牵强了。一个女孩子，如果真的痴迷于灰鲨游戏，不仅需要条件，也需要细节和过程的。不提别的，仅仅完成那五十个任务，就需要大量的时间和精力。所以我的想法和测哥一样，总觉得灰鲨的后面，很可能掩藏着更大的灰鲨。当然，我所说的这些，还仅仅都是我的猜测，我会继续深入调查的。”

庄重满意地点了点头，又看了看大家：“好了，你们大家也都说说自己的想法吧。现在的情况是，咱们的冷天龙还在医院里躺着呢！而袭击冷天龙的凶手依然一点儿线索都没有，你们都说说吧！我们下一步应该怎么办？”

刑警们又全都沉默了。

庄重突然气愤地摆了摆手：“也是，你们说啥呀？有啥可说的？坐在这里大眼儿瞪小眼儿地夸夸其谈，肯定不会把嫌疑人说到自己蹦出来的。还是那句话：没有调查研究就没有发言权！如果真的要说，也要像云落这样的，先把一切证据全都搜集好，给我摆在桌面儿上，然后再说，这样说出的话才叫言之有物。好了，既然你们全都没有理清头绪，那就什么废话都别说了，该干什么干什么去吧！散会。”

庄重气呼呼地站起身就走了。

楚河的临时办公室，被安排在一个挂着“情报信息研判中心”牌子的屋子里，里面放着很多电脑，除了有刑警临时前来查阅资料外，平时这个屋子里一个人都没有。楚河自打搬进这间办公室后，就一头“扎”进了电脑里，很少见他从屋子里走出来。

这天，云落忙完了手上的工作，就走进了楚河的临时办公室，对着楚河的后脑勺研究了起来。当然，她在走进屋子的时候，并没有刻意地放轻脚步，也没有敲门，可自称长着“第三只眼”的楚河，硬是一点儿都没有发觉，直到云落拍了一下楚河的肩膀，楚河才一惊，回过头来。

“你是什么时候进来的？我怎么一点儿都没有发觉？”楚河惊得冷汗都沁出来了，“我最害怕的就是别人看我的后脑勺！”

“为啥呀？你的后脑勺很丑吗？”

“正因为我看不到自己的后脑勺，才如此害怕呢！”

“就你这样的警惕性，还来当什么刑警？我真的很替你担心呢！”云落很无聊地坐在了旁边的椅子上。

楚河强词夺理：“我这不是在单位吗？要是在犯罪现场，我肯定不会这样的。”

云落讥讽地瞪了楚河一眼：“你的意思是所有的犯罪现场，都应该贴着什么明显的标签吗？要是每一个犯罪嫌疑人在实施犯罪之前，都要拉一个警戒线出来，那冷天龙也肯定不会被人砸伤了。”

楚河心悦诚服：“你说得对，作为刑警，的确应该随时随地绷紧一根警惕的弦。”

云落颇有领导范儿地点了点头：“需要表扬的是你进入角色的确很快！”

楚河摸了摸后脑勺：“你这已经是第二次表扬我了。”

云落扫了一眼电脑屏幕上的伍秋月交通事故照片，没话找话似的说：“对了，庄队不是让你运用人脸识别系统，根据系统的默认度和相识度，研判比对一下半夏可能出现的区域吗？你怎么又翻出这些老皇历了？”

“这哪是老皇历呀？还没过去多长时间吧？”

“不管过去的时间到底有多久，过去式就是过去式，当务之急，就是找到半夏的藏身之处，尽快抓住半夏。我说楚河同志，咱们做工作可不能南辕北辙呀！”

楚河突然奇怪地看了云落一眼：“凡是做一样工作做的时间长的人，是不是都会形成一种固定的思维模式？我发现你们这些刑警，思维模式好像全都是一个模子刻出来的。有的时候，南辕北辙也是一种捷径呢！”

云落一愣：“什么‘你们刑警’？你这么说话，把你自己又置于何地？不过，你这个悖论也许反倒是对的呢！”云落说着就摇摇晃晃地往外面走去，“行啦，我这个思维僵化的老古董，就不影响你这位新生代的大侦探研究案情了！你就继续你的南辕北辙吧！”

楚河拉住了她：“你别走啊，我正有事情想问你呢！”

云落停下脚步。

“你刚才说，冷天龙是被砸伤的，他到底是被什么砸伤的？”

云落有些不好意思地说：“不要跟我较真儿好不好？正因为还没有确定冷天龙到底伤于什么钝器，所以我才随便那么一说。”

楚河强行按云落坐下：“你和我具体说说冷天龙受伤的细节好不好？”

云落说：“那天冷天龙不是说了嘛！他是在下班途中，偶然遇到半夏，临时想起要跟踪她的。”

“你的意思是说冷天龙是在他下班的路上被人袭击的？”楚河似乎也在没话找话。

“那天他说这话的时候，你不是也在场吗？”云落不屑地翻了他一眼。

“我的意思是说冷天龙被袭击时，是不是还没有离开他平时上下班行走的路段？”

云落想了想：“冷天龙家在农村，为了上下班方便，他便在单位附近租了一个公寓，平时他总是步行上下班的，虽然他在跟踪半夏，但我估计他也是刚刚才开始跟踪的吧？还真是没有离开他平时上下班的路线。”

“现场附近的监控你们都调取了吗？”

云落从衣兜里掏出一个U盘：“能调取的，全都已经调取了，算你命好，U盘正巧带着呢！”

云落说着，就把U盘插进了电脑里。电脑屏幕上显示出一个文件夹。

云落一边打开文件夹，一边说：“冷天龙被袭击前后的现场监控，全都在这个文件夹里呢！”

楚河一边查看，一边问：“你仔细看过这些监控了吗？一个可疑的人都没有发现吗？”

“这些影像资料，别说是其他人了，我自已都看了至少三遍了，什么可疑的人都没有发现。”

“既然什么疑点都没有，那是不是就可以说明，这个袭击冷天龙的人是事先有计划、有预谋的？如果他真的是有备而来，当然会避开所有的监控，事先就埋伏到某个特别的地方了。要是这么说的话，那冷天龙被袭击，不就和半夏没有任何关系了吗？换句话说，冷天龙跟踪半夏是偶然，而他被袭击则是必然。”楚河一边说，一边用手指敲击着桌面。

云落眼睛一亮，打了楚河一拳：“还别说，你的这种南辕北辙的想法还真的有些道理。”

楚河显得有些兴奋：“那我们接下来是不是应该从冷天龙入手，了解一下他到底做了什么，掌握了什么证据，才让那个人要如此铤而走险，甚至丧心病狂要对一位刑警下手了？”

云落翻了楚河一眼：“这些话，你怎么能问我呢？我是冷天龙吗？”

楚河一拍脑袋：“是啊！我问你有什么用？”

楚河站起身就要走，云落一把拽住了他：“你干什么去？”

“庄队不是说了嘛，坐在屋里大眼儿瞪小眼儿地夸夸其谈，肯定不会把嫌疑人说到自己蹦出来的。”

“你的意思是去找冷天龙吗？我说同志，你别忘了你现在可是一名革命的刑警，要想成为一位好的刑警，就一定要树立大局观念，一切行动你都得听指挥。待命你懂不懂？”云落拦着他不让走。

“可是……”

“你要是不想被领导骂，就赶紧藏起你的‘可是’，首先完成好领导交给你的任务，更何况现在是上班时间，你即使想南辕北辙，也得等到下班以后吧？”

楚河只好又坐回桌边了。

等楚河拎着果篮走进冷天龙的病房时，天都黑下来了，只见大壮和那个便衣还都坐在门外的椅子上“待命”，和那天楚河他们来时一个姿势。

楚河冲他们微笑着点了点头，刚要上前敲门，大壮就拦住了楚河，面无表情地说：“你要做什么呀？还懂不懂点规矩？”

楚河冲他讨好地笑了：“您忘了我是谁了吗？我是新考上咱们刑警队的，我想进去看看冷天龙。”

大壮依然面无表情：“冷队长的名字也是你随便叫的吗？”

楚河这才想起自己那天冲撞他的事情，马上冲他深鞠一躬说："对不起，那天我真的不应该用那种口吻和您这位……嗯……学长说话。事后测哥都批评我了，一定要注意搞好同志间的团结。"

楚河这么一说，大壮反倒不好意思了，可嘴里依然挑剔地说："你这个人怎么这么矫情？在刑警队你叫我什么学长？我叫王大壮，你就叫我大壮哥就行了。"

楚河立即点头："大壮哥好！那我可以进去了吗？"

可大壮依然挡在门边："你听不明白我说的话咋的？冷队长正在休息呢！"

"是楚河吗？你进来吧！"直到病房里传出冷天龙的声音，大壮才放了楚河。

楚河走进病房，惊讶地发现冷天龙正在室内踱步。

"冷队长，你怎么起来了？"楚河惊诧地问。

"你这么叫我怎么这么别扭呢？你还是叫我冷哥吧！我身体这么棒，其实早就没事了，只是医生和庄队全都不让我出去。"

"伤都没好呢！你还是耐心地把伤养好再出院吧。伤筋动骨还得一百天呢，更何况你还受了这么重的伤！"楚河边说边把果篮放到床头柜上。

冷天龙看着果篮笑了："哟，你还真够意思！没忘了给哥们儿买这么多好吃的。"冷天龙刚要伸手去拿果篮，头上的伤让他咧了咧嘴。

楚河立即走过去帮忙："你想吃哪种，我去给你洗。"

冷天龙向门外翘了翘下巴："不是我想吃，我是想让他们两个吃。"

楚河赶紧拿了果篮："那我给他们送去吧！"

冷天龙突然孩子一般坐在了床上："你可别告诉他们我起来了。"

分享了水果，楚河复转回来，就坐在了病床边的椅子上。冷天龙放在病床边的手机上，插着一个耳机，手机屏幕一闪一闪的。楚河拿过手机看了一眼，发现有一个网络男主播正在做直播呢，楚河便微微一笑。

冷天龙奇怪地瞪着楚河："你笑什么？"

楚河理解地说："也难怪，你一个活蹦乱跳的大刑警，现在突然被圈在病床上了，啥案子都破不了了，没事看看直播啥的也情有可原。”

“你以为我是闲着没事，才看这种直播的？那你可是小瞧我了！”冷天龙说着，就拿过手机，显现在手机屏幕上的，是一个长得很白很嫩的二十岁左右的男子，“这个小鲜肉，我都关注他好久了，有一次我在跟踪半夏的时候，正巧这个小鲜肉走过来了，半夏就飞快地看了他一眼。虽然当时半夏什么都没说，但瞧那种眼神儿，他们的关系肯定不一般。只可惜这个镜头没让你这个长着‘第三只眼’的人看到。”

楚河沮丧地说：“往后，你可别再拿着我的‘第三只眼’说事了，我原先那么说，真的是信口开河，也应该说是狂妄自大。通过这次培训学习，我发现自己和你们这些有经验、有能力的刑警相比，真的差得太远，我就是一个平庸之辈，哪有什么‘第三只眼’？”

冷天龙连连摇手：“别那么谦虚好不好？这可不是咱刑警的作风啊！尤其是专案组里的刑警，要是没有点绝活儿，还想在这个团队里混？那不是扯呢吗？早被淘汰了！所以呀，你一定深信你真的长了‘第三只眼’，就像我始终深信自己真的长了‘第三只耳’了似的！”冷天龙说着，就摆动了一下他那会动的耳朵。

“你是怎么知道这个小鲜肉就是做直播的？”

“就是从那次跟踪以后，我就注意起这个小鲜肉来了。这个小鲜肉应该是个富二代，家里很有钱，整天无所事事，总是东游西逛的。有一天他和朋友打电话，我才知道他要在网上做直播了。他做直播的第一天，我就是他的铁粉了，没事的时候，就会钻进他的直播间看一看。”

“有什么发现吗？”

冷天龙摇摇头：“什么疑点还都没有抓到。”

“这是一个什么样的直播间呀？”

冷天龙打开手机：“上面不是有字幕吗？这个直播间就叫‘二少爷解怪小屋’，还别说，他的这个直播间倒是真有意思，每次直播都有主题，专门解答人世间各种怪事的，包括怪梦。看起来这小子还真的很懂《周易》。你瞧，他正和人家连麦呢！粉丝们若是遇到了什么怪异的事情，或者做了什么难解的梦，就都给他打电话，让他帮着化解，涉及法律方面的问题，他还帮着找律师，简直一个天上地下、神界凡间全都无所不能的私人小侦探了。”

伴着笑的背景声，楚河看到小鲜肉正反复用食指敲打自己的脸蛋。

楚河问冷天龙：“他为什么反复用手指打自己的脸蛋呀？”

冷天龙说：“他这是让粉丝给点赞呢！这些做直播的，全都有一套属于自己的吸粉手段，因为主播要想人气高，粉丝是必不可少的。”

外面传来了脚步声，冷天龙立即把耳机插上了。

楚河拿起手机看了看：“我这是第一次听直播，还别说，真的挺有意思的。”

冷天龙叹了一口气说：“光有意思有什么用？”

楚河笑着说：“是不是你看走眼了？在这个小鲜肉和半夏之间，真的不存在什么特别的关系，他和她当时那么互看了一眼，就像歌里所唱的‘只是因为在人群中多看了你一眼’？”

冷天龙摇了摇头：“我相信人的第一直觉，更相信我冷天龙的第一直觉。我就不信这个小鲜肉会真的没有问题！”冷天龙突然冲着手机屏幕瞪起了眼睛，“你等着，小鲜肉！咱们骑毛驴看唱本儿——走着瞧！”

楚河拿出自己的手机，把小鲜肉的影像拍照下来。

冷天龙夺过自己的手机：“拍他做什么？”

“就凭冷哥的直觉，我没事的时候也想关注一下这个直播间。”

“这种事就不用你亲力亲为了，还是让我这个病人来做吧！有这个时间你还是忙一些更重要的事吧！”冷天龙把手机扔到了一旁，“说说吧！你来找我到底做啥来了？”

楚河便压低声音对冷天龙说：“我来，是想告诉你一个重要的发现，我怀疑你这次受伤，并不是因为你跟踪半夏而导致的，即使你没有遇到半夏，你也有可能受到袭击。我的意思是说你这次被袭击，可能是有人事先预谋的。”

冷天龙笑了：“这算什么重要发现？庄队早就这么想了！”

楚河说："那你为啥不好好回忆一下，你在受伤之前，除了半夏这个人之外，你还触动了哪个人的利益，才逼得这个人非得要杀你灭口。"

冷天龙无所谓地摇了摇头："想要杀我的，绝不是一个人，很有可能是一伙人！"

"一伙人？"

冷天龙看了看病房的门，这才压低声音说："我前段日子，虽然查的人不计其数，但大多是一些无名之辈，即使这些人真的被抓进去了，也不会判多大的罪的，所以他们真的犯不上来杀我，除非……"

"除非什么？"

冷天龙突然捂住了头："哎哟！分支太多，纷繁复杂，一时之间，我还真不知道应该从哪儿说起呢！"

楚河担心地问："头又疼了吗？"

冷天龙无力地说："我还是躺一会儿吧。"

楚河扶冷天龙躺下："再不，你还是休息一会儿吧！等有时间我再来看你？"

冷天龙立即抓住了他的手："不行，今天我必须把应该说的，全都说给你听，这样你才能沿着我的思路，继续帮我深查的。对了，你往前一些，别离我那么远好不好，我说话累挺。"

楚河把凳子搬得近一些，耳朵贴近了冷天龙。

冷天龙说："那我就从我调查伍秋月说起吧！我在派出所当片警的时候，伍秋月在我的辖区里上小学，因为父母离异，她只跟她奶奶一个人生活，她奶奶的家里非常穷，那家伙穷得——反正像你这种富人，肯定想象不到她们家会穷到什么地步。我得知这一情况后，就开始资助她。可尽管我都答应过她了，只要她好好念书，我会一直资助她念完高中的，可小学还没毕业呢，她还是辍学了。为了能让她继续念书，我特意去她家里找过她几次，可她总是躲着不肯见我。后来我调到了刑警队，就与她断了联系。大约在我被袭击的前一周吧，我的一个线人，也就是伍秋月奶奶家的老邻居，突然告诉我一件事，他说伍秋月近期突然阔了，不仅家里的条件变好了，伍秋月也经常穿着名牌，出入高档消费场所。当时一听这个消息，我就知道伍秋月出问题了。为了深入调查她，我就故意制造了一次邂逅，正巧在一条小街‘遇’到了她。没想到这个伍秋月还是一个知恩图报的人，她为了报恩，竟然非拉着我去吃一顿西餐不可，我也就半推半就地跟着她去了。现在回忆起那次吃饭的事，我都觉得对不起伍秋月，作为一名刑警，我表面上陪她吃饭，实质就是在调查她，真的愧对了她对我的真情。从那天起，我们算是联系上了。我发现伍秋月经常与一些行踪诡秘的神秘人物交往，这其中就包括半夏。那天，我还调取了她的银行流水信息，发现有几笔资金数额都非常大……种种迹象表明，这个伍秋月真的有可能参与贩毒了。”

“做刑警时间长了，是不是都会患一种通病呀？哪怕被你调查的那个人，把心都掏给了你，甚至把命也要送给你，你也不会对她网开一面吧？”楚河像是问冷天龙，又像是问自己。

冷天龙收住了笑脸：“咱们刑警就是这么一种特殊的职业，如果处理不好理智和情感的关系，那你就别想做一个真正的好刑警了！这也算是大家所说的职业病吧。反正在我这里就是这样，不管这个人对你有多好，不管他与你存在多么复杂微妙的关系，只要这个人触犯了法律，那他就是最纯粹的嫌疑人了。不瞒你说，自打那次和伍秋月见过面以后，只要有机会，我就会动用高科技的设备监听伍秋月的电话，通过监听，还真的获取了她和半夏的一次通话。你听着，我偷偷放给你听！”

冷天龙说着，就在手机里翻找起来，很快，手机里就传出了两个女子通电话的声音：

“夏姐，你这么晚给我打电话，是不是又有茶叶要往出送了？这次要往哪里送啊？”

“这次还是老地方，直接送到你三舅家。还坐那趟车，车票我都替你买好了。”

“茶叶我怎么取呀？还是让人送到老窝棚吗？”

“这次你得自己到二姑家去取，二姑白天上班，晚上六点才能回家，你得六点钟以后才能取到。”

“好的，我保证准时去取。”

电话断了……

冷天龙说：“通过监听她们的这次电话，我更加证实了自己的怀疑，我太了解伍秋月了，她的父母全都是独生子女，哪有什么二姑和三舅？本来我打算晚上六点继续跟踪伍秋月的，没想到第二天，伍秋月就失联了。我费了好大的一番周折，才查到了那起交通事故。伍秋月死了以后，我真的好内疚，担心伍秋月的死，很有可能和我调查她有关。可我直到现在也想不明白，自己到底在哪个环节露了马脚，才打草惊蛇了，迫使那些人对这么小的她下了死手。”

楚河质疑地看了冷天龙一眼：“你为什么不把这段录音放给庄队听？”

冷天龙小声说：“我傻呀？吃了豹子胆了？那不是纯粹的不打自招吗？”

楚河无奈地笑了，说：“庄队说得对，作为一名刑警，真的要树立一盘棋的大局思想，轻易不应该擅自行动。你要是早一些向庄队汇报，也许就不会出现这个后果了。”

冷天龙也感慨地说：“可不是，肠子都悔青了！唉！说白了，还不是我立功心切？伍秋月出事以后，我整天战战兢兢的，想向庄队汇报吧，又怕庄队骂我、处分我，所以一直拖到了现在。”

“也许是你想多了吧，庄队怎么会处分你呢？你所做的这些事，如果非要纠错，也是过于积极主动的错。但积极主动真的是错吗？换我是庄队，我表面上会批评你，暗地里甚至会表扬你呢！”

冷天龙摇了摇头说：“你刚来刑警队，还不知道咱们刑警队的一些特殊规定。哪怕是咱们当刑警的，没经过组织上的允许，也不应该私自动用这些监听设备。更何况那几次监听伍秋月，全都是我以办其他案子为借口，私底下进行的。我不敢向庄队汇报，就是怕自己擅自监听伍秋月电话的事情败露。唉！我的这次被袭击，真的是罪有应得。”

“照你这么说，那这个伍秋月并不是自杀，而是被别人灭口了？”

冷天龙肯定地点了点头："你想啊，她在那么贫穷甚至走投无路的时候，都没有想过自杀，现在日子突然阔了，她又怎么可能自杀呢？这说不出道理呀！不过庄队他们可是真的厉害，在对我所掌握的这一切毫不知情的情况下，竟然那么准地就抓住了半夏这个线索，让大家全力追查，这个大方向是非常正确的！"

楚河边想边说："这么说那天给她打电话的那个夏姐，就是半夏？"

"肯定是她！如果紧紧捋着半夏的这条线查下去，我相信一定能捞出一条甚至几条大鳄鱼来的。"

"你还记得那个夏姐的电话号码吗？"

"这个号码我已经调查了，是用一个不相干人的名字登记的，并且仅仅用了这一次，就再没使用过。我后来还真的查到了这个人，就是一个捡破烂的，他说他的身份证早就丢失了。你要是想继续深查这个人，我随时可以把他的名字告诉你。"

楚河似乎在自言自语："测哥说得对，作为一名好刑警，既要知道自己应该去查什么，更要知道自己不应该去查什么。连你都放弃了的线索，我还揪着它有什么意思呢？"

冷天龙笑了："你可真是测哥最忠实的粉丝呀！"

楚河反问："你不佩服测哥吗？"

冷天龙郑重地说："当然佩服了，只不过我不愿意承认罢了。"

"照你这么分析，那么在半夏的背后，很有可能隐藏着一个有组织的贩毒集团！这个集团相互牵制，暗中保护？"

"当然了，伍秋月刚刚出道，肯定只是一个小马仔，甚至连半夏也不过是其中的一个大马仔，她再厉害，也不可能亲自去制毒吧？半夏在城郊有一个很漂亮的别墅，连她的那个别墅我都暗暗去查了，不像是什么制毒的窝点。那么她的那些毒品又是从哪里来的？"

"你的意思，在咱们瑶城，还隐藏着一个制毒窝点？"

冷天龙点了点头："很有可能，但这都是我的猜测。其实我暗查伍秋月也好，观察小鲜肉也罢，包括跟踪半夏，就是想找到他们的老巢。虽然我并没有抓到什么证据，但我这种主观冒进的举动，一定是惊动了他们集团的幕后老板，他是不是误以为我已经获得了什么重要的证据，才非要弄死我的？”

冷天龙突然扶住了脑袋，皱起眉头。

楚河担心地望着冷天龙：“你的头又疼了吗？还是闭目养一会儿神吧！”

冷天龙想起了什么：“对了，你们专案组最近有没有开会？有什么新的发现没有？”

楚河摇了摇头：“新发现没听说，昨天倒是开了一次会。”

“会上怎么说？”

“这之前庄队让云落收集了一些关于灰鲨游戏的情况，所以那次会上，净听云落介绍这件事了。”

冷天龙突然抬起了头：“灰鲨游戏？什么叫灰鲨游戏？云落又是怎么介绍的？”

“灰鲨游戏，是网上的一款死亡游戏，就是引诱未成年人自杀的游戏。凡是参与游戏的人，每天都会接到任务，直到完成第五十个任务——自杀。据报案人介绍，这个伍秋月就是因为痴迷这款游戏才选择自杀的，后来我也听了电台的回放，电台的互动节目里也证实了这件事。”

冷天龙摆了一下手：“伍秋月怎么会因为痴迷什么游戏才选择自杀？简直是笑话！伍秋月那种人，除了痴迷金钱以外，不会痴迷任何东西的。这么说，你们已经见到那个报案人了？我都约他好几次了，可惜始终没有见到。”

“不仅见到了，他还非常详细地给我们讲了他的怪异经历。对了，他不是说，他已经通过电话，把他所知道的一切全都告诉你了吗？”

“那个人的确热心，在电话里真的跟我说了一大堆的话，什么收音机呀，电台呀，反正啰啰唆唆没完没了，可那天通话时，他正在山里旅游呢，信号时断时续的，我只听了一个大概，到现在还一头雾水呢。对了大河，等你回去后，一定想办法偷偷地把那起交通事故的所有资料全都帮我收集好，再给我送过来，但你不要让任何人知道，行不行？你能不能做到？”

楚河点了点头：“好的，我答应你。”

>>> 最美网红的金蝉脱壳

从医院回来后，楚河就直接走进了杨测办公室。

与杨测同屋的刑警，正在电脑前忙着什么，见楚河走了进来，他头都没抬便说：“你找测哥吧？他出去了，再不，你给他打电话吧！”就好像他的脑门上也长着眼睛似的。

楚河说了声谢谢后，就拿出手机，拨打电话。很快，电话里就传出杨测的声音：“大河，我在银行呢，你有事吗？”

楚河说：“伍秋月的交通事故的卷宗是不是还在你这里呢？我想再看一看。”

杨测说：“就在我抽匣里呢，我的抽匣没锁。”

楚河挂了电话，便冲那位依然埋着头的刑警笑了一笑，打开杨测的抽匣，拿出了那本卷宗。楚河拿着卷宗刚要离开，那位刑警抬起头说：“那个卷宗你在这里看可以，要是往出拿最好等测哥回来！”

楚河只好又坐下了：“那我就在这里看吧！”

借着电脑屏幕的遮挡，楚河快速地将卷宗用手机拍了下来，一边拍，一边转发给冷天龙，同时还要提心吊胆地防着那位刑警，很快就忙出了一身的汗水，幸好那位刑警并没有真的在额头上长着眼睛……

从杨测那里出来，楚河就回到了自己的临时办公室，开始转录伍秋月在《十点夜话》里留下的那段录音，刚刚把所有的录音资料全都传给冷天龙，杨测就来找他了。楚河赶紧摘下了耳机，看着杨测傻笑。

“你忙什么呢？有什么新发现没有？”杨测疲倦地坐了下来。

楚河失望地摇了摇头：“我现在就像一个无头的苍蝇，只能四处乱转，越转越蒙。对了测哥，你看看这段视频算不算是一个新发现？”

楚河打开一段监控视频，那是从一个安在路边电线杆上的监控探头里截取的，镜头里没有声音，只见唰唰的雨幕下空空的城郊公路上，时而驶过一辆车……

“这是什么？”杨测凑近电脑看了一眼。

“这是伍秋月事故现场的监控视频。测哥你看这上面标注的时间，这辆黑轿车在这个摄像头下经过时，时间显示是 22：15：13，等这辆红轿车驶过来时，时间显示是 22：16：23。如果头一辆驶过的是吴柳叔叔驾驶的轿车，那这辆红色的轿车就应该是伍秋月驾驶的轿车了。如果事故发生的时间真的像吴叔叔所说的那样，是‘十点十七分’左右，那就任何疑点都没有了！”

杨测看了一会，又奇怪地看了楚河一眼：“这没有什么问题呀！我们已经去现场反复测试过了，这两辆车从这个监控头下经过后，按照当时的车速计算，到达事故发生地的时间，刚好与吴叔叔所说的事故发生的时间吻合。”

楚河再次点击影像播放，又点了一下后退键：“可你再看，在这两辆轿车驶过监控镜头的大约六分钟之前，也驶过来一辆和吴叔叔的那辆黑轿车几乎一模一样的轿车，你看看时间，显示的是 22：09：32，这辆车又是怎么回事？”

杨测一惊，马上夺过鼠标，再次回放视频：“可不是，这不是又有一辆过去了吗？要是这样就解释通了！如果这辆车才是吴叔叔驾驶的轿车，那么头一辆车里坐的人，就有可能是犯罪嫌疑人了，他们不仅有充足的时间制造这个事故现场，也能顺利从其他道路逃离。咱们刑警到底怎么回事？怎么把所有的注意力全都放在了这两辆轿车上了？”杨测说着就打了楚河一下，“你小子，还说没有什么新发现呢，这就是新发现啊！”

楚河笑了：“我以为你们全都发现了呢！”

杨测说：“这些天我一直在纠结这件事呢！如果伍秋月是被人谋杀的，那么到底是谁制造了那个假现场？伍秋月再怎么幼稚，也不会帮助嫌疑人亲自把车开到现场吧？这辆车一出现，就什么都能解释通了！”

“可是这两辆黑轿车，在影像里看起来，完全是一模一样的呀！到底哪一辆才是吴叔叔驾驶的那辆车呢？”

杨测说：“那就得看这起事故到底是如何定性的了，如果真的定为自杀，那吴叔叔就不会说谎，要是那样，他就应该坐在后一辆车里；反之，如果这起交通事故最后定性为他杀，那吴叔叔到底说了什么话，就犯不着劳时费力地分析它了。”

楚河皱着眉头说：“照你的意思吴叔叔也可能具有犯罪的嫌疑？”

杨测说：“在没有发现足够的证据之前，现在说什么都是没用的。‘任何没有证据的猜测，全都是屁话。’这可是庄队的口头禅。”

见楚河发呆的傻劲儿又来了，杨测立即拍了拍他：“行啦行啦！坐在这里想破了脑袋也是无济于事的，咱们不如再去现场一趟，看看能不能找到第一辆车逃离时的轨迹。”

“现在就去吗？”楚河站起了身。

“现在还不能去，你得帮我看一样东西。”杨测按住了楚河，同时打开了随身带来的档案袋。

“对了，测哥，你刚才去银行干什么了？”

“当然是查案啊！”杨测从档案袋里拿出两张照片。

楚河迷惑地看着那两张照片，指着其中的一张说：“这张照片不是半夏通缉令照片吗？”

杨测说：“你再看看另一张，你看看这两个人，是不是同一个人。”

楚河仔细看了看这两张照片，摇了摇头说：“根本就不是一个人。”

杨测说：“你别那么自信好不好？再仔细看看！这两个人长得多像啊！”

楚河飞快地用扫描仪把两张照片扫到了电脑上，很快，电脑里就出现了大量信息。楚河一边用鼠标点击，一边说：“这两个人虽然长相酷似，但稍稍仔细比对一下，就可以看出，她们根本就不是同一个人。这个半夏就不用说了，我这段日子只要有时间，都会到人脸识别系统里去比对她的，虽然直到现在也没有发现一条能够匹配的信息，哪怕相似度较高的也没有，但我对她却是越来越熟悉了。而另一个嘛！你看，这个女的叫张英，家住瑶城西河办事处一街三委，你再看看，这是她的出生日期，年纪嘛！正好比这个半夏大三个月零三天。”

杨测说：“行啦，不用继续往下说了，这些资料我都已经查过了，我让你看，就是想问问你的第一感觉，如果仅凭肉眼去看这两张照片，你能不能把这两个人弄混？”

楚河一笑：“我当然不会弄混的，可别的人我可不好说，但我猜测，大多数人都应该会弄混的。”

杨测说：“我刚才到银行，就是去查阅这个张英的银行流水信息去了，有一个细节，我觉得很蹊跷。这个张英曾在去年十一月份和今年二月份，先后在安岭地区的一个叫阿拉木的地方，办理过一张工商银行卡和一张邮政储蓄卡。而且这两张银行卡里全都有存取款流水产生，数额也全都特别大。”

楚河迷惑地问：“那又能说明什么呢？”

杨测说：“我是通过调查半夏的社会关系，才注意到这个张英的。她是半夏的堂姐，几年前倒是与半夏有过交集，但这几年，她们就一直没有什么来往了。”

楚河傻傻地看着杨测：“我怎么越听越糊涂了？这个张英，并不是什么犯罪嫌疑人吧？人家拿着自己的身份证到处走，哪怕走到了国外，别人也管不着吧？”

杨测说：“你若是知道了张英的情况，就一定不糊涂了。这个张英，是个高位截瘫的残疾人，已经卧病在床十几年了。她不仅从未去过安岭，也没有任何亲属在那里居住。”

楚河恍然大悟：“你的意思这个半夏有可能冒用了张英的身份证？”

“刚才，我已经把这个情况向庄队汇报了，他听了非常高兴，说这是这几天以来所收到的最令人兴奋的消息。你等着吧，我估计庄队很快就会派人去安岭深入彻查了。我刚才查阅了一下，那里是一个林区，人烟稀少，漫山遍野都是树林。如果庄队派我去，你愿不愿意和我一起去呀？”

楚河立即像个孩子似的兴奋起来了：“当然愿意了！只要和测哥在一起办案，哪怕到天涯海角，我都愿意去。”

杨测突然矜持起来：“你要是真愿意和我一起去，那你得答应我一个条件。”

“什么条件？”楚河的兴奋之潮依然汹涌着。

“在去安岭之前，你得先回你爷爷家一趟。”

那些刚刚涌起的潮水，终于退回去了，楚河低下了头：“测哥，不是我不给你面子，现在咱们这么忙，你还是让我缓一缓再回去吧！”

幸好这时，楚河的手机响了。楚河说了句“是冷天龙打来的”，就接听电话，里面清晰地传出了冷天龙的声音：“你在哪里？说话方便不方便？”

楚河冲杨测眨了眨眼睛：“方便，就我一个人。”

冷天龙突然兴奋起来：“重大发现！”

楚河一愣：“什么重大发现？”

“你快来吧，电话里没办法说。”

还没等楚河说什么呢，电话就被挂断了。

楚河看了杨测一眼，杨测就一翘下巴说：“未来的准中队长召见，你就快点去吧！正好试试那辆越野车。”

两个人从公安局的大楼里走出，走到一辆越野轿车旁边。杨测把一把钥匙交给楚河说：“这辆车，我已经试过了，和新的没啥区别，你就放心开吧！”杨测说着，就向自己的车边走去。

楚河奇怪地问："测哥，你不和我一起去吗？"

杨测说："我想再到那个交通事故现场去看一看，那我就先走了啊。有事电话联系吧！"杨测话还未说完，人已经钻进了车里，很快，他的车就驶离了公安局的小广场。

楚河看着杨测的车走远，刚要上车，突然看到云落从另一辆车后面转了出来，她的腋下，永远夹着一个档案袋。

楚河问她："你要去哪里？"

云落没说话，一开车门，就上了越野车，坐到了副驾驶位。她一边系安全带，一边说："你这辆车不错呀！要是没听到测哥的话，我一定会把它当成新车的！"

"二手的，是测哥的一个朋友的，刚买回来，因为欠了债，就要卖。"

云落埋怨地瞪了楚河一眼："你现在可是越来越不像话了！买了新车，怎么不向我汇报一声？"

楚河也系上安全带："这不是正准备买呢，钱还没付呢。你要去哪儿？我送你！"

云落翻了楚河一眼："我又不是没有车，干啥让你送？"

楚河不解地看着云落："不用我送，那你干啥坐到了我的车里？"

云落左顾右盼："既然是重大发现，我当然得亲临现场去了解一下了！"

"你……偷听了我们的谈话？"楚河惊讶地说。

"不要把话说得这么难听好不好？这还用偷听吗？从门口路过时正好听到了，你平时说话的嗓门有多大，你自己还不晓得吗？楚河同志，不是我批评你呀，往后再获得了什么重要线索，千万别忘了告诉我一声。可别像冷天龙似的，再玩什么独行侠了！血的教训还不够深刻吗？"

楚河只好启动了车："知道了，领导！"

医院病房前，永远坐着大壮和那个便衣，他们也永远保持着原来的姿态，每人拿着个手机，并排坐在门前的靠椅上。

见云落大踏步地走了过来，两个便衣的眼睛全都一亮。

“云大侠，今天你也有时间到医院来了？”大壮讨好地说。

“你们来得正好，刚才又有几个哥们来看冷队了，带来了好多水果，我们正愁怎么吃呢！”另一位刑警也不甘示弱。

对于两个人的殷勤，云落却是一副毫不领情的样子，只是冲他们一翘下巴，才说：“我可不得意那玩意儿，还是留着你们慢慢享用吧！”

楚河和云落走进了病房，冷天龙立即坐起来。

楚河压着嗓子问：“什么重大发现？”

冷天龙看了看云落，欲言又止。

云落翻了冷天龙一眼说：“至于吗？神秘兮兮的。三个臭皮匠，咋的也能胜过你这个诸葛亮吧？”

冷天龙这才打开手机里的录音。手机里，立即传出一个女孩儿稚嫩而冰冷的声音：“我所讲的故事相当诡异，保准你们连听都没有听说过，但我要特别声明的是：我所讲的故事保准是真实的，而且是正在发生的。”

云落吡了两下鼻子说：“这不是《十点夜话》互动节目的录音吗？我还以为什么大不了的发现呢！有什么问题吗？”

冷天龙又快进了一下，再次播放。手机里，女孩儿稚嫩而冰冷的声音，突然变得虚弱：“不瞒你们说……我……我就是伍秋月，我现在已经睁不开眼睛了，死亡……真的好美……”

云落不耐烦地说：“这些录音，我们全都听了好几遍了。你还反复放它做什么？”

冷天龙说：“我的重大发现，就是这个女人的声音，它根本就不是伍秋月的声音，而是半夏的声音。你们仔细听听，虽然她在极力地模仿伍秋月的声音，但还是能听出来就是半夏的声音。”

云落一惊：“你是说，是半夏冒充伍秋月给电台打了电话？”

“不瞒你说，我窃听过伍秋月和半夏的通话，她们两个人的声音尽管很像，但仔细听，还是能听出细微的不同。云落，你不用不相信，我的‘第三只耳’真的很灵敏的，不亚于你的狗鼻子！”

楚河立即帮腔：“他的耳朵真的很灵，应该不会听错吧？”

冷天龙应声摆了两下会动的大耳朵。

楚河兴奋地说：“如果这段话真的能确定就是半夏说的，那是不是就可以证明，这个伍秋月真的不是自杀？”

云落摇了摇头：“仅凭这些录音，还是不能认定案件的事实。法律上不是规定了嘛，录音资料虽然可以作为证据使用，但要分情况而定。如果只有这一单独证据，而没有其他证据佐证，它的效力还是有所欠缺的。想让这个证据真正发挥作用，还得找其他的证据来佐证。”

云落的话，就像一盆冷水，顿时把冷天龙的热情浇没了，只见他颓然向后面靠去，不得不点了点头说：“你说得有道理，要是仅凭这些录音，哪怕最后抓到了半夏，检察院那一关，也还是很难过的，咱们还得找其他的证据。”

云落也叹了口气：“当务之急，还是尽快抓到这个半夏。”

冷天龙摇了摇头：“如果证据欠缺，抓了她又能怎么样？就凭传销又能治她多大的罪？假使那些袭击我的人，真的是她指使的，如果她死不承认，大家还不是白忙活？”

云落安慰他说：“不要这么灰心好不好？你忘了测哥是谁家的小谁了？只要抓了半夏，然后让测哥审，我就不信她不招？”

冷天龙不再说话，而是灰心丧气地又戴上了耳机，看起二少爷的直播了。

云落瞄了手机一眼，微微一笑说：“冷大侠啥时候也成了别人的小粉丝了？”

冷天龙没听到她的话似的，依然听得专心。

云落轻蔑地皱了一下鼻子：“还说自己有‘第三只耳’呢！”

楚河替他解释：“人家不是戴着耳机吗？”

云落有些无聊地打了一个哈欠，瞪着楚河：“咱们真的都很闲吗？既然人家都玩起直播了，咱们俩还傻坐在这里做什么？”

楚河站起身，想走，又担心冷天龙还有什么事，正犹豫不决地看着冷天龙呢，只见冷天龙脸色突变，飞快地向他们摆了摆手，一下子拔掉了手机上的耳机，同时快速地按下了手机的录音键。手机里立即响起了小鲜肉二少爷在直播间里和观众连麦的声音。

小鲜肉二少爷：“这位家人，我是二少爷，你怎么不说话了？请问您把电话打进来，需要二少爷帮你做什么呀？”

隔了半天，连麦的女人才有气无力地说：“我叫小软，我最近也不知道怎么了，连续好几天，总是做同一个梦，一个非常可怕非常可怕的噩梦。你们这里不是二少爷解怪小屋吗？我打电话进来，就是想请二少爷帮我解一解这个梦。”

小鲜肉二少爷：“小软，你别着急，二少爷解怪小屋，就是专门帮咱们家人化解各种怪异问题的，解梦更是我二少爷的强项。你慢慢说，你到底做了什么样的噩梦？”

女人依然有气无力：“我梦见自己被前男友追杀，他不仅拿着一挺机关枪四处找我，还找了好多好多的帮凶，四处围追堵截我！我没有办法，就躲到了一个老窝棚里，这个老窝棚里面一点儿吃的都没有，梦里的我总是很饿，很饿……我每次醒来，都是被饿醒的！二少爷，你一定帮我好好地解一解这个梦，我……我……都要被这个噩梦弄得崩溃了，求二少爷快点救救我！”

小鲜肉二少爷：“我明白你为啥总做这样的梦了！你每天都做这样的梦，其实跟你的睡眠质量有直接关系，由于大脑无法进入深度睡眠，才导致产生了很多不真实的感觉，你越是放不下，就会越严重，这样就会进入一个恶性循环中。其实最好的方法是放下心理包袱，到外面有阳光、环境好的地方，来一次说走就走的旅行，让身体疲劳一下，睡觉前再洗个热水澡，听听催眠曲，这样你就会有深度的睡眠。我保证：你一旦休息好了，噩梦也就不会再来找你了！”

女人：“谢谢二少爷，我会照着你所说的试一试的……”

小鲜肉二少爷：“好了，家人们，小软的问题我们解决了，我们也希望可爱的小软能尽快从她的噩梦里走出来！好了，现在我们就连线第二个打电话求助的家人，这位家人，你好……”

小鲜肉的直播还在进行呢，冷天龙却一骨碌从床上滚下来，打开柜子就忙了起来。

云落惊讶地问他：“你要做什么？”

冷天龙从床头柜里拿出一个兜子，拽出里面的衣服，当着云落的面，动手脱身上的病号服，嘴里说：“来不及和你们解释了，必须马上行动。”

楚河不安地问：“这怎么行？你头上的伤还没好呢！”

冷天龙说：“这件事非同小可，咱们一分钟都不能耽搁了，必须马上实施抓捕，再晚一会儿，就真的来不及了。大河，你马上给测哥打电话，让他立刻叫上几个人，到瑶城西商场的岔路上等我。对了，让他们全都带上武器！”

可楚河只是满脸迷惑地站在那里，一动不动。

冷天龙的眼睛突然一立：“让你打，你马上就打，你还想不想成为我们一中队的一员了？”

楚河慌忙拿出手机，到旁边打电话。

云落说：“你再怎么着急，也得把事情说明白了呀！不然不仅医生们不会让你出去，我也不会让你出去的！庄队知道了，也会批评我们两个的。”

冷天龙穿完裤子又穿衣服：“真的来不及了！云落，你今大必须配合我们！”

楚河的电话也打通了：“测哥，冷队让你叫上几个一中队的人，带上武器，马上到西商场的岔路上等他，对，马上！”

云落双手叉腰，站在冷天龙面前，决断地说：“坚决不行！我今天必须得阻止你！冷队长，我虽然知道你这么着急，一定是发现什么重要线索了，你可以把你的发现告诉我们呀！如果真的需要抓捕，我们去抓不就完了吗？无论案子有多重要，也比不上身体重要！我们决不能拿你的生命去冒险！”

冷天龙刚把衣服穿在身上，便打了两下自己的前胸，压着嗓子急切地说：“我的身体我知道，啥事都没有的。一个小时，云落，就一个小时，一个小时以后，我们肯定回来。”

云落坚决地摇头：“不行，你的伤口还没有愈合，不能冒险！”

冷天龙系紧了裤带，又去系衣服扣子：“案情就是命令！你还想不想做一个好刑警了？云落，我严肃地和你说啊！你如果还想帮我报仇的话，今天就必须配合我，如果贻误了战机，庄队知道了也会批评你的！”

云落犹豫了，和楚河互相看了一眼。

云落问：“你想让我们怎么配合你？”

冷天龙一边忙忙地穿鞋，一边对云落说：“你先引开门口的那两个鬼头，让我和大河从后门跑出去，然后你再回来，给我们打掩护。你只需要在病房里给我坚持一个小时，我和大河就能赶回来了。你不用担心，有测哥和大河在身边保护我呢，你还有什么不放心的？”

冷天龙穿戴齐整，拿起随身小包，就期待地望着云落，云落想了想，拎起放在床边的水果篮就向外面走去……

此时此刻，两名便衣依然在椅子上坐着。

云落手拎着水果篮，看都没有看他们，就直接向水房走去……

大壮问她：“干什么去？”

云落举了举手里的水果篮：“废话，当然洗水果了！”

大壮奇怪地说：“病房里的厕所里不是就有水龙头吗？”

云落瞪了他一眼：“哪个干净的人洗水果，会在厕所里洗的？也就是你这种邋遢的人才能做出这种邋遢的事吧？”

另一位便衣便开玩笑地说：“刚才谁说的呀？不是不得意那玩意儿吗？”

云落又回头瞪了他一眼，继续向水房里走。

云落刚走进水房，就听啪啦一声响，随即就听云落“哎呀”一声。两位便衣闻声立刻向水房跑去，两个人刚进水房，病房的门就轻轻开了，只见楚河和冷天龙飞快地从病房里出来，又关上门，这才快步向另一个出口走去……

从医院里“逃”出后，楚河就驾驶着他的越野车，载着冷天龙，飞快地向街上驶去，直到驶到了相对车少的街道，楚河才问冷天龙：“到底怎么回事呀？”

冷天龙反问楚河：“你们的耳朵真的一点儿都没有听出来？”

楚河迷惑地：“你的意思……你又听出什么来了？”

冷天龙说：“那个打电话的小软不就是半夏吗？”

楚河一惊，方向盘一转动，差一点儿把车弄到别的车道上：“她怎么能是半夏呢？听那声音一点儿都不像啊！”

“声音当然不像了，你没听她在捏着嗓子说话吗？”

楚河还是不相信：“你真的确定她就是半夏？”

冷天龙说：“我当然确定了，而且我还知道，她现在藏身的地方在哪里。”

楚河顿悟：“你是说老窝棚？”

冷天龙说：“小软所说的那个老窝棚，一定就是伍秋月奶奶原来住过的老房子！这个半夏实在是太狡猾了！我说她怎么突然就在人间蒸发了呢？原来她躲到了伍秋月家的老窝棚去了！”

“冷哥，你真的没吹牛，的确长着‘第三只耳’！”楚河钦佩地说。

冷天龙得意地扇动了两下大大的耳朵：“自打伍秋月有钱以后，她就把她奶奶接到楼里去住了，但她奶奶的那个老房子也一直没闲着，她经常在那里与别人接头，每次接头前，她使用的暗语就是老窝棚。现在那个地方马上就要拆迁了，大部分住户都搬走了，只有几个钉子户在那里住着，但也不是常住，不过是三天两头去照看一下。半夏躲在那里面，当然是连神仙都想不到的最安全的地方了！”

楚河这才明白了：“你的意思是说，这个小软如此冒险地跟二少爷连麦，就是想通过这种方式告知她的同伙，让他们快去救她？”

冷天龙看了一下时间：“如果那个小软真的就是半夏，那她所要传递的一定就是这个意思。不过，咱们这里离那个老窝棚的距离有些远，你得快点开！”冷天龙边说边向前边看了看，“前边就是西商场的岔路了吧？不知测哥到没到？”

前边的岔路上停着一辆轿车。

楚河高兴地说：“测哥已经到了，那个就是测哥的车……”

说话的时候，楚河的越野车就驶到了杨测的车前，冷天龙摇开车窗，冲杨测打了一个手势后，越野车就继续向前驶去。杨测的车立即跟了上去。这时，对面驶来了一辆半旧的小轿车，与楚河和杨测的两辆车迎面而过，冷天龙警觉地看了那辆小轿车一眼，只见小轿车的窗玻璃显得非常脏，根本看不清里面的人。

两辆车一前一后，在城郊的路上飞驰了约有三分钟，就停在了一片树林后。冷天龙走下车，小声地对杨测和他身后的三个刑警说：“这个胡同的尽头，有一幢老房子，半夏很有可能就在那个房子里。”

杨测一惊，立即掏出手枪说：“那个老房子的情况你了解吗？有没有后门？”

冷天龙说：“没有后门，但有一个后窗户，这样，测哥，你带着大河绕到后面去，我带着他们几个从正面进去。”

杨测看了看冷天龙头上的伤，立即否决：“你就得了吧！这事就交给我吧！”说着回头吩咐三个刑警说，“小王，你带着大河从后面绕过去，你们两个跟我从正门进去！”

刑警们立即行动起来。小王领着楚河避开正路，快速向房子后面绕过去，杨测和其他两个刑警向老房子那边潜行……

杨测和两名刑警很快就靠近了老窝棚门前，杨测冲其他两名刑警使了一个眼色，有一个刑警便靠近了窗户，杨测和另一个刑警埋伏在门两侧。冷天龙跟在后面。杨测刚刚走到门边，就一个猛踹，撞门进去，老窝棚里破烂不堪，一个人影都没有，桌上放着吃剩下的面包和半杯水，水杯里还冒着热气……床上，堆着被子，杨测掀开被子，在被子下面发现了一个手机。

这时，楚河和刑警小王也从后窗露出头来，杨测冲他们摇了摇头，他们也冲杨测摇了摇头。

冷天龙拿起了床上的手机，看着，想着……

杨测摸了摸水杯说："水还是热的，看来没走多远，再不，我带他们到周围去摸一摸？"

冷天龙摇了摇头说："刚才咱们来的时候，对面驶来了一辆没有车牌的小轿车，他们一定坐着那辆车逃走了，唉！咱们到底还是来晚了一步。"

这时，楚河和刑警小王都从后窗跳了进来。杨测质疑地看了冷天龙一眼说："你怎么能确定住在这里的人就是半夏？"

冷天龙打开手机，发现手机屏幕上，依然停留着小鲜肉直播的画面，只是画面上标注着：该直播已经结束。冷天龙把手机递给杨测说："这是一个'化疑解怪'的直播间。刚才，这个二少爷在直播的时候，半夏就是用这个手机，与这个二少爷连了麦，表面上听起来像是为了解梦，实际上，她已经通过解梦的方式，向外界传递了自己就住在这里的信息。"

刑警小王说："那还等啥呀？盯住这个做直播的，把他抓了不就行了？"

冷天龙说："你这话咱们背后说说，也就是了，要是让庄队听见，看庄队骂不骂你？"

杨测也说："是啊！证据还是不足，即使抓了这个二少爷，二十四小时以后也得把人家放回去。"

这时，门外突然传来一阵特殊细微的声音，刑警们立即噤声，隐蔽，向外面看去，只见一个五十岁左右的男人在院子里露出了半个头，正向屋子里窥视着……

杨测立即飞身跳出后窗，刑警小王见了，也紧随他跳了出去。两个人很快就潜到了男人的身后，男人正往屋里张望，杨测突然飞身一跃，转眼就把男人的两只胳膊扭住了。刑警小王也紧跟着上前，二人把男人扭到了屋子里。

男人立即杀猪一般叫起来："你们抓我干什么？"

冷天龙踱到了男人身边，抬起他的下巴看了看：“抓的就是你这种鬼鬼祟祟的盗贼！”

男人说：“我哪是什么盗贼呀！我是伍老太太家的邻居，我是来找我老婆的手机的！”男人这才看到冷天龙手里的手机，立即叫道，“你手里拿的手机就是我老婆的！”

冷天龙问：“你凭什么说这个就是你老婆的手机？”

男人说：“这个手机壳还是我昨天刚刚帮她换的呢，对了，你们要是不信，就看看手机屏幕，上面有我的照片！”

冷天龙打开手机，从直播间里退出，果然看到了男子的照片。

杨测这才把男人放开了，同时拿出自己的警官证说：“对不起，大叔，我们是瑶城刑警，来这里是执行任务的。”

冷天龙说：“既然你说这是你老婆的手机，那它为啥跑到这间屋子里来了？你详细说说，到底咋回事？”

杨测把一把椅子搬到冷天龙的旁边：“冷队，你坐下说，你的伤口行不行啊？”

冷天龙不耐烦地说：“没事。”

杨测回头又对男人指了一下床：“大叔，您也坐下，慢慢说。先说说您叫什么，家住在哪里。”杨测边说边打开执法记录仪，开始录制。

男人说：“我叫马洪彪，就住在胡同旁边的那个‘一面青’的房子里。”

冷天龙疑问地瞪着他：“我原来就是这里的片警，怎么没见过你？”

马洪彪说：“我是前年才搬过来的，虽然搬来的时间不长，但我和伍老太太一家处得非常好，就像一家人似的。你们也看到了，这一片不是正在动迁吗？这里大部分人家都搬走了，只剩下几家还没有和开发商谈拢的，我家也很快要搬了。”

冷天龙说：“你继续说！”

马洪彪说：“伍老太太家搬走后，我就一直没有看见过她，也不知道她搬到哪里去了。伍老太太的孙女小秋月倒是常常回来取东西，可那天我听人家说，这个小秋月晚上开车时，突然翻车了，撞死了，真是白瞎了那个孩子了。”马洪彪看着冷天龙问，“你若是这里的片警，应该见过小秋月吧？长得那才叫好看呢！小秋月撞死以后，他们家的人就再没有回来过。”

冷天龙不耐烦地：“你别说远了，还是快说说这手机咋回事？”

马洪彪说：“有一天晚上，我下工回来时，突然听到这个屋子有动静，更奇怪的是，屋子里也不点灯，我还以为有小偷进来了呢，就也像你们似的，进来抓贼了。直到进屋才知道，原来是伍老太太的远房侄子从农村来找她们了。她这个侄子，长得黑头土脸的，穿的衣服也都很破烂，一看打扮就知道他家非常穷。他说他这次来瑶城，就是来投奔他姑姑来了，他还不知道小秋月出了车祸了。他让我们帮着打听伍老太太搬到哪里去了，可我们也不知道啊。我就劝他说，既然你是伍老太太的侄子，这幢破房子又闲着没有人住，你不如先住下，慢慢找吧。伍老太太的侄子就住下了。”

冷天龙问：“她侄子长什么样？多高的个子？”

马洪彪比画着：“这么高吧，瘦瘦的。看在老邻居的情分上，我们家每到吃饭的时候，我就会给他送过来一点儿，可没想到，我这么一帮他，就没头没脑了，他竟赖到这里不走了。后来我才知道，伍老太太的这个侄子是个又馋又懒的人，怪不得年纪轻轻的就那么穷。自从住在这里后，他就整天躺在床上看电视剧，什么都不干。我也劝他出去干点啥，可他嘴上答应着，却始终没看他出去过。我一来气，就再也不给他送东西吃了。”

杨测见马洪彪说得嘴发干，就倒了一杯水给他。

马洪彪喝了水，接着说：“我老婆脑血栓瘫在床上不少年了，因为我白天得出去干活，伍老太太的侄子就总是趁我不在家的时候，来我家里找东西吃。我爱人虽然也看不惯他懒，但却心软，总不好意思拒绝他，没想到他竟然蹬鼻子上脸，今天上午，趁着我老婆一不留神的工夫，他竟然把我老婆的手机偷走了。我老婆瘫痪在床，全指着这个手机解闷呢！她明明知道是伍老太太的侄子偷走了手机，也没办法过来索要，只能躺在床上干着急，直到我干活回来，她才哭着让我过来找手机。”

冷天龙问：“这个伍老太太的侄子，在和你们聊天的时候，有没有和你们说过别的什么话？”

马洪彪说：“我整天忙得要死，哪有时间和他说话呀？再说，他又那么懒，我一看他就来气，一句话都懒得和他说。”

冷天龙打开自己的手机，翻出半夏的通缉令照片，放到男人的眼前：“你看看，那个伍老太太的侄子，和这张照片上的女人，长得像不像？”

马洪彪看了看手机：“你们还别说，还真的有点儿像，只是她侄子可比这个女人黑多了。”

冷天龙气哼哼地说：“你瞧瞧你，啥眼神儿呀？连男人和女人都看不出来。”

马洪彪惊讶地说：“你的意思……这个女人……就是伍老太太的侄子？她……她不是通缉犯吗？”

冷天龙把手机还给了马洪彪：“好啦，您还没吃午饭吧？我们就不耽误您的时间了，谢谢您的配合。”

杨测掏出一张名片，交给男人说：“如果您再看到伍老太太的这个‘侄子’，麻烦您一定立刻给我们打电话。但您注意，千万不要惊动她，也不要跟她说我们来过了。”

马洪彪连连点头：“好的，我一定！一定！”

一场抓捕大戏，就这么有头无尾地结束了。虽然几个当事人自认为瞒得天衣无缝，可庄重还是在第一时间就知道了三个人的鲁莽行径。

“你们可是真行啊！都长本事了是吧？”在又一次专案组会议上，会议刚刚开始，庄重就这么严厉地骂起来了。

听了庄重的话，大家吓得都不敢说话了。

庄重瞪了杨测一眼说：“我说杨测，你怎么也跟我玩起这种‘将在外，君命有所不受’的游戏了？他冷天龙无论怎么玩，我都不奇怪。可你这么做，我就奇怪了！你作为冷天龙的兄长，真的没有替冷天龙想过，他这么做会有多危险吗？还去抓嫌犯了！他那刚刚愈合的伤口，随时随地会有裂开的可能！还有云落，你可更有能耐了，甚至都学会演戏了！你们……你们这不是拿着自家同志的性命去冒险吗？”

杨测和云落全都低下头去。

庄重严厉地瞪了楚河一眼，楚河也吓得低下头去。

门突然被敲响了，庄重还未等说“进来”呢，冷天龙就精神抖擞地走进了办公室，他的身后跟着大壮和那个便衣。

庄重一愣：“天龙！你怎么又出来了？”

冷天龙说：“报告庄队，我这回真的出院了！大夫已经同意我回家疗养了。您瞧，这是我的诊断书。”

庄重看了看大壮：“到底怎么回事？”

大壮无奈地说：“冷队长缠住医生就不放了，强烈要求要回家疗养。最后缠得连医生都没办法了，只好同意他回家养病。您瞧，这些全是医院给开的药。”大壮边说边抖了抖手里鼓囊囊的袋子。

冷天龙瞪着大壮：“你说话别这么夸张好不好？”

大壮只得又解释说：“今天早晨，瑶城医院对冷队长进行了全面的身体检查和评估，医院的几位专家还对冷队长的病情做了会诊，说是鉴于患者的态度，认为他若是回家疗养也勉强符合条件。”

庄重瞪着冷天龙：“啥叫勉强符合条件啊？那不是明摆着你还不应该出院吗？”

冷天龙嘟囔：“再那么躺下去，伤病没好，疯病也该有了。”

庄重说：“你非要回家养伤也不是不行，那你怎么不回家去呀？跑到这里干什么来了？”说着瞪了瞪两名便衣，“你们两个，最近也不用回来上班了，继续给我好好地看护他。”

冷天龙讨好地一笑：“庄队，您看我来都来了，再需要疗养，也不差这么一时半会儿吧？你们这不是要研究案子吗？我最了解情况了，您就让我旁听一小会儿还不行吗？万一你们说的哪个细节能让我想起什么来呢！”

庄重想了想，问大壮：“不需要打吊瓶了吗？”

大壮说：“白天都是口服药，等到晚上再打一个吊瓶就行了。我已经联系好了家庭医生，到时候会有护士上门服务的。”

庄重说：“那好吧，那你们两个就暂时陪他在这里坐一会儿吧！记住，药一定按时服用。好啦，开会吧！”

庄重的手机突然响了，庄重接过手机，立即兴奋地看了大家一眼，才说：“你的意思是在安岭附近的一个检查站，有人使用了张英的身份证？这么说半夏已经逃到安岭了？好，你们继续给我深查，我会立即派人增援你们的。”

见庄重挂了电话，杨测便把期待的目光看向了庄重，庄重突然没好气地冲大家摆了摆手说：“会议先不开了，你们该忙什么忙什么去吧！”庄重说着就起身走了，脚步显得非常匆忙。

楚河遗憾地看了看杨测：“这么说又没咱们啥戏了，我还等着和测哥一起去安岭执行任务呢！”

杨测说：“派谁去执行什么任务，那是领导们的事，咱们只管干好咱们的工作就行了。对了，你的新警服已经发下来了，就在你的临时办公室里，你一会儿抓紧试一下，要是哪儿不合身，就告诉我，我让人帮你调换。我得去查一份资料，抓紧回办公室了啊！”杨测说完，就快速走出了会议室。

>>> 千紫庄园的神秘庄主

楚河走进情报信息研判中心，发现屋角果然放着几个装警服的盒子和袋子。楚河把盒子袋子全都打开，挨个看了看里面的警服、警帽，看了哪一个都爱不释手。见走廊里并没有传来脚步声，楚河就把门关上，对着镜子试起警服来。

这时，放在桌子上的手机提示音响了一下。楚河一边试衣服，一边看了手机一眼，发现是云落发来的语音留言。楚河便把手机放到一边，一边播放微信语音留言，一边继续试衣服。

云落微信留言："来我办公室一下！"

楚河一边试衣服，一边拿起手机回话："稍等一下，我正在试新警服。"

手机微信提示音又响。

云落微信留言："那你得尽快！现在办公室就我一个人，正好方便说话！"

楚河继续语音留言："有什么事吗？在微信里说不行吗？"

云落微信留言："不行！这件事必须当面说！"

楚河望着镜子中的自已，一缕豪情突然油然而生。是的，楚河真的太喜欢这套湛蓝色的警服了，他多么希望天天都能穿着警服上下班啊！就像参加全封闭培训时那样，哪怕看着身上的服装都觉得过瘾，都觉得有力量！一边欣赏自已，楚河还一边感叹："当刑警就这一点儿不好，平时总得穿便衣，这要是能天天穿着警服，该有多过瘾？"

"楚河，你怎么穿起警服来了？难道是要去见什么大人物啊？"两位刑警不知什么时候走了进来，其中一个很好奇地问楚河。

楚河不好意思地一笑，什么话都没说就出门去了，可就在门即将关上的那一瞬间，一位刑警那不阴不阳的声音从门缝里溜达了出来："这小子一定去见云落了！"

这就是我们的侦查员，似乎每个人的眼睛里都带X光。

可是，当气宇轩昂的楚河，终于出现在云落的办公室时，背对着门坐在电脑前的云落，竟然连头都没有回过来看他一眼，张嘴就说："楚河，你该回家了！"

"回家？不行，半夏若是抓不到我肯定不回家！"

"半夏这一次肯定没处跑了！抓捕她的天罗地网早已经布好了，只等着半夏往里面钻了。”

“你的意思是庄队已经派人去安岭了？他怎么不派咱们去呀？”

“你以为你是谁呀？还真把自己当成菜了！若论侦查，你可能算是个人才，但论抓捕，你还差得远呢！”

“可是……”楚河的心思依然在自己的警服上呢，可令他觉得扫兴的是，云落为啥就是不回头看看穿着警服的自己？

云落像是故意气楚河似的，就是不回头，她似乎对手里的鼠标更感兴趣，手指头一个劲儿地点击着，寂静的屋子里便充满了轻微的嗒嗒声。楚河看了电脑一眼，发现她反复点击的，只是“刷新”。

“行啦，别再优柔寡断了！趁着这两天没有什么事，还是快点回家把那个悬而未决的事情办了！昨天从医院出来，你猜我碰见谁了？我碰见你牛哥了，他正好去医院给你奶奶开药……”

楚河一惊：“我奶奶怎么了？”

“你奶奶没怎么的，就是血压有些高。”

“血压有些高？”楚河那由警服所引起的兴趣，终于被云落全部荡涤了——难道不回头看他，也是云落的计策？

偏偏在这种失落的时候，云落飞快地回头看了楚河一眼，但她那如水的眼神里并没有欣赏，有的只有牛哥似的愤怒，惊涛来似雪，一座凛生寒。

“你就不用这么假惺惺地在我面前显得着急了！你要是真着急，就应该立即回家，去看你的奶奶！你知道在医院里，牛哥看见我时，第一句话怎么说的吗？”

“他说了什么？”楚河有气无力地靠在桌子上。

“他说这个楚河连自家的老祖宗都忘了，连养育之恩都不知报答，连人的一撇一捺都不配呢，还配穿什么警服吗？”云落直到这时，才目光“郑重”地扫了楚河的警服一眼。

楚河顿时羞愧地低下了头。

“明天不是星期六吗？我建议你趁着这个空闲，立即回家！今天晚上就回家！楚河，别再犹豫了！你奶奶都七十六岁了！你难道真的像牛哥所说的那样，想制造一个终生遗憾出来吗？”云落苦口婆心地说。

楚河依然执拗地说：“我若是回去一定又要忍不住查那件事，万一哪句话刺激了她……”

“关于录像带的事，你真的从来都没有问过你的奶奶？”云落的眼睛里全都是质疑。

“我怕的就是自己会去问她！不然，我怎么会离家出走？我奶奶有心脏病，我真的不敢刺激她！万一哪句话刺激了我奶奶，那不是因小失大了吗？相濡以沫，不如相忘于江湖，我看，还是这么相安无事的好！”楚河的声音越来越沮丧。

“你这叫逃避你懂不懂？”

“只要对我奶奶好，逃避也可能是一个好的选择。”

“你奶奶有病，你可以不问，但你爷爷不是很健康吗？可你为什么不去问问你的爷爷呢？”云落走到了楚河的身边。

“就我爷爷那个脾气！”楚河突然苦笑了，“我可不是想问他来着，可还没等我说出录像带的事呢，我爷爷就已经暴跳如雷了！”

“愚蠢的善良，反而是最大的恶……”云落突然没头没脑地说。

“你这话……什么意思？”

“你明明知道你奶奶有心脏病，可你还是选择了离家出走，你这么做，表面上看似减少了对奶奶的伤害，其实恰恰是对老人家更大的伤害！”

楚河立即认同了云落的话，但他却只是拽了拽领带。

云落走到了楚河对面，正了正楚河的领带，苦口婆心地说：“也许一切并不像你想象的那么复杂呢！也许你开诚布公地和两位老人谈一谈，真相就一下子摆在你的面前了！”在明亮的办公室里，云落的眼睛就像阳光下的荷塘，清澈，静美，熠熠生辉。

“哪……哪能像你说的那么简单？”楚河有些走神儿了。

云落突然抓住楚河的手，把他拉到警容镜前，让他望着镜子里的自己:“好好看看你自己！看看你现在到底有多优秀！多精神！多有力量！可你不要忘了，你身上的遗传基因到底是谁传给你的！”

楚河愣愣地看着镜子中的自己，立即承认了云落的话。用旁观者的眼，他果然认真地审视了一下镜子里的自己。是的，云落说得对！此时的自己，应该是“有史以来”状态最好、体格最壮的时刻！更何况，自己的身边，还有水一样神奇美丽的云落警官呢！

“虽然我没有见过你的爷爷奶奶，但据我分析，你的爷爷之所以能创下那么大的产业，你的奶奶又能守住你们家的财富，一定都有存在的理由的！所以，你不仅要对你自己充满自信，更要对你的爷爷奶奶充满自信！也许事实上，两位老人的抗压能力，有可能远远大于你呢！不要那么看着我！事实不是已经证明了吗？你离家出走后，你们家到底谁‘抑郁成疾’了？并不是你的爷爷奶奶吧？我可是听说你的爷爷奶奶，现在全都很健康硬朗呢！”

云落的一番话，就像星星之火，点燃了楚河心底里的激情。

“一个人越是害怕的事，越是他必须要面对的事！”云落说。

“测哥也这么说过。”

“那你为什么不给测哥一个面子，让他陪你回家呢？”

“要是……陪我回家的……是你，这事还可以商量！”楚河居心叵测地看了云落一眼，脸唰的一下，红了。

云落连犹豫都没有犹豫一下，就痛快地冲着镜子挥了挥手说:“行，就这么定了！叫上你的测哥和你的马哓哓，我们今天晚上一起陪你回家！”

见楚河的眼睛里突然放射出惊喜的神色，云落嘴角微微一翘，不轻不重地说:“不要想入非非啊！我陪你回家，身份可是和他们两个一样的，就是普通的朋友兼同事！”

“行！行！我现在就给测哥打电话！”楚河忙不迭地拿起了手机。

电话很快就接通了，可出乎楚河意料的是，当楚河说出自己想要回家的想法时，测哥并没有表现出楚河预想的惊喜，他反而沉吟了一下才说：“你和云落在一起吧？”

“我……在云落的办公室。云落……的意思……今天晚上回家比较好！”楚河突然变得吞吞吐吐起来。

“今天晚上？”

“嗯！”

杨测在电话那边顿了顿，接着便笑了：“我说你小子咋突然想明白了呢！果然是云落起作用啦！好！很好！云落能陪你回家那当然更好了！这可是双喜临门的大喜事啊！这样吧！为了不让奶奶过于激动，我和马哓哓还是先去打个前站吧！等我们把一切都铺垫好了以后，你再和云落闪亮登场好不好？”

楚河立即开心地点头，仿佛杨测能通过电话看到他的表情似的：“行，行，我听你的！”

“去你的吧！你小子啥时候也学会说虚话了？你要是真能听我的，还用得着等到今天吗？”杨测笑骂道。

楚河顿时无语，脸也腾地红了。

“今天你回家的时候，我建议你就穿着警服，你让云落也穿上！”杨测突然嘱咐说。

“穿上警服？为什么？”

“给两位老人一个惊喜啊！一对警察突然出现在老人面前，那效果该有多好啊！”

“好吧！”楚河再次冲着手机点了点头。

楚河刚要挂断电话，杨测又紧急制止了他：“对了，我建议你也邀请一下冷天龙。”

“邀请冷天龙？冷队不是要回家养病吗？”

“他左右都出院了，在家养病反倒寂寞，你不如叫上他一起去，又不是去执行什么任务，更何况千紫庄园那么好的环境，不是比他家强多了？他是领导，和马哓哓的关系又这么特殊，所以这事他早晚会知道的。你们老楚家也不差这一双筷子不是？当然，这件事我只是建议。”

楚河犹豫了一下，才说："好吧！"

离家出走了将近六年之久的大孙子楚河，终于要"衣锦还乡"了！这对于瑶城首富楚汉一家，当然是非常特别的大事情，可因为有了杨测和马哓哓的铺垫，如此突发的大事情，竟然也变得像"太阳早晨出来、晚上落下"一样合情合理了。

夕阳西下，晚霞满天，云落的小轿车刚刚驶近千紫庄园的大花门，那扇沉重的、镶着花纹的电子遥控大铁门就无声地滑开了。当载着楚河的小轿车终于缓缓地驶进千紫庄园之时，不仅庄园里那一片又一片的花海沸腾了，连天边那流光溢彩的火烧云，也突然变幻出许多祥瑞而奇丽的曼妙表情。

一位很面熟的男人，从门边的小木屋里跑了出来，只见他手里拿着一部手机，正一边跑一边对着手机说着什么。一只雄狮一般凶猛的大黑狗跟在男人的后面无声地蹿出来，但它很快就停下了，原来它的脖子上拴着一条粗粗的铁链子。等到男人跑到了小轿车边，他的电话也打完了。因瞧着男人面熟，楚河立即冲男人点了点头问："大哥，我们是不是在哪里见过？"

"我……我是金锁啊，金爷爷是我干爹，小时候，我还领你抓过大红鸟儿呢！"男子一脸憨笑地看着楚河，脸膛红红地说。

楚河的心突然一动，这才猛然想起他来，忙不迭地说："对呀！对呀！原来你是金锁叔啊！一晃真的好多年没见了，金爷爷身体好吧？"

"很好，非常好！可惜他出远门了，他这还是第一次出远门呢！去的地方叫……叫什么岛……"

"是海深岛吧？"

"应该是这个地方，反正挺远的。我干爹要是知道了你要回来，打死他他都不会走的。"

金锁见楚河特意看了看端坐如钟、正向这边望的大黑狗，就憨憨地笑了："狗这玩意儿真通灵性，每次来人，它都叫个不停。可今天见主人回家了，你瞧瞧它，竟然一声都不叫。"

楚河听了，不禁冲着那大黑狗摆了摆手，那条黑狗立即直起身来，冲楚河献媚地摇了摇尾巴。楚河笑了，问金锁：“它叫什么名字？”

“叫远东。”金锁又摸了摸后脑勺，“我也不知道我干爹为啥给它起了这么一个怪名字。”

楚河突然一笑：“远东？这个……我倒是知道原因！”

见金锁迷惑不解地看着自己，楚河便解释说：“海深岛就在远东。”

金锁便笑了：“噢，是这么回事呀！可那么远的地方，我干爹为啥总是对那里那么上心呢？”

楚河没有说话，心却慢吞吞地沉了下去，一缕遗憾之情也涌了上来。本来领金爷爷去海深岛，也是楚河的一个心愿，看来金爷爷这是等不及自己了，才独自去了那么遥远的地方。但愿他此次前去，能顺利地找到他心坎里的顺子姑娘。

两个人交谈的时候，云落一直都在驾驶室里坐着，始终没有下车。透过车窗，金锁看了云落一眼，云落也礼貌地冲他笑了笑。金锁的脸膛就显得更红了。他有些不好意思地移开了眼睛，指了指前边的一条路说：“因为得看大门，我就不领你们一起过去了。你们顺着这条路直接向里面开，过了桥，就能看到一个紫色的别墅，你奶奶就在那个别墅楼里等你们呢！”

楚河答应了，复又上了车，小轿车便顺着金锁指的那条路向庄园深处驶去。

自从老宅子扩建成千紫庄园以后，楚河这还是第一次回园呢！尽管楚河之前已经看过奶奶邮给他的风景片，但身临其境的感觉还是与看录像不同。

小轿车越往前行驶，楚河的眼前越觉得开阔。每条小路的两边都栽着整齐的风景树，风景树的两旁，那波浪起伏的山坡上，全都被大片大片的花卉覆盖了，远远看去，就像波涛汹涌的彩色海洋。花的海洋里，时而还可以看到一些造型奇特的廊亭雕塑、假山池塘，就像海洋里小巧的岛屿、奇异的帆船。

轿车驶过一座玲珑古雅、牢固结实的石拱桥，便看到绿树花海里的几幢彩色的别墅楼了，每栋别墅皆以木桥长廊连接，有一种哥特式建筑风格。其中一幢以紫色调为主、飞檐翘角的二层豪华别墅尤为引人注目，那就是千紫庄园的主楼——紫晶楼。

紫晶楼坐北朝南，与后面高耸入云的峰峦叠嶂隔河相望，也与不远处的那座古香古色的老宅子遥相呼应。清澈见底的瑶儿河在这里巧妙地转了一个大弯，曲曲折折地形成了一个奇妙的太极图，而这幢紫晶楼正好置于太极图阳鱼阴眼的位置。

驶过一片开着硕大粉色花朵、灿如晚霞的柳桃树，楚河远远看到了一大群人都在紫晶楼前的台阶上站着呢，杨测和马晓晓站在最前面。

“冷天龙刚才不是说他不来吗？怎么又来了？”云落小声说。

楚河这才在杨测和马晓晓身后，看到死板板地穿着一身西装的冷天龙，便笑了笑说：“一定是马晓晓劝他了吧？”

“我发现冷天龙自从出院以后，特别能装，好像生怕别人不知道他已经当了中队长了似的。”云落小声说。

“这我倒没发现，不过出院以后，他的话明显少多了，是不是因为袭击他的人一直没有找到，他觉得屈辱呀？”楚河一边看着前方的人，一边说。

“对了，冷天龙和马晓晓现在又是怎么一回事？我听说马晓晓一连去了医院好几次，冷天龙都不肯见她！马晓晓后来硬闯了进去，他依然对马晓晓不理不睬的。这不是冷天龙的风格啊？原来他不是一直狂热地追求马晓晓吗？”

“我也一直纳闷这件事呢！本想问问测哥的，可因为忙，始终忘了问了。”楚河说。

在杨测的引导下，云落把小轿车停到了紫晶楼旁边的停车场，马晓晓和冷天龙这才一前一后地迎了过来，瞧两个人的态度，就好像他们并不相识似的。

楚河整了整身上的警服，慢慢地从车里走了下来。见了一身警服的楚河，马晓晓似乎愣了一下，在马晓晓特殊目光的注视下，楚河的心里也涌出一种很怪异的感觉，仿佛自己只是一位陌生的客人，正在走进一个陌生的人家。

见云落从后备厢里拿出了几个花花绿绿的大礼盒，杨测和马晓晓立即过去帮忙，楚河也想挤过去拿，测哥笑着把他推开了，小声说："今天你和云落都是主角，这些粗活儿还是让测哥为你们做吧！"说着就强行把礼盒都夺了过去。马晓晓也从杨测手里分过了一个礼盒，并飞快地瞟了冷天龙一眼。但冷天龙却像没有看到她的眼神似的，一直远远地站在那里，脸上带着君临天下的微笑。

因为云落刚才的提醒，楚河便用另一种眼光看了看一身西装的冷天龙，发现他果然很能装，但令楚河更加奇怪的是，自己对此似乎早就接受了。人家是领导嘛！领导总得有个领导的样子，更何况人家的官位还是用鲜血换来的。

"冷队，您能来，我真的很高兴！"楚河笑容可掬地说。自打成了刑警以后，楚河发现自己不仅适应了工作环境，在待人接物上，也能做到左右逢源、谈笑风生了。

"大河衣锦还乡，当然也是咱们中队的大喜事，中队领导怎么能不到场呢？"杨测立即笑着说。

"在家里谈什么领导？大家都是哥们儿！都是哥们儿！如果必须需要领导到场，那你应该把庄队请来！"冷天龙虽然嘴里这么说着，但那居高临下的神情，还真像个领导。

楼前的人，全都向这边看着，有楚河认识的，也有楚河陌生的，还有楚河似曾相识的。楚河正要和那几个认识的人打招呼呢，突见人群里让出一条路来，接着，就看到自己那白发苍苍的奶奶从楼里快步走出来了。

楚河一看见奶奶，就再看不到别人了。他只觉得眼睛猛然一热，接着泪水就涌出了眼眶。隔着泪帘，楚河就那么傻呆呆地等着奶奶向自己走来，走来……尽管奶奶整体看起来，比六年前显得老多了，原来灰白的头发，如今已经全白了。但令楚河感到欣慰的是，奶奶的脚步依然轻快有力，身上的旗袍依然靓丽合体，显得她精神十足。

“你这个小犟种啊！”奶奶终于走到了楚河的身边，嘴里的话还没等说完，眼泪已经像瀑布似的奔涌了出来。

楚河躲开了奶奶向他伸出的双臂，扑通一声就跪倒在了奶奶的面前，奶奶立即上前搂住了他，祖孙二人便紧紧地拥抱在了一起。

早知今日，何必当初？埋在奶奶温暖的怀抱里，楚河突然暗骂自己一句。

奶奶强行把楚河的头抬起来，一边哭着，一边上上下下抚摸楚河，眉毛、眼睛、鼻子、嘴……摸得两手都被楚河的眼泪沾湿了。见大家都静静地看着他们祖孙俩，有的也抹起了眼泪，奶奶才充满爱怜地把楚河拉了起来，依然不错眼珠地端详着她的大孙子，刚刚干涸的眼睛转眼又湿润了。

奶奶就这么一边流着泪，一边声音朗朗地对大家说：“我大孙子抓周的时候，抓的第一个东西就是枪。后来见我孙子越长越文静，我就犯嘀咕了！以为抓周这事根本不靠谱呢！你们看看，这不到底还是应验了吗？”奶奶说着，又爱怜地抚摸了一下楚河肩膀上的警衔和衣领上的徽章，淌着泪水的脸上，渐渐露出了欣慰的笑容。

“那是谁呀？常常夸耀自己是个宠辱不惊的人！那句话咋说的来着？‘泰山崩于前而面不改色！’可那个人今儿个咋还现原形了呢？”

楚河闻声回头一看，原来是测哥的母亲虹姐正向这边走过来。和她并肩而行的，永远都是马哓哓的妈妈马玉涵。楚河立即迎上去：“虹……虹姨好！马阿姨好！”

“好！好！好你个头啊！你这个臭小子！咋就这么犟呢？一走就没影儿了这么多年！别说你奶奶惦记你了，我这个当姨的，也一直为你悬着心呢！要不是你测哥挡着，我早就找你去了！非抽你两个大嘴巴子不可！”虹姐说着说着，也流出了眼泪。

“你们瞧瞧？刚才她还吧吧吧地讽刺别人呢，这工夫自己咋也现原形了呢？”奶奶含着眼泪又笑了。

楚河特意又看了奶奶一眼，他发现六年不见，奶奶还是有了一些变化，其中最明显的，就是她的话比原来多了。

站在一旁的云落，突然想起了一篇课文《林黛玉进贾府》。

见云落一直看着虹姐，楚河也把关注的目光，投到了虹姐的身上。几年不见，楚河总觉得虹姐哪儿变了，一张原本魅力四射的漂亮脸蛋，如今看起来总觉得怪怪的。楚河以为是她变老了，可仔细一看，不仅眼角上没有皱纹，脸皮也并不显得松懈。可既然人没有变老，为什么显得那么怪异呢？直到动用“第三只眼”仔细看她，楚河才恍然大悟：原来虹姐也整过容了，而且是大面积的整容。

与虹姐相比，马阿姨的变化却不怎么大，不但不见老，反而比六年前还显得年轻了。她长得鼻阔嘴方，一看就是豁达大量的人，马晓晓也不知道长得像谁，反正一点儿都不像她的妈妈。见楚河微笑地望着自己，马阿姨就大咧咧地笑了，上来就拍了楚河一下。拍完了似乎还不过瘾，又重重地在他的后背上咚地打了一拳，这才骂了一句：“你这个小犊子！”

“这位就是云落吧？”虹姐虽然脸上还挂着泪痕，可那双与杨测酷似的眼睛在一瞬间，就上上下下、里里外外把云落透视了好几遍。

“我猜也是吧！大河这孩子也不知道给我介绍介绍！”奶奶也看着云落笑着说。

云落突然立正，向几位老人打了一个标准的敬礼，嘴里清凌凌地说：“奶奶好！虹姨好！马阿姨好！我是云落！”

“这女孩子穿上警服，就是不一样！实在太精神了！尤其是云落，这身警服穿在你身上，真的太漂亮了！我原来就让马丫头考警察，可她就是不听话……”轻易不愿意当面夸人的马阿姨，也忍不住赞扬起云落来了。

“咋总是马丫头马丫头的，人家没有名字吗？”马晓晓小声嘀咕着。

虹姐却没有听见马晓晓的话似的，接过马阿姨的话头就说开了：“老太太，云落可是你们老楚家的贵人啊！这几年，测儿和马丫头为了让大河回家，真的没少劝过他，嘴皮子都要磨破了，可大河就是没给他们这个面子。可这位小云落呢！我听说仅仅说了几句话，大河就乖乖地回家来了！老太太，你是不是应该感谢一下云落呀？”虹姐说着，就把云落推到了楚河奶奶的面前。

“没有，我真的没起什么作用！楚河真是自己想回来的！”云落的脸上突然飞起了红晕，就像晚霞落入了清亮亮的瑶儿河里。

奶奶一把拉住了云落的手，接着就慈爱地端详起云落来，咋看都看不够似的，刚刚止住的眼泪又涌流了下来。虹姐捅了一下奶奶，奶奶才想起了什么，赶紧向旁边伸了一下手，一位中年妇女就递给了奶奶一个鼓鼓囊囊的大红包，奶奶接过大红包，就往云落的手里塞。

“奶奶……您这是干什么？我……我和楚河就是一般的同事关系，我怎么能要您的钱呢？”云落的脸腾地红了，赶紧拒绝。

奶奶愣了一下，手里的动作却没有停下来：“孩子，无论你和大河啥关系，到奶奶家来了，就得收奶奶的见面礼！你要是不收，就是看不起奶奶了！”

“可……可我是警察呀！警察怎么能随便收奶奶的钱呢？”云落急得脸都涨红了。

“在我的家里讲什么警察身份？你又不是来办案的！你今天的身份就是奶奶的大孙女！行不行？”奶奶决断地说。

听了奶奶的话，楚河的心里突然怪异地一动，还真让奶奶说中了，如果不是为了查案，她云落可能这么轻易地“到此一游”吗？

“那我就更不应该收您的钱了！这世上只有孙女孝顺奶奶的，哪有奶奶倒……倒过来的！”云落因为着急，话都不知道咋说好了。

“你就别和奶奶犟了！让你收你就收下吧！”楚河说着就回头找杨测。

杨测立即明白了楚河的想法，赶紧把自己和马晓晓手里的大礼盒朝奶奶亮了亮，笑着说：“奶奶，这些都是云落孝敬给您的！”

“你们看看，这么懂事的大孙女，还给我买了这么多的礼物，我这个当奶奶的，更应该表示表示啦！”奶奶更加决断地要把钱往云落手里塞。

瞧云落的神情，她是坚决不会收奶奶的红包的，可如果过度拒绝，又怕伤了奶奶的面子，为此急得她整张脸都涨红了，就像一条燃烧的河突然堵塞了，红彤彤的水面无声地向上鼓着，鼓着……楚河还从没看见云落如此尴尬过呢！

一老一小僵持不下，杨测便笑了说：“云落，你也不要太较真儿了，奶奶给你什么你就要什么，要是觉得钱太多没处花，哪天我和哓哓一起帮着你花，你说好不好？”一番话把大家全逗笑了。

云落听了此话，流泉飞瀑般瞟了马哓哓一眼，一下子与马哓哓那火辣辣的眼神撞到了一起。马哓哓淡淡地笑了笑说：“你就收了吧！就当替楚河收了。”

马哓哓的话提醒了云落，云落这才说了声“谢谢奶奶”，立即接过了红包。可一转眼，她就把红包强行塞进楚河的手里了。

“今天的你我，为什么总在重复昨天的故事？”马哓哓突然怪笑了一声。

“马丫头，你这话什么意思？”虹姐迷惑地问她。

“我记得好像还是虹姨讲给大家的吧？说当年夏阿姨第一次来家里见婆婆，娘俩也因为钱的事，闹得不亦乐乎！”

楚河立即看了一眼马哓哓：“啥叫‘闹得不亦乐乎’？”

马阿姨顿时瞪了马哓哓一眼说：“这马丫头，瞎咧咧啥呢？大河，你别听她瞎说！你奶奶那么大量的人，怎么会因为钱送不出去而翻脸呢？”

虹姐也笑着打圆场：“可不是，老太太表面生气，备不住心里已经乐开花儿了！”

楚河却打破砂锅问到底：“哓哓刚才的意思是说我妈妈第一次见我奶奶的时候，也说啥都不要我奶奶的见面礼？”

虹姐立即笑了笑说：“那是她们婆媳俩的事，我哪知道得那么多啊？”

奶奶却坦然一笑说：“她虹姐，你的记性咋能比我都差了呢？当时不是你陪着夏堇来的我家吗？记得当时我还认错了人，错把你当成了我的儿媳妇了，非要把钱往你的手里塞，夏堇也是因为这个才说啥都不肯要那钱吧？唉！现在回过头想想，那时的我可是真糊涂！夏堇这孩子其实就是看书看傻了！不懂得世俗的礼节，你说我干啥非要和她较真儿呢？唉！我们老楚家八成就是这个门风了，越是想往出送钱，就越是送不出去！”

“我终于知道你们老楚家日子为啥越过越好了！就是因为你这个守家的老太太是个只能进不能出的大漏斗！”虹姐的话还没有说完，大家又全笑起来了。

“还别说！我八成真就是这样的命！别说别人家的孩子了，连我这个死犟死犟的亲孙子，也说啥都不要我的钱！这一晃有多少年了？他就这么一个人在外面闯荡着，我想给他送钱都不知道往哪里送！”

奶奶的眼泪又流出来了，嘴却依然不停歇地说着：“可人家的爷爷却一点儿都不担心，不仅不担心，还总说他很开心！说什么大孙子在外面闯荡闯荡是件大好事！等有一天闯荡出个名堂了，他自然就会回家来啦！你们瞧，还真让这个糟老头子给说中了！”

“我爷爷呢？”楚河向人群里看着，终于问出了他一直想问的话。

“你爷爷陪你金爷爷去远东了！这不，听说你要回来，两个老头子正拼了老命往家赶呢！我估计他们最快也得明天下午才能到家。”

“原来是我爷爷陪着金爷爷去的海深岛呀！奶奶，你赶紧打电话告诉我爷爷，让他们千万别着急回来！一定要把想办的事情都办完了！别留遗憾。”

“他们已经走了很多天了，即使没有你这事，我估摸着也该回来了！”奶奶欣慰地说罢，便用另一只手拉起了楚河，向紫晶楼里走去，人群立即让出一条路来。

直到快走进大门时，楚河才在门边看到了牛哥。楚河刚要和牛哥打招呼，奶奶突然拽了一下他的手，示意楚河去看同样站在门边的一位女子。

不用奶奶示意，楚河早就注意到这个女子了，因为她实在显得太特别了。女子三十多岁年纪，着一身浅紫色的长裙，身材适中，云鬓高耸，容貌秀丽，文雅端庄。尽管她一直悄无声息地站在人群的后面，但越是人多的地方，她就越显得出众，无论是谁，都会一眼就看到她。

“来，大河，奶奶给你介绍一下，她叫尤千紫，现在是咱家公司的副董事长，咱家公司能走到今天，千紫可是立了头功的！”楚河注意到，奶奶在说这番话的时候，特意把“咱家”二字加重了语气。

“大娘，您不是早就把我当成‘咱家’人了吗，一家人哪能说两家话呢？”尤千紫在说“咱家”二字时，也用了些暗劲儿。一边说着，她一边笑盈盈地向前走了两步，亲切又不失矜持地与楚河握了握手。

楚河当然早就知道尤千紫的名字啦！也曾无数次地听陌生人议论过她。在人们的议论中，尤千紫是一个非常低调且富有心机、行踪诡秘的女子，这么多年一直没有成家，也轻易不和外界的人打交道。有人猜测她是爷爷的私生女，也有人把她说成了爷爷金屋藏娇的小三儿。可无论外界怎么传，也一直只是外界人在传，不仅爷爷奶奶对这些风言风语没有反应，尤千紫那边更是静如沉潭，仿佛这个世上根本没有她这个人似的。

因为好奇，楚河曾在网上查找过尤千紫的资料，可除了在公司简介里查到了她的名字外，网上竟然一张照片都查不到。关于她的简介也是寥寥数语：尤千紫在远东留学多年，博士毕业后，放弃了高薪职位回到瑶城，在千紫集团任副董事长，是楚汉董事长最得力的助手。

在楚河的臆想中，这个尤千紫应该是一个能力四射、骨骼突出的女汉子形象，万万没想到她竟然长得这么娇柔妩媚，娴静优雅。为了一眼看透她的心，楚河甚至睁开了他的“第三只眼”，仔细端详了一下她的面相，楚河发现她长得一点儿都不像传说中的那样心怀叵测、诡计多端，反倒显得很纯净很透明似的，是一个具有真才实学的人。

“我……应该怎么称呼您呢？还是叫您尤董吧！”楚河字斟句酌地说。

尤千紫突然笑了，就像清风吹过了花丛：“你就叫我千紫姑姑吧，你小的时候，我还抱过你呢！”

“您……还抱过我？”楚河也没来由地觉得她很亲近，就像自己久别的亲人——难道，她真的是爷爷的私生女？可她无论长相，还是神态，都和爷爷没有半点儿相像之处啊！再有，她为什么也姓尤呢？难道她是奶奶的什么亲戚？

这个女人和爷爷到底是一种什么关系呢？当然是非常特殊的关系啦！不然爷爷怎么会用她的名字为公司命名？楚河再次沉默自问。

尤千紫似乎看透了楚河的心，突然淡淡地一笑说：“董事长因为赶不回来，怕大娘年纪大了照顾不好你，就特意给我打了电话，让我过来帮大娘安排一下。从今往后你想住在哪里，需要什么东西，和我说一声就行。”

楚河看了云落一眼，才说：“为了工作方便，我还在城里我原来的房子住吧！如果有时间回来的话，我还住老宅子！”

尤千紫立即看着奶奶笑了：“幸好大娘早就猜到了！我已经派人把那里收拾妥当了！包括换洗的衣服、日常用品也都备全了！”

“我的屋子也帮我收拾一下吧！反正我是想好了！我大孙子去哪里住，我就跟着他到哪里住！往后我就当我大孙子的跟屁虫儿！”奶奶亲昵地看着楚河说。

“已经收拾好啦！连您喜欢的花儿我都为您插好了！”尤千紫笑着说。

“我说河神！你可真不愧叫河神，你咋总是这么牛啊？你说你有啥牛的？你不就是你奶奶的亲孙子吗！”马哓哓突然笑呵呵地说。

“你这个马丫头，这话总算说到了点子上了！就因为人家是奶奶的亲孙子，所以人家才这么牛呢！要是换了你，你兴许比他还要牛呢！得牛到天上去！”虹姐绕口令似的说，又把大家逗笑了。

尤千紫看了看楚河和云落的警服，沉吟了一下说：“如果你们俩想换便衣，咱们这里还有专门的更衣室，我还特意准备了几套备用的服装。”

云落笑着说：“谢谢您！我们都带着便衣了，一会儿我们直接到更衣室去换就行了。”

尤千紫向最里边的一个走廊指了指说：“更衣室就在那边，啥时候想换，叫我一声就行！”

奶奶突然拉住楚河说：“忙换啥呀！再穿一会儿，奶奶还没看够呢！”

一行人就这么一边说着笑着，一边向别墅里面走去。直到走进待客大厅，楚河才知道这幢楼为啥叫作“紫晶楼”了，因为这里简直就像一个紫色的水晶宫殿。

不用说璀璨的灯光下，那精雕细镂的屏风影壁如何细致精妙，也不用说飘香的花树前，那古朴时尚的红木家具如何低调奢华，最令人称奇的，是覆盖在客厅天棚上的那个水波潺潺、晶莹透明的“云水天窗”——把“海洋馆”都搬到天窗里了，爷爷的这种设计实在太有创意了，简直有些“胆大包天”！

因为在二楼，那仿佛悬在“半空里”的房屋，就是一个地地道道的四合院，几幢被紫色浮雕装饰的飞檐翘角的房屋，把一个巨大的“鱼塘”正好围到了“院子”正中，因而成了二层楼里的“水天井”，一楼客厅上的“云天窗”，微醺的灯光从潋滟的水波里透过，使别墅里的每个角落都被抹上了一层如梦如幻的彩色光影。坐在别墅里，你既可以“游山玩水”，又可以“坐井观天”，那感觉真的像个活神仙一样。

奶奶直到走进了大厅，才松开了拉着楚河和云落的手，可坐到了那个深紫色的贵妃沙发上后，她的眼睛依然紧紧地“拽着”这对年轻人，直到看到两个人全都坐到沙发上了，才似乎安下心来。

尽管客人们都跟着奶奶走进了客厅，但最后能够坐在沙发上的客人，却是寥寥无几。除了几位忙着沏水端茶的陌生女人在光影里无声走动外，晚辈的客人们都自觉地躲到别的屋子去了，包括冷天龙、杨测和马晓晓，转眼也不见了踪影。

当云落发现了这样的情况，立即礼貌地站起身，也想离开客厅。奶奶见了，立即决断地冲她摆了摆手说：“就坐在这里，孩子，大家今天都是为你们来的，你们必须陪大家喝杯茶！”

因为沙发上坐着几位楚河陌生的长辈，奶奶便一一给楚河和云落做了介绍。他们有的是爷爷公司的老员工，也有楚河不认识的远亲。正这么介绍着呢，从外面走进来两个其貌不扬、打扮得却很体面的妇女，一见她们进来，虹姐立即站起身来，为她们递水点烟。

对于虹姐的如此举动，两个女人连句客气话都没说，不仅神情坦然地笑纳了，还和虹姐你来我往地说了好一通的玩笑话，直到虹姐提醒了她们，她们才把目光转向了楚河和云落。尽管她们的眼神里闪出了惊奇，但楚河发现，她们看自己的时候，用的依然是居高临下的目光。

直到两个人稳稳地坐下了，奶奶才把这两个女人介绍给了楚河和云落，让楚河和云落叫她们张阿姨和刘阿姨。通过后来的聊天楚河才知道，原来这两个妇女的身份全都不一般，岁数稍大一些的张阿姨，是瑶城前任市长的太太；身材微胖的刘阿姨则更不得了，她双胞胎的姐姐就是现任副省长鲍一安的夫人。

无论现场有多少人，只要有虹姐在，虹姐便自然而然地成为中心人物。望着顾盼神飞、左右逢源的虹姐，一个阴冷的声音突然从迷蒙的大脑深处传出来：

“妈妈夏堇真的和虹姐是心心相印的闺密吗？”

“——到底啥叫闺密？”

云落自打走进客厅，便一直没怎么说话，因为过于“注意”地倾听大家说话了，云落的脸上便渐渐显示出一种只有办案的时候才会出现的职业神情。云落的神情，让楚河不由想起了妈妈的那起“迷案”，看奶奶的眼神儿也立刻由“迷恋”变为“审视”了。

楚河曾听不少人说过，自己的妈妈夏堇平时非常清高，甚至有些自闭，总是一副“落花人独立，微雨燕双飞”的落寞模样，平时的她，总爱捧着一本书窝在屋子里看，即使不看书，也常常写字画画。也正是因为这些“毫无用途”的爱好，楚河的妈妈才非常不招奶奶的喜欢吧？

反倒是虹姐，有事没事总爱往奶奶的客厅里钻，发展到后来，虹姐与奶奶的亲密关系便胜过了她们婆媳二人。妈妈去世以后，虹姐更是登堂入室，常常领着杨测住在楚河的家里，当然，每当麻将桌边“三缺一”的时候，虹姐也总会叫来马阿姨凑桌。三个孩子无论在老宅子的哪个角落里玩儿，哪怕是在后山上，也总能听到虹姐那穿透力极强的笑声从客厅那边传出来，尽管她的笑声并不那么响亮。

“呵呵呵……”

“咯咯咯……”

“哈哈哈……”

也不知是虹姐的笑声把楚河从沉思的状态中唤醒，还是云落无意中“碰”了自己一下，才让楚河突然从迷幻的云端堕回到了人间。见大家笑得脸都变了形，一个个花枝乱颤，有人甚至都笑出眼泪来了，楚河便愣愣地看了云落一眼，他发现这些笑得手舞足蹈、前仰后合的人群里，只有云落一个人没有笑。可当大家全都收住了笑容，面面相觑之时，她却突然暗暗地笑了一下，就像微风突然吹皱了水面。

云落的职业神情，再度传染给了楚河，楚河便又深入地想了想妈妈的事情，楚河终于明白她们婆媳为什么格格不入了，说白了，她们就是三观不合！

如果妈妈能活到现在，那么妈妈和云落，包括和我，就一定能聊到一起去了吧？楚河再次问自己。

>>> 云水紫晶的游鱼出听

楚河正这么自问自答着呢，突见尤千紫娉娉袅袅地从染红润绿的“水影”里走过来，小声地在奶奶的耳边说了一句什么，奶奶便看着虹姐笑着说："行啦！可怜见的！你白话得也这么累了！也该给你润润喉了！"边说边揉了揉自己的脸，"我这脸蛋子都笑疼了！"

"这么说，我们大家终于可以去吃饭了呗？哎哟喂！你们瞧瞧，能吃上他们老楚家一口饭，该有多不易呀！"

一番话，又把大家逗笑了。奶奶这才看着云落和楚河说："你们俩现在就跟着你千紫姑姑去换衣服吧！换完了抓紧过来吃饭。"

更衣室就在客厅的后面，甚至标有"男""女"字样，看来这座紫晶楼也是千紫集团平时待客的地方。楚河很快就换完了衣服，刚要和站在走廊里等他们的尤千紫寒暄几句，突然门开了，只见云落身穿一条浅蓝色的长裙从里面走了出来，楚河顿时眼前一亮，于是，全世界就只剩下云落一个人了。

"我……可是第一次看你穿裙子呢！真是太好看了！"楚河小声说。

云落就像没听到楚河的话似的，只是朝尤千紫礼貌地笑了笑。

餐厅就在客厅的隔壁，里面放着一张偌大的圆桌，可坐十几人，无论上面的吊灯还是下面的红木桌椅，都让人感到一种温馨富丽的祥和氛围。直到走进餐厅了，楚河才发现冷天龙、杨测和马晓晓都在餐厅旁边的一个"吊在半空"的房间里坐着，与他们坐在一起的，还有好几个年轻人。站在楼梯口看他们，这些风华正茂的年轻人，简直就是身在彩云中的神仙。见杨测冲自己招了招手，楚河便和奶奶打了声招呼，就和云落一起顺着旋转楼梯爬了上去。

直到走进了这个"空中楼阁"，才发现这个半圆形的房间非常宽敞，事实上，它就是一个半封闭的观景台，就像长在这幢别墅楼上的大耳朵，高悬在楼房的"半空"之上。房间里既有沙发茶桌，又有盆景摆设，案头摆满了鲜花水果。最显眼的，是房间的一角，还摆放了一架乌黑锃亮的钢琴。

见楚河和云落走进房间，几个年轻人全都笑着站起来欢迎他们，只有靠坐在观景台上的牛哥没有起身，微笑着冲楚河点了点头。马晓晓一见到楚河，立即瞪圆了她的那双杏核眼，埋怨楚河为什么不早一些回家来，以至于让他们直到今天，才享受到如此奢华的神仙待遇。

“你们也是第一次来这里吗？”楚河惊奇地问。

“没有你的关系，我们凭什么来呀？”马晓晓一边撇着嘴说，一边亲昵地把云落拽到了自己身旁的椅子上。在云落坐下的一瞬间，马晓晓特意瞟了一眼云落身上的“水裙”。

“虹姐和马阿姨不是经常来吗？你们也可以和她们一起来呀！”楚河看了看马晓晓的白裙子，觉得她与云落坐在一起，就是倒映在静美湖面上的一朵白云。

“那都是啥年月的事情了？你还把我们当成只知道跟在妈妈后面跑的毛孩子吗？”

马晓晓又笑着感叹了一声：“真希望能回到拽着妈妈的衣角到处跑的年龄啊！”

“这么说，你们三个小时候，就经常在一起玩了？”冷天龙终于声音平静地插了一句话。

杨测笑着说：“可不是，楚河家这免费的晚餐，我们俩都没少享用！”

几个朋友正说着话，突然听到虹姐在下面喊了一声：“马丫头！”

大家立即停止了交谈，都向下面看去。不一会儿就看见尤千紫顺着旋转小楼梯“升”了上来，笑容满面地对马晓晓说：“晓晓老师，楼下的长辈们一致要求，想让您演奏几段大提琴曲，给大家助助兴！”

尤千紫的话音刚落，楼上的年轻人全都冲着马晓晓拍起巴掌来，其中一位文艺范儿十足的男子尤显激动，竟然喊起来了，满口的湖北口音：“中！中！我早就听说你们瑶城出了一个闻名全国的音乐家，可惜我一直无缘听到！”

尤千紫便笑着说：“来得早不如来得巧！我相信，一会儿晓晓老师就会饱你耳福的！”

马晓晓只好站起身，无奈地冲杨测一笑说：“测哥，你是神仙咋的？怎么总是这么料事如神？”

见大家都不解地看着他们，马晓晓便笑着解释说：“临来的时候，测哥非让我带上大提琴不可，我当时还嫌啰唆呢！幸好听他的话了！”

杨测得意扬扬地笑着说：“那句俗语咋说的了？不听测哥言，吃亏在眼前。”

冷天龙突然怪怪地一笑说：“测哥年纪不比别人大多少，却总是愿意以长辈自居！”

听了冷天龙的话，大家又都把奇怪的目光转向了冷天龙。

冷天龙便不屑地皱了皱鼻子说：“这有什么听不明白的？那句俗语原话你们不知道吗？那应该是‘不听老人言，吃亏在眼前’，他这么篡改，不就是以长辈自居嘛！”

楚河和云落对视了一眼，越来越认同云落的话了。是的，冷天龙的确变得牛哄哄的了。

因为马晓晓是坐着杨测的车来的，马晓晓便向杨测索要车钥匙，要去取大提琴，杨测笑着站起了身说：“这种跑腿儿的事，怎么能让你这位音乐家亲力亲为呢？还是测哥帮你去取吧！”杨测说着便掏出了车钥匙，微笑着往出走。楚河便再次瞟了冷天龙一眼，心里想：如果搁在以前，这种事情冷天龙一定会抢着去做的，而带着伤做这种事情，岂不是更能讨女人的欢心？但此时的他却像是什么事都没有发生似的，依然在那里稳坐如磐石。

可还没等杨测走出座位呢，尤千紫却一把夺过了杨测手里的车钥匙，冲着楼梯下面扬了扬手，就有一个小伙子噌噌噌地跑了上来，尤千紫便把钥匙交给了他。

见楚河时不时地隔着杨测去看那个湖北男子，杨测便对楚河说：“我给你介绍一下吧！他叫苏文艺，我们也是刚刚才认识的。你别看他长得非常文艺，却是毕业于青北大学药物化学系的博士生，刚刚应聘到你们千紫集团，目前专门负责研发工作！”

苏文艺立即站起身，热情地与楚河握了握手，非常刻意地用普通话说：“楚警官，很高兴认识您！因为我平时就在这个庄园里工作，正巧赶上你们家大宴宾客，尤董看我这个单身汉可怜，就让我到你们家里蹭饭来了。”苏文艺的普通话，说出口来依然不普通，里面灌满了湖北腔。

尤千紫微笑解释说：“咱们千紫集团不是新成立了一个博士生科研工作站吗，这个工作站就设在了咱们千紫庄园里。文艺是南方人，初来乍到，在北方也没有什么朋友，整天吃食堂，我就擅自做主，把他给请过来了，想让他与大家认识一下。”

楚河立即热情地对苏文艺说：“欢迎欢迎！”

忽见云落在灯影里神情特别地看着自己，楚河便笑着嘟囔说：“怎么大家一跟我提起千紫公司，都喜欢加一个特定代词呢？好像我也是公司一员似的！可我连千紫集团的大门朝哪儿开都不知道呢！”

“你就不用此地无银三百两了！无论你咋解释，你和这个公司也脱不了干系的。”杨测笑着说。

冷天龙突然羡慕地瞟了苏文艺一眼说：“苏博士，这么说您平时天天都工作在这个庄园里呀？那您的工作待遇也太高了吧？这可真是既赚钱又养生的好差事呀！简直是神仙过的日子！”

杨测也笑着说：“的确很让人羡慕！我相信即使著名的大公司，工作环境也不比这里好到哪儿去吧？”

“不瞒你们说，尤董是我的大师姐，我之所以放弃了在大公司就业的机会来这里工作，其实就是奔我的大师姐来的。上飞机的时候我还觉得自己很仗义呢！到了这里才知道，原来千紫庄园这么美呀，这可真是意外的惊喜！这些天我总发朋友圈，我的好几个同学看了后，也都要来这里应聘呢！”苏文艺笑呵呵地说，说的依然是“湖北普通话”。

“既然杨队也这么羡慕这里，不如您也改行算了！我们公司正好缺一位像您这样运筹帷幄、雷厉风行的公关经理呢！别的我不敢保证，工资肯定高出你原来一倍以上，这还不算奖金呢！”尤千紫突然微笑着对杨测说。

“谢谢尤董抬爱！我这一辈子呀，好像除了干刑警，还真做不了别的事情了。再有尤董，往后也别再叫我杨队了，我现在就是一位普通民警，这位冷天龙队长才是我们名副其实的冷队长呢！”杨测立即笑着说。

听了杨测的话，冷天龙果然队长范儿十足地冲尤千紫点了点头：“测哥说的对，我们这些人，生来就是干刑警的，别的职业哪怕赚钱再多，我们也干不来，也不屑于干。”

一阵试音的声音吸引了二人的目光，原来大提琴已经被拿到楼上了，马晓晓正在调音。见楚河望着自己，马晓晓便做了个苦脸说：“这些长辈们呀，全都偏心眼儿！早不听琴晚不听琴，偏偏要在你们吃饭的时候听琴，这不明明就是不想让我吃饭的节奏吗？”

杨测笑着说：“音乐家请放心！你拉琴的时候，我们都不去吃饭，都在这里忠心耿耿地陪伴你！你说行不行？冷队！”

冷天龙依然打着官腔说：“行倒是行，但这么掐着瘪肚子陪她，并没有什么实际意义呀！既然怎么陪也都是个陪，不如把酒当歌，对曲品菜，这才叫秀色可餐呢！”听了冷天龙这阴阳怪气的话，楚河的心里一紧，觉得冷天龙和马晓晓之间一定是发生了什么事情。

可马晓晓就像没听到冷天龙的话似的，一直低着头抚琴弄音。倒是尤千紫左右逢源地说：“大娘刚才已经吩咐了，要在楼上单独给你们年轻人摆一桌！让你们这些年轻人无拘无束地尽情吃喝。她还让晓晓老师拉琴时也不用下楼，就在楼上拉，说是要享受一下乐曲从天上飘下来的感觉！你们说，大娘是不是非常疼你们呀？”

听了尤千紫的话，年轻人立即欢呼起来，只是杨测微笑着向尤千紫抗议说：“奶奶关心晚辈当然没说的！只是尤董不应该用这种口吻和我们说话吧？什么‘你们这些年轻人’呀？您……根本就不比我们大多少呢！”

“这话你可说错了！我真就比你们大许多呢！你们这些年轻人，全都应该叫我姑姑的！”尤千紫认真地说。

“您的这种谎言在一位刑警面前说不通吧？”杨测依然那么沉静地微笑着。

“怎么？杨队难道在暗中调查我吗？这倒是一件很吓人的事情呢！”尤千紫看了杨测一眼，故意装出一副害怕的样子，但从她的神情可以看出，她显得很开心。

楚河不由睁开了他的“第三只眼”，仔细地看了看尤千紫，又审视地看了看杨测，因为他第一次在杨测的眼睛里看到了不一样的眼神。楚河突然有一种预感，觉得面前的这个尤千紫早早晚晚都会成为自己的测嫂的！这一定是板上钉钉的事！也是一件可喜可贺的大好事！楚河差一点儿没把这句话说出声来。

楚河心里正胡思乱想着呢，小饭桌上已经摆满了美味佳肴。年轻人便走到小圆桌边坐了下来。

尤千紫向楼下走的时候，就像无意似的，飞快瞟了一眼那立在屋角的落寞的钢琴。虽然这个惊鸿一瞥飞得比惊鸿还快，杨测还是及时地捕捉到了。屁股刚刚沾到椅子上的他，立即站起身拦住了尤千紫，同时笑看着马哓哓说：“哓哓，我听说尤董可是非常擅长弹钢琴的！”

马哓哓这才想起什么似的，立即冲尤千紫一笑说：“尤董，我也早就听人说您的钢琴弹得非常好！不知您愿不愿意赏个面子，和我合奏几个曲子？”

尤千紫嗔怪地看了杨测一眼，脸便渐渐红了，沉吟了一下才微微一笑说：“为哓哓老师这样著名的音乐家伴奏，我当然是求之不得的，只是我弹得实在不好，怕砸了您的表演。”

杨测立即打圆场说：“又不是正规的演出，大家都是为了寻开心嘛！尤董您就别谦虚了！”

因为杨测一直挡在面前，尤千紫便无奈地笑了，只好说：“好吧！为了让大家开心！那……我就献丑了！”

尤千紫说完，就轻移莲步，摇曳生姿地向钢琴边走去了，走出了一派花飞蝶舞的韵味。楚河这才注意到，尤千紫那淡紫色的长裙裙角，还真的散落着几只展翅欲飞的深紫色蝴蝶，长裙的外面还披着一层透明的轻纱，窗外的微风轻轻吹进来，把她托衬得就像一个随时都可能飘然飞去的紫衣仙子。然而仙子并没有飞走，反而稳稳地在钢琴边坐下来了，柔软洁白的纤纤玉指就那么在钢琴上自然地抚动了两下，一阵清凌凌的琴音便在迷幻的光影里弥漫开来。

尤千紫这仙女般的举止，几乎把在场的年轻人全都迷住了，尤其是杨测，那始终平静如水的眼眸，竟然泛起了惊涛骇浪。楚河突然意识到尤千紫为什么显得那么特别了，她特别就特别在那与生俱来的“仙气儿”上。细细端详，她的眼睛并不大，但却黑黑的，瞳仁里就像藏了一把无影的剑，显得犀利无比；她的睫毛也不长，但又密又黑，云雾一般覆盖在眼睛上，使那双朦胧迷幻的细眼显得深不可测。更让她仙气十足的，还有她皮肤的白嫩细腻，真是肌肤凝雪，宛若处子。

她到底多大年纪呢？楚河睁开了“第三只眼”，询问般地看了看杨测。令他没想到的是，杨测突然脸一红，低下头去。

面对天生丽质的尤千紫，马晓晓也不再像以往那么高傲了，甚至谦逊地走到了尤千紫的身边，和她小声地商量起曲目来。马晓晓这天晚上穿了一件纯白如雪的曳地长裙，胸口到衣领全是蕾丝刺绣，韵味十足。丝绸般的乌黑长发自然地披散下来，随意在腰间浮动，更使她增添了一丝音乐家的风采。

珍珠一般颗颗透骨、粒粒分明的钢琴声已经叮叮咚咚地响起来了，细碎的声音渐渐汇成了一股清泉，顺着石缝欢快地流淌了下来。大家正这么惊异着呢！大提琴那宽阔浑厚的声音就慢慢奏响了，就像天边突然飘来了一片奇丽的彩云，一下子遮盖了山间那潺潺的流水，初始浓厚，渐渐舒展，再后来就流光溢彩了。

琴声到底是什么呀？怎么如此摄人心魄？此时此刻，所有人、所有思绪，全都被这种宛如天籁的音魔锁住了，大家别说喝酒吃饭了，连话都不会说了似的，偌大的阁楼里突然静穆得就像没了人，任袅娜的音符在光影间自由舞蹈。就这么舞着舞着，一朵朵耀眼夺目的玫瑰就礼花般绽放了。

迷幻的灯光下，楚河看不清马晓晓的表情，但他却分明听到了来自她心底的倾诉。一阵急速的音符滑过之后，楚河突然看到马晓晓从椅子上站起身来，一边向自己慢慢走来，一边眼含热泪地对着自己呢喃：“楚河，你真的不知道我对你的一片心吗？”

楚河一惊，才发现马晓晓并没有真的站起身来，也没有向他说过任何话，此时的她，依然神情淡然地在那里倾情演奏。也不知是艺术渲染了她的神秘，还是音韵提升了她的气质，楚河觉得马晓晓从来都没有像现在这么美过，美得简直无法用语言形容。

不知为什么，楚河突然偷偷地看了冷天龙一眼，于是，一个更加惊人的发现，让他的心灵突然一震：迷蒙的彩灯之下，他竟然看到了一串晶莹的泪水，正顺着冷天龙的眼角无声无息地流淌下来。

“你们两个是不是应该下楼给长辈们敬酒去了？要是奶奶喊起你们，那你们就被动了！”杨测说着，递给他一瓶茅台酒。

楚河一边连连点头，一边心里想：测哥真不愧是自己的好哥哥，哪怕在堕入情网之时，也没忘记关照自己。

楼下的长辈们都在静静地听曲，每一张脸上都带着陶醉忘我的表情。见楚河和云落双双走到自己身边，奶奶甚至愣了一下，才明白他们的意图。她先是慈爱地冲楚河和云落笑了笑，这才看着大家说：“两个孩子要给各位长辈敬酒，我看就免了吧！都是至爱亲朋，就别讲这些客套了……你们说行不行？”

大家听了果然都点头，虹姐便代表大家说：“年轻人的心意长辈们都领了！你们只管开开心心地回楼上疯去吧！”

奶奶又慈爱地对楚河和云落说：“顺便也告诉测儿他们一声，谁都不用下来敬酒了！要是嫌饭菜不可口，就直接告诉你们的千紫姑姑，好让厨房给你们做。”奶奶亲切的话语，就像温暖的风，让楚河和云落的心里全都暖融融的。

这么说话的时候，另一支曲子也飘下来了！还别说，在楼下听曲，的确有一种仙风缭绕的感觉，仿佛那天籁之音真的是从月宫瑶台上飘下来的似的。

如果一个人突然死了，那么所有的一切都会沉寂下来的，包括这么美的天籁之音，也包括自己最亲最爱的奶奶……

楚河猛然回眸，默然地看了一眼奶奶苍老的背影，心空就渐渐布满了阴云。

既然妈妈已经死去了，无论你怎么追查那些陈年旧事，妈妈也不会复生了，那你再这么追查下去，还有什么意义呢？你已经伤害奶奶六年了，你还要继续这么伤害下去吗？

况且，上苍又能给你留下多少时间，让你去伤害她呢？

难道，你宁可相信录像带里的那些迷幻的影像，也不愿意相信你眼前的奶奶吗？

琴声可不管楚河如何悲恸，依然不疾不缓地抓挠着每一个人的心。仿佛马晓晓就是一个恶魔，纤纤十指全都浸满了毒素。云落直到走到楼梯中间了，才发现楚河依然在楼梯口边伫立着，迷幻的灯光就那么时浓时淡地渲染着他落寞的身影。尽管他始终都没有回头，但云落还是看到了他心灵里的忧伤。

迷幻的灯影里，马晓晓和尤千紫依然神情专注地倾情弹奏着，就像由她们所引发的所有的快乐和悲伤，全都和她们没有一点儿关系似的。最陶醉的时候，马晓晓甚至慢慢地闭上了双眼，任绝美的琴音在神秘的琴弓下肆意流淌……

杨测的手机响了，他看了手机一眼，立即到窗边接电话。因为琴声，楚河没能听到杨测说了什么，但他很快就走了回来，在冷天龙耳畔说了一声什么后，冷天龙就站起身来。

云落低声问杨测："有任务了吗？"

杨测也低声回答："接到庄队电话，我和冷队得马上归队。"

楚河忽地站起身："是不是又有新任务了？我和云落也一起回去吧！"

冷天龙拉住了楚河："是特殊任务，不关你和云落的事，你们还是在家里好好地陪一陪奶奶吧！"

楚河依然执拗地往出走，杨测拉住了他："真的是特殊任务，没有你们什么事的。你和云落现在的任务，就是陪奶奶高兴。"

杨测说完，又小声对冷天龙说："冷队，我们两个就不要惊动奶奶了，从后面绕过去。大河，你记着在事后，帮我们和奶奶解释一下。”

楚河点了点头：“那我们送你们出去吧！”

四个人悄悄下楼，从屏风后面绕了出去……

云落回头一看，马晓晓也跟在后面走了出来。云落便小声问她：“晓晓姐，你也走吗？”

马晓晓把食指放在嘴边，冲云落嘘了一声。

杨测、冷天龙和马晓晓就这么悄然离开了。楚河和云落把三个朋友送走后，就没有回屋，而是站在别墅旁边的柳桃树下，与云落海阔天空地瞎聊了起来。

“你奶奶的客厅，总是这么宾客盈门吗？”云落小声问。

“奶奶比较喜欢交往，即使客人最少的时候，也不会少于三个人，因为她得打麻将啊！原来我非常厌烦奶奶的交往，上高中的时候甚至向她抗议过。直到经历了这么多事情，我才有些理解她了！也许奶奶太寂寞了吧，才要找伴儿消遣。或者爷爷的生意也需要这种交往？”楚河声音越来越低。

“你妈妈生前一定非常厌烦你奶奶的这种交往吧？”

“我听他们议论过，他们说我妈妈宁可把自己关在屋里看小说，也不愿意出去应酬——这也许就是她与奶奶格格不入的深层次原因吧？”

餐厅里不时传来客人们的笑声，尤其虹姐的笑声最为明显。云落侧耳听了听，突然怪怪地一笑说：“虹姐到底是你妈妈的闺密呀，还是你奶奶的闺密？”

楚河说：“是我妈妈的闺密，我奶奶的麻友。”

云落突然向四周看了看，才压着声音说：“我发现测哥和他妈妈的关系似乎并不融洽，你发没发现？自从测哥的妈妈走进餐厅后，测哥就一直低着头，别说和他妈妈说话了，甚至连看都没有看她一眼。”

“母与子之间还用这些表面上的交流吗？”楚河突然抬头看了看云落，想了想，又苦笑了，“唉！可惜我没有这方面的体验。”

一朵含着彩光的柳桃花儿，就在云落的脸旁颤动着，云落便轻轻地动了动花枝，把那硕大的花朵放到鼻子下闻了闻，楚河便顿时呆愣在那里了，觉得月下花前的这个镜头，实在是人世间最美的画卷。

云落突然微微皱了皱眉说："从录像带影像里标记的时间来看，那盘录像带录制于 1994 年 3 月 12 日。而你的生日却是同年 9 月，如此推断，当时你的母亲如果真的怀了你，你也仅仅三个多月吧？可她的肚子为什么那么大呢？那天我特意查阅了相关的资料，觉得你妈妈肚子，至少应该怀孕六个月了。"

楚河忧伤地看了云落一眼："这件事我也思考过。应该只有两种可能吧，一个是我的生日并不准；另一个，妈妈肚子里的孩子并不是我。"

"有没有第三种可能？"

"反正无论有几种可能，都只是我们的猜测，要想弄清真相真的太困难了！"

"再有，从录像画面微微的颤动上可以看出，这段录像是移动中拍的，也就是说当时一定有一个人躲在旁边拍下了当时的场景。"

"噢？这我倒没有注意到。"

"所以当务之急，还得找一些熟悉老宅子结构的人，问一问房间当时的布局和摆设。"云落说。

"回来前，我本来制定了一些追查下去的计划。可一面对我的奶奶，我就又犹豫了。"楚河忧伤地说。

"事实并不像你所说的那么困难吧？是不是你把事情弄复杂了？据我观察，你奶奶并不是心胸狭隘的人，她的身体状况，我看着也不像你说的那么糟糕。所以你不如干脆就把录像带让奶奶看看得了，看看奶奶到底会怎么说。"云落看着楚河的眼睛说。

"不行！绝对不行！我宁可不查这件事情了，也不能拿我奶奶的生命去冒险！"楚河坚决地说。

"如果这样，要想查出你妈妈死亡的真相那可就太难了！"云落的眼神渐渐一片虚无，就像雾。

隔着柳桃林，楚河一眼瞥见牛哥从别墅门前的灯影里走出来，楚河对云落说了句“稍等”，就快步向牛哥那边走了过去。牛哥见了楚河，立即宽厚地笑了，可当他看到站在花树后面的云落时，脸上的笑容又淡下去了。

“牛哥，你现在忙什么呢？”

“暂时还在保安部打杂呢！”牛哥说着窘迫地一笑，自我解嘲地说，“你瞧，你这么一出息，反倒把我给弄失业了！”

楚河不好意思地笑了，开玩笑地说：“真是对不起了。”

“你爷爷在出门前，特意嘱咐我照顾好你的奶奶。所以这些天我一直陪着你奶奶东奔西走了。”

“东奔西走？我奶奶整天都忙什么？”

“咱瑶城的老年协会，成立了一个合唱团，你奶奶最近经常去那里练歌儿。”牛哥一边心不在焉地说着，一边又远远地看了云落一眼，像是有什么话始终在嗓子眼儿里含着似的。

“牛哥，你……是不是有什么话想和我说？”楚河只得直接问出来。

牛哥想了想，便拉了楚河一下，向楼的另一侧走去了。庭前有四株樱花树结满芳华，馨香馥郁，缤纷的落花在地上铺了一层浅薄的花毯。两个人踩着花毯走了过去，穿过一片果树林，展现在眼前的是一个清亮亮的双层游泳池，牛哥便引着楚河朝那个游泳池走去。直到走到游泳池附近了，牛哥才小声说：“是有一件事，我早就应该告诉你的，可惜让我给忘了。”

楚河认定牛哥所说的事，一定和云落有关，便向云落那边看了一眼，这才发现云落早已知趣地走远了，隔着果树林，只能隐约看见她那淡蓝色的裙裾在花间飘浮，就像浩渺的银河。

月光下的这个双层泳池实在美极了，一高一矮的水池间，连着一面哗哗轻响的水帘，水面上不仅星月交辉，还有几缕彩光从花树那边漫溢过来，有几缕融进了天空，也有几缕浸入了水中。

直到坐到了游泳池边的椅子上，楚河才小声说：“牛哥，这回你就说吧！无论什么话你都可以告诉我！你放心！我肯定不会告诉任何人的！”

“也许我要告诉你的，并不是你想象的那样机密！”牛哥突然笑了。

“你要说的话，一定和云落有关吧？”见牛哥迟迟不开口，楚河只得无话找话。

“我也叫不准，这件事……到底和云落有没有关系。”牛哥吞吞吐吐。

牛哥的慢性子，并没让楚河怎么焦急，面对着水面上的星空，他只是暗暗吸了一口长气。是啊！连浩渺的星空，包括星空下的肉体，也有可能是虚幻的呢？那么牛哥所说的事情，再“大”又能“大”到哪里去呢？

牛哥沉吟了一下，终于开口了：“在我偷偷跟你的那几年，还有一个女人也经常偷偷地跟着你。但瞧她的样子，好像更害怕让你发现她似的，总是离得很远很远。”

“一个女人？你的意思……那个女人是云落？”池面上，在星与月之间，有一片沁人心脾的水蓝，那是天空与河水相融相汇的颜色，楚河恍惚看见云落的长裙正在水池上飘舞。

牛哥立即摇头：“不是不是！我一直没觉得那个女人是云落，但奇怪的是，我因为看见了云落，才猛然想起了那个女人，可是她们长得并不像啊？”

“那到底是一个什么样的女人？她为什么要偷偷跟着我？你没调查一下吗？”楚河终于觉得，牛哥所说的话题真的很“大”。

“我当然得调查她，可每次她出现的时候，总是把自己包裹得严严实实的，所以我一直没看清她的长相。”牛哥说着，便拿出自己的手机，慢慢地在上面查找起来，很快就打开了一张照片，让楚河看。

展现在楚河眼前的，是一位戴着口罩和遮阳帽的女子，由于隔着远，影像显得很模糊，只能看清她苗条的身段，连年纪都无法判断。楚河为了看清她的眼睛，特意把照片放大到了极限，但放得越大，影像显得越模糊。等楚河把照片还原后，有那么一瞬间，楚河突然觉得，这双眼睛似乎在哪儿见到过。

“就这一张照片吗？”

“我还偷偷地录到了几个小视频，但也都看不太清。我都发到你的微信上吧！”牛哥说着，便加了楚河的微信，并把所有的资料全都发给了楚河。

“她的这双眼睛我应该在哪儿见过，但我肯定，她绝对不是云落！”楚河打开小视频仔细看了起来。

“我刚才不是说了嘛，我始终都没觉得她长得像云落，因为我看到过她的脸。”

楚河立刻屏住了呼吸。

“那天，那个女人在救你的时候，不小心把口罩弄掉了，我一下子就看到了她的脸，但我只看了一眼，她就又把口罩戴上了。瞧年纪，她大概四十多岁的样子，只可惜当时的情况特殊，我没能拍下她。”

“那个女人救过我？她什么时候救过我？我怎么不知道呢？”

“那应该是三年前了吧？你上大学的时候，不是每个周末，都要到一个住在郊区的中学生家里补课吗？有一天你补课回来的时候，突然在他家附近的一条林荫路上昏倒了——这事你还记得吧？”

“我当然记得……后来听大夫说，是一个男人把我送到医院的，并帮我交了住院费，我当时就猜到那个男人是你了。”

“事实上，那天真正救你的人，是那个女人。是她最先发现你昏倒的，也是她在第一时间把你送到医院的。好像她对那个医院非常熟悉，在送你进去的时候，她才特意没有走大门，而是抄近道从侧门进去了。我就是在抢救室的门前看到她的脸的。当时因为担心你的身体，我便没顾上问她什么，直到大夫说你已经没有危险了，我才想起她来，可她已经离开了。在走之前，她还替你交了医药费。”

“这个女人到底是谁呢？为什么要救我呢？”楚河喃喃自语。

“她的情况，我只知道这么多。按理，我早就应该把这件事告诉你的，只可惜让我忘到脑后了。今天我也是因为看到了云落，才突然就想起了她。我也感到奇怪，为啥一看见云落，我就突然想起她了呢？”牛哥一边说一边苦笑。

>>> 夺命影带的蝴蝶效应

随着一阵说笑声，客人们陆陆续续地从楼里走出来了。楚河和牛哥去门前送客。云落也慢步走了过来，笑盈盈地看着奶奶和尤千紫说："奶奶，我也告辞吧！"

"云落你忙什么走呀？既然明天是大周末，你不如就在庄园里住下得了，明天索性再陪你们的奶奶在庄园里疯一天！"马阿姨突然建议说。

奶奶一把抓住了云落的手，微笑着说："可不是，还是他马阿姨想得周到。云落，我可不管你和楚河到底啥关系，但你在奶奶的眼睛里，就是奶奶的大孙女！你如果不把奶奶当外人，不如就在庄园里将就一宿得了！要是不喜欢到老宅子住，你就和千紫姑姑住紫晶楼。"

尤千紫也笑盈盈地说："既然大娘这么挽留您，云落警官就留下来住吧！无论老宅子，还是紫晶楼，都非常方便的。"

云落连犹豫都没有犹豫一下，就清凌凌地说："我还是和奶奶一起住老宅子吧！这样聊天也方便一些。"

奶奶便不再理睬虹姐和马阿姨了，拉起云落的手，就快步向老宅子那边走去了。

"你们瞧瞧，瞧瞧，见了小的，就把咱们这些老的撇到一边不管了！"见奶奶如此，虹姐立即向楚河抱怨，逗得大家都笑了。

虹姐和马阿姨上了牛哥的车，直到车驶远了，楚河和尤千紫才去追赶奶奶和云落。隔着远远的，就听到了奶奶和云落的说笑声。

"奶奶，我听牛哥说，您参加了什么老年合唱团？这可真是一个新鲜事。在我的记忆里，您好像并不怎么爱唱歌呀？”一追上奶奶，楚河就快乐地说。

“唱歌得分心情的，那时候你整天病病歪歪的，奶奶哪有心思唱歌儿呀？奶奶我不是吹，我的歌唱得老好听了！上学的时候，我经常登台表演呢！我演的李铁梅，在我们学校都是一绝，要不然，你爷爷那个老东西，咋能相中我呢？”

奶奶竟真的唱起来了：“我家的表叔数不清，没有大事不登门……”令楚河万万没有想到的是，奶奶的嗓音朗如珠玉、宛如百灵，大大超出了楚河的想象。一腔唱罢，大家全都鼓起掌来，欢声笑语转眼打破了庄园里的宁静。

楚河笑着笑着，眼睛里就溢满了泪水……

踏着欢笑声，一行人走进了月光灯影里的老宅子。多了一位如水的云落，老宅子就像久旱的秧苗遇到了甘露，不仅有充满活力的声音传出来，五彩的灯光，还把每一个物品都涂抹得古韵古香的，美得就像一个古老的童话。

楚河和云落先陪着尤千紫把奶奶送到了卧室，简短地关照了几句后，就替奶奶关了卧室的门。尤千紫打开了几扇门，让云落挑选喜欢的房间。云落一眼相中了妈妈生前住过的卧室，楚河的心里便异样地一动。

站在楚河妈妈生前的卧室前，尤千紫突然看着楚河一笑：“你的卧室就不用我领着你去看了吧？”

楚河立即摇头：“不用不用！”

尤千紫突然嗔怪地瞪了楚河一眼：“今天的事，你不觉得有些怪吗？”

楚河不明就里地看了尤千紫一眼，不知道她想说什么。

尤千紫依然绷着脸儿：“我今天所做的每一件事情，其实都是你应该做的！怎么在你的家里你反倒变成客人了？”

“对不起！让千紫姑姑替我操心了！”楚河立即朝尤千紫鞠了一躬。

“行啦行啦！千紫姑姑和你开玩笑呢！可别当真啊！已经很晚了，你们也都早些休息吧！”尤千紫这才莞尔一笑，迈着莲花步离开了。

尤千紫离开后，云落便走进楚河妈妈生前的卧室，楚河跟了过去，还未进门，云落一伸手拦住了他:“请君止步！有话还是明天再说吧！”

楚河这才明白云落误解了自己，脸唰的一下红了，他没有说话，打开微信，就把牛哥给他的女人的照片和视频发给了云落。

“这是什么？”这下轮到云落惊异了。

“请君止语！有话还是明天再说吧！”学着云落的腔调，楚河说完这句话，就向自己的卧室走去。

“用微信告诉我吧，行不行？”云落压着嗓子说。

楚河没有回头，回到屋里也没有给她发微信。也许他真的太困了，头一沾枕头，就悠悠地睡过去了，连个梦都没做，一觉就睡到了大天亮。

早晨，楚河被一泡尿憋醒，去了一趟洗手间，见时间尚早，便又上了床，准备再睡一会儿。这时门突然被人轻轻地敲了两下，楚河的心里便一动，正异想天开之时，却见奶奶轻手轻脚地走进了卧室。一见到楚河，奶奶就笑了，脸上顿时盛开了一朵花儿。

“昨天晚上睡得好吗？我都起来好半天了，光到你的门前听声，我都听了三次了！这不，终于听到动静了，我才敢进来看看你。”奶奶就像一个充满稚气的孩子。

“睡得可好了！每次住在老宅子里，我总是睡得死死的。”楚河舒舒服服地躺在床上，伸了一个大大的懒腰。

“奶奶就是知道你喜欢老宅子，所以在你爷爷修庄园的时候，奶奶才拼了老命把它给你留住了。”奶奶那慈祥的目光，一沾到楚河的脸上就挪不开了。

“我听金爷爷说，这幢老宅子，其实是我爸爸的杰作，哪怕是为了纪念，爷爷也不该把它拆除啊！”

“可不是，这房子从修改图样，到找工程队建房，还真都是你爸爸一手包办的。你爸爸上大学时，学的就是建筑。你爷爷张罗建这房子的时候，你爸爸刚刚毕业，正等着分配工作呢！你爷爷当时是公安局局长，房子刚打完地基，他就忙得顾不上了，你爸爸就把这个乱摊子接过来了。”

楚河环视了一眼老宅子：“这幢房子，设计得多合理，建得多漂亮呀！虽然都过去这么多年了，可这里一点儿都不显得落伍，就凭这所房子，就能判定我爸爸是个能人！”

“你爸爸的确很能干！我记得房子建成后，他还冲我自夸呢，说他建的这所房子，一定会让我惊奇不断。可都过去这么多年了，我还真没发现有什么让我惊奇的事呢！”奶奶的脸上满是柔情。

“我爸爸真的这么说过？”楚河一下子坐了起来，“再好的房子，不就是房子吗？咋能让人惊奇不断呢？”

“我也琢磨过他的话，可我怎么也没琢磨透。”奶奶笑着说。

楚河见奶奶一直慈爱地看着自己，便欣慰地笑了，拉着奶奶的手说：“我这次回来，最开心的，是发现奶奶变得达观了！您都敢和我谈我爸爸了！奶奶，从小到大，您这可是第一次和我谈爸爸的事呢！”

奶奶突然愣了一下，立即向窗外看了看，嘴里说：“我得去问问尤千紫早饭准备得咋样了。”说着站起身就要走。

“这种小事还用得着您去问吗？奶奶，再坐一会儿吧，您放心！我保证再不提我爸爸妈妈的事了！”楚河立即抓住了奶奶的手。

听楚河这么说，奶奶才又坐下来了，虽然她什么话都没说，但楚河还是听到了一声叹息。

“奶奶，您昨晚睡得好吗？”楚河无话找话。

“唉！奶奶可是高兴得一夜都没睡着啊！”奶奶的脸又明朗起来。

“一夜都没睡！那怎么行？您不如再去睡一会儿！反正今天是大周日。”楚河心疼地说。

“还睡啥？我们这个岁数的人，觉本来就轻，再说了，睡那么多觉又有啥用？将来睡觉的时候多着呢。”奶奶说着，便温柔地抚摸起楚河来。先是抚摸宽阔的额头，接着是浓浓的眉毛、高挺的鼻梁、棱角分明的嘴……

“唉！这人老了，就是贱，自己的大孙子咋看咋觉得好！咋看都看不够！”奶奶突然有些心酸地说。

“奶奶，对不起！”楚河只觉得眼睛一热，立即把眼睛转到另一边去了。

“唉！咱们祖孙俩，还有什么对得起，对不起的？等你到奶奶这个岁数，就自然明白奶奶的心啦！奶奶现在呀，可是啥想头都没有了！只要能这么天天看到你，就万分知足了！”

“奶奶，您现在身体怎么样？心脏病再没犯吧？”

“你爷爷认识了一位老中医，特意给我配了一些中药，这几年，我始终都用这些中药慢慢地调养呢，还挺好，一直都没犯。对了，你和云落到底啥关系？”奶奶审视地看着楚河。

楚河的脸就红了，嗫嚅地说：“不是说了嘛，我们就是同事。”

“不用说了，奶奶全都知道了！那女孩儿还行，我大孙子还算有眼光。”奶奶笑着说。

“啥叫您都知道了？”

“奶奶啥都知道了！大孙子欸！就你那点小心思，能骗得了别人，还能骗得了奶奶吗？”奶奶的脸上又绽开了一朵花儿。

“奶奶，一切都在道儿上走着呢！连我……都弄不清楚呢！”楚河说。

“人活在世，啥事不都是在道儿上走着？哪有说啥就是啥的？行啦，你也起来收拾一下吧，然后去看看云落！谁家的孩子不是父母的小心尖儿！也不知道她在咱家住得惯不？”奶奶说着，便向门外走去了。

楚河一直望着奶奶走出门，这才又伸了一个懒腰。他懒洋洋地拿过了手机，打开微信，这才发现上面有一长串云落的留言，几乎占据了整个手机屏幕。

“照片里的女人到底是谁呀？”

“她为什么特务似的把自己蒙得那么严？”

“楚河，楚河，楚河，为什么不回答我？”

“在临睡觉前把这些莫名其妙的影像给我，你什么意思？”

“你这是成心不让我睡觉啊！”

……

楚河坏坏地笑了，顺手给她发了一个坏笑的表情图标。

没想到，图标刚发出去，哭脸图标就发过来了，下面还有一行字：你这个坏小子，害得我几乎彻夜未眠！

楚河突然想起了什么，便回了她这么一行字：请问：什么样的房屋才能叫人惊奇不断？

隔了好一会儿，云落才回答：那就太多了！比如悬在树上的小树屋，掩藏在瀑布下的水帘洞，对了，把被淘汰的飞机拉回家当房子，也一定会让人惊奇不断。

楚河苦笑着摇了摇头，又回道：假如让你在这幢老宅子里寻找惊奇，你首先会想到什么？

随着一声提示音，云落回了两个字：迷宫。

楚河立即坐了起来，嘴里自言自语：“是啊，我怎么没想到？”

提示音又响起来了，两个人很快就聊得热火朝天。

“楚河，你还没回答我的问题呢？那个蒙面的女人到底是谁？”

“她是我在上大学的时候，跟踪过我的一条影子！”

“影子？”

“好了，这件事往后再说。当务之急，是找到迷宫的暗门和钥匙。”

“我刚才说着玩的，现实生活里哪有什么迷宫啊？”

“忘了告诉你，我爸爸是这幢老宅子唯一的建筑师。‘这幢房子会让人惊奇不断’，是我爸爸告诉我奶奶的。”

“如果这么说，这幢房子还真有可能藏着迷宫？”

“快起床吧！我们一起去找迷宫！”

正这么聊着呢，奶奶在走廊里喊起他们了，声音甜美，就像百灵鸟在唱歌：“吃早餐了！你们两个小懒蛋，快起来吧！到餐厅吃早餐！”

楚河和云落再不敢耽搁，很快收拾好了，都来到了餐厅。早餐的丰盛就不用说了，但更丰盛的，是尤千紫给三个人安排的周末游玩计划。

“自从庄园建成后，你奶奶还从没好好地逛过这个园子呢！大河，你如果没什么事，不如和云落陪着奶奶逛一下庄园。为了不让你们走冤枉路，我特意给你们画了一张庄园示意图！”尤千紫说着，便把一张手绘的图纸交给了楚河。

楚河看了眼图纸上的标示，便一边把图纸交给了奶奶，一边向奶奶许愿说：“奶奶，今天您是总指挥，只要您开心，想到哪里逛，我和云落就陪着到哪里逛。”

“好！好！只要有你们俩陪着，无论哪里都是天堂！”奶奶说着就拿出了她的老花镜，认真地看起图纸来。

吃完早餐，尤千紫就忙去了，祖孙三人也就把图纸放到了一边，在园子里随随便便地散起步来。他们先是在花间小路上玩了一会自拍，又站在小拱桥上看了一会远山近水。因为奶奶最喜欢的地方，是千紫庄园里的采摘园，楚河和云落就又陪着奶奶在采摘园里摘了一些新鲜的蔬菜。

“那些花呀朵呀，哪怕长得再好，也比不上这些纯绿色的蔬菜。”奶奶一走进采摘园，话就又多了起来，叽叽喳喳说个不停。

因为一心想着要找“迷宫”，楚河便怂恿奶奶说：“奶奶，都逛了这么半天，您也一定累了。我特意给您带回了一包上好的龙井绿茶，我们不如回客厅喝茶吧？”

奶奶立即捶了捶腰：“可不是，不仅累了，也渴了！”

“云落，那你就陪奶奶慢慢走，我先回卧室取茶叶去。”楚河说完，就大踏步地向老宅子走去了。

令楚河万万没有想到的是，他就离开这么一小会儿工夫，云落就惹了大祸。

话题还是由奶奶引起的。

“云落，好孩子，你能劝大河回家，奶奶真的非常感激你！”在回客厅的花径上，奶奶与云落边走边聊。

“奶奶，大河有家不回，就是他的不对！作为您唯一的孙子，他早就应该回家的！”云落清脆地说，声音就像叮咚作响的山泉。

“唉！云落呀，有些事情你可能还不知道。自从大河不知受了什么打击，变得萎靡不振以后，奶奶的心就已经死了，什么好事都不敢指望了。只要大河能健健康康地活着，哪怕他一辈子不回家，奶奶也没有怨言。”

“虽然具体的过程我不知道，但我知道楚河抑郁的原因。”云落顺嘴说道。

“原因？你是说你知道大河是因为啥受的打击？”奶奶突然停住了脚。

云落这才意识到自己说错话了，也半张着嘴站在了花树边，一时不知道怎么聊下去了。

“快告诉奶奶，大河他到底因为啥？”奶奶的眼睛里充满了期待。

“我……我也是瞎猜的，奶奶，我们还是回客厅吧！”云落突然拉起了奶奶，要往前走。

可无论云落怎么拉奶奶，奶奶都不肯动了：“云落啊，你要是知道什么，一定得告诉奶奶呀！我这个大孙子，太内向，什么话都埋在心里，所以才容易想不开。有一句老话，叫解铃还须系铃人，要是你能告诉奶奶真正的原因，往后奶奶也就能避免……”奶奶的声音充满了哀求。

“可是楚河不让我和您说呀！他怕您心脏受不了！”云落为难地说。

“云落，你可千万别听大河的，奶奶的心脏别提多健康了！再说，哪怕为了大河，你也得告诉奶奶呀！”奶奶的声音里，都带着一丝哭腔了。

“这……”

“求你了，云落！”

云落突然站住了，一只手悄悄地拿出了自己的手机，用手指快速地按下了录音键，才清了清嗓子说道：“他接到了一盒录像带……”

“录像带？什么录像带！”奶奶的脸色渐渐变了。

望着奶奶紧张的神情，云落又害怕了，马上改口说：“奶奶，我刚才和您开玩笑呢！哪有什么录像带？我昨天晚上看了一部悬疑电影，里面那个帅气的男主人公就是因为看了一盘录像带，突然就生性大变，我才这么顺口胡说的。”

可奶奶的脸上却再也看不到一丝笑容了：“好孩子，你就别跟奶奶撒谎了。这些年我一直犯嘀咕呢。大河从小到大，和我最贴心，啥事都和我说，可他好端端的，咋就突然抑郁了呢？突然就和我不亲了呢？这里面一定有原因。云落，今天你一定得告诉奶奶！你要是再不告诉奶奶，奶奶急也会急出心脏病来的！”

走过葡萄架，前面就是老宅子的门。云落侧耳听了听里面的声音，才小声说：“那还是楚河上高二时候的事呢，有一天，他突然接到了一个匿名的邮包，里面装着一盒老式的录像带。”

“你是说有人匿名给大河邮了一盒录像带？那里面到底录了啥东西？”奶奶的脸色越来越白。

见奶奶如此反应，云落更加害怕了，赶紧说：“那里面也没有啥，就是一部老电影。楚河就是因为看了那个电影，才受了刺激。”

“不可能是老电影吧？那里面录的东西是不是和奶奶有关呀？你这孩子咋又和奶奶撒起谎了？你这是想急死奶奶吗？”奶奶说着就抹起眼泪来了。

正在这时，走廊里传来了楚河的脚步声，云落立即冲奶奶使了一个眼色，两个人便谁都不再说话了。

“你们聊啥呢？聊得屋子都不想进了？要是你们嫌客厅里闷，那咱们干脆到凉亭里去喝茶吧！你们先去，等水开了，我把茶给你们端出来。”楚河笑呵呵地站在门前，隔着一串串的葡萄看着她们。

“好，好，那我们在凉亭里等着你！”奶奶立即转过脸来，生怕楚河看到她脸上的泪痕。

坐在凉亭里的石桌边，奶奶突然不再说话了，只是满面愁绪地望着云落。云落见奶奶如此，一颗悬着的心就像十五个吊桶打水——七上八下的。幸好楚河很快就端着一个大茶盘从老宅子里走出来了，直到把茶盘放到石桌上了，他才意识到气氛有些不对劲，因为奶奶和云落都只是木呆呆地看着他，全都一句话不说。尤其是奶奶，神情也与刚才迥然不同。

楚河警觉地看了看奶奶，不放心地问奶奶："奶奶，你咋的了？不舒服吗？"

"没有，我挺好的！"奶奶强颜欢笑。

楚河又质疑地看了云落一眼，云落吓得立即低下了头。

楚河的脸上写满了担心，他就那么一边忐忑不安地观察着奶奶，一边给每个人的面前都放了一杯茶，接着，三个人便默默地品起茶来，浅黄色的茶水的确别有滋味，但三个人却全都喝得没滋没味的。

"奶奶，您……是不是有啥心事？"楚河小心翼翼地看了看奶奶的脸色。

"人要是有话不说出来，心里就像搁了一块大石头，这块大石头早晚会把你压疯的。"奶奶突然说。

"奶奶，既然这样，那您就把想和我说的话，全都说出来吧！"楚河心事重重地看了云落一眼。

"云落说你是接到了一盒什么录像带，才突然变抑郁了。你今天必须告诉奶奶，录像带里面到底录了啥？"奶奶单刀直入。

楚河的脸色骤然变了，他呼的一声站起来，黑着脸瞪着云落说："云落，你怎么能这样？"

云落第一次见楚河如此生气，也吓得站起身来，一条欢快的河转眼就冰封了："对不起，楚河！真的对不起！我因为顺嘴……就……"

"你不用埋怨云落，云落比你强，她有啥话还知道和奶奶说，这就说明她和奶奶我不隔心。你啥话都别说了，赶紧告诉我，录像带里到底录了啥？"奶奶生气了，脸色黑得都能滴下墨汁来。

"奶奶，录像带里真的没录什么，就录了一些风景！"楚河说。

"别撒谎了！录像带里的东西，一定和奶奶有关，要不然你不会突然就不理奶奶了，突然就抑郁了！一定是有人别有用心，想拆散咱们娘俩！我倒要看看，他到底录了啥东西，才把我这么聪明的大孙子都给骗了！大河，你上了别人的当了，要是你继续瞒着奶奶！那你就更上当了！你快点说出来吧！要不然，奶奶急也会急疯的！"奶奶边说边抹眼泪。

楚河皱着眉头想了想，这才拿出了自己的手机，打开了一个小视频，放到奶奶的面前说：“里面录的就是这个视频。”

奶奶先是向手机里看了一眼，没看清，这才双手抖抖地掏出了自己的老花镜，再次看起视频来，看着看着，她的身体就颤抖了起来，她就那么一边颤抖一边说：“原来是这个呀！他怎么就知道了呢？这到底是谁干的？也太坏了吧？我……我这一辈子，就做了这么一件让我后悔的事！可咋……咋还给录下来了呢？”

“奶奶，您没事吧？”楚河担心地看着奶奶，他的身体也抖动不止了。

“大河，你一定……相信奶奶，奶奶真的没有害你妈妈的心。这都是别人设计好的！然后让你妈妈表演给我看！你一定相信奶奶……你得听奶奶细说……从头说……”奶奶突然抖抖地抓住了楚河的手，一边颤抖着，一边神情紧张地看着楚河的脸，眼泪也噼里啪啦地落了下来。

“奶奶，我相信您！我一直都相信您，从来都没有怀疑过您！”楚河的眼泪也流下来了。

奶奶的脸上突然现出了痛苦的神色，身体也颤抖得更厉害了。她突然抓住了自己的前胸，神情紧张地对着自己说：“尤丽芬，你一定要挺住！你一定要查出这个坏人！他就是不想让你好好活。你也不能让他……他……他……”奶奶越说，身体抖得越厉害，最后连嘴唇都抖成了一团，她就这么抖着抖着，眼睛突然向上一翻，人就慢慢地瘫软下去了。

“奶奶！”楚河惊叫了一声，一下子抱住了奶奶。

“奶奶！您可别……”云落也叫了起来，就像冰河突然崩裂。

“奶奶！你醒醒！奶奶！”楚河的大脑一片空白，此时的他除了摇晃和呼喊奶奶，竟然什么都不会做了。

云落转眼看到了奶奶随身带的小布兜，连忙打开，里面果然放着几个小药瓶，云落飞快地向每个药瓶扫了一眼，然后打开了一个药瓶，麻利地倒出几个胶囊，就强行塞进了奶奶的嘴里。

“怎么还不打电话叫救护车？快……我的手机……”楚河这才清醒了一些，他一边朝云落愤怒地喊叫，一边疯狂地寻找自己的手机，找了好半天才发现，自己的手机正被奶奶死死地攥着。

云落连忙拿出衣兜里的手机，她先关了录音键，然后才拨打起急救电话来。可还未等她的电话打完，楚河的奶奶便一歪头，就在她一直用生命爱着的、最心爱的大孙子的怀里驾鹤西去了。

……

这就是冷酷的现实，连一点儿恻隐之心都没有，冷酷得让你连活下去的勇气都没有了。

楚河失魂落魄地站在殡仪馆的走廊里，他就像一个木雕，始终以一个姿势站在那里，两只细长的眼睛空空地看着正前方的一把椅子。自从奶奶被推进停尸间以后，他就开始这么站立了，好久好久都没有动一下。

和楚河一样，云落也以一种罪人的姿态，垂头站立在殡仪馆的一扇门边。此时，她不仅肉体凝成了一尊冰雕，连灵魂都冰住了似的，无论什么声音，无论什么举动，都无法让她惊觉。

长长的殡仪馆走廊，站了很多人，但却听不到一点儿人的声音，仿佛所有的人也都变成了雕塑。

不仅人凝固住了，连时间也凝固住了。楚河的手腕上，依然佩戴着那块跟随了他丨几年的手表，那块手表还是奶奶送给他的呢！可此时此刻，他的手表也和他这个人一样，一点儿声息都没有了。

一阵急促的脚步声突然打破了周围的寂静，脚步声都响了半天了，楚河才迟钝地抬起头去看，他看见爷爷楚汉和金爷爷正一前一后顺着走廊快步走了过来，跟在他们身后的，还有面黑如炭的牛哥。

看到爷爷，楚河愣了一下，接着，那条堵塞的河便轰然决堤了，随着两股热泪奔涌而下，他也双膝跪倒在爷爷面前，虽然嘴唇颤抖了好半天，却什么话都没有说出来。

“我走的时候她还好好的呢，为啥你一回来她就不行了？”尽管几年不见，可爷爷的嗓音依然声若洪钟。

“对不起！爷爷！对不起！”楚河终于说出话来了，尽管声音嘶哑得连他自己都没听到声音。

“说对不起有用吗？你这个害人精，你干啥要滚回来？”爷爷突然暴跳如雷，飞起一脚就踢将过来，冷不防就把楚河踢倒了。

周围的人全都围过来劝解，但爷爷早就听不进任何话语了，只见他满头的白发，根根直立，仿佛随时都能燃烧起来。爷爷正这么喘着粗气呢，云落突然分开众人挤到了爷爷面前，也像楚河那样双膝跪倒，泪雨滂沱地说：“楚爷爷，对不起，今天的一切全都是因我而起的！全都是我一个人的错，和楚河没有一点儿关系！您要惩罚，就请您惩罚我吧！”

“你的错？你是谁？”爷爷满脸惊诧地看着云落。

“我叫云落，是楚河的同事，对不起，今天的一切真的全怪我！您放心！如果您觉得不解恨，需要我赔偿性命，那就请您要了我的命吧！我肯定连眼睛都不会眨一下的！”云落一字一顿地说，泪水也不断涌出眼眶。

“你是什么东西？你死了有什么用？你的贱命能换回我老婆子的命吗？”爷爷又冲云落喊叫了起来，话一出口也老泪纵横。

“大哥，你冷静点！冷静点！大河，你快起来，别再惹你爷爷生气！”只有金爷爷敢于大声说话。

一直委顿的云落，闻听楚汉的话突然就“支棱”起来了，只见她呼的一声站起，眼泪也在瞬间凝滞。她就那么直着脊梁、字正腔圆地看着楚汉说：“楚爷爷，您可以责骂我，但您不能如此责骂我！我可以大声地告诉您：我的命一点儿都不贱，不仅不贱，反而非常高贵！因为我是叮咚烈士的亲孙女！我的身上流着叮咚烈士高贵的血液！”

这下，轮到楚汉吃惊了，不仅楚汉，所有的人都吃惊了，屋子里的人全都用一种惊异的目光看着云落。

云落的头越昂越高：“虽然因为我提及了一件往事，才让您的妻子突然激动了起来，以致心脏病突发，丧失了性命。但作为一名人民警察，我的初衷却是好的！更何况我所提及的那件事与您妻子的死亡并不存在因果关系，那只能称之为一个意外……”云落的声音越来越大，口齿也越来越伶俐。

“你想干什么？凭什么用这种口吻对我爷爷说话？你滚！你赶紧给我滚！我真为叮咚烈士感到耻辱！”楚河突然一跃而起，抡着拳头就冲云落大喊大叫起来，瞧那架势，像是要对云落动武似的。

云落一愣，顿时噤若寒蝉。

尤千紫立即过来拦住了楚河：“楚河，你喊什么喊？如果喊叫能解决问题，那我们大家就都来和你一起喊！董事长，您也消消气儿。事已至此，即使您说再多埋怨的话又有什么用呢？”

尤千紫边说，边把云落拉到了一边：“云落，真是没想到，原来你是叮咚烈士的孙女啊！我从小就非常敬仰叮咚烈士，董事长也非常敬重他。过去的历史你可能并不知道，叮咚烈士的事迹之所以广为传扬，还不是多亏了你的楚汉爷爷。当年若不是他及时把叮咚烈士的事迹总结并宣传了出去，上面的人谁能知道叮咚烈士的名字呢？”

尤千紫又看着楚汉说：“既然大家都是自己人，我看谁都不要埋怨谁了。如果埋怨，你们不如都冲我来吧！董事长临出国前，把大娘托付给了我，我才是第一个应该负责任的！我还以为大娘的身体好多了，才疏忽了，以致酿成了大祸！我猜想大娘也一定是过于高兴了，才突然犯了病了。”尤千紫这一番话就像一缕轻柔的风，让所有激动的人，都渐渐变得平静了。

“对不起！楚汉爷爷，对不起！刚才我的确不该用那种口吻和您说话。不管怎么说，奶奶的死还是与我有直接关系的。您放心，该我负的责任，我一定会全力承担的！只是求您不要伤害了我的祖宗！”云落的眼泪又流下来了。

爷爷狠狠地眨了眨混浊的老眼，可他无论怎么控制自己的情绪，眼泪还是小河般地流淌了下来。他就那么老泪纵横地瞪着云落说：“我刚才也不应该说那种话。到底是咋回事，我一定会调查的。如果你真是害我老婆子的凶手，哪怕你真是叮咚烈士的孙女，我也一定会追究到底的！”

楚河的爷爷正说着呢，突见虹姐和马阿姨从外面走了进来，后面跟着马哓哓。虹姐还没等走近，就哀声哭泣了起来：“这个老太太呀！咋能这样不讲究……”话还没说完，突见楚汉两眼泪水、满脸绝望地站在那里，虹姐便立即把余下的话咽回去了。

马哓哓的两只杏核眼里也汪着晶莹的泪水。见了满面痛苦的楚河，她立即快步走了过来，嘴里小声问：“奶奶怎么会……这也太突然了！到底发生什么事情了？”一番话没说完，泪水已扑簌簌地流下。

“大河，既然事情已经这样了，你也想开一些，你的身体刚刚恢复过来，如果你奶奶泉下有知，她也不愿意见你这样难过的。”马阿姨也走过来，轻轻抚摸了一下楚河僵直的脊背。楚河一见马阿姨，眼里的泪就流得更汹涌了，他再也抑制不住心里的悲痛，孩子一般趴在马阿姨的怀里就失声痛哭起来。

“大哥，我们是先去看大嫂，还是找个地方先休息一下？”金爷爷虽然对着楚河的爷爷说，眼睛却看着尤千紫。

“您还是陪着董事长先去休息一下吧。我会安排一个恰当的时间去接董事长和大娘见面的。董事长的身体也不好，况且又坐了一夜的飞机，实在太累了。这里就全都交给我吧！”尤千紫说着，就回头吩咐牛哥，“牛哥，您现在就把董事长他们送回去！”嘴里一边说着，一边往门外推楚汉，楚汉也就乖乖地跟着牛哥出去了。

见楚汉走远了，尤千紫才走到楚河的身边，轻轻地拍了拍他的肩膀说：“楚河，关于人的命数，我们这些凡夫俗子，到底能明白多少呢？你也控制一下情绪，不要盲目地自责，更不要怨恨云落，也许你奶奶此次驾鹤西游，真的是享福去了。”

“可不是嘛。大河，你千紫姑姑说的对！每个人有每个人的命数，所以谁都不要怨谁。既然人早晚都得死，我看真不如像你奶奶这么毫无心理负担，突然撒手人寰呢！这得少遭多少罪呀？要是这么说，你的奶奶还真就是个有福之人呢！”虹姐把楚河从马阿姨身上拉过来，并瞪了一眼马阿姨说，“你瞧瞧你这个长辈当得，孩子这么哭，你就这么干挺着让他哭？就不会劝劝他吗？”

马阿姨抹了一把自己的眼泪，又掏出纸巾，擦了擦楚河的眼泪，这才说："别说小孩子了，连我都控制不住呢！心里难受，哭出来总比窝在肚子里强！"

"你测哥怎么回事？这一天一宿，他的电话怎么一直都关机？"虹姐突然瞪着楚河问。

楚河此时虽然已经不那么哭了，可他就像傻子似的，只是木木地站在马阿姨的身边，站在马哓哓的身边。但他还不是纯粹的木头，因为他不仅看到了虹姐的嘴唇在动，也听到了虹姐说的话，可就是没弄明白她到底问了什么。

"虹姨，您也是老糊涂了不是？大河这两天一直都在千紫庄园里了，他怎么会知道测哥干什么去了？我刚才也给测哥打了好几个电话呢，不仅他的电话没有打通，连他们中队长冷天龙的电话也关机。"

马哓哓见楚河傻傻地看着自己，便又加了一句："按理，测哥无论多忙，他也应该给你打个电话的！"

可楚河依然傻傻地看着她，似乎也没听懂她的话。

马哓哓以为楚河又要抑郁了，便不敢再招惹他，一转眼看到云落也傻子一般杵在那里，就说："对了，云落，刚才我遇到了你的同事，他还向我打听你在哪儿呢。他说你们单位的人都忙疯了，打你的手机又不接听。我劝你还是回单位吧，这里又不需要这么多的人。"

云落目光复杂地看了楚河一眼，但楚河面对云落的眼光，突然不再是木头了，他不仅立即避开了她的眼神，还把头转过去了。聪明的马哓哓立即明白了一切，嘴上说着："走！我送你去单位！"就把云落从人群里拉了出去。

云落一边被马哓哓拉着往前走，一边又回头看了看楚河，可对于云落哀怜的目光，楚河依然没有看她一眼，依然木木地站在那里，仿佛全世界都和他一样，全都变成了木头。

楚河的这种木化状态，一直保持到奶奶的葬礼之后。

楚河办完葬礼来上班，按常理，同事们都应该向楚河说几句安慰的话的，可一见楚河脸上那木化的表情，大家就都把话咽回肚子了。

就在大家交换眼神之时，云落突然来了，大家便都把问候的话语献给了云落。可令大家没有想到的是，云落竟然也和楚河一样，一句客套的话都不和大家说，脸上始终沉着一汪清水儿。

云落不说话，楚河更不说话，云落都走到楚河面前了，楚河不仅没有抬起眼睛看她一眼，脸上木化的表情也没有发生一丝变化。

对于楚河和云落的反常表现，别说是料事如神的刑警们了，哪怕是个愚钝的人，也能看出其中的不寻常。是啊！楚家刚刚发生了那么一件不寻常的大事，而这件大事的罪魁祸首，就是眼前的这两个不寻常的人。也正是因为不寻常，两个人的“无礼行径”便反倒变得寻常了。为了不打扰这两个不寻常的人，几名刑警全都拿着档案或表格急匆匆地离开了，最后一个离开的还轻轻地帮他们带上了门。

随着关门的声音，屋子里顿时静了，那是一种死亡般的寂静，仿佛所有的一切在一瞬间，都和楚河脸上的表情一样，凝固成了木头。

“唉！我最不愿意做的，就是来面对你这张木头脸！此时来见你，真的比死都难呢！”云落终于说话了，当然她在说这些话的时候，脸上如水的神情也是凝固的。

楚河依然不说话，但他那木化的眼神却替他说出来了：既然这样，那你干啥还要来？

“因为一个声音对我说：你最害怕面对的，恰恰是你必须面对的！奶奶都为此献出宝贵生命了，如果我们不继续追查下去，那奶奶就真的白死了！”

“你还想查什么？你又要怎么查？”楚河突然就爆发了，始终木化的眼神儿充满了愤怒。

“咱们去找你爷爷，把一切全都告诉你的爷爷！”云落倔强地昂起了头。

楚河愤怒的眼神渐渐涌出了泪水：“求你了！求你饶过我的爷爷吧！你还想怎么样？难道你还想让我的爷爷也搭上他的老命吗？”

“据我观察你的爷爷并不像你奶奶那么脆弱！”

“据你观察？你还敢跟我提你的狗屁观察吗？”楚河突然骂起人来了。

云落张了张嘴，却什么话都没再说出来。

楚河忽地站起身，目光里都是哀怨：“我的奶奶已经死了，六年来我最害怕发生的事情，竟然真的发生了！我当然知道你这么做都是为了我，但我真的不想再查了，我真的不敢再拿我的爷爷去冒险了！”

“请你不要用这种眼光看着我好不好？有一件事情你一定要清楚：害死奶奶的并不是我云落，而是当初给你邮录像带的那个人。”云落虽然说得毫无底气，但她却貌似强硬地抬起了头，眉毛也突然一立。

楚河又有气无力地坐下去了：“只要我的爷爷还活着，那么一切就全都无所谓了！我真的害怕了！什么都不想查了，也什么都不想知道了，所以，也请你放手吧！”

“连她也不想查了吗？”云落突然打开手机，露出了牛哥发给楚河的那个女人的照片，“你真的不想知道这个女人到底是谁吗？”

楚河突然捂住了脑袋：“我不知道，也不想知道，求你不要再问了好不好？”

楚河如此狂躁，让云落一时之间也不知道怎么办才好了，她无奈地看了一眼楚河，收起手机，低头向外面走去。

就在云洛走出门的一瞬间，云落的手机突然响了，和楚河的一样，她手机的铃声也不知什么时候，设成了那首《斯卡布罗集市》。

铃声刚刚响起的时候，楚河还以为是自己的手机响了呢，立即把放在兜子里的手机拿出来，可拿到手才意识到，自己的手机早就关机了。尽管云落已经走出了门，但楚河还是清楚地听到了云落在走廊里接电话的声音：“千紫姑姑，我刚刚从他的办公室里出来，他现在的情绪非常不好……您的意思是让我带他去千紫庄园见爷爷？对不起，这个任务我真的无法完成。”

云落的声音越来越小，很快就什么都听不到了。

此时的办公大楼显得更加静了，不仅走廊里没有了声音，屋子里也静得仿佛时间都停滞了，一同停滞的，还有那伴随了他十几年的手表的指针。

楚河突然意识到了什么，立即摘下了手表，这才发现他的手表早就停下不走了，指针依然指在九点四十分。这几天忙碌的时候，楚河曾几次看过手表，每次看时都发现是九点四十分。可因为忙碌，楚河竟然没有意识到这个时间意味着什么——是的，如果楚河没有记错，九点四十分，正是他奶奶去世的时间。

奶奶死了，手表也停了，这仅仅是一种巧合吗？

楚河的眼睛突然一热，热泪便再一次涌了出来……

>>>“越王勾践”的怒发冲冠

那个特殊的电话就是在这个时候响起来的，突兀的铃声震得整个办公室都一阵发抖，也止住了楚河眼睛里的泪。

楚河刚刚拿起电话，庄重的声音就在耳畔炸响了：“楚河吗？你怎么回事？手机关了，警务通怎么也关了？你不知道咱们警察的纪律吗？警务通必须二十四小时开机！”

楚河呼地站直身体，对着电话说：“对不起，庄队！”

庄重突然在电话里骂起来了：“太猖狂了！这个女人！竟敢和警察叫嚣！你马上过来！来一楼审讯室。”

“好！我马上就到！”楚河用立正的姿势对着电话说完了这句话后，便从兜里拿出警务通手机，按了开机键。匆忙之中他还走到警容镜前，擦了擦脸上的泪痕，整了整身上的衣服，这才走出了办公室。

一楼审讯室新建了一个监控室，墙壁上安装了一块偌大的显示屏，坐在屏幕前，就可以看到每一个审讯室里的情况。楚河走进监控室，发现屋子里就庄重一个人，只见他腰板直直地坐在显示屏前面，一头黑白杂糅的头发根根直立，仅仅看了一眼后脑勺，楚河就感知了庄重的愤怒。

显示屏里，两位刑警正与一位云鬟高耸、衣着靓丽的女子隔桌而坐，但三个人全都不说一句话。

“这个女人不是半夏吗？”尽管此时的她与通缉令上的照片显得那么的不同，但楚河还是被她的容貌惊到了。

现实版的半夏，给人的第一印象就是美，比照片上美多了，用丰韵娉婷、面若桃花等词汇形容全不为过。此时的半夏似乎正努力恪守着自己的美，不仅头发一丝不乱，脸上也始终挂着招牌式的不可一世的表情。半夏的这种美丽，与对面那两个面容疲惫、衣着邋遢的刑警，恰好形成了鲜明对比。

看到了这个明显的反差，楚河本就堵塞的心，就更觉发堵了，一个想法也涌了上来，他想对庄重建言：哪怕为了震慑犯罪嫌疑人，也应该让刑警们注意一下自身仪表了。但当他的目光落到庄重那愤怒的后脑勺上时，赶紧把这句话咽回去了。

和审讯室里面一样，监控室里更显得静寂，除了显示屏里那细微的沙沙声，什么都听不到。因为庄重始终都不说一句话，楚河后悔自己没有敲门进来，便轻声提醒说：“庄队，我来了。”

“不是说你有‘第三只眼’吗？今天你就给我睁开你的‘第三只眼’，好好看看这个半夏！看到她的骨头里。你一定给我记好这张脸！”庄重突然一指屏幕，声音沙哑地说。

楚河用惊诧的目光再次看了看屏幕里的半夏，一股非常奇怪的感觉涌上了心头。

门突然被推开了，云落悄无声息地走了进来，庄重回头看了云落一眼，眼睛里闪烁的全都是怒火，仿佛云落也成了犯罪嫌疑人似的。楚河这才发现，庄重的两个眼白全都变得血红血红的，不仅比审讯室里的刑警更显疲惫，衣着也更显邋遢。楚河暗自庆幸自己没把那个建言说出来。

“庄队，这个女人就是半夏吧？和通缉令上的照片不太一样啊！”云落的脸上依然沉静如水。

庄重气愤地说：“就是她！你们没看到她刚才的样子呢，我来刑警队这么多年，还从没见过这么狂妄的呢！”

云落看了看显示屏里的审讯刑警：“测哥怎么没参加审讯呢？”

庄重慢慢地站起身，深深地叹了一口气说：“唉！啥都赶到一起了！杨测和冷天龙两个都被省纪委抽调，去执行特殊任务了，具体执行的是啥任务，连咱们省厅的领导都不知道。”

“冷天龙伤刚好，就被抽调了？”

“省厅还不知道冷天龙受伤，点名让去的。本来我想申请换人了，可冷天龙主动请缨，非去不可。没想到他们刚走，这个半夏就钻进网里来了。刑警们都审了她一夜了，到目前什么有价值的都没审出来。你们瞧瞧她的表情，始终都是这种不可一世的样子。”

“即使抓错了，她也不该在刑警队里狂妄吧？”云落眼见着打了鸡血一般，脊背突然绷直了。

“可人家就狂妄了，你能把人家怎么着？”庄重咬着牙说。

“冒充伍秋月给《十点夜话》节目打电话、盗窃别人手机在直播间给二少爷连麦、冒用张英的身份证，这么多的嫌疑，哪一个叫实了，不够治她的罪的？”

庄重叹了一口气：“要是证据确凿，那还说啥了？”庄重越往下说声音越无力。

楚河插了一句：“即使她啥都不承认，她不是还涉嫌传销吗？”

庄重无奈地说：“你恰好说反了！她啥都承认了！”

楚河越听越迷惑：“啥都承认了，那您还生啥气？”

“我生气，是因为她拒不交代实质性的罪行！半夏因为通缉令在网上走红，所以社会关注度非常高，无论谁来审理她的案子，都会加倍慎重。刚才我和法院、检察院都已经沟通了，可他们全都说证据欠缺，全都建议咱们放人呢！我找你们两个来，就是让你们给我记住这个女人的猖狂！”

庄重一边气呼呼地说，一边整了整头发，拽了拽衣服，这才大踏步地走出去了。

不一会儿的时间，庄重就出现在显示屏里，还别说，走进显示屏里的庄重，无论神情还是衣着，完全变了，显得威风凛凛。

见了庄重，半夏突然笑了，虽然她笑得很刻意，但声音却很甜美：“庄队，您是来放我的吧？”

庄重没有说话，只是默默地把半掩的门推大了一些，并做了一个让半夏离开的动作。

可半夏并不离开，还那么稳稳地坐着，为了能直视庄重，她把头微微仰起：“你们看看，不是全照着我说的来了？他们抓我的时候，我就好心好意地劝过他们了！我说你们就不要弄我了，因为你们根本就弄不了我！什么冒充伍秋月给《十点夜话》打电话，什么盗窃别人手机在直播间给二少爷连麦，什么冒用张英的身份证，你们说吧，还有什么滔天大罪没有说出来？索性一起都托出来吧！我肯定全都承认！但你们得拿出铁的证据出来吧？没有铁的证据，全都是屁话！”

半夏微笑地看了看审讯她的刑警，那神情就像参加公益演讲：“更可笑的是你们的这位小刑警，竟然还说我涉嫌贩毒！你们说广南省、福海省、浙水省的刑警厉害不厉害呀？和你们说实话吧，他们全都抓过我，可最后不也是全都乖乖把我放了吗？为什么呀？因为他们在我的身上根本找不出一克毒品，没有证据你抓什么呀？这和没有屎尿非要去厕所是一个道理。现在咱们国家可是法治社会，一切都要靠证据说话的！”

半夏这才慢慢站起了身，款款向门前走去。走到庄重身边时，她扬起始终高抬的头，再次微微一笑。

庄重也笑了，夸张地冲半夏举起了大拇指：“夏姐，你牛！果然牛！真的牛！你的本事比我们刑警还大！的确是高人，我代表所有的刑警向你表达敬意！我们服了！不过夏姐，在释放你之前，我要与你做一个美丽的约定：终有一天我庄重会专门为你制作一个专题片的，专门歌颂你的‘丰功伟绩’，你等着瞧！”

听了庄重的话，半夏显得非常高兴，不仅窈窕的身姿挺得笔直，同时昂了昂高耸的云鬓：“既然庄队长如此看重我，那我就再让您服我一次。实话告诉您吧，我半夏以前的确贩过毒，我之所以敢于当面向您承认，就是因为你们根本治不了我的罪。一旦到了法庭，我肯定翻供的。我研究过你们的刑诉法，所谓的口供，其实叫言词证据，也就是不稳定证据！光凭我的口供，你们根本定不了我的罪！所以我奉劝你们：往后千万别在我半夏的身上白费心思了！更何况我早就已经金盆洗手了！”

半夏说完这句话，就昂着头走了，出门的一瞬间，还微微驻足，回眸一笑，笑出了绝代风华。

“太嚣张了！”楚河气得一砸桌子，转身就要往出冲。

云落一把拽住了他：“你想做什么？想去和她干仗吗？要是那样，你会比庄队还要难堪的！”

楚河站住了。

“她说得非常对！口供只有经过查证属实，才能作为一种证据。只有口供，没有其他证据，我们还真就治不了她的罪。”

“那我们也不能惯着她吧？”楚河突然大吼一声。

庄重正好开门进来了，听了楚河的话，立即叫了一声：“这话说得好。”

见了庄重，楚河和云落立即站直了身体。

庄重咬了咬牙：“刚才这个毒贩子说了什么，又做了什么，你们也都看到了！我今天让你们两个来，就是让你们记住她的这张脸，记住她说的每一句话，记住冷天龙那还没有干涸的血，记住我们今天所遭受的一切耻辱。从今天开始，你们俩就给我放下手头上的工作，专门给我盯住这个女人！给我往死了盯她！盯死了她！你们俩听明白我说的话了吗？”

“明白！”楚河立即用立正的姿势回答。

云落却提出了质疑：“楚河自从那次抓小偷的视频在网上传播后，他现在也算上半个网红了，他这样的明星脸还适合监视半夏吗？”

庄重无所谓地说：“我要的就是他这张明星脸！她半夏不是已经从暗处走出来，想和咱们高调地玩一玩吗？咱们就陪着她好好玩一玩。”

半夏所住的别墅小楼，坐落在瑶城开发区的一座小山坡上。这里离千紫庄园不远，弯弯曲曲的瑶儿河在千紫庄园里绕了一个太极圈儿后，又从另一座小山脚下绕了出来，一路哗啦啦地再向前流着，很快就到了半夏的那幢黄白相间的别墅小楼了。

在释放半夏之前，刑警们就已经在半夏的小楼里“做足了功课”。庄重这一次可是真动了肝火，不仅把用得上的高科技设备全都请进了别墅楼，还让楚河把自己的出租屋退掉了，搬到了位于半夏别墅楼后面的另一幢楼里。楚河坐在楼里，就能清晰地俯瞰到半夏庭院里的一切。

不知是新安装的监控设备太隐蔽了，半夏的确没有察觉，还是半夏“明知山有虎，偏向虎山行”，真的要和刑警们较量一番。对于别墅里多出来的那些陌生“朋友”，半夏似乎一点儿都不放在心上，从刑警队回来后，她就堂而皇之地住进了这幢二层小楼里。不仅日子过得风生水起，还有滋有味的，就像真的金盆洗手了。

除了一位钟点工每天按点来打扫卫生、洗衣做饭外，大多数时间半夏都是一个人居住的。有时候，住在城里的母亲会过来陪她几天，但母亲每次来，娘俩都要吵上几架，矛盾的焦点，大多因为母亲的那个名叫肖栓的“小男”。“真是膈应人，连名字都叫得这么让人膈应。”半夏经常这么辱骂母亲的“小男”。

“人家叫肖栓，小月木全，月下的一片森林，这是多么美的景色！你怎么总往那个腐蚀性的东西上想？”半夏的母亲似乎精通文墨，说起话来总是一套一套的。

争吵到了白热化的地步，半夏的母亲便会拎着从冰箱里拿出的大包小裹的冻物，气愤地离开。

云落和楚河是分工协作的，楚河主内，负责守株待兔，云落则东跑西颠地打外围。经过几天的侦查，楚河就对半夏的生活了如指掌了。半夏是开网店的，经营的是老绣。

当然，每次半夏发货之后，刑警们都会在发货途中进行截查，截查的结果全都令人失望。老绣就是单纯的老绣，有清代的，也有民国的，可无论哪个朝代的，都与毒品无关。

楚河入住新别墅的第三天，牛哥就凭着他特殊的嗅觉找上门来了。当时楚河正坐在窗边用单筒望远镜“偷窥”半夏呢，突然看见一辆小轿车驶到了别墅的楼前，吓得楚河赶紧藏起了那个望远镜。楚河刚刚走到楼下，牛哥就大摇大摆地进屋来了。

“你是不是为了那幢楼里的网红美女才搬到这里的？”牛哥一见到楚河，就这么开玩笑地说，吓得楚河脸都白了。

“净瞎扯！这里哪还有什么网红美女？她住在哪幢楼里？”楚河深知自己不擅长表演，就索性让自己面无表情。

“撒谎了不是？离得这么近，我就不信你没有见过她！”牛哥斜了他一眼。

“我搬到这里没几天，还一直看书来着，真的没和邻居们有过接触。你说的网红美女，到底住哪一幢楼呀？”楚河依然不承认。

牛哥突然看了他一眼：“原来你住的地方不是挺好的吗？干啥舍近求远，搬到这里来了？”

楚河闷着头说：“就是图个清静……”

“你要是真想图清静，千紫庄园不是比这里更清静？”牛哥审视地看着楚河。

楚河没听见似的，直接走到了茶桌边，准备烧水沏茶。

牛哥赶紧冲他摆了摆手：“你别忙了！我来接你回庄园的，你爷爷让你马上回去。”

楚河听了他的话，便停下了烧水，指着桌上的一摞书说：“你都看到了，我非常忙！我们马上就要执法考试了，这些书全都得看，真的没有时间回去。”

牛哥斜了楚河一眼：“云落已经被你爷爷叫去了，你就不怕她再说出什么刺激老爷子的话？”

牛哥的这句话，果然戳到了楚河的敏感点，透过窗子，他下意识地向半夏的那幢楼瞟了一眼，想了想，才对牛哥小声说了句“稍等”，便返身向楼上走去。

楚河这细微的反应似乎也引起了牛哥的注意，只见他微微笑了笑，冲楚河摆了摆手，就晃晃荡荡地向院子里走去。

楚河回到楼上，把监听器连到了自己的手机上，插上耳机后，又把手机小心地放进了衣兜里，这才拿了车钥匙向楼下走去。

“什么时候你也喜欢听歌了？”站在楼门边等楚河的牛哥，见楚河耳朵上插着耳机，便笑着问。

楚河没有解释，只是冲牛哥笑了笑，便锁了门，朝车库走去。

当楚河把自己新买的那辆越野车驶出车库时，牛哥依然在他的小轿车旁边晃荡着，直到楚河把车停到自己身边，摇下了车窗，牛哥才用鼻子哼了一声说：“我真是服了你了！你爷爷有那么多的好车，你犯得上买个二手的吗？从库里随便开出哪一辆来，不比你的这辆强？”

楚河面无表情地嘟囔了一句：“我就喜欢这一辆。”说完，就驾驶着他的越野车驶离了别墅楼。

“真是有病！”牛哥小声地骂了一句，这才上了车。牛哥的小轿车很快超过了越野车，两辆车就这么一前一后，顺着瑶儿河边的公路飞驰起来，转眼工夫，千紫庄园的大门就到了。

等楚河走进位于紫晶楼二楼的那间宽敞豪华的董事长办公室时，云落已经端坐在沙发上了。

楚汉的办公室，其实就是悬在“半空里”的四合院的“正房”，雕花的门窗正对着“院子”正中的“水天井”，也就是一楼客厅上的“云天窗”。楚河没有时间去“坐井观天”，顺着那摆着许多盆景的回廊，很快走进了爷爷的办公室。走进办公室的第一件事，就是先观察了一下楚汉的脸色，当他发现楚汉那红彤彤的脸庞，并没有什么异常的表情时，才暗暗舒了一口气。

“听你牛哥说，你又搬到开发区去了？你的葫芦里到底卖的什么药？放着咱们家这么多的房子不住，你住在那里算是怎么回事？再有，我还听说你买了一辆二手车？你这是故意气我是吗？”楚汉突然喘起了粗气。

“那辆越野是测哥朋友的车，没开多久就要卖，我看着挺喜欢的，就买下来了。”楚河胆怯地嘟囔了一句。也不知道为什么，每次面对自己的爷爷，楚河总是毫无来由地感到胆怯。

尤千紫脚步轻盈地从“四合院”的侧房走了出来，经过弯曲的游廊，给楚河端来了一杯热咖啡，无论杯子的形状，还是咖啡的颜色，全都和放在云落面前的一样。楚河礼貌地要站起来，她一伸手就把楚河按住了，她的手既柔软又温暖，让楚河的心里不由一动。尤千紫什么话都没说，只冲楚河亲切地笑了笑，便转身离开了，临走时还小心地关上了门。

屋里突然静下来了，宽大的落地窗边，放着两盆正在怒放的三角梅，有一片花瓣儿突然飘飘悠悠地落了下来，如果耳机里没有传出半夏在屋子里慢慢行走的脚步声，楚河一定能听到那片花瓣飘落到地上的声音。

“刚才我听云落说，你在上高中的时候，收到了一盘录像带？你奶奶就是看到那盒录像带以后才突然犯了病的？那到底是一盒什么样的带子呀？”楚汉突然问。

楚河就像被什么扎了一下似的，立即激灵了一下，一时间，耳朵里的所有声音便全都消失了。他条件反射似的瞪了云落一眼。还没等他说出话来呢，楚汉就训斥起他来了：“你别用那种眼光看人家小丁，我已经打听清楚了，小丁这孩子不愧是叮咚的后代，处处都比你强！不仅个人素质好、业务能力强，还热情开朗、智勇双全。哪像你呀，一天天的总像个闷葫芦似的，什么话都在心里搁着不往出说。一家人在一起，就应该敞开心怀，总这么瞒着藏着的，能解决啥问题呀？当初你收到录像带的时候，就把一切都说出来，你奶奶何至于就死了？”

一番话，说得楚河低下了头。

楚汉突然注意到挂在楚河耳朵上的耳机，便又责备起他来：“你怎么回事？和长辈说话，怎么还戴着耳机听歌？你这孩子怎么越来越没有规矩了？”

楚河下意识地扶了扶耳朵上的监听器，正不知怎么解释呢，云落替他说话了：“楚爷爷，他没有听歌，他在执行任务呢！”

做过公安局局长的楚汉，闻听此话什么都明白了，马上冲楚河摆了摆手，这才问云落：“那个录像带在哪儿呢？”

“在我这里！”云落边说边把放在沙发上的小皮兜拿到了手上，但她却没有往出拿录像带，而是征求地看了楚河一眼。

楚河再次不放心地观察了一下楚汉的脸色，可还没等他表态呢，楚汉就又训斥起他来了：“你是不是把我也当你奶奶了？不就是一盘录像带吗？至于那么吓人吗？你把它拿过来我看看，我真是纳了闷儿了，一盘录像带就能把一个大活人给吓死？”

云落再次瞟了楚河一眼，见他低下了头，并没有表示出反对的意思，才把那个老式的录像带从兜子里拿了出来，轻轻地放在了楚汉的桌子上。

楚汉仅仅看了一眼贴在外面的那个字条，脸色就严峻了起来。他把录像带翻来倒去了看了好一会儿，才声音平静地说：“这不就是一盘普通的录像带吗？这里面到底录的是啥东西呀？现在到哪儿能找到那种老式的录放机呀？”

云落飞快地打开了自己的手机：“楚河已经把它转换成视频了，里面的内容在手机里就可以观看！”

云落说完，又把自己的小手机双手捧到了楚汉的眼前。

楚汉先用他的那双大眸子看了手机一眼，看不清，这才拿出了老花镜，再次把手机放到眼睛底下仔细看。屋子里再一次静寂了，包括耳机里半夏的屋子，静得楚河都能听到视频里的沙沙声。

“这……这不是儿媳妇吗？还怀着孕呢！这个人……不是老婆子吗？她这是在干什么呀？哎哟哟，这咋还踢上了呢？她怎么能这么干呢？她可真是该死！”

楚汉突然抬起头，用大大的眸子看着楚河说：“不对呀？你奶奶可是最疼孙子的呀！她这么踹儿媳妇的肚子，不是也在踹她的宝贝孙子吗？这盘录像带一定是假的！”

自从楚汉接过视频的那一瞬间，楚河的心就提到了嗓子眼儿，身体渐渐地绷成了一根弓箭。与楚河一样，云落的心其实也是提着的，只不过她身体凝成了一座冰雕。

楚汉突然一拍桌子：“最该死的，是这个邮录像带的人！他可真够恶毒的！这不是明摆着要挑拨我们祖孙之间的关系吗？而你们这一对祖孙俩也真都是废物，偏偏就全中招儿了！这应该是好多年前的老古董了吧？小丁你刚才说这还是在大河考大学之前的事？”

“楚河……就是因为这个才一蹶不振的。”因为紧张，云落的声音都颤抖了。

“大河呀，你这个闷葫芦，真是死心眼子！即使录像带里录的全都是真的，你也不至于变成那个样子呀！反正也是，你当时的学业重，又没有经过啥事，才把这种事当成了天大的事了！唉！就是短练啊！”楚汉一边说一边叹气。

楚河蒙昧的心突然开了窍，是啊！不就是一盘录像带吗，不就是奶奶踹了她儿媳妇几脚吗，又不是拿着刀子在杀人……这该是多么小的一件小事呀？可它当初怎么就变成了压倒你的一座山了呢？爷爷说的对，你就是短练！

云落指了指窗子里的后山：“其实楚河特意拿着这盘录像带找过您，他那次找您谈话就是想把这件事告诉您。你们当时就在那座山下交谈的吧？我听说还没等他把话说出来呢，您就突然发起了脾气。他也是因为怕您气出病来，就再也没敢和您说。”

“还有这种事吗？噢！你这么一说，我倒真的有一点儿印象！要是这么说，那最该死的，倒是我这个糊涂的老头子了！不怪你奶奶活着的时候总骂我！我这个臭脾气呀！”楚汉再次长叹了一声。

“楚河怕奶奶知道了心脏受不了，六年来，始终一个人扛着这件事，除了我，他谁都没有告诉过。而我作为一名刑警，也是患了职业病了，急于想把事情弄清楚。那天楚河回家前，对我千嘱咐万叮咛的，不让我和奶奶提这件事。可我一见了奶奶，就觉得和她亲，什么话都想往出唠了。也怨我判断失误，还以为奶奶的身体很好呢！真是没想到……楚爷爷，我非常对不起你们一家，无论您想怎么惩罚我，我都认罚！”云落的眼泪泉水一般流了下来。

“好孩子，那天爷爷也是一时之间无法接受这个事实，才和你说了那种糊涂话的，我罚你有啥用啊？就是要了你的命，老婆子也活不回来了！我现在是想明白了，人的命，天注定，谁都怨不得。这个老婆子也该着她死，要是录像带是真的，那她也的确做得有些过分了！好孩子，看在我和你爷爷老同事的分上，你就原谅爷爷那天的不对吧！”

云落突然站起了身：“楚爷爷，您这么说，我就更不好意思了！”

“都是爷爷的错，你怎么反倒不好意思呢？坐下！快坐下！”楚汉立即摆手。

云落果然听话地坐下了，擦了擦眼泪，才问楚汉：“您刚才说您和我的爷爷是老同事？这么说那天千紫姑姑所说的，全都是真的？”

楚汉叹了一口气：“你爷爷出事的时候，我刚到公安局工作不久，我所从事的工作相当于现在的宣传干事，你爷爷的事迹材料，真都是出自我的手呢！”

云落再次站起身，冲楚汉一鞠躬，泪花闪闪地说：“对不起！爷爷！要是这么说起来，我们两家早就不是外人了！”

楚汉冲云落慈爱地摆了摆手：“可不是，要是这么说起来，咱们哪个还是外人啊？那天我还感慨呢，隔辈人全都长这么大了，我们能不老吗？”

云落慢慢坐下，深深地叹了口气。

楚汉突然想起什么，质疑地看了云落一眼：“对了，你奶奶就是看完视频以后出的事吗？她当时说没说什么话呀？”

云落再次看了楚河一眼，便站起身，走到楚汉的办公桌边，拿回了自己的手机，一边翻找一边说："在给奶奶看视频之前，其实我一直都很担心的，就像我现在的心情一样。我怕奶奶会说出什么有用的话，就用手机录了音……"

"你……你还录音了？你……不要！"楚河突然抬起脸，因为担心，细长的眼睛都瞪圆了。

云落已经按开了播放键，听楚河如此说，这才意识到了什么，立即飞快地按停了，抱歉地说："您瞧我差一点儿又冒失了！楚河说得对，奶奶的声音您还是不听为好！我已经在奶奶身上酿成大错了，真的不能再在您的身上冒险了！"云落一边说，一边擦了擦脸上的细汗。

楚汉无奈地看了看楚河，又看了看云落："你们的担心是不是太多余了？我怎么能像你奶奶似的，嘎巴一下也死了呢？你爷爷这么多年，什么样的大风大浪没有见过？总不会听了一段录音就吓死了吧？如果真是那样，我反倒享福了！"

云落再次看了楚河一眼："这种话您当然可以这么说，但假如您真有什么闪失，楚河一定会杀了我的！所以听录音的事您还是听您孙子的吧！啥时候您孙子同意让您听，我再放给您听！"云落也像楚河刚才那样，畏缩在沙发上了。

楚汉便用红红的眼睛盯着楚河："你小子怎么回事？对你的爷爷就这么没有信心？"

楚河避开了楚汉的脸，半天不说一句话。

楚汉再次拿起那盘老式录像带看了看，突然愤愤地说："即使你奶奶当年真的踢了你妈妈的肚子，她也并没把你咋样啊？这个录视频的人到底安着什么心啊？这件事都过去多少年了，他咋又把它给倒腾出来，偏偏赶在你高考之前邮给了你？这不是明显祸害人呢吗？要是没有这件事，你兴许都能考上青北的！楚河，你现在病也好了，也当上刑警了，这件事可不能就这么算了！必须得查清楚！"

"其实我就为了查清这件事，才听了测哥的劝告，考的警察！"楚河说。

楚汉一愣：“你说啥？你说你就是为了咱们家的这点破事，才当的警察？大孙子，你可太让我失望了！你的胸怀真就这么小吗？”

一句话，一下子把楚河说愣了，脸再次涨得通红。

楚汉可能后悔自己言重了，立即缓解气氛似的笑了笑：“录音的事爷爷可以不难为你们，你们不让我听，我就不听，但你奶奶当时到底说了啥，你们一句都没有记住吗？”

云落立马回答地说：“奶奶所说的话我全都记得，因为事后我又听了一次录音。她也像您刚才似的，显得非常生气，说这个邮录像带的人实在太坏了！让我们一定要查出这个坏人是谁。事后我分析奶奶的话，觉得这里面一定藏着什么内幕，奶奶应该是被人利用了。”

楚汉又看着楚河问：“这件事你是怎么看的？”

“我自从接到录像带的那一刻起，就始终觉得这个录像带有问题，这里面一定藏着什么猫腻，可我却无论如何破解不了。”楚河有气无力地说。

楚汉眨了眨那双大眸子，又慢慢地坐了下来，叹了一口气说：“你奶奶年轻的时候，脾气是暴躁了一些，但她就是刀子嘴豆腐心。你爸爸和你妈妈谈婚论嫁的时候，她的确别过他们一段时间……”

楚河小心地问：“我奶奶为啥不同意我爸爸妈妈的婚事呀？”

楚汉突然在空中挥了一下手，似乎要赶跑什么似的：“你奶奶虽然死了，我也不能总是向着她说话。你奶奶这个人啊，骨子里还是有些嫌贫爱富的，她不就是嫌你妈妈家里穷。可别了一段时间，也没别黄，她就只好同意了。那时咱们家刚刚搬到新房子，就是后面的老宅子，你奶奶还在老宅子里给你爸爸妈妈补办了婚礼。可结婚以后，你爸爸妈妈不知为啥又闹起了离婚，如果这盘录像带是真的，那这段视频应该就是那个时候录制的吧？直到后来给你做了亲子鉴定，关系才缓和了些。”

“亲子鉴定？我不是还没出生，我爸爸就连人带车失踪了吗？也就是说，我还在娘肚子里，就去做亲子鉴定了？”

楚汉点了点头："的确有这么一回事。"

楚河突然愤愤地说："我明白妈妈为什么抑郁了，原来你们如此不信任她。"

楚汉突然发起火来："连我都不明白呢！你明白什么呀？况且当初也是你妈妈找的我，主动要求做亲子鉴定的！"

楚河一愣："我妈妈？"

楚汉说："一开始要求给胎儿做亲子鉴定的，的确是你的奶奶，怕伤害到你的母亲，我始终都没有同意。没想到后来你妈妈就哭着来求我了，我没办法，只好带着你的父母赶到省城，做了DNA检测。那也是我作为警察，唯一的一次以权谋私。亲子鉴定的结果出来后，皆大欢喜，你奶奶对你妈妈也就转变态度了。"

楚河还要说什么，楚汉突然扬了一下手，喘着粗气说："行啦，咱们在这里，就别再议论你奶奶和你妈妈的关系咋样了，议论也是白议论。但无论发生什么事，你奶奶疼爱孙子这件事，都是不容置疑的。楚河，这一点别人不知道，你还不知道吗？要是连你也怀疑你奶奶对你的真心，那你的良心就真的让狗吃了！"

楚汉的一番话，一下子把楚河的脸说红了。

楚汉又拿起那盘录像带看了看："按理这东西是不能作假的呀？她那么在乎孙子的人，怎么可能往儿媳妇的肚子上踹呢？"

云落说："这种录像带，在当时那个年代，里面影像除了可以剪接，应该不能作假吧？"

楚河突然直起身子，看着爷爷说："爷爷，哪天有时间您能不能详细跟我们唠唠我爸我妈的事情？"

楚汉慈爱地看了楚河一眼："要是你没有得病，你爸爸妈妈的那些事我早就和你唠了！不过那些辛酸的乱事，一下子全都说出来还真需要一些时间。那天我见到了你们的领导，他说你们现在的工作任务非常繁重，咱们家的事再怎么大，也大不过你们单位的事。尤其是你们警察，那可是国家机器，一丝一毫都不能含糊。所以咱们家的这些私事还是等你们有时间的时候，再慢慢聊吧！”楚汉说罢，突然意味深长地看了楚河一眼，“你要是肯搬回来住，那咱们随时随地就能聊了。”

云落便说：“爷爷，您说的对，自己家的事再怎么大，也大不过单位里的事。不瞒您说，楚河搬到那个别墅去住，并不是他个人的意思，而是组织上有意安排的。”

楚汉马上伸手制止：“行啦！既然是工作机密，就不用往下说了，我啥都明白了！要是这样的话，那你们就该忙什么忙什么去吧，等你们有了时间，再回来找我唠咱家的事吧！”

楚河依恋地看了爷爷一眼，便低着头慢慢地往外走了，一边走，一边暗暗地舒了一口长气。在他的记忆里，这可是他们祖孙间第一次如此“和谐”的谈话呢。

“你们稍等一下，还有一件事。”楚汉突然叫住了他们。

楚河站住了，慢慢地回头看了爷爷一眼。

楚汉拿起办公桌上的电话，冲电话说：“你拿过来吧！”

不一会儿工夫，尤千紫就从门外袅袅婷婷地走了进来，把手里的一张银行卡交给了楚汉。

楚汉接过银行卡，突然显得手足无措了起来，见楚河吃惊地看着自己，楚汉上前一步，笨手笨脚地就把银行卡强行塞进了楚河的衣兜里，嘴里说：“密码是你生日，好啦！走吧！”

楚河的脸突然涨得通红，赶紧把银行卡从兜里掏了出来，又强行地塞给了爷爷，嘴里执拗地说：“我的钱够花，不要！”说罢就梗着脖子往外走，楚汉一把拉住了他。

楚汉叹了一口气，感慨地说：“唉！你爷爷我在外面打拼了这么些年，还真没觉得有啥事难倒过我呢！可给我孙子钱咋就这么难呢？这几年，为了能把钱送到我大孙子手上，你知道爷爷我伤了多少脑筋吗？也不知道这种事落到了我楚汉的身上，是好事还是坏事？”

云落笑了：“当然是好事！这证明您的孙子不是啃老族，有能力养活他自己，您该感到高兴才是呀！”

尤千紫也笑着说："是啊！董事长，现在这个世上，有几个人能像您这样，摊上这种好事呢？"

尤千紫又转过头笑着对楚河说："楚河，不是我当姑姑的批评你呀！你可别以为不花自己爷爷的钱，就是自立了！有一句老话叫'以顺为孝'，你这么拒绝你爷爷的爱心，其实就是一种不孝，因为你这么做，真的会让老人家担心你的。不说别的，就说你的那辆二手车吧，你可不能再开着它到处跑了，你现在是警察，从事的是非常危险的工作，必须得换一辆安全性能更好的车！你若是喜欢越野车，我看有一个新款的就不错。"

尤千紫一边说着，一边麻利地把银行卡从楚汉的手里拿过来，强行就往楚河手里塞。见楚河推辞，她甚至向云落使了一个眼色，希望她能劝劝楚河。

云落却突然咯咯地笑了，嘴里说："真精彩！"

尤千紫疑惑地看了一眼云落，一时没听明白云落的话。

云落收住笑容说："千紫姑姑，我理解楚河的心，您就别强迫他了。"

尤千紫突然有些动情地说："楚河啊！云落理解你的心，我也理解你爷爷的心。你是董事长唯一的后代，老一辈拼啊搏啊的，到底图个啥呀？不就是想让自己的后代过得好吗！为了能让你收下他的钱，董事长这几天可是没少费心思啊，那天他提起你在外面受的苦，心疼得都流眼泪了！"

楚河看了楚汉一眼，感慨地说："爷爷，我真的不缺钱，这几年在外面也一直过得很好的，根本就没有吃过什么苦。再有那辆车，也实在没有必要换新的。我记得很小的时候，就常听您说：人无论多富裕，都不要忘了节俭。怎么您反倒铺张浪费起来了？一个人是否平安，真的与车无关。如果人不安全，即使开着堡垒也会出事情的。所以您的钱，您还是自己留着吧！这么多年您一直都为我操心了，按理，作为晚辈，孙子早就应该赚钱给爷爷花了！可在咱们家，因为孙子无能，才把一切都弄颠倒了！要是较起真儿来，您每一次给我钱，其实都在打您孙子的脸呢！”

云落也微笑着劝楚汉说：“楚爷爷，你孙子都这么说了，您就把卡收回去吧！楚河这么想问题，我觉得非常正确！我也因此更加佩服他了！还别说，今天晚上回家，我也得把自己所攒的钱拿出来，孝顺孝顺我的父母了，孝顺这种事还真的不能往后拖。”

楚汉听了两个人的话，眼睛里突然闪出了泪花，他就那么泪眼婆娑地眨了眨眼睛，感慨地说：“这人一上了年纪，怎么眼泪窝子反倒浅了呢？好孩子！你们都是好孩子，这些钱，我就先替你们保存着，等将来你们成了家，有了孩子，我再把它送给我的重孙子。”

一句话，一下子把云落的脸说得通红，赶紧说：“楚爷爷，您误会我们了，我们俩真的就是同事。”

楚河的脸也有些泛红，但他只是飞快地瞟了云落一眼，什么话都没说。

楚汉愣愣地看了看楚河，又看了看云落：“你们俩还是一般的同事吗？这我可是没想到。”

尤千紫立即伶牙俐齿地解围：“所谓的同事呀，恋人呀，不就是称呼吗？在咱们这儿，任何称呼都是表象，该是什么还是什么。”

云落依然较真儿：“可是我们俩真的就是同事。”

尤千紫冲云落摆了摆手：“行啦，管你们俩什么关系呢！到了千紫庄园，你们就是咱们家的一员！董事长，晚饭我已经准备好了，再怎么忙，也得让他们吃了饭再走吧？”

楚汉突然一拍脑袋，笑着说：“可不是，这人还真得服老，一到了岁数，就都成老糊涂了！饭当然得吃，不吃饱了饭，怎么干工作？”

见云落去拿放在桌上的录像带，楚汉立即阻止了她，对尤千紫说：“对了，你哪天找几个专家，专门研究一下这个带子，我就不信它会是真的。再有，小丁手机里还存了你大娘临死前所说的话，你也给我转过来。”

楚汉说完，就率先向楼下的饭厅走去了。

云落看了楚河一眼，楚河突然冲她一瞪眼睛，压着声音说："那段录音你千万不要给他转。"

云落再次瞟了楚河一眼，她惊讶地发现：在楚河那双细长的、总显得很柔顺的眼睛里，原来也藏着咄咄逼人的杀气。

>>> 飘零孤女的血海深仇

怕影响对半夏的监控，楚河没敢陪爷爷喝酒，而是看着楚汉一个人在那里自斟自饮。爷爷尽管年逾古稀，可酒量依然不减当年，饮的依然还是"双杯"。这么多年来，楚汉每次喝酒，面前都会放着两个酒杯，左边是个小杯，装的是白酒，右边是个大杯，装的是啤酒。

"爷爷，您都饮了第三个双杯了，别再喝了！"见楚汉又去拿酒瓶倒酒，楚河按住了酒瓶子。

"你放心，你的爷爷在喝酒方面，一直是有节制的，等喝完五个双杯后，就是神仙来劝，他也不会喝的。"尤千紫微笑着说。

楚汉强行夺过了酒瓶，给自己倒了第四个双杯后，便神情郑重地说："你们俩不是非常想听以前的故事吗？那我就先给你们讲一个特别的故事吧！但事先得和你们说明了：我所要讲的这个故事可是个绝对机密，你们一旦听了，就要承担相应的责任！"

楚河和云落立即坐直了身子，神情也都变得严肃起来。

楚汉叹了口气："有一个人，名叫程万峰，不知你们听没听说过这个人？"

楚河立即摇了摇头，云落则把头低下了。

楚汉看着云落问："大河不知道这个名字，倒情有可原，小丁从警的时间长，你应该听别人议论过这个人吧？"

云落犹豫了一下，才说："您所说的程万峰是不是曾当过刑警队队长的那个人？我经常听同事们聊起他，因为不了解真相，所以不敢以讹传讹。"

楚汉鼓励地看着云落说："小丁，你不要有什么顾虑，听到了什么，你就直接说什么，这并不代表你的观点。"

云落说："这应该是很多年前的事了吧？我听说这个程万峰，原来曾是一个非常有能力、有责任心的领导，不仅胆大心细，还足智多谋。可自从他的妻子出国深造，抛弃了他和女儿以后，他就一下子变了一个人。有一次，他利用到制药厂办案的机会，盗窃了制药厂的一笔巨款，然后就领着女儿携巨款叛逃到国外去了。大家就是这么议论他的。"

楚汉脸色黯淡地说："好，这么议论很好！"说完，他就把第四个双杯喝下去了。

楚汉的话让楚河和云落全都显得云里雾里的。

楚汉担心地环视了一下小饭厅，问尤千紫："咱们这个饭厅说话应该很安全吧？"

尤千紫说："您放心地说吧！别说这个小饭厅，就是整幢紫晶楼，安全设施在咱瑶城也是一流的。"

楚汉点了点头："那就好！"

楚汉又倒满了第五个双杯，眼睛渐渐湿润了："当谎言变成了很多人嘴里的事实，那么连当初撒谎的人，也会慢慢接受这个'真相'的！既然是真相，当然就容易被忘记了，这样很好！"

云落看了尤千紫一眼，突然问楚汉："楚爷爷，您所说的这个程万峰，是不是和千紫姑姑有什么关系呀？"

楚汉点了点头："他就是你千紫姑姑的亲生父亲。"

云落一愣，抱歉地看了尤千紫一眼："对不起，千紫姑姑，我刚才的话，有可能伤到您了！但我说的全都是实话。这么多年，程万峰在我们刑警支队，一直都是反面教材，开会的时候，领导们也经常拿他当例子教育大家呢！”

尤干紫微微一笑：“这有什么好受伤的？比这更受伤的事多了去了！众口铄金，积毁销骨，这就是谎言的力量！我早就习惯了。”

云落说：“这么说，他是被冤枉了？”

楚汉说：“是啊！所谓的携巨款叛逃，全都是谎言，而且是由许多人共同制造的谎言。程万峰不仅没有叛国，而且还是一位顶天立地的大英雄！他早在二十几年前，就被一个犯罪团伙秘密杀害了。为了掩盖罪恶，这个团伙才集体制造了这个谎言。因为‘证据’确凿，当时所有的瑶城人都被蒙骗了，如果我和程万峰不是从小一起长到大的战友，连我也会被蒙骗的。”

云落有些不相信地看着楚汉：“竟然会有这种事？”

楚汉无奈地叹了一口气，突然看着楚河说：“记得你小的时候，曾经质问过我说：‘为啥就不当警察了呢？’爷爷那时真的不知道应该怎么和你说，但我现在可以告诉你实话了。我辞去公安局局长的职务，就是为了给你程爷爷伸张正义的！可直到现在，你程爷爷还在暗无天日的深渊里含冤受辱……所以呀！就凭这个未了的使命，你爷爷也不会死的！”楚汉双手端起了第五个双杯，愤愤地干了，仿佛那酒是他的敌人似的。

楚汉喝干了酒，就把饭碗递给了楚河，还没等楚河起身，云落已经把饭碗接过去了。她走到饭锅前，很快就给楚汉盛了大半碗饭，刚要端给楚汉，楚汉就说：“你最好多盛些，不然还得再去盛。”

云落又往饭碗里实实地压了一大勺子饭，这才把饭碗端给了楚汉。

楚汉吃了一口饭，才说：“记得刚才我说，过去的事要是说起来，得需要大量时间！别说其他的事了，就是程万峰这一件事，也不是一天两天就能讲明白的，我只能给你们讲个大概。我在瑶城只有两个战友，一个是你金爷爷，另一个就是你程万峰爷爷了，这两个人，都是我楚汉要用生命去捍卫去珍惜的人。你程爷爷转业后，和我一起分配到了咱们瑶城公安局。你程爷爷长得那才叫英俊帅气呢！你们若是不信，哪天让千紫把他的照片找出来给你们看看。他因为长得好，工作能力也强，心就非常高，你爸爸都七八岁了，可他还单着呢！但心高也有心高的好处，最后人家到底把咱们瑶城长得最美、最有才华的一位工程师给娶回了家，她就是你千紫姑姑的母亲。事实上，你千紫姑姑的父母感情一直很好，尽管她母亲后来出国到远东深造了，也没有抛弃他们父女。如果后来没有发生那起盗窃案，你千紫姑姑一家，早就该团聚了！”

一碗装得满满的米饭，楚汉很快就吃进了肚，放下饭碗，他又抽出纸巾擦了擦嘴，才说：“那起盗窃案，表面上看，案子并不太大，就是一个盗贼潜入了一位副市长的家里，偷走了一些并不太值钱的物品，当时那位副市长也没有报案。但你程爷爷发展的一位线人却向他透露了这个信息，你程爷爷就把这个盗贼给抓了。按照司法程序，刑警队把这个盗贼送进了看守所。大家本以为这个人最多也就判个三五年呢，可法院的判决结果一出来，把大家全都吓了一跳——这个人竟然被判了死刑，并且立即执行了。事情发生后，你那喜欢较真儿的程爷爷就暗暗地对这起盗窃案进行了调查，这一查不要紧，一个制毒贩毒的组织就让他给扒出来了。”

尤千紫轻手轻脚地在每个人面前，放了一杯茶。楚汉喝了一口茶，接着说：“那时，毒品交易在咱们瑶城才刚刚冒头，咱们公安在打击这种犯罪的时候，也没有什么经验。你程爷爷把这件事向我汇报后，我便在第一时间向上级进行了汇报，上级领导当然命令我们深入彻查，我就把任务落实到了你程爷爷的头上。因为制毒的原材料来自于瑶城制药厂，为了能尽快找出制毒窝点，你程爷爷便以检查安全生产为名，带人进驻到了制药厂，不久就发现了一个惊人的事实：原来在我们瑶城制药厂的内部，就可能隐藏了一个制毒工厂，只不过这个制毒工厂当时正处于停滞生产的状态。当你程爷爷把这个重要情况向我汇报之后，为了人赃俱获，彻底捣毁这一组织，我们便决定按兵不动，让你程爷爷继续在药厂等待时机。没想到就在这紧要关头，你千紫姑姑突然失踪了。”

楚河和云落全都立马看了尤千紫一眼，只见尤千紫面无表情地坐在那里，仿佛楚汉所讲的人和她一点儿关系都没有似的。

“发现女儿失踪以后，你程爷爷立即给我打了一个电话，他在电话里匆匆忙忙地告诉我，孩子找不见了，他担心孩子的失踪可能和那个制毒贩毒的组织有关。他还告诉我说，公安局内部也有他们的人，为了防止节外生枝，保住女儿的性命，他嘱咐我千万不要动用警察，而是等待他的消息。令我万万没有想到的是，他这次给我打电话，竟然是我们之间的最后一次通话。打完那次电话以后，你程爷爷就说啥都联系不上了。再然后，咱们公安局就接到了制药厂的报案，报案人点名道姓地说你程爷爷盗窃了制药厂的一笔巨款，并带着女儿携款叛逃到远东去了。

“接到报案，我亲自带人到制药厂彻查这件事，没想到人证物证俱在，并且越是查下去，你程爷爷的犯罪脉络就越清晰，包括父女二人去远东的乘车信息都查出来了，证据链完美得就像你程爷爷真的做了叛国贼一样。为了弄清真相，我曾几次向上级公安部门要求出国彻查，但最后都被驳回了。因为当时的情况，跨国查案真的是一件困难重重的事情。”

云落脱口而出：“我原来还奇怪千紫姑姑为什么始终都这么低调呢！原来是怀揣着深仇大恨啊！”

楚汉继续说：“正如你程爷爷猜测的那样，我们公安局内部出了内奸，所以他暗查制毒窝点的事情，很快就让那个犯罪团伙知道了。为了拉拢你程爷爷，他们一次又一次地设局，想让你程爷爷与他们同流合污。可你的程爷爷那样意志坚定的人，哪能上他们的套呢？拉拢不成，他们黔驴技穷了，就下了黑手。他们先是利用国外的组织，把你千紫姑姑拐骗到了东缅，在拐骗的过程中，还故意留下了线索，把你程爷爷往国外引。为了解救女儿，你程爷爷不得不‘非法’出境，仅仅两天的时间，就追踪到了东缅的瓦里。在瓦里，我有一位名叫虎子的战友正在那里经商，你程爷爷在虎子的帮助下，终于打听到了女儿的下落，可就在解救的时候，出了岔子。为了保护女儿，你程爷爷让虎子带着女儿先跑，自己则把追赶的人引到了东缅瓦里的一个山洞里。直到两年以后，我们才在那个山洞里找到了你程爷爷的尸体，你程爷爷死得很惨，脑袋都被人砍下来了。”

尤千紫慢慢地低下头去，尽管她的眼圈红了，但眼睛里面并没有泪。

“也就是从那个时候起，我才真正地意识到，我所面对的犯罪团伙，势力到底有多大，能力到底有多强，他们真的是通着‘天’的。为了保存自己不被他们伤害，这么多年来，你千紫姑姑一直隐姓埋名，在国外上学。她之所以放弃了国外优越的工作条件，回瑶城开办了这个企业，就是为了给父亲搜集证据、申冤报仇的。这也是为什么有那么多人质疑我和千紫的关系，而我们始终都不向人解释的原因。”

楚河问：“这件事我奶奶知道吗？”

楚汉说：“这么大的事你奶奶怎么会不知道？你千紫姑姑抱着她爸爸的骨灰盒，从东缅回来时，一直在咱家秘密疗养，直到后来联系上了你千紫姑姑的母亲，才把千紫送到了远东。包括尤千紫这个名字，也是你奶奶给起的呢。其实，在你奶奶的心里，千紫早就是她的亲闺女了！”

楚河神情特别地看了尤千紫一眼，正巧尤千紫也在看他，二目相撞的一瞬间，尤千紫突然凄惨地冲楚河笑了，立即笑出了楚河的两汪眼泪。

楚河百感交集地说：“千紫姑姑，你原来遭受过这么多的磨难啊！可你怎么……”他突然又把话止住了。

“你想说什么？”尤千紫神态平静地问他。

楚河的脸突然红了，垂着眼睛说：“刚才我爷爷骂我短练，我还有些不服气呢！可听了千紫姑姑的经历，我就不能不承认自己短练了。和千紫姑姑所遭受的苦难相比，我所经历的根本就不算个啥事！可我却这么……这么脆弱，真是羞愧。”楚河越说，头垂得越低。

尤千紫突然苦笑了：“任何坚强，都是被逼出来的。大家都是血肉之躯，哪有什么天生的如钢似铁？如果将来我也有儿女，我倒宁可希望他们一辈子都‘短练’呢。”

楚汉慈爱地看了楚河一眼，深深地叹了一口气说：“虽然坚强是磨炼的结果，但遇事冷静，能够自救，的确是你千紫姑姑与生俱来的智慧。

如果没有这种智慧，当初她在东缅就死定了。我那个名叫虎子的战友，我非常了解他，真的不是什么好东西，他就是一个见利忘义的人。当他得知你程爷爷遇害后，就打起了你千紫姑姑的坏主意。要不是你千紫姑姑事先预测到了这一点，及时给我邮来了一封特殊的信，我怎么能想起去东缅解救她呢？”

楚汉说着，从兜里掏出了一把钥匙，交给尤千紫。尤千紫什么话都没有问，拿过钥匙就出了屋子。不一会儿，尤千紫就回来了，手里多了一个档案袋。楚汉从档案袋里面翻找出一张复印纸，交给了楚河和云落。

展现在两个人面前的，是一行小孩子写的字，从潦草的字迹可以看出写字人的匆忙。虽然复印纸是平平展展的，但从复印的印痕上，依然能清晰地看出那张不规则的信纸上的纵横褶皱。

信纸上仅仅有九个字——我在虎子这里，小花痴。

没有称谓，也没有落款。

云落不禁脱口说道：“这哪是信啊？简直是暗语！”

尤千紫微微叹息了一声说：“我寄住在虎子叔叔店里的时候，虎子叔叔一直防我像防贼似的，不仅限制我出门，也不给我一分钱零花钱。所以往出邮这封信，我可是费了好一番周折。之前，我爸爸嘱咐过我说：在这个世上，除了你楚伯伯，你不要相信任何人，但你和你楚伯伯联系的时候，也要注意方式，因为他的身边有奸细。所以为了既把消息传给楚伯伯，又不让别人弄明白啥意思，我就只能这么写了。”

楚汉赞赏地看了尤千紫一眼，微笑着说：“你们可别小瞧这九个字，这里面可是蕴含了太多的信息呀，我当时一看到这信，就啥都明白了！”

“小花痴？”楚河惊异地看了尤千紫一眼。

尤千紫的脸便微微泛红了：“我妈妈出国以后，因为爸爸整天忙，常常几天看不到人，所以那时的我，经常吃了上顿没下顿。记忆中总是脖子上挂着钥匙，独自上下学，别说没人接送了，放学后还得自己生炉子做饭。你奶奶见我实在可怜，就经常把我叫到你们家里来，给我做各种好吃的。记得那时，你们家的花瓶里，总是插着各式各样的鲜花，我不仅喜欢那些鲜花，也喜欢那些花瓶，每次吃完饭，都要站在花瓶前痴痴地观望半天，连家都不愿意回，董事长就经常叫我小花痴。”

云落看了看楚汉面前的档案袋：“这个档案袋里装的都是证据吗？”

楚汉凄惨地一笑：“这些都是我和你千紫姑姑搜集到的，但要证明你程爷爷的清白，还差很多。”

云落说：“楚爷爷，今天如果不是亲耳听您说，我真的难以相信这个故事的真实性。这么多年都过去了，可当年那些杀害我程爷爷的犯罪分子至今还都逍遥法外吗？”

楚汉点了点头：“不仅逍遥法外，而且一个个的，还大多活得很光鲜很滋润呢。”

楚河突然问：“有一句话叫有钱能使鬼推磨，从古至今，那些含冤受屈的，都是挣扎在社会底层的平民百姓。您和千紫姑姑都这么成功、这么有钱了，这个深仇大恨你们怎么就报不了呢？难道这个世上，还有靠钱摆不平的事吗？”

楚汉说：“这件事还真就不是有钱就能够摆平的！因为他们的势力实在太大了！准确地说，是这个团伙的幕后老板的势力太大了。这一晃，我和他都暗斗多少年了？尽管我和千紫搜集了这么多的证据，可迄今为止，我却连这个人的一根毫毛都无法撼动。但你们放心！现在咱们国家正在打老虎拍苍蝇，我相信这起冤案，很快就能拨云见日了！”

楚河还是满脸疑惑：“既然怀着深仇大恨，那爷爷您为什么还这么高调和招摇呢？您就不怕这些人怀疑您，从而阻碍您报仇雪恨吗？”

楚汉苦笑了：“大孙子啊！你这话算是问到点子上了！幸亏你爷爷我如此高调和招摇，他们才把你爷爷当成了和他们一样贪图享受的人了，才没有过多地防范并整治我，我也有机会逐渐搜集到了这些证据。如果你爷爷我穷困潦倒，出来进去总是一副苦大仇深的样子，那你爷爷肯定早就被他们捏死了，就像捏死苍蝇一样容易。”

见楚河依然满脸疑惑，楚汉又说：“东缅瓦里那个地方，情况非常复杂，你程爷爷牺牲以后，我们除了一具尸体，根本没有发现任何可以证明这些人犯罪的证据。所以，我们若想为你程爷爷平反，就必须得走进这些人的圈子里，与他们密切接触，暗中搜集证据。举个不恰当的例子吧！如果你想融入一群身穿华彩衣服的人里面去，你应该怎么办呢？你只有穿上同样华彩的衣服，他们才会接纳你。你明白我的意思了吗？”

楚河还是满脸疑惑地摇了摇头。

云落焦急地：“楚爷爷，您还是快点介绍一下这个犯罪团伙的情况吧！他们到底是一群什么样的人啊？我恨不得立刻把他们全都抓进监狱里去呢！”

楚汉摇了摇头说：“不容易啊！如果容易，我当初怎么能轻易辞去公安局局长的职务呢？如果在职，我无论调查案件，还是报仇雪恨，岂不是更加容易一些？”

云落：“是啊！我也正为此感到疑惑呢！”

楚汉叹了口气：“我刚才这么说话，绝不是长他人的志气，灭自己的威风，而是这些人，实在是太厉害了！他们这个犯罪团伙，早已发展成根深蒂固的跨国犯罪组织了，团伙成员遍布国内外不说，成员之间又总是单线联系，并且轻易不见面，这样就很难彻底捣毁。如果我说出那个幕后老板的名字，你们听了一定会吓一跳的，在报纸广播电视里，他可是常客呢！”

尤千紫突然插言：“董事长，这个人的名字您暂时还是不要说了吧！不是我不信任这两个孩子，而是如果您说出了他的名字，我怕会影响他们投身工作的积极性的！”

楚汉点了点头：“你提醒得对！况且现在说出他的名字，也没有什么必要。但我相信，这个名字他们很快就能通过其他途径知道的。”

云落：“咱换个角度想，当初如果您不辞职呢？就像谍战片里所演的那样，您就巧妙地和这些人周旋，那么报起仇来会不会更容易一些？”

楚汉声音变得低沉了：“孩子呀！谍战片里所演的故事，即使再曲折、再血腥，也比不上现实的严酷啊！你程爷爷出事以后，我就知道自己已经陷入一个由谎言所编织的怪圈里了。我作为一名公安局局长，虽然明明知道你程爷爷是冤枉的，可我却根本无法证明他的被冤枉。我也深深地知道，如果我继续在原来的位置上做下去，我不仅要接受这个谎言，而且还要和他们同流合污，否则就无法立足。”

楚汉说着说着，眼圈突然红了：“那天，我独自一个人坐在会议室里思索了很久。而我作为一名公安局局长，不仅无法维护职业的尊严，甚至连自己的家人、自己的手下都保护不了，既然这样，那我做这个公安局局长，还有意义了吗？就在举棋不定的时候，我接到了你千紫姑姑邮给我的信，接到这封信的第二天，我就以身体不好为名，向上级部门呈交了辞职信。”

云落：“听您这么一说，我总算有些明白了，正所谓留得青山在，不怕没柴烧。”

楚汉突然向四面看了看，压低声音说：“你们知道，我和你金爷爷前些日子，为啥去了海深岛吗？”

楚河立刻回答：“我知道，你们去海深岛，不就是为了圆我金爷爷年轻时的一个梦想吗？”

楚汉说：“你金爷爷这个梦想，其实就是一场空梦，那个女孩儿其实早就死了，这个底细不仅我知道，你金爷爷也知道，他之所以总扬言说什么要去海深岛找她，就是不愿意让自己从梦里醒来。因为你金爷爷的这个梦，我们这一辈的人几乎没有不知道的，我就利用了你金爷爷，拿为他圆梦当幌子，去圆了我们自己的梦！”

“圆你们……自己的梦？”楚河越听越糊涂。

“这件事，除了千紫，别说你奶奶了，连你金爷爷至今都蒙在鼓里呢！其实这次，我们根本就没去海深岛，我们只是去了一个貌似海深岛的地方，幸好你金爷爷大字不识一个。因为这个犯罪团伙的幕后老大，已经坐到了重要领导的位置上，为了彻底捣毁这个盘踞瑶城多年的犯罪团伙，上边专门成立了一个秘密调查小组，对这个犯罪团伙进行了秘密调查。我这次去‘海深岛’，其实就是配合他们进行秘密调查去了。”楚汉说着，看了看尤千紫，“有一句老话：机遇永远留给有准备的人，咱们这些年搜集和掌握的铁证，这一次可算是派上用场了！”

楚河急切地问：“结果呢？结果怎么样？”

楚汉信心满满：“结果一定是好的，但目前还得等。通过这次配合他们调查，我看到上边领导们这一次惩治犯罪的决心和力度，真的是前所未有的，所以我相信：好消息很快就会来了！”

云落插了一句：“你们到底掌握了他们什么铁证？”

楚汉突然眼睛红红地看了楚河一眼，沉吟了一下才说：“铁证太多了，不是几句话就能够说清楚的。但有一件事情，我倒可以告诉你们。”

楚河一愣：“什么事情？”

楚汉叹了一口气：“你爸爸当年突然莫名其妙地失踪，和这个犯罪团伙有直接关系！我甚至担心你爸爸早就被他们灭口了！”

楚河：“灭口？难道我爸爸也和他们有瓜葛？”

楚汉叹了一口气：“是啊！这也是我万万没有想到的事情。那段日子，我因为你程爷爷的事情，一直国内国外地跑，忙得别说和你爸爸沟通了，连咱们家刚刚打了地基的房子，都顾不上管了。幸好你爸爸正好在家等着分配工作，便把这个乱摊子揽过去了，这就是后面的那幢老宅子。”

楚河突然想起了什么，张了张嘴，又把话咽回去了。

楚汉喝了一口茶，继续说：“那天，我突然接到了你爸爸的电话，他在电话里对我说：‘爸爸，我发现了一个重要的线索，应该和那伙人有关。’我担心电话被人监听，就立即打断了他的话，我对他说：‘无论你发现了什么，都不要和别人说，任何人都不要说，一切都等我回去再说。’哪承想，还没等我赶回家呢，你爸爸就出事了，活不见人，死不见尸。你爸爸失踪以后，我翻遍了他的所有东西，除了在柜子里找到了一瓶水，其他的什么都没有发现。我立即找人化验了那瓶水，在水里面果然检测出甲基苯丙胺的成分。可是，这瓶水你爸爸到底是在哪里发现的？又是怎样发现的？却没有人能够告诉我了。”

云落：“楚爷爷，关于楚叔叔的失踪，你们当时还查到了什么其他的线索没有？”

“其他的线索？对了，有一个人我始终都在怀疑，那就是齐一彬。他爸爸从家里离开前，就是接到了齐一彬的电话。”

“齐一彬？”

“他就是马丫头的生父。楚河的妈妈夏堇有两个好朋友，一个是马丫头的妈妈，一个就是测儿的妈妈，因为这种关系，他们三家经常聚会。”

“您的意思楚叔叔的死，很可能和这个齐一彬有关系？”

“有没有关系我不知道，但他爸爸那天驾车离开家，就是齐一彬给叫走的。这个齐一彬，我第一次见到他时，对他就没有好印象，事后我才知道，那个时候的他，就已经吸毒了。当我得知这个信息后，就满世界寻找齐一彬，可这个人就像在人间蒸发了一样，从此也活不见人，死不见尸了。后来听说有人在东缅见到过齐一彬，我因此还特意到东缅寻找过他，但一直都没有找到，我怀疑连这个齐一彬，也被灭口了。”

“除了齐一彬，就再没有别的信息了吗？”

楚汉摇了摇头：“他爸爸这个人，平时和外界很少交往，用现在的话说，就是一个宅男。虽然后来他在感情上出了轨，但他也不是那种乱爱的人，他也是真动感情的，所以调查他的生活轨迹，并不太难。”

楚河看了看爷爷，又看了看云落，似乎想说什么，突然又低下了头。

楚汉问楚河：“你这个孩子，我不是说你，怎么总像闷葫芦似的？你学学人家小亅，多敞亮？你要是想说什么，就说出来呗！”

楚河的脸突然有些泛红：“我要说的，只是个传闻，因为叫不准才犹豫了！”

“犹豫什么呀？想到了什么，说出来不就完了？你不要忘了，在你面前的这个老头子，可是你的亲爷爷！”

“是这样的，您提起我爸爸建房的事，让我突然想起了我奶奶无意中说过的一句话。她说在房子建好以后，我爸爸曾经说，他建的这所房子，一定会让大家惊奇不断的！究竟什么样的房子才能让人惊奇不断呢？”

云落接过了话茬儿：“所以我和楚河都猜测：在你们家的老宅子里，是不是藏着什么不为人知的秘密呀？比如密室或暗道！”

楚汉突然拍了一下脑袋："有这种可能！完全有这种可能！你爸爸那个人，平时总喜欢寻求点刺激啥的，更何况他还处于那种异想天开的年纪，完全有可能在建房子的时候，弄一些别人想不到的花样儿出来的。唉！也怪我平时对他管教得太严，所以他才不敢把这些事告诉我吧？"

楚汉对尤千紫说："大河刚才所说的事情非常重要，得抓紧去查一查。你那天不是说，要在老宅子里，给大河改建一个健身房吗？那你不如现在就去做，如有必要，也可以请一位懂建筑的朋友，让他帮着看一看，在这幢老宅子里，到底藏没藏着密室或暗道啥的。但做这些事情，一定要高度保密！"

尤千紫马上点了点头："行，我知道了。"

饭也吃了，话也聊了，楚河见楚汉似乎没有别的话可说了，就看了看手表，站起身对爷爷说："爷爷，如果没有什么事情，我们就回去了。"

还没等爷爷说什么呢，云落突然看了楚河一眼，犹犹豫豫地说："其实，我最近……也有一个新发现，但最后的结果还没有确定，所以……不知道当说不当说。"

楚河马上阻止她说："不是结果还没有确定吗？那你就先不要说了，等确定了结果，再说也不迟！"

云落听了，立即闭了嘴，准备和楚河一起离开。

楚汉却瞪了楚河一眼："小丁，你不用管他！什么结果不结果的？这里又没有外人，想说什么你就说什么！"

云落便止住了脚步，突然目光含蓄地看了楚河一眼，声音低低地说道："我想说的是我怀疑楚河的母亲根本就没有死！"

云落的话不仅令楚河一惊，连楚汉也顿时直起了他宽厚的脊梁。

云落拿出手机，打开了一个小视频，那还是楚河奶奶去世前一天的晚上，楚河发给她的。云落把视频朝楚河亮了亮，便把手机交给了楚汉，眼睛却看着楚河问："你直到现在还没有告诉我，这些照片和视频是从哪里得到的呢？"

楚汉立即拿出老花镜，认真地看起云落给他的视频和照片了，一边看一边点头："像……像她！这都是从哪儿搞到的？"

楚河控制了一下情绪："这些照片和视频都是牛哥传给我的，他说他在跟踪我的那几年，这个女人也经常跟踪我！难道这个女人就是我的母亲？"楚河说到这里，突然拍了拍自己的脑门。

云落："我只是初步猜测，因为无论照片还是视频，她都戴着口罩，所以我也只能去比对眼睛——这就是比对的结果。"云落说着，把一份资料从档案袋里拿出来，轻轻放在楚汉的桌子上。

还没等楚汉拿起资料看呢，楚河已经先行把资料抓到手里了。看着看着，楚河那细长的眼睛里，便充满了泪水："这么说……我妈妈……我的妈妈……她真的有可能……还活着？太好了！真是太好了！"

云落又拿出了几页纸，放在了楚汉的桌子上："后来，我又查询了阿姨的身份信息，发现她的身份证早已经注销了。我怕阿姨改了名字，就进入到全国人口信息网站进行了比对，这几位女子的身份信息，就是我经过比对而筛查出来的。爷爷您看一下，在这几个人中你觉得哪个人可能就是夏堇阿姨？"

楚河还要去抢，但这一次楚汉已经先行把那几张纸拿到手中了。楚河只好靠到爷爷身边，和他一起去看那些复印的身份证。

始终沉静的尤千紫，也坐不住凳子了，走过来和楚汉祖孙一起看。楚汉把五张复印件并排摆在了桌子上，三个人看了一会儿，最后都把目光落在了那个名叫"蓝月"的身份照片上。

"董事长，我记得夏堇阿姨好像还有一个别名，就叫蓝月亮！"尤千紫突然轻轻地说。

楚河的眼睛泪光闪烁："我觉得这个蓝月，的确很像视频里的妈妈。你们瞧，出生年月也差不多。"

楚汉也显得很激动："如果这个蓝月真的就是夏堇，那可是太好了！小丁，接下来你准备怎么做？"

云落："这五个人的身份信息，全都是外省的，好在我警校的同学遍布全国。我已经分别打电话落实下去了，现在我的同学们都在全国各地帮我深查呢！但直到现在，都还没有确切消息。”

楚河眼含热泪，激动地看了云落一眼，尽管他嘴唇颤抖了好半天，可说出的话却只有三个字：“谢谢你！”

云落有些委屈地别过头去，没有理他。

楚河突然想到了什么，问云落：“当年教你歌儿的那个幼儿园老师，你找到了吗？”

云落说：“我听说在蒙田！可惜蒙田并没有我的同学，我正琢磨哪天求求冷天龙呢！我听说他在蒙田有很多朋友。”

“没有必要去寻找她了！其实答案早就藏在这本诗集里了！怪只怪我太笨，我早就应该悟出这一点的！”楚河懊恼地揉了揉头发。

“诗集？什么诗集？”楚汉莫名其妙地看着楚河。

“我上高中的时候，捡到过一本诗集，我怀疑这本诗集的作者就是我妈妈。”楚河边说边打开兜子，刚把诗集拿出来，耳机里就响起了一阵笑声。楚河闻听，立即支起了耳朵，同时朝大家打了一个手势。

小小的饭厅顿时静下来了，屋子里的人全都注意着楚河的表情。

云落小声问：“有情况吗？”

楚河说：“有人到半夏的家里来了，半夏正和那个人说笑呢！”

云落说：“又是她母亲吧？”

楚河摇了摇头说：“不是，这次是个男的。”

云落也惊得站起身来，问：“男的？他们在说什么？”

楚河回答说：“他们在打情骂俏。”

云落不放心地说：“你可别被她蒙蔽了！打情骂俏里面，才容易藏有暗号的。”

楚河又侧耳听了一会，有些灰心地摇了摇头说：“我一直有个担心，我怕万一这个半夏真的金盆洗手了，那咱们所有的工作不都成了无用功了？”

还没等云落说话呢，楚汉摆了摆手：“一个人，如果走上了犯罪的邪道儿，他就轻易不会金盆洗手的，除非他飞黄腾达。”

云落也笑着说：“楚爷爷说的对，狗改不了吃屎，不要灰心！狐狸的尾巴总会露出来的。”

楚河皱着眉头说：“这个人平时基本不使用手机，与外界也很少联系，甚至连基本的外出行动都没有，又怎么让我们去发现破绽？”

楚汉的脸色严峻了：“你们所监控的人，不是年轻人吗？现在的年轻人哪有轻易不用手机的？要是这么说来，这个人还真有问题。”

楚河突然又冲大家打了一个手势，边听边说：“他们准备驾车出门了。”

云落立即站起身来：“狐狸终于要出洞了！楚河，你继续监听，跟踪的事就交给我吧！”说罢，云落冲楚汉和尤千紫匆忙一鞠躬，便快步往出走。

楚河立即拦住了她：“不行，这么晚了，太危险，我还是和你一起去吧！”楚河说着，征求地看了爷爷一眼。

楚汉立即冲他摆了摆手说：“你也去忙你的吧！多和人家小丁学学，好好干工作，咱们家里的事，包括你妈妈的事，都往后推一推吧！既然二十多年都过来了，也不差这么几天。”

楚河答应了一声，也向尤千紫微微一鞠躬，刚要离开，楚汉又拦住了他，指了指他手里的诗集：“你这本诗集，能不能给我看看？”

楚河立即把诗集交给了楚汉，这才快步走出了紫晶楼。

>>> 狂傲毒枭的胃病药方

按照手机上的跟踪定位仪，楚河和云落跟着半夏跑了大半个瑶城，一直盯到了深夜。可这一对男女除了在一家豪华饭店吃了一顿饭，又到一个茶馆喝了一会儿茶，不仅没干任何违规的事，反倒还做了一件令楚河和云落全都不敢相信自己眼睛的好事。

那件事发生在一家夜店的门前。

当半夏和男人车行驶到夜店门前之时，突然发现这家夜店门前围了许多的人。见半夏的车停在了人群后面，云落也把车停到了隐蔽处。走到人群后才知道，原来是一伙人在打一个乞丐。隔着人群，就清晰地听到一个打手在喊："你这个臭乞丐，你这个垃圾！竟然敢到我们店里偷面包，你没看看这里是哪儿？离这里远点，要是让我再看到你在这里晃，看我不打死你。"伴随着这个人话音的，是仿佛从地底下渗出来的虚弱的惨叫……

半夏突然走到打手甲的旁边，拦住了那个打人的人："喂，你们好几个人打一个乞丐，丢不丢人？还有没有一点儿做人的恻隐之心，若不是饿到份儿上了，谁愿意为了一块面包去冒险啊？你们家里就没有兄弟姐妹吗？"

打手们被突然出现在灯光里的半夏镇住了，直到其中一个打手认出了半夏："你……你不是那个被通缉的大美女吗？你不知道吗？警察正在满世界地通缉你呢！你怎么还敢到这个地方抛头露面？"

半夏高傲地甩了甩头："我的确被他们抓了！但又被他们给放了！"

打手不解地问："他们好不容易抓了你，为啥又放了你呀？"

半夏晃了晃脑袋，说："当然是抓错人了！"半夏说着，突然夸张地张开双臂，扭了扭腰，"你们看看我这种人，像是犯罪分子吗？"

打手们全都摇头说："不像。"

半夏说："现在是法治社会，啥事都得讲理的！你们没听过吗？假若一个城市出了个偷面包的，并不是偷面包的人错了，而是这个城市错了！"

听了半夏的话，不仅打手们说不出话来了，旁观者也议论纷纷。

"她不就是那个上通缉令的网红吗？刚才听她说警察已经把她放了！"

“这么说她不仅不是坏人，还是一个好心人呢！”

“好心一定会有好报的！”

……

半夏对打手们说：“他不就是偷了你们一个面包嘛，你们这么大的店铺，送给他不就完了？至于打人吗？”

一番话出口，几个打手全都面面相觑。

一个打手小声解释说：“偷东西的就得惩治，我们也是当差的！”

半夏从包里拿出一百块钱，对打手们说道：“好了！这一百块钱足够付他吃的面包了吧？”

一个打手接过半夏的钱，马上说：“够了够了！”

半夏质疑地问：“那你们怎么还不放了他？”

那个打手立即踢了乞丐一脚：“算你命好，赶紧走吧！”

乞丐艰难地从地上爬起来，突然又跪在了半夏的面前，向半夏磕了一个头，嘴里说：“好心人，谢谢你！”

半夏躲开乞丐，又从小兜里掏出五百块，塞给乞丐说道：“这点钱你拿着吧，我也只能帮你这些了。”

乞丐接过钱，泪花闪闪，连连磕头。

这件事对楚河的触动很大，他和云落坐回到车上，好半天都没有说话。

云落一边驾车，一边回头看了看楚河：“你想啥呢？”

楚河迷茫地看了云落一眼：“这个半夏，她这是在演戏吗？不过，她拿出的钱可是真的。”

云落沉默一会儿才说：“其实这人啊！都是复合体，没有绝对的好人，也没有绝对的坏人。你不会因为这件事就认定了她是好人，从而放松了警惕性了吧？”

楚河立刻摇头：“我当然不会。你也别光看着我，他们的车已经掉头了！他们这是往哪儿去呀？难道是要回别墅？”

云落看了看路：“这的确是回别墅的路……”

男人的车很快停在了半夏的别墅边，半夏从车上下来后，就仪态万方地往别墅里去了。

望着半夏的背影，云落自言自语："哟！一场戏还没开演，就这么散场了？有意思……"

楚河说："是挺有意思的。"

云落看着楚河："人家都曲终人散，回去睡觉了，你是不是也应该下车回家了？"

楚河："你呢？"

云落撂下了脸子："废话，我当然是回我的家了！"

楚河不甘心地："我总觉得这场戏的后面，还有一场戏。你说那个男人在这场戏里面，到底扮演的什么角色？"

云落瞪着楚河："你放心吧！我会调查清楚的。"

楚河只好下了车，在树林的遮挡下，快速向自己的别墅走去，直到走进别墅大门了，楚河才回头看了一眼，可云落的车，早就没影了……

按照庄重的要求，楚河和云落每隔三天，就要向他汇报一次半夏的情况，这天下午，两个人一边向庄重的办公室里走，一边小声嘀咕着。

楚河问："那个男人的情况你摸清了吗？"

云落答："查清了，目前看没有什么问题，他就是一个摄影师，半夏开老绣网店，每次打广告时，都是他给半夏摄影的，他们两个应该是生意合作伙伴。对了，半夏的那张用于通缉令的照片，就是出自他之手。"

楚河："即使这样，咱们也不能掉以轻心。"

云落立即喘起了粗气："知道了，现在还轮不到你教训我！"

两个人刚刚走进庄重办公室，楚河手机里就响起了一声信息提示音，楚河打开信息一看，原来是杨测发来的：在哪儿？方便通话吗？

楚河麻木的心灵，就像突然涌入了一缕春风，立即心花怒放了，嘴里说："我测哥终于有消息了！我出去给他打个电话。"

还没等庄重说什么呢，楚河就迫不及待地跑出去了。"测哥，你回来了？我就在单位九楼呢。是啊！这些天的确发生了很多的事，我也有很多很多的话想和你说呢！”楚河尽管关上了门，但他兴奋的声音还是穿透厚厚的墙壁传了进来。

在楚河打电话的时候，云落始终保持着原来的姿态坐在那里，脸上沉静似水。

庄重笑着打破了沉默：“这小哥俩儿，不愧是从小到大的朋友，感情就是深，不就是半个月没见，就好像半年没见了似的。”

云落犹豫了一下，才小声问：“庄队，冷天龙他们俩到底执行什么特殊任务去了？您能透露一点点吗？”

庄重收住了笑容：“我刚才听冷天龙说了一嘴，虽然埋一头盖一脚的，但我也猜出了个大概。”

“您这么透露，还不如不透露了，我反倒更觉得好奇了！”云落期待地看着庄重。

庄重想了想，才拿起自己的手机，翻出一个界面，让云落看。

只见上面写着这么一则消息：

副省长鲍一安涉嫌严重违纪违法，目前正接受纪律审查和监察调查。

这条消息虽然很短，却配了一个偌大的照片，照片里的鲍一安身着笔挺的西服，扎着带斜纹的领带，面带慈祥的微笑。

云落吃惊地说：“啊？这不是咱们原来的鲍市长吗？他也犯错误了？他当初那可是咱瑶城的名片啊！我记得他刚刚从咱瑶城提拔到省政府的时候，报纸上就是这么说的。”

“可不是，我看了也非常惊讶。冷天龙在派出所工作时，被评为全省十佳社区民警，到省公安厅接受表彰的时候，还是我带的队。那次表彰会上，鲍一安不仅代表省领导参加了会议，还亲自给冷天龙颁了奖！获奖回来后，因为鲍一安握了他的手，冷天龙好些天都没舍得洗他的右手呢！真是人生如戏，上一次握手，鲍一安送给冷天龙的是奖杯，可下一次握手，冷天龙还给鲍一安的却是手铐。”

云落惊诧地说：“您的意思是冷天龙和杨测这半个月其实是执行抓捕任务去了？”

庄重说：“凭我的直觉，把鲍一安从会场上带走，并秘密押送到中央纪委的，很可能就是冷天龙和杨测。”

门突然被敲响了，庄重刚刚说了一声“进来”，杨测就笑呵呵地推门进来了，后面跟着楚河。

“哎哟，战将回来了！来，坐！坐！”庄重热情地看着杨测笑着说。

半个月不见，杨测又恢复了以往的帅气。云落仔细地研究了一下他的帅，发现他就是显得比以前白了，皮肤也细嫩了许多。

杨测冲云落微笑着点了点头，就和楚河一起坐在了沙发上。

庄重叹了一口气说：“听说你们被省纪委抽走，我就预感到要有大领导下马，真没想到竟然是他。”

杨测一愣：“您所说的他是谁？”

庄重笑着说：“这有什么大惊小怪的？消息都在网上公布了！”

杨测犹疑地看着庄重，不相信地说：“这么快就公布了？”

庄重见杨测还不相信，就打开了手机，让杨测看。

杨测看了一眼上面的消息，就摇了摇头：“我和冷天龙所执行的特殊任务，和这个鲍副省长并没有关系。”

庄重一愣：“不是鲍副省长？这么说还有比他更大的领导也落马了？”

杨测抱歉地说：“您不会让我违反纪律，把具体消息透露给您吧？”

庄重立即收住了脸上的笑容，严肃地说：“行啦，你啥都不要说了，千万不要违反了纪律。”

杨测突然一笑：“我当然不会违反纪律，不过有一些并不涉及秘密的边边料料，我倒是可以透露给你们一点点。”

大家立即全都支起了耳朵。

杨测苦笑了一下说：“我这次和天龙去省城，的确是执行抓捕任务去了，而且我们俩抓捕的是比鲍副省长级别还高的大领导！当我听说要抓捕的对象是他的时候，我都蒙了，好半天大脑都嗡嗡直响，还以为自己的耳朵出了问题。幸好抓他的时候，这个人一直都很配合，一点儿过激的反应都没有。”

楚河好奇地问：“你们抓这种人的时候也像抓普通老百姓那样吗？既然他一直都很配合，你们就犯不上一左一右地挟持他了吧？”

杨测说：“不挟持怎么行？上边的领导还特别嘱咐了，必须严格按照抓捕规则实施抓捕，不仅防止他逃跑，更要防止他因想不开而寻短见。通过这次抓捕，我终于明白了一个道理，人与人之间真的都是一样的，那些神秘的光环全都是别人给捧上去的。你们知道我们押送他的时候，他和我小声说了什么吗？他一看见我，就流眼泪了，然后边流眼泪边握着我的手说：‘好孩子，我早就知道会有这一天的，这就叫报应啊！’”

庄重突然怪异地瞪了杨测一眼：“你这么一说，我就更好奇了！这个人会是谁呢？你这个小子，分明在吊我们的胃口呢！”

杨测便笑了，冲楚河和云落说：“你们听听，我说对了吧？人与人全都一样的，咱们的庄队原来也是一肚子好奇心的人。”

庄重也不好意思地笑了，说：“你所说的这个道理，我早就承认了，人与人之间，哪有什么太大的区别。所以这么多年，我可是谁都不敢小看，尤其是你们这些年轻人，因为后生可畏呀！”

杨测立即笑了：“庄队的确平易近人，没有架子。”

楚河这才接过庄重的手机看了一眼，然后看了云落一眼，意味深长地说：“不知道这个鲍一安是不是我爷爷认识的人？”

庄重接过话茬儿：“你爷爷肯定认识他，别说你爷爷了，凡是在咱瑶城从过政的，哪有不知道他的名字的？当时有很多年轻人还把他视为努力的方向呢！这些年来，他在政界一直顺风顺水，青云直上！咱瑶城人提起他的名字，哪有不佩服的？我听说还有半年他就要退休了，没想到老了老了却栽了个大跟头，真是没想到。”

“也不知道这个鲍副省长到底犯了啥罪。”云落像是问庄重，又像是自问。

“这条消息里不是说正在调查吗？很快就会有更具体的消息的。”庄重说。

“抓捕省级的大领导，怎么会动用咱们这个小地方的民警呢？”楚河百思不得其解。

“也许怕走漏了消息，才要求异地办案吧？我和冷天龙被抽调之时，上头就说是执行特殊任务，但具体执行什么任务，不仅我们不知道，连庄队都不知道。我们一到那里，手机就被没收了，那可真是全封闭管理。本来我们到省城的第二天，就已经投入战斗了，并且三天以后就顺利地完成了任务。可后来不知道为什么，又让我们在那里全封闭地待命了十多天，直到昨天早晨，才放了我们。”杨测说。

庄重突然意识到了什么，便收住了脸上的笑容，对楚河和云落说：“今天是我违规了，不该谈这个话题！行了，关于这件事，咱们就到此为止吧！出去以后，也不要再议论了！记住：无论领导层有什么变化，也不要影响了咱们的工作。你们俩还是汇报一下你们的工作情况吧！”

杨测听了庄重的话，立即站起身：“你们谈工作，那我回办公室了。”

庄重突然朝杨测摆了摆手说：“你别走。要不然我也要叫你呢。”庄重说着，就操起桌子上的电话，“天龙，你过来一下！”

没到一分钟，冷天龙就敲门进来了，他和杨测一样，不仅面容显得白皙了，也似乎胖了一些。一进屋，他就神态谦卑地冲庄重点了点头。可当他看到屋子里的人的时候，神态就马上变了，不仅脊背眼见着挺起来了，微笑的面容里也眼见着渗出了一股子骄横气。

楚河亲热地说：“冷队长，你好像有些胖了！你的伤彻底好了吧？”

冷天龙说：“早就好了，你若不说，我都忘了这茬儿了。”

庄重立即责备他：“这茬儿你可不能忘！别说袭击你的嫌疑人还没抓到呢！即使抓到了，血的教训也一定要铭刻在心！”

冷天龙这才一笑：“庄队，我刚才是和他开玩笑呢！”

庄重指了一下沙发，笑着说：“天龙，按理支队应该给你和杨测放几天假的，可因为咱们这里突然冒出了一个狂妄之徒，竟然口口声声向警察叫板，所以休假的事，只得往后延了。你们要是怨，就怨这个嫌疑人太猖狂了吧！”

冷天龙刚刚柔软些的脊背，眼见着支棱起来了：“这个人是谁呀？是不是活得腻歪了？”

庄重收住了笑容：“她就是你的老朋友半夏！”

冷天龙一惊：“半夏？我刚才其实已经过来一趟了，就是想问您半夏的事。她那么罪恶多端的人，怎么敢在咱们刑警队狂妄呢？”

庄重说：“你们一会儿可以看看审讯她的视频，那可不是一般狂妄！和原来的那个为了躲避警察女扮男装，甚至冒用张英的身份证潜逃到安岭的半夏，简直不是同一个人。现在人家不仅回到自己家的别墅居住了，活得还很高调。”

杨测惊讶地问：“她为啥要这么做呢？一个人，身背了那么多的嫌疑，无论哪个查出来，都够她喝一壶的了！她还张狂什么？”

庄重叹了一口气说：“法院和检察院都说了，嫌疑再多，证据不足全都是空话，所以时间一到，咱们就立即放人了！”

冷天龙不解地问：“不是已经查出了她的一个转账记录了吗？那么大额的转账，还不算证据吗？”

庄重说：“可那个转账记录并不是直接证据，尚需其他证据印证。你们不知道，释放时候她有多狂妄，当时楚河和云落全都看到了，她猖狂地说，好些地方的警察全都弄不了她，意思是劝我们好自为之，不要在她的身上白费工夫。”

刚刚坐下的冷天龙又蹭地一下跳了起来：“她真的是活腻歪了吧？这样的人要是不拿出点厉害让她瞧瞧，那咱们警察还有啥威信可言了？别说对不起我的伤口了，更对不起这身制服！”

庄重说：“是啊！我们也都是这么想的。这不，为了搜集证据，我让楚河和云落把所有的工作都放下了，正全天候地和她摽呢！”

冷天龙把探询的目光投向了楚河和云落：“有结果了吗？”

楚河耳朵上插着耳麦，略显疲倦地靠在沙发上，见冷天龙看向了自已，他立即坐直了身子说："我们正要向领导汇报呢！"

冷天龙听了，就到庄重的桌上拿了几张空白稿纸，又到笔筒里抽出一支笔。一回头，见杨测也两手空空，冷天龙便又拿了几张纸和一支笔，交给了杨测，这才坐到沙发上。

庄重说："我们后来也查了，半夏的确没撒谎，广南、福海、浙水的刑警还真的全都抓过她，但最后也都没把她怎么样。这也就是说，我们的这个对手，的确是个厉害角色。"

冷天龙愤愤地说："再厉害的飞蛾，也不过是飞蛾，她这是玩火自焚呢！要讲厉害，我和杨测所抓的那个大领导厉害不厉害？最后还不是乖乖地束手就擒？"

冷天龙一边愤愤地说，一边横了楚河一眼，仿佛楚河就是那个大领导似的，吓得楚河赶紧垂下了眼睛。

庄重揉了两下太阳穴，又正了正身子，这才看着大家说："从现在起，咱们几位就是半夏贩毒案的专案组成员了。接下来就请楚河和云落向大家介绍一下这几天对半夏的监控情况。"

楚河答应了一声，便拿出了事先写好的材料，一项项地向大家汇报了起来，涉及外围的，云落就立即补充。

等两个人汇报完毕后，冷天龙便问："你们的意思是说这么长的一段时间，半夏除了会过一个朋友之外，根本就没有走出过别墅？包括电话，也仅仅打了五次？"

楚河点了点头："是啊！这个半夏，交往圈子的确很小。事实上，她这五个电话，也全都是打给她母亲一个人的，平时在家里，除了做她的老绣生意外，半夏过的也是非常淑女的日子。"

杨测不解地问："非常淑女的日子是什么日子？"

楚河说："就是除了看书、弹琴，再不就是养养花儿什么的。"

云落插了一句："即使是会朋友这一次，会得也相当'绿色环保'，不仅没有做什么下三烂的事，在一家夜店的门前，她还见义勇为，扶弱济贫，帮了一个因偷面包而被打的乞丐。"

冷天龙点点头说："半夏做这种表面文章，的确做得非常到位。如果不了解底细的，谁都会把半夏看成一个充满正义感和爱心、正能量满满的人。"

庄重叹了一口气："这么说，半夏现在果然按兵不动，或者真的金盆洗手了？"

楚河从档案袋里拿出一张打印纸递给了庄重。

庄重："这是什么？"

楚河说："这是昨天下午，她接到的一个通过陌生电话号发来的一条短信息，我们立即破译了这条短信息，发现上面除了一个中药方，什么都没有写。这张纸上面，印的就是那条短信息的全部内容。"

庄重接过打印纸，发现上面这样写着：

听说你妈妈胃病犯了，我给你推荐几味中药：红花13克、桂圆17克、黄芪37克、肉苁蓉52克、陈皮64克、当归5克、苦参9克、枳实4克、柴胡9克、香附17克、白芍15克、枳壳10克。

庄重看了一眼药方，什么话都没说，顺手便把药方交给了坐在附近的杨浏，杨浏看了一眼药方，又赶紧把它交给了冷天龙。

冷天龙煞有介事地皱了皱眉头："半夏的母亲真的患有胃病吗？"

楚河："半夏每次与她母亲打电话，我们都监听了，说的都是鸡毛蒜皮的事，没听她们唠过患胃病的事。"

云落说："半夏的母亲养了一位名叫肖栓的小男，比她小了整整二十岁，她平时经常和这个肖栓鬼混，瞧她平时出来进去的样子，也不像有病的，所以我和楚河都觉得这个药方有问题。今天早晨，我特意找到了一位老中医，把药方给他看了，可他却说，这就是一个治胃病的药方，没看出有什么异常的地方。"

庄重："你们没查一查那个电话号码吗？"

楚河："查了，那个号码除了这次发信息，也没有任何通话记录，这就说明是新启用的。通过手机定位，得知这条短信息就是从咱们瑶城发出来的，我们也查出了这个电话号码的登记信息，这就是我们查阅的结果。”

庄重接过楚河递过来的一张表格，上面印的是一个女子的身份证，下面是她的户籍信息。

庄重认真地看了看信息，再次把信息交给了杨测，依然没有说话。

杨测看了一眼身份证上的照片，又把表格交给冷天龙说：“能给半夏发这种中药方的，应该和半夏的关系挺近吧？要么是亲戚，要么是朋友。”

楚河说：“这个身份证上的人我们也查了，只是一个从事家政的普通妇女，并没有查出什么问题。”

庄重想了想，便朝云落打了个手势，同时按开了放在桌上的复印机。

云落见了，立即拿着药方走到复印机前。几分钟的工夫，云落就把复印好的药方分发到了每个人的手中。

因为面前没有桌子，冷天龙便倚在庄重的桌子边，歪着头继续研究起那个药方来。当他看见庄重手里的笔，始终在药方上面的数字上画着，便笑着说：“您怀疑这个药方是密电码？”

杨测听了，也拿起笔，在药方上画了起来。

大家的眼睛全都盯着手里的药方，屋子里静极了，但所有的人都忘了这种静。

云落失声叫道：“这的确很像密电码！你们看看，正好四个数字一组啊！”

云落话音未落，杨测已经拿出手机查询了起来，云落发现杨测已经把药方上的数字全都排列在了一张纸上：1317、3752、6459、4917、1510。

云落立即拿过杨测的纸笔，主动给杨测当起了记录员。查询的结果很快出来了，那五组数字下面，便出现了五个这样的字：存、获、蹊、缕、崙。

当云落把那张纸放到庄重面前后，庄重那双四四方方的眼睛突然变长了："这么五个字是什么意思呢？"

杨测："这个崙字，应该是仑的异体字。"

庄重摇了摇头："即使它就是仑，还是没啥意思嘛！"

冷天龙又一拍脑袋："要么是四角号码输入法？"

云落又拿出手机，查询起四角号码输入法来。冷天龙便微微扬起了头，等着她查。杨测也凑过去看。很快，前两组数字的下面，就被标注了这样的字样：琯、闹郓。

几个人正这么忙着呢，楚河突然地说："别再做无用功了！四角输入法并没有限定非得四个数字。"

就像配合楚河似的，第三组数字输入后，手机界面突然显示出这样的提示：不正确的输入，未找到相应的汉字！

三个人面面相觑，屋子里再次寂静了下来。

庄重迷茫地看了他们三个一眼，便把目光落在了楚河身上。见庄重看楚河，大家也全都看楚河，仿佛楚河的脸上就写着答案似的。

楚河也许是故作矜持吧，好半天才慢腾腾地说："前边的那一串数字很像是个电话号码。"

楚河的话，让大家一愣，杨测立即重新排列了一下数字，这才猛地一拍脑袋："可不是，13173752645，这不就是一个电话号码吗？可这后面的这一串数字又是什么意思？"

楚河继续慢悠悠地说："我也是卡在这里了，如果继续从前往后推，似乎没有什么规律而言；但从后面往前推就有点意思了，很像是日期和时间。只是中间的这个'94'显得有些多余。"

偌大的屋子，再次陷入一种特别死寂的气氛里。

云落皱着眉头："9171510，如果是日期和时间，应该可以理解为9月17日15时10分。可这个'94'，的确解释不通，总不能翻译成1994年吧？"

杨测边想边说："现在一些年轻人，经常用数字玩游戏，比如'52'是'吾爱'，要这么说，'94'就应该是'就是'吧？"

冷天龙：“你不要忘了发短信的人是谁，那可是一个五十三岁且从事家政工作的中年妇女啊！”

杨测说：“咱们可以换一种思维，这个人是不是也像上次半夏在老窝棚似的，盗用了她的身份证？或者盗用了她的手机？”

庄重一拍桌子：“关于合理性的问题，大家就不要探讨了吧？只要有可能，咱们就得查下去。办案子决不能怕做无用功，哪怕有一万种可能，咱们也得查一万零一次。”

“如果后面的数字的确代表日期和时间……”云落边说边飞快地瞟了一眼摆在庄重桌上的日历，那半张着的嘴突然僵住了，保持着那种○的形状。

庄重和杨测几乎在同一时间恍然大悟：“9 月 17 日，不就是今天吗？”

云落再次看了看手机上的时间：“好险啊！如果这个药方所表达的真是这种意思，那再晚一会儿，咱们可就来不及了！”

杨测因为震惊，脸上溢出了细细的汗水：“这的确是接头的妙招啊！如果这两个人真的在规定时间里，全都动用陌生的号码通电话，通完电话后再把这两个号码一齐废掉，那我们即使有天大的神通，也拿他们没有办法呀！”

庄重突然看了看挂在楚河耳朵上的耳机问：“你不是一直都在监听半夏吗？她现在是个什么情况？”

楚河依然不紧不慢：“她现在的情况就是没有任何情况，那边死寂死寂的，一点儿声音都听不到。”

楚河说着又打开手机的一个界面，看了一下上面的定位图：“从定位图上的行动轨迹来看，这个半夏也是处于静止的状态！”

庄重皱了皱眉头：“死寂死寂的？还处于静止的状态？难道她是一个死人吗？”

杨测：“这只能说明两种情况：一是这个半夏真的死了；二是她已经成功地避开了所有的监控，跑到了一个清静的地方去打电话了！”

楚河回放了一下安在别墅院门边的监视视频，脸色就变了："半夏已于十分钟前，离开了别墅。"

庄重突然一拍桌子："太好了！耗子终于出洞了！你们还在这里等什么呢？"

几个人闻听，全都站起身来，脚步快捷地向外面走去。

9 月 17 日 15 时 10 分，那个破译出来的电话号码果然通话了，一秒钟都没差，通话的内容被瑶城市公安局刑事技术大队全程录音，声音清晰得连半夏细细的呼吸声都听得见。

"喂！"那是一个极其富有磁性的年轻男子的声音。

"……那个……喂！"总是口齿伶俐的半夏，突然有些口吃了。

从男子的声音判断，他的年龄在三十岁左右，但他到底是哪里人，刑警们仅凭声音还难以下结论。

因为全程通话中，两个人都没有称呼对方的名字，一位刑警在讨论案情时，便模仿半夏的口吻，称男人为"那个喂"，自从第一个刑警叫出了"那个喂"后，所有的刑警便都叫男子"那个喂"了。

也许"那个喂"过于自信了吧，他在和半夏说话时，无论声音还是口吻，始终都显得随随便便的，仿佛自己所聊的，就是"你丫的吃了没"之类的话。但仔细品来，他们的交谈还是有所顾忌的。比如在介绍"货物"的时候，他们只笼统地说"那货儿"，平时毒贩子们常用的"溜冰""出肉""牙签"之类的暗语，他们都没有使用，仿佛两个人所商谈的，就是一桩随随便便的买卖。

通过倾听通话录音，楚河觉得半夏无论思维方式，还是法律知识，都超出了一名刑警应有的水平。与半夏相比，"那个喂"更是令人不敢小觑。凡是刑警们能够想到的，他想到了；连刑警们没有想到的，他也想到了。

为了不让刑警"人赃俱获"，他们不仅把交货的地点选在了地处两省交界的一家名叫馋眠的小客栈里，两个人还在电话里约定："那个喂"要于 9 月 19 日，带着装有七公斤货物的皮箱先行住进客栈。9 月 20 日早晨六点，“那个喂”要突然“有急事”离开，但在离开之前，他要把箱子寄存到前台，并告知前台：这是我朋友的皮箱，一会儿朋友会来取走这个皮箱。

“你那个来取皮箱的朋友，怎么称呼啊？我怎么能保证你的皮箱不被人冒领啊？”前台一定会这么说。

“我也不晓得谁会来取皮箱，但我的朋友说了，来的人会把一本名为《拾遗记》的没拆封的新书押到前台，作为取走皮箱的凭证。”到时，“那个喂”会这么回答。

当然，这本《拾遗记》绝不是一本单纯的新书，半夏不仅要“按老规矩”把一张银行卡藏在这本书里，还要“按老规矩”在书中标示出银行卡的密码。当然，在做好这一切以后，半夏更要“按老规矩”对这本新书重新进行塑封。

“好啦！一切都按老规矩办吧！”最后，“那个喂”这么说。

“那个喂”与半夏的通话，整整持续了二十三分钟十五秒，这边通话刚一结束，那边庄重就紧急部署起来了。

为了不打草惊蛇，庄重让两名正在筹备婚礼的年轻刑警提前入住到馋眠客栈，冷天龙等“容易被嫌疑人认出”的老刑警，则只能在客栈外围自己找地方蹲坑守候了。怕“那个喂”与半夏的此番通话，实属“调虎离山”之计，庄重便没有给楚河和云落下达新的任务，他们两人按兵不动，继续在半夏的别墅旁守株待兔。

杨测突然瞪着庄重：“庄队，他们都有了任务，我做什么？”

庄重：“你跟我来，我有一个更重要的任务要派给你。好了，大家分头准备吧！”

就在刑警们跃跃欲试，都想在这次抓捕行动中大显身手之时，楚河却是一副郁郁寡欢的样子，显得一点儿激情都没有。除了杨测，刑警们接受了任务，便都离开了庄重的办公室，可楚河却迟迟不离开。

庄重看了楚河一眼，就对杨测说：“我给你的任务，就是二十四小时给我不间断地盯住吴柳。”

杨测点了点头："庄队，咱们俩这一次可算是想到一块了。对于这个吴柳，我也始终持怀疑态度，您不说，我也要来找您了。"

楚河说："原来对于吴柳，我还真没怎么怀疑过，可自从那天听了我爷爷的一些话，一联想到他就是瑶城制药厂的老职工，我才开始怀疑这个人。"

庄重看了楚河一眼："你爷爷和你说了什么话？"

楚河说："我爷爷说瑶城制药厂非常可疑。"

庄重迷惑地问："瑶城制药厂怎么了？"

楚河回答说："在咱们瑶城制药厂很可能隐藏着一个制毒窝点，并且这个制毒窝点已经隐藏很多年了。"

庄重严肃地问："目前你爷爷掌握到什么证据了吗？"

楚河摇了摇头。

庄重的神情愈发严肃了："瑶城制药厂，可是咱们瑶城最优秀的纳税大户，也是咱们这座城市的支柱企业，如果没有证据，这种话往后就不要再说了！记住，证据才是最好的语言。"

杨测马上回答："知道了。如果没有别的事，那我就去准备了！"

杨测看了楚河一眼，转身离开，临走时还小心关上了门。

可楚河依然没有离开的意思，站在庄重的办公桌前，他的嘴唇嚅动了一下，又嚅动了一下，到底什么话都没有说出来。

正在往纸上写着什么的庄重，头都没抬，只是随便地问了一句："说吧！你到底担心什么？"

楚河低头想了想，才嗫嚅地说："我还没找到担心的理由呢！假使我找到了，您也一定不会取消这次行动吧？"

"如果咱俩调换一下，你会取消这次行动吗？"庄重依然没有抬头，继续写他的东西。

楚河肯定地说："我也不会取消这次行动的。"

"那你就不要废话了！"庄重这才抬头看了楚河一眼。

9 月 19 日很快就到了，第二天就是 9 月 20 日。正如楚河所担心的一样，在那个门面窄小、房屋老旧、“带死不活”的馋眠客栈里，不仅“那个喂”始终都没有露头，连普通的住客都没有走进来一个。用“门前冷落车马稀”或“门可罗雀”之类的词汇形容馋眠客栈，真是再准确不过了。

最惨的是冷天龙和他带领的刑警们，他们在馋眠客栈附近的荒土沟、草棵子和小树林里，整整蹲守了四天四夜，那可真叫风餐露宿、废寝忘食啊！可那个小客栈就像被那对年轻刑警包场了似的，不仅门里没有走进一位客人，门外更是清静极了，清静到一只麻雀甚至落到了一位刑警的脑袋上，半天都没有飞走。

“你抓紧过来一趟！”第五天一早，云落刚刚走进楚河的别墅，庄重的电话就打过来了。

“庄队一大早打电话找你，会是什么事呢？”云落下意识地摸了摸腮帮子上如水的疤痕。

“谁知道呢？”

“对了，那天，你到底在担心什么？”

“不知道，反正就是担心。”

“人都说，担心是一种诅咒！”云落没好气地说。

“你的意思是这次抓捕行动的失败全都怪我呗？”楚河沮丧地看了云落一眼，便垂头丧气地离开了。

在去往公安局的路上，楚河一边驾车，一边用耳机再次重听了那个通话录音，直到听完了“那个喂”所说的最后一句话，楚河才幡然醒悟。

就在神情沮丧的庄重手里拿着电话正在向冷天龙发布撤兵指令之时，楚河突然无声无息地出现在了半开的门前。庄重一看见他，就冲他招了招手，嘴里却依然冲着电话里喊叫着：“你不甘心又能怎么样？你的意思是想常驻在那片荒山野岭里吗？你是不是患了什么受虐癖啦？”

电话里清晰地传出了冷天龙的声音：“我不相信半夏绞尽脑汁、费劲巴力地和‘那个谁’共同演出这么一场戏，就是为了要戏弄警察的！闲着没事戏弄警察玩，他们真的闲出屁了吗？一定是哪儿出岔儿了！我觉得咱们应该继续蹲守几天。”

庄重说：“我们不是没有蹲守，已经蹲守四天四夜了！怎么的？就这么没日没夜地藏在荒沟里风餐露宿，你觉得很上瘾吗？赶紧给我全都撤下来！”

冷天龙那边依然喊着：“反正我不甘心！不甘心！”

庄重咕哝着：“你不甘心想怎么样？就这么呼天喊地，喊破天了又能怎么样？只能说明咱们无能！无能！”

“半夏不是还在别墅里吗？再不干脆抓了她算了。”

“你凭什么抓她？你是不是也闲出屁来了？”

“就凭她和‘那个谁’打了那样的一通电话，也可以抓了吧？”

庄重耐着性子：“我说天龙，你长点脑子行不行？要是那个通话录音也能作为直接的证据，咱们还用等到现在吗？她模仿伍秋月的声音给《十点夜话》节目打电话，还有她与那个网络主播连麦解梦的录音，不都是现成的吗？要是管用不是早用了吗？咱们要当法律专家，不要当情感专家，冷静点行不行？好啦，不要废话了！赶紧把外围的全都给我撤回来，一个都不留！什么？你是问住在客栈的那两个刑警？既然住得那么舒服，你就让他们再住几天吧！”

直到庄重撂下电话后，楚河才走进了办公室，他又站到了那天的位置上。四目相对，楚河发现庄重的那双充血的眼睛，就像两扇挂着红布帘的窗户。

“说说吧，你那天到底因为什么担心？”尽管庄重清了一下嗓子，可声音依然像刮破了的窗户纸，哧啦啦地响。

楚河避开了庄重的目光，低下头嗫嚅地说：“我现在说这话，算不算是马后炮呢？”

庄重突然喘起了粗气：“管它是什么炮儿呢？即使‘亡羊’也要‘补牢’吧？”

楚河说：“‘那个喂’最后说‘一切都按老规矩办’，我所担心的就是这个‘老规矩’。在他们的‘老规矩’里面能不能藏有什么玄机呀？”

庄重:“玄机?”

楚河说:“如果他们事先有过什么特殊的约定呢?比如把交易时间‘按老规矩’推迟或提前,或者把交易地点‘按老规矩’移左或移右……”

庄重担忧地叹了一口气:“要是真像你所说的那样,那咱们就白忙活了。可不管他们有啥玄机,咱们该行动也得行动吧?不行动怎么知道对错呀?只是不知道杨测那边有没有什么收获。”

楚河:“可万一这个吴柳真的只是一个毫不相干的人呢?”

“即使他真的毫不相干,我们也不能不查吧?还是那句话:办案子决不能凭侥幸心理,哪怕有一万种可能,咱们也要查一万零一次。”庄重突然恼怒地冲楚河瞪起了眼睛。

也许楚河的担心,的确是一种诅咒,这些天来,不仅半夏一直老老实实地待在别墅里,杨测的忘年交吴柳更是连窝儿都没有挪动一下。在城郊的一幢小平房里,吴柳一直都在门前的园田地里有滋有味地躬耕着,仿佛那片田地就是他用来绣花的帘布。

正如杨测那天所介绍的一样,这个吴柳在瑶城制药厂年年都能评上安全模范,如果把他这么多年所获得的锦旗和奖状全都拿出来,能挂满一面墙壁。退休以后,吴柳便和老伴一起搬到了位于西郊的一幢砖平房里,那幢砖平房就在千紫庄园后面那座山的侧坡下。那座无名的大山,草木茂盛,荆棘丛生,小砖房旁边的树林里,还隐藏着一条窄窄的水泥路,杨测经过几次踏查得知,那条看似不起眼儿的水泥路,竟然是这座山上唯一能够通向山顶的路。

在那条水泥路上,经常会出现一些成群结队的驴友,吴柳在侍弄园田的时候,对于这些从路口经过的人们,总是“连眼皮都不撩一下”,俨然一个“只求躬耕、不问世事”的五柳先生。

监视吴柳的那几天,杨测曾几次扮成登山者,混在驴友的队伍里,顺着那条唯一能通往山顶的水泥路,去山上采花问柳,访古踏春。沿着那条蜿蜒曲折的水泥路一路向上躬行,杨测不仅在绿树丛中,看到了一个鱼塘，还在山坡上发现了一个幽深静谧的养鸡场。

也许因为好久都没有下雨了吧，本来就不太大的鱼塘，水域眼看着一天天地变小，每次从鱼塘边经过时，杨测的脚步尽管总是放得很轻很轻，可轻轻的脚步声，还是会把鱼塘里的鱼惊得从水里蹦起来，又飞快地落下去，泛起一圈儿又一圈儿的波纹。与活蹦乱跳的鱼们相比，养鸡场的鸡却显得沉静多了，也许是因为篱笆太高，院落太深吧，那些“养在深闺无人识”的小跑鸡儿们，全都显得那么从容淡定，别说引吭高歌了，连叽叽的交谈声都很难听得见。

杨测之所以知道这个深宅大院是一家养鸡场，原因是竖在门边的一块外形粗糙的木板上，就赫然写着“养鸡场”三个大字。杨测在养鸡场附近转了好几圈，除了一条大狗隔着篱笆墙冲着外面狂吠了几声之外，鸡场里始终都没有走出过一个人来。与古老的房舍形成鲜明对比的，是分散在各个角落里的、伪装成各种物件的新型监控探头，它们就像一只只阴森而诡异的贼眼，无论白天还是黑夜，总是无声无息地瞪得溜圆，连眨都不肯眨一下。若不是杨测天生长着一双明察秋毫的“神眼”，别的人还真的很难识破那些“鬼眼”的本来面目呢！

“庄队，您知道吴柳现在到底住在哪里吗？”就在庄重和楚河交谈的时候，杨测突然打来了电话。

“他住的地方，你不是早就知道了吗？”庄重现在无论和谁说话，声音里都带着怒气。

“他就住在千紫庄园后面的山坡下，只不过千紫庄园那边是阳坡，而他住的地方是侧坡。”

“那又怎么样？”

“在那座山上，不知道什么时候还修了一条水泥路，吴柳所住的小砖房就在那条水泥路的路口边。”

“你就别卖关子啦！直说！”

“我原来还以为，那座山只是一座荒山呢！哪承想山坡上不仅藏着一个养鸡场，还有一个鱼塘……”

“这一大清早的，你一叨叨就叨叨了这么一大堆的废话，你到底想要说什么呀？”

“我觉得吴柳家的那个小砖房，很像一个瞭望哨！”杨测说。

“瞭望哨？我说杨测，你能不能别再和我打哑谜了？你就说你到底在怀疑什么吧？是怀疑吴柳的家，还是怀疑那个养鸡场？还是那个鱼塘？”

“我觉得那个养鸡场里头应该藏着什么猫腻，不就是一个养鸡场嘛，犯得上安装那么多新型的监控头吗？而且还安装得那么隐秘！”

“你要认清形势好不好？现在可是全民监控时代，哪个地方不安那种玩意儿？除了监控头，你还有没有其他的发现？”

“我现在还只是怀疑，没有发现什么有用的东西。”

庄重皱了皱眉头：“我现在缺的就是有用的东西！要是没有东西，那就说啥都是屁话！你又不是不知道！咱们连交易电话都截获了，为什么还不能去抓捕啊？不就是缺少东西吗？如果那里真的可能藏着一个制毒窝点，那它肯定会留下一些蛛丝马迹的。比如刺激性的气味，或者污水。”

“因为监控头太多，我怕打草惊蛇，就没敢太靠近，只是远远地看了看。除了闻到了鸡粪的味儿，我还真没发现别的什么可疑物品，别说蓄水池了，甚至连一个污水排水口都没有。”

“什么都没发现，你给我打啥电话啊？”庄重的呼吸又浓重了。

“我的意思咱们是否应该找个理由，到养鸡场里面看一下？”

“现在还没到那个地步！”庄重啪的一声撂了电话，然后就坐在那里直喘粗气。

案件陷入僵局，别说庄重脾气不好了，几乎专案组的所有刑警，心里全都窝着一股子怒气。但对于普通的刑警来说，怒气再怎么汹涌，大家也只能任着这股气儿在肚子里干憋着——那可是令人窒息的集体的沉默啊！如今庄重突然咆哮了起来，楚河那颗憋闷的心，反倒变得有些透亮了，就像闷不透气的屋子里，突然被人踹开了一扇窗。

庄重的电话刚刚放下，楚河手机的信息提示音就嘀地响了一声，楚河打开手机，发现短信是爷爷发来的，无论遇到啥事都不喜欢发短信的爷爷，一定怕影响了自己办案，才不得不给他发了这条短信吧？

短信息只有一行字：回庄园一趟。

“是不是半夏那里有动作了？”庄重倦怠的红窗户，突然闪出了一道希冀的微光。

楚河抱歉地摇了摇头：“是我爷爷发来的，他让我回家一趟。”

“那你就抓紧回去一趟，我了解你爷爷，他老人家不到万不得已，不会在你工作期间给你发短信的。”

楚河感激地：“行，我一会儿就顺路过去。”

庄重不放心地看了楚河一眼：“半夏那边越是显得老实，你和云落就越要警惕！你没有发现吗？这些人都修炼成精了！”

楚河突然笑了：“可不是嘛！一个个的全都变成妖精了！”

庄重突然站起身，拍了拍楚河的肩膀：“现在可是考验彼此耐力的最关键的时刻，小伙子，加油！”

楚河猛地立正，威武地打了一个敬礼：“您放心，庄队！我会竭尽全力的！”

>>> 诡谲密室的地心游记

楚河的越野车刚刚驶入千紫庄园的大门，就看见楚汉站在门卫小屋前向他招手，和他并排站在一起的，是满头银发、满面笑容的金爷爷。金锁手拿着一个电锯，在不远处的花树墙边修剪树木。

楚河把车驶到门卫小房的旁边。始终直着脖子威武地“坐”在那里的那条名叫远东的德国黑背，直到楚河从车上走下来，才缓缓地站起身，神态威严地冲楚河摇了摇尾巴。

楚河走到远东的身边，满是爱昵地抚摸了一下它的额头，然后才冲两位爷爷笑了笑。

楚汉笑着对金爷爷说："这个远东，还真是奇怪，每次来外人，都会叫个不停，可今儿个见了这个臭小子，它咋变成哑巴了？"

楚河说："我第一次见它时，它就这样，显得和我特别亲近，一声都没有叫。"

"远东尽管从部队退役好几年了，但它还是军犬，这点悟性它还是有的。"金爷爷说着也走过来，夸赞地拍了拍远东的头。

楚河问爷爷："爷爷，您找我回来，一定有什么着急的事吧？我们单位真的很忙的。"

楚汉一笑："我知道你们忙，可这件事非同小可，咋忙也得让你们回来一趟！千紫已经给小丁打过电话了，咱们还是等她一会儿，等她到了我一并和你们说！"

楚河小声嘟哝了一句："怎么又给她打电话了？"

楚汉不愿意听了："和你明说吧！办这种事，我信小丁甚至胜过信你，小丁这孩子无论咋忙也要到场。"

金爷爷笑着说："要是这样，不如到屋子里喝点菊花茶。我新晒的，非常好喝！"

楚汉笑了："好啊！那咱们就到你花爷爷屋子里坐一会儿。"

楚河奇怪地看了爷爷一眼："我金爷爷啥时候又变成花爷爷了？"

楚汉指了指柳暗花明的门卫小房，笑着说："他还不'花'吗？你瞧瞧，他这里哪儿没有花？"一番话，把三个人全都逗笑了。

门卫小房，四面墙壁爬着花藤，屋前屋后栽着花树，屋檐墙角也到处闪动着花的倩影。等到走进屋里，那更是花开满屋，花香四溢了。见一个镂空的盆子里装着粉红色花瓣，楚河便问："这是什么花儿？"

金爷爷笑着说："这是野生的木槿花，也就是大家都说的鸡肉花，用它炒出来的菜，真的有一股子鸡肉的香味。”

楚河一愣：“您还炒花儿吃？”

楚汉端起金爷爷的水杯：“他不仅吃花儿，还喝花儿呢！”

楚河端起透明的茶杯，看了看里面上浮下动的淡黄色的花瓣，突然想起了什么，便明知故问：“对了金爷爷，您那次去海深岛，找没找到您心爱的顺子呀？”

金爷爷笑了，摇了摇头说：“到哪里找去呀？哪那么容易就找到了？我到了那里后，你爷爷就把我安排到了一个豪华宾馆，天天让我自己泡温泉，可他自己呢？反倒去寻花问柳了。”

楚河看了爷爷一眼，笑了。

楚汉也笑着说：“你这个花爷爷，八成花儿吃多了，怎么一肚子花花肠子？”

金爷爷又笑了：“其实呀，找不到更好，这样她留给我的样子，就总是年轻的。人还是年轻好啊！连做出的梦都是嫩嫩的。”

金爷爷突然收住笑容：“对了，我听你爷爷说，你妈妈并没有死？这可真是个好消息！你们打听到她在哪儿了吗？”

楚汉也说：“我也正想问你这件事呢！”

楚河叹了一口气：“打听到了，那个叫蓝月的就是我的妈妈。她在南方的一所私立中学当老师呢，云落的同学还帮我们弄到了她的电话号码。那天也怪我，光顾着高兴了，直接就把电话给她打过去了，一定是电话号码暴露了我的位置，她没接听就把电话挂了。等忙完了手上的案子，我会去南方找她的。”

金爷爷：“你妈妈这个人，真让人弄不明白，你这个大儿子该有多好啊！可她咋就那么狠心，连你都不要了呢？她怎么能舍得呢？”

楚汉说：“这些天，我读了她的诗集，以前弄不明白的事，就全明白了！儿媳妇不是患了抑郁症了嘛！大河出生以后，她整天寻思的，就是咋自杀不遭罪。有好几次深更半夜的，她都把手放到了大河的脖子上了，想要掐死他！就是怕控制不住自己，她才离开大河的。”

楚河的眼圈红了："诗这个东西，真的很奇妙，在我不知道真相的时候，我看到的诗就只是单纯的诗。当我知道这些诗全都出自我妈妈之手后，我才发现它们根本就不是诗，简直就是一封封密信呢！"

楚汉叹了一口气："都说啥人走啥路，你妈妈就是一个闷葫芦，有啥事都搁在心里。这一点你还真随了她了。她要是一个透亮的人，当初也不会患了那样的病了！要怪也只能怪你的爸爸，是个用情不专的人，和你虹姨的关系始终不清不白的。你妈妈那么敏感的人，怎么会不抑郁呢？"

金爷爷说："大哥，你既然把话说到这个份儿上了，那我也和你们说一件蹊跷事吧！"

楚河立即直起了脊背："金爷爷，您快说！"

金爷爷看着楚河说："你爸爸失踪那年，我不是一直都在老宅子里烧锅炉吗？有一天，我去外面倒灰回来，远远地就看到你爸爸和你虹姨一前一后走进了老宅子，接着两个人就都进了客厅。我正好有一件事想请示你爸爸，没有多想，也跟着走进了客厅。可令我奇怪的是，等我走进客厅，发现客厅里一个人都没有了，就好像我看错了似的。"

楚河一惊，和楚汉对视了一下。

金爷爷继续说："那时我还很年轻，眼睛也不花，咋想咋觉得自己没有看错。我就到别的屋子找你爸爸，可找遍了整个老宅子，我也没有找到他。直到天擦黑的时候，我才看到你虹姨从客厅里走出去了。我立即又到客厅里去看，发现你爸爸就在客厅沙发上坐着呢。我就问他：'你刚才到哪里去了？'他却瞪着眼睛和我说：'我刚从外面回来呀！'我当时就知道他在撒谎，可我这个当叔叔的，又啥话都不能说，只好把这个蹊跷的事存在心里了。"

楚汉突然喘起了粗气："这件事，你怎么不早一点儿和我说呢？"

金爷爷叹了一口气说："我早就想和你说了！可几次话到嘴边，我又咽回去了！我怕万一是我这个老头子老眼昏花，真的是看错了呢？况且这里面又牵扯到了年轻人说不清道不明的关系，我真的害怕冤枉了好人啊！直到后来又发生了同样的事情，我才确定我真的没有看错。”

楚汉：“又发生了同样的事？在什么时候？”

金爷爷：“那天的日子我记得清清楚楚，就在大河爸爸失踪后的第二天。当时不是有很多人都到你们家来帮着找人吗？他虹姨也跟着一起来了。就在大家全都聚拢在他奶奶的屋子里说东道西的时候，我看见他虹姨一个人进了客厅，我就偷偷地跟了过去，没想到和上次一样，等我走到了客厅门边，发现客厅里又一个人都没有了。这一次我没有走远，而是藏到了走廊柜子的后面，过了好半天，我才看到他虹姨拿着一包什么东西，从客厅里走了出来，她把东西放到了走廊窗台的一个花盆后面，就回屋子里去了。有人问她去哪儿了，她还撒谎说去厕所了。你们说，这是不是蹊跷的事？”

楚汉突然气哼哼地说：“一点儿都不蹊跷，你早应该对我说的！”

金爷爷说：“这种话要是真的说出来，谁能信啊？不仅大家都不会相信，还会骂我这个孤老头子老不正经的。若不是现在大河长大了，还当了刑警，像这种招惹是非的闲话，就是打死了我，我都不会说的。”

楚汉无奈地冲楚河笑笑：“大孙子，你这回听明白了吧？要是你直到现在也没当上刑警，你这个花爷爷一定会把这个秘密，带进棺材里的。”

楚河问金爷爷：“金爷爷，您看没看清，我虹姨到底从客厅里拿走了什么东西？”

金爷爷：“那东西用报纸包着，四四方方的，像是书，可却比书小了些，厚了些。”

楚河突然一惊：“能不能是录像带？”

金爷爷想了想：“你是说那种老式的录像带吗？还别说，应该就是那种东西吧，要真是录像带，我估摸着至少得有三四盒吧？”

楚河不由得看了爷爷一眼，爷爷也正好在看他，祖孙二人的脸色都显得很严峻。

金锁突然跑到门前：“丁警官的车已经驶到大门口了。”

金爷爷闻听，立即按了一下遥控器，那边的电子大门就缓缓地打开了。

为了不引人注意，楚汉让云落也把车停在了门卫处，祖孙三人便顺着掩在林荫花树里交叉弯曲的小径，向老宅子那里走去。

因楚汉始终不开口，云落就小声问道："爷爷，您这么焦急地把我们叫来，是不是发生了什么非常重要的事情？"

楚汉点了点头："我知道你们忙，不到万不得已，我怎么会给你们打电话？那天我和你们提过的犯罪团伙的幕后老板，已经被抓起来了！"

云落立即变成了快乐的小溪："被抓起来了？这是好消息啊！这下含冤九泉的程爷爷就可以平反昭雪了！"

楚汉摇了摇头："因为我是实名举报人，省监察委就特意派来两位同志，向我反馈了这个消息。但他们对我说，这个人如今被抓，并不是缘于我举报的涉毒犯罪，而是因为腐败。他们说涉毒犯罪的证据不足。"

云落压低声音说："爷爷，您所说的那个人是不是副省长鲍一安啊？"

"什么？鲍一安也被抓进去了？上边的动作可真够快的呀！我说的这个人并不是鲍一安，但当初鲍一安，就是这个人一手提拔起来的。"

云落拿出了自己的小手机，打开了一个界面，让楚汉看："一定是这个人吧？这个人目前也在接受审查调查呢！"

楚汉接过手机看了看："就是他，但这张照片可不像他本人啊！一定是修饰过了。"

楚河看了手机一眼，脸色就变了："爷爷，他可是我的偶像啊！每次他电视讲话时，我都会认真听的，而且每次听完他讲话，我都有一种热血沸腾的感觉。您说的那个人真的是他吗？"

楚汉说："这就叫知人知面不知心。"

云落说："要是这么说，测哥和冷天龙前些天去省城抓的人，一定就是他了！"

楚汉："什么？他是测儿亲手抓的？这可有点意思了。"

楚河不解地问："有意思？"

楚汉叹了口气："你们小辈儿的人怎么能知道？当年你虹姨和这个人

的关系那可是相当的不一般呢！不是我这个老头子扯闲话，那段日子，很多人都暗地里传，说测儿可能就是这个人的私生子呢！你虹姨在下岗以后，为啥能一步登天，调到了电视台工作？全都是他一手操办的！”

楚河震惊地：“我测哥知道这件事吗？”

楚汉：“那你得去问你测哥！”

云落一笑：“爷爷真会开玩笑！这种话，关系再好都不能问的。”

楚河突然晃了一下晕晕的脑袋：“乱了！全都乱了！测哥怎么能是他的儿子呢？”

云落歪着头看了看手机屏幕，突然又一笑：“还别说，他们两个长得还真的有些像。”

楚河突然压低声音问爷爷：“爷爷，您刚才听了我金爷爷的话，有啥想法？”

楚汉用鼻子哼了一声：“那能有啥想法啊？都是秃子头上的虱子，明摆着的事！你爸爸活着的时候，我就总骂他不务正业，总爱鼓捣他的那个破录像机，该录的录，不该录的还录。我估摸着，你虹姨那天冒那么大的险，把那些东西偷走，一定是那几盒录像带里面，录了什么见不得人的东西。”

云落插了一句：“如果虹姨和这个人有这层关系，那虹姨不是也有可能涉嫌犯罪吗？”

楚汉摇了摇头：“这倒不一定。他们的关系只是前期挺密切的，后来那个人的官越做越大，怕影响了仕途，就把你虹姨甩了。我记得后来你虹姨还特意到省城找过他，可那个人不仅没有见她，还让手下的人教育了她一番，气得你虹姨大病了一场。”

楚河不解地：“现在的DNA技术这么高端，若是测哥真的是他的儿子，他不应该这么做的呀？”

楚汉用鼻子哼了一声：“他们这些官场上的人，把位置看得比命都重，为了当官，他们连亲生儿子都能豁出去，更别提私生子了！”

云落突然一笑：“我记得你的测哥曾经说过：面对罪犯，哪怕是亲爹，他也会铁面无私的。这可真是一语成谶啊！我真希望他的母亲和这个犯罪团伙真的毫无关系！要不然，那可真要影响测哥的前途了。”

楚汉：“据我对你虹姨这么多年的了解，我觉得她在原则问题上还是有自己的底线的。年轻的时候，她因为模样出众，一直都很招风，但她也只停留在交际花的层面，违法犯罪的事，她是肯定不敢做的。哪怕为了给测儿树榜样，她都不会做。”

楚河前后看了一眼，压低声音说：“爷爷，我一直都在怀疑当初匿名给我邮录像带的人，有可能就是虹姨！”

楚汉：“不会吧？找不到理由啊？”

云落突然接过话茬儿：“理由太容易找了，就是嫉妒！我记得一次喝酒时，测哥曾说，他在上高中的时候，学习成绩始终不如楚河，他妈妈因此总是骂他。虹姨是怕楚河考上理科状元，才想起利用这种方式刺激楚河吧？但有一点儿我敢保证，测哥对这件事肯定是不知情的。”

楚河的脸越来越白了：“如果事实真的像咱们猜测的那样，那这个人世间，就实在太可怕了！”

楚汉突然恼怒地瞪了楚河一眼：“哪有那么可怕啊！大孙子，我劝你呀，赶紧把心用在正地方，最好把这件事忘了！”

楚河惊异地：“忘了？您的意思是录像的事不追究了？”

楚汉说：“追究你又怎么追究？你千紫姑姑已经找人鉴定了，那盒录像带并不是假的，也就是说邮录像带的人就算查出来了，人家也够不上犯罪。况且这种匿名邮寄的行为，如果没有证据，你也是一点儿办法都没有的，最后只能自寻烦恼。”

楚河小声嘟哝着：“那就哑巴吃黄连了？”

楚汉说：“不就是一盘录像带吗，至于那么苦吗？还黄连，你咋不说砒霜呢？你看看你啊！这么高这么大的一个小伙子，咋能让一盘小小的录像带说拿住就给拿住了呢？更丢人的是：你还抑郁了，至于吗？作为一个男子汉，咱不说顶天立地吧，最低起码也应该有点胸怀、有点担当吧？”

楚河的脸腾地红了，飞快地看了云落一眼："也是啊！听爷爷这么一说，好像这盘录像带的事真就算不上什么事了！可当时我咋觉得它比天还要大呢？并且从另一个角度看，它……它不是还让我成熟了许多？要是这么说，我不仅不应该追究了，还应该感谢我虹姨呢！"

楚汉这才笑了："大孙子，你能这样想，就对了！记住爷爷这句话，在这个世界上，没有任何敌人能够伤害到你，能够伤害你的只有你自己！"

云落钦佩地看着楚汉说："有一句格言：烦扰人的是对事物的看法，而非事物本身。爷爷！您可是真豁达！我和楚河都应该向您学习！"

楚汉突然羞愧了起来："向我学什么呀？这人啊，都是旁观者清，当事者迷。我这个老头子，也就是在指责别人的时候，才能这么巴巴的，可轮到自己的身上，照样胆小如鼠。不怕你们笑话我，今天我找你们回来的第二件事，说得好听是让你们勘查现场，说不好听的就是因为爷爷害怕。"

楚河笑了："勘查现场？害怕？爷爷，我怎么越听越糊涂了？"

楚汉叹了一口气："你金爷爷所说的蹊跷事，其实在我听来，一点儿都不蹊跷。正像你们两个所猜到的一样，你千紫姑姑在咱们家的那个老宅子的客厅里，还真就发现了一扇暗门。"

"一扇暗门？那这么说，老宅子里面还真有密室了？爷爷，你们在密室里到底发现了什么？"楚河震惊地止住了脚步。

楚汉说："那个暗门，才刚刚发现，到底下面有没有暗洞，得把暗门打开了才知道。唉！自打你爸爸失踪以后，我这颗心啊！总是提拎着，只要一天没看到他的尸体，我就还抱着一天的希望。现在总算有点消息了，可我反倒觉得紧张了。按理，这么多年了，我也算是见惯大风大浪的了，没想到这人啊，岁数越大，胆子反倒越小了……"楚汉越说声音越小，说到最后，眼圈儿甚至都红了。

楚河看了看日益苍老的爷爷的侧影，心里猛地升起了一股柔情。情不自禁地，他把手放到了爷爷宽厚的脊背上，轻轻拍了两下："爷爷，孙子已经长大了，有孙子在您身边，您啥都不用怕！”

爷爷回头看了楚河一眼，一颗偌大的泪珠儿就顺着眼角滴落了下来。楚河立即抓住了爷爷的手，直到此时他才发现，爷爷的手竟然冰凉冰凉的。

剩下的那一段路，祖孙二人的手一直都这么握着的。

昔日富丽堂皇的老宅子，如今显得乱七八糟的，似乎所有的物品全都挪动了位置。尤千紫头戴一顶安全帽，身穿一套工作服，独自一人站立在杂物堆旁，站出了一种“驿外断桥边，寂寞开无主”的气韵。

“怎么就你一个人？”楚汉奇怪地问。

“怕走漏了消息，我让工人们全都回去休息了。”尤千紫一边小声回答，一边亲切地冲楚河和云落点了点头。

“苏文艺呢？”楚汉也压低了声音。

“文艺回去取工具了，他说暗门上的暗锁，用特殊的工具有可能打开，这样就用不着爆破了。”

楚汉神情茫然地看了看四周：“暗门在哪儿呀？”

尤千紫指了指右边那贴有老式壁砖的墙壁：“就在这面墙里。”

祖孙三人的眼睛便全都投向了那面墙上。

和周围一样，那面墙上也贴着那种印有暗格的、很有凹凸质感的墙壁砖，凭肉眼真的难以看出墙里有什么玄机。楚汉走到墙边，上下左右地摸了两下，也没摸出哪儿藏有暗门。

“如果能摸得出来，就不能叫作暗门了。”尤千紫微微一笑。

楚汉在墙壁上拍了几下，别的地方发出的声音，都是啪啪的，只有中间的一块墙壁上，发出了嘭嘭的空声。

“这么说，暗门就在这个位置？”楚汉不自信地问尤千紫。

尤千紫笑着点了点头：“的确就在这个位置。”

楚汉又在那个位置上下摸了摸，摇了摇头，又叹了一口气，才问尤千紫：“暗门的事除了你和苏文艺还有谁知道？”

尤千紫：“只有我们两个人知道！在收拾每一间屋子前，我都先让苏文艺检查一遍，因为他说这面墙有些异常，我便没让任何人进来，包括这些东西，都是我和苏文艺亲手挪动的。”

楚汉比比画画着：“原来这里摆着的，应该是那个通天的大书柜吧？要是这么说来，书柜里也应该藏有暗门的！”

尤千紫一笑：“可不是嘛！您过来看！”

尤千紫说着，就向客厅中间的杂物堆走去，原来的那个通天大书柜，已经被分成了几组，连同一摞摞的书籍，全都堆在了客厅的中间。尤千紫走到其中一组书柜的前边，在书柜的边缘，有一排极其普通的露着螺丝帽的螺丝，尤千紫扭动了一下其中一个小螺丝帽，中间的格子里就无声地洞开了一扇小暗门。

尤千紫笑着说：“发现了墙上的暗门以后，苏文艺在这里研究了好半天，才打开了书柜上的小暗门！你们瞧，这扇暗门设计得多巧妙？我俩在搬动书柜时，谁都没有发现异常。”

楚河感慨地说：“这个书柜自打我记事起，就一直在使用它，若不是你们发现，我这一辈子，兴许都不知道这个秘密呢！”

几个人正说着话，苏文艺已经赶回来了，他和尤千紫一样，也穿着工作服，戴着安全帽。见了楚河，他立即点了点头，似乎想说句什么，到底什么话都没说出来，就拿着他的工具箱，到暗门边开锁去了。几个人便跟了过去，每个人脸上的神情，都显得很凝重。

除了苏文艺手里工具的咔咔声，屋子里再没有别的声音，大家似乎紧张得连呼吸都不敢了。见楚汉满脸是汗，云落便掏出了一张纸巾，偷偷地递给了楚河，楚河凑到爷爷身边，帮他擦了擦脸上的汗水。

楚汉像个孩子似的伸着脖子，任楚河帮他擦着汗，眼睛里有一种特别无助的表情。楚河拍了拍他的手背，也像刚才苏文艺似的，一句话都没有说出来。

但楚汉却说话了，不仅嘴唇颤抖，声音也嘶哑：“大河，我一直担心……担心你可怜的爸爸……有可能就躺在里面呢！你说能不能啊？”

楚河再次安慰地握了握楚汉的手，爷爷的手依然冰冷刺骨。楚河便用两只手分别攥住了爷爷的两只大手，慢慢地揉搓着，好让他手上的血液尽快地循环起来。可即使这样，楚河也没能说出话来，因为在楚河的心里，他也一直这么担心着。

为了缓解紧张的气氛，尤千紫突然冲楚汉微微一笑："董事长，您就别想太多了！也不要太悲观。您瞧瞧您的大孙子，现在多有出息啊！您还没看过他穿警服的样子吧？真是太威武了，让人一看就有安全感！现在的警服也真的漂亮，和你们当警察时候穿的警服，完全是两种风格。"

楚汉也故作轻松地笑了笑："我这个苦命的老头子，哪有这个眼福啊！那天我还想呢，想我大孙子穿上警服会是什么样子。可这个臭小子就是不穿回来让我看看！"

楚河立即笑着说："行，爷爷，哪天等我巡逻执勤的时候，我一定穿着警服先到您这里走一圈。"

大家正这么小声地说着话呢，只听啪的一声轻响，暗门的锁打开了，接着，那扇小暗门就无声地向里面缩去，继而又向右侧滑动了过去，转眼之间，一个黑洞洞的秘道口就展现在人们面前。与秘道口一同出现的，还有一股夹带着特别寒气的呛人的尘灰。

还未等灰尘散开，云落便屏住了呼吸，探头向里面看了一眼，除了那股特别阴森的寒气，她还闻到了一股怪怪的气味。云落细长的眼睛尽管睁得很大，可除了前方的一块刷着白灰的、四四方方的小天棚和下方的一小截旋转的楼梯，其余的地方全都显得黑乎乎的，根本看不清有什么东西。

云落回头对尤千紫说："千紫姑姑，您最好先陪着楚爷爷到别的屋子休息一下！还有苏老师，您也去休息一下吧！我和楚河先进里面勘查一下，等我们勘查完了，再来向你们汇报。"

尤千紫闻听，便一把拉住了正试图向秘道口探头的楚汉说："董事长，云落说得对，这些事情还是让年轻人去做吧！您从早上忙到现在，也累了，我们不如到别的屋子喝杯茶吧！"

楚汉立即摇了摇头："放心吧！我现在感觉好多了！那股紧张劲儿已

经过去了！再说了，有他们两个大刑警在前面开路，我又有啥好怕的？千紫，你和文艺就不用进来了，现在是非常时期，外面更需要人手！千万别让哪个冒失鬼突然闯进屋子里来。”

尤千紫立即点了点头说：“您放心吧，我都已经安排好了，现在别说大活人了，连只鸟儿也别想飞进来。”尤千紫说着，就和苏文艺一起，向后面退了几步。

就在云落去取工具箱的时候，楚河已经顺着台阶试探着向下面走去了，随着身体的下移，那股阴森冰冷的气息也越来越浓重，让人有一种窒息的感觉。楚河一路摸索着往下转着，一连转了十几级台阶，可还是没有见底。楚河越往前走，越觉得前面漆黑狭窄，神秘莫测。

听到后面的脚步声，楚河知道爷爷一直紧紧地跟在自己的身后，怕爷爷摔倒，他不得不几次停下身来，扶一下身后的爷爷。正这么走走停停地在旋转楼梯上转着呢，突然一道雪亮的强光射进了秘道，原来云落拿着手电筒下来了。

云落下了几级台阶，又顺着原路转回去了，原来离暗门不远的墙上，安有一个电源开关。云落试探着按了一下那个开关，四四方方的天棚上，就有一盏电灯闪了几下，但它也就是闪了那么几下而已，最后还是没有亮起来。

因了手电筒的照射，秘道里的状况一目了然。展现在底部的并不是想象中的密室，而是一个铺着老式地板砖的窄窄的小走廊，没想到这道小走廊还很幽深，一直向里面延伸过去。祖孙三人顺着走廊向前走去，拐了两个弯，才看到前面有一扇半开的小门。

“你的爸爸，真能扯淡！你说他没事，弄一个这么耗子洞似的密室做啥呀？我看就是闲的，闲出屁来了！”小走廊非常拢音，楚汉那嘶哑的声音在廊洞里飘荡着，有一种神秘的空旷感。

云落看了看那扇半开的门，小声说：“过了那道门应该就是密室了吧？”

楚河小声说：“如果那里真的是密室，瞧这个方位，密室的位置就不在老宅子下面，应该在老宅子房后的什么地方吧？”

楚汉目测了一下方位：“那里应该是锅炉房的下面。”

楚汉说着，突然一拍脑袋：“锅炉房刚刚建好的时候，我在锅炉房里发现了好几个毫无道理的下水道口，锅炉房又不是澡堂子，留那么多下水口干啥？当时因为这个，我还骂过你爸爸呢，建议他把下水口堵起来，怕万一有耗子啥的钻出来。现在看起来，那些下水口有可能就是密室的通风口吧？”

楚河点了点头：“那些下水口我也见过，小时候，我还往里面灌过水呢！”

楚汉叹了口气：“要是早一点儿注意到这些细节，兴许咱们早就发现了。那天你们说有密室，我还觉得是奇谈呢！因为你爸爸在接手建房的时候，地基都打完了，他在那么短的时间里，怎么会挖了一个密室出来？即使挖出来了，工人们也会和我说的！要是这么说，在建房子的时候，你爸爸仅仅留了这么一条通道，密室一定是后来建锅炉房的时候挖的。你这个爸爸呀，就是喜欢异想天开。”

说话的工夫，云落已经走到了走廊尽头的门边，在没进门前，她先按了一下同样安在门边的一处开关，一抹强光顿时从半开的门里面射出来，云落先是回头看了楚河一眼，这才谨慎地推开了门，接着，云落便杵到门边不动了。

越是挨近门边，楚河的心越往上提，怕吓到爷爷，楚河下意识地拉住了爷爷，意思是先让爷爷在门口等等。可爷爷却不管楚河怎么想，魁梧的大身板硬是从楚河身边挤过去了，几步就跨到了小门边。和云落一样，他仅仅向里面看了一眼，就靠在门边不动了。

门边虽然堵了云落和爷爷两个人，楚河还是非常容易地就看清了密室里的一切。

呈现在眼前的，其实就是一个普通的房间，像极了楚河经常住的那些廉价的没有窗户的地下酒店。房间左侧有一张双人床，床上有被褥。床的旁边放着一对单人沙发，中间夹着一个茶几。床的对面放着一个电视柜，门后面的墙角，摆着一个根雕状的木质双层花盆架，但花盆架上摆的却不是花盆，而是电水壶和暖瓶。唯一与酒店不同的，是无论哪里，都蒙着一层细细的灰尘，包括那翻开并倒扣在床上的一本书，也显得灰蒙蒙的。

密室如此不神秘，似乎让楚河颇不甘心。站在门边，楚河几次三番地向密室环视着，发现除了一个倒在密室中间的垃圾桶和桶边一堆黑乎乎的垃圾显得有些奇怪外，密室里真的没有什么令人生疑的东西——当然，更没有什么人的尸体。

密室之所以称为密室，就是缘于它的隐秘和不为人知。而眼前的这个密室，不仅与神秘不搭边儿，反倒更显得俗气和邋遢。楚河琢磨了一会儿，终于明白这种感觉源自哪里了。它其实就源自那四只被“甩”在地上的蓝色的拖鞋。

“这不就是一个地下卧室嘛！同样的卧室，设在地上和藏在地下，又能有多少区别呢？你爸爸这个人啊！除了无事生非，一点儿优点都没有！”楚汉又一次骂了起来。

楚河和云落全都没有去接爷爷的话茬儿，他们也不知道应该说些什么。因为不说话，密室里便静下来了，静得只能听到楚汉那粗重的呼吸声。伴着那呼吸，祖孙三人全都这么堵在门边，沉默而木然地向密室里看着，那感觉就像看一部俗套而古老的无声电影。

电视柜就是当年流行的那种三层格的实木矮柜，最上面摆放着一台彩色电视机，那电视和当年放在奶奶卧室里的一模一样。中间的格子里嵌着一个楚河曾经梦寐以求的磁带放像机，在接到“匿名录像带”以后，楚河为了能看到里面的内容，曾四处求购过这种老式的放像机。最下层是一个小柜子，半透明的玻璃对开柜门，门虽然关着，但里面散放着的书籍和录像带却隐约可见。

事后，楚河和云落曾专门对那几本书籍和录像带进行了研究。书籍一共六本，都是探险类的名著，倒扣在床上的那本书是《地心游记》。这六本书，楚河都认真地翻阅了，发现不仅有的段落被铅笔或油笔画了道道，书的空白处还写了很多密密麻麻的感悟。因了这些感悟，这六本书便成了楚河与父亲联结心灵的通道，在这个通道里，楚河到底收获了什么，只有楚河自己知道。

爸爸的字写得真是漂亮极了，爸爸的那些感悟，也都是楚河所认同的。与爸爸从未谋面的楚河，万万没有想到：有那么一天，自己会在六本书上与自己的父亲产生了共鸣。并且每共鸣一次，楚河的心都会疼上那么几疼。是啊！楚河的命怎么就这么苦呢？不仅不能像其他孩子那样，与自己的亲生父亲朝夕相处，甚至连彼此见上一面、倾心交谈一次都做不到——哪怕仅仅见一次面，仅仅说上一句话呢！

与这六本书带给楚河的感觉截然不同的，是那三盘录像带。录像带一共三盘，外面的标识虽然都是外文，但精通外文的楚河和云落，仅仅看了那标识一眼，就全都明白录像带里面的内容了。为了不错失线索，楚河耐着性子从头到尾看完了三盘录像带里面的全部内容，幸好那台磁带放像机不仅能够播放，还始终都没有卡带。

观看如此不堪的录像，楚河还是平生第一次呢！楚河是个严谨的人，对于不健康的东西，不论心理还是生理，都是绝对排斥的，哪怕在萎靡的状态中，他也没有越雷池半步。可令他万万没有想到的是，自己因为父亲的原因，竟然毫不犹豫地就破了“戒”了，破“戒”带给楚河的最大感悟，就是自己这一辈子，再也不会去看同类的东西了！因为自从看了里面的内容以后，楚河除了感到恶心，对女性也失去了神秘的想象。甚至对于美好的爱情，楚河也产生了一种硌硌生生的感觉。

爸爸到底是一个什么样的人呢？是深奥？还是浅薄？这是事后，楚河经常自问的一句话。

密室里的茶几样式，也和奶奶卧室里的一模一样，就是那种双层实木的，显得特别敦实。茶几上摆着一个咖啡壶和一套样式考究的茶具，咖啡壶就是楚河在咖啡店打工时，经常用的那种虹吸式咖啡壶。茶几下方的玻璃搁板上，还堆放着与咖啡有关的其他器具。事后，楚河也对那些器具进行了研究，发现它们都只是器具而已。

楚河分开爷爷和云落，就要向密室里走，可脚还没等踏进去呢，云落就把他拉出来了。云落麻利地打开了那个工具箱，嘴里说：“这里的灰尘并不多，应该能提取到指纹和脚印的。”

因楚汉的呼吸声又浓重起来了，楚河便解释说：“现在科技发达，不论多久之前的指纹和脚印，都能用现代高科技技术还原出来的。”

楚汉突然推开楚河和云落，大踏步地走进了密室，声如洪钟地说：“提取那些东西做啥呀？就是真的找到了脚印，又上哪里去找二十多年前穿过的鞋呀？提取指纹就更没有那个必要了吧？”

云落想了想也对，便又把工具箱放到了地上。

密室房间的墙壁上，全都粘着白色的、上面印着金色暗花的正方形的瓷砖。楚河细长的眼睛在四面的墙壁上扫视了一会儿，突然把目光定在了密室门对面、沙发与电视柜之间的墙面上。云落循着楚河的目光，也向那面墙看了过去，她也发现了瓷砖间的两道缝隙显得稍微粗了些。云落立即从工具箱里拿出了一个小锤子，先在那面墙上敲了两下，果然传出了嘭嘭的空鼓声，为了对比，她又在旁边的墙上敲了两下，发出的声音就完全不一样了。

“这么说，那面墙里也有暗门？你这个爸爸呀！让我到底说他啥好呢？用不用把苏文艺请下来呀？”

“我这就叫他下来！”

楚河刚要转身出去，突见云落伸出手来，试探着在缝隙边按了一下，没想到一扇旋转的小暗门竟然很容易地就被打开了，原来这扇暗门根本就没有安锁。

随着暗门无声的开启，楚河那刚刚落下的心就又悬起来了。云落手拿着那个小锤子，正要伸头向里面看，楚河突然迫不及待地推开了她，先行向里面探了一下头。因楚汉的呼吸声再次浓重了，楚河便立刻回头冲他叫道：“爷爷，这里面就是一个卫生间，真的就是一个卫生间，啥都没有。”

楚河说的一点儿没差，这个小小的暗室的确就是一个单纯的卫生间，除了卫生间应有的设备外，一件令人可疑的东西都没有。一个老式的马桶旁边，放着一个笨重的陶瓷浴缸，上面的架子上，除了一个水龙头，还搭着浴巾、手巾等洗浴用品。浴缸的这边，一个小水龙头的下面，还有一个小小的陶瓷洗手池，下面管道旁边，堆着扫帚、拖把等工具。楚河试着拧了一下那个水龙头，竟然真的流出了水来。

“唉！我现在是想明白了，你这个爸爸就是有福烧的！你们瞧瞧这福让他享的，都不知道咋嘚瑟好了！人的福啊，那可都是有限度的，要是享过头了，祸事就自然来了！”楚汉一边唠叨着，一边向卫生间里瞟了一眼，但他仅仅瞟了那么一眼，就摇着头向外踱去了。

楚河看着云落小声说：“云落，你送爷爷上去吧！我想在这里再看一看。”

楚汉不满地哼了哼：“该看的不都摆在这儿了吗？还有啥可看的？咋看不都是这些破烂玩意儿？不看心还静些，这一看了，反倒更来气！”

楚汉话没说完，人已经走出门了。云落回头看了楚河一眼，便快步追了出去。楚河注意到，云落并没有拎走她的工具箱，这也就是说，云落很快就会回来的——而这，也正是楚河所期望的。

随着两个人的脚步声越来越远，密室里便渐渐静了，是那种令人窒息的静。楚河拿起那本倒扣在床上的《地心游记》，抖了抖上面的灰尘，又拍了拍床上的浮灰，便一屁股坐在了床上。此时的他，不知为什么，显得非常累，是那种对一切都心灰意冷的累，大脑也因此显得有些迟钝发沉。

楚河下意识地举起手里的书，不用翻开，那书自然地就张开了羽翼，就像鸟儿张开了双翅，只等着楚河去读它的肚皮，“鸟儿”的肚皮上，写着这样的文字：

在壁炉里还有一点余火。我不但拿了这张纸，而且还拿了萨克奴姗的原稿；我正用颤抖发热的手，要把这一切都投到火里，毁去这危险的秘密，这时书房的门打开了。叔父回来了。

就像真的有一个“叔父”回来了似的，楚河也把目光从书页上抬起来，看了看密室的门，直到这时他才注意到：密室的这扇半开的门，竟然也是实木的，上面轧着方方的边框，边框里面也轧着圆圆团团的花纹。

楚河呆呆地盯了那门上的花纹半天，觉得其中的一个团团的花纹，非常像一个婴儿的笑脸。就这么看着看着，楚河的眼睛就又回到了书上，展现在眼前的是这样的文字：

> 在漫长的三小时内，叔父只是工作着，一句话也不说，也不抬头，一千次划掉了又重作，放弃了又重新开始。

楚河认真地替“文中的我”着急着，有那么一瞬间，他甚至忘了自己姓甚名谁了！当他意识到此时的自己正翻看着陌生的父亲在二十六年前正在看的一本书之时，一种奇幻无比的感觉便渐渐升腾了起来。楚河低头看了看自己，奇怪自己独自一人留在这间密室里，难道就是为了继续读完这本父亲没有读完的书吗？

››› 蛇蝎美人的悲惨遭遇

楚河晃了晃头，就像拔树一般，强行把自己散乱的注意力从书里拔了出来，让自己集中精力去“勘查”密室。也许坐在密室看密室，因为视角的不同，感觉也会发生变化？此时的密室，与刚刚走进来时所看到的密室，竟然完全不一样了，它不仅显得宽敞了，清静了，还多了一丝人间的活气儿。楚河曾经看过几部盗墓方面的小说，刚刚走进密室时，楚河始终都有一种盗墓者的感觉，仿佛自己正在走进的这间密室，就是一座装着爸爸尸体的坟墓——仅仅因为没有发现爸爸的尸体，这里的一切才显得如此不同了？

楚河的目光落到了那个曾经让他觉得生疑的、倒在地中间的垃圾桶上，这个垃圾桶原来应该是放在角落里的，如果金爷爷所看见的是真的，那么这个垃圾桶一定是虹姨在仓促找东西的时候，把它绊倒的。虹姨所拿走的录像带，原来也应该放在电视柜的下方吧？

楚河细长的眼睛突然凝住了：从垃圾桶倒地的方位看，它似乎不是被人绊倒的，更像是被人有意弄倒的。可最后进来的虹姨，在拿走那几盒录像带之时，为什么还要在百忙之中，特意弄倒了这个垃圾桶呢？难道她是想在垃圾桶里面找到什么她想要的东西？

一个小小垃圾桶里，又能装着什么她想要的东西呢？

楚河从云落的工具箱里，拿出了一个镊子，然后便蹲在地上，在那堆表面看黑乎乎的、可翻找起来并不太多的几样垃圾里小心地翻了翻，里面的大部分东西都已经变质了，只有几张塑料的包装纸还保持着原来的样子。突然，镊子碰到了一个四四方方的小盒子，楚河用镊子把那个小盒子夹住，并举了起来，发现上面写了一串英文字母，当楚河的眼睛扫到了“Condom”（避孕套）这个单词上时，他的脸便腾地红了，立即扔下了镊子上的小盒子。接着，他便不自觉地也学着爷爷，深而无奈地叹了一口长气。

记得当年年纪小
我爱唱歌你爱笑

楚河的耳畔再次飘起了那首残缺的歌儿。

这时，就在这时，一阵哗啦啦的流水声突然响了。

事实上，这样的流水声，早在云落他们离开的时候，楚河就已经听到了。但听到了也就听到了，楚河并没有立刻注意到它。是啊，居家过日子，流水实在是太普通的声音了，普通到就像照到窗棂的阳光，吹过树梢的轻风。可当楚河突然想起，自己是在密室之内时，他才立即意识到了这种声音的特殊性。

是啊！密室里怎么会有水声呢？

楚河站起身，向密室四周看了看，密室的上方的确有几个被装饰过的通风口，可即使真的有一个如楚河当年一样的顽童，把水从那些下水口里倒了进来，也不会发出那样诡异且空旷的声响啊！楚河正这么疑惑着呢，流水的声音再次响起来了，而且响起就不间断了：哗哗哗，哗哗哗……

楚河一边支着耳朵听着，一边循着流水的声音走去。走进了卫生间，就是老式的马桶；走过了马桶，就是那个蠢笨的大浴缸。楚河再不能往前走了，因为浴缸那边就是墙壁了，可墙壁的那边，流水的声音依然哗哗地响着，楚河为了听清那声音，只得走到了浴缸里面，蹲下了身子，把耳朵贴在了墙壁上。

是的，流水的声音就是从墙的下方传过来的，难道墙的那边，还藏有一条河？

“你爸爸失踪以后，我翻遍了他的所有东西，除了在柜子里找到了一瓶水，其他的什么都没有发现……可是，这瓶水你爸爸到底是在哪里发现的？又是怎样发现的？却没有人能够告诉我了。”

随着一声门响，云落突然出现在卫生间的门前，见楚河蹲在地上，耳朵贴着墙壁，一动都不动，她愣了一下，便快步走进了卫生间，小声问：“发现什么异常的情况了？”

“墙那边有流水的声音！”楚河说。

“流水的声音？”

云落一脚迈进浴缸，挤到了楚河身边，也像楚河那样蹲下了身子，耳朵紧贴着墙壁，侧耳倾听了起来。

就像是要奖赏她的辛劳似的，一股哗啦啦的声音突然在墙那边的下方响了起来。

云落皱了皱眉头，犹疑地看着楚河说：“这不像是从水管子里发出的，倒像是一条小溪！”

“一条小溪？”

云落直起身子，在卫生间里转了一圈，突然指着上方说：“我刚才又用步子量了一下，如果密室的上方，就是锅炉房的话，那这个卫生间的位置应该在锅炉房的北端，也就是老宅子后面的山坡里。”

“你这话什么意思？”

“锅炉房就已经建在山脚了，这个位置应该延伸到山下面了吧？”

云落边说边向上面看了一下，仿佛她长了一双透视的眼睛：“这座山里的山石，是混合花岗岩，水平、垂直和斜交节理尤为发育，且组别和疏密程度多变，从而使岩体不断碎裂、崩解，形成了各种争奇斗异的石象分布。”

楚河越听越糊涂：“你想说什么？”

云落：“我怀疑这座大山里面，可能还藏有裂谷。”

“你可真神！对这座山也做过专门的研究？”楚河迷惑地看着云落，不知为什么，他突然想起了轧在门上的那个婴儿的笑脸。

“那不得感谢测哥吗？那天测哥给我发微信，说他在山上发现了一个非常诡异的养鸡场。”

“你是怀疑养鸡场的下面有可能藏有秘密隧道？”

云落答道：“如果测哥的直觉是准的，那么养鸡场的下面，就不仅仅藏有隧道了，还有可能隐藏着一个地下的制毒工厂，就像这间小密室似的。”

楚河一拍脑袋：“因为下面还有秘密的裂谷，所以用于制毒的污水就自然不用向外面流淌了。我爸爸一定是因为发现了这个秘密，才遭到毒手的！”

云落的眼神突然迷蒙了：“你的意思是说：你的爸爸在无意之中也听到了这样的流水声？就像你这样？”

“接下来，我爸爸会怎么做呢？”

“你说，当初在战争年代，为什么很多人，都要在自家的地下挖秘道？”云落突然说了一句很突兀的话。

“当然是为了逃跑方便了！可现在并不是战争年代呀？”

“要是这个人看战争片看多了呢？”

“你的意思，爸爸会循着水声再挖一条通向外面的秘密通道？”

云落突然弯腰，从工具箱里拿出了一把锤子。

楚河立即明白了云落的意思，几步就走到了墙边，像爷爷似的，伸手就在墙上拍了起来，可他拍遍了卫生间里的整面墙，声音却一点儿变化都没有。

云落推开楚河，用小锤子轻轻地在墙上再度敲打了起来，可锤子敲出的声音，尽管与楚河拍出来的有所不同，但两者也只是敲打的区别——这种区别，真的与墙壁无关。

与密室里的墙壁一样的是，卫生间的这面墙壁也通体粘贴了墙壁砖，只不过这里的墙壁砖是湖蓝色的，里面还带有螺旋状的花纹。云落敲了几下之后，就不再敲了，眼光也从墙壁的上面，移到了大浴缸的边缘。

云落的眼光像是提醒了楚河什么似的，楚河立即碰了碰浴缸，才发现这个大浴缸竟然是可以活动的。两个人立即合力搬开了大浴缸，发现浴缸的后面立着一块残缺的大理石板，楚河没费半点力气，就挪开了那个大理石板，一个外形粗糙的洞口赫然出现在两个人的面前。

与此同时，一缕强烈的阴风吹进了卫生间。

云落立即拿过手电筒，向暗洞里照了一下，和粗糙的洞口一样，里面的洞壁也显得粗糙无比，一看就知是临时凿开的。并且越往里面照，洞口越显得狭窄，人若是想进去，只能顺着洞口往里爬，最窄的地方，只能容一个很瘦的人爬过去。

云落解开裤带，把衬衫的下摆塞进了牛仔裤里，又从挂在右侧皮带的枪套里抽出了手枪，把子弹上膛后，又麻利地把手枪放回去。想了想，又从工具箱里拿出了一把刀子，插进了左侧的皮带里。

就在云落弯下腰，准备拎着工具箱往洞里钻的时候，楚河突然一把推开了云落，接着他就学着云落的样子把上衣掖到了裤子中，抽出了自己的手枪也上了膛，又一把夺过了云落手里的手电筒，这才一弯腰，泥鳅一般就向洞里爬过去了。

开始爬行的时候，因为周围基本是土壤，所以身体伏在上面还能够忍受。等再往前爬时，洞壁就开始显得四棱八翘了起来。楚河用手电向四处照了照，发现这时的秘洞，已经不再是人工可能挖掘的秘洞了，它其实就是石头与石头之间的天然裂缝，并且越是往前爬，前边就越开阔，最开阔的所在，楚河甚至都能坐起来了。

楚河又用手电向周围的石壁扫了一圈儿，发现头上有一处裂痕，一直顺着那笔直的石缝向斜上方延伸了过去，足足延伸了两丈多远。有的石面甚至青苔染壁，远远望去绿茸茸的。在另一处较宽的石缝里，楚河甚至发现了几株弯弯曲曲的藤根，一路盘旋而来，又疾速蜿蜒而去，乍一看，还以为是蛇。

就在楚河惊异之时，云落已经一路匍匐着爬到了他的身边，楚河回头看了她一眼，她也看了楚河一眼，但两个人什么话都没有说，继续沿着大裂缝匍匐前进了。

拐了一个弯，一股清凉凉的风不知从何处吹过来，两个人不约而同地吸气一口，接着就都笑了。

楚河拍了拍身边的石壁，突然感慨地说："我的爸爸还真的是一个人物！可惜呀……"楚河突然停住了。

云落再次深吸一口气："真没想到，这座山里还有如此奇妙的地质景观，有风吹来，就可以证明：这道裂谷还真的是通着天的！"

"如果心里没有压着爸爸的事，那么咱们俩此时的历程，该是多么奇妙？我最喜欢的，其实就是这种没有人工雕琢的原始地貌。"

云落拿过手电，再次向远处照了照："这要是真能看到一线天，甚至看到一点儿阳光，就更刺激了。"

楚河赞同道："有阳光的地方，自然就会有雨露，有花草，那样的所在岂不是人间仙境？"

"猎奇谷中，天光幽暗，谷兰飘香……不是仙境又是什么？"云落也抒起情来。

就像是责备两个人似的，一阵哗啦啦的流水声突然响起来，突兀的声音让二人全都吓了一跳。二人立即循着水声望过去，发现那水流就是从他们的下方一处裂缝里流过去的。云落小心地向裂缝里伸了伸手，然后放到鼻下闻了闻，立即小声说："这股水就是从制毒窝点里流出来的。"

楚河不相信地问："你真的能确定？"

云落一笑："你忘了我的那个难听的外号了吗？"

"你是说狗鼻子？"

"不是所有的人都能配得上这样的外号的。"

楚河一笑："你那天不是说那只是一个玩笑吗？"

云落晃了晃头："绰号是啥呀？绰号就是一个玩笑。不过与别人相比，我的鼻子的确灵敏一些，有一次，我们在一个毒贩家搜查时，刑警们搜翻了天，也没有搜到一克毒品，庄队就把我叫了过去，我凭着鼻子一闻，你猜咋样？"

"找到毒品了？"

"毒品倒是没找到，但是我闻到了一股钱的味道，顺着那气味找去，我竟然在他们家的柜子下面发现了一麻袋的钱。"

当楚河和云落拿着从秘洞里提取的含有浓重的甲基苯丙胺成分的水样，双双走到庄重的办公桌前之时，发现杨测、冷天龙都坐在沙发上。

看到他们俩，庄重显得很高兴地说："怎么这么巧？说不来，一个都不来，说来，全都到了！"

冷天龙也笑着说道："是不是好消息都赶到一起了？"

杨测冲庄重讨好地说："或者庄队有什么超能力？向大家发送了他的什么心理电波？我和天龙也才刚刚进屋。"

楚河期待地看着他们："这么说，你们那里也有好消息了？"

冷天龙说："不是我，是测哥，他说他截获了吴柳和他大儿子的一次非常重要的通话，我这不是因为有特异功能嘛！测哥才请我来鉴别一下声音。"冷天龙边说边耸了两下自己会动的耳朵。

庄重看了看大家："你们谁先说？"

杨测把手机打开："还是我先来吧！"

杨测说着，打开了手机的扬声器。

随着一阵沙沙声，里面传来吴柳和他大儿子吴永乐通电话的声音。

吴柳："乐乐，你在听吗？"

吴永乐："有话抓紧说，我时间很紧的！"

吴柳："乐乐，你就听我一句吧！手头再紧，这一单也不要做了。现在的风声实在太紧了。"

吴永乐："你可得了吧！还不做？再不做，大家就都得去喝西北风了！爸，你就不要杞人忧天了好不好？啥时候风声不紧？干这种事就得冒险。上次要不是听了你的，我们能放弃那么好的机会吗？要是那样，夏子也就不能暴露了吧？要是大家都像你这么谨小慎微，这个买卖就谁都不要干了。"

吴柳："乐乐，你就听爸爸一句吧！即使干，你也不能再和夏子干了，她胆子太大，人也张狂，这样下去，即使她不出事，咱们也要出事的。"

吴永乐："你现在说这种话，有意思吗？当初把我往这个道上引的时候，你怎么不这么说？"

吴柳："乐乐，我知道你怨我，但事情都发生了，你再怨我又有啥用呢？好在现在你还可以悬崖勒马，你就听爸一句劝吧！"

吴永乐："可我现在除了做这个，还真就什么都做不了了。"

吴柳哭叽叽地说："博博不听话，你也不听话，你们……让我怎么说你们才好呢？"

吴永乐："博博又怎么了？"

吴柳："你说他干啥不好，非要干什么直播，整天把自己置于众目睽睽之下，这不是明摆着没事找事吗？再有，他要是脑子灵光些还行，可他偏偏长了一个猪脑子。连夏子利用他，他都不晓得。”

吴永乐：“夏子怎么利用他了？”

吴柳：“夏子经常利用博博的直播间，向她的下线传递消息，可一直到现在，博博还不知道呢。更可气的是，我的话博博他一句都听不进去，你们哥俩怎么全都变得这个样子了呢？”

吴永乐：“行啦，博博的事你就不用管了，撂了吧！”

电话挂断了。

杨测关了手机。

庄重看了冷天龙一眼：“说说吧，你这个长着‘第三只耳朵’的。”

楚河接过话茬儿：“其实，用不着他的特异功能，大家也应该都听出来了吧？这个乐乐不就是‘那个谁’吗？我猜他们嘴里的夏子，也一定就是半夏。你们认为呢？”

大家全都点头。

冷天龙说：“乐乐是‘那个谁’，夏子是半夏，应该没有什么异议了！只是没想到那个解怪小屋里的二少爷，原来就是吴柳的小儿子吴永博。”

云落也点了点头：“这的确是一个好的消息，把以前断了的线索，全都连上了。”

可庄重的脸上依然忧虑重重：“连上了又能怎么样？不过又是一段录音而已。关于私自录音，曾经有过特别规定：未经对方当事人同意私自录音取得的资料不能作为证据使用。像这种私自的录音，不能作为认定案件事实的根据，尤其是这种录有他人隐私或靠窃听取得的录音资料。”

庄重的一番话，说得杨测和冷天龙全都垂下了脑袋。

庄重突然期待地看了看云落和楚河：“你们俩呢？你们给我们带来的不会也是录音资料吧？”

云落这才从兜子里拿出一瓶浑浊的水，放到了庄重的桌子上。

庄重拿起水瓶看了看：“这是什么？”

云落说：“这是从位于千紫庄园老宅子的地底下的秘洞里提取的含有

浓重的甲基苯丙胺成分的水样。”

庄重一惊：“千紫庄园老宅子地底下的秘洞？”

楚河说：“这个秘洞是我爸爸生前偷偷地挖掘的，从秘洞的方位判断，这股水正是从山坡上的养鸡场那里流过来的，就是那天测哥所说的养鸡场。”

庄重质疑地看了云落一眼：“你已经用你的狗鼻子确定了？”

云落一笑：“我不仅动用我的狗鼻子，还特意找人化验了。”

庄重拧开瓶盖，闻了闻，突然瞪了大家一眼：“证据都有了，那你们还都傻坐在这里等什么呀？快去通知大家，准备收网啊！”

于是，一场收网之战就这样静悄悄地打响了。

当天夜晚，刑侦支队就兵分三路秘密行动起来。一路由冷天龙带队，从外围包抄养鸡场；一路由杨测带队，从千紫庄园的地下秘道潜入制毒车间；第三路由云落带队，直奔吴柳的老巢。

杨测等侦查员在楚河的引领下，顺着形状怪异、时宽时窄的裂谷，一路循水而上，还没等大家进入那个足有三间屋子大的地下制毒工厂，强烈的刺鼻气味就已经让大家感到双眼刺痛、呼吸不畅了。

当时，在这个深埋在地下的制毒工厂里，共有三名“工人”正在连夜赶制毒品，昏暗的光线下，一桶桶固液混合型冰毒正在结晶。当侦查员们从“下水道口”无声地爬出，猛然出现在三名“工人”面前时，“工人”们全都被这些从地底下冒出来的“地兵地将”给吓傻了！

杨测走到一个双手被反铐、长得白白净净的男子身边。看着他的眼睛说：“哎哟！这位不是解怪小屋的二少爷吗？您这位网络主播不在主播室里给人家解梦，怎么跑到这个地洞里来了？”

二少爷看了杨测一眼，他的样子显得亢奋。

杨测看了看他的眼睛一笑：“看你的样子，嗑了不少药啊？”

二少爷神情夸张地横了杨测一眼，一副无所畏惧的样子。

杨测瞪了他一眼：“你别用这种眼光看我好不好？若不是看在小时候经常哄你玩儿的分上，谁愿意在这种地方搭理你？”

二少爷这才认真地看向杨测："你……认识我？"

杨测说："你不是吴柳叔叔的小儿子吴永博吗？你小时候，不是在药厂的幼儿园里长大的吗？那时候我经常带你出去买冰棍吃，你一点儿都不记得了吗？"

二少爷猛地一拍脑袋："你叫杨测吧？你这么一说，我就想起你来了，我爸爸经常提起你！测叔，不对，测哥！既然我们是好朋友了，那你一定得救救我呀！不瞒你说，我今天可是第一次下洞来的，我是真的不愿意下来，可我哥哥非逼着我下来！"

杨测立即拉起吴永博："走，我们到别处说去。"

杨测向楚河使了一个眼色，楚河便随着杨测走到另一个地下室。接着，那个堆满杂物的地下室，就变成了临时审讯室，在有着"审问专家"之称的杨测亲自审问下，吴永博不仅交代了他所知道的一切，连他并不知道的"猜测"，也说了很多很多。

事后，楚河总结杨测的审讯策略，发现他所运用的，其实就是诱敌深入，步步为营。

杨测："博博，和你说句老实话，现在这种情况，别说我救不了你，任何人都救不了你。我们的政策，你也是知道的。"

二少爷："我知道，知道，那就是坦白从宽，抗拒从严。"

杨测："知道就好！你好好配合我们，把你所知道的全都说出来，你才能戴罪立功，才可以减轻处罚。博博，你是个聪明人，你今天能遇到我，也算你好运气。你要是想立功，就抓紧交代！要是等到别人把什么都说出来了，那就什么好事都轮不到你了。"

二少爷："我知道，测哥，你让我说什么吧？我一定配合你！"

杨测这才打开了执法记录仪："那你和我说说，你们这个制毒车间，到底有多少人？谁负责？平时怎么生产？"

二少爷："我今天真的是第一次下洞，到底有多少人，我是真的不知道，我哥也不让我知道。我就知道这个养鸡场的负责人是我哥哥吴永乐。平时这里轻易不生产的，只有在接到订单以后，才会没日没夜地

‘赶活儿’。”

杨测：“你哥哥平时在别人交易时，有没有什么老规矩？”

二少爷：“老规矩当然有，但那得分人。不同的人有不同的老规矩。”

杨测：“你哥哥吴永乐与半夏之间的老规矩，你知道吗？”

二少爷：“你是说夏子吗？这你倒是问对了人了！我也是刚刚听洞里的人说起，这里的这些活儿，只要紧紧手，完全可以提前干完的，可他们偏偏磨洋工。我一开始还怪他们偷懒儿呢，直到他们告诉我说，每次交易，都要按老规矩生产的，早一天晚一天都不行。”

杨测：“你说得具体些，到底是什么老规矩？”

二少爷：“我哥和夏子的老规矩，就是看订单有多少，比如订单是 10 公斤，交易的时间就要延迟到十天之后。”

杨测：“你们这次要生产的多少公斤？”

吴永博立刻眼神锃亮地回答：“这个我并不知道，但从我们生产的量上看，应该不能小于这个数目吧？”吴永博说着，就用手指做了一个七的手势。

杨测低下头，不说话了。

二少爷吴永博急切地加了一句：“对了，我哥哥说，他明天就要来拿货，他正连夜从南方往回赶呢，估计现在已经上飞机了。”

杨测和楚河交换了一下眼色，楚河立即用眼睛向杨测“说”道：如果按 7 公斤算，交易的时间就应该是后天早晨六点！

杨测也马上用眼睛回答：得马上向庄队汇报，作战方案也得立即调整。

杨测“说”完，就一边快速向旁边房间走去，一边拿起手机打电话。

三分钟以后，埋伏在养鸡场外的冷天龙就接到了指令：立即带领一部分刑警前往馋眠客栈，继续实施原来的那个始终未能实施的抓捕计划。

有一个成语叫“迎刃而解”，若说起刑警们在馋眠客栈抓捕吴永乐和那个取皮箱的人的经过，那可是比劈竹子还显得顺利呢！令楚河万万没有想到的是：被半夏派去取皮箱的人，竟然就是那个经常被半夏骂得狗屎都不如、“连名字都叫得让人膈应”的她母亲的“小男”——肖栓。

毒贩落网的当天下午，《瑶城日报》的网络版就率先报道了这样一则消息：瑶城公安局打掉一个特大制毒贩毒犯罪团伙。全文如下：

> 日前，瑶城公安局成功破获了一起特大制毒、贩毒案，共抓获犯罪嫌疑人9名，捣毁地下制毒工厂1个。现场缴获成品冰毒7公斤，各类制毒原料1.1吨以及大量制毒工具。经初步核查，这是瑶城市有史以来破获的规模最大的制毒贩毒案件，其原料之多、数量之大让人触目惊心。
>
> 经审讯，犯罪嫌疑人对制造、运输、贩卖毒品的犯罪事实供认不讳。

这篇一百多个字的报道，不知道出自谁之手。楚河只扫了一眼，就不再看了。正所谓“罄南山之竹，书罪未穷；决东海之波，流恶难尽”。别说仅仅一百多个字了，即使后面再加上五个零，这一犯罪团伙的罪行也难以尽数。

以半夏为例，即使不去写半夏贩毒的经历，仅仅讲述她当初是如何走上贩毒之路的，就足足可以写出一部令人动容的长篇小说了。更何况由这个犯罪团伙，刑警们还深挖出了两起陈年命案！一起就是原瑶城市刑警大队大队长于二十六年前被毒贩杀害后，又被栽赃陷害、沉冤至今的“程万峰叛国案”；另一起就是原瑶城市公安局局长楚汉的儿子于二十六年前莫名失踪，直到这一犯罪团伙覆灭，才在地下工厂的下面挖出了尸骨和车辆残骸的“楚天卿失踪案”。

是的，现实生活永远比艺术作品更精彩。

在落网的九个嫌疑人之中，半夏是最后一个落网的大毒枭。讲起半夏落网的过程，还颇具表演意味呢！

就在肖栓落网的那天上午，足足睡到了十点多钟才懒懒地起床的半夏，正坐在梳妆镜前“当窗理云鬓，对镜帖花黄”呢，身穿警服的云落和楚河就强行闯进了她的“闺房”。和他们“无礼”的行径不太一样的，是表现在他们脸上的那温文尔雅、彬彬有礼的态度。

只见云落脚步轻盈地走到半夏的身边，声音柔和地说：“半夏女士，我们此番前来，是代表我们瑶城市公安局刑侦支队，邀请您去参加我们支队即将举办的一次庆功仪式的！”

“庆功仪式？庆什么功？”

“我们捣毁了一个制毒贩毒的犯罪团伙，今天中午，缉毒民警要押解犯罪嫌疑人凯旋，所以，刑侦支队要特别为他们举行一个欢迎仪式。”

“你们庆功，关我屁事？我要是不去呢？”半夏突然撂下了脸子，傲慢地扬了扬头。

“这个就不容你了！今天这个仪式，你去也得去，不去也得去！”云落也学着半夏的样子，扬了扬头。

“你们这是要传唤我吗？传唤当事人是不是应该给个理由啊？最低起码，得需要一个传唤证吧？”

“这个很容易的！”云落说着，果然拿出了一个传唤证，向她亮了亮。

“我还是那句话：如果找不到证据，你们即使拿出一百张传唤证，也是毫无用处的！”半夏漂亮的脸蛋儿，突然神经质地抽动了一下。

“找证据是我们的事情，去不去就是你的事情了！”云落向前一步，如水的双眸突然变成了两道冰凌，微微闪着寒光。

半夏突然优雅地一笑：“不就是再和你们走一趟吗？这种事我经历得多了，哪怕再走上十趟我都无所谓啦！反正闲着也是闲着，就当去看一场大戏好啦！”半夏倒是想得开。

三个人一起走出别墅，半夏走在中间，楚河和云落一边一个。当半夏一抬眼，突然看到楚河的那辆越野车时，她的眼神微微定了定，敏感的云落，立即捕捉到了这一稍纵即逝的微妙眼神。

坐进楚河这辆半新不旧的越野车，半夏的眼神再没有乱过，她始终都保持着那种优雅的姿态，瞧那神情，就像真的要去看戏一样。直到越野车顺着一条小路，猛然拐进瑶城市公安局大楼前的那个高高台阶下方的小广场中，半夏的眼神才再次微微地定了一下。

在一条写有“热烈欢迎缉毒民警凯旋”的大红标语下面，只见许多身着警服的民警排成两列横队，站在前面的全都是手持鲜花、飒爽英姿的年轻女警。而微笑地站在她们旁边的，是同样警容严整、精神抖擞的庄重和其他几位公安局领导成员。

见楚河的越野车慢慢地驶了过来，庄重立即担心地朝车里看了一眼，当他的目光与车内半夏的目光无声地对上后，庄重便立即朝她亲切地笑了，和蔼地冲她点了点头。此时，在旁观者的眼里，这位坐在车里的半夏女士，俨然就是庄重的一位久别重逢的老朋友。

还没等楚河的越野车停稳呢，一辆银灰色的面包车突然疾速而来，嘎的一声停在了越野车的前面。那辆面包车虽然也是半新不旧的，但它带给人的第一感觉，却是那样的与众不同。因为车体上不仅印着一个明黄色的摄像机的卡通图标，车身的前半部分，还赫然印着五个黑色的大字：新闻采访车。

采访车还未等停稳，几位在当地都颇有名气的记者，便扛着长短不一的摄影器材从车上下来了，其中尤为显眼的，就是那位身穿一件多兜儿的红马夹、曾经被楚河误会过的身材挺拔秀颀的摄影师。他们一下车，就忙着找位置、调机器、支三脚架，全都忙得不亦乐乎。

“哟，你们的仪式倒是挺隆重的，连记者都来了！”半夏突然阴阳怪气地说。

“这刚哪儿到哪儿呀？真正隆重的还在后面呢！”云落面色如冰。

楚河看了一眼半夏的表情，又偷偷地在后视镜里，扫了一眼云落的面容，不知道为什么，他突然想到了一句老话：面带猪相，心头嘹亮。

“怎么？连车都不用下吗？坐在车里看多没意思呀！”半夏试着开了一下车门，可那车门早就锁住了，没有丝毫反应。

“哟，您的心理素质不是一直很好吗？我们还没着急，您怎么倒急上了？”云落也学起半夏的口吻说。

云落的话音刚落，远处就响起了一片急促的警笛声。车上人立即循声望去，他们先看见两辆蒙着灰尘的警车飞快地驶进了公安局大楼前，这两辆车刚刚停稳，又有一队警车快而有序地疾驶而来，在四四方方的小广场上，八辆警车就这么警灯闪烁着一字排开，就像一条流光溢彩的长龙，瞧那阵势，实在是威武极了。楚河和云落仅仅向那些警车扫了一眼，就全都热泪盈眶了。

在记者们的摄影机、闪光灯的映照下，八辆警车的车门同时打开，每一辆警车里，都押解出一名嫌疑人，每一位嫌疑人的身边，都站着两位威风凛凛的刑警。

欢迎的队伍里立即响起了热烈的掌声，手持鲜花的女警们跑上前去，向凯旋的刑警们送上了鲜花。庄重等领导也走上前去，与冷天龙、杨测等民警一一握手。

一位民警把一个偌大的皮箱打开，拿去上面的衣物，一堆装在透明塑料袋里的白色晶体便呈现在眼前，对着摄影机，民警拿过电子秤，当场称了一下那些冰毒的重量，不多不少，正好7公斤。

另几位民警也把从制毒窝点缴获的各种“战利品”拿过来，一样一样地摆在了一块空地上。

楚河回头看了半夏一眼，发现此时的半夏，再也不是那个优雅从容的半夏了，此时的她不仅瑟瑟发抖，脸色也惨白如纸。

直到冷天龙们押着嫌疑人走进楼去了，庄重才冲记者们挥了挥手说：“我们还有一个压轴的重要人物呢！你们是不是还记得因为一张通缉令就变成网红的那个女人？”

一位记者立即发问：“你是说半夏吧？她不是让你们释放了吗？”

又一位记者说：“她在哪里？不会也在这里吧？”

庄重一挥手：“和我走！”

庄重说着就迈开大步，向越野车这边走了过来。

嗅觉灵敏的记者们，立即举着“长枪短炮”，一窝蜂似的跟随庄重走了过来。

就在庄重一行人浩浩荡荡地向这边走来之时，只听嗒的一声轻响，还没等半夏反应过来呢，一只手铐已经扣到了她的手腕上，而手铐的另一只，不知什么时候早就扣在云落的手腕上了。

直到步履庄重的庄重终于走到车前，云落才打开车门，强行把半夏推出了越野车，因为半夏两腿发抖，站立不稳，楚河和云落只好一边一个，架着半夏站在了那里。

庄重轻蔑地瞟了一眼半瘫半站、面白如纸的半夏，突然一躬身，微笑着说："半夏女士，当着各位记者的面儿，我倒是非常想听听您此时此刻的感受。"

可此时的半夏，除了难受，哪还有什么感受了？

庄重回头对记者说："因为涉嫌袭警和其他的一些嫌疑，上个月，我们把这位网络红人夏女士给抓了。可没想到面对我们的刑警，这位网络红人竟然公然挑衅我们说：'广南省、福海省、浙水省的刑警你们说厉害不？连他们也都弄不了我！更别提你们小小的瑶城刑警了！'半夏女士，我说的并不夸张吧？您那天不就是这么说的吗？"

早就围过来的群众，全都七嘴八舌地议论起来。

"她真的是那个上了通缉令的网红吗？她和照片长得太不一样了！"

"她真的敢这么说？这不是公然挑衅警察吗？这个女的胆子也太大了！"

"嚣张！这也太嚣张了吧！连贩毒分子都这么嚣张，这种气焰要是不压下去还了得？"

庄重侧过脸来，既对着半夏，又对着镜头："亚里士多德曾说过：世间重大的罪恶，往往不是起因于饥寒，而是产生于放肆。半夏女士，你那天的举动的确是太放肆了！放肆到了连我这个从不轻易生气的人，都忍无可忍了！你的助手肖栓已经把你的事全都交代了，现在人证物证俱在，您还有什么话要说吗？"

半夏眼睛一翻，瘫倒在了云落的怀里。

庄重："别这样啊！半夏女士，您忘了我们的那个美丽的约定了吗？我不是答应您要专门为您制作一个专题片吗？"

庄重冲楚河和云落摆了摆手，便转身大踏步地向公安局大楼里走去。记者们意犹未尽，马上跟着庄重呼啦啦地向前走去，边走边向庄重争先恐后地发问。只有那个身穿红马夹的帅气男子，一边跟着庄重向前走，一边又有些不舍地回头看了云落好几眼。

“庄队长，您能不能再详细介绍一下半夏的情况？”

“庄队长，我们想对您做一个独家采访……”

“你们想要做独家采访，最好去采访我们基层的办案民警！比如冷天龙、杨测、云落、楚河，他们全都是好样的！我也相信，如果他们肯接受采访，一定会比我介绍得更细致、更精彩。”随着庄重越走越远，他的声音也越来越小。

记者们不再关注半夏了，反倒让楚河和云落省了很多麻烦事。他们把半夏再次押进了越野车后，就分开了围观的群众，把车开到了公安局大楼的东侧，直接把半夏带进了一楼的审讯室。

在那个四面墙壁全都贴着蓝色海绵的审讯室里，还没等云落和楚河按照法律程序询问呢，半夏已经神情优雅地直起脊背，端坐在那里了，脸上也再次现出了那种不可一世的表情。

“你们想问啥，就问吧！反正我是要死的人了！正所谓人之将死，其言也善！”半夏拂了拂并不凌乱的长发，放肆地晃了晃头。

“您……您刚才的紧张是装出来的？”楚河惊讶地问。

“不装怎么办？那些狗记者，比苍蝇还要烦人呢！你们的庄队说的话更是膈应人！什么‘罪恶产生于放肆’，如果不是被他们那些人逼的，谁愿意过这种不是人的日子？哼，还要给我制作什么专题片，我闲的呀！哪有那个闲心配合他？”

楚河和云落相互看了一眼，两双细长的眼睛全都睁大了。

半夏的眼圈突然红了：“这么和你们说吧，我被你们抓来，不敢说比窦娥还冤吧，但我真的比窦娥还苦！”

“我倒非常想听听，你到底怎么比窦娥苦了？是因为带毒品带得很累很辛苦吗？”云落一边麻利地把手提电脑打开，一边讥讽地说。

半夏突然放肆地一笑："小丫头，别以为你穿了这么一身警服，就真的成了什么正义之神了！你不仅救不了这个世界，连你自己都救不了呢！和姐相比，你可是嫩得很呢！这么说吧，若是把我所遇到的事情全都说出来，保准你们连听都没有听过！不过，说还是不说，得看本女士有没有那个心情了。反正无论咋说，我都死定了！有一件事，我倒是非常奇怪，你们究竟是咋发现的？"

楚河和云落全都保持着原有的姿态看着她，全都不说话。

半夏突然慵懒地往铁椅子上一靠："唉！反正我也累了，也应该去阎王爷那里歇歇去了。"

楚河想了想，便拿过一瓶矿泉水，放到了半夏的面前。因半夏的手戴着手铐，怕她开瓶盖不方便，他又帮她打开了瓶盖。

半夏瞟了楚河一眼，微微一笑，便拿起水瓶喝了起来，一气儿就喝了大半瓶。喝完了，半夏便玩儿似的用手嘎嘎地捏着那瓶子，还是什么话都不说。

楚河小心地问："对了，您早晨起来得晚，还没有吃饭吧？您想吃点什么？我派人给您买去！"

半夏叹了一口气："你就不要拿我逗乐子了！人活到我这个份儿上，真的还敢点菜吗？你们方便给点什么，我就吃点什么好了！"

楚河对着摄像头："请拿一份盒饭来！"

很快，一位刑警把两盒热乎乎的盒饭送了进来，其中一盒是米饭，另一盒装了几样色泽诱人的炒菜。半夏看了那些菜，果然有了食欲，便一小口一小口地吃了起来。

楚河清了清嗓子，看着半夏窘迫地说："不怕您笑话我，我其实是刚刚考上警察的，我坐在这里审讯您，还是平生第一次呢！"

半夏突然看着楚河："你不仅长得好，人还这么实诚，也会疼人，我要是生在豪门……或者我哪怕生在寒门，而不是现在这种状况，我肯定不要命地追求你，要是真的能把你这样的人追到手，这一辈子都不白活了。"

半夏的话，让楚河顿时发窘。

半夏突然神经质地笑了：“咯咯咯……你害羞的样子更好看！行啦，我原来还以为这个世界上根本就没有令我心动的好男人呢！造化真的很能捉弄人，偏偏在我要死的时候遇到了。好了！看在你能在我要死之前，让我怦然心动的分上，我就把我所能想起来的，全都讲给你听吧！”

就这么一边吃，半夏一边闲聊般地讲述起自己的往事来。

正所谓人之初，性本善，半夏在很小的时候，一直都是一个朝气蓬勃、渴望上进的好女孩儿，如果没有那起突发的变故，半夏的未来真的不可估量。

那起变故就发生在半夏放学的一个傍晚。那天傍晚，半夏身着一条小红裙，独自从一条狭窄的小巷里蹦蹦跳跳地跑过来，正巧患有恋童癖的时任瑶城市药监局局长的鲍一安也从小巷里经过。鲍一安无意间一回头，就看到了半夏。那一天，半夏刚刚过完八周岁的生日。

从此，半夏的全家就在混沌不觉之中，共同掉进了一个由鲍一安亲手设计的暗无天日的陷阱里了。那段日子，老实本分的半夏的父亲，因为这突然“从天而降”的灾祸，每天都显得惶惶恐恐、战战兢兢的，就在他觉得“叫天天不应、叫地地不灵”之时，一个“明白人”突然出现在他的面前，给他指了一条明路。

这个“明白人”就是制药厂的保卫处处长吴柳。

在吴柳的点拨之下，半夏的父亲终于明白自己到底遇到什么事了。用吴柳的话说，摆在他面前的只有两条路：要么“父随女贵”，马上就从制药厂的临时工转正为正式工人；要么敬酒不吃吃罚酒，自己陷入“牢狱之灾”后，女儿照样“该遇到什么事，还会遇到什么事”。经过几天几夜的彻夜不眠，半夏的父亲终于选择了第一条路。

那天晚上，半夏的父亲不仅帮身体还未长成的半夏换上了新衣服，还平生第一次打了一辆出租车，把半夏送到了鲍一安的那幢装修得像个宫殿似的秘密巢穴。在那个四面墙都闪着彩光的殿堂里，头半夜半夏过得还算快乐，因为那个长得慈眉善目的鲍伯伯，不仅给半夏拿来许多

“连见都没有见过”的玩具和零食，还教她弹琴，哄她跳舞。但后半夜，半夏就过得相当痛苦甚至恐惧了……从此，年幼的半夏便成了鲍一安随叫随到的地下小情人。虽然表面上看，她的日子似乎并没有什么变化，每天照常上学放学，只是所穿的衣服、所用的物品，渐渐都变成了名牌。但原来那始终洋溢在她脸上的快乐笑容，父亲却再也看不到了。

就这样，半夏整整被鲍一安秘密玩弄了三年之久，直到鲍一安调到省城并且又有了新欢之后，半夏的这种生不如死的日子才算结束。

也许是因为内疚吧，半夏的父亲把她送给鲍一安未到半年的时间，就患了一种怪病，他整天都骨头发软，浑身无力，出来进去就像死人幌子一样，什么重活累活都干不了。虽然去了好多医院医治，也花了无数的钱，半夏的母亲为了给他治病，最后连房子都卖了，可两年之后，他还是一蹬腿就走了。虽然在他死的时候，鲍一安借吴柳之手，“颇为仗义”地为他举办了一场体面的葬礼，但半夏却深深地知道，这场葬礼不仅是为父亲举办的，也是为她半夏举办的。更准确地说，早在两年前，当花团锦簇的自已，突然被父亲领进了那个到处闪着奇光的“巢穴”开始，她就先于父亲死去了。

半夏这朵生机勃勃、含苞欲放的花儿，就这么过早地枯萎了。父亲去世以后，母亲便领着半夏回到了自己的娘家，在姥姥家没待上一周，娘俩就又出来租房子了。母亲为了养活半夏，不惜去给人当情人。后来这个人出车祸死了，为了养活自已及母亲，半夏从这时起，就在吴柳的亲自调教下，做起了贩毒的生意。没想到一个十几岁的女孩儿在列车上带毒，竟然会是那么的顺利。半夏仅仅跑了几趟火车板儿，就赚了好多好多的钱，不仅很快就给母亲买了一幢两室一厅的小楼房，家里的生活条件也如同雨后的春笋，直直地往上长了。

当然，刚刚出道就如此顺利，也为半夏日后的嚣张与放肆打下了基础。

>>> 始作俑者的因果报应

那盒饭，半夏吃了多长时间，她就说了多长时间，说到动情处，她甚至连饭都无法吃下去了，眼泪和鼻涕一起涌了出来，掉进饭盒里。楚河递给她几张纸巾，可她接过纸后，并不去擦眼泪，而是神经质地撕扯着，仿佛那纸巾就是当初害惨了她的那个大色魔。

楚河望着半夏面前的饭菜：“您的饭是不是凉了？我让人去给您热一下吧！”

半夏摇了摇头：“不用，你往里面帮我泡点热水就行。”

楚河向监控摄像头看了一眼，还没等楚河说话呢，一位刑警就拿着暖瓶走进来，往半夏的饭盒里倒上热水。

楚河像是很随意地问：“对了，半夏女士，我们刑警冷天龙被人袭击的事，是不是您做的啊？”

半夏摇了摇头：“这件事和我无关，事先我甚至都不知道，直到吴柳发消息给我，让我逃跑，我才知道一位刑警被袭击了。这件事全都是吴柳一手安排的，他大儿子吴永乐学过八极拳，做这种事一直很稳妥，没想到这一次却失手了。”

楚河质疑地看着半夏：“您的意思，包括伍秋月的交通事故案，也都是吴柳一手设计的？”

半夏无所谓地说：“不仅伍秋月呢！应该还有好几个女孩儿吧？像我这种遭遇的小女孩儿，被鲍一安玩儿了几次后，若是用得不合手或不听使唤的，最后就会被他弄死的。吴柳做这种事，做得相当老道，当初物色人选时，他也总是去选那些像我这样‘死了都没人找’的女孩子。本来伍秋月开始时用得很合手的，可后来让刑警给盯上了，吴柳就骗她去做了灰鲨的文身，我当时就知道她的死期不远了。”

云落突然插了一句：“在伍秋月这起事故里，你真的一点儿都没参与吗？专家已经鉴定过了，模仿伍秋月的声音向《十点夜话》节目打电话的人，就是你！”

半夏把空空的饭盒往前一推，手铐撞击着铁桌子，顿时咣啷啷一阵响。她把眼睛闭上，什么都不肯说了。

云落凌厉地看了半夏一眼说：“半夏女士，请你别再这么猖狂了好不好？庄队说得对极了！你的罪恶，就是缘于你的放肆！我当然也承认，年幼的你确实遭受了不该遭受的苦难，但这些苦难和你走向犯罪并不存在因果关系吧？在我们警察的眼睛里，罪恶是不值得被同情的，真正的强者会将所受的悲苦在自己这里终结，根本不会再传递出去。从古到今，有多少人因为苦难，反倒走上了成功的道路？……”

半夏无所谓地瞟了她一眼：“哟，想给我上课是吗？”

云落依然一身正气：“我的意思是说，不管是什么原因，都不能成为罪恶可以被原谅的理由，更不能因为罪恶有诱因，就宣扬‘犯罪非其之罪’。”

半夏反唇相讥：“那么请你告诉我，假使我真的虚心接受了你的教育，我就能活命了吗？除了生死，全是屁事，我看你呀，还是哪凉快就待在哪儿吧。”

云落微微一笑：“命没了，脸也就可以不要了吗？”

一句话，让半夏微微一愣。

楚河立即打岔：“其实刚才云落警官说的也对！您所遭受的苦难和您走向犯罪，并不存在因果关系，您完全可以选择另一条道路的，而且在另一条道路上，您可能会走得更好更顺。但事已至此，我这种话再说下去，也没有什么意义了！半夏女士，现在我只想以一位朋友的身份，求您一件事情。”

半夏突然微微一笑：“朋友？我和你真的有可能成为朋友？”

楚河说：“在我的心里，朋友这个名词，真的很大很纯的，早已超越了人的境遇和身份。”

半夏痛快地说：“行！楚警官，不管你今天是演戏也好，说真话也罢，我半夏看重的，就是你对我的这份尊重！哪怕我明知一切都是假的，只要我觉得高兴！那我也会帮你一把的！你还想听啥？问吧！”

楚河小心翼翼：“您听说过楚天卿的事吗？”尽管楚河字斟句酌，但他还是觉得自己的表述怪怪的。

半夏一笑：“我知道你一定会问到楚天卿的。我也知道你和这个楚天卿是个啥关系。作为千紫庄园老总、瑶城老公安局局长楚汉唯一的宝贝孙子，你为了监视我，甚至在我家的别墅旁边，特意租了一套别墅，要是这么说起来，你也够不容易的！”

一番话，顿时把楚河的脸说得发白，继而又泛红了。

“其实，你父亲这件事，你谁都不用去问，你们只管盯住一个人就行。”

“盯住一个人？他是谁？”

“这个人你可能认识，也可能不认识，但你爷爷一定认识，她叫马玉涵！”半夏微微扬起了头。

“马玉涵？”楚河一愣。

“你父亲楚天卿，当年就是马玉涵和她的丈夫齐一彬合谋弄死的！齐一彬现在哪里我不知道，但马玉涵肯定还在瑶城呢！”

在刑警的小食堂，只有楚河和云落两个人沉默不语地吃着饭。

云落担心地看了楚河一眼，终于打破了沉默：“楚河，你知道我们做刑警的，最忌讳的是什么吗？最忌讳的就是感情用事！”

楚河咽了一口饭，才说：“我并不是感情用事，我只是太了解马阿姨了！看一个人的心，不用看别的，只要看他的眼睛。这么多年，马阿姨无论什么时候看我，那双大大的眼睛总是坦荡荡的，闪着慈祥的光泽，有着她这种眼神儿的人，怎么可能是杀我父亲的凶手呢？不可能，我咋想咋觉得不可能。”

楚河又闷着头吃饭了，吃了两口，突然想起了什么，问云落："还有一点我始终想不明白，我在监视半夏的时候应该做到万无一失了！可我到底哪儿出错了呢？"

云落惊讶地瞪大了眼睛："刚才你在她面前不是在演戏吗？你……你竟然真是这么想的啊？"

楚河愣愣地看着云落："我哪会演什么戏？我是真觉得自己无能！不然怎么就让她给反侦查了呢？"

云落如水的面容，腾地着起了火："什么反侦查？你这个人的思维是不是有什么问题呀？怎么总是拧着来？应该相信的你不相信，不应该相信的你反倒深信不疑！"

楚河的脸上满是迷惑："你是说她所谓的反侦查是谎言？"

云落："她这种人，除了撒谎，还会做什么？楚河，你离一位标准的刑警，真是差得很远呢！"

楚河的脸涨得通红："是啊！所以我才觉得自己无能呢！"

云落狠狠地掐了楚河的脸蛋一下，顿时把楚河的脸掐成了猪肝色："我说楚大刑警，你不是经常吹嘘自己长了'第三只眼'吗？可你怎么连最起码的观察力都丧失了？是不是被半夏的美貌迷住了？你刚才不是说'看一个人的心，不用看别的，只要看他的眼睛'吗？在咱们刚刚把她带出别墅的时候，她一看到你的越野车，眼神就有了变化，这说明什么？这就说明她直到那个时候才认出你是她的邻居。什么反侦查？全都是狗屁！"

"可是她连我的祖宗三代都查清了！"

"这又有啥奇怪的？你楚河在瑶城，大小也算是个名人吧？更何况你还直接向她提起了你爸爸的名字。"

"你的意思是她今天所说的全都是假话？"

"作为一个没有罪恶感的人，撒谎当然是她的拿手绝活儿了。"

"连她小时候的事，也是假的吗？"

"那倒不一定，但真话说一半，往往是弥天大谎！现在有很多嫌疑人，都把家境贫穷或幼年受伤害当成犯罪的借口。事实上，比他们惨的人多了去了，如果这么说起来，大家都应该去犯罪了！说到底，她就是坏，坏到了骨子里。”云落突然放下饭碗，审视起楚河来，“你不会真的像你刚才所说的那样，已经把她当成朋友了吧？”

“我……我的确很同情她！”

云落腾地站起身：“我没听错吧？你竟然说同情她？你作为一名刑警，竟然会同情一个犯罪嫌疑人？楚河，你很危险啊！咱们警察与犯罪嫌疑人之间，就是白与黑、敌与我的关系，不是你死就是我活！这两者之间不存在任何暧昧的缓冲带！你要是真想当一名好刑警，就一定记住我的话，否则你会吃大亏的！”

楚河的脸由红变白：“照你这么说，连马阿姨夫妻合谋害死我父亲的事情，也没有必要查下去了？”

云落：“你又说错了！就凭庄队的性格，他有可能不派人去查吗？兴许咱们这边还未审完她呢，他就已经把人给派出去了！‘哪怕有一万种可能，咱们也要查一万零一次！’这可是他的名言！”

二人正说着，楚河的手机信息提示音嘀地响了。楚河打开手机看了一眼，嘴里说：“是马哓哓的。”

云落一笑：“我猜对了吧？庄队果然已经行动了！马哓哓怎么说？”

“她让我晚上去爷爷家！八点钟！”

“去你爷爷家？怎么？她这是想搬救兵吗？不行，我得立即向庄队汇报！”云落说着，就快速编辑了一条短信发了出去。

楚河看着云落发完了短信，突然深深地吸了一口气：“尽管我不相信马阿姨会杀害我的父亲！但如果事实真像半夏所说的那样，我肯定不会心软的！马哓哓把谁搬出来也不好使！我一定会追究到底的！”楚河向外面走去，可走了几步，又停下来了。

云落瞪着他：“你又怎么了？”

楚河绷着脸子说：“咱们俩这个搭档可是庄队直接指派的，你不会要中途退出吧？”

云落微微一笑："我怎么敢退出？我不想和你一起去，不过是想为你们这一对青梅竹马的童年玩伴，创造一次单独相处的机会！"

"都什么时候了？你还说这种话！"楚河瓮声瓮气地说。

两个人刚刚走过门卫室，门卫室的老张就叫住了楚河："小楚，这里有一封你的信！"老张一边说，一边审视地把一封装得鼓胀胀的信举起来看，"我这老眼昏花的，怎么看不到下面有地址呢？"

云落抢先把信接了过来："不会又是匿名信吧？"

云落看了一眼那信封，脸色就变了，立即把信交给了楚河。

楚河接过信封看了看，发现果然又是一封匿名信，和上次接到的那个匿名包裹一样，信封上的字迹也是打印的，下面也没有落款，唯一的区别，是在信封的显眼处，手写了两个醒目的大字：亲启。

楚河也像老张似的，把信封举了起来，透过灯光看了看里面，发现里面除了折叠在一起的厚厚的纸，并没有什么别的东西。

"果然又是一封匿名信！这就很有意思了，怎么不拆开看呀？用不用本人回避一下？"云落夸张地做出了一个转身要走的姿势。

楚河立即拽住了她，同时撕开了信封，抽出了里面那折叠的信纸。

信很长，整整写满了七八页，并且完全是手写的。

"现在能这样用笔写信的人，可实在是太稀缺了！仅凭这一点，你也该认真地看一看里面的内容！我去帮你把车开出来吧！"云落一把夺过了楚河的车钥匙，就快步离开了。

大厅里的灯光很亮，靠近窗子的一侧，放着一排椅子，墙角放着几盆花树，其中，一盆紫色的蟹爪兰开得正艳。楚河一边向椅子那边走去，一边翻了翻那些纸张，当他看到最后一页纸的下边那特殊的落款时，便立即明白是谁的来信了。

楚河慢慢地坐了下来，开始看信。

楚河，你好！

我相信你一看到这封信，就会立即知道我是谁了！是的，我就是上次给你邮寄录像带的人，也就是你“最亲爱”的虹姨。

其实，用不着看这封信，你就已经知道所有的一切了！上次你去我家找测儿的时候，我一看到你的眼神，就明白你什么都知道了！感谢你大人大量，没有把这件事公布于众！但你越是这么做，我就越觉得内疚，这也是我今天一定要给你写这封信的原因。

经历了这么多事情以后，我已经看淡了一切。现在，我每天除了吃斋念佛，已经别无所求了。今天，我之所以下决心给你写这封信，就是想彻底地斩断过去的一切。当然，我也知道，有一些事情，你无论多想断也是断不净的，但终有一天，一切都会变得干净起来的！“食尽鸟投林，落了片白茫茫大地真干净。”

我是一个坏女人，这也是我始终不敢找你当面谈的原因。因为我真的没有办法面对你清纯明澈的眼神！你和你妈妈唯一酷似的，就是你们的眼神，那种清纯明澈，真的无法用世俗的语言形容。我相信，无论多丑恶多狡诈的人，一旦面对你们这种眼神，都会变得狼狈不堪、无地自容的。

我对不起你的妈妈，对不起你的奶奶，更对不起你！这次给你写信，我并不敢乞求你的原谅，我只是想向你解释一下录像带的事情。楚河，你是一个善良诚实的好孩子。面对这样的你，哪怕尚存一点点人的良知，虹姨都不能再任自己沉默下去了！尽管重提这些往事，虹姨实在难以启齿。

我现在非常相信因果报应，因为你善良，所以你才会越来越好！就像因为我坏，我必须喝下自己酿的苦酒一样。不瞒你说，我已经患了绝症，余下的时间真的不多了！楚河，如果你恨我，那你从现在开始，就不用再恨了！因为老天已经在替你惩罚我了！我能有今天的下场，都是我罪有应得。

你母亲是个好人，也是我所有的朋友之中，最单纯、最善良，也最有才华的女子。我们毕业后不久，她就在火车上与你的父亲相识并相爱了，可你奶奶却坚决不同意你爸爸妈妈的婚事。你妈妈没有办法，便找到了我，让我帮她出个主意。当时的我，还不认识你的父亲，也就是说还没有那么坏。因为打听到你们楚家几代单传，而你的奶奶又非常在意传宗接代的事，所以我就帮你妈妈出了一个愚蠢的主意，我让她假装怀孕。为了把假戏做真，我还通过关系，从医院里帮她开出了一个怀孕的证明。

没想到，我的这个蠢主意竟然真的发挥了效用，当你奶奶听说你妈妈已经有了楚家的后代以后，不仅立即同意了你爸爸的婚事，还为他们补办了一场很隆重的婚礼。在举办婚礼前，是我陪着你妈妈去见她的婆婆的，也就是在那天，我平生第一次见到了你的父亲。我永远都忘不了我第一次见他时的情景，你的父亲实在太英俊、太有风度了！楚河，事到如今，我也不怕你笑话我了，我这一生唯一真正爱过的男人，就是你的父亲！

说句良心话，你的父母结婚以后，感情一开始真的很好。如果没有我从中插一脚，他们也许会一直好下去的，要是那样，也就不会发生以后的事情了！但接下来的问题就来了，你母亲为了圆谎，必须得往肚子里塞棉花了，可这个方法骗得了你的奶奶，却无法瞒得了你的父亲。为了不让你父亲发现她假怀孕的真相，她只好制造各种借口，想方设法与你的父亲分居。为了不让你父亲产生怀疑，她甚至还让我帮她导演过几场既幼稚又滑稽的大戏。你的母亲，实在是太单纯了，也许一直到死，她都不知道，恰恰因为这几场大戏，才让我与你的父亲有了亲密接触的机会，也正因为我的执着追求，你父亲才终于和我走到了一起。

我听测儿说，你们家的那个密室，已经被你们发现了，而在这之前，我是唯一与你的父亲共享过这个密室的人！即使你的母亲，也只是知道书柜后面有一个暗格子。在那个静美的飘着花香的密室里，我和你的父亲到底度过了怎样的良宵啊！那可是人世间最尽情最美丽最浪漫的良宵啊！也许，在你们看来，我所说的这种良宵充满了自私、放荡与邪恶，但我管不了那么多了，就凭那几个幸福的良宵，我就觉得自己已经活得值了！假如人生能重来一次，假如让我用整个一生来换取那几个良宵，我依然还会像以前那么义无反顾的，连犹豫都不会犹豫一下！

也许你单纯的母亲，终于感觉到了丈夫对她的冷淡了吧？有一天，她突然哭着找到了我，说她实在不能再继续表演下去了，让我一定再帮她想个万全之策。当时的我，因为非常妒忌你奶奶对你妈妈的好，便想了一个既能够离间她们婆媳关系，又能满足你妈妈需要的两全之策。那就是让你的妈妈把一切全都对你奶奶摊牌，我还嘱咐你的妈妈，一定要想办法激怒你的奶奶，最好能让你奶奶踢打她的肚子，到时我会躲在暗格子里，把整个过程全都帮她录制下来，然后交给你的爸爸看。

“目前，也只好用这个蠢办法了！这样我不仅有了流产的借口，天卿看了录像以后，也只能去怪罪我的婆婆，不会怪罪我啦。只是可怜了我的老婆婆，她要是知道我骗了她，不知道会气成啥样呢！”这就是你善良单纯的妈妈，听了我的“锦囊妙计”后，她不仅丝毫没有怀疑我，反而还担心会气坏自己的婆婆。

就在我献出妙计的第二天，你的妈妈就真的那么去做了。真是没有想到，你的傻妈妈竟然也具备表演的才华，她不仅成功地激怒了你的奶奶，还引导着她真的“恶狠狠地”踹了自己的肚子几脚。而事先就躲在柜子后面暗格子里的我，也及时精准地把你奶奶的所有“凶相”全都捕捉了下来，这就是那盘录像带的来历。

这件事一过，你的妈妈就在第一时间拿去了肚子上的棉花，并脚步轻盈地找到了我，向我索要录像带，说是要立即去找你的爸爸当面解释清楚。“我们俩分居得也太久了！我真的很想念他！从此以后，我就可以和他朝夕相处啦！”我永远都不会忘记洋溢在你妈妈脸上的兴奋的光泽。可单纯的她万万不会想到，当时的我，因为怕自己“帮凶”的身份暴露，早已经改变主意了。我不仅对你妈妈说：“非常抱歉，录像机突然出了故障，我没能帮你把当时的情景录制下来。”我还对你爸爸撒谎说：“我可是听说了一个小道消息：你的媳妇有外遇了！为了能和那个人终成眷属，她已经狠心做掉了肚子里的孩子！”在我的栽赃和怂恿下，你的爸爸果然听不进你妈妈的任何解释了，他不仅冲着你的妈妈大喊大叫，还郑重地提出，要和你妈妈离婚。

也许，上天在这个时候，就已经开始向我实施报复了吧，而你就是那个代表上天前来报复我的人！就在我暗自欢喜，正计划着怎么与测儿爸爸离婚，而与你的爸爸结婚的时候，一个意想不到的消息却突然传来了：你的妈妈，你的那个单纯得近乎到傻的妈妈，直到怀孕三个月了，才发现自己已经怀了孕。可经过了这场特殊的“战争”，不仅她们婆媳之间出现了严重的裂痕，她和你爸爸之间的感情，也达到了无法弥补的地步。为了证明自己的清白，你妈妈被逼无奈，还哭着找到了你的爷爷，特意跑到了省城，为你和你的爸爸做了DNA检测，一直到检测的结果出来后，这场风波才算暂时平息。

接着，就发生了那件晴天霹雳的祸事：你的爸爸竟然毫无预兆地就失踪了，活不见人，死不见尸。这件事在当时，震惊了整个瑶城。那段日子，在瑶城的大街小巷，随处都能看到你爷爷他们张贴的寻人启事。

你爸爸的突然消失，不仅对我的打击很大，对于你的妈妈，更是一种致命的伤害。也许在你出生之前，她就已经患了抑郁症了吧？也许那时的她，早就认清了我的真实嘴脸，只是一直不好意思责备我吧？再后来，我就听说她投河自杀了。

是的，我就是这样的一个坏女人。但我所做的最坏的一件事，就是在你即将高考的时候，把这盘录像带邮给了你。当时的我真的是鬼迷心窍了，整天算计的就是怎样做才能真正刺激到你。如果你要怨，就怨你太优秀、太有希望了！当时说起你，几乎所有的老师都认为你能稳稳地考上状元："国内的最高学府他如果想去，肯定都能去上！"而我的测儿与你相比，不仅微不足道，还笨拙无比。我在那个时候，还不懂佛法，正处于浅薄狂傲的巅峰，无论人前还是人后，我都是光鲜亮丽的头等人。那时的我，怎么能接受这样的事实呢？正当我一筹莫展的时候，有一天我无意间看到了那盒录像带，便立即有了新的鬼主意。为了实施这个计划，我甚至专程跑到了首都，把这盒录像带匿名邮给了你！

好了，压在心里多年的秘密，没想到这么容易就说出来了，作为一个坏得出了脓水的女人，此时此刻我坐在这个静谧的庭院里，竟然还有福气闻到了野菊花的芳香。我患病的事情，我家里的人全都不知道。所以我请求你，千万别把这件事告诉测儿，他是一个善良的好孩子，更是一名上进的好刑警。我这么坏的女人，竟然还生出这么优秀的好儿子，这是上天对我的特别恩赐！一想到这一点，我就万分知足。还有一件事情，我得向你声明，对于我这么多年的所作所为，我的测儿真的毫不知情，也许在他的心目中，我还算得上是一个好母亲吧。如果你还能够继续做到大人大量，就请你不要破坏了我在我儿子心目中的良好形象吧！作为一个不久于人世的人，就算我求你了！

此致

敬礼！

一个不敢面对你的罪人

看完了信，楚河也深深地吸了一口气，发现自己竟然也“很有福气地”闻到了蟹爪兰淡淡的花香。他默默地把信按原来印痕折叠了，又塞回信封里。沉思片刻，楚河便慢慢地走到了门卫室的窗边，向门卫老张要了一个打火机，接着，他就步履快捷地走进了卫生间，就着便盆，很快就把那封信一张一张地全烧毁了。

走出大门，夜幕已经遮下来了，覆盖住了一切。公安局楼外的装饰灯已经亮了，高高的台阶下边，只有他的那辆越野车的车灯与楼上的彩灯交相辉映。云落悄无声息地坐在黑黝黝的驾驶室里，正在耐心地等着他。见楚河上了车，云落什么话都没有说，轻轻一踩油门，那辆越野车就飞快地驶出了公安局的小广场。

等他们到达千紫庄园的时候，天已经黑透了。原来金碧辉煌的紫晶楼，此时显得黑黝黝的，只有几个窗口亮着灯。

楚河和云落刚刚走上二楼的回廊，尤千紫就从董事长办公室里迎了出来，楚河发现她的眼圈红红的，好像刚刚哭过似的。

“千紫姑姑你怎么了？”

“我父亲的骨灰，终于可以入土为安了！刚才我接到了市政府秘书打来的电话，他们说要把我父亲安葬在烈士陵园里。”尤千紫话一出口，眼泪又奔涌而出。

云落的眼圈也红了：“这么说，程爷爷马上就要和我爷爷住邻居了！”

尤千紫擦了一把泪：“是啊！为了这一天，我足足等了二十六年！实在太不容易了！”

楚河眼泪汪汪地说：“我测哥知道这个消息了吗？”

尤千紫一愣，脸便一红：“我除了接过他的几个短信息，到现在还没看到他的影儿呢！但我非常理解他的忙！”

楚河惊异地说：“这么说，你们俩还只是处于‘谈’恋爱的阶段啊？”一句话，就让尤千紫的脸红得发紫了。

那天，杨测特意找到了楚河，把自己收到尤千紫回信的大喜事在第一时间告诉了他。听了杨测的话，楚河一点儿都不觉奇怪，只是微笑着说：“这是早早晚晚的事情！”

杨测便惊异地问：“你怎么一点儿都不奇怪？是不相信吗？虽然我俩直到现在都没有时间见面呢，但她真的已经答应和我处了！”

“我早就知道会有这一天的！那天，我一看到你的眼神儿，就知道她跑不了了，早早晚晚都会成为我的测嫂的。”

“真的假的？你还有预测功能？”

“你信不信？我有‘第三只眼’！”楚河说。

杨测笑了：“信，大河说什么，测哥都信。”

听了楚河和尤千紫的对话，云落立即什么都明白了，马上笑着说：“千紫姑姑，你可真有眼光，测哥可是普天下最好的男人啊！还别说，你们真是天造地设的一对！”

尤千紫听了这话，脸更红了，不好意思地说：“我们两个除了那次见了一面，还没见过第二次呢！将来什么结果，就更是未知了。我比他可是大了很多呢！”

云落一笑：“你一定要充满信心！现在这个社会，很时兴姐弟恋呢！”

一番话，把尤千紫的脸说成了驼色。

一行人走进办公室，发现偌大的屋子里，只有楚汉一个人坐在办公桌前。见了楚河和云落，他只冲他们点了点头，什么话都没有说，显得很疲惫的样子。

楚河担心地问爷爷：“您怎么了？哪里不舒服吗？”

楚汉摇了摇头：“吃晚饭的时候，接到了马丫头的电话，她说一会儿她和她母亲要来看我，这都等了好半天了，怎么还没有来？这不，由马丫头，我又想起了过去的一些事情。唉！时光真的不禁混啊！”

楚河想了想，才字斟句酌地说：“有一个嫌疑人指控说，当年是马阿姨和齐一彬合谋害死了我爸爸，爷爷，您怎么看这件事？”

楚汉叹了一口气：“当年你爸爸失踪的时候，我已经对你马阿姨彻查过了，基本上排除了对她的怀疑。但这个齐一彬却不好说。今天下午，你们刑警的一个姓冷的中队长已经来过了，还带来了当年我们调查你马阿姨时的卷宗。他这次来找我，就是让我确认一下那个卷宗的，看看是否存在什么问题。”

楚河皱了皱眉头：“您发现什么问题了吗？”

楚汉摇了摇头：“当年查得那么细，都没查出啥问题，现在又能发现什么？唉！对于那些嫌疑人的指控，咱们只能当参考，谁知道他们是不是想利用这件事，达到他们自己的什么目的呢？”

楚河点了点头：“我也是这么看的！”

外面的回廊里突然传来了一阵脚踏地板的踢踏声，接着，就看到马晓晓和马阿姨走进来了。

马阿姨一进屋，就扑通一声跪倒在楚汉的面前，一边抹眼泪一边说：“大叔啊，您可得给我做证啊！当年的事情，您不是已经查得很清楚了吗？您儿子失踪的那天，我不是一直都和夏堇在一起吗？我那天根本就没看见楚天卿，又哪有机会去杀害他呀！这都多少年了？他们怎么又把这件事给翻腾出来了？”

楚汉立即从座位上站起身，摆着手说：“他马阿姨，你不要这样！大河，快扶你马阿姨起来！”

还未等楚河走到马阿姨身边呢，马晓晓已经强行把母亲拽起来了：“妈妈，你这是做什么？又不是我楚爷爷让他们这么做的！你这不是在难为我楚爷爷吗？是福不是祸，是祸躲不过，警察调查咱们什么，咱们配合调查就是了！咱们得相信法律！”

楚河和马晓晓一起，把马阿姨扶到了沙发上。

尤千紫端着新沏的两杯茶走过来，语气温柔地说：“是啊，马姐，遇到这种特殊的事，您只能自己想开些。他们虽然来调查了，但并没有把您抓走不是吗？这就说明您还是没有问题的。”

马阿姨就像没有听到尤千紫的话似的，拽着楚河就又哭起来了：“大河啊！别人不相信马阿姨，你还不相信吗？你马阿姨别说杀人了，连杀只鸡都不敢呢！更何况我和你爸爸妈妈的关系一直很好，我关心他们还关心不过来呢，又有什么理由要去杀害你的爸爸呀？这都哪儿跟哪儿的事呀？”

楚河安慰马阿姨说：“马阿姨，哓哓说的对，咱们得相信法律，您只要积极配合我们刑警的调查，那我们刑警就一定能还您一个清白的。”

云落突然走过来说：“马阿姨，哭能解决什么问题？您还是冷静一些，我正好有几个问题想问问您呢！”

听云落如此说，马阿姨果然不哭了，她深深地吸了一口气，便声音平静地说：“你问吧！”

“您回忆一下，您在二十六年前，有没有得罪过什么人？”

马阿姨想了想，立即摇了摇头：“我那些年虽然日子过得很苦，但我从来没赚过昧良心的钱，像我们这种没权没势、靠出苦力吃饭的人，哪还有胆子去得罪什么人啊？再说，现在岁数大了，记性又不好，这一时之间还真的想不起什么来。”

云落打开手机，翻出半夏的照片：“您看看这个人，您认识吗？”

马阿姨擦了擦眼睛，看了看半夏的照片，摇了摇头：“不认识！马丫头你看一下，你见过她吗？”

马哓哓看了一眼半夏的照片，也摇了摇头。

云落想了想，又翻出半夏母亲的照片：“这个人呢？”

马阿姨只看了手机屏幕一眼，脸色就变了：“这个女的……我肯定见过，你让我想想……”

马哓哓看了眼手机，便说：“妈妈，她不就是那年带着人来砸咱家店铺的那个女人吗？”

马阿姨突然一拍脑袋：“可不就是她！”

“她带人砸您的店铺？为什么呀？”云落问。

马阿姨突然低下了头，不说话了。

云落拉住了马阿姨的手，温柔地说："马阿姨，为了证明您的清白，哪怕再难于启齿的话，您也应该把它说出来。"

马阿姨不好意思地看了云落一眼，才说："唉！当着你们小辈人的面儿，有些话我真的没脸说呀！马阿姨年轻的时候，还真的做过一件丢人的事。我下岗之后，哓哓的爸爸因为一直不学好，整天都不着家，不仅拿不回来一分钱，反倒欠了一屁股的债，后来，他索性连人影都看不见了。哓哓的爸爸失踪后，我才发现自己怀孕。又过了几年，我认识了一个老干部，这个老干部见我一个人拉扯孩子不容易，就经常接济我们，这样一来二去，我们就那个了！唉，说起来真是丢人。"

云落："您说的这个老干部，是不是叫史宽？原来当过咱瑶城商业局局长的？"

马阿姨："就是这个老史头子。老史头子当局长的时候，有人送给他一个门市楼，他就把楼的钥匙偷偷地给了我，并资助我在楼里开了一个时装店。你们可能都听说过这个店吧？就是柳叶时装店。可令我没有想到的是，这个老头子始终都对我藏了个心眼儿，虽然嘴上总说把房照上的名字换成我的名字，却一直在拖，一直拖到他出车祸死了，名字也没改过来。就在他死后的第二天，这个女人就带着人来砸我的店铺了。"

"你马阿姨的时装店，其实根本就不是她自己的时装店，而是一个比你马阿姨大二十多岁、有家有室的老领导的店。"

楚河突然想起虹姨所说的话，便立即安慰马阿姨说："马阿姨，我知道咋回事了！原来半夏的母亲早就和史宽有一腿了。史宽原本答应把门市楼给她。可后来史宽为了讨好您，不仅把门市楼给您开时装店，还踹了半夏的母亲。半夏之所以举证您杀害了我的父亲，一定是想利用我们刑警的手来达到借刀杀人的目的！"

马阿姨又哭起来了："大河啊！好孩子，幸好你是明白人！"

马阿姨的话还没说完呢，楚河的电话信息提示音便响了，与此同时，云落的手机也嘀地响了一声。两个人便在同一时间看起短信来。

从手机上抬起头，楚河和云落的脸色就全都变了。屋子里的人全都看着他们俩，也全都在第一时间预感到发生了什么特殊的事情了。

就像谁吹了一声口哨似的，只见楚河和云落在同一时间站起了身，又用相同的步履走到了马阿姨的身边。

楚河黑着脸对马阿姨说："马阿姨，很抱歉！又有一位嫌疑人再次供出了您和您的丈夫……"

马阿姨愣住了。

马晓晓也惊讶地喊："大河！你没有弄错吧？"

楚河的脸色黑得如墨："庄队命令我和云落立即带马阿姨到刑警队走一趟！晓晓，希望你能理解我们。"

马晓晓惊得瞪大了眼睛："大河，站在你面前的可是你的马阿姨！她怎么会做出那种事情？"

云落的脸色也早恢复了那种凌厉的神情："对不起！马阿姨，希望您能支持我们的工作！"话还没说完，就听嗒的一声轻响，一只手铐已经铐在了马阿姨的手腕上。

马阿姨求救似的看了楚汉一眼："大叔！这到底咋回事啊？刚才不是已经说得很明白了吗？"

楚汉也惊得站起来，质疑地盯着楚河问："是啊！刚才你们不是把什么事都捋得差不多了吗？"

楚河叹了一口气，声音低沉地说："爷爷，庄队他们已经根据嫌疑人的口供，挖出了爸爸的尸骨和车辆残骸！"

"什么？你说什么？"

随着一声响，楚汉就瘫坐在沙发椅上……

>>> 神探杨测的九旋之渊

经过一番死气沉沉的轮流审讯之后，有着审问专家之称的杨测，再次被作为特殊的人才，派到了那个特别的战场。而这一次，杨测依然不辱使命，就在他走进审问室仅仅九分钟之后，那张在二十三个小时之内始终一声未吭的吴柳的铁嘴，终于让他给撬开了。他不仅承认了是他派大儿子吴永乐袭击了刑警冷天龙，也交代了自己作为鲍一安的爪牙，不仅参与了制毒贩毒，还以灰鲨游戏为幌子，设计并杀害了伍秋月等四名被鲍一安玩弄过的未成年少女。

庄重曾这样向大家介绍说："杨测之所以能掰开死刑犯吴柳的铁嘴，就是因为他准确地拿捏到了吴柳的软肋。这个吴柳，平生最爱的就是他的小儿子吴永博，也正是因为他的溺爱，他的小儿子才沦落到今天的这个下场。"

楚河直到三天后，才通过关系，看到了杨测审问吴柳时的视频。

因为害怕涉嫌刑讯逼供吧，刑警们在审问嫌疑人之时，全都做到了万分小心，恭恭敬敬。和其他刑警一样，杨测走进审讯室后，所做的第一件事，也是把一瓶矿泉水轻轻地放到了吴柳的面前。

舒舒服服地坐在铁椅子上打盹的吴柳，好半天才睁开眼睛瞟了杨测一眼，他的身体始终保持着原有的姿势，动都没动一下。接着，他又目光呆滞地扫了一眼旁边的另一位刑警，才打了一个悠长的哈欠，百无聊赖地再次闭上了眼睛。

视频录制得非常清晰，甚至能清楚地看到吴柳头顶上为数不多的每一根柔软发黄的头发。楚河只看了一眼吴柳的表情，一个俗语便蹦了出来——“死猪不怕开水烫”。

杨测坐稳之后，声音清澈地说：“吴叔叔，真是没想到，今天咱们爷儿俩会以这种身份坐在一起，这可是我杨测最不愿意看到的。从小到大，我一直都很敬佩您，小时候，我年年都会跑到光荣榜旁，去看您佩戴鲜花的照片。我宁愿自己永远生活在那个时候。”

对于杨测如此动听的话语，吴柳没有丝毫反应。

杨测继续侃侃而谈：“记得在一次警民共建的活动中，您还给我们新入警的民警，讲过一堂生动有趣的安全教育课！您那天的课讲得真够精彩的，通过那堂课，我对您再次刮目相看了！您不仅知识渊博，待人和善，还堪称是个法律专家呢！”

吴柳依然一声不吭，丝毫不动。

“您被抓进来以后，我们不少民警都感到困惑不解，尤其是我，真的难以接受这样的事实。您一个如此博学、如此谦逊、如此和善之人，怎么能和大毒枭扯上关系呢？直到我在一部电视剧里看到了一句台词，才稍稍明白了一些。那句台词是这么说的：‘众生都有病，我们与恶的距离只有一念之差。’您一定是因为某个‘一念之差’，才走上了这条不归路的吧。您精通法律，所以我非常理解您现在的想法。是啊！无论说什么，结局都是必死无疑，既然如此，索性就什么话都不说了吧！昨天您的一位同案犯，曾说过这样的一句话：‘你们可别小瞧说话，说话也是很累人的活计呢！’”

吴柳虽然依然闭着眼睛，但一抹不易觉察的微笑，却不小心从嘴角溢了出来。

杨测突然加大了声音：“虽然您个人罪孽深重，但您想过这个问题没有？如果您能积极配合我们，争取宽大处理，虽然挽救不了您自己的性命，但您完全有可能救回您儿子的一条命！”

吴柳突然睁开了眼睛。

“您的大儿子因为做的恶太多了，我不敢向您保证什么，但您小儿子吴永博的罪行，可是处于可宽可严的法律边缘啊！况且吴永博在配合警方抓捕吴永乐的过程中本身也有立功表现。”杨测的声音又恢复了平静。

吴柳突然冷笑了：“《刑法》我早就研究透了，一人犯罪一人担，当爹的表现得再好，和他的儿子能扯上啥关系？”

“我们国家现在追求人性化执法，而您和您的儿子，又是属于共同犯罪的范畴，如果警方想在二者之中找到关系，我相信总会找得到吧。”杨测依然声音平静地说。

尽管吴柳低下了头，但在他低头的瞬间，楚河还是清晰地捕捉到了一抹从他眼睛里泄露出来的光亮。

杨测慢慢踱到吴柳的身边，帮他拧开了矿泉水的瓶盖。

吴柳接过水瓶，突然仰着头审视地翻了杨测一眼：“你的意思是说当爹的要是戴罪立功，你们就能对他的儿子宽大处理？”

杨测强调一句：“我指的是您的小儿子！”

“你们想知道啥，就只管问吧，只要你们能留我儿子一条性命，我一定全力配合你们！”

“您就先从楚天卿的事情说起吧。”杨测坐了回去，旁边的刑警也飞快地记录起来。

“楚天卿？噢！我想起来了！你们说的是楚汉的儿子楚大公子吧？他的事，我其实知道的并不多，我只是在掩埋尸体的时候，上前帮了一些忙。”

“掩埋尸体？这么说你们真的把他给杀害了？”

“不是我们把他杀害了，而是齐一彬把他给勒死了。事后，我们老大还埋怨过齐一彬，说他不该那么着急动手。可齐一彬说：‘你们谁都可以不急，但我不能不急，因为现在只有我的身份暴露了，楚大公子要是不死，那就得我死。’”

“齐一彬？是哪个齐一彬？”

“说齐一彬，你们可能不知道，但若提起他的闺女，你们年轻人应该都熟悉，她是拉大提琴的，叫马什么晓。这个马什么晓是随了她母亲的姓了，她原来肯定不叫这个名字的。这个齐一彬，也真是白活了，连自己的亲生闺女都不肯随他的姓。”

杨测点了点头：“请您继续说吧！”

“之前究竟发生了什么，我不是太清楚。我只是过后才听监听楚汉局长电话的人说了那么一嘴。这个楚大公子也不知道抓到了我们什么把柄，有一天突然给他爸爸打了一个长途电话，说是已经掌握了我们制毒的证据。我们老大知道了这件事以后，当时就下了死命令：必须赶在楚局长回来之前，趁早封住楚大公子的嘴。”吴柳说。

“你们的老大是谁？”

“他不是已经被查了吗？他就是鲍一安，当时他在瑶城市政府，还只是市长的一个小秘书。”

“您把您所知道的，全都讲出来！越详细越好！”杨测说。

“楚大公子平时娇生惯养，和外界基本没有什么交往，加上他爹是公安局局长的缘故，所以他的警惕性贼高。我们的人试了很多种方法，想把他从家里骗出来，都没能成功。因为听说齐一彬和楚大公子两家的关系很近，我们老大就找来了齐一彬。”

吴柳突然不说了，朝杨测伸出了两根手指。

杨测立即从烟盒里拿出了一根烟，点着了，塞进了他的手指里。

吴柳深深地吸了一口烟，继续说：“齐一彬其实就是一个小混混，仗着他姨丈在纺织厂当厂长，就南方北方来回当倒爷，靠倒卖纺织厂的布料赚了一些钱。但后来他就吸上粉儿了，经常找我们买粉儿，一来二去，就和我们混在一起了。齐一彬过来后，我们老大便给了他一包粉儿，让他想办法把楚大公子骗出来，齐一彬当时就答应了，很快就想出了一个‘双簧连环计’。”

“双簧连环计？”

“这个词儿还是齐一彬自己说出来的呢！内容就是齐一彬两口子一同出场，共同演一出双簧戏。先由齐一彬的老婆骗出楚大公子的老婆，然后再由齐一彬去骗楚大公子。那天下午，在齐一彬给楚大公子打电话的时候，我正巧就在齐一彬的身边！”

杨测：“他在电话里究竟怎么说的？”

吴柳：“我听他在电话里说：‘我刚才看见你老婆和一个男人一起走进一个房子里了，你想不想去看看他们在干些什么？’楚大公子听了，马上问：‘你看清楚了吗？那个男人是谁？他们进了哪个房子里？’齐一彬就说：‘隔着远，我没看清那个男人的脸，你要是真想知道他是谁，那我就带你走一趟！’我记得打完电话后，大家还砢碜齐一彬好半天呢，说他出的这个损招儿实在太损了！哪承想这个楚大公子竟然这么好骗，连这样的鬼话都相信了。十几分钟以后，楚大公子就一个人开着车从家里出来了，齐一彬就把他带到了养鸡场。”

杨测：“你接着往下说。”

“那时候，养鸡场刚刚建成，底下的地下室还正在修建呢。因为不知道楚大公子到底掌握了我们什么证据，大家便在那个地下室里，对楚大公子进行了严刑拷打。楚大公子别看长得细皮嫩肉的，没想到骨头倒很硬，不愧是公安局局长的儿子，就像是铁打的一样，无论大家咋折磨他，他硬是没有交代一个字。后来见实在问不出什么来了，齐一彬就亲手勒死了他。然后大家就七手八脚地把他埋在地下室下面了。”

吴柳的那根烟很快吸没了，杨测又拿出一根烟，帮他点着了。

吴柳深深地吸了一口烟，又接着说：“楚大公子死了以后，我们老大怕齐一彬嘴不严，就给了他一笔钱，让他躲到东缅去了。本来齐一彬相中了楚大公子的那辆轿车，提出要开着车离开，可我们老大怕留下隐患，让我们把那辆车拆了，然后把车的零件也和楚大公子一起埋起来了。齐一彬出国以后，楚汉局长不知在哪里摸到了须子，听说还到东缅去寻找齐一彬了。我们老大怕事情败露，就直接让人在国外把齐一彬做了。”

“掩埋楚天卿的地方，你还记得吧？”

“记得，就在地下室的西南角。”

杨测：“吴叔叔，我想再问你一句和案子似乎没有关系的话。”

吴柳：“你问吧！为了保住我儿子的命，我今天什么都告诉你！”

杨测："你那天给我们讲的那些故事，到底是不是鬼故事？"

吴柳低了一会儿头："说实话，我所讲的那些故事都是我在书里看到的，我也说不清那算不算是鬼故事，反正我自打看了就深信不疑。我之所以要把那些故事讲给你们听，还不是因为我心里有鬼？"

……

那个视频很长，楚河看完视频后，天都黑了。吴柳的口供，不仅让刑警们很快就挖出了楚天卿的尸体和车辆残骸，也让马阿姨陷进了跳进黄河都洗不清的深渊。

因为马阿姨的事，马晓晓特意到刑侦支队楚河的七楼办公室来堵楚河。本来她事先给楚河和杨测都发了短信的，但这两个昔日的小伙伴，就像商量好了一样，都以忙为借口，躲着不肯见她。平时总显得非常忙的马晓晓，这一天好像什么事情都没有了，她就那么执拗地坐在办公室里等着楚河，和谁都不说话，一坐就是半个多小时，最后不仅办公室里的其他刑警看不下去了，连早就和马晓晓没有关系了的冷天龙也坐不住凳子了。怕马晓晓听到他打电话的声音，他特意走到了楼梯处，偷偷地拨通了杨测的电话。

杨测就像长了一双透视眼似的，第一句话就说："冷队，你打电话是不是因为马晓晓的事？我真的不知应该和她说些什么！"

冷天龙用命令的口吻说："你马上过来，赶紧把马晓晓给我弄走！"

冷天龙说罢，就气哼哼地挂了电话。

冷天龙刚刚挂了电话，就见云落从楼梯口转了出来，看到冷天龙她就小声说："杨测和楚河都在我办公室呢。他们俩现在全都忙着呢，肯定不会过来的。"

冷天龙气得一拍楼梯扶手："这个杨测，真把自己当成审问专家了？连中队长的话都不听了。"

云落本来已经向前走了，听了冷天龙的话，突然停下脚步，审视地看了冷天龙一眼说："冷队，如果我的小道消息还算准确，你和马晓晓不是已经到了谈婚论嫁的地步了吗？可现在呢，你们两个到底什么情况？"

冷天龙依然黑着脸："犯忌了啊！中队长的隐私你也敢随便打听？"说着就要走。

云落一笑："如果你肯把隐私告诉我，我马上就能把他们俩一起给你调过来！"

冷天龙停住了脚步，回头看了云落一眼，突然凄然一笑："这也算是交换条件呀？那好啊！我就告诉你，又不是啥真正的隐私。我们两个本来要谈婚论嫁了，可哓哓她突然发现我冷天龙配不上她，就把我给踹了！"

云落摇了摇头说："你在撒谎，据我所知，事实恰恰相反！哼！你们男人，不是我损你们，全都一个德行。得不到时拼命追，得到了又都不珍惜！我真就奇怪了，哓哓老师多么漂亮多么优秀！哪一点配不上你？你怎么能说变心就变心了呢？"

冷天龙的眼圈突然红了："谁说我变心了？尤其是现在，我比任何时候都要爱她！"

云落奇怪地睁圆了冷天龙所谓的"狐狸眼"："既然这么爱那干吗还分道扬镳？"

冷天龙回头看了看走廊，慢慢地走到云落的对面："咱们刑警每天都过的是啥日子，别人不知道，你还不知道吗？也许在别人的眼睛里，咱们穿着神圣的警服，好像挺威风挺荣耀的，可事实上呢？咱们真正威风的时候又能有多少呢？哪里有危险、哪里最苦、哪里最累，哪里就必须有咱们的身影，这才是咱们刑警的真实状态！"

云落脸上的笑容渐渐淡下去了，但她只是无力地靠在了楼梯扶手上，什么话都没有说。

冷天龙叹了一口气，继续说："云落你回答我：像哓哓这么有才华又有发展的艺术家，又是名人，她最后肯为了我这个小警察做出牺牲，从公众的视野里淡出，心甘情愿地淹没到柴米油盐中，给我做个好警嫂吗？"

云落想了想，面色惨然地摇了摇头。

“如果这三点她有一样做不到，那我们的婚姻早晚都会出问题的！特别是作为一个刑警的妻子，如果她整天都在外面抛头露面，你说，我这个刑警还敢去查大案子，还敢与那些穷凶极恶的犯罪嫌疑人真刀真枪地往死里拼了吗？如果真的那样，那晓晓可就太危险了！我是看明白了：如果一个男人投身当刑警，他的生命就不再属于自己！如果一个女人嫁给刑警，她的爱情也不再属于自己！”冷天龙的声音越来越低沉。

云落又面色惨然地点了点头。

“那次受伤后，我躺在病床上，第一次冷静地思考了我和晓晓的问题，我不得不承认，我们两个如果继续向前走，只有两条路：要么我当个好刑警，晓晓放下她的事业，走到我的身后，帮我孝敬老人，给我养儿育女；要么我给她当个好保镖，整天围着她一个人转！事实上呢？第一条路，我不忍心；第二条路，我又不甘心。这么思来想去，我只能悬崖勒马，忍痛割爱了！”冷天龙越说声音越低，尽管他百般掩饰，云落还是在他的眼角，看到一滴眼泪缓缓地流了出来。

云落的眼睛虽然也湿润了，但她却摇了摇头：“我并不赞成你的观点。肯定会有第三条路的！你可能还不知道吧，测哥和尤千紫也已经恋爱了。他们不是做得很好吗？”

“我们的情况怎么能和他们一样呢？尤千紫不仅低调，也有智慧保护她自己。要不然，她早就在二十六年前就已经没命了！晓晓和尤千紫恰恰相反，她不仅张扬，还任性，我们如果再这么继续走下去，我一定会害了她的！”

云落依然不赞同，还要继续和他辩论。

冷天龙突然笑了：“行啦，行啦，那句话咋说的？‘流血流汗不流泪，掉皮掉肉不掉队’，既然选择当了刑警，就不能再贪图风花雪月，鱼和熊掌还真的不能兼得。对了云落，你如果有人选，可以给我介绍一个，模样过得去就行，但必须能干孝顺，平时还不磨叽的。”一番话还没有说完，就又把云落的眼圈说红了。

“你瞧瞧你，我都没哭呢，你哭啥呀？好了，我的隐私已经告诉你

了，你是不是该兑现你的诺言了？”

云落也笑了，抹了把泪水，就拿起手机拨通了楚河的电话。

五分钟没到，杨测和楚河就一起“鬼鬼祟祟”地出现在七楼的楼梯口，向里面的小会议室走去。他们之所以如此小心，是怕惊动了坐在楚河办公室里正等他们的马晓晓。直到他们推开了小会议室的门，才知道上了当，因为空荡荡的会议室里，只坐着马晓晓一个人。

“你们两个真够可以的呀！如果不是云落给你们打了这个欺骗电话，你们这一辈子都不想见我了吗？”马晓晓话未说完，眼圈已经红了。

杨测无奈地对马晓晓说：“我们不是躲着你，我们是真的不知道咋样才能帮到马阿姨。”

马晓晓气呼呼地抹了一把眼泪：“我来找你们，并不是想求你们违背纪律帮她的忙！我只是想起了一件事，所以才特意跑来告诉你们，这件事一定对你们办案子有帮助！”

杨测说：“马阿姨的案子，不仅你帮不上一点儿忙，连我和楚河也只能干挺着。现在就看专案组最后怎么定性了！”

马晓晓不耐烦地挑了挑眉毛：“你们听我把话说完行不行？我所说的这件事，肯定能证明我妈妈是清白的！其实我妈妈也是受害人之一，这一切的一切，都是我那个该死的爸爸一手设计的，连我妈妈都被蒙在了鼓里。他先是告诉我妈妈说：‘夏堇刚才找你来了，让你陪她一起去医院做检查！她现在就在医院等你呢！’然后又把同样的话告诉了楚河的妈妈！当时的情况就是这样的，我亲耳听我妈妈说过的！”

杨测无奈地看着马晓晓：“你说的很有可能是真的，但你是当事人吗？法律可是讲证据的！”

马晓晓反唇相讥：“如果讲证据，你们又是拿了什么样的证据，来证明我妈妈参与犯罪了？”

杨测：“当然有证据了！而且是人证物证俱在。一是两名犯罪嫌疑人的指控，第二个就是楚河爸爸的尸体！况且连那个双簧连环计的名称，都是你爸爸亲口说的！”

马晓晓："真的是我爸爸亲口说的吗？这句话是你杨测听到了，还是楚河听到了？这些话不都是那个犯罪分子信口胡诌出来的吗？在你们眼里，那几个犯罪分子就是太上皇吗？金口玉牙说啥是啥？他们如果指认我马晓晓杀害了楚叔叔，那我马晓晓也要被你们抓起来呗？"

杨测皱了皱眉头："晓晓，你要是这么说话，咱们俩可就没办法继续说下去了！马阿姨的事，麻烦就麻烦在死无对证上！现在能够证明马阿姨清白的，只有两个人，一个是你的爸爸齐一彬，另一个就是楚河的妈妈夏堇，可如今这两个人全都死了，如果换晓晓你来办理这起案件，你应该怎么办？"

"行了，你们俩都不要说了！这件事交给我吧，我一定能证明马阿姨清白的！"自打走进屋子，始终都没有说话的楚河，突然声音低沉地说。

两个人一愣："你能证明？"

楚河冲马晓晓点了点头："是的，我能证明！晓晓，打一开始，我就相信马阿姨是不知情的！哪怕用我的'第三只眼'来判断，她也是清白的。但我要想证明这件事情，得花上一些时间！你就先让马阿姨在里面忍一些日子。真的假不了，假的真不了，你一定要相信我，我楚河一定会还马阿姨一个真相的！"

马晓晓听了楚河的话，突然哽咽了，继而热泪长流。

楚河动情地看着马晓晓说："晓晓，你就回去等信吧！有一些话我现在不方便说，但你一定要相信我！耐心地给我几天的时间，我一定不会让你失望的！"

马晓晓再也说不出一句话来了，只见她扬起头，泪雨滂沱地冲楚河拱了拱拳，然后就一边抽噎着，一边捂着脸跑出了会议室。

冷天龙和云落听到脚步声，立即从办公室里跑了出来，可马晓晓已经冲进电梯里了。两个人相互看了一眼，便向会议室走去。

还未等走进会议室呢，就听到杨测责备的声音从里面传出来："大河，欺骗可不是你的强项呀！你能骗得了今天，那么明天呢？你总有一天要面对马晓晓吧？"

楚河闷声闷气地说："我并没有骗她！当务之急，就是立刻和我妈妈取得联系，如果我妈妈能站出来说清当时发生的一切，那马阿姨不就自然清白了吗？"

杨测摸了摸楚河的额头："你发烧了咋的？咋说起胡话来了？"

站在门边的冷天龙也小声嘀咕道："这个楚河，是不是悲伤过度了？要么就是累傻了！"

"他说的并不是胡话！"云落一边说，一边快步走进了会议室，"楚河的妈妈并没有死，她现在就在南方！"

一句话，把杨测和冷天龙全都说得愣住了。

杨测："云落，你刚才说的是真的吗？"

楚河眼泪汪汪地冲杨测点了点头："是真的，测哥，我妈妈并没有死！"

楚河说完这句话，便掏出了手机，再次拨打了妈妈的电话，很快，电话里面就传出了"您拨打的电话已停机"的提示音。

见杨测一脸迷惑，云落便解释说："通过人脸识别系统，我们确定夏堇阿姨根本就没有死，只不过改了姓名，她现在就在南方的一座小城当老师呢。"

"这可真是太好了！我妈妈要是知道这件事，不一定多高兴呢！我得立即把这个消息告诉她！"因为高兴，杨测的眼睛里甚至闪出了泪花。他拿出手机，立即拨通了他妈妈的手机，很快，他的手机里传出了"您拨打的电话已关机"的提示音。

杨测气得一拍桌子："我妈妈最近也不知道咋的了，就像变了一个人似的，还老是关机！"

楚河说："也许虹姨岁数大了，身体不好了吧？"

杨测立即警觉地看着楚河问："身体不好了？你……你听到什么消息了吗？"

楚河立即摇头："我什么消息都没有听到，我只是猜测的。测哥，有一个成语叫风树之悲，其实人生最悲凉的，就是'子欲养而亲不待'，别的可以等，但孝顺不能等，不然真的会后悔的。”

杨测的脸色就变了：“大河，如果你听到了什么消息，一定告诉测哥呀！”

楚河把头摇成了拨浪鼓：“测哥，我真的是临时想到的。”

冷天龙说：“楚河这是找到了自己的母亲，才突然想到这一切的。楚河，你的妈妈能死而复生，这实在是个太好的消息了！我真的为你高兴！”

楚河叹了口气：“只是可惜了，我妈妈并不想见我！她不仅不接我的电话，刚才你们也听到了吧？她甚至还停机了。她这么做，不就是明摆着不想见我吗？”

云落说：“我让我同学直接去找夏堇阿姨谈一谈，把这里的情况告诉她！我相信她听了马阿姨的事情后，一定会主动联系咱们的！”

冷天龙摆了摆手说：“用不着这么绕弯子，不如直接向庄队汇报，我相信庄队听到这个消息后，会立即派楚河去南方接回他的妈妈的！这样不仅母子能相见，马阿姨的案情也就自然水落石出了！”

楚河摇了摇头：“还是先让云落去找她的同学吧！一方面我现在实在抽不开身子，既要忙案子，还要忙爸爸的事情，加上我爷爷这段日子身体始终不好，晚上我还得回去照顾他，哪怕为了孝顺，我也得可老的来不是？再有我妈妈不想见我，一定有她不想见的道理，我要是贸然前往，她会不高兴的！知道她还活着，我就已经万分知足了！”

云落的同学的确给力，接到云落的电话后，他立即找到了夏堇，把瑶城的情况向她进行了说明。正如大家预料的一样，夏堇不仅在第一时间写了一封证明信，证明楚天卿失踪的那天，自己是因为接到了齐一彬的电话，才去医院的。怕证明信不发生效用，她还录了一段小视频，简要说明了自己当年如何投江又如何被人从水里救出，最后又如何隐姓埋名到南方这所私立学校当了老师的经过。

和那封证明信、小视频一同转给瑶城公安局刑警支队的，还有夏堇临时写给楚河的一张小便条，在那张浅黄色的便笺上，夏堇这样写道：

儿子，对不起，妈妈现在还没有准备好能够面对你！在你最需要妈妈的时候，你的妈妈却狠心地抛弃了你，所以她这个人对于你来说，就是一个不可以原谅的罪人！这样自私的妈妈你最好永远都不要见她了，就让她自生自灭吧！现在你已经长大成人了，不仅拥有了强健的体魄，也拥有了崇高的事业，就请你把全身心的精力都投入到你所热爱的事业之中吧！只要你过得幸福，你的母亲就万分知足了！

——这个便笺没有落款。

楚河自打收到了这张便笺后，便把它当成了珍宝，整天都带在身上，时不时会拿出来再看上一眼。

楚天卿的葬礼是和被追认为烈士的程万峰的葬礼同时举行的，只不过二人最后安葬的地点有所不同，楚天卿和楚河的奶奶一起，被埋入了楚家的祖坟；程万峰则被安葬在了烈士陵园。

葬礼的这天，天上飘下了小雨。

这一天，青山垂泪，瑶儿河呜咽。几乎所有的瑶城人全都被这两个英雄人物的事迹感动了！一束菊花，一缕清香，相识的、不相识的，近的、远的，老的、少的，人们如潮水般涌来，只为送英雄最后一程。

这一天，一袭黑衣、始终神秘低调的尤千紫，终于从幕后走到了台前，当她在杨测的陪伴下，捧着父亲的遗像，慢慢地走上那辆专门为烈士准备的灵车时，所有在场的人全都流泪了。从殡仪馆到烈士陵园，短短两公里的路上，车辆鸣笛，行人驻足，许多瑶城市民都自发走上街头，他们用瑶城人最质朴的方式，向这位沉冤二十六年才被平反昭雪的警界英雄，表达了最崇高的哀思和尊敬。

这一天，瑶城殡仪馆内气氛凝重，庄严肃穆，瑶城市市长到会并主持了这场迟到了整整二十六年的特殊的追悼会。

整个灵堂布置得庄严肃穆，正厅上方悬挂着黑底白字的横幅“沉痛悼念程万峰烈士和楚天卿同志”，横幅下方是程万峰烈士和楚天卿同志的遗像。前来参加程万峰和楚天卿葬礼的人非常多，瑶城市公安局除了值班在岗的民警，剩下的全都来参加纪念活动了。每一位民警都穿着庄严的警服，佩戴着白色的纸花，警容严整。在殡仪馆的广场上，他们列着整齐的方队，脸上全都带着肃穆庄严的表情。冷天龙、杨测、楚河、云落全都站在第一排。追悼会场外，自发前来悼念的群众络绎不绝，悼念的队伍缓缓移动，一束束白色菊花，向两位烈士表达了最崇高的敬意和哀思。

追悼会开始前，偌大的电视屏幕上，先播放了由专业团队精心制作的关于程万峰烈士、楚天卿同志的事迹专题片。这个有着较高艺术含量的专题片，不仅生动再现了程万峰烈士二十六年前如何与恶毒的毒贩和黑恶势力顽强斗争，又如何在东缅壮烈牺牲，后来又如何被栽赃陷害，身背叛国罪之名含冤受辱，以及他的女儿又如何被拐到国外，最后又怎样被楚汉救助回国，担心被害又如何隐姓埋名、忍辱负重，最后协助楚汉创办了闻名全国的千紫集团的全过程。当然专题片也简要介绍了刚刚大学毕业的优秀青年楚天卿，如何因为发现了毒枭的制毒窝点而被毒枭灭口，以至于二十六年来与他的爱车一起“活不见人、死不见尸”的辛酸历程。专题片播放以后，在场的群众没有不落泪的，当主持人把一袭黑衣、手捧父亲遗像的尤千紫和刚刚从国外归来的显得雍容典雅、仪态万方的程万峰妻子介绍给大家后，会场上顿时掌声雷动，有一个人甚至高声喊叫了起来：“程千紫，你是好样的，你是咱瑶城人的骄傲！你也是个大英雄！”

本来，会议主办方还特意给楚汉准备了一份发言材料，可这位昔日曾经叱咤风云的老公安局局长，在听到主持人叫他的名字后，突然间就失态了，不仅老泪纵横，还周身颤抖，以至好半天都没能站起身来。最后，他只是在牛哥的搀扶下，步履蹒跚地走到烈士遗像前，深深地向两位英雄鞠了一躬，就满面是泪地冲大家抱歉地拱了拱手，会议主办方也只好取消了这次发言。

在人群的后面，楚河看到马玉涵阿姨也来了，仅仅几天未见，她就苍老了许多，那可真是一夜之间就白了头啊！一袭素衣的马哓哓始终寸步不离地陪着她。

仪式结束后，楚河和杨测全都在第一时间走到了马阿姨的身边，马阿姨眼泪汪汪地问杨测：“你妈妈怎么没来？”

杨测看了楚河一眼，才说：“我妈妈现在信佛了，信得非常诚，前几天和几个佛友一起去五台山了。那天，我特意给她打了电话，说了楚叔叔的葬礼的事情，可她只说了一句莫名其妙的话，就把话岔到别处去了！”

“她说了什么莫名其妙的话？”楚河好奇地问。

“都是和佛教有关的话，什么‘由爱故生忧，由爱故生怖，若离于爱者，无忧亦无怖’，我也是因为不懂，才反倒记住了。对了，马阿姨，我妈妈非常挂念您！”

马阿姨的眼泪就又涌流出来了，她看着楚河说：“老天还真是长了眼睛的，我万万没有想到，夏堇竟然还活着！听了这个消息以后，我别提有多高兴了！要不是夏堇，我哪怕长了一百张嘴，也无法说清楚我的冤屈了！唉！怨就怨我家的那个死鬼，他自己做了丧尽天良的事不说，还捎带上了我！这个死鬼，我可是恨死他了！他即使死上一百次，我都不会解恨的！”

不远处，冷天龙隔着人群向这边瞧了一眼，转身就要离开。

马哓哓小声地和马阿姨说了一句什么，然后就向冷大龙追了过去。

马哓哓这突然的举动，令楚河和杨测全都惊讶万分。云落见二人不解，就走过来小声地对二人解释说：“哓哓姐已经下决心了，为了冷天龙的爱，她宁可像山口百惠一样，放弃自己的演艺事业，不再抛头露面，只当一个音乐老师，给冷天龙做一名好警嫂……”

杨测高兴地说：“这可太好了！”

楚河也说：“这才是最好的结局。”

两个人正聊着，云落的眼睛突然定在了一处，她猛然碰了楚河一下，向旁边指了指。

楚河回头看了云落一眼，他只看到了隐在云落如水面容里的神秘，却没有看到她的手势。

见楚河只是傻呆呆地瞪着自己，云落便急了，再次冲旁边飞快地指了指。

楚河循着云落的手指望去，发现人群的不远处，站着一个一袭黑裙的窈窕女子，只见她戴着黑色的口罩，打着一把黑色的遮阳伞，那种意境，让楚河想起了一句词："众里寻他千百度，蓦然回首，那人却在灯火阑珊处！"

尽管楚河没有看清她的脸，但楚河一看到她那清丽的身影，心便异样地一动。

"是她吗？"楚河仿佛变傻了，他只是傻呆呆地问了云落一句。

云落推了他一把："是不是她，过去看看不就知道了？"

楚河立即向女子冲了过去，可当他拨开几个迎面走来的挡路的人，却发现那个清丽的身影，已经不见了。

"她往那边去了！快去追！快！"云落的声音就像疾风骤雨。

始终沉稳的杨测也喊叫起来了："快去追呀！大河！快！"

楚河什么都顾不得了，横冲直撞地就向女人消失的方向冲了过去，一边跑，一边泪雨纷飞……